J. R. R. Tolkien

YÜZÜKLERİN EFENDİSİ

KRALIN DÖNÜŞÜ

John Ronald Reuel Tolkien, 1892'de Güney Afrika'da doğdu. Dilbilim ve Eski İngilizce konularında uzmanlaştı ve 1945'te Oxford Üniversitesi'nde İngilizce Profesörü oldu. 1959'a kadar bu görevde kaldı. Oxford'da II. Dünya Savaşı'ndan önceki yıllarda Owen Barfield, C. S. Lewis ve Charles Williams gibi yazarlarla birlikte edebi bir çevre oluşturdu. *Yüzüklerin Efendisi*'nin (ve örneğin, C. S. Lewis'in *Kozmik Üçleme*'sinin) temeli bu çevrenin toplantılarında atılmıştır.

Yüzüklerin Efendisi'nin 1954 ve 1955 yıllarında üç cilt halinde yayınlanması, özellikle "saygıdeğer" bir İngiliz Dili ve Edebiyatı profesörünün "fantezi" gibi bir türde eser vermesi, edebiyat eleştirisi çevrelerinde küçük çaplı bir skandala yol açtı. Tolkien'ın 1937'de yayınlamış olduğu *Hobbit* (Mitos/Altıkırkbeş, 1997), daha ziyade masal türüne ait bir çalışma olarak kabul edildiği için üzerinde pek durulmamıştı. Oysa Tolkien, *Yüzüklerin Efendisi*'yle birlikte, *Hobbit*'te başladığı "dünya yaratma" projesinde ısrarlı olduğunu gösterdi.

Yüzüklerin Efendisi'nin yarattığı dalgalanma, "fantezi" türünün, tıpkı o yıllarda bilimkurgu için de olduğu gibi, "saygın" edebiyat türleri arasına kabul edilmesinde önemli rol oynadı; Tolkien'ı izleyen fantezi yazarları, onu ve onun yarattığı "Orta Dünya"yı büyük ölçüde taklit etmekten vazgeçemediler.

Tolkien'ın 1973'teki ölümünden sonra "Orta Dünya"nın Birinci Çağ'ını ele alan *Silmarillion* (1977), oğlu Christopher Tolkien tarafından yayına hazırlandı. Christopher Tolkien 1980'li ve 90'lı yıllar boyunca babasının yarım kalmış elyazmalarını yayınlayarak eksiksiz bir "Orta Dünya" tarihi hazırlamaya gayret etti.

Metis Yayınları
İpek Sokak No. 9, 80060 Beyoğlu, İstanbul

Metis Edebiyat Dizisi
Yüzüklerin Efendisi
Üçüncü Kısım: Kralın Dönüşü
J. R. R. Tolkien

Yapıtın Özgün Adı: The Lord of The Rings
Third Part: The Return of the King
İlk Basımı: Büyük Britanya, George Allen and Unwin, 1954
Çevirinin Yapıldığı Basım: HarperCollins Publishers, 1991

Yayın Yönetmeni: Müge Gürsoy Sökmen
Yayına Hazırlayan: Bülent Somay

Kapak Resmi: John Howe
Kapak Grafiği: Semih Sökmen
Dizgi ve Uygulama: Sedat Ateş

Film: Doruk Grafik
Kapak ve İç Baskı: Yaylacık Matbaası
Ciltleme: Fatih Mücellithanesi

ISBN 975-342-202-4

J. R. R. TOLKIEN

KRALIN DÖNÜŞÜ

YÜZÜKLERİN EFENDİSİ

Üçüncü Kısım

İngilizce'den Çeviren:
ÇİĞDEM ERKAL İPEK

Yayına Hazırlayan ve Şiir Çevirileri:
BÜLENT SOMAY

METİS YAYINLARI

J. R. R. Tolkien

YÜZÜKLERİN EFENDİSİ

•

Birinci Kısım

YÜZÜK KARDEŞLİĞİ

İkinci Kısım

İKİ KULE

Üçüncü Kısım

KRALIN DÖNÜŞÜ

•

YÜZÜKLERİN EFENDİSİ

Üç Yüzük göğün altında yaşayan Elf Kralları'na
Yedisi taştan saraylarında Cüce Hükümdarlar'a,
Dokuz Yüzük Ölümlü İnsanlar'a, ölecekler ne yazık
Bir Yüzük gölgeler içindeki Mordor Diyarı'nda
Kara tahtında oturan Karanlıklar Efendisi'ne
Hepsine hükmedecek Bir Yüzük, hepsini o bulacak
Hepsini bir araya getirip karanlıkta birbirine bağlayacak
Gölgeler içindeki Mordor Diyarı'nda

İÇİNDEKİLER

BEŞİNCİ KİTAP

I MİNAS TİRİTH 11
II GRİ BÖLÜĞÜN GEÇİŞİ 42
III ROHAN'IN TOPLANIŞI 63
IV GONDOR KUŞATMASI 81
V ROHİRRİM'İN GELİŞİ 111
VI PELENNOR ÇAYIRLARI SAVAŞI 122
VII DENETHOR'U YAKMAK İÇİN ÇATILAN ODUNLAR 135
VIII ŞİFA EVLERİ 144
IX SON MÜZAKERE 161
X KARA KAPI AÇILIYOR 174

ALTINCI KİTAP

I CIRITH UNGOL KULESİ 189
II GÖLGE DİYARI 212
III HÜKÜM DAĞI 232
IV CORMALLEN KIRLARI 251
V VEKİLHARÇ İLE KRAL 263
VI NİCE AYRILIKLAR 281
VII MEMLEKET YOLU 299
VIII SHIRE TEMİZLİĞİ 309
IX GRİ LİMANLAR 337

Ekler, 349
Haritalar, 401

BEŞİNCİ KİTAP

BÖLÜM I

MİNAS TİRİTH

Gandalf'ın pelerinine sığınmış olan Pippin, başını çıkarıp dışarı baktı. Uyanık mı yoksa hâlâ uykuda mı olduğunu; hâlâ bu uzun yolculuğun başından beri sarmalanmış olduğu o hızla hareket eden rüyanın içinde mi olduğunu merak etti. Karanlık dünya hızla yanından akıp geçiyor, rüzgâr kulaklarında yüksek sesle şarkılar söylüyordu. Yuvarlanıp giden yıldızlardan ve sağ yanında, uzaklarda, Güney dağlarının geçip gittiği yerde, göğe karşı duran engin gölgelerden başka bir şey göremiyordu. Uykulu uykulu, yolculuklarında geçen zamanı ve evreleri hesaplamaya çalıştı, fakat hafızası ağırlaşmış, bulanıklaşmıştı.

Önce, korkunç bir hızla hiç durmadan gittikleri ilk yolculuk vardı; sonra tan vakti, altından soluk bir ışıltı görmüştü ve sessiz kasabaya, tepenin üzerindeki büyük boş eve varmışlardı. Tam evin korunağı altına girmişlerdi ki kanatlı gölge bir kez daha üzerlerinden geçmiş, adamlar korkuya kapılmışlardı. Fakat Gandalf ona tatlı sözler söylemiş ve Pippin bir köşede yorgun argın ama huzursuz bir şekilde, adamların giriş çıkışlarını, konuşmalarını ve Gandalf'ın onlara emirler verişini belli belirsiz duyarak uyumuştu. Ve sonra yeniden gece boyu at sürdüler, sürdüler. Taşa baktığından beri bu ikinci, yok hayır, üçüncü gece olmuştu. O korkunç an aklına gelince çarpılmış gibi tamamen uyanıp titredi, rüzgâr tehditkâr seslerle doluydu.

Gökyüzünde bir ışık belirdi, karanlık engellerin gerisinde sarı bir ateşin alevi tutuştu. Pippin bir an için korkup, Gandalf'ın kendisini ne mene korkunç bir diyara taşıdığını düşünerek sindi. Gözlerini ovuşturdu; o zaman, artık hemen hemen dolunay halini almış olan ayın, doğu gölgeleri üzerinden yükselmekte olduğunu gördü. Demek ki gece daha pek ilerlememişti ve bu karanlık yolculuk daha saatlerce devam edecekti. Kıpırdanarak konuştu.

"Neredeyiz Gandalf?" diye sordu.

"Gondor diyarında," diye cevap verdi büyücü. "Anórien toprakları üzerinde gidiyoruz hâlâ."

Yeniden bir süre sessizlik oldu. Sonra, "Bu da ne?" diye haykırdı Pippin aniden Gandalf'ın pelerinine yapışarak. "Bak! Alevler, kızıl alevler! Bu ülkede ejderhalar mı var? Bak bir tane daha!"

Cevap olarak atına yüksek sesle bağırdı Gandalf. "Devam Gölgeyele! Acele etmemiz gerek. Zaman az. Bak! Gondor'un işaret kuleleri tutuşturulmuş, yardım istiyorlar. Savaş alevlenmiş. Bak, Amon Dîn' de ateş var, Eilenach'ta alev; bak hızla batıya uzanıyorlar: Nardol, Erelas, Min-Rimmon, Calenhad ve Rohan sınırındaki Halifirien."

Fakat Gölgeyele adımlarını yavaşlatarak yürümeye başladı ve sonra başını kaldırarak kişnedi. Karanlık içinden diğer atların cevap veren kişneme sesleri geldi; hemen arkasından at nallarının gümbürtüsü duyuldu ve üç binici ayda uçan hayaletler gibi geçerek Batı'ya doğru gözden kayboldular. Gölgeyele kendisini toparlayarak sıçradı; gece, gürüldeyen bir rüzgâr gibi üzerinden akıyordu.

Pippin'e yeniden uyku basmıştı; Gandalf'ın Gondor'un âdetleri üzerine, Şehir'in Hükümdarı'nın nasıl bu koca otlağın her iki sınırı boyunca tepelerin üzerine işaret kuleleri yaptırmış ve Kuzey'deki Rohan veya Güney'deki Belfalas'a haber götürmek üzere sürekli hazır bekleyen yeni atlar bulundurulan bu noktalarda karakollar kurmuş olduğuyla ilgili anlattıklarına pek kulak asmadı. "Kuzey'deki işaret kuleleri tutuşturulmayalı çok olmuştu," dedi Gandalf; "Gondor'un eski günlerinde buna pek ihtiyaç yoktu, çünkü ellerinde Yedi Taşlar vardı." Pippin huzursuzca kıpırdadı.

"Uyu sen yine ve korkma!" dedi Gandalf. "Çünkü Frodo gibi Mordor'a gitmiyorsun, Minas Tirith'e gidiyorsun; orada da bu günlerde herhangi bir yerde ne kadar mümkünse o kadar emniyette olacaksın. Eğer Gondor düşerse veya Yüzük ele geçerse, Shire da emniyetli bir yer olmaktan çıkar."

"Hiç içimi rahatlatmıyorsun," dedi Pippin ama yine de üzerine uyku çöktü. Derin bir rüyaya dalmadan önce son hatırladığı, batıya doğru ilerleyen mehtabın ışığını yakalayan bulutların üzerinde ada misali yüzen yüksek beyaz zirvelerdi. Frodo'nun nerelerde olduğunu, Mordor'a girmiş olup olmadığını ya da hayatta olup olmadığını merak etti; Frodo'nun da çok uzaklarda, gün gelmeden önce Gondor'un gerisinde batmakta olan aynı aya baktığını bilmiyordu.

Pippin bazı seslerle uyandı. Saklanarak geçen bir gün ile yolculukla geçen bir gece daha geride kalmıştı. Alacakaranlıktı: Soğuk şafak vakti yaklaşmıştı yine; etraflarında ürperten kurşuni bir pus vardı. Üzerinden teri tütmekte olan Gölgeyele durdu ama boynunu mağrur bir şekilde kaldırmıştı, hiç yorgunluk emaresi göstermiyordu. Sıkı sıkı pelerinlerine bürünmüş uzun boylu bir sürü adam duruyordu yanında, onların arkasında da pusun içinden taştan bir duvar yükseliyordu. Yer yer yıkık dökük görünüyordu duvar ama daha gece sona ermeden, hızla yapılan onarım işinin sesi duyulabiliyordu: Çekiçlerin sesi, malaların tıkırtısı ve tekerleklerin gıcırtısı. Meşaleler ve aniden patlak veren alevler, sis içinde orada burada donuk donuk ışıldıyordu. Gandalf yolunu kesmiş olan adamlarla konuşuyordu; Pippin dinledikçe tartışılan konunun kendisi olduğunu fark etti.

"Evet tabii ki seni tanıyoruz Mithrandir," dedi adamların başkanı, "sen Yedi Kapı'nın parolasını biliyorsun ve o yüzden ilerlemekte serbestsin. Ama yol arkadaşını tanımıyoruz. Nedir o? Kuzey dağlarından çıkagelmiş bir cüce mi? Bu zamanda ülkemizde, sadakatine ve yardım edeceğine güvendiğimiz silahlı ve güçlü adamlardan başka hiçbir yabancıyı istemiyoruz."

"Denethor'un huzurunda yemin ederek ona kefil olurum," dedi Gandalf. "Ve yiğitliğe gelince, dış görünüşe bakıp da anlayamazsınız. Sen ondan iki misli uzun olduğun halde, o senden çok daha fazla savaş ve tehlike atlattı İngold; şimdi de fırtınaların yaşandığı, haberler getirdiğimiz İsengard'dan geliyor; omuzlarında büyük bir yorgunluk var yoksa onu uyandırırdım. Adı Peregrin'dir, çok cesur bir insandır."

"İnsan mı?" dedi İngold kuşkuyla; diğerleri güldü.

"İnsan!" diye bağırdı Pippin, artık tamamen uyanmıştı. "İnsan ha! Tabii ki bu doğru değil! Ben bir hobbitim ve bir insandan daha az yiğit sayılmam, arada bir zaruret nedeniyle aksi doğruymuş gibi görülse de. Gandalf'ın sizi kandırmasına izin vermeyin!"

"Büyük işler başarmış insanların birçoğu bundan fazlasını söyleyemezdi," dedi İngold. "Ama hobbit nedir?"

"Bir Buçukluk," dedi Gandalf. "Hayır, efsanede sözü edilen değil," diye ekledi adamların yüzlerindeki hayreti görünce. "O değil, ama onun akrabalarından biri."

"Evet ve onunla yolculuk yapan biri," dedi Pippin. "Üstelik sizin Şehir'den Boromir de bizimle birlikteydi; beni Kuzey'in karlarından kurtardı ve sonunda beni bir sürü düşmana karşı korurken öldü."

"Sükût!" dedi Gandalf. "O acının haberi ilk önce babaya verilmeli."

"Bu zaten tahmin ediliyordu," dedi İngold; "çünkü son zamanlarda burada tuhaf belirtiler vardı. Ama şimdi geçin hemen! Çünkü Minas Tirith Hükümdarı oğlu ile ilgili son haberleri taşıyan birini görmeye can atıyor, bu ister insan olsun, isterse de..."

"Hobbit," dedi Pippin. "Hükümdarınıza çok az bir hizmetim dokunabilir ama elimden ne gelirse yaparım, cesur Boromir'in anısına."

"Hoşça kalasın!" dedi İngold; ve adamlar Gölgeyele'ye yer açtılar; Gölgeyele de surdaki dar kapıdan geçti. "İhtiyaç anında Denethor'a ve hepimize iyi nasihatler veresin Mithrandir!" diye bağırdı İngold. "Fakat keder ve tehlike haberleriyle geldin, dedikleri gibi âdetin olduğu üzre."

"Nadiren ve ihtiyaç anında geliyorum da ondan," diye cevap verdi Gandalf. "Nasihate gelince, size Pelennor surunu tamirde çok geç kaldığınızı söyleyebilirim. Artık kapınıza dayanan fırtınaya karşı en iyi savunmanız cesaretiniz olacaktır – cesaretiniz ve size getirdiğim ümit. Çünkü getirdiğim haberlerin hepsi kötü değil. Lâkin malalarınızı bırakıp kılıçlarınızı bileyin."

"İş akşamdan evvel biter," dedi İngold. "Burası savunma sırasında gerekecek son bölüm: Saldırıya en az açık olan yer burası, çünkü bu kısım dostumuz Rohan'a bakıyor. Onlar hakkında hiçbir bilginiz var mı? Çağrımıza cevap verecekler mi sizce?"

"Evet, gelecekler. Fakat onlar arkanızda birçok savaşa girdiler. Ne bu yol, ne de bir başkası emniyetli sayılmaz artık. Tetikte olun! Eğer Gandalf Felakettellalı olmasaydı, şimdi Anórien'den çıkagelen düşman ordularını görürdünüz, Rohan Süvarileri'ni değil. Hâlâ da öyle olabilir. Hoşça kalın ve sakın uyuyayım demeyin!"

Gandalf artık Rammas Echor'un gerisindeki geniş topraklara geçmişti. İthilien Düşman'ın gölgesi altına düştükten sonra büyük bir emekle inşa ettikleri dış sura Rammas Echor diyordu Gondor'lu İnsanlar. Sur dağın eteğinden on fersah kadar ilerliyor, sonra Pelennor kırlıklarını da çevreleyerek geri dönüyordu. Pelennor kırlıkları: Uzun yamaçlardaki zarif, bereketli kasaba toprakları ve Anduin'in derin düzlüklerine inen teraslar. Şehir'in Büyük Cümlekapısı'ndan en uzak noktada, kuzey doğuda, sur dört fersah öteye uzanıyordu ve tam orada çatık kaşlı bir tepeden nehrin yanındaki uzun düzlüklere bakıyordu;

burada sur yüksek ve sağlam yapılmıştı, çünkü tam o noktada, surlarla çevrilmiş bir geçit üzerinde yol, Osgiliath köprüleri ve geçitlerinden gelerek her zaman meydan savaşına hazır olan kuleler arasındaki korunaklı bir kapıdan geçiyordu. En yakın yerinde, yani güneydoğuya bakan kısmında, sur Şehir'den bir fersah kadar ötedeydi. Burada, Güney İthilien'deki Emyn Arnen dağlarında geniş bir dirsek çizerek giden Anduin ani bir şekilde batıya dönüyor ve dış sur hemen nehrin kıyısından başlıyordu; surun tam altında güney tımarlarından gelen tekneler için iskeleler bulunuyordu.

Kasaba toprakları, işlenmiş geniş tarlaları ve meyva bahçeleriyle zengindi; şerbetçi otlarını kurutmak için fırınları, tahıl ambarları, ağılları, ahırları, tepelerden yeşiller arasından şırıldayıp gelerek Anduin'e akan minik dereleriyle çiftlik evleri vardı. Yine de burada oturan çobanların ve çiftçilerin sayısı pek fazla değildi; Gondor halkının çoğu Şehir'in yedi dairesi içinde veya dağ sınırlarında, Lossarnach'taki yüksek vadilerde ya da iyice güneyde hızla akan beş ırmağın olduğu zarif Lebennin'de otururdu. Dağlar ve deniz arasında gözüpek bir halk yaşardı. Bunlar Gondor'un güvendiği insanlardı, yine de kanları karışıktı; sonra kralların gelişinden önce Karanlık Yıllar'da tepelerin gölgesinde ikamet eden unutulmuş insanların soyundan gelen kısa boylu ve esmer bir halk vardı aralarında. Fakat geride, Belfalas'ın büyük tımarında deniz kenarındaki kalesi Dol Amroth'ta yaşayan Prens İmrahil vardı; o ve halkı soylu bir kan taşıyorlardı; deniz grisi gözlü uzun boylu ve mağrur insanlardı.

Gandalf atını bir süre sürdükten sonra gökyüzünde gün ışığı çoğalmaya başladı; Pippin doğrularak etrafa bakındı. Sol tarafında, yükselerek Doğu'da çıplak bir gölgeye dönüşen bir pus denizi uzanıyordu; fakat sağ tarafında ulu dağlar başlarını çıkartıyorlar, Batı'dan gelerek dik ve ani bir nihayete doğru sıralanıyorlardı. Sanki bu topraklar yaratılırken Nehir büyük bir engeli patlatarak çıkmış ve gelecek günlerde üzerinde savaşların ve çekişmelerin yer alacağı muazzam bir vadi oymuş gibi. Pippin, Ered Nimrais'in Ak Dağları'nın bittiği yerde, Gandalf'ın söz vermiş olduğu gibi Mindolluin Dağı'nın kara kütlesini, yüksekteki vadilerinin koyu mor gölgelerini ve günün belirmesiyle aklaşan yüksek yüzünü gördü. Dışarı uğramış dirseğinde, taştan yedi kat surlarıyla son derece sağlam ve son derece eski olduğundan sanki elle yapılmamış da devler tarafından arzın kemiklerinden oyulmuş gibi duran Korunan Şehir'i gördü.

Pippin hayretler içersinde seyrederken surlar, şafakta belli belirsiz kızararak hayal mayal bir griden beyaza döndüler; güneş ansızın doğudaki gölgeden tırmanarak Şehir'in yüzüne bir mızrak yolladı. O zaman Pippin bir çığlık attı çünkü en tepedeki surlar içinde duran Ecthelion Kulesi göğe doğru, tıpkı inci ve gümüşten bir başak gibi ışıldayarak, tüm endamı ve zarafetiyle parlamaya başladı; tepesi sanki billurdan yapılmış gibi pırıl pırıldı; sonra sabah esintisinde, surlardaki mazgallı siperlerden çıkan ak bayraklar dalgalandı; yüksekten ve uzaktan gümüş borazanların berrak çınlamalarını duydu.

Böylece sürdüler atlarını Gandalf ile Pippin Gondor'lu İnsanlar'ın Büyük Cümlekapısı'na doğru şafak vakti. Cümlekapısı'nın demir kanatları önlerinde geriye doğru açıldı.

"Mithrandir! Mithrandir!" diye bağırdı adamlar. "Artık fırtınanın gerçekten çok yaklaştığı belli oldu!"

"Fırtına geldi dayandı," dedi Gandalf. "Ben fırtınanın eteklerine binip de geldim. Bırakın geçeyim! Hükümdar Denethor'a gitmem gerek, henüz vekilharçlığı devam ederken. Başınıza her ne hal gelecekse gelsin, artık bildiğiniz Gondor'un sonuna vardınız. Bırakın geçeyim!"

O zaman adamlar onun sesinin emreden edası karşısında gerileyerek, önünde oturan hobbiti ve onu taşıyan atı hayretler içersinde süzdükleri halde soru sormaktan vazgeçtiler. Çünkü Şehir halkı çok nadiren at kullanırdı; hükümdarın ulakları tarafından binilen atlar dışında, atlar sokaklarda nadiren görünürdü. Şöyle dediler: "Bu Rohan Kralı'nın büyük küheylanlarından biri herhalde? Belki de Rohirrim yakında gelerek gücümüze güç katar." Fakat Gölgeyele dolana dolana giden uzun yolu mağrur bir edayla yürüyüp uzaklaştı.

Minas Tirith âdetlerine göre şehir, her biri dağa oyulmuş ve etrafı, ortasında bir kapısı olan surlarla çevrilmiş yedi satıh üzerine inşa edilmişti. Fakat kapılar bir hizaya yerleştirilmemişti: Şehir Surlarındaki Büyük Cümlekapısı dairenin doğu noktasındaydı fakat bir sonraki güneye, üçüncüsü kuzeye bakıyor, bu böylece değişe değişe yükseliyordu; böylelikle Hisar'a tırmanan kaldırım taşlarıyla döşeli yol dağın yüzünde bir o yana, bir bu yana dolanıp duruyordu. Yol ne zaman Büyük Cümlekapısı'nın hizasına denk gelse, çıkıntı yapan muazzam kütlesi, ilki hariç Şehir'in bütün dairelerini ikiye ayıran kayadan kocaman bir payandayı delerek kemerli bir tünelden geçiyordu. Çünkü kısmen tepenin ilkel biçimlendirmesinden, kısmen de eskilerin muazzam hünerleri ve emekleri sayesinde Cümlekapısı'nın arkasındaki geniş avlunun gerisinden kenarları gemi omurgası kadar keskin, doğuya bakan, taştan yüksek bir tabya yükseliyordu. En üstteki dairenin hizasına kadar yükseliyor ve orada mazgallı siperlerle taçlanıyordu; böylece Hisar'dakiler, tıpkı dev gibi bir gemideki gemiciler gibi tabyanın tepesinden, diklemesine aşağılarındaki, yedi yüz metre altlarındaki Cümlekapısı'nı gözleyebilirlerdi. Hisar'ın girişi de doğuya bakıyordu ama kapı kayanın tam göbeğine oyulmuştu; oradan, lambaların aydınlattığı bir yokuş yedinci kapıya tırmanıyordu. Böylece sonunda Yüce Avlu'ya, Ak Kule'nin eteği önündeki Kaynak Yeri'ne varıyordu: Ak Kule yüksek ve biçimliydi, temelinden tepesine elli kulaç yüksekliğindeydi ve tepesine dikilmiş Vekilharçların sancağı ovanın bin ayak tepesinde dalgalanıyordu.

Gerçekten de sağlam, içeride eli silah tutan birileri bulunduğu sürece düşman ordularınca ele geçirilemeyecek bir hisardı burası; düşman arkadan dolanıp Mindolluin'in alçak eteklerine tırmanarak Muhafız Tepesi'ni dağ kütlesine bağlayan dar sırta varırsa o başkaydı tabii. Fakat beşinci sura kadar yükselen bu sırt, batı ucuna dayanan sarp kayalıklara kadar koca surlarla çevrilmişti; ve burada da, göçüp gitmiş olan kralların ve hükümdarların dağ ile kule arasında hep sessiz duran evleriyle kubbeli mezarları bulunuyordu.

Pippin gitgide artan bir hayretle, hayalinde canlandırmış olduğu her şeyden çok daha büyük ve çok daha harika olan, İsengard'dan daha büyük, daha güçlü ve çok çok daha güzel olan bu taştan koca şehre bakıyordu. Yine de aslında şehir yıl be yıl dökülüyordu; daha şimdiden içinde rahat rahat barınabilecek insanların yarısı bile kalmamıştı. Her caddede, üzerine garip ve kadim biçimlerde zarif harflerin oyulmuş olduğu kapılara ve kemerli cümlekapılarına sahip büyük evler veya avlulardan geçtiler: Pippin bu yazıların bir zamanlar burada yaşamış olan büyük adamlara ve akrabalarına ait olduğunu tahmin etti; yine de şimdi buraları sessizdi, geniş kaldırımlarda ayak sesleri çınlamıyor, salonlarda insan sesleri duyulmuyor, kapılardan veya boş pencerelerden kimse bakmıyordu.

Sonunda yedinci kapının gölgesinden çıktılar; Frodo İthilien ormanlarının açıklıklarında gezerken nehrin gerisinden parlayan ılık güneş, burada muntazam surlar, yerlerine oturmuş sütunlar ve taçlı ve soylu bir baş biçimi verilerek yontulmuş kilit taşından büyük kemer üzerinde parlıyordu. Gandalf attan indi çünkü Hisar'a atların girmesi yasaktı; Gölgeyele efendisinin yumuşak bir sözüyle alınıp götürülmesine boyun eğmek zorunda kaldı.

Kapıdaki muhafızlar siyahlar giymişti, yüksek tepeli, yüzü sıkı sıkı saran, yanaklıklarının üzerine deniz kuşlarının kanatlarının yerleştirilmiş olduğu miğferleri de garip şekilliydi; fakat miğferler gümüşten bir alevle parlıyorlardı çünkü bunlar gerçekten de eski günlerin bir yadigârı olan *mithril*'dendi. Siyah cüppelerine beyazla, gümüşten bir tacın ve birçok köşesi olan bir yıldızın altında kar gibi çiçekler açmış bir ağaç işlenmişti. Bu Elendil'in varislerinin özel üniforması idi ve artık Gondor'da, Hisar'ın önünde bulunan, bir zamanlar Ak Ağaç'ın yetişmiş olduğu Kaynak Avlusu'nun Nöbetçileri'nden başka kimse giymiyordu.

Besbelli ki onlar varmadan gelişlerinin haberi ulaşmıştı; hemen içeri kabul edildiler, sessizce, sorguya çekilmeden. Gandalf aceleyle beyaz taşlarla döşenmiş avluyu büyük adımlarla geçti. Sabah güneşi altında tatlı bir su kaynayıp oynaşıyor, etrafını da parlak yeşilden bir çimenlik çevreliyordu; fakat tam ortada, havuzun üzerine sarkan ölü bir ağaç duruyor, akan damlalar hüzünle ağacın çıplak ve kırık dalları üzerinden yeniden berrak suya dökülüyordu.

Pippin, Gandalf'ın arkasından aceleyle giderken ağaca bir göz attı. Çok hüzünlü görünüyor, diye düşündü ve her şeye o kadar güzel bakıldığı halde neden ölü ağacın yerinde bırakılmış olduğunu merak etti.

Yedi yıldız, yedi taş ve bir ak ağaç.

Gandalf'ın mırıldanmış olduğu sözcükler geldi aklına. Derken kendini parlayan kulenin altındaki büyük binanın kapıları önünde buluverdi; büyücünün arkasında uzun boylu, sessiz kapı muhafızlarının arasından geçerek taştan evin serin ve yankılı gölgesine girdi.

Yerleri kaldırım taşı döşeli, uzun ve boş bir geçitten geçtiler; giderlerken Gandalf Pippin'e alçak sesle, "Sözlerine dikkat et Efendi Peregrin!" dedi. "Hobbit küstahlığının zamanı değil. Théoden müşfik ve yaşlı bir adamdı. Denethor başka bir cinstir; mağrur ve kurnaz, kendisine kral denmese bile çok daha büyük bir soya ve güce sahip biridir. Fakat oğlu Boromir hakkındaki bilgileri sen verebileceğin için en çok seninle konuşacak ve seni uzun uzun sorguya çekecektir. Oğlunu çok severdi: Belki de haddinden fazla; birbirlerinden farklı oldukları için daha da çok severdi. Fakat bu sevgi görüntüsü altında, öğrenmek istediği şeyleri benden çok senden öğrenebileceğini düşünecektir. Ona, gerekenden fazlasını anlatma; Frodo'nun göreviyle ilgili meseleyi karıştırma. Bu konuyla daha sonra ilgileneceğim. Aragorn hakkında da bir şey söyleme, eğer çok mecbur kalmazsan."

"Neden söylemeyecekmişim? Yolgezer'in nesi var?" diye fısıldadı Pippin. "O da buraya gelmeye niyetliydi, değil mi? Zaten kendisi de kısa bir süre sonra buraya gelmiş olacak."

"Belki, belki," dedi Gandalf. "Gerçi gelecek olursa, hiç kimsenin, hatta Denethor'un dahi tahmin etmediği bir şekilde olacak bu. Böylesi daha iyi. En azından geleceğinin haberi bizim tarafımızdan verilmeden gelmeli."

Gandalf parlatılmış metalden bir kapı önünde durdu. "Bak Efendi Pippin, şimdi sana Gondor tarihi hakkında ders verecek halim yok; gerçi Shire'daki ormanlarda kuş yuvalarından yumurta çalacağına veya aylaklık edeceğine bu konuda bir şeyler öğrenmiş olsaydın hiç de fena olmazdı ya. Sen, ben ne dediysem öyle yap! Kudretli bir hükümdara veliahtının ölüm haberini verirken, buraya vardığında krallığını ilan edecek birinin gelişini haber vermek pek akıl kârı sayılmaz. Yetti mi?"

"Krallığını mı?" dedi Pippin hayret içinde.

"Evet," dedi Gandalf. "Bütün bu günler boyunca tıkalı kulaklar ve uykulu bir kafayla dolaştıysan uyan artık!" Kapıyı çaldı.

Kapı açıldı ama açan görünmüyordu. Pippin koskoca salona baktı. Salon, tavanı taşıyan uzun sütun dizilerinin ardında, her iki yanda bulunan derin pencereler tarafından aydınlatılmıştı. Yekpare siyah mermerden sütunlar, bir sürü garip hayvan ve yaprak şekilleriyle oyulmuş koca sütun başlarına doğru yükseliyordu; çok yukarılarda, gölge içinde geniş kemerli yapı dalgalı hafif çizgiler halinde çeşitli renkler eklenmiş donuk altın renginde parlıyordu. Ne duvarlarda asılı kumaşlar, ne tarihi sahneleri canlandıran dokumalar, ne de dokunmuş veya tahtadan herhangi bir şey görünüyordu heybetli salonda; fakat sütunlar arasında, soğuk taştan oyulmuş bir grup sessiz, uzun boylu suret vardı.

Aniden Pippin'in aklına Argonath'ın yontulmuş kayaları geldi ve çoktan ölmüş olan krallar caddesine bakarken üzerine bir korku çöktü. Salonun öbür ucunda çok basamaklı bir kaidenin üzerine, tepesi miğfer gibi şekillendirilmiş mermerden bir kubbenin alttına koca bir taht yerleştirilmişti; arkasında duvara çiçek açmış bir ağaç sureti oyulmuş ve değerli taşlarla bezenmişti. Fakat taht boştu. Kürsünün dibinde, geniş ve derin olan en son basamakta taştan bir sandalye vardı – kapkara ve süssüz; bunda da kucağına bakan yaşlı bir adam oturuyordu. Elinde altın topuzlu beyaz bir asa vardı. Adam başını kaldırıp bakmadı. Onlar da ağırbaşlılıkla, adama doğru giden uzun yolu, ayak taburesine üç adım kalıncaya kadar adımladılar. O zaman Gandalf konuştu.

"Selam olsun Minas Tirith'in Hükümdarı ve Vekilharcı, Ecthelion oğlu Denethor! Bu karanlık saatte nasihatler ve haberlerle geldim."

O zaman yaşlı adam başını kaldırarak baktı. Pippin adamın, mağrur kemikli, fildişi tenli, kara derin gözleri arasındaki uzun kemerli burnuyla derin çizgili yüzünü gördü; bu yüz ona Boromir'den çok Aragorn'u hatırlattı. "Karanlık gerçekten de şu saat," dedi yaşlı adam, "ve senin âdetin de böyle zamanlarda gelmektir Mithrandir. Lâkin bütün işaretler Gondor'un yazgısının yaklaştığını gösterse de, o karanlık bana kendi karanlığımdan daha aydınlık geliyor şimdi. Bana, oğlumun ölümüne tanık olmuş birini getirdiğin söylendi. O, bu mu?"

"Öyle," dedi Gandalf. "İkisinden biri. Diğeri Rohan'lı Théoden ile birlikte; yakında buraya gelebilirler. Sizin de gördüğünüz gibi Buçukluktur bunlar; yine de kehanette adı geçen değil."

"Yine de bir Buçukluk," dedi Denethor gaddarca, "bu isme karşı pek sevgi beslemiyorum, çünkü o lanetli sözler düşüncelerimizi karıştırmak için gelmişti ve oğlumu ölümüne götüren belirsiz bir göreve sürüklemişti. Boromir'im! Şimdi sana ihtiyacımız var işte! Onun yerine Faramir gitmeliydi."

"Gidebilirdi," dedi Gandalf. "Kederin yüzünden haksızlık etme! Bu göreve Boromir talip olmuştu ve bir başkasının görevi almasına müsaade etmedi. O buyurucu, istediğini alan biriydi. Onunla uzun bir yolculuk yaptım ve ruh hallerinin çoğunu anladım. Fakat siz onun ölümünden söz ediyorsunuz. Bunun haberini biz gelmeden önce mi aldınız?"

"Bu geçti elime," dedi Denethor ve asasını yere bırakarak kucağından bakmakta olduğu şeyi kaldırdı. Her iki elinde de ortadan ikiye ayrılmış büyük borunun bir parçası vardı: Gümüşle bağlanmış yabani öküz boynuzu.

"Bu Boromir'in her zaman üzerinde bulundurduğu borusu!" diye haykırdı Pippin.

"Öyle," dedi Denethor. "Sıra bendeyken ben de taşımıştım; tıpkı kralların zail olmasından önceki yitip gitmiş yıllardan, Mardil'in babası Vorondil'in, Rhûn'un ırak kırlarında Araw'ın vahşi ineklerini avladığından beri sülalemizdeki bütün büyük erkek çocukların taşıdıkları gibi. On üç gün önce borunun kuzey bataklıklarında belli belirsiz öttürüldüğünü duydum ve nehir boruyu bana getirdi, yarılmış bir halde: Artık bir daha hiç üflenemeyecek." Durdu; ağır bir sessizlik hâkimdi. Aniden kara bakışlarını Pippin'e çevirdi. "Sen ne dersin buna Buçukluk?"

"On üç, on üç gün," diye kekeledi Pippin. "Evet, sanırım o kadardı. Evet, borusunu üflediğinde ben onun yanındaydım. Ama hiç yardım gelmedi. Sadece daha çok ork çıkageldi."

"Demek öyle," dedi Denethor bütün dikkatiyle Pippin'in yüzüne bakarak. "Sen orada mıydın? Bana daha çok şey anlat! Neden hiç yardım gelmedi? Ve sen nasıl kaçtın da o, o kadar kudretli bir adam, karşısında sadece orklar varken kaçamadı?"

Pippin kızararak korkusunu unuttu. "En kudretli adam bile tek bir okla öldürülebilir," dedi; "üstelik Boromir birçok okla delik deşik oldu. Onu en son gördüğümde bir ağacın dibine çökmüş, böğrüne saplanmış kara tüylü bir oku çıkartıyordu. Sonra baygınlık geçirdim ve beni tutsak ettiler. Bir daha onu ne gördüm, ne de duydum. Fakat anısına çok büyük saygı duyuyorum çünkü çok yiğit biriydi. Bizi, akrabam Meriadoc ile beni kurtarabilmek için uğraşırken Karanlıklar Efendisi'nin askerleri tarafından pusuya düşürülerek öldü; her ne kadar başarılı olamayıp ölmüş olsa da ona karşı minnettarlığımdan hiçbir şey eksilmemiştir."

Sonra Pippin yaşlı adamın gözlerinin içine baktı; çünkü hâlâ o soğuk sesteki serzenişten ve alaydan dolayı incinmiş olan gururu garip bir biçimde oynaşıyordu içinde. "İnsanların büyük bir hükümdarı bir hobbitten, kuzey Shire'lı bir buçukluktan pek fazla bir hizmet ummaz kuşkusuz; ama öyle de olsa, ben borcuma karşılık olarak emrinize amade olduğumu bildirmek isterim size." Kurşuni renkli pelerinini yana savurarak küçük kılıcını çekti ve Denethor'un ayaklarının dibine bıraktı.

Tıpkı bir kış akşamı görünen soğuk güneşin pırıltısı gibi soluk bir tebessüm gelip geçti yaşlı adamın yüzünden; ama başını eğerek, borunun kırık parçalarını kenara bırakıp elini uzattı. "Silahı bana ver!" dedi.

Pippin kılıcı kaldırarak, kabzasını yaşlı adama uzattı. "Nereden geldi bu?" dedi Denethor. "Üzerinde çok çok uzun yıllar var. Bu kılıç, geçmişin derinliklerinde Kuzey'de yaşayan akrabalarımız tarafından yapılmış herhalde, öyle mi?"

"Kılıç, ülkemin sınırlarında bulunan höyüklerden çıktı," dedi Pippin. "Ama sadece kötü kişiler yaşıyor şimdi orada ve onlar hakkında daha fazla şey anlatmaya da gönlüm yok."

"Bakıyorum etrafınıza garip hikâyeler örülmüş," dedi Denethor, "ve bir kez daha görünüşün insanı –ya da buçukluğu– kandırabileceği gösterildi bize. Sizin hizmetinizi kabul ediyorum. Çünkü sizin gözünüz sözlerden korkmuyor; her ne kadar biz Güney'de yaşayanların kulağına garip de gelse, kibar bir konuşma biçiminiz var. Ve nezaket sahibi bütün halklara ihtiyacımız olacak önümüzdeki günlerde, ister büyük olsunlar ister küçük. Bana yemin et şimdi!"

"Kabzayı al," dedi Gandalf, "ve Hükümdarın söylediklerini tekrarla, eğer buna kararlıysan."

"Kararlıyım," dedi Pippin.

Yaşlı adam kılıcı kucağına bıraktı; Pippin elini kılıcın kabzasına koydu ve Denethor'un söylediklerini yavaş sesle tekrarladı:

"Burada Gondor'a ve ülkenin Hükümdarı ve Vekilharcı'na sadakatle hizmet edeceğime; iyilikte ve kötülükte, savaşta ve barışta, yaşarken ve ölürken, şu andan itibaren, hükümdarım beni azat edinceye veya ölünceye veya dünyanın sonu gelinceye kadar gerektikçe konuşup gerektikçe susacağıma; yapılması gerekeni yapacağıma veya karışmayacağıma; gelip gideceğime yemin ederim. Ben, Buçuklukların Shire'ından Paladin oğlu Peregrin böyle veriyorum sözümü."

"Ve ben, Gondor Hükümdarı, Yüce Kralın Vekilharcı, Ecthelion oğlu Denethor, bunu böyle işitiyorum; bunu ne unutacağım, ne de bahşedilenin ödülünü esirgeyeceğim: Sadakate karşı sevgi, yiğitliğe karşı onur, yeminini bozandan intikam." Bunun üzerine Pippin kılıcı geri alarak kınına soktu.

"Şimdi," dedi Denethor, "sana ilk buyruğum: Konuş, sessiz kalma! Bana bütün hikâyeni anlat; oğlum Boromir hakkında bütün bildiklerini hatırlamaya çalış. Şimdi otur ve başla!" Konuşurken ayak taburesinin yanında duran gümüşten minik bir çıngırağı çaldı; hemen hizmetkârlar çıktı öne. Pippin onların, Gandalf ile içeri girdiklerinde görünmeyecek şekilde kapının her iki yanındaki özel bölümlerde durduklarını gördü.

"Misafirlere yiyecek bir şeyler, şarap ve sandalye getirin," dedi Denethor, "ve bir saat bizi kimsenin rahatsız etmesine izin vermeyin."

"Bütün ayırabileceğim zaman bu kadar, çünkü göz önünde bulundurmam gereken çok fazla şey var," dedi Gandalf'a. "Çok daha önemli şeyler gibi görünseler de benim için o kadar acil olmayan şeyler. Lâkin belki günün sonunda yeniden konuşabiliriz."

"Daha önce de mümkün olur umarım," dedi Gandalf. "Çünkü İsengard'dan buraya, yüz elli fersahı bir yel hızıyla, sadece size her ne kadar kibar olursa olsun, minik bir savaşçı getirmek için gelmedim. Théoden'in çok büyük bir savaş yapması, İsengard'ın düşmesi ve benim Saruman'ın asasını kırmam sizin hiç mi umurunuzda değil?"

"Umurumda. Ama bu işlerle ilgili, Doğu'nun tehlikesine karşı kendim için yeterli sayılacak kadar bilgim var." Kara gözlerini Gandalf'a çevirdi; o zaman Pippin ikisinin arasındaki benzerliği, ikisi arasındaki sanki bir gözden diğerine çekilmiş için için yanan ama her an alevlenecek bir ateş çizgisi gibi duran duygusal gerginliği gördü.

Gerçekten de Denethor, Gandalf'tan çok benziyordu büyük bir büyücüye; daha haşmetliydi, daha yakışıklı ve güçlüydü; yaşlıydı. Ama yine görmek dışında bir duyuyla Pippin, Gandalf'ın daha büyük bir güce, daha derin bir irfana ve gizlenmiş olan bir haşmete sahip olduğunu algıladı. Ayrıca, aslında daha yaşlıydı, çok çok daha yaşlı. "Ne kadar daha yaşlı acaba?" diye merak etti ve o zaman bunu daha önce düşünmemiş olmasının ne kadar garip olduğunu fark etti. Ağaçsakal büyücülerle ilgili bir şeyler söylemişti ama o zaman bile Gandalf'ı onlardan biri olarak düşünmemişti. Gandalf neydi? Dünyanın hangi ırak zamanı ve yerinde gelmişti dünyaya ve ne zaman gidecekti? Sonra düşünceleri bölündü; Denethor ile Gandalf'ın hâlâ birbirlerinin gözlerine bakmakta olduğunu gördü, sanki birbirlerinin zihninden geçenleri okuyorlarmış gibi. Fakat bakışlarını ilk kaçıran Denethor oldu.

"Evet," dedi; "çünkü Taşlar kaybolmuş olsa dahi, Gondor'lu hükümdarların normal insanlardan daha keskin gözlere sahip olduğu söylenir; onlara birçok da haber ulaşır. Fakat oturun şimdi!"

Derken adamlar bir sandalye ile alçak bir tabure taşıyarak geldiler; bir tanesi üzerinde gümüş kapaklı bir sürahi, kupalar ve beyaz kekler bulunan bir tepsi getirdi. Pippin oturdu ama gözlerini bir türlü yaşlı hükümdardan alamıyordu. Gerçekten öyle mi olmuştu yoksa ona mı öyle gelmişti bilemiyordu ama, Taşlar'dan konuşurken yaşlı adamın gözlerindeki pırıltılardan birinin aniden kendi yüzüne düşer gibi olduğunu hissetmişti.

"Şimdi bana hikâyeni anlat sevgili kulum," dedi Denethor, yarı nezaket, yarı alayla. "Çünkü oğlumun kendine arkadaş seçtiği birinin sözleri gerçekten de hoş gelecektir."

Pippin koca salonda, Gondor Hükümdarı'nın delip geçen bakışları altında, arada bir sorduğu kurnaz sorularla deşildiği ve bütün bu süre zarfında olanları dinleyen, seyreden ve (Pippin'e öyle geliyordu) kabarmakta olan öfkesini ve sabırsızlığını bastıran Gandalf'ın varlığını hissettiği o saati bir daha hiç unutamadı. Saat bittiğinde ve Denethor çıngırağı tekrar çaldığında, Pippin bitip tükenmişti. "Saat dokuzu geçmemiştir daha," diye düşündü. "Şu anda üst üste üç kahvaltı edebilirim."

"Efendi Mithrandir'i, kendisi için hazırlanmış olan yere götürün," dedi Denethor, "yol arkadaşı da şimdilik onunla kalabilir, eğer isterse. Fakat onu hizmetime kabul ettiğim bilinsin, kendisi Paladin oğlu Peregrin olarak tanınsın ve ikinci derecedeki parolalar kendisine öğretilsin. Komutanlara, saat üçü vurur vurmaz beni burada ziyaret etmelerini söyleyin.

"Ve siz Efendi Mithrandir, siz de gelin, dilediğiniz zaman. Kısa uykularım dışında kimse sizin yanıma gelmenizi engellemeyecek. Bırakın yaşlı bir adamın aptallığına karşı duyduğunuz öfke geçsin, o zaman beni teselli etmek için geri gelin."

"Aptallık mı?" dedi Gandalf. "Hayır hükümdarım, siz bunadığınız zaman ölürsünüz. Siz üzüntünüzü bile bir örtü gibi kullanabilirsiniz. Ben yanında otururken, hiçbir şey bilmeyen birini bir saat sorguya çekmenizin nedenini bilmiyorum mu sanıyorsunuz?"

"Eğer bunu anlıyorsan o zaman haline şükret," diye cevap verdi Denethor. "Gerektiğinde yardım ve öğüdü hor gören gurur, aptallıktır; fakat sen bu tür armağanları kendi amaçların için dağıtıyorsun. Ama Gondor Hükümdarı başka adamların amaçlarının aleti olmamalıdır, bunlar ne kadar kıymetli olursa olsun. O yüzden dünyada benim için, şu andaki haliyle Gondor'un iyiliğinden daha yüksek bir amaç yoktur; ve Gondor'un hükümranlığı bendedir beyim, başka hiç kimsede değil; kral tekrar gelmedikçe."

"Kral tekrar gelmedikçe mi?" dedi Gandalf. "Eh sayın Vekilharcım, sizin göreviniz hatırı sayılır bir krallığı, artık çok az insanın bakıp da görebildiği o olaya karşı korumaktır hâlâ. Bu görevi yerine getirirken arzu ettiğiniz bütün yardımı alacaksınız. Fakat size şunu söyleyeyim: Hiçbir ülkenin, ne Gondor'un, ne de büyük küçük başka bir ülkenin hükümranlığı bana ait değildir. Şu andaki haliyle dünyada tehlike içinde olan her kıymetli şey beni ilgilendirir. Kendi adıma ben,

Gondor yok olacak olsa bile, gelecek günlerde zarafetle büyüyüp, meyvalar veren ve çiçek açan bir şey şu geceden geçebilirse, kendi görevimde tamamiyle başarısız olmamış olacağım. Çünkü ben de bir çeşit vekilharcım. Bunu bilmiyor muydunuz?" Bu sözle birlikte dönerek, yanında koşan Pippin'le birlikte, koca adımlarla salondan ayrıldı.

Giderlerken Gandalf Pippin'e ne baktı, ne de bir söz söyledi. Mihmandarları onları salonun kapılarından çıkarttı, Kaynak Avlusu'ndan geçirerek taştan yüksek binalar arasındaki yola götürdü. Birkaç dönemeçten sonra, tepe ile dağı birbirine bağlayan sırttan çok uzak olmayan bir yerde, hisarın kuzey tarafındaki surlarına yakın bir eve vardılar. İçeri girince mihmandar onları geniş oymalı bir merdivenden bir kat yukarıya çıkarttı ve aydınlık, havadar, duvarlarına üzerinde hiçbir suret bulunmayan donuk altın renkli dokumaların asılı olduğu zarif bir odaya buyur etti. Oda ferah döşenmişti, küçük bir masa, iki sandalye ve bir sedirden başka bir şey yoktu; fakat her iki yanda da perdeyle örtülmüş bölümler, güzelce örtülmüş yataklar ve yıkanmak için tasla ibrik vardı. Kuzeye, hâlâ sislerle kefenlenmiş duran Anduin'in uzaklardaki Emyn Muil ve Rauros'a doğu çizdiği koca kavisine bakan üç yüksek pencere vardı. Pippin taştan derin pervazdan dışarı bakabilmek için sedirin üzerine tırmandı.

"Bana kızdın mı Gandalf?" dedi mihmandarları dışarı çıkıp kapıyı kapatırken. "Elimden geleni yaptım."

"Gerçekten de yaptın!" dedi Gandalf aniden gülerek; gidip kolunu hobbitin omuzuna dolayarak Pippin'in yanında durup pencereden dışarıyı seyretti. Pippin biraz hayretle o anda kendi yüzüne yakın duran yüze baktı, çünkü o kahkahanın tonu mutlu ve neşeliydi. Yine de büyücünün yüzünde ilk önce endişe ve hüzün çizgileri görmüştü; gerçi daha dikkatle baktıkça bütün bunların altında büyük bir keyif algıladı: Hani bıraksa bütün bir krallığı kahkahayla boğacak bir şenlik kaynağı.

"Gerçekten de elinden geleni yaptın," dedi büyücü; "umarım bir daha uzun bir süre kendini böyle iki korkunç yaşlı adamın arasında bir köşeye kısılmış bulmazsın. Yine de Gondor Hükümdarı senden, tahmin ettiğinden daha çok şey öğrendi Pippin. Grup'u Moria'dan dışarı çıkartanın Boromir olmadığını, Minas Tirith'e gelenler arasında çok saygıdeğer biri olduğunu ve bu kişinin çok meşhur bir kılıcı olduğunu gizleyemedin. İnsanlar Gondor'da geçmişin öykülerini daha çok düşünürler; üstelik Denethor, Boromir gittiğinden beri İsildur'un Felaketi hakkındaki tekerlemeler ve sözler hakkında uzun uzun düşünmüştür.

"O, bu zamanın diğer insanlarına benzemez Pippin; babadan oğula geçen soyu ne olursa olsun, bir şans eseri olarak onda Batılı kanı hakkıyla akmakta; tıpkı en çok sevdiği oğlu Boromir'de olmayıp da diğer oğlu Faramir'de olduğu gibi. İleri görüşlü bir adam. Eğer iradesini o yöne yöneltirse, birinin, hatta uzakta yaşayan birinin bile aklından neler geçtiğini algılayabilir. Onu kandırmak zordur ve buna yeltenmek tehlikelidir.

"Bunu unutma! Çünkü artık onun hizmetine girdiğine dair yemin ettin. Bunu yapmayı senin kafana ya da gönlüne kim soktu bilemiyorum. Ama iyi oldu. Buna müdahale etmedim çünkü cömertçe bir eylem soğuk bir nasihatle denetlenmeye kalkışılmamalıdır. Bu (sanırım böyle de denebilir) gururunu okşadığı gibi ona dokundu da. Ve en azından artık Minas Tirith'te dilediğin gibi dolaşmakta özgürsün – görevin olmadığı zamanlar. Çünkü bu işin bir de başka yönü var. Artık onun emrindesin; o da bunu unutmayacaktır. Hâlâ dikkatli olman lazım!"

Sessizleşerek içini çekti. "Yarının ne getireceği hakkında kafa patlatmanın âlemi yok. Her şeyden önce, daha uzun bir süre yarının bugünden daha kötü şeyler getireceği kesin. Ve buna mani olmak için yapabileceğim bir şey yok artık. Tahta kuruldu, taşlar harekete geçti. Bulmayı çok istediğim taşlardan biri şu anda Denethor'un varisi olan Faramir. Onun Şehir'de olduğunu zannetmiyorum; ama haber toplayacak vaktim olmadı. Gitmem gerekiyor Pippin. Hükümdar'ın bu divanına gidip öğrenebildiğimi öğrenmem lazım. Fakat hamle sırası Düşman'da ve o da bütün oyununu kurmak üzere. Piyonlar da bunu görebilir, Gondor eri Paladin oğlu Peregrin, herkes kadar. Bile kılıcını!"

Gandalf kapıya gitti, kapının ağzından geri döndü. "Çok acelem var Pippin," dedi. "Dışarı çıktığında benim için bir şey yapıver. Hatta eğer çok yorgun değilsen, dinlenmeden önce. Git, Gölgeyele'yi bul ve onu nasıl barındırdıklarına bak. Bu insanlar hayvanlara iyi davranırlar çünkü kendileri de iyi ve akıllı bir halktır ama atlar hakkında bazılarına göre daha az bilgileri vardır."

Bunu söyledikten sonra Gandalf dışarı çıktı; tam o çıkarken, hisarın kulesinden tatlı ve berrak bir çan sesi duyuldu. Havadaki gümüş gibi üç kez çaldı ve sustu: Güneş doğalı üç saat olmuştu.

Bir dakika sonra Pippin kapıya giderek merdivenlerden indi ve sokağa bakındı. Güneş artık sıcak ve parlaktı, kuleler ve yüksek evler batıya doğru keskin hatlı gölgeler uzatıyordu. Mindolluin Dağı beyaz miğferini ve karlı pelerinini mavi göğün yükseklerine kaldırıyordu. Şehrin yollarında silahlı adamlar gidip geliyordu, sanki saat çalınca nöbetlerini ve nöbet yerlerini değiştiriyorlarmış gibi.

"Shire'da saat dokuz derdik," dedi Pippin kendi kendine yüksek sesle. "Bahar güneşinde açık bir pencere önünde güzel bir kahvaltı etmenin tam zamanı. Ah bir kahvaltı için neler vermezdim! Acaba bu insanlar kahvaltı ederler mi, yoksa kahvaltı vakti geçti mi? Sonra akşam yemeğini ne zaman ve nerede yerler acaba?"

Derken, hisarın ortasından, dar sokaktan ona doğru gelmekte olan siyah-beyaz giyinmiş bir adam dikkatini çekti. Pippin kendisini çok yalnız hissederek adam geçerken onunla konuşmaya karar verdi; ama buna hiç gerek kalmadı. Adam doğrudan ona doğru geldi.

"Sen Buçukluk Peregrin misin?" dedi. "Bana, senin Hükümdar'ın ve Şehir'in hizmetine girmek için yemin ettiğin söylendi. Hoşgeldin!" Elini uzattı, Pippin de kabul etti.

"Ben Baranor oğlu Beregond. Bu sabah benim hiç işim yok; sana parolaları ve bilmek isteyeceğin kesin olan bazı şeyleri öğretmek için yollandım. Kendi adıma, ben de seninle ilgili bazı şeyler öğrenmiş olacağım. Çünkü daha önce bu ülkede hiç buçukluk görmemiştik; ayrıca onlar hakkında bazı söylentiler duymuş olsak bile bildiğimiz öykülerin hepsinde de onlardan çok az söz edilir. Dahası sen Mithrandir'in arkadaşısın. Onu iyi tanır mısın?"

"Şey," dedi Pippin. "Onu kısa hayatım boyunca tanıdım diyebiliriz; son olarak da onunla uzaklara seyahat ettim. Fakat daha o kitapta okunacak çok şey var; ben ise bir iki sayfadan fazlasını gördüğümü iddia edemem. Ama yine de belki onu birkaç kişi dışında herkes kadar tanıyorumdur. Grup'umuzda onu gerçekten bir tek Aragorn tanıyordu sanırım."

"Aragorn mu?" dedi Beregond. "O da kim?"

"Ay," diye kekeledi Pippin, "Bizle birlikte gelen adamın tekiydi. Şimdi Rohan'dadır herhalde."

"Duyduğuma göre sen de Rohan'daymışsın. O topraklarla ilgili de sana soracağım çok şey var; çünkü beslediğimiz azıcık umudu da o insanlara bağlıyoruz. Fakat görevimi unuttum, önce senin sorularına cevap vermeliyim. Şimdi ne yapmak isterdin Efendi Peregrin?"

"Aa şey," dedi Pippin, "eğer cesaretimi toplasam şu anda aklımı kurcalayıp duran soruyu sorardım; şey, yani kahvaltı falan etmeye ne dersiniz? Yani demek istediğim yemeği ne zamanlar yersiniz, yemekhaneniz nerede, eğer varsa? Ya hanlar? Bakındım ama akıllı ve kibar adamların evlerine vardığımız zaman bir yudum bira içme umuduyla ayakta kalmayı başardığım halde yukarı çıkarken bir tek han bile göremedim."

Beregond ona ciddi ciddi baktı. "Tam bir eski tüfeksin bakıyorum," dedi. "Kırlarda savaşmaya giden adamların hep bir sonra yemek yiyip içecekleri yerin umuduyla yaşadıkları söylenir; gerçi ben yolculuk yapmış bir adam değilim şahsen. O halde bugün henüz yemek yemedin, öyle mi?"

"Şey, yedim, doğrusunu söylemek gerekirse yedim, evet," dedi Pippin. "Ama hükümdarınızın şefkati sonucu bir kupa şarap ve bir iki beyaz kekten fazlasını değil; fakat bunun acısını beni bir saat sorguya çekerek çıkarttı, ki bu da sorguya çekileni acıktıran bir şeydir."

Beregond güldü. "Masada, küçük adamlar büyük işler başarır, deriz. Fakat sen kahvaltını Hisar'daki herhangi bir adam kadar iyi etmişsin, üstelik daha da saygın bir biçimde. Burası bir kale, bir nöbetçi kulesi ve şimdi de savaş halindeyiz. Güneşten önce kalkıp, kurşuni ışık altında bir lokma bir şey yiyoruz ve şafak vakti göreve gidiyoruz. Ama üzülme!" Pippin'in yüzündeki ümitsizliği görerek tekrar güldü. "Sabah ağır işi olanlar, sabahla öğle arasında kendilerini güçlendirmek için bir şeyler daha yer. Sonra öğlen vakti veya görevimizin izin verdiği bir vakitte hafif bir öğle yemeğimiz olur; sonra insanlar günün yemeği için toplanırlar, günün kavuştuğu saatlerde öyle bir şenlik hâlâ olabilir.

"Haydi! Biraz yürüyelim, sonra gidip biraz yiyecek bir şeyler bulur burçtaki mazgallar arasında yiyip içer, şu latif sabahı seyrederiz."

"Bir dakika!" dedi Pippin kızararak. "Açgözlülük ya da müsaade ederseniz açlık diyelim, aklımdan çıkarıvermiş. Ama Gandalf, sizin deyiminizle Mithrandir, Rohan'ın önemli bir küheylanına, söylendiğine göre onu Mithrandir'in emrine verdiği halde kralın göz bebeği olan atı Gölgeyele'ye bakmamı söylemişti bana. Sanırım yeni sahibi onu birçok insanı sevdiğinden daha çok seviyor ve eğer bu şehirde onun hatırı sayılıyorsa Gölgeyele'ye de büyük bir saygıyla davranmanız gerekir: Bu hobbite davrandığınızdan daha büyük bir şefkatle, eğer mümkünse."

"Hobbit mi?" dedi Beregond.

"Biz kendimize böyle diyoruz," dedi Pippin.

"Bunu öğrendiğime memnun oldum," dedi Beregond, "çünkü artık garip aksanların güzel bir muhabbeti engellemediğini söyleyebilirim; hobbitler hoş konuşan bir halk. Fakat haydi! Beni bu güzel at hakkında bilgilendir. Ben hayvanları severim, onları bu taştan şehirde nadiren görürüz; çünkü halkım dağlardaki vadilerden gelmiş, ondan önce de İthilien'den. Fakat korkma! Ziyaretimiz kısa olacaktır, sadece nezaketen bir selamlama, sonra oradan kilere gideriz."

Pippin Gölgeyele'nin güzelce barındırılmış ve bakılmış olduğunu gördü. Çünkü altıncı dairede, hisarın surları dışında, birkaç hızlı atın barındığı birkaç güzel ahır bulunuyordu, Hükümdar'ın ulaklarının barınaklarının hemen yanında: Elçiler her zaman Denethor ya da onun baş komutanı tarafından acil bir emirle bir yerlere yollanmak için hazır bekliyorlardı. Fakat o anda bütün atlar ve biniciler dışarıda, uzaktaydılar.

Pippin ahıra girerken Gölgeyele kişnedi ve başını çevirdi. "Günaydın!" dedi Pippin. "Gandalf ilk fırsat bulduğunda gelecek. Çok meşgul ama sana selam söyledi, beni de her şeyin yolunda olup olmadığını kontrol etmem için yolladı; o uzun zahmetinden sonra umarım dinlenebiliyorsundur."

Gölgeyele başını aşağı yukarı sallayarak ayaklarını yere vurdu. Fakat Beregond'un başını hafifçe elleyip böğrünü okşamasına izin verdi .

"Sanki uzun bir yolculuktan gelmemiş de bir yarışa hazırlanmak için can atıyormuş gibi duruyor," dedi Beregond. "Ne kadar güçlü ve mağrur! Koşum takımları nerede? Çok zengin ve zarif olsa gerek."

"Onun için hiçbir koşum takımı yeterince zengin ve zarif olamaz," dedi Pippin. "Koşum takımlarına izin vermiyor. Eğer seni taşımayı kabul ederse, taşır, eğer kabul etmezse hiçbir gem, dizgin, kırbaç onu terbiye edemez. Hoşça kal Gölgeyele! Sabırlı ol. Savaş yaklaşıyor."

Gölgeyele başını kaldırarak kişnedi; ahır öyle bir titredi ki onlar da kulaklarını tıkamak zorunda kaldılar. Yemliğinin dolu olduğunu görünce oradan ayrıldılar.

"Şimdi sıra bizim yemliğimizde," dedi Beregond ve Pippin'i yeniden hisara, yani büyük kulenin kuzey tarafına doğru yönlendirdi. Orada lambalarla aydınlatılmış geniş bir pasaja varan uzun ve serin merdivenlerden aşağıya indiler. Yan taraflardaki duvarlarda kapaklar vardı; bunlardan bir tanesi açıktı.

"Burası Muhafız birliğinin deposu ve kileri," dedi Beregond. "Selam olsun Targon!" diye seslendi kapaktan içeri. "Henüz çok erken ama burada Hükümdar'ın emrine kabul ettiği yeni biri var. Sıkı bir kemerle uzaktan, uzun bir yoldan at sürmüş; üstelik bu sabah da onu yoran bir görevi olmuş ve karnı aç. Neyin varsa ver bize!"

Oradan ekmek, tereyağı, peynir ve elma aldılar. Kış stokunun son kalıntıları; buruş buruş ama sağlam ve tatlıydı elmalar; ayrıca bir matara yeni doldurulmuş bira, tahta tabaklar ve kupalar da aldılar. Bunların hepsini bir sepete koyup tekrar güneşe çıktılar; Beregond Pippin'i dışarı doğru çıkıntı yapan büyük burcun doğu ucunda, surlarında pervazın altında oturma yeri bulunan bir yere götürdü. Buradan, dünyanın üzerindeki sabaha bakabiliyorlardı.

Yiyip içtiler; bir Gondor ve Gondor'un gelenekleri ve görenekleri hakkında, bir Shire ve Pippin'in görmüş olduğu diğer garip diyarlar hakkında konuşuyorlardı. Ve onlar konuştukça Beregond'un hayreti bir kat daha artıyor ve oturduğu yerden kısa bacaklarını sallayıp duran ya da mazgaldan aşağıdaki topraklara bakmak için oturduğu yere parmaklarının ucuyla basan bu hobbite daha da büyüyen bir hayranlıkla bakıyordu.

"Açık konuşacağım Efendi Peregrin," dedi Beregond, "bize bir çocuk gibi görünüyorsun, dokuz yaz geçirmiş bir oğlan çocuğu gibi aşağı yukarı; ama yine de bizim ak sakallı adamlarımızın çok azının bildiği tehlikelerle baş etmiş, harikalar görmüşsün. Hükümdarımızın kendisine, söylediklerine göre eskiden âdet olduğu gibi soylu bir hizmetkâr seçmesini bir kapris zannetmiştim. Fakat şimdi öyle olmadığını anlıyorum; o yüzden aptallığımı bağışlamanı isterim."

"Bağışlıyorum," dedi Pippin. "Gerçi çok da yanılmış sayılmazsın. Ben, kendi halkım arasında da bir delikanlı sayılırım ve 'yaşımı alıncaya kadar' daha bir üç sene geçmesi gerekecek, Shire'da söyledikleri gibi. Ama beni takma kafana. Gel, sen de bak ve bana neler görebileceğimi söyle."

Güneş tırmanıyordu ve aşağıdaki vadide ve sisler kalkmaya başlamıştı. Son sisler de tam tepelerinden, Doğu'dan sertleşmeye başlayarak esen ve hisarın bayraklarını ve ak sancaklarını dalgalandırıp çekiştiren yelle taşınan beyaz bulut huzmeleri halinde yüzerek uzaklaşıyordu. Uzakta vadinin dibinde, göz aşımı beş fersah kadar uzakta, Ulu Nehir'in kurşuni rengiyle pırıl pırıl kuzey batıdan gelişi, sonra gerisinde, elli fersah uzakta Deniz'in bulunduğu bir pus ve titrek bir ışık içinde kayboluncaya kadar tekrar güneye ve batıya doğru savruluşu görünebiliyordu artık.

Pippin, birbirine yakın çiftlik evleri, küçük duvarları, çiftlik ambarları, ahırları ile önünde uzanan bütün Pelennor'u görebiliyordu, ama hiçbir yerde ne büyük baş, ne de başka bir cins hayvan göremiyordu. Yeşil tarlaları bir sürü yol, iz geçiyordu ve burada epey bir hareket vardı: Sıra halinde Büyük Cümlekapısı'na doğru ilerleyen yük arabaları, kapıdan geçip giden yük arabaları. Arada bir, atlının biri atını sürüp geliyor, atın sırtından atlayıp aceleyle Şehir'e giriyordu. Fakat trafiğin çoğu ana yoldan dışarı doğru akıyordu, anayol da güneye dönüyor, sonra Nehir'den daha keskin bir viraj alıyor, tepelerin eteklerini yalayarak gözden kayboluyordu. Yol genişti ve çok iyi döşenmişti; doğu kenarında atlılar için geniş ve yeşil bir şerit, bunun gerisinde de bir sur vardı. Atlara ayrılmış yolda atlar dört nala bir ileri bir geri gidip duruyorlardı ama yol, güneye giden üstleri örtülü büyük yük arabalarıyla tıkanmış gibiydi. Fakat kısa bir süre sonra Pippin her şeyin gayet iyi ayarlanmış olduğunu gördü: Yük arabaları üç sıra halinde ilerliyordu; atlarla çekilen bir sıra daha hızlı, öküzlerin çektiği rengârenk zarif haşaları olan büyük yük arabaları daha yavaş ilerliyordu; yolun en batı kenarında ise adamların zahmetle yürüttüğü bir sürü küçük el arabası vardı.

"Bu Tumladen ve Lossarnach vadilerine ve dağ köylerine, oradan da Lebennin'e giden yol," dedi Beregond. "Gitmesi gereken yaşlı, çocuk ve kadınları korunaklı bir yere taşıyan son yük arabaları da gidiyor işte. Hepsinin öğleden önce Cümlekapısı'ndan geçmesi, yolun da bir fersah mesafeye kadar boşaltılması gerekiyor: Emir böyleydi. Bu üzücü bir gereklilik." İçini çekti. "Belki de ayrılanların çok azı bir daha buluşabilecek. Üstelik bu şehirde her zaman çok az çocuk olmuştur; fakat artık hiç kalmadı – ayrılmayı kabul etmeyen ve yapacak bir şeyler bulabilen birkaç genç delikanlıdan başka: Benim oğlum da onlardan biri."

Bir süre sessiz kaldılar. Pippin sabırsızlıkla doğuya bakıp duruyordu, sanki her an binlerce orkun tarlalar üzerine yağmaya başlayacağını beklermiş gibi. "Orada ne görebilirim," diye sordu Anduin'in büyük dönemecinin tam ortasını işaret ederek. "Orası başka bir şehir midir nedir?"

"Bir şehirdi," dedi Beregond, "Gondor'un başkentiydi, burası da sadece orasının kalesiydi. Orası, düşmanlarımızın yıllarca önce ele geçirip yaktığı, Anduin'in her iki yakasına kurulumuş olan Osgiliath harabeleri. Yine de Denethor'un gençlik yıllarında orasını geri almıştık: Oturmak için değil, bir ileri karakol bulundurmak ve kuvvetlerimizin geçmesi için köprü kurmak amacıyla. Sonra Lanetli Süvariler Minas Morgul'dan çıkageldi."

"Kara Süvariler mi?" dedi Pippin gözlerini açarak; gözleri eski korkunun yeniden uyanmasıyla büyümüş ve kararmıştı.

"Evet, karaydılar," dedi Beregond. "Görüyorum ki sen de onlar hakkında bir şeyler biliyorsun, gerçi hikâyelerinde onlar hakkında hiçbir şey anlatmadın ama..."

"Onları biliyorum," dedi Pippin yavaşça, "ama onlardan şimdi bu kadar yakındayken, bu kadar yakındayken söz etmem." Birdenbire susarak gözlerini Nehir'in yukarısına kaldırdı; ve ona bütün görebildiği sadece engin ve tehditkâr bir gölgeymiş gibi geldi. Belki de gördüğü, aralarındaki yaklaşık yirmi fersahlık puslu hava yüzünden sivri tepeleri yuvarlanmış gibi duran, görüş alanının sınırındaki dağlardı; belki de sadece buluttan bir duvardı ve bunun da gerisinde daha derin bir karanlık vardı. Fakat seyrettikçe, sanki bu karanlık yavaş yavaş güneşin alanını boğmak için daha da büyüyüp yoğunlaşıyor gibi geldi ona.

"Mordor'a bu kadar yakınken mi?" dedi Beregond yavaşça. "Evet, işte orada. Çok nadiren alırız adını ağzımıza; ama her zaman o gölgenin görüntüsü önünde yaşadık: Bazen daha solgun ve daha uzak durur; bazen daha yakın ve daha koyu. Artık büyüyor ve koyulaşıyor; o yüzden bizim de korkumuz ve endişemiz artıyor. Lanetli Süvariler bir yıldan daha kısa bir süre önce geçitleri ele geçirdiler ve en iyi adamlarımızın birçoğu öldürüldü. Sonunda düşmanı batı kıyılarından geri süren Boromir olmuştu; Osgiliath'ın beri yakası hâlâ elimizde. Kısa bir süredir. Fakat artık oraya yeni bir saldırı yapılmasını bekliyoruz. Belki de gelmekte olan savaşın en önemli saldırısı."

"Ne zaman?" dedi Pippin. "Bir tahminin var mı? Çünkü dün gece işaret kulelerini ve ulakları gördüm; Gandalf bunun savaşın başladığının bir işareti olduğunu söyledi. Aşırı derecede acele ediyordu. Fakat şimdi her şey yeniden yavaşlamış gibi."

"Bunun nedeni artık her şeyin hazır olması," dedi Beregond. "Bu dalmadan önce alınan son derin nefes."

"Ama neden dün gece işaret kuleleri yakılmıştı?"

"Kuşatma altına alındıktan sonra, yardım çağrısı yapmak için çok geç kalınmış olur," diye cevap verdi Beregond. "Ama Hükümdar'ın ve komutanların niyetlerini bilmiyorum. Bir sürü haber alma yolları vardır onların. Üstelik Hükümdar Denethor başka adamlara benzemez: O uzakları görebilir. Kimileri onun geceleri Kule'deki yüksek tavanlı odada tek başına oturduğunu, düşüncesini bir o yana, bir bu yana çevirdiğini ve her nasılsa geleceği de okuyabildiğini söylüyor; hatta zaman zaman Düşman'ın bile aklına girip, onunla boğuşarak aklını araştırabiliyormuş. Zaten o yüzden yaşlanmış, zamanından önce yıpranmış. Fakat her neyse, efendim Faramir ülke dışında, tehlikeli bir görevle Nehir'in öbür tarafında; bazı haberler göndermiş olabilir.

"Ama işaret kulelerinin tutuşturulmasına neyin sebep olduğunu bana soracak olursan, bence bu dün Lebennin'den gelen haber yüzündendi. Güney'deki Umbarlı korsanlar tarafından yollanmış büyük bir filo Anduin'in ağzına doğru yaklaşıyormuş. Uzun zamandır Gondor'un kudretinden korkmuyorlar; Düşman'la ittifak yapmışlardı, şimdi de onun amacına hizmet etmek için ağır bir darbe indiriyorlar. Çünkü bu saldırı, yiğit ve kalabalık halkları olan Lebennin ve Belfalas'tan beklediğimiz yardımın çoğunu uzaklaştıracak. O sebeple aklımız daha çok Rohan'a doğru meylediyor; bize getirdiğiniz bu zafer haberiyle daha bir memnun oluyoruz.

"Ama yine de..." –duraksayarak ayağa kalktı; etrafına, kuzeye, doğuya ve güneye baktı– "İsengard'da olanlar büyük bir ağa tutulduğumuz, bir komplo içine düşürüldüğümüz konusunda bizi uyarmalı. Bu artık kaleler için çekişme, İthilien'den veya Anórien'den çıkıp akınlar düzenleme, pusu kurma, çapulculuk yapma değil. Bu uzun süredir planlanan büyük bir savaş; biz ise, gururumuz her ne derse desin, bu savaştaki bir parçayız sadece. Bildirildiğine göre, İçdeniz'in gerisinde uzak Doğu'da bazı hareketler varmış; sonra kuzeyde Kuyutorman'da ve gerisinde; güneyde Harad'da da. Şimdi de bütün diyarlar bir sınav verecek, ya ayakta kalacak ya çökecek – Gölge altında.

"Yine de Efendi Peregrin, şu şeref bize ait: Karanlıklar Efendisi'nin ana nefretinin asıl yükünü biz taşıyoruz çünkü bu nefret zamanın derinliklerinden ve Deniz'in dibinden çıkıp geliyor. Balyoz en güçlü buraya inecek. Ve o yüzden Mithrandir buraya böylesine büyük bir hızla geldi. Çünkü eğer her şey çökerse, kim dayanabilir? Efendi Peregrin, siz dayanabileceğimize dair bir umut besliyor musunuz?"

Pippin cevap vermedi. Koca surlara, kulelere, cesur sancaklara, yüce gökteki güneşe ve sonra Doğu'da toplanmakta olan karanlığa baktı; o gölgenin uzun parmaklarını düşündü: Ormanlarda ve dağlardaki orkları, İsengard'ın ihanetini, kem gözün kuşlarını, Shire'ın yollarında bile dolaşan Kara Süvariler'i – ve kanatlı dehşeti, Nazgûl'ü düşündü. Titredi, umudu küçülmüştü sanki. Ve tam o anda bir an için güneş göz kırparak karardı, sanki kara bir kanat önünden geçmiş gibi. Neredeyse işitme sınırlarının gerisinde, gökte, yukarlarda çok uzaklarda bir çığlık duyar gibi oldu Pippin. Belli belirsiz ama yürek parçalayıcı, zalim ve soğuk. Rengi atarak surun kenarına büzüştü.

"Neydi o?" diye sordu Beregond. "Sen de bir şey hissettin mi?"

"Evet," diye mırıldandı Pippin. "Bu bizim düşüşümüzün işareti, kıyametin gölgesi, havada bir Lanetli Süvari."

"Evet, kıyametin gölgesi," dedi Beregond. "Korkarım Minas Tirith düşecek. Gece yaklaşıyor. Sanki kanımdaki sıcaklık bile çekildi."

Bir süre ikisi de boyunları bükük oturdular ve hiç konuşmadılar. Sonra Pippin aniden başını kaldırarak güneşin hâlâ parlamakta olduğunu ve sancakların hâlâ dalgalandığını gördü. Şöyle bir silkindi. "Geçti," dedi. "Hayır, gönlüm henüz ümitsizliğe düşmeyecek. Gandalf düşmüştü ama geri döndü ve bizimle birlikte artık. Ayakta durabiliriz, tek ayağımız üzerinde kalsak, hatta dizlerimiz üzerine düşsek bile."

"Doğru dedin!" diye bağırdı Beregond ayağa kalkıp bir ileri, bir geri büyük adımlarla yürürken. "Hayır, zamanla her şeyin kesin bir sonu olacak belki, ama Gondor henüz yok olmayacak. Surlar, önlerine leşleriyle bir duvar ören pervasız düşmanlar tarafından alınsa bile. Hâlâ başka istihkamlarımız, dağlara açılan gizli yollarımız var. Umut ve hatıra, çimenlerin yeşil kalacağı gizli bir vadide yaşamaya devam edecektir."

"Ne olacaksa olsun, iyi veya kötü, her şeyin olup bitmesini istiyorum artık," dedi Pippin. "Benim savaşçılıkla hiç ilgim yoktur ve çarpışma düşüncesinden dahi hoşlanmıyorum; fakat kaçamayacağım bir çarpışmanın kıyısında olmak her şeyden kötü. Daha şimdiden amma uzun bir güne benziyor! Eğer durup seyretmek, hiçbir hamlede bulunmamak, ilk saldırıyı yapmamak zorunda olmasaydık daha memnun olacaktım. Bence Gandalf olmasaydı Rohan'da bir saldırı da olmazdı."

"Ah, işte orada birçok kişinin yarasına parmak basmış oldun!" dedi Beregond. "Fakat Faramir dönünce her şey değişebilir. O cesurdur, birçoğunun tahmininden daha cesur; çünkü bu günlerde insanlar bir komutanın onun gibi hem akıllı ve irfan yazıları ve şarkılar konusunda bilgili, hem de savaş alanlarında çetin ve hızlı kararlar veren biri olabileceğine inanmıyor. Ama Faramir öyle biri. Boromir kadar pervasız ve sabırsız değil ama azimkârlığı da ondan aşağı değildir. Yine de, ne yapabilir ki? Oranın, öte taraftaki diyarın dağlarına saldıramayız ki. Ulaşabildiğimiz mesafe kısaldı; düşman bu mesafe içine girmedikçe vuramıyoruz. Sonra elimizin de ağır olması gerekir!" Kılıcının kabzasına vurdu.

Pippin ona baktı: Uzun boylu, mağrur, soyluydu; o ülkede gördüğü bütün insanlar gibi; ve çatışmayı düşünürken gözlerinde bir parıltı vardı. "Heyhat! Kendi elim bana bile tüy gibi hafif geliyor," diye düşündü ama bir şey söylemedi. "Bir piyon mu demişti Gandalf? Belki de; ama yanlış bir satranç tahtasında."

Böylece güneş tam tepeye yükselinceye kadar konuştular; derken aniden öğle çanları çaldı; hisarda bir harekettir başladı; çünkü nöbetçiler hariç herkes yemeğe gidiyordu.

"Benimle gelecek misin?" dedi Beregond. "Bugünlük benim kümeye katılabilirsin. Senin hangi bölüğe atanacağını bilmiyorum; belki de Hükümdarımız seni kendi emrinde tutabilir. Ama seni hoşnutlukla karşılarlar. Üstelik hâlâ vakit varken ne kadar çok adamla tanışırsan o kadar iyi."

"Seve seve gelirim," dedi Pippin. "Çok yalnızım, doğruyu söylemek gerekirse. En iyi dostumu, geride, Rohan'da bıraktım; konuşacak veya şakalaşacak kimsem yoktu. Belki de sizin bölüğe katılabilirim gerçekten de, ne dersin? Sen bir komutan mısın? Eğer öyleyse beni alır mısın; ya da benim için konuşur musun?"

"Hayır, hayır," diye güldü Beregond. "Ben komutan falan değilim. Benim ne rütbem, ne de kumandanlığım var; sadece Hisar'ın Üçüncü Bölüğü'nde askerim. Yine de Efendi Peregrin, Gondor Kulesi Muhafızlarından olmak, Şehir'de itibar edilen bir şeydir ve böyle adamlar ülkede bir onura sahiptirler."

"O halde bu beni aşar," dedi Pippin. "Beni odamıza geri götür; eğer Gandalf orada değilse, senin arzu ettiğin yere gelirim – konuğun olarak."

Gandalf misafirhanede değildi, haber de yollamamıştı; böylece Pippin Beregond ile giderek Üçüncü Bölük'ün adamlarına tanıtıldı.

Pippin'in gelişi öyle bir memnuniyet havası yaratmıştı ki, Beregond da bundan payını aldı. Daha şimdiden hisarda Mithrandir'in yol arkadaşı ve onun Hükümdar ile yaptığı uzun görüşme epey konuşulmuştu; söylentilerde bir Buçukluk Prensi'nin Kuzey'den Gondor'a beş bin kılıç ile ittifak teklif etmek için gelmiş olduğu anlatılıyordu. Bazıları da Süvariler Rohan'dan geldiklerinde, yanlarında küçük de olsa yiğit bir savaşçı buçukluk getireceklerini söylüyorlardı.

Pippin gönülsüzce bu umut dolu hikâyeyi bozsa bile, kendisine verilen yeni rütbeden kurtulamıyordu; adamlar Boromir ile arkadaşlık etmiş, Hükümdar Denethor tarafından onurlandırılmış birine bunu yakıştırıyordu; kendi aralarına katıldığı için ona teşekkür ediyorlar, dış ülkelerle ilgili anlattığı hikâyelerle sözlerini can kulağıyla dinliyorlar ve dilediğinden fazla yiyecek ile bira veriyorlardı. Gerçekten de Pippin'in tek sıkıntısı, Gandalf'ın öğütü doğrultusunda "dikkatli" olmak ve hobbitlerin arkadaşları arasındayken yaptıkları gibi ağzına geleni söylememekti.

Bir süre sonra Beregond ayağa kalktı. "Şimdilik hoşça kal!" dedi. "Gün kavuşuncaya kadar işim var, buradaki herkes gibi sanırım. Ama eğer kendini yalnız hissediyorsan belki Şehir'i gezerken yanına neşeli bir rehber istersin. Oğlum seve seve seninle gezer. İyi bir oğlandır diyebilirim. Eğer istersen en son daireye giderek Rath Celerdain'deki, yani Lambaustaları Caddesi'ndeki Eski Konukevi'nin yerini sor. Onu orada, Şehir'de kalan diğer delikanlılarla birlikte bulabilirsin. Kapanmadan önce Büyük Cümlekapısı'nda görmeye değer şeyler olabilir."

Dışarı çıktı ve kısa bir süre sonra diğerleri de onu takip etti. Gün, biraz puslanmaya başlasa da hâlâ güzeldi ve ne kadar güneyde olsalar da, mart için sıcak bir gündü. Pippin'e uyku bastırdı, ama odaları kasvetli göründü gözüne; aşağıya inip Şehir'i keşfetmeye karar verdi. Gölgeyele'ye saklamış olduğu birkaç lokmayı yanına aldı; at lokmaları memnuniyetle kabul etti, aslında göründüğü kadarıyla pek bir eksiği yoktu. Sonra dönen yollardan aşağıya indi.

O geçtikçe insanlar ona uzun uzun bakıyorlardı. Yüzüne karşı ciddi bir biçimde kibar davranıyor, Gondor usulünce ellerini göğüslerinde kavuşturup başlarını eğerek selam veriyorlardı; fakat arkasından bir sürü ses duyuyordu Pippin, dışarıda olanların içeridekileri çıkıp Buçukluk Prensi'ni, Mithrandir'in yol arkadaşını görmeye çağırmaları gibi. Birçoğu Ortak Lisan'dan başka bir dil kullanıyordu fakat kısa bir süre sonra en azından *Ernil i Pheriannath* ile neyi kastettiklerini anlaması uzun sürmedi; Şehir'de ününün kendisinden önce gittiğini anlamış oldu.

Sonunda kemerli caddeler ve birçok zarif dar sokaktan geçerek en alttaki, en geniş daireye vardı; burada Büyük Cümlekapısı'na doğru uzanan geniş bir yol olan Lambaustaları Caddesi'ne yönlendirildi. Burada Eski Konukevi'ni buldu. Kurşuni renkli, yıpranmış taştan bina, aralarında dar bir çimenlik olan iki kanat halinde caddeden geriye doğru uzanıyordu. En arkada, önünde boydan boya sütunlu bir sundurma ve çimlere inen birkaç basamak bulunan bir sürü pencereli bir ev vardı. Oğlan çocukları sütunlar arasında oynuyordu. Pippin Minas Tirtih'te ilk defa çocuk görüyordu, seyretmek için durdu. Bu arada çocuklardan biri onu gördü ve bağırarak çimler üzerinden fırlayıp, peşinde birkaç çocukla sokağa çıktı. Pippin'in önünde, onu tepeden tırnağa süzerek durdu.

"Selamlar!" dedi oğlan. "Nereden geliyorsun? Sen Şehir'de yabancısın."

"Öyle idim," dedi Pippin; "fakat artık Gondor'lu bir adam olduğumu söylüyorlar."

"Hadi canım!" dedi oğlan. "O zaman biz de adam sayılırız! Kaç yaşındasın sen, ismin ne? Ben artık on yaşındayım, yakında da beş ayak uzunluğunda olacağım. Senden daha uzun boyluyum. Hem benim babam muhafız, en uzun boylu muhafızlardan biri. Senin baban neci?"

"Önce hangi soruya cevap vereyim?" dedi Pippin. "Babam Shire' da, Tıkışkazası yakınlarındaki Zerrekuyu çevresindeki topraklarda çiftçilik yapar. Ben hemen hemen yirmi dokuz yaşındayım, yani bu noktada seni geçiyorum; ama boyum sadece dört ayak ve daha fazla büyüyüyeceğim de yok, enlemesine hariç."

"Yirmi dokuz!" dedi oğlan ıslık çalarak. "Sen bayağı büyükmüşsün ya! Amcam İorlas kadar büyük. Yine de," diye ekledi umutla, "bahse girerim ki seni tepe aşağı çevirebilir veya tuş edebilirim."

"Belki yapabilirsin, eğer izin verirsem," dedi Pippin gülerek. "Belki ben de aynını sana yapabilirim: Ülkemde bir iki güreş numarasını iyi biliriz. Haberin olsun, kendi halkım için normalden daha iri ve güçlü sayılırım; şimdiye kadar da kimsenin beni tepe aşağı çevirmesine izin vermedim. Eğer bunun sınanması gerekiyorsa ve hiçbir kaçış yolu yoksa, seni öldürmek zorunda bile kalabilirim. Çünkü büyüdüğünde kimsenin göründüğü gibi olmadığını göreceksin; beni yumuşakbaşlı yabancı bir delikanlı, kolay bir av gibi görmüş olabilirsin; ama seni uyarayım: Öyle değilim, ben bir buçukluğum, zorlu, gözüpek ve tehlikeli!" Pippin öyle gaddar bir yüz ifadesi takındı ki oğlan bir iki adım geriledi fakat hemen geri dönerek yumruklarını sıktı, gözlerinde savaş ışıltıları vardı.

"Yo!" diye güldü Pippin. "Yabancıların kendileri için anlattıklarına da inanma! Ben dövüşçü değilim. Ama her halükârda, saldırıda bulunan kişinin kimliğini açıklaması daha kibarca bir davranıştır."

Oğlan gururla dikeldi. "Ben Muhafızlardan Beregond oğlu Bergil."

"Ben de öyle tahmin etmiştim zaten," dedi Pippin, "çünkü tıpkı babana benziyorsun. Babanı tanıyorum, beni seni bulmam için yolladı."

"O zaman niye hemen söylemedin?" dedi Bergil ve aniden yüzü asıldı. "Bana, fikrini değiştirdiğini, beni kızlarla birlikte göndereceğini söyleme sakın! Ama yok, son yük arabaları da gitti."

"Mesajı güzel olmasa bile o kadar kötü değil," dedi Pippin. "Beni tepe aşağı etmektense, bir süre Şehir'de gezdirerek yalnızlığımı avutmayı tercih edebileceğini söyledi. Buna karşılık ben de sana uzak ülkelerin hikâyelerini anlatabilirim."

Bergil ellerini çırptı, rahatlayarak güldü. "Her şey yolunda," diye bağırdı. "Haydi o halde! Birazdan gidip Cümlekapısı'ndan bakacaktık. Şimdi gidelim."

"Orada neler oluyor?"

"Gün kavuşmadan Iraktopraklar'ın Komutanları bekleniyor. Bizimle gelirsen görürsün."

Bergil iyi bir yoldaş çıktı, Merry'den ayrıldığından beri karşılaştığı en iyi yol arkadaşı; kısa bir süre sonra sokaklarda giderken, insanların kendilerine çevrilen bakışlarını hiç umursamadan gülüşüyorlar, konuşuyorlardı. Çok geçmeden kendilerini Büyük Cümlekapısı'na doğru giden bir kalabalık içinde buldular. Burada Pippin biraz da Bergil'in sayesinde yukarı çıktı çünkü Bergil ismini ve parolayı söyleyince muhafız onu selamlayarak geçmesine izin veriyordu; dahası yol arkadaşını da yanında götürmesine izin veriyorlardı.

"Bu iyi işte," dedi Bergil. "Artık yanımızda bir büyük olmadan Cümlekapısı'ndan geçmemize izin vermiyorlar. Şimdi daha iyi görebiliriz."

Cümlekapısı'nın gerisinde, yolun kıyısında ve Minas Tirith'e uzanan bütün yolların birleştiği büyük döşeli alanda adamların oluşturduğu bir kalabalık vardı. Bütün gözler güneye dönmüştü; kısa bir süre sonra bir fısıldaşma yükseldi: "Orada, uzakta bir toz bulutu var! Geliyorlar!"

Pippin ve Bergil kalabalığın önüne doğru kendilerine yol açtılar ve beklemeye başladılar. Belli bir uzaklıktan borular öttü; tezahürat sesleri onlara doğru fırtına uğultusu gibi gümbürdedi. Sonra yüksek borazan sesleri duyuldu; etraflarındaki herkes bağrışıyordu.

"Forlong! Forlong!" diye seslendiğini duydu Pippin adamların. "Ne diyorlar?" diye sordu.

"Forlong geldi," diye cevap verdi Bergil; "Bizim Lossarnach Hükümdarı Şişman Forlong. Benim atalarımın yaşadıkları yerden. Yaşa! İşte geldi. Yaşasın Forlong!"

Başı çeken kalın bacaklı koca bir at yürüyerek geldi; üzerinde geniş omuzlu, koca kuşaklı ama yaşlı, ak sakallı olsa da zırhlara bürünmüş, siyah miğferli, uzun ve ağır bir mızrak taşıyan biri oturuyordu. Arkasında tozlar içinde, baştan aşağı silahlı, kocaman savaş baltaları taşıyan bir dizi adam yürüyordu; yüzleri asıktı, Pippin'in Gondor'da o ana kadar gördüğü adamlardan daha kısa, biraz daha esmer adamlardı.

"Forlong!" diye bağırıyordu adamlar. "İyi yürekli, iyi dost! Forlong!" Fakat Lossarnach'lı adamlar geçip gittikten sonra şöyle mırıldandılar: "Çok azlar! İki yüz kadar, ne bu böyle? Biz bunun on mislini umuyorduk. Kara filo yüzünden olmalı. Güçlerinin sadece onda birini ayırmışlar. Yine de hiç yoktan iyidir."

Böylece, kötü günde Gondor Şehri'ni savunmak için gelen bölükler, Iraktoprak'ın adamları Şehir'e varmış, selamlanmış, tezahürat görmüş ve Cümlekapısı'ndan içeri alınmıştı; fakat hep çok az, hep umduklarından veya ihtiyaç duyduklarından çok daha azdılar. Yayan olarak ilerleyen hükümdarlarının oğlu Dervorin'in ardından gelen Ringló Vadisi adamları: Üç yüz kadar. Morthond'un yaylalarından, büyük Karakök Vadisi'nden uzun Duinhir ile oğulları Duilin ile Derufin ve beş yüz okçu. Anfalas'tan, uzaktaki Uzunkıyı'dan türlü çeşit bir dizi adam: avcılar, çobanlar, köylüler; hükümdarları Golasgil'in hanedanından olanlar hariç hiçbirinde doğru dürüst silah yok. Lamedon'dan başlarında komutanları olmayan birkaç gaddar görünüşlü dağlı. Ethir'den balıkçılar, gemilerden ayrılabilen yüz kadar balıkçı. Yeşillere bürünmüş, yakışıklı üç yüz adamıyla Pinnath Gelin'deki Yeşil Tepeler'den Zarif Hirluin. Ve son olarak en mağrurları, yanında Gemi ile Gümüş Kuğu nişanını taşıyan bayrakları bulunan Hükümdar'ın akrabası, Dol Amroth Prensi İmrahil ile gri atlara binen tam techizatlı bir bölük silahşör; ve bunların gerisinde, beyler gibi uzun boylu, gri gözlü, kara saçlı, bir yandan yaklaşırken bir yandan şarkı söyleyen silahlı yedi yüz adam.

İşte hepsi bu kadardı; topu topu üç binden az adam. Daha fazla gelemiyordu. Haykırışları ve ayaklarının gümbürtüsü Şehir'e girerek yitti. Seyirciler bir süre sessizce durdular. Toz havada asılı kaldı çünkü rüzgâr durmuştu, akşam ağır bir akşamdı. Daha şimdiden kavuşma saati yaklaşmış, al renkli güneş Mindolluin'in gerisine dolanmıştı. Şehir'e gölge çöktü.

Pippin yukarı baktı; ona gökyüzü kül rengini almış gibi geldi, sanki üzerlerinde geniş bir toz ve duman bulutu asılı kalmış ve ışık da bunun arasından donuk donuk geçip geliyormuş gibi. Fakat Batı'da, yitmekte olan güneş bütün dumanı tutuşturmuştu ve şimdi de Mindolluin, korlarla beneklenmiş yanmakta olan kesif dumanın önünde kapkara duruyordu. "Böylece bitiyor hoş bir gün gazap içinde!" dedi yanındaki oğlanı unutarak.

"Öyle olacak eğer günkavuşma çanlarından evvel geri dönmezsem," dedi Bergil. "Haydi! İşte Cümlekapısı'nın kapandığını bildiren borazan çalınıyor."

El ele Şehir'e geri döndüler, kapanmadan içeri giren son kişilerdi; Lambaustası Caddesi'ne vardıklarında kulenin çanları tüm heybetiyle çalıyordu. Birçok pencerede ışıklar parladı; evlerden ve silahlı adamların surlar boyunca sıralanan koğuşlarından şarkı sesleri gelmeye başladı.

"Şimdilik hoşça kal," dedi Bergil. "Babama selam söyle ve bana yolladığı arkadaş için ona teşekkür et. Ne olur yakında yine gel. Neredeyse savaş olmasaydı da biraz eğlenebilseydik diye dileyesim geliyor. O zaman Lossarnach'a, dedemin evine giderdik; baharda orada olmak çok güzeldir, ormanlar, tarlalar çiçek içindedir. Fakat belki yine de oraya birlikte gidebiliriz. Hükümdarımızı hiç yenemeyecekler, sonra benim babam da çok yiğittir. Hoşça kal, yine gel!"

Ayrıldılar ve Pippin hisara doğru aceleyle seğirtti. Yol ona uzun geldi; hem bunalmış hem de acıkmıştı; üstelik gece de hızla ve tüm karanlığıyla çöküyordu. Gökyüzünde tek bir yıldız bile göz kırpmıyordu. Kargaşa arasında günyemeğine geç kalmıştı; Beregond onu memnuniyetle karşıladı ve oğlundan gelen haberleri dinleyebilmek için yanına oturttu. Yemekten sonra Pippin bir süre orada kaldı; sonra izin istedi çünkü üzerinde garip bir sıkıntı vardı ve artık Gandalf'ı yeniden görebilmeyi çok istiyordu.

"Yolunu bulabilir misin?" dedi Beregond hisarın kuzey tarafında, oturmuş oldukları küçük binanın kapısında. "Kara bir gece, üstelik Şehir ışıkların karartılacağı emri geldiğinden beri daha da bir kara; surlardan dışarıya hiç ışık sızmayacakmış. Ayrıca sana başka bir emir daha ileteyim: Yarın sabah erkenden Hükümdar Denethor'un huzuruna çağırılacaksın. Korkarım seni Üçüncü Bölük'e vermeyecekler. Yine de, yeniden görüşmeyi umabiliriz. Hoşça kal, iyi uykular!"

Oda, masaya bırakılmış küçük bir fener dışında karanlıktı. Gandalf ortalıkta yoktu. Sıkıntı Pippin'in üzerine daha da ağır bir biçimde çöktü. Sıraya tırmanarak pencereden dışarı bakmaya çalıştı fakat bu tıpkı bir mürekkep gölüne bakmak gibi bir şeydi. Aşağıya inerek kepengi kapattı ve yattı. Bir süre yatakta Gandalf'ın dönüş seslerini bekledikten sonra huzursuz bir uykuya daldı.

Gece bir ışıkla uyandırıldı; Gandalf'ın gelmiş olduğunu, odayı bölen perdenin gerisinde bir ileri bir geri yürüdüğünü gördü. Masada mumlar ve parşomen ruloları vardı. Büyücünün iç geçirdiğini ve mırıldandığını duydu: "Faramir ne zaman dönecek?"

"Hu hu!" dedi Pippin başını perdeden uzatarak. "Beni tamamen unutmuş olduğunu zannetmiştim. Geri döndüğünü gördüğüme çok memnun oldum. Uzun bir gündü."

"Fakat gece çok kısa olacak," dedi Gandalf. "Buraya geri geldim çünkü bir süre tek başıma huzur bulmam lazım. Sen uyumalısın, hâlâ bir yatakta yatma fırsatın varken. Şafakla seni yeniden Hükümdar Denethor'un yanına götüreceğim. Hayır, şafakta değil çağrıldığın zaman götüreceğim. Karanlık başladı. Artık şafak olmayacak."

BÖLÜM II

GRİ BÖLÜĞÜN GEÇİŞİ

Merry Aragorn'un yanına döndüğünde Gandalf gitmiş, Gölgeyele'nin gümbürtülü ayak sesleri gecenin içinde kaybolmuştu. Merry'nin yanında sadece hafif bir çıkın vardı çünkü dengini Parth Galen'de kaybetmişti; yanındakiler İsengard'ın yıkıntıları arasında toparladığı birkaç parça işe yarayan şeydi. Külteri eyerlenmişti bile. Legolas ile Gimli, atlarıyla yakında duruyorlardı.

"Yani Grup'tan dört kişi hâlâ mevcut," dedi Aragorn. "Birlikte süreceğiz atlarımızı. Ama daha önce düşünmüş olduğum gibi yalnız gitmeyeceğiz. Kral da artık bir an önce yola koyulmak konusunda kararlı. Kanatlı gölge geleli beri, gecenin örtüsü altında gitmek istiyor tepelere."

"Ya sonra nereye?" dedi Legolas.

"Henüz bir şey söyleyemem," diye cevap verdi Aragorn. "Kral, Edoras'ta bundan dört gece önce komuta ettiği toplama askerlerin yanına gidecek. Orada sanırım savaşla ilgili haberler alacak ve Rohan Süvarileri Minas Tirith'e yürüyecek. Bana ve benimle gelecek olanlara gelince..."

"Bunlardan biri benim!" diye haykırdı Legolas. "Gimli de onunla!" dedi cüce.

"Evet, bana gelince," dedi Aragorn, "benim önüm karanlık. Benim de Minas Tirith'e gitmem gerekiyor fakat henüz yolu göremiyorum. Uzun zamandır hazırlanılan saat yaklaşıyor."

"Beni bırakmayın sakın!" dedi Merry. "Daha doğru dürüst bir işe yaramadım; ama bir torba gibi, her şey olup bittikten sonra alınmak üzere bir kenara bırakılmak istemem. Artık Süvariler'in umurunda olduğumu zannetmiyorum. Gerçi evine vardığımızda kral yanına oturup ona Shire'la ilgili şeyler anlatmamı isteyecektir tabii ki."

"Evet," dedi Aragorn, "ve sanırım senin yolun onunkiyle aynı istikamette Merry. Fakat sonunda bir şenlik bekleme. Çünkü korkarım Théoden Tekev'de rahat rahat oturuncaya kadar epey bir zaman geçecek. Bu acı baharda birçok ümit sönecek."

Kısa bir süre sonra hepsi ayrılmaya hazırdı: Yirmi dört at; Gimli Legolas'ın arkasında, Merry de Aragorn'un önünde. Çok geçmeden gece içinde hızla ilerlemeye başlamışlardı. İsen Geçitleri'ndeki höyükleri geçeli daha çok olmamıştı ki arkadan bir Süvari atını dört nala koşturarak öne geldi.

"Hükümdarım," dedi krala, "arkamızda atlılar var. Geçitlerden geçerken yanıldığımı zannettim. Ama artık eminiz. Bize yetişiyorlar, atlarını çok hızlı sürüyorlar."

Théoden derhal hepsini durdurdu. Süvariler geri dönerek mızraklarını kavradılar. Aragorn attan inerek Merry'yi yere bıraktı; kılıcını çekerek kralın üzengisi yanında durdu. Éomer ile silahtarı en arkaya sürdüler atlarını. Merry kendisini her zamankinden çok gereksiz bir torba gibi hissediyor ve eğer bir çatışma olursa ne yapabileceğini düşünüyordu. Kralın minik muhafız alayı pusuya düşürülüp yenilse, o da karanlık içine dalıp kurtulsa bile – Rohan'ın ucu bucağı olmayan bu yabani kırlarında, nerede olduğuna dair hiçbir fikri olmadan tek başına ne yapardı? "Hiçbir işe yaramaz!" diye düşündü. Kılıcını çekti, kemerini sıktı.

Batmakta olan ay, gökyüzünde süzülen büyük bir bulut tarafından karartılmıştı ama kısa süre sonra bulut tekrar geçince açıldı. O zaman atların nal seslerini duydular ve aynı anda geçitlerden gelen patika üzerinden hızla ilerlemekte olan kara şekiller gördüler. Ay ışığı, orada burada mızrakların üzerinde parıldıyordu. Sayıları belli olmuyordu ama kralın muhafız alayından hiç de az görünmüyorlardı.

Elli adım kadar uzaktayken Éomer yüksek bir sesle bağırdı: "Durun! Durun! Rohan'da at sürenler de kim?"

Onları izleyenler küheylanlarını aniden durdurdular. Bunu bir sessizlik izledi; sonra mehtapta bir atlının atından inip yavaş yavaş ilerlediği görüldü. Barış işareti olarak avuç içi dışa dönük elini kaldırdığında, beyaz olduğunu gördüler; yine de kralın adamları silahlarını kavradı. On adım kala adam durdu. Karanlık bir gölge şeklinde duran uzun boylu biriydi. Sonra berrak sesi gürledi.

"Rohan mı? Rohan mı dediniz? Bu duyması hoş bir sözcük. Çok uzak yerlerden beri burayı arıyorduk."

"Buldunuz ya," dedi Éomer. "Ötedeki geçitleri aştığınızda Rohan'a girmiş oldunuz. Fakat burası Kral Théoden'in yurdudur. Kimse ondan izinsiz at süremez. Kimsiniz siz? Sonra neden tez gidersiniz?"

"Ben Halbarad Dúnadan, Kuzeyli Kolculardanım," diye bağırdı adam. "Arathorn oğlu Aragorn diye birini arıyoruz ve onun Rohan'da olduğunu öğrendik."

"Onu buldunuz!" diye bağırdı Aragorn. Atın dizginini Merry'ye uzatıp ileri koşarak yeni gelene sarıldı. "Halbarad!" dedi. "Böyle bir şeyin olabileceğini hayal bile edemezdim!"

Merry rahatlayarak nefesini bıraktı. Bunun Saruman'ın, yanında az sayıda adam varken kralı pusuya düşürmek için son bir numarası olduğunu düşünmüştü; fakat görünüşe göre Théoden'i korumak için ölmeye gerek yoktu, henüz yoktu en azından. Kılıcını kınına soktu.

"Her şey yolunda," dedi Aragorn arkasını dönerek. "Yaşadığım uzak ülkeden bazı akrabalarım var burada. Fakat kaç kişilerdir, neden geldiler Halbarad bize anlatacak."

"Yanımda otuz kişi var," dedi Halbarad. "Acilen aramızdan ancak bu kadar toplayabildik; fakat savaşa gitmek için Elladan ve Elrohir kardeşler de bizimle sürdüler atlarını. Çağrın ulaşır ulaşmaz elimizden geldiği kadar büyük bir hızla geldik."

"Ama ben sizi çağırmadım," dedi Aragorn, "hayallerimde yaptığım çağrılar hariç. Düşüncelerim sık sık size çevrildi, özellikle bu gece düşündüğüm kadar sık çok nadir düşünmüşümdür; ama yine de hiç haber yollamadım. Her neyse! Bu tür şeyler bekleyebilir. Bizi aceleyle tehlike içinde at sürerken buldunuz. Bizimle sürün atlarınızı eğer kral izin verirse."

Théoden gerçekten de bu habere sevinmişti. "Uygundur!" dedi. "Eğer bu akrabaların da seninle benzeşiyor ise Aragorn Beyim, böyle otuz cengâver sayısız baştan daha değerlidir."

Sonra Süvariler yeniden yola koyuldu; Aragorn bir süre Dúnedain ile birlikte sürdü atını; Kuzey'den ve Güney'den gelen haberler hakkında konuşurken Elrohir şöyle dedi ona:

"Sana babamın sözlerini getirdim: *Günler kısaldı. Eğer acelen var ise Ölülerin Yolu'nu hatırla.*"

"Günlerim her zaman amacıma ulaşmak için kısa gelmiştir bana," diye cevap verdi Aragorn. "Fakat o yolu seçmeden önce acelemin gerçekten çok fazla olması gerekir."

"Bunu yakında göreceğiz," dedi Elrohir. "Ama gel bu şeyleri açık yol üzerinde konuşmayalım!"

Ve Aragorn Halbarad'a şöyle dedi: "Taşıdığın o şey nedir hısmım?" Çünkü onun mızrak yerine, sancak gibi ama kara bir kumaşla sıkı sıkı sarılmış sicimlerle bağlanmış uzun bir asa taşıdığını görmüştü.

"Sana Yarmavadi Hanımı'ndan bir hediye," diye cevap verdi Halbarad. "Bunu gizli gizli yaptı ve yapması çok zaman aldı. Ayrıca sana sözler de yolladı: *Günler artık kısaldı. Ya temenni ettiğimiz şey vasıl olacak, ya da bütün umutlar nihayet bulacak. Bu yüzden sana, senin için yaptığım bir şeyi yolluyorum. Hoşça kal Elftaşı!* "

Ve Aragorn şöyle dedi: "Şimdi ne taşıdığını biliyorum. Bunu benim için biraz daha taşımaya devam et!" Sonra dönüp ulu yıldızlar altından uzağa, Kuzey'e baktı, sonra sessizleşerek gece yolculuğu devam ederken bir daha konuşmadı.

Atlarını Dip Vadisi'nden sürüp sonunda yeniden Boruşehir'e vardıklarında gece ilerlemiş, Doğu kurşuni bir renk almıştı. Burada kısa bir süre yatıp, dinlenip karar vermek için konuşacaklardı.

Merry, Legolas ve Gimli tarafından uyandırılıncaya kadar uyudu. "Güneş yükseldi," dedi Legolas. "Herkes uyandı işe koyuldu. Haydi Efendi Mıymıntı, hâlâ vaktin varken şu yerlere bir bak hele!"

"Üç gece önce burada bir savaş oldu," dedi Gimli, "burada Legolas ile, sadece tek bir ork farkıyla kazandığım bir oyun oynamıştık. Gel de nasıl olduğunu gör! Sonra mağaralar var Merry, harikalarla dolu mağaralar! Sence onları ziyaret edebilir miyiz Legolas?"

"Hayır! Vakit yok," dedi elf. "Harikaları aceleye getirerek berbat etme! Günün birinde huzur ve hürriyet gelecek olursa buraya seninle dönmek için söz verdim. Lâkin şimdi neredeyse öğlen oldu ve bu saatte yemek yiyip yeniden yola koyulacağımızı duydum."

Merry kalkarak esnedi. Şu topu topu birkaç saatlik uykusu hiç de yeterli olmamıştı; yorgundu, yorgundan da ziyade kederli. Pippin'i özlemişti ve diğerleri onun tam manasıyla anlayamadığı bir iş konusunda nasıl acele etmeleri gerektiği hakkında planlar yaparken, o kendini bir yük gibi hissediyordu. "Aragorn nerede?" diye sordu.

"Kent'in yüksek bir bölümünde, " dedi Legolas. "Galiba ne dinlendi, ne de uyudu. Fikir alışverişinde bulunması gerektiğini söyleyerek birkaç saat önce gitti o tarafa; sadece akrabası Halbarad gitti onunla;

fakat karanlık bir düşünce veya endişe basmıştı üzerine."

"Garip bir grup, şu yeni gelenler," dedi Gimli. "Yürekli adamlar, bey gibiler; Rohan Süvarileri çocuk gibi kaldı yanlarında neredeyse; çünkü ciddi yüzlü adamlar bunlar, daha çok hava koşullarıyla aşınmış kayalar misali, yıpranmış bir halleri var; tıpkı Aragorn gibi; üstelik sessizler."

"Lâkin Aragorn misali kibarlar da, sessizliklerini bozdukları vakit," dedi Legolas. "Sonra, Elladan ile Elrohir biraderleri fark ettiniz mi? Elbiseleri diğerlerinden daha koyu, elf beylerininki gibi zarif ve şık; böylesi yakışır Yarmavadili Elrond'un oğullarına."

"Neden gelmişler? Bir şey duydunuz mu?" diye sordu Merry. Artık giyinmiş, gri pelerinini omuzlarına atmıştı; sonra üçü Kent'in harabeye dönmüş kapısına doğru geçtiler.

"Bir çağrıya karşılık gelmişler senin de duyduğun gibi," dedi Gimli. "Yarmavadi'ye haber geldiğini söylediler. *Aragorn'un akrabalarına ihtiyacı var. Dúnedain ona doğru, Rohan'a sürsün atlarını*! Fakat bu mesajın nereden geldiğinden emin değiller şimdi. Bence Gandalf yollamıştır."

"Hayır, Galadriel," dedi Legolas. "Kuzey'den gelen Gri Bölük hakkında, Gandalf aracılığıyla konuşmamış mıydı?"

"Evet, buldun," dedi Gimli. "Orman'ın Hanımı! Birçok gönlü, birçok arzuyu okuyabiliyor. Neden biz de kendi akrabalarımızı dilemeyelim Legolas?"

Legolas kapının önünde durarak parlak gözlerini kuzeye ve doğuya, uzaklara çevirdi; zarif yüzünde endişe vardı. "Hiçbirinin gelebileceğini zannetmiyorum," diye cevap verdi. "Onların savaşa gelmelerine gerek yok; savaş daha şimdiden onların ülkelerine doğru ilerliyor."

Bir süre üç arkadaş, savaşın bir o bölümünü, bir bu bölümünü konuşarak birlikte yürüyüp, yıkılmış kapıya gittiler; yolun kenarındaki çimenlikte savaşta düşenlerin höyüklerinden geçtiler, Miğfer Suru'nda durup Koyak'a baktılar. Çıplak Ölüm Tepesi, kapkara, yüksek ve taşlık yükselmişti bile orada; ayrıca Huornlar'ın otları ezdikleri ve iz bıraktıkları yerler açık açık görünüyordu. Dunlend'liler ile Kent garnizonundan birçok adam, Sur üzerinde, tarlalarda veya gerisindeki tahrip görmüş surlarda çalışıyorlardı; yine de her şey garip bir biçimde sakin görünüyordu: Büyük bir fırtınadan sonra dinlenen yorgun bir vadi. Biraz sonra dönerek Kent sarayındaki günortası yemeğine gittiler.

Kral oraya varmıştı bile; onlar içeri girer girmez Merry'yi çağırarak onun için yanında bir yer hazırlattı. "Böyle olmasını istemezdim," dedi Théoden; "çünkü burası Edoras'taki zarif evime hiç benzemiyor. Üstelik şu anda burada olması gereken arkadaşın da gitti. Fakat bir daha seninle benim oturup, Tekev'deki büyük masa üzerinde yemek yememiz için uzun bir zaman geçmesi gerekebilir; oraya geri döndüğümde şölen yapacak zaman olmayacak. Fakat haydi! Gel hem ye, hem iç, hem de daha olanağımız varken söyleşelim. Ondan sonra benimle birlikte binersin ata."

"Binebilir miyim?" dedi Merry hayret ve memnuniyetle. "Bu harika olur!" Daha önce kendisine yapılan hiçbir iyiliğe bu kadar memnun olmamıştı. "Korkarım herkesin ayağına bağ oluyorum," diye keledi; "fakat yapabileceğim bir şey varsa yapmak isterim, bilmem anlatabildim mi."

"Buna hiç kuşkum yok," dedi kral. "Sana güzel bir dağ midillisi hazırlattım. Gideceğimiz yollardan seni en az bir at kadar tez taşır. Çünkü Kent'ten dağ patikalarını izleyerek gideceğim, ovadan değil; böylece Hanım Éowyn'in beni beklemekte olduğu Edoras'a Dunharrow yoluyla ermiş olacağım. Sen benim silahtarım olacaksın, eğer kabul edersen. Éomer, burada kılıç taşıyıcım için savaş gereci var mı?"

"Burada pek saklanmış silah yok beyim," diye cevap verdi Éomer. "Belki hafif bir miğfer ona uyar; fakat onun boyuna göre zırhımız veya kılıcımız yok."

"Benim kılıcım var," dedi Merry, oturduğu yerden kalkıp siyah kınından minik parlak kılıcını çekerek. Aniden bu yaşlı adama derin bir sevgi hissederek bir dizini yere koydu ve kralın elini alarak öptü. "İzin verirseniz Shire'lı Meriadoc'un kılıcını kucağınıza bırakabilir miyim Théoden Kral?" diye haykırdı. "Hizmetkârlığımı kabul ediniz!"

"Büyük bir hoşnutlukla kabul ederim," dedi kral; ve yaşlı, uzun ellerini hobbitin kahverengi saçları üzerine koyarak onu kutsadı. "Şimdi doğrul Rohan'lı Tekev halkından silahtar Meriadoc!" dedi. "Kılıcını al, açık bir baht ile kullan onu!"

"Benim için bir baba olacaksınız," dedi Merry.

"Kısa bir zaman için," dedi Théoden.

Ondan sonra Éomer konuşuncaya kadar bir yandan yemek yerken bir yandan sohbet ettiler. "Yola koyulmamız gereken zaman hemen hemen geldi beyim," dedi Éomer. "Adamlara boruları öttürmelerini buyurayım mı? Ama Aragorn nerede? Yeri boş, yiyip içmemiş."

"Atlarımızı sürmek için hazırlanalım," dedi Théoden; "ama Aragorn Bey'e de haber salın, zamanın erdiğini söyleyin."

Kral, muhafızı ve yanında Merry ile, Kent'in kapısından Süvariler 'in toplandıkları yeşilliğe çıktı. Birçoğu daha şimdiden at binmişti. Büyük bir bölük olacaktı, çünkü kral Kent'te ufak bir garnizon bırakıyordu; gelebilen herkes Edoras'a silah kuşanmaya gidiyordu. Aslında gece bin kadar mızrakçı atlarını sürmüştü; fakat daha kralla gidecek, genellikle tarlalardan ve Batıağılı'ndaki vadilerden gelenlerden oluşan bir beş yüz kişi daha vardı.

Onlardan biraz uzakta Kolcular, düzenli bir bölük halinde, mızrak, yay ve kılıç kuşanmış oturuyordu. Koyu gri pelerinlere bürünmüşler, kukuletalarını miğferleri ve başları üzerine geçirmişlerdi. Atları güçlü ve mağrur tavırlı ama tüylüydü; atlardan biri binicisiz duruyordu, bu Aragorn'un Kuzey'den getirdikleri atıydı; Roheryn idi ismi. Koşum takımlarında veya taşıdıkları aletlerde hiçbir taş veya altın pırıltısı ya da herhangi zarif bir süs yoktu; biniciler de, pelerinlerinin sol omuzlarına iğneledikleri, ışıklar saçan bir yıldız şeklindeki gümüş broştan başka hiçbir nişan veya alamet taşımıyorlardı.

Kral atı Karyele'ye bindi, Merry de onun yanında midillisine oturdu: Midillinin adı Stybba idi. Derken Éomer cümlekapısından çıkageldi; yanında da Aragorn ile siyah kumaşa sıkı sıkı sarılmış koca sopayı taşıyan Halbarad vardı; iki uzun boylu adam: ne genç, ne yaşlı. Elrond'un oğulları ise birbirlerine çok benziyorlardı, çok az kişi onları birbirinden ayırabilirdi: Koyu renk saçlı, gri gözlüydüler, yüzleri elfler kadar zarifti, ikisi de gümüş grisi pelerinlerinin altına parlak zırh giymişlerdi. Arkalarından Legolas ile Gimli geliyordu. Fakat Merry'nin gözü sadece Aragorn'da idi; onda gördüğü değişiklik akıl alır gibi değildi, sanki bir gecede birçok yıl birden çökmüştü başına. Yüzü asık, kül rengi ve yorgundu.

"Aklım karışık beyim," dedi kralın atının yanında durarak. "Garip haberler aldım ve uzaklarda büyük tehlikeler görüyorum. Uzun zaman düşüncelerimle boğuştum ve korkarım şimdi hedefimi değiştirmem gerekecek. Söyleyin Théoden, şimdi Dunharrow'a sürüyorsunuz atlarınızı, oraya varmanız ne kadar zaman alır?"

"Şimdi öğlen vaktini geçeli tam bir saat oluyor," dedi Éomer. "Üçüncü günün akşamı çökmeden Sığınak'a ermemiz gerekir. O zaman ay, dolunayı geçeli bir gece olacak ve kralın buyurduğu toplantı ertesi gün yapılacak. Daha tez olamayız eğer Rohan gücü toplanacaksa."

Aragorn bir an için sessiz kaldı. "Üç gün," diye mırıldandı, "ve Rohan yeni yeni toplanmaya başlayacak. Lâkin görüyorum ki bu daha hızlandırılamaz." Başını kaldırdı, görünüşe göre bir karara varmıştı; yüzü daha az huzursuzdu. "O halde, izninizle beyim, kendim ve akrabalarım için yeni bir plan uygulamak istiyorum. Biz kendi yolumuza gitmeliyiz; artık gizli gizli değil açık olarak. Benim için gizlilik zamanı geçti. Doğuya en kestirme yoldan gideceğim, Ölülerin Yolu'nu izleyeceğim."

"Ölülerin Yolu!" dedi Théoden titreyerek. "Neden onların adını alıyorsun ağzına?" Éomer dönerek Aragorn'a baktı; Merry'ye öyle geldi ki, sözleri duyabilecek mesafede bulunan bütün süvarilerin yüzleri küle dönmüştü. "Eğer gerçekten öyle bir yol var ise," dedi Théoden, "kapıları Dunharrow'dadır; ama canlı bir kişi oradan geçemez."

"Heyhat! Aragorn dostum!" dedi Éomer. "Cenkte seninle omuz omuza at bineceğimizi düşünmüştüm; ama eğer sen Ölülerin Yolu'nu arıyorsan ayrılma zamanımız gelmiş demektir; artık Güneş altında bir daha buluşmamız zor."

"O yolu tutacağım, ne olursa olsun," dedi Aragorn. "Fakat emin ol Éomer, Mordor'un bütün orduları aramıza girse de hâlâ savaşta karşılaşma ihtimalimiz var."

"Nasıl dilersen öyle yap Aragorn beyim," dedi Théoden. "Belki de başkalarının yüreklenip dolanmadığı yollarda dolanmak senin yazgındır. Bu ayrılık beni üzüyor ve gücüm bununla azalıyor; ama bir an önce dağ yollarını tutup daha fazla oyalanmamam gerek. Hoşça kal!"

"Elveda hükümdarım!" dedi Aragorn. "Büyük bir şana süresiniz atlarınızı! Elveda Merry! Seni emin ellerde bırakıyorum, orkları Fangorn'a kadar sürerken umduğumuzdan daha da emin ellere. Legolas ile Gimli avlarını hâlâ benimle sürdürecekler umarım; ama seni unutmayacağız."

"Güle güle!" dedi Merry. Söyleyecek başka bir şey bulamadı. Kendini çok küçük hissetti; aklı karışmış, bütün bu kasvetli sözlerden sıkıntı duymuştu. Şimdi Pippin'in bitmek tükenmek bilmeyen neşesini her zamankinden çok arıyordu. Süvariler hazırdı, atları da yerlerinde duramıyordu; bir an önce yola koyulup her şeyin geçmesini istiyordu.

O zaman Théoden, Éomer'e konuştu; elini kaldırarak yüksek sesle seslendi ve bu sözle Süvariler ileri atıldı. Hendek'in üzerinden aşıp Koyak'a indiler, sonra çabucak doğuya yönelerek güneye doğru dönüp yeniden dağların arasından geçtiler ve gözden kayboluncaya kadar dağ eteklerini dolanan yolu tuttular. Aragorn atını Hendek'e sürüp kralın adamları Vadi'de iyice uzaklaşıncaya kadar arkalarından baktı. Sonra Halbarad'a döndü.

"Sevdiğim üç kişi gidiyor orada; en küçüğüne olan sevgim de en az diğerleri kadar fazla," dedi. "Hangi sona doğru gittiğini bilmiyor; gerçi bilseydi yine de gitmeye devam ederdi."

"Küçük bir halk ama yine de çok büyük kıymetleri var Shire halkının," dedi Halbarad. "Bizim onların sınırlarını korumak için yaptıklarımız hakkında çok az şey biliyorlar, yine de buna kızıyor değilim."

"Artık yazgılarımız da birbirine dokundu," dedi Aragorn. "Yine de heyhat! Burada ayrılmak zorundayız. Evet, biraz bir şeyler yemem lazım, sonra biz de bir an önce ayrılalım. Haydi Legolas, Gimli! Bir yandan yemek yerken, bir yandan da sizinle konuşmam lazım."

Birlikte Kent'e geri döndüler; yine de Aragorn bir süre konaktaki masada sessizce oturdu; diğerleri onun konuşmasını bekledi. "Haydi!" dedi Legolas sonunda. "Konuş da seni rahatlatalım; gölgeyi silk at üzerinden! O kurşuni renkli sabah buraya geldiğimizden beri neler oldu?"

"Benim için Borukent savaşından biraz daha çetin bir mücadele," diye cevap verdi Aragorn. "Orthanc Taşı'na baktım dostlarım."

"Büyücülüğün o lanetli taşına mı baktın!" diye hayretle bağırdı Gimli; yüzünde bir korku ve şaşkınlık ifadesiyle. "Ona – herhangi bir şey söyledin mi? Gandalf dahi onunla karşı karşıya gelmekten korkuyordu."

"Kiminle konuştuğunu unutuyorsun," dedi Aragorn sert bir biçimde; gözleri birdenbire parlamıştı. "Edoras'ın kapısında sıfatımın tamamını beyan edişimi duymadın mı? Ona ne söylememden korkuyordun? Yo Gimli," dedi daha yumuşak bir sesle, yüzündeki sertlik de silindi ve uykusuz geceler boyunca yorulmuş biri gibi göründü. "Yo dostlarım, ben Taş'ın sahibiyim hukuken; taşı kullanmaya hem hakkım, hem de gücüm var; o yüzden bu hükme vardım. Gerçek şüphe götürmez. Gücüm yetti – ucu ucuna yetti."

Derin bir nefes aldı. "Acı bir mücadeleydi; yorgunluğu da zor geçiyor. Ona hiçbir söz söylemedim ve sonunda taşı zorla kendi iademe çevirebildim. Bu bile ona dayanılmaz gelecektir. Ve beni gördü. Evet Efendi Gimli, beni gördü; ama sizin beni burada gördüğünüzden başka bir biçimde. Eğer bunun ona bir faydası olacaksa o zaman kötü bir şey yaptım demektir. Lâkin öyle olduğunu zannetmiyorum. Yaşadığımı ve yeryüzünde yürüyor olduğumu bilmek onun gönlünü yakan bir şeydi bence; çünkü o ana kadar bunu bilmiyordu. Orthanc'taki gözler Théoden'in kalkanını delip geçemiyordu; fakat Sauron İsildur'u ve Elendil'in kılıcını unutmamıştı. Ve şimdi onun bu büyük planını gerçekleştirmesinin arifesinde İsildur'un ve Kılıç'ın varisi ortaya çıkıyor; çünkü ona yeniden dövülmüş kılıcı gösterdim. Henüz hiçbir şeyden korkmayacak kadar yüce bir kudrete sahip değil; hayır, şüphe durmadan kemiriyor onu."

"Fakat yine de büyük bir güce sahip," dedi Gimli; "şimdi daha çabuk saldıracaktır."

"Aceleyle yapılan darbe boşa gider," dedi Aragorn. "Artık onun harekete geçmesini beklemeden Düşman'ımızı sıkıştırmamız lazım. Bakın dostlarım Taş'a hâkim olduğum zaman birçok şey öğrendim. Minas Tirith'in savunmasından büyük bir gücü eksiltecek olan, Güney'den Gondor'a gelen beklenmedik ciddi bir tehlike gördüm. Eğer hızla karşılanmazsa, on gün geçmeden Şehir'in düşeceği kanaatindeyim."

"O zaman Şehir düşecek," dedi Gimli. "Çünkü oraya hangi güç gönderilecek ve oraya zamanında nasıl ulaşacak?"

"Gönderecek bir yardımcı gücüm yok, o yüzden kendim gitmeliyim," dedi Aragorn. "Fakat beni sahildeki topraklara her şey kaybedilmeden ulaştırabilecek, dağlardan geçen sadece tek bir yol var. O da Ölülerin Yolu."

"Ölülerin Yolu!" dedi Gimli. "Bu kötü bir isim; gördüğüm kadarıyla Rohan'lı İnsanlar'ın da pek hoşuna gitmiyor. Yaşayanlar öyle bir yol seçip, yok olmadan geçebilirler mi? Ayrıca oradan geçsen bile Mordor'a indirilecek darbeye karşı bu kadar az insan ne yapabilir?"

"Rohirrim geldiğinden beri yaşayanlar o yolu hiç kullanmadılar," dedi Aragorn, "çünkü bu yol onlara kapalıdır. Lâkin bu karanlık saatte İsildur'un varisi bu yolu kullanabilir, eğer cesaret edebilirse. Dinleyin! Elrond'un oğullarının, Yarmavadi'deki babalarından, irfan konusunda en bilgili olandan getirdikleri söz şu: *Aragorn'a kâhinin sözlerini ve Ölülerin Yolu'nu hatırlamasını söyleyin."*

"Peki bu kâhinin sözleri de nedir böyle?" dedi Legolas.

"Şöyle konuşmuştu Kâhin Malbeth, Fornost'un son kralı Arvedui'nin günlerinde," dedi Aragorn:

Toprakların üzerinde uzun bir gölge var,
batıya uzatmış karanlık kanatlarını.
Kule sarsılıyor; kıyamet yaklaşıyor
kralların mezarlarına. Ölüler uyanıyor;
Yeminlerini bozanların saati geldi:
Erech Taşı'nda duracaklar yeniden
ve duyacaklar tepelerde yankılanan boru sesini.
Kimin borusu? Kim çağıracak onları
gri alacakaranlıktan? Unutulmuş insanlar mı?
Bağlılık yemini ettikleri kişinin varisi,
Zaruret karşısında, gelecek Kuzey'den:
Kapı'dan geçerek girecek Ölülerin Yolu'na.

"Karanlık yollar kuşkusuz," dedi Gimli, "ama benim için bu mısralar daha aydınlık sayılmaz."

"Eğer bu dizeleri daha iyi anlarsanız, sizden benimle gelmenizi rica edeceğim," dedi Aragorn; "çünkü ben şimdi o yolu seçeceğim. Fakat oradan gittiğime memnun değilim; zaruret yöneltiyor beni. O yüzden sadece kendi özgür iradelerinizle gelmenizi isteyebilirim sizden, çünkü bu yolda hem zahmet, hem de korku bulacaksınız, belki de daha kötüsünü."

"Ben seninle Ölülerin Yolu'na ve o yol her nereye çıkıyorsa oraya bile gelirim," dedi Gimli.

"Ben de gelirim," dedi Legolas, "çünkü ben ölülerden korkmam."

"Umarım unutulmuş insanlar, savaşmasını unutmamışlardır," dedi Gimli; "yoksa onları rahatsız etmek için bir sebep düşünemiyorum."

"Bunu Erech'e varabilirsek öğreneceğiz," dedi Aragorn. "Fakat bozdukları yemin, Sauron'a karşı savaşmak için verdikleri yemindi; eğer yemini yerine getirmek istiyorlarsa bu yüzden savaşmak zorunda kalacaklar. Çünkü Erech'de hâlâ kara bir taş, söylendiğine göre İsildur'un Númenor'dan getirdiği kara bir taş durmaktadır; bu taş bir tepenin başına konulmuş ve Dağların Kralı, Gondor krallığının başlangıcında bu taş üzerine onunla ittifak içinde olacağına dair söz vermiş. Fakat sonra Sauron geri dönmüş ve yeniden kuvvetlenmeye başlamış, İsildur da Dağlı İnsanları sözlerini yerine getirmeleri için çağırmış ama onlar sözlerini tutmamışlar: Çünkü Karanlık Yıllar'da Sauron'a tapınmışlar.

"Sonra İsildur krala şöyle demiş: 'Sen son kral olacaksın. Ve eğer

Batı senin Kara Efendinden daha kudretli çıkacak olursa, şu lanet hem senin, hem de halkının üzerine olsun: Yemininizi yerine getirinceye kadar hiç dinlenemeyesiniz. Çünkü bu savaş yıllarla sayılmayacak bir süre devam edecek ve sondan önce bir kez daha göreve çağrılacaksınız.' Onlar da İsildur'un öfkesinden kaçmışlar fakat gidip Sauron'un tarafında savaşa girmeye de cesaret edememişler; dağlarda gizli yerlerde saklanmışlar, başka insanlarla hiç ilişkiye girememişler de çıplak tepelerde yavaş yavaş zeval bulmuşlar. Uykusuz Ölülerin dehşeti Erech Tepesi ve o insanların bulundukları yerlere sinmiştir. Fakat yaşayanlar arasından bana yardım edebilecek biri olmadığından benim o yönden gitmem gerek."

Ayağa kalktı. "Haydi!" diye bağırdı, kılıcını çekerek; kılıcı Kent' in loş salonu içinde şimşek gibi çaktı. "Erech Taşı'na! Ölülerin Yolu' nu arıyorum. Benimle gelen gelsin!"

Legolas ile Gimli hiç cevap vermeden ayağa kalkarak salondan çıkan Aragorn'u izlediler. Orada yeşillikler üzerinde başları kukuletalı Kolcular sessiz, hareketsiz bekliyorlardı. Legolas ile Gimli atlarına bindiler. Aragorn Roheryn'in üzerine sıçradı. Sonra Halbarad koca bir boruyu kaldırdı; boru sesi Miğfer Dibi'nde yankılandı; bu sesle birlikte gerek Hendek'te gerekse Kent'te kalan insanların hayret dolu bakışları altında ileri atılıp Koyak'tan şimşek gibi geçtiler.

Théoden tepelerdeki yavaş yollardan ilerlerken, Gri Bölük hızla ovadan geçti ve ertesi gün akşamüstü Edoras'a vardı; burada da sadece kısa bir süre durdular, vadiye geçmeden ve karanlık basmadan Dunharrow'a vardılar.

Éowyn Hanım karşıladı onları ve gelişlerine memnun oldu; çünkü Dúnedain'den ve Elrond'un zarif oğullarından daha kudretli adam görmemişti o güne kadar; fakat en çok Aragorn'un üzerinde durdu bakışları. Ve onunla yemeğe oturduklarında konuştular; Éowyn Théoden gittiğinden beri olanları dinledi, bu konularda ona alelacele bazı haberler gelmişti; Miğfer Dibi'ndeki savaşı, düşmanlarının büyük kaybını, Théoden ile atlılarının saldırılarını dinledikçe Éowyn'in gözleri ışıldadı.

Fakat sonunda şöyle dedi: "Beyler, yorgunsunuz ve bu gecelik aceleyle elimizden geldiğince hazırladığımız döşeklerde yorgunluğunuzu atarsınız. Fakat yarın sizler için daha iyi yerler bulunacaktır."

Fakat Aragorn da şöyle dedi: "Hayır hanımefendi, bizim için zahmete girmeyin! Eğer bu akşam burada geceleyip yarın kahvaltı edebilirsek bu bize yeter. Çünkü çok acil bir görevle gidiyorum; sabahın ilk ışıklarıyla yola koyulmamız gerek."

Éowyn ona gülümseyerek dedi ki: "O halde beyim, yolunuzdan bu kadar mesafe uzaklaşıp sürgündeki Éowyn'e haber getirmeniz çok büyük bir incelikti."

"Aslında hiçbir insan böyle bir yolculuğu kayıp saymaz," dedi Aragorn; "yine de hanımefendi, eğer gideceğim yol beni Dunharrow'a getiriyor olmasaydı buraya gelmezdim."

Éowyn duyduğu cevaptan hoşlanmayarak, "O halde beyim," dedi, "yolunuzu şaşırmışsınız; Tapanvadi'den ne doğuya, ne güneye hiç yol gitmez; o yüzden geldiğiniz yoldan dönseniz fena olmaz."

"Yo, hanımefendi," dedi Aragorn, "yolumu şaşırmadım; çünkü ben, siz daha doğup bu toprakları şereflendirmeden önce bu topraklar üzerinde yürümüştüm. Bu vadiden çıkan bir yol var ki ben bu yolu tutacağım. Yarın Ölülerin Yolu'ndan gideceğim."

Bunun üzerine Éowyn ona çarpılmış gibi baktı, yüzünün rengi attı ve hepsi sessiz sessiz otururken o da uzun süre konuşmadı. "Fakat Aragorn," dedi sonunda, "ölümü aramak mı senin görevin? Çünkü o yolda bulacağın bu. Onlar canlıların geçmesine izin vermezler."

"Benim geçmeme izin verebilirler," dedi Aragorn; "en azından bunu göze alacağım. Başka hiçbir yol işime yaramaz."

"Fakat bu delilik," dedi Éowyn. "Çünkü burada şanlı şerefli, güçlü kuvvetli öyle adamlar var ki, insana ihtiyaç olunca alıp onları savaşa götürebilirsiniz ama gölgelere sokamazsınız. Burada kalıp ağabeyim ile birlikte at sürmeniz için yalvarıyorum size; çünkü o zaman hepimizin içi ferahlar ve umudumuz daha fazla olur."

"Bu delilik değil hanımefendi," diye cevap verdi Aragorn; "çünkü daha önceden kararlaştırılmış bir yoldan gidiyorum. Fakat beni izleyenler kendi özgür iradeleriyle geliyorlar; eğer şimdi burada kalıp Rohirrim'le at sürmeyi dilerlerse bunu yapabilirler. Fakat ben Ölülerin Yolu'nu tutacağım, gerekirse tek başıma."

Bunun üzerine daha fazla konuşmadılar ve sessizlik içinde yemeklerini yediler; fakat Éowyn'in gözleri hep Aragorn'un üzerindeydi; diğerleri onun için için azap çektiğini fark ettiler. Bir süre sonra kalktılar ve Hanım'dan izin istediler, ilgisi için teşekkür ettiler ve dinlenmek için çekildiler.

Fakat Aragorn, Legolas ve Gimli ile paylaşacağı barınağa gelip de yol arkadaşları içeri girince Éowyn Hanım peşinden gelerek ona seslendi. Aragorn döndü ve onu gece içinde bir parıltı olarak gördü, çünkü Hanım beyazlara bürünmüştü; ama gözleri ateş ateşti.

"Aragorn," dedi, "neden bu ölümcül yola gitmen gerek?"

"Çünkü gitmem gerekiyor," dedi Aragorn. "Ancak böyle olursa Sauron'a karşı yapılan savaşta kendi üstüme düşeni yapmak için bir ümidim olacak. Tehlikeli yolları ben seçmiyorum Éowyn. Eğer gönlümün olduğu yere gitmem mümkün olsaydı şimdi Kuzey'de Yarmavadi'nin latif vadisinde dolanıyor olurdum."

Bir süre sessiz kaldı Éowyn, sanki bunun ne anlama geldiğini düşünüyormuş gibi. Sonra aniden elini onun koluna koydu. "Sen sert bir beysin ve bahadırsın," dedi; "böyle kazanırlar erler şanlarını." Durdu. "Beyim," dedi, "eğer gitmen gerekiyorsa izin ver ben de senin peşin sıra geleyim. Çünkü dağlarda gizlenmekten bıktım; tehlikeyle, cenkle yüzleşmek istiyorum."

"Senin görevin halkının yanında," diye cevap verdi adam.

"Görevim sık sık hatırlatıldı bana," diye bağırdı Éowyn. "Ama ben bir dadı değil, Eorl soyundan bir muhafızkız değil miyim? Titreyen ayaklar üzerinde yeterince durdum. Artık ayaklarım titremediğine göre hayatımı istediğim gibi yaşayamaz mıyım?"

"Çok az kişi bunu şerefle yapabilir," diye cevap verdi adam. "Lâkin size gelince hanımefendi: Siz beyiniz geri dönünceye kadar halkınızı yöneteceğinize dair verilen görevi kabul etmediniz mi? Eğer siz seçilmiş olmasaydınız, sizin yerinize başka bir komutan sizin görevinize getirilecekti ve o bıksa da bıkmasa da bu görevini bırakıp gelmezdi."

"Hep ben mi seçileceğim?" dedi kız acı acı. "Süvariler şan şeref kazanmaya gittiğinde eve göz kulak olup geri döndüklerinde yiyecek ve yataklarını bulsunlar diye hep ben mi geride bırakılacağım?"

"Yakında öyle bir zaman gelebilir ki," dedi Aragorn, "kimse geriye dönmeyebilir. O zaman şan şöhret kazanmadan yiğitlik yapmak gerekecek, çünkü yurdunuzu korurken yaptıklarınızı hatırlayacak kimse kalmayacak. Yine de övülmüyor diye yaptıklarınız yiğitçe olmayacak diyemeyiz."

Ve kız şöyle cevap verdi: "Bütün bu sözlerin sadece şunu söyler: Sen bir kadınsın, senin yerin evin. Fakat erler cenkte namuslarıyla ölürse evi yakmana izin var çünkü artık o eve gerek duymayacaklar. Fakat ben Eorl Sülalesinden biriyim, bir hizmetçi kadın değilim. At sürüp kılıç savurabilirim; ne acıdan korkarım ne de ölümden."

"Neden korkarsınız hanımefendi?" diye sordu adam.

"Kafesten," dedi kız. "Ta ki yaşlılıktan ve alışkanlıktan parmaklıkları kabullenip, büyük işler başarma isteği hatırdan veya gönülden silininceye kadar parmaklıkların arkasında kalmaktan."

"Ama bana, tehlikeli olduğu için seçmiş olduğum yoldan gitmememi söylediniz ya?"

"İnsan başkasına böyle öğütler verebilir," dedi kız. "Yine de sana tehlikeden kaç demedim; onun yerine kılıcının sana şan, ün ve zafer kazandıracağı yerde cenk etmen için sürmeni söyledim atını. Bu kadar yüce ve bu kadar eksiksiz bir şeyin gereksiz yere, boşu boşuna harcanmasını istemedim."

"Ben de istemem bunu," dedi adam. "O yüzden size şunu söylüyorum hanımefendi: Kalın! Çünkü sizin Güney'de bir işiniz yok."

"Seninle gelen diğerlerinin de yok. Onlar senden ayrılmak istemedikleri için geliyorlar – seni sevdikleri için geliyorlar." Sonra dönerek gece içinde kayboldu.

Güneş Doğu'daki yüksek sırtlardan yükselmese de günün ışığı göğe vurduğunda Aragorn ayrılmak için hazırlandı. Bütün bölüğü at binmişti; o da tam eyerine atlayacaktı ki Éowyn Hanım onlara iyi yolculuklar dilemeye geldi. Bir Süvari gibi giyinmiş ve kılıç kuşanmıştı. Elinde bir kupa tutuyordu; kupayı dudaklarına götürüp hızlı gitmelerini temenni ederek biraz içti; sonra kupayı Aragorn'a verdi; Aragorn içerek şöyle dedi: "Hoşça kal Rohan'ın Hanımı! Sülalenizin kısmetine içiyorum; size ve tüm halkınıza. Ağabeyinize şöyle söyleyin: Gölgeler ötesinde yine karşılaşabiliriz!"

Bunun üzerine yakınlarda bulunan Gimli ile Legolas'a Éowyn ağlamış gibi geldi; böylesine sert, böylesine mağrur birinde bu daha da keder verici görünüyordu. Fakat kız şöyle dedi: "Aragorn, gidecek misin?"

"Gideceğim," dedi Aragorn.

"Peki, senden istemiş olduğum gibi benim de sizinle at sürmeme izin vermeyecek misin?"

"Vermeyeceğim hanımefendi," dedi adam. "Çünkü bunu kralın ve ağabeyinin izni olmadan kabul edemem; onlar da yarına kadar gelmeyecekler. Fakat artık her saati, hatta her dakikayı sayıyorum. Hoşça kal!"

Bunun üzerine kız dizleri üzerine çöktü ve şöyle dedi: "Yalvarırım sana!"

"Hayır hanımefendi," dedi Aragorn ve kızı elinden tutarak kaldırdı. Sonra kızın elini öptü, eyerine atladı ve atını sürdü gitti; arkasına hiç bakmadı; ancak onu çok iyi tanıyanlar ve yakınında bulunanlar üzerindeki acıyı görebildiler.

Fakat Éowyn, ellerini iki yanında sıkmış, taştan yontulmuş bir heykel gibi durdu ve onlar Ölülerin Kapısı'nın bulunduğu kara Dwimarberg'in yani Hayaletli Dağ'ın dibindeki gölgelere karışıncaya kadar onları seyretti. Gözden kaybolduklarında döndü, kör biri gibi tökezleyerek odasına çekildi. Fakat kendi halkından kimse bu vedayı görmediler çünkü korkuyla saklanmışlar, gün belirinceye ve bu pervasız yabancılar gidinceye kadar da ortaya çıkmamışlardı.

Kimisi şöyle dedi: "Bunlar elf kişiler. Bırakın ait oldukları yere, karanlık yerlere gitsinler ve bir daha hiç geri gelmesinler. Zaman yeterince kötü zaten."

Onlar atlarını sürdüklerinde ortalık hâlâ kurşun rengindeydi çünkü güneş henüz Hayaletli Dağlar'ın kara sırtlarını aşmamıştı. Sıra sıra kadim taşların arasından geçip Dimholt'a vardıklarında, üzerlerine bir korku çöktü. Burada siyah ağaçların Legolas'ın dahi uzun süre dayanamadığı loşluğu altında dağın köklerine açılan bir delik buldular; tam yollarının üzerinde kıyametin parmağı gibi duruyordu.

"Kanım dondu," dedi Gimli, fakat diğerleri sessizdi; onun da sesi ayaklarının dibindeki küf kokulu çam iğneleri arasına dökülüp söndü. Atlar, binicileri aşağı inip onları çekerek götürünceye kadar bu tehditkâr taşı geçmeye razı olmadılar. Böylece sonunda dar vadinin dibine varmışlardı; burada kayadan dimdik bir duvar yükseliyordu ve önlerinde, bu duvarın içinde Kara Kapı gecenin ağzı gibi açılıyordu. Geniş kemerin üzerinde, okunamayacak kadar silik, yontulmuş işaretlerle suretler vardı ve kemerden gri bir buhar gibi korku akıyordu.

Bölük durdu; içlerinde cesareti kırılmamış olan bir yürek dahi yoktu; belki insanların hayaletlerinden korkmayan elflerden Legolas'ın yüreği hariç.

"Burası kötü bir kapı," dedi Halbarad, "ölümüm bu kapının öte yanında bulunuyor. Yine de geçmeyi göze alacağım; fakat hiçbir at buradan geçmez."

"Fakat bizim kapıdan geçmemiz gerekiyor, o yüzden atlar da geçmek zorunda," dedi Aragorn. "Çünkü eğer bu karanlıktan çıkacak olursak, karanlığın gerisinde daha fersahlar uzanıyor ve kaybedilen her saat Sauron'u zafere biraz daha yaklaştırır. İzleyin beni!"

Bunun üzerine Aragorn başı çekti; o anda iradesi o kadar güçlüydü ki bütün Dúnedain ve atları onu izlediler. Ve gerçekten de Kolcuların atlarının sahiplerine duydukları sevgi o kadar büyüktü ki, yeter ki yanlarında yürüyen sahiplerinin yürekleri sağlam olsun, onlar Kapı'nın dehşetiyle yüzleşmeye razı oldular. Fakat Rohan atı Tiz yoldan gitmeyi reddetti ve gören gözlere büyük elem veren bir korkuyla terleyerek titredi. Bunun üzerine Legolas elini atın gözleri üzerine koyarak, sonunda kendisini götürmelerine izin verinceye kadar o alacakaranlıkta yumuşaklığı hissedilen bazı sözler söyledi ve böylece Legolas da içeri geçti. Ve geride cüce Gimli tek başına kalakaldı.

Dizleri titriyor, kendi kendine hiddetleniyordu. "Daha neler!" dedi. "Bir elf yer altına girecek de bir cüce giremeyecek!" Bunu diyerek içeri daldı. Fakat ona, kurşun gibi ağırlaşmış ayaklarını eşikten zorla sürüklemiş gibi geldi; ve üzerine, dünyanın nice derinliklerinde dolaşmış olan Glóin oğlu Gimli'nin bile üzerine hemen bir körlük çöktü.

Aragorn Dunharrow'dan meşaleler almıştı yanına, şimdi de önde bir tanesini havaya kaldırmış gidiyordu; Elladan da bir başka meşaleyle arkadan gidiyor, Gimli en arkada tökezlene tökezlene onlara yetişmek için uğraşıp duruyordu. Meşalelerin soluk alevlerinden başka hiçbir şey göremiyordu; fakat bölük durduğunda sanki etrafında bitmek tükenmek bilmeyen fısıltılar, şimdiye kadar hiç duymadığı bir dildeki sözcüklerden mırıltılar duyuyordu.

Bölüğün geçişini engelleyen veya onlara karşı koyan bir şey olmadı, ama yine de ilerledikçe cücedeki korku durmadan arttı: En çok da artık geriye dönüş olmadığını bildiği için. Arkasındaki bütün yollara karanlıkta onları izleyen görünmeyen bir ordu üşüşmüştü sanki.

Böylece, Gimli daha sonraları hiç hatırlamak istemediği şeyleri görmeye başladığında, ölçülemeyecek bir zaman geçmişti. Tahmin edebildiği kadarıyla yol genişti, fakat derken bölük kocaman, bomboş bir yere vardı; artık yanlarında duvar muvar kalmamıştı. Korku üzerine o kadar binmişti ki artık zar zor yürüyebiliyordu. Sol tarafta uzakta bir yerlerde Aragorn'un meşalesi yaklaştıkça bir şey pırıldamaya başladı. O zaman Aragorn durdu ve ne olduğuna bakmaya gitti.

"Hiç korkmuyor mu?" diye mırıldandı cüce. "Başka herhangi bir mağara olsa, altının pırıltısına ilk koşan Glóin oğlu Gimli olurdu. Ama burada değil! Bırak olduğu yerde kalsın!"

Yine de yaklaştı ve Elladan her iki meşaleyi kaldırmışken, Aragorn'un diz çökmüş olduğunu gördü. Önünde kudretli bir adamın kemikleri vardı. Adam zırhlara bürünmüştü ve koşum takımları hâlâ bozulmadan duruyordu; çünkü mağaranın havası kupkuruydu; adamın zırh yeleği işlemeliydi. Kemeri altından, lal taşıyla bezeliydi; ve yüzükoyun yere kapanmış kemikli başındaki miğferi de altın süslemeliydi. Mağaranın, artık görünebilen diğer duvarının yakınlarında düşmüştü ve önünde sımsıkı kapalı kayadan bir kapı duruyordu: Parmak kemikleri hâlâ duvardaki çatlakları kavramış haldeydi. Tırtık tırtık olmuş, kırılmış bir kılıç duruyordu yanında, sanki son bir ümitsizlikle kılıcını kayaya vurmuş gibi.

Aragorn onu ellemedi fakat uzun bir süre sessizce baktıktan sonra ayağa kalkıp derin bir nefes aldı. "*Simbelmynë* çiçekleri dünyanın sonuna kadar buraya hiç gelmeyecekler," diye mırıldandı. "Şu anda dokuz ve yedi höyük var yeşiller içinde; o ise açamadığı kapının önünde uzun yıllar boyunca yatmış kalmış. Nereye açılıyor acaba? Neden geçmek istedi? Kimse hiçbir zaman bilemeyecek!

"Çünkü benim görevim bu değil!" diye bağırdı arkasını dönüp gerisindeki fısıldaşan karanlığa konuşarak. "Hazinelerinizi ve sırlarınızı Lanetli Yıllar içinde saklayın saklayabildiğinizce! Sadece hız istiyoruz biz. Bırakın geçelim, sonra gelin! Sizi Erech Taşı'na çağırıyorum!"

Daha önceki fısıltılardan çok daha korkunç olan mutlak bir sessizlikten başka bir cevap yoktu; sonra serin bir hava akımı oldu ve meşaleler oynaşarak söndü, bir daha da hiç tutuşturulamadı. Bunu takip eden zamanda, belki bir, belki de birçok saat içinde olanların çok azını hatırladı Gimli. Diğerleri ilerlemeye devam ediyordu ama o hep, tam arkasında onu yakalamak üzere uzanmış bir dehşet ile geride kalıyordu; ve arkasından birçok ayağın gölge sesi gibi sesleri geliyordu. Sonunda bir hayvan gibi yerde emeklemeye başlayıncaya kadar tökezleye tökezleye gitti ve dayanamayacağını fark etti: Ya bir çıkış bulup bu durumdan kurtulmalı ya da kendisini izleyen korkuyla yüzleşmek için deliler gibi geriye koşmalıydı.

Aniden bir su şıpırtısı duydu, kara gölgeden bir rüyaya düşen taş kadar sert ve net. Işık fazlalaştı ve o da ne! Bölük, yüksek kemerli ve geniş başka bir kapıdan geçti; yanlarında küçük bir dere akıyordu; gerisinde, çok yukarıdaki göğe karşı bıçak sırtı gibi görünen, dik bir biçimde alçalan sarp uçurumlar arasında bir yol vardı. Vadi o kadar derin ve dardı ki üzerindeki gökyüzü karanlık görünüyor, içinde minik yıldızlar parıldıyordu. Yine de Gimli'nin sonradan öğrendiğine göre Dunharrow'dan yola çıktıkları günün akşamına daha iki saat vardı; gerçi o sırada, o an onun için, daha sonraki bir yılın ya da başka bir dünyanın alacakaranlığı olabilirdi.

Bölük yeniden at bindi ve Gimli Legolas'ın yanına döndü. Sıra halinde biniyorlardı atlarına; akşam, koyu mavi bir alacakaranlık çöktü; yine de korku onları izliyordu. Gimli ile konuşabilmek için arkasını dönen Legolas geriye baktı ve cüce tam önünde elfin parlak gözlerindeki pırıltıyı gördü. Arkalarından Elladan geliyordu, Bölüğün sonuncu adamıydı, ama aşağıya inen yolu tutan son kişi değildi.

"Ölüler izliyor," dedi Legolas. "İnsan ve at suretleri görüyorum; ince bulut şeritlerine benzeyen sancaklar ve sisli bir gecede kışın çıplak kalmış çalılıklara benzeyen mızraklar. Ölüler izliyor."

"Evet, Ölüler arkadan geliyor. Çağrıldılar," dedi Elladan.

Bölük sonunda , duvardaki bir çatlaktan dışarı fırlamış gibi aniden koyaktan çıktı; önlerinde büyük bir vadinin tepeleri uzanıyordu ve yanlarında bir dere soğuk bir sesle bir sürü şelale aşarak aşağı doğru akıyordu.

"Orta Dünya'nın neresindeyiz?" dedi Gimli; Elladen cevap verdi: "Morthond'un, yani sonunda Dol Amroth'un duvarlarını yıkayan denize dökülen uzun ve soğuk derenin kabardığı yerden aşağı indik. İsmini söyleyince nereden geldiğini sormanıza gerek kalmayacak: Karakök der insanlar ona."

Morthond Vadisi, dağların güney yüzlerinde kocaman dik bir girinti oluşturuyordu. Dik yamaçları otlarla kaplıydı; fakat o saatte hepsi griydi çünkü güneş gitmişti ve aşağıda, uzakta insanların evlerinin ışıkları göz kırpıyordu. Zengin bir vadiydi, epeyce kişi yaşıyordu burada.

Derken Aragorn arkasını dönmeden, herkesin duyabileceği bir sesle bağırdı: "Dostlar, yorgunluğunuzu unutun! Sürün atlarınızı şimdi, sürün! Gün bitmeden Erech Taşı'na varmamız lazım ve yolumuz hâlâ çok uzun." Böylece arkalarına bakmadan, gitgide artan akıntı üstündeki bir köprüye gelip buradan aşağıdaki topraklara inen bir yol buluncaya kadar dağ kırlıklarından geçtiler.

Onlar yaklaştıkça evlerdeki ve ufak köylerdeki ışıklar sönüyor, kapılar kapanıyor, tarlalardaki halk dehşetle çığlık çığlığa, peşinde avcılar olan ceylanlar gibi kaçıyordu. Toplanan gecede aynı çığlık yükseldi durdu: "Ölülerin Kralı! Ölülerin Kralı üzerimize geldi!"

Çok aşağılarda çanlar çalınıyor, insanlar Aragorn'un yüzünü görünce kaçıyordu; fakat acelesi olan Gri Bölük atları yorgunluktan tökezleninceye kadar av peşindeki avcılar gibi sürdüler atlarını. Ve böylece, tam geceyarısından önce ve dağ mağaralarındaki gibi zifiri bir karanlıkta, sonunda Erech Tepesi'ne vardılar.

Ölülerin dehşeti uzun bir süredir o tepe ve tepenin etrafındaki kırlar üzerinde bulunuyordu. Çünkü tam tepede, yarısı toprağa gömülü halde, bir insan boyunda, koca bir küre gibi yusyuvarlak kara bir taş vardı. Dünyaya ait değilmiş gibi duruyordu taş, kimilerinin inandığı üzre, gökten düşmüş gibi; fakat Batılılar'ın irfanlarını hatırlayanlar hâlâ bunun Númenor harabesinden getirildiğini ve buraya geldiği zaman İsildur tarafından bırakıldığını söylüyordu. Vadide yaşayan ahaliden hiç kimse ne taşa yaklaşmaya cesaret ediyor ne de yakınında yaşıyordu; çünkü burasının Gölge Adamlar'ın buluşma yeri olduğu, korku zamanlarında burada toplandıkları ve fısıldaşarak Taş'ın etrafına üşüştükleri söyleniyordu.

Bölük Taş'a vardı ve gecenin köründe durdu. Sonra Elrohir Aragorn'a gümüş bir boru verdi, Aragorn boruyu üfledi; ve yakında duranlar cevap olarak çok uzaklardaki derin mağaralardan bir yankı gibi bir sürü boru sesi duydukları izlenimine kapıldılar. Başka hiçbir ses duymadılar ama yine de üzerinde durdukları tepenin etrafında büyük bir ordunun toplandığını fark ettiler; ayrıca dağlardan, hayaletlerin nefesi gibi ürperten bir yel esti. Fakat Aragorn attan inip Taş'ın yanında durdu ve yüksek sesle haykırdı:

"Yeminlerini bozanlar, neden geldiniz?"

Ve gecenin içinden ona cevap veren bir ses duyuldu, sanki çok uzaktan gelirmiş gibi:

"Yeminimizi yerine getirip huzur bulmak için."

Bunun üzerine Aragorn şöyle dedi: "Sonunda zamanı geldi çattı. Şimdi Anduin üzerindeki Pelargir'e gidiyorum ve siz de benim peşimden geleceksiniz. Ve ne zaman ki bütün bu topraklar Sauron'un hizmetkârlarından temizlenecek o zaman yeminin yerine gelmiş olduğunu kabul edeceğim; o zaman huzur bulup sonsuza kadar ayrılabilirsiniz. Çünkü ben İsildur'un Gondor'a bıraktığı varis Elessar'ım."

Bunu söyledikten sonra Aragorn, Halbarad'a yanında getirdiği koca sancağı açmasını buyurdu; ve o da ne! Sancak simsiyahtı; üzerinde bir nişan vardıysa bile karanlıkta gizlenmişti. Sonra bir sessizlik oldu ve bütün gece boyunca bir daha ne bir fısıltı, ne bir ah işitildi. Bölük Taş'ın yanında konakladı ama etraflarını kuşatan Gölgeler'in korkusu yüzünden çok az uyuyabildiler.

Fakat soğuk ve solgun şafak söktüğünde Aragorn hemen kalktı ve Bölük'ü, aralarında kendisi hariç hiçbirinin daha önce görmedikleri bir hız ve yorgunluk dolu bir yolculuğa çıkarttı; sadece onun iradesi ilerlemelerini sağlayabilirdi. Kuzeyli Dúnedain'den başka hiçbir ölümlü insan ve onların yanı sıra cüce Gimli ve elflerden Legolas'tan başka kimse buna dayanamazdı.

Tarlang Boğazı'nı geçerek Lamedon'a girdiler; Ciril'deki Calembel'e varıncaya ve güneş kan rengine dönüp arkalarında, uzakta Batı'daki Pinnath Gelin'in ardına dolanıncaya kadar, arkalarından Gölge Ordu bastırıyor, önlerinde korku onlardan önce gidiyordu. Ciril geçitlerini ve kasaba ile yöresini terk edilmiş buldular, çünkü adamların çoğu uzaktaki savaşa gitmişti; kalanların hepsi de Ölülerin Kralı'nın gelişi söylentisiyle tepelere kaçmıştı. Fakat ertesi gün şafak sökmedi, Gri Bölük Mordor'un Fırtınası'nın karanlığına girerek ölümlülerin gözlerinden kayboldu; fakat Ölüler onları izledi.

BÖLÜM III

ROHAN'IN TOPLANIŞI

Artık bütün yollar hep birlikte, savaşın gelişini ve Gölge'nin üzerlerine çöküşünü karşılamak için Doğu'ya yöneliyordu. Pippin Şehir'in Büyük Cümlekapısı'nda durmuş, Dol Amroth Prensi'nin sancaklarıyla geçişini seyrederken, Rohan Kralı da tepelerden aşağıya iniyordu.

Gün solmaya başlamıştı. Güneşin son ışınlarıyla Süvariler, önlerinden giden uzun gölgeler düşürüyorlardı toprağa. Karanlık daha şimdiden dik dağ yamaçlarını kaplayan mırıltılı çam ormanlarının altına sokulmuştu. Kral, günün sonunda yavaş yavaş sürüyordu atını. O sırada yol, muazzam büyüklükte çıplak bir kaya çıkıntısından dolanmış, yumuşak bir sesle ah eden ağaçların loşluğuna dalmıştı. Kıvrılarak giden uzun bir sıra halinde daha daha aşağıya indiler. Sonunda koyağın dibine vardıklarında, derin yerlere akşamın çökmüş olduğunu gördüler. Güneş gitmişti. Alacakaranlık, çağlayanların üzerine çökmüştü.

Bütün gün, altlarında, uzaklarda bir yerde sıçraya sıçraya akan dere, arkadaki yüksek geçitten aşağıya doğru akmış, kendi dar yolunu çamlarla kaplı duvarlar arasından açmıştı; şimdi de taşlı bir kapıdan dışarı uğruyor ve daha geniş olan vadiye geçiyordu. Süvariler dereyi izlediler; derken aniden, akşam vakti, suların yüksek sesleriyle dolu Tapanvadi önlerine seriliverdi. Burada ak Karçayı, daha küçük derelerle birleşip kayalar üzerinden tüterek, Edoras'a, yeşil tepelere ve ovalara doğru hızla akmaya başlıyordu. Uzakta sağ tarafta, koca vadinin başında kudretli Fırtınalıboynuz, koca kaidesi üzerinde, buluta sarmalanmış yükseliyordu; fakat bitmek tükenmek bilmeyen karlarla kaplı çentik çentik zirvesi, Doğu tarafı mavimsi bir gölgeyle kaplanmış, Batı kısmı güneşin kavuşmasıyla allara boyanmış, dünyanın çok üzerinde parlıyordu.

Merry, uzun yolculukları sırasında birçok hikâyesini duyduğu bu yabancı ülkeye hayret içinde baktı. Semasız bir dünyaydı burası; gözleri, gölgeli havanın içindeki loş boşluklardan sadece durmadan yükselen yamaçları, birbiri ardı sıra dizilmiş kayalardan koca duvarları ve sisin sarmaladığı asık yüzlü uçurumları seçebiliyordu. Bir an için hayallere dalarak suyun sesini, kara ağaçların fısıltısını, taşların çatırtısını ve bütün seslerin gerisinde sessiz bir sabırla bekleyen engin sessizliği dinleyerek oturdu. Dağları çok severdi; daha doğrusu uzaklardan gelen hikâyelerin kenarında dolanıp duran hayallerini çok sevmişti; fakat şimdi Orta Dünya'nın dayanılmaz ağırlığı omuzlarına çökmüştü. Bu uçsuz bucaksızlığı dışarıda bırakıp sakin bir odada ateş başında oturuyor olmayı arzuladı.

Çok yorgundu, çünkü yavaş yavaş ilerlemiş olsalar da çok az dinlenerek yolculuk etmişlerdi. Neredeyse üç yorgun gün, birbirini izleyen saatler boyunca bir yukarı, bir aşağı, geçitlerden aşarak, uzun koyaklardan ilerleyerek, birçok dereyi geçerek yol almıştı. Bazen yolun daha geniş olduğu yerlerde, ikisini yan yana görünce gülümseyen Süvariler'i fark bile etmeden kralın yanında sürmüştü midillisini: kaba gri tüylü midillisiyle hobbit, yanında da koca beyaz atı üzerinde Rohan Hükümdarı. Kral'ın yanında midillisini sürerken Théoden ile konuşuyor, kendi yurdunu, Shire halkının yaptıklarını anlatıyor veya Yurt ve eskiden yaşamış kudretli Yurt insanları hakkında onun anlattığı öyküleri dinliyordu. Fakat Merry çoğu zaman, özellikle de bu son günde, tek başına, tam kralın arkasından sürüyordu midillisini; hiçbir şey söylemeden, arkasındaki adamların kullanmakta olduğu, Rohan'ın zengin, yavaş dilini anlamaya çalışarak. Öyle bir dildi ki bu, Shire'dakinden daha zengin ve daha güçlü söylense de sanki onun bildiği birçok sözcük vardı içinde, ama yine de kelimeleri bir araya getiremiyordu Merry. Zaman zaman süvarinin biri sesini yükselterek insanı harekete geçiren bir şarkı söylüyordu; o zaman Merry şarkının neyle ilgili olduğunu anlamasa bile kalbinin hopladığını hissediyordu.

Ne olursa olsun yalnızdı ve kendini şu anda, günün sonunda olduğu kadar yalnız hissetmemişti hiç. Bütün bu yabancı dünyada Pippin'in nerelerde olduğunu; Aragorn, Legolas ve Gimli'nin başına neler geldiğini merak etti. Sonra aniden, gönlünde duyduğu soğuk bir temas gibi Frodo ile Sam'i düşündü. "Onları unutuyorum!" dedi kendi kendine sitemle. "Üstelik onlar hepimizden daha önemli. Sözde ben onlara yardım için gelmiştim; ama artık yüzlerce mil uzakta olmalılar, eğer hâlâ hayattalarsa." Titredi.

"Tapanvadi'ye vardık sonunda," dedi Éomer. "Yolculuğumuz hemen hemen bitti." Durdular. Dar koyaktan çıkan yollar dimdik iniyordu aşağıya. Akşam karanlığı içinde, sanki yüksek bir pencereden bakarmış gibi bir parçacığı görülebiliyordu büyük vadinin. Nehir kenarında pırıldayan tek bir minik ışık vardı.

"Bu yolculuk bitmiş olabilir," dedi Théoden, "ama benim daha gitmem gereken çok yol var. Dün gece dolunay vardı, sabahleyin Edoras'a, Yurt'ta toplananlara katılmak için süreceğim atımı."

"Beni dinleyecek olursanız," dedi Éomer alçak sesle, "sonra yine yurda dönersiniz cenk bitende, ister kazanılsın, ister kaybedilsin."

Théoden gülümsedi. "Yo oğlum, artık sana böyle diyeceğim, benim yaşlı kulaklarıma Solucandil'in yumuşak sözcüklerini söyleme!" Oturduğu yerde doğrularak, dönüp arkadaki alacakaranlığa doğru solup giden uzun bir sıra halinde dizilmiş adamlarına baktı. "Batıya at sürmeye başladığımdan beri, gün uzamında uzun yıllar geçmiş gibi geldi bana; ama bir daha asla bir bastona yaslanmayacağım. Eğer cenk yiterse, benim dağlarda saklanmam ne işe yarar? Ve eğer kazanılırsa, ben gücümün kalan son kısmını da harcayıp ölmüşüm, ölmemişim ne gam? Fakat şimdi bunları bir kenara bırakalım. Bu gece Dunharrow Sığınağı'nda yatacağım. En azından bir akşamlık dinginliğimiz olacak. Haydi, ileri sürelim atlarımızı!"

Derinleşmekte olan alacakaranlıkta vadiye indiler. Burada Karçayı vadinin batı duvarlarına yakın bir yerde akıyordu; kısa bir süre sonra yol onları sığ suların gürültülü gürültülü taşlar üzerinden çağladığı bir geçide getirdi. Geçit korunuyordu. Kral yaklaştıkça, kayaların gölgelerinden bir sürü adam sıçrayıp çıktı; kralı görünce de mutlu seslerle haykırdılar: "Théoden Kral! Théoden Kral! Yurt'un Kralı geri döndü!"

Sonra biri borusunu uzun uzun çaldı. Boru sesi vadide yankılandı. Diğer borular cevap verdi buna ve nehrin diğer yanında ışıklar parladı.

Sonra aniden, yukarılardan, içi boş oyuk bir yerden gelir gibi, hepsinin notasını tek bir ses halinde toplayan ve kayadan duvarlarda gümbürdeten büyük bir borazan korosu yükseldi.

Böylece Yurt Kralı, Batı'dan zaferle döndü Ak Dağlar'ın eteğindeki Dunharrow'a. Burada halkının kalan gücünü toplanmış, hazır buldu; çünkü geldiği duyulur duyulmaz, Gandalf'tan haberler getiren komutanlar onu geçitte karşılamak için sürmüşlerdi atlarını. Dúnhere vardı başlarında, Tapanvadi halkının reisi.

"Üç gün önce tan ağaranda beyim," dedi, "Gölgeyele Batı'dan Edoras'a bir yel gibi geldi; Gandalf içimize su serpen yenginizin haberini getirdi. Fakat size de, Süvariler'i büyük bir hızla toplayasınız diye haber bıraktı. Sonra da kanatlı Gölge geldi."

"Kanatlı Gölge mi?" dedi Théoden. "Biz de gördük onu fakat Gandalf bizi terk etmeden önceki o gecenin köründe görmüştük."

"Belki de beyim," dedi Dúnhere. "Yine de ya aynı, ya da ona çok benzeyen, dev bir kuş görüntüsünde uçan bir karanlık uçup geçti o sabah Edoras üzerinden; erlerin hepsi korkuyla titrediler. Çünkü Tekev üzerine alçaldı; alçaldıkça, neredeyse sivri tepeliğe değecek kadar alçalınca hepimiz yüreklerimizi durduran bir çığlık duyduk. O zaman işte Gandalf bize tarlalarda toplanmamamızı, burada, dağların altındaki vadide buluşmamızı önerdi. Çok çok gerekmedikçe ne ışık, ne de ateş yakmamamızı söyledi. Biz de öyle yaptık. Gandalf büyük bir yetkeyle konuşuyordu. Biz de bunun sizin de arzu ettiğiniz şey olduğunda karar kıldık. Bir daha Tapanvadi'de o kötü şeylerden hiç görünmedi."

"Çok iyi," dedi Théoden. "Şimdi Sığınak'a süreceğim atımı ve orada dinlenmeden önce komutanlara ve tekinlere danışacağım. En kısa zamanda yanıma gelsinler!"

Yol artık, o noktada yarım milden biraz geniş olan vadiyi boydan boya, doğrudan doğuya doğru geçiyordu. Artık gecenin çökmesiyle grileşen, kaba otlarla kaplı düz ve basık araziler ile çayırlar etraflarında uzanıyordu fakat önlerinde, vadinin diğer tarafında Merry kaşlarını çatmış bir duvar, Fırtınalıboynuz'un geçmiş çağlarda nehir tarafından yarılmış koca köklerinin son sınırını gördü.

Arazideki düzlüklerin tümünde çok sayıda adam toplanmıştı. Kimisi yol kenarına yığılmış, kral ile Batı'dan gelen atlıları memnuniyetle bağırarak selamlıyordu; arkada ise geriye doğru giden muntazam çadır ve barınak dizileri, sıra sıra kazığa bağlanmış atlar, koca silah yığınları, yeni dikilmiş ağaçlar gibi diken diken duran sıralanmış mızraklar vardı. Artık bütün bu büyük topluluk gölgeler içinde kalmaya başlamıştı, oysa yükseklerden soğuk bir gece yeli estiği halde hiçbir lamba parlamıyor, hiç ateş yakılmıyordu. Sıkı sıkı giyinmiş nöbetçiler bir ileri, bir geri yürüyüp duruyorlardı.

Merry orada kaç Süvari olduğunu merak etti. Koyulmakta olan karanlıkta kaç kişi olduğunu tahmin edemiyordu fakat ona, binlerce kişi gücünde büyük bir ordu gibi görünmüştü. O bir yandan bir yana bakarken, kralın adamları vadinin doğu tarafında yükselen uçurumun altına vardılar; burada aniden bir patika yukarı doğru tırmanmaya başladı; Merry hayretle yukarı baktı. Şimdiye kadar benzerini görmediği, şarkıların bile erişemediği yılların gerisindeki adamların elinden çıkmış muazzam bir eserde, bir yolda buldu kendini. Yukarı doğru tırmanıyor, bir yılan gibi kıvrılıyor, taşın dimdik yamacında kendine yol buluyordu. Tırmandıkça bir merdiven kadar dik, bir ileri bir geri ilmekler oluşturarak gidiyordu. Üzerinde atlar gidebiliyor, yük arabaları yavaş yavaş çekilebiliyordu; fakat yukardan savunulacak olsa, o taraftan, hava yolu hariç hiçbir düşman gelemezdi. Yolun her dönemecinde, bir insana benzetilerek yontulmuş, kocaman, koca elli ve ayaklı, bağdaş kurup oturmuş kütük gibi kolları şişman göbeğinin üzerinde kavuşmuş, diklemesine büyük bir kaya bulunuyordu. Bazıları yılların yıpratmasıyla, sadece göz çukurlarında hâlâ gelip geçenlere hüzünle bakan kara birer delik hariç, bütün yüz hatlarını kaybetmişti. Süvariler onlara pek bakmıyordu bile. Koncolos diyorlardı bunlara ve pek umursamıyorlardı: Artık hiçbir güç, hiçbir dehşet yansıtmıyorlardı; fakat Merry onlara, alacakaranlıkta kederli kederli yükselirlerken hayranlıkla ve neredeyse acımaya benzer bir duyguyla bakıyordu.

Bir süre sonra arkasına bakınca daha şimdiden vadiden birkaç yüz ayak yükselmiş olduklarını fark etti; fakat hâlâ aşağılarda, derenin geçidinden geçen ve kendileri için hazırlanmış olan kampa doğru giden yolu doldurmaya başlayan Süvariler'in dolana dolana giden sırasını belli belirsiz seçebiliyordu. Sadece kral ile muhafızı Sığınak'a çıkıyorlardı.

Sonunda kralla yanındakiler keskin bir uçurum kenarına vardılar; tırmanan yol kayadan duvarlar arasındaki bir kesikten geçerek kısa bir yokuştan tırmanıp geniş bir yaylaya çıkıyordu. Firienfeld diyordu adamlar buraya; Karçayı'nın derin derin kazdığı yatağının çok üzerinde, arkadaki ulu dağların kucağına yerleşmiş çimenlik ve çalılık içinde yeşil bir dağ kırlığıydı: Güneyde Fırtınalıboynuz; kuzeyde tüm hacmiyle testere dişli İrensaga, aralarında, Süvariler'in tam karşısında da kasvetli çam ağaçlı yamaçlardan dimdik yükselen Hayaletli Dağ'ın yani Dwimorberg'in kara duvarı. Alacakaranlığa doğru yitip giden ve ağaçlar arasında gözden kaybolan iki sıra biçimsiz dikili taş yaylayı ikiye ayırıyordu. Bu yolu izlemeye cüret edenler kısa süre sonra Dwimorberg'in altındaki kara Dimholt'a, kayadan sütunun tehdidine, yasak kapının esneyen gölgesine varırdı.

Böyle bir yerdi Dunharrow, çoktan unutulup gitmiş insanların eseri. İsimleri unutulmuştu, hiçbir şarkı, hiçbir efsane onları hatırlamıyordu. Ne amaçla yapmışlardı bu yeri, şehir diye mi, gizli bir mabed veya kralların mezarları olarak mı, Rohan'da kimse bilmiyordu. Burada o Karanlık Yıllarda, henüz batı kıyılarına bir gemi ulaşmamışken veya Dúnedain'in Gondor'u kurulmadan çalışmışlardı; şimdi ise yok olmuşlardı, sadece hâlâ yolların dönemeçlerinde oturan eski Koncoloslar kalmıştı.

Merry uzayıp giden taş sıralarına baktı: Yıpranmış kara taşlardı bunlar; kimi yan yatmış, kimi devrilmiş, kimi çatlamış veya kırılmıştı; sıra sıra dişlere benziyorlardı, eski ve aç. Bunların ne olabileceğini merak etti ve kralın bunları gerilerindeki karanlığa doğru izlemeyeceğini ümit etti. Sonra taşlı yolun her iki yanında çadır ve baraka kümeleri olduğunu gördü; fakat çadırlar ağaçlara yakın yerlere kurulmamıştı da, daha çok ağaçlardan uçuruma doğru kaçarak bir araya gelmişler gibi duruyorlardı. Büyük bir kısmı sağ tarafta, Firienfeld'in daha geniş olduğu yerdeydi; sol tarafta ise ortasında yüksek ve büyük bir çadırın durduğu daha küçük bir kamp vardı. Bu taraftan onları karşılamak için bir atlı çıkageldi; onlar da yoldan ayrıldılar.

Yaklaştıkça Merry atlının uzun örgüleri alacakaranlıkta parlayan bir kadın olduğunu fark etti, yine de miğfer takmış, beline kadar bir savaşçı gibi giyinmiş ve kılıç kuşanmıştı.

"Selam olsun Yurt Hükümdarı!" diye bağırdı. "Gönlüm gelişinizle sevinç doldu."

"Ya sen Éowyn," dedi Théoden, "sence her şey yolunda mı?"

"Her şey yolunda," diye cevap verdi kız; yine de Merry'ye sesi onu yalanlıyor gibi geldi; ona kalsa kızın ağlamakta olduğunu düşünecekti, eğer bu kadar sert bir yüzün ağlayabileceğine inanabilseydi. "Her şey yolunda. Yorucu bir yol oldu birdenbire ocaklarından koparılıp gelen kişiler için. Bazı sert sözler oldu çünkü cenkler bizi yeşil tarlalardan uzaklaştırmayalı çok oluyordu; fakat hiç kötü bir şey olmadı. Her şey yolunda artık, gördüğünüz gibi. Ayrıca yatacağınız yer de hazır edildi; çünkü sizinle ilgili ayrıntılı haberler almıştım ve geleceğiniz saati biliyordum."

"O halde Aragorn geldi," dedi Éomer. "Hâlâ burada mı?"

"Hayır gitti," dedi Éowyn; başını çevirip Doğu ve Güney yönünde kapkara duran dağlara baktı.

"Ne yandan gitti?" diye sordu Éomer.

"Bilmiyorum," diye cevap verdi kız. "Gece geldi ve dün sabah sürüp gitti atını, daha Gün dağların tepesinden aşmadan. Gitti."

"Üzgünsün kızım," dedi Théoden. "Ne oldu? Söyle bana, o yolla ilgili bir şey dedi mi?" Dwimorberg tarafına doğru giden karanlık taş dizisini işaret etti. "Ölülerin Yolu'ndan mı gitti?"

"Evet beyim," dedi Éowyn. "Ve şimdiye kadar kimsenin dönmediği gölgelere geçti gitti. Onu caydıramadım. Gitti."

"O halde yollarımız ayrıldı," dedi Éomer. "O kayboldu. Onsuz sürmemiz gerek atlarımızı; umudumuz azalıyor."

Yavaş yavaş bodur fundalıklardan ve yayla çimenlerinden geçip, kralın büyük çadırına varıncaya kadar bir daha konuşmadan ilerlediler. Burada Merry her şeyin hazırlanmış, kendisinin dahi unutulmamış olduğunu gördü. Onun için, kralın kaldığı yerin yanına minik bir çadır kurulmuştu; adamlar bir aşağı bir yukarı gidip gelir, kralın yanına girip onunla akıl danışırken, Merry tek başına oturuyordu. Gece iyice çöktü; batıda hayal meyal görünen dağların başları yıldızlarla taçlandı ama Doğu karanlık ve boştu. Birbiri ardı sıra dizilip giden taşlar yavaş yavaş görünmez oldu fakat yine de onların gerisinde, karanlıktan da siyah çökmüş bekliyordu Dwimorberg'in sinmiş engin gölgesi.

"Ölülerin Yolu," diye mırıldandı kendi kendine. "Ölülerin Yolu ha? Bütün bunların anlamı ne ? Hepsi beni bırakıp gitti artık. Hepsi bir yazgıya doğru gitti: Gandalf ile Pippin Doğu'daki savaşa; Sam ile Frodo Mordor'a; Yolgezer, Legolas ve Gimli Ölülerin Yolu'na. Ama benim sıram da yakında gelecek herhalde. Acaba ne hakkında konuşuyorlar ve kral ne yapmayı düşünüyor? Çünkü o nereye giderse benim de oraya gitmem gerekecek artık."

Bu kasvetli düşüncelerin ortasında aniden çok acıkmış olduğunu hatırladı ve kalkarak bu garip kampta onunla aynı şeyleri hisseden biri var mı yok mu diye bakmaya gitti. Fakat tam o anda bir borazan sesi duyuldu ve onu, yani kralın hizmetkârını, kralın sofrasında krala hizmet etsin diye çağırmaya geldi bir adam.

Büyük çadırın iç bölümünde işlemeli örtülerle ayrılmış, her yanına postlar serilmiş küçük bir bölüm vardı; burada küçük bir masada Éomer, Éowyn ve Tapanvadi beyi Dúnhere ile Théoden oturmuştu. Merry kralın sandalyesinin yanında durarak gerektiğinde hizmet etmek için bekledi, bir süre sonra yaşlı adam derin düşüncelerden çıkıp ona dönerek gülümseyinceye kadar.

"Gel Efendi Meriadoc!" dedi. "Sen ayakta durmayacaksın. Sen benim yanıma otur kendi topraklarımda bulunduğum sürece ve hoş öykülerinle gönlümü eyle."

Hobbit için kralın solunda yer açıldı fakat kimse öykü istemedi. Gerçekten de çok az konuşuluyordu; çoğunlukla sessizlik içinde yiyip içiyorlardı, sonunda Merry bütün cesaretini toplayıp aklını kurcalamakta olan soruyu soruncaya kadar.

"Şimdiye kadar beyim, ikidir Ölülerin Yolu'ndan söz edildiğini duydum," dedi. "Nedir bu? Ve Yolgezer, yani Aragorn Bey demek istiyorum, nereye gitti?"

Kral içini çekti ama kimse cevap vermedi, sonunda Éomer konuşuncaya kadar. "Bilmiyoruz ve gönlümüzde bir ağırlık var," dedi. "Ölülerin Yolu'na gelince, sen de bu yolun ilk basamaklarına bastın. Yo, kem söz söylemiyorum! Geride, Dimholt'a tırmandığımız yol Kapı'ya giden yoldu. Fakat ötesinde neler vardır, bilen yok."

"Bilen yok," dedi Théoden: "Yine de, artık ağza alınmayan eski söylencelerin öyle veya böyle söyleyeceği bir şeyler var. Eğer Eorl Hanedanı'nda babadan oğula aktarılan bu eski öyküler doğruyu söyler ise Dwimorberg altındaki Kapı, dağın altından giderek artık unutulup gitmiş bir yere çıkar. Fakat, Kapı'dan geçip bir daha insanlar arasında görünmeyen Brego oğlu Baldor'dan beri yolun gizlerini araştıracak yürekli kimse çıkmadı. Fazla gözüpek bir and içmişti, Brego'nun yeni yapılmış olan Tekev'in kutsanması için yaptığı şölende, elindeki boynuzdaki içkiyi bir dikişte içip bitirirken; varisi olduğu tahta hiç çıkamadı.

"Ahali, Karanlık Yıllar'dan çıkagelen Ölü Adamlar'ın yolu koruduklarını ve gizli saraylarına canlı kimsenin gelmesine izin vermediklerini söyler; fakat zaman zaman onların, gölgeler gibi kapıdan süzülüp taşlı yoldan indikleri görülür. O zaman Tapanvadi halkı kapılarını sıkı sıkı kapatıp pencerelerini örterler, çok korkarlar. Fakat Ölüler çok seyrek ve ancak büyük bir rahatsızlık ve yaklaşan bir ölüm olduğu zamanlarda çıkarlar ortaya."

"Yine de Tapanvadi'de denir ki," dedi Éowyn alçak sesle, "kısa bir süre önce, ayın olmadığı gecelerde garip bir tantanayla büyük bir ordu gelip geçmiş. Nereden geldiklerini bilen yok; ama taşlı yoldan çıkmışlar ve tepeye doğru gözden yitmişler sanki bir buluşmaya giderlermiş gibi."

"O zaman Aragorn neden o taraftan gitti?" diye sordu Merry. "Bunun nedenini açıklayabilecek hiçbir şey bilmiyor musunuz?"

"Arkadaşı olarak sana bizim bilmediğimiz bir şeyler söylediyse o başka," dedi Éomer. "Artık canlıların ülkesinde bulunan kimse onun amacının ne olduğunu bilemez."

"Onu ilk kez kralın evinde gördüğümden beri çok değişmiş buldum ben," dedi Éowyn: "Daha sert, daha yaşlı. Büyülenmiş gibiydi, Ölüm'ün çağırdığı biri gibi."

"Belki de çağırılmıştır," dedi Théoden; "gönlüm bana onu bir daha göremeyeceğimi söylüyor. Yine de o yüce bir yazgıya sahip soylu biri. Şu konuda için rahat olsun kızım, çünkü gördüğüm kadarıyla bu konuk konusunda avutulman gerekiyor. Denir ki, muhtaçken sığınmak için sağlam yerler arayan Eorloğulları Kuzey'den gelip, sonunda Karçayı'nı geçtiklerinde Brego ile oğlu Baldor Sığınak'ın Merdiveni'ni tırmanmış ve Kapı'nın önüne varmış. Eşikte, yaşı anlaşılmayacak kadar yaşlı bir adam oturuyormuş; uzun boylu, soylu görünüşlüymüş ama artık eski bir taş gibi kurumuşmuş. Hatta onu taş zannetmişler çünkü hiç kıpırdamıyormuş ve hiç konuşmamış, ta ki onlar yanından geçip içeri girmeye çalışıncaya kadar. O zaman adamdan bir ses gelmiş, sanki yerden gelirmiş gibi; hayretle adamın batı dilinde konuştuğunu fark etmişler: *Yol kapalı*.

"Bunun üzerine durarak adama bakmışlar ve hâlâ canlı olduğunu görmüşler; fakat o, onlara bakmıyormuş. *Yol kapalı*, demiş ses yine. *Yol şimdi Ölü olanlar tarafından yapılmıştı ve vakti gelinceye kadar Ölüler koruyacak yolu. Yol kapalı* .

"*Peki vakit ne zaman gelecek*? demiş Baldor. Fakat hiç cevap alamamış bir daha. Çünkü yaşlı adam tam o saat ölmüş ve yüzükoyun kapaklanmış. Dağların kadim sakinleri hakkında bir daha hiçbir bilgi alamadı halkımız. Yine de belki de beklenen vakit gelmiştir ve Aragorn geçebilir."

"İyi de, kendisi Kapı'dan geçmeye cüret etmezse vaktin gelip gelmediğini insan nereden bilecek?" dedi Éomer. "Mordor'un bütün orduları önümde dursa, ben tek başıma kalmış olsam ve sığınacak başka hiçbir yerim kalmasa yine de o yoldan gitmezdim. Öylesine aslanyürekli bir adama, böyle bir zamanda böyle bir deliliğin gelmesi ne acı! Yukarda yeterince kötülük yok mu, toprağın altına bakmaya ne hacet? Savaş kapıda."

Duraksadı, çünkü o sırada dışarıdan bir gürültü gelmişti, bir erkek sesi Théoden'in ismini sesleniyor ve muhafıza meydan okuyordu.

Muhafızların komutanı perdeyi yana çekti hemen. "Burada bir adam var beyim," dedi, "Gondor'dan bir ulak. Bir an önce huzurunuza gelmeyi diliyor."

"Bırakın gelsin!" dedi Théoden.

Uzun boylu bir adam girdi içeri, Merry boğulur gibi bir çığlık attı; bir an için ona Boromir hayattaymış ve geri dönmüş gibi geldi. Sonra öyle olmadığını gördü; adam yabancı biriydi, fakat bir akrabasıymış gibi Boromir'e benziyordu, uzun boylu, gri gözlü ve mağrurdu. İnce zırhının üzerindeki koyu yeşil peleriniyle süvari kılığındaydı; miğferinin önüne küçük bir gümüş yıldız işlenmişti. Elinde tek bir ok tutuyordu, siyah tüylü ve çelikle kancalanmıştı, fakat ucu kırmızıya boyanmıştı.

Bir dizi üzerine çökerek oku Théoden'e sundu. "Selam olsun Rohirrim Hükümdarı, Gondor'un dostu!" dedi. "Hirgon'um ben, Denethor'un ulağı, size savaşın bu alametini getirdim. Gondor büyük bir sıkıntı içinde. Rohirrim sık sık bizi desteklemiştir fakat şimdi Hükümdar Denethor bütün gücünüzü, tüm hızınızla rica ediyor, sonunda Gondor tamamen düşmeden önce."

"Kızıl Ok!" dedi Théoden oku tutarak aynı uzun zamandır beklediği ama geldiğinde insana korku salan bir davetiye almış gibi. Eli titredi. "Hayatım boyunca Kızıl Ok Yurt'ta hiç görülmemişti! İşler gerçekten o boyuta vardı mı? Peki Hükümdar Denethor benim bütün gücümün ve hızımın ne olduğunu hesaplıyor?"

"Bunu en iyi siz kendiniz bilirsiniz hükümdarım," dedi Hirgon. "Fakat çok geçmeden Minas Tirith kuşatılabilir ve eğer birçok gücün oluşturduğu bir kuşatmayı yaracak kadar gücünüz yoksa Hükümdar Denethor, Rohirrim'in güçlü ordusunun surların dışında olmasındansa içinde olmasını tercih ettiğini söylememi buyurdu."

"Fakat Hükümdar bizlerin at sırtında açıklıklarda cenk eden bir budun olduğumuzu, dağınık yaşadığımızı ve süvarilerimizi bir araya getirmek için zamana ihtiyaç olduğunu bilir. Bu doğru değil mi Hirgon, Minas Tirith Hükümdarı'nın mesajında yolladığından daha çok şey bildiği doğru değil mi? Çünkü bizler zaten savaştayız, sen de büyük bir olasılıkla görmüşsündür bunu; o kadar da hazırlıksız bulmamışsındır bizi. Gri Gandalf aramızdaydı; şu anda da Doğu'daki bir savaş için hazırlık yapıyoruz."

"Hükümdar Denethor bütün bu konularda neler biliyor veya tahmin ediyor bilemem," diye cevap verdi Hirgon. "Fakat gerçekten durumumuz çok umutsuz. Hükümdarım size emir vermiyor, sadece eski dostluğunuzu ve çok önceleri verilmiş yeminleri hatırlamanız ve kendi iyiliğiniz için elinizden geleni yapmanız için yalvarıyor. Bize, Doğu'dan birçok kralın Mordor'un emrine girdiği haber verildi. Kuzey'den Dagorlad ovasına kadar her yerde hafif çatışmalar ve savaş söylentileri var. Güneyde Haradrim harekete geçmiş, bütün kıyı topraklarımızın üzerine bir korkudur çökmüş durumda, yani o taraftan yardım gelme ihtimali çok az. Acele edin! Çünkü zamanımızın hükmü Minas Tirith surları önünde verilecek ve eğer selin önüne orada set çekilmezse, Rohan'ın bütün zarif kırları üzerine akıp geçecek; hatta burada, tepeler arasındaki bu Sığınak'ta bile barınmak mümkün olmayacak."

"Kara haberler," dedi Théoden, "yine de beklemiyor değildik. Fakat Denethor'a söyle, eğer Rohan kendini tehlikede hissetmeseydi bile yine de yardıma gelirdi. Ama hain Saruman ile yaptığımız cenkler sırasında çok kaybımız oldu ve hâlâ hem kuzeye hem de doğuya bakan hudut bölgelerimizi düşünmek zorundayız, onun haberleriyle daha da açıkça görüldüğü gibi. Karanlıklar Efendisi'nin şu anda kullanmakta olduğu anlaşılan bu kadar büyük bir güç bizimle Şehir önünde bir cenk yaparken aynı anda, Nehir'in çok gerisinde Kralların Cümlekapısı'nda büyük bir güçle saldırıya geçebilir.

"Fakat daha fazla ihtiyattan söz etmeyeceğiz. Geliyoruz. Yarın silahbaşı yapılacaktı. Her şey yoluna girince harekete geçeceğiz. Düşmanlarınızı yıldırmak için on bin mızraklı yollayabilirdim alanlara. Şimdi daha az olacak korkarım; çünkü kalelerimi bütün bütün korunmasız bırakamam. Yine de en azından altı bin kişi at sürecek ardımdan. Denethor'a söyle, bu saatte Yurt Kralı kendi inecek Gondor ülkesine, geri dönme ihtimali olmasa da. Fakat yol uzun ve bu yolu aşan insanın ve hayvanın savaşmak için gücü kalmalı. Yarın sabahtan sayarsak, Kuzey'den gelen Eorloğulları'nın naralarını bir hafta sonra duyabilirsiniz."

"Bir hafta!" dedi Hirgon. "Eğer öyle olması gerekiyorsa, öyle olsun. Fakat bundan yedi gün sonra sadece yıkılmış surlar göreceksiniz büyük bir ihtimalle, eğer beklenmedik başka bir yardım gelmezse. Yine de en azından Ak Kule'de kendilerine ziyafet çeken orklar ile Esmer İnsanları taciz edersiniz."

"En azından bunu yaparız," dedi Théoden. "Fakat ben, kendim bile cenkten ve ırak bir yoldan yeni geldim ve şimdi dinlenmeye gidiyorum. Bu gece burada eyleş. Sonra Rohan'ın topladığı adamlara bakarsın; gördüklerinden daha bir memnun olarak ve dinlenmiş olduğun için de daha hızlı gidersin. Sabah verilen öğütler en iyisidir, gece birçok düşünceleri değiştirir."

Bu sözle kral ayağa kalktı; hepsi doğruldu. "Dinlenmeye gidiniz şimdi hepiniz," dedi, "iyi uyuyasınız. Ve sen Efendi Meriadoc, bu akşam başka bir şeye ihtiyacım yok. Fakat güneş doğar doğmaz her an için hazır ol."

"Hazır olacağım," dedi Merry, "benden sizinle birlikte Ölülerin Yolu'ndan yürümemi isteseniz bile."

"Kötü şeyler söyleme!" dedi kral. "Çünkü o ismi taşıyan birden fazla yol olabilir. Fakat ben sana benimle birlikte yola koyulman için emir vereceğimi söylemedim. İyi geceler!"

"Beni geride bırakıp dönüşte yanlarına çağırmalarına izin veremem!" dedi Merry. "Burada kalmayacağım, kalmayacağım." Ve bunu tekrarlaya tekrarlaya çadırında uykuya dalıp gitti.

Onu sarsarak kaldıran bir adam tarafından uyandırıldı. "Uyan, uyan Efendi Holbitla!" diye bağırdı adam; bir süre sonra Merry derin rüyalarından sıyrılıp, sıçrayarak oturdu. Etraf hâlâ çok karanlık görünüyor, diye düşündü.

"Ne var?" diye sordu.

"Kral seni çağırıyor."

"Ama Güneş doğmadı daha," dedi Merry.

"Doğmadı ve bugün doğmayacak da Efendi Holbitla. Bir daha da hiç doğmayacak diye düşünüyor insan, bu bulut altında. Fakat zaman durduğu yerde durmuyor, Güneş kaybolmuş olsa bile. Acele et!"

Üzerine bir şeyler geçiriveren Merry dışarı baktı. Dünya karanlıkçaydı. Havanın kendisi bile kahverengi gibiydi; etraftaki her şey siyah, gri ve gölgesizdi; büyük bir hareketsizlik vardı. Hiçbir bulut şekli seçilemiyordu; bir tek uzakta batıda, büyük alacakaranlığın etrafı yoklayan parmaklarının hâlâ uzanmakta olduğu yerlerde, parmaklar arasından biraz ışık sızıyordu. Tepelerinde ağır bir çatı asılıydı, koyu ve biçimsiz; ışık ise artacağına azalıyordu sanki.

Merry bir sürü insanın durmuş yukarı bakarak bir şeyler mırıldandığını gördü; herkesin yüzü kül rengi ve üzgündü; kimisi korku doluydu. İçi sıkılarak krala doğru yola koyuldu. Gondor'lu atlı Hirgon ondan önce gelmişti; yanında ona benzeyen, onun gibi giyinmiş ama daha kısa ve daha tıknaz biri daha duruyordu. Merry içeri girdiğinde bu adam kralla konuşuyordu.

"Mordor'dan geliyor beyim," dedi adam. "Dün gece gün kavuştuğunda başladı. Ülkenizin Doğuağıl'daki tepelerinden yükselişini ve gökyüzünden ilerleyişini gördüm; bütün gece ben at sürerken o arkamdan yıldızları yuta yuta geldi. Artık o koca bulut burası ile Gölge Dağları arasında asılı duruyor ve gittikçe koyulaşıyor. Savaş başladı bile."

Kral bir süre sessiz sessiz oturdu. Sonunda konuştu. "Demek ki sonunda sıra buna geldi," dedi: "birçok şeyin geçip gideceği, zamanımızın büyük savaşı. Fakat en azından artık saklanmak zorunda kalmayacağız. Hemen süreceğiz atları açık yoldan, bütün hızımızla. Toplanan ordu hemen yola çıkmalı, gecikenleri beklememeli. Minas Tirith'te yeterli erzak var mı? Çünkü eğer artık bütün hızımızla süreceksek atlarımızı, hafif olmamız gerek, ancak bizi savaşa götürecek kadar yiyecek ve içecek taşımalıyız."

"Çok önceden hazırlanmış, büyük bir stokumuz var," diye cevap verdi Hirgon. "Şimdi elinizden geldiğince hafif ve hızlı sürün atlarınızı!"

"O halde tellalları çağır Éomer," dedi Théoden. "Süvariler sıraya girsinler!"

Éomer dışarı çıktı; hemen öten borazanlar Sığınak'tan ve aşağıdan birçok başka borazan tarafından cevaplandı; ama sesleri bir gece önceki kadar net ve cesur çıkmamış gibi geldi Merry'ye. Kulakları uğursuzca tırmalayan borazanlar o ağır havada durgun ve acı geliyordu kulaklara.

Kral Merry'ye döndü. "Ben savaşa gidiyorum Efendi Meriadoc," dedi. "Kısa bir süre sonra yola koyulacağım. Seni hizmetimden azat ediyorum, dostluğumdan değil. Sen burada kalacaksın, eğer istersen benim yerime halkı yönetecek olan Hanım Éowyn'e hizmet edebilirsin."

"Ama, ama beyim," diye kekeledi Merry. "Sana kılıcımı sundum. Seninle böyle ayrılmak istemiyorum Théoden Kral. Sonra bütün arkadaşlarım savaşa gittiğine göre, geride kalmak beni utandırır."

"Fakat biz uzun boylu ve hızlı atlara biniyoruz," dedi Théoden; "gönlün ne kadar yüce olursa olsun, o tür hayvanlara binmen olanaksız."

"O zaman beni birinin sırtına bağlayın, ya da ne bileyim, bir üzengiye tutunup sallanayım, ya da bir şeyler yapın," dedi Merry. "Koşulamayacak kadar uzun bir yoldan söz ediyoruz; ama eğer atla gidemezsem koşarım, ayaklarımı patlatsam veya haftalar sonra oraya varsam bile."

Théoden gülümsedi. "Öyle olacağına seni Karyele'de yanımda taşırdım," dedi. "Ama en azından benimle Edoras'a kadar gelip Tekev'e bakabilirsin; çünkü o taraftan gideceğim. Şimdilik Stybba taşıyabilir seni: Biz ovalara varmadan büyük yarış başlamayacak."

Bunun üzerine Éowyn ayağa kalktı. "Haydi Meriadoc!" dedi kız. "Senin için hazırladığım eşyayı göstereyim." Birlikte dışarı çıktılar. "Bunu istedi bir tek Aragorn benden," dedi Éowyn çadırlar arasından geçerken, "senin cenk için silahlarla donatılmanı. Bunu, elimden geldiğince yapacağıma söz verdim. Çünkü bana öyle geliyor ki, her şey bitmeden buna gerek duyacaksın."

Merry'yi kralın muhafızlarının kaldıkları yerler arasındaki bir barınağa götürdü; burada silahtar ona küçük bir miğfer, yuvarlak bir kalkan ve başka eşyalar getirdi.

"Sana uygun demir giyimimiz yok," dedi Éowyn, "demir yelek yapmak için vakit de yok; ama burada kalın deriden dar bir yelek, bir kemer ve bir bıçak var. Zaten senin de kılıcın var."

Merry eğilerek selam verdi; kız ona kalkanı gösterdi, bu Gimli'ye verilmiş olan kalkana benziyordu; üzerinde ak bir at nişanı taşıyordu. "Bütün bunları al," dedi kız, "bunları iyi yazgıya taşıyasın! Hoşça kal şimdilik Efendi Meriadoc! Yine de tekrar karşılaşırız, seninle belki."

Böylece, toplanmakta olan alacakaranlıkta Yurt Kralı bütün süvarilerini doğu yönündeki yola çıkarmak için hazır etti. Herkesin yüreği kabarıktı, kimisi gölgelere sinmişti. Fakat sert insanlardı, beylerine sadıktılar; Edoras'tan gelmek zorunda kalan kadınların, çocukların ve yaşlıların Sığınak'taki kamplarında çok az ağlama sesi ve sızlanma duyuluyordu. Üzerlerine bir yazgı çökmüştü ama bunu sessizce karşılıyorlardı.

İki hızlı saat geçti; kral artık yarı aydınlıkta beyaz atı üzerinde oturmuş, pırıldıyordu. Miğferinden dışarı uğrayan saçları kar gibi olsa da mağrur ve uzun boylu görünüyordu; çoğunluk onu hayranlıkla seyrediyor, onun iki büklüm olmadığını, korkmadığını görerek yürekleniyordu.

Orada, gürültülü nehrin yanındaki geniş düzlüklerde, tepeden tırnağa silahlanmış birçok bölük halinde en az beş bin beş yüz Süvari ve pek yüklenmemiş yedek atlarla yüzlerce adam sıralanmışlardı. Tek bir borazan sesi duyuyuldu. Kral elini kaldırdı, sonra Yurt ordusu yavaş yavaş hareket etmeye başladı. En önde kral sülalesinden, on iki şanlı Süvari gidiyordu. Onların ardında, sağ yanında Éomer ile kral geliyordu. Yukarıda, Sığınak'ta Éowyn'le vedalaşmıştı, hatırası bile üzücüydü; fakat artık bütün dikkatini önünde uzanan yola toplamıştı. Arkada Stybba'ya binen Merry Gondor'lu ulaklarla gidiyordu, onların arkasında yine kralın sülalesinden on iki atlı geliyordu. Sert ve hiçbir şeyden etkilenmez yüzleriyle bekleyen adamların oluşturduğu uzun sıralar arasından geçtiler. Fakat hemen hemen sıranın sonuna gelmişlerdi ki adamlardan biri başını kaldırarak hobbite dik dik baktı. Merry, diğerlerinden daha ufak tefek olan adamın bakışlarına karşılık verirken, genç bir adam, diye düşündü. Berrak gri gözlerdeki pırıltıyı yakaladı; sonra içi titredi çünkü bu, başka hiçbir umudu olmadan ölümü aramaya giden birinin yüzüydü.

Kayaların üzerinde aceleyle akan Karçayı'nın yanındaki boz yoldan aşağı; kederli yüzlü kadınların kara kapılardan baktığı Tapanaltı ve Yukarıçay köylerinden geçip gittiler; böylece hiç çalgısız, müziksiz sesleriyle insanların Rohan şarkılarının, artlarından nesiller boyu anlattığı, Doğu'ya yaptıkları büyük yolculuk başladı.

Loş sabah vakti karanlık Dunharrow'dan
soyluları ve komutanlarıyla sürdü atını Thengel'in oğlu:
Edoras'a, Yurt muhafızlarının

sislere gömülmüş kadim saraylarına vardı;
kasvetle örtülmüştü altın kirişler.
Veda etti özgür halkına,
ocak başına, tahtına ve bir zamanlar,
ışık solmadan önce, şenlikler yaptığı kutsal yerlere,
Sürdü atını, ardında korku,
önünde yazgısı. Tuttu sözünü;
Bir bir yerine getirdi her ne and içtiyse.
Sürdü atını Théoden. Beş gün beş gece
doğuya ilerledi Eorloğulları
Toprak'tan, Çayır'dan ve Çamlık'tan geçip
altı bin mızrakla Anórien'e,
Mindolluin altında haşmetli Mundburg'a,
Deniz Kralı'nın Güney krallığındaki
kuşatılmış, ateşlerle çevrelenmiş şehrine.
Yazgı yönlendirdi onları, karanlık bağrına bastı
atı ve atlıyı; uzaktan gelen nal sesleri
sessizliğe gömüldü: Böyle söyler şarkılar.

Gerçekten de kral, öğle vakti olmasına rağmen, yoğunlaşmakta olan bir alacakaranlıkta vardı Edoras'a. Burada sadece kısa bir süre durdu, ordusunu, silah başına biraz geç gelmiş olan altmış kişiyle daha pekiştirdi. Yemeğini yemiş olduğundan tekrar yola koyulmak için hazırdı ve hizmetkârlarına kibarca veda etti. Fakat Merry, son bir kez daha kendisinden ayrılmamak için yalvardı.

"Bu Stybba gibi küheylanlar için bir yolculuk değil, daha önce de söylemiş olduğum gibi," dedi Théoden. "Ayrıca Gondor ovalarında yapmayı planladığımız cenkte sen, gönlü boyundan büyük olan sen, ne yapabilirsin Efendi Meriadoc, bir kılıç taşıyıcısı olsan da?"

"Bunu kim bilebilir ki?" diye cevap verdi Merry. "Fakat neden beyim, neden beni kılıç taşıyıcısı olarak kabul ettin eğer yanında durmayacaksam? Ayrıca şarkılarda kendime, hep arkada bırakılmış dedirtmek istemem!"

"Senin iyiliğin için hizmetini kabul ettim," diye cevap verdi Théoden; "sonra dilediğim gibi buyurabilmek için. Süvarilerimden hiçbiri seni bir yük gibi taşıyamazlar. Eğer cenk benim kapılarım önünde olaydı, belki yaptıkların ozanlar tarafından unutulmazdı; fakat Denethor'un hükümdarlık yaptığı Mundburg'a yüz iki fersah var. Başka da bir şey söylemeyeceğim."

Merry eğilip selam vererek, mutsuz bir halde uzaklaştı ve sıra sıra atlıları seyretti. Daha şimdiden bölükler gitmeye hazırlanıyordu: Adamlar kemerlerini sıkıyorlar, eyerlerine bakıyorlar, atlarını okşuyorlardı; kimisi de huzursuz huzursuz alçalmakta olan gökyüzüne bakıyordu. Kimsenin dikkatini çekmeden bir Süvari geldi ve hobbitin kulağına usulca konuştu.

"*İradenin istediği yerde bir yol açılır*, deriz biz," diye fısıldadı; "ben de öyle olduğunu gördüm." Merry başını kaldırınca bunun sabah dikkatini çekmiş olan genç Süvari olduğunu gördü. "Sen Yurt Hükümdarı'nın gittiği yere gitmek istiyorsun: Bunu yüzünden okuyabiliyorum."

"Evet," dedi Merry.

"O halde benimle geleceksin," dedi Süvari. "Seni önümde taşıyacağım, iyice uzaklaşıncaya kadar pelerinimin altında; bu karanlık bile yeterince karanlık. Böylesine bir şans elden kaçırılmaz. Artık kimseye bir şey söyleme ve benimle gel!"

"Gerçekten de çok teşekkür ederim!" dedi Merry. "Çok teşekkür ederim beyim, gerçi ismini bilmiyorum ya."

"Bilmiyor musun?" dedi Süvari yavaşça. "O zaman bana Saklımiğfer de."

Böylece öyle denk geldi ki, kral yola koyulduğunda Saklımiğfer' in önünde hobbit Merdiadoc oturuyordu; kocaman gri renkli küheylan Yeltay taşıdığı yüke bana mısın demiyordu; çünkü Saklımiğfer, kıvrak ve sağlam yapılı olduğu halde birçok adamdan daha hafifti.

Gölgeye doğru sürmeye devam ediyorlardı atlarını. Karçayı'nın aktığı söğüt çalılıklarında, Edoras'ın on iki fersah doğusunda kurdular kamplarını o gece. Sonra yeniden Toprak'tan ve sağ yanlarında büyük meşe ormanlarının, Gondor sınırındaki kara Halifirien'in gölgesi altındaki tepelerin eteklerine tırmandığı Çayır'dan ilerlediler; fakat sollarında uzakta Entsuyu'nun ağzıyla beslenen bataklıklar sis içinde uzanıyordu. Onlar ilerledikçe Kuzey'deki savaştan söylentiler gelmeye başladı. Yabanda gezen yalnız adamlar, doğu sınırlarına saldıran düşmanlardan ve Rohan Bozkırı'nda yürüyüşe geçmiş ork ordularından haber getiriyordu.

"Devam edin! Devam edin!" diye bağırdı Éomer. "Artık geri dönmek için çok geç. Entsuyu'nun bataklıkları yan saflarımızı koruyacaktır. Tez olmak zorundayız. Devam edin!"

Ve böylece Kral Théoden kendi ülkesinden ayrıldı; uzun yol miller boyu kıvrılıp uzaklaşıyordu, işaret kulelerinin tepeleri geçti gitti: Calenhad, Min-Rimmon, Erelas, Nardol. Fakat alevleri sönmüştü. Bütün topraklar boz ve hareketsizdi; gölge durmadan koyulaşıyordu önlerinde ve gönüllerinde umut azalıyordu.

BÖLÜM IV

GONDOR KUŞATMASI

Pippin'i Gandalf uyandırdı. Pencerelerden loş bir alacakaranlık girdiğinden odalarında mumlar yanıyordu; hava bir fırtına yaklaşıyormuşçasına ağırdı.

"Saat kaç?" dedi Pippin esneyerek.

"İkinci saati geçti," dedi Gandalf. "Kalkıp kendine çeki düzen verme zamanı. Yeni görevini öğrenmen için Şehir'in Hükümdarı'nın yanına çağırıldın."

"Peki kahvaltı da verecek mi?"

"Hayır! Kahvaltını ben vereceğim: Öğlene kadar bütün yiyeceğin bu. Verilen buyruğa göre yiyecekler artık ufak miktarlarda paylaştırılacak."

Pippin minik ekmek somununa ve (onun düşüncesine göre) hiç de yeterli olmayan ufak bir kalıp tereyağı ile yanındaki bir kupa sulu süte pişmanlıkla baktı. "Neden beni buraya getirdin?" dedi.

"Bunu gayet iyi biliyorsun," dedi Gandalf. "Seni beladan uzaklaştırmak için; eğer burada olduğuna memnun değilsen, bu işe kendin bulaştığını da unutma." Pippin başka bir şey söylemedi.

Çok geçmeden bir kez daha Gandalf ile Kule Binası'nın kapısına giden soğuk koridordan yürümeye başlamıştı. Burada Denethor, gri bir alacakaranlık içinde oturuyordu; tıpkı yaşlı, sabırlı bir örümcek gibi, diye düşündü Pippin; sanki bir gün öncesinden bu yana hiç kıpırdamamıştı. Denethor Gandalf'a işaret ederek oturmasını söyledi; Pippin bir süre dikkat çekmemiş ayakta kalmıştı. Bir süre sonra yaşlı adam Pippin'e döndü:

"Evet Efendi Peregrin, umarım dünü kendine faydalı olacak şekilde, dilediğin gibi kullanmışsındır. Gerçi korkarım bu şehirdeki sofralar senin dilediğinden daha boş."

Pippin'de, söylediği veya yaptığı şeylerin çoğu Şehir'in Hükümdarı tarafından biliniyormuş ve bu da yetmezmiş gibi düşündüklerinin de birçoğu tahmin ediliyormuş gibi rahatsızlık bir verici bir his uyanmıştı. Cevap vermedi.

"Benim hizmetimde neler yapabilirsin?"

"Ben beyim, görevlerimi senin bana söyleyeceğini düşünmüştüm."

"Öyle yapacağım, senin ne gibi işlere uygun olduğunu öğrenir öğrenmez," dedi Denethor. "Ama belki de bunu en çabuk seni yanımda alıkoyarsam öğrenirim. Dairemdeki özel hizmetkârım dış garnizonlarda görev alabilmek için yalvardı, o yüzden bir süre için sen onun yerini alacaksın. Bana hizmet edeceksin, haber getirip götüreceksin, benimle konuşacaksın, tabii eğer savaş ve danışma kurulundan vakit bulursam. Şarkı söyleyebilir misin?"

"Evet," dedi Pippin. "Şey, evet, kendi halkıma yetecek kadar. Fakat bizim büyük saraylar ve kötü zamanlar için yazılmış uygun şarkılarımız yok beyim. Biz çok nadiren rüzgâr ve yağmurdan daha kötü şeyler hakkında şarkı söyleriz. Ve benim şarkılarımın çoğu da bizi güldüren şeylerle ilgilidir; ya da yemekle ve içmekle elbette."

"Peki böyle şarkılar neden benim sarayıma ve böyle zamanlara uygun düşmesin? Uzun zamandır Gölge altında yaşamış olan bizler, Gölge tarafından rahatsız edilmemiş bir ülkenin yankılarını dinleyebiliriz herhalde? O zaman tuttuğumuz nöbetlerin bir teşekkür görmese bile meyvasız kalmamış olduğunu görürüz."

Pippin'in içine bir sıkıntı çöktü. Shire'ın şarkılarını, özellikle de en iyi bildiği komik şarkıları Minas Tirith'in Hükümdarı'na söylemek fikrinden hoşlanmadı; şarkılar böyle bir ortam için çok –nasıl derler?– çok yontulmamıştılar. Şimdilik bu sıkıntıdan kurtulmuştu gerçi. Şarkı söylemesi buyrulmamıştı. Denethor Gandalf'a dönerek Rohirrim, Rohirrim'in siyaseti, kralın yeğeni Éomer'ın sosyal konumu hakkında sorular sormaya başladı. Pippin, Denethor bizzat ülkesinin dışında at sürmeyeli epey olmuştur diye düşündüğü halde Hükümdar'ın uzaklarda yaşayan insanlar hakkında bildikleri karşısında hayranlık duydu.

Derken Denethor Pippin'e eliyle işaret ederek onu yine bir süre serbest bıraktı. "Hisar'ın silah deposuna git," dedi, "ve oradan Kule'nin özel üniforması ile eşyasından al. Hazır olacak. Dün ısmarlanmıştı. Giyinir giyinmez geri gel!"

Aynen söylediği gibi olmuştu; Pippin kendini garip giysilerle, tamamiyle siyah ve gümüş rengine kuşanmış buldu. Küçük bir zırhlı yeleği vardı, zırhın zincirleri çelikten işlenmişti belki, ama kara kehribar gibi simsiyahtı, sonra tam ortasına gümüş bir yıldızın yerleştirilmiş olduğu, her iki yanında minik birer kuzgun kanadı bulunan yüksek bir miğferi vardı. Zırhın üzerinde siyah, kısa bir cüppesi vardı, tam göğsüne gümüşle Ağaç nişanı işlenmişti. Eski giysileri katlanarak bir kenara kaldırıldı fakat Lórien'in gri pelerinini saklamasına, görev sırasında giymemek kaydıyla izin verdiler. Artık, o farkında olmasa da tam olarak *Ernil i Pheriannath*'a, yani insanların yakıştırmalarına göre Buçukluklar Prensi'ne benzemişti; ama kendini çok rahatsız hissediyordu. Ayrıca alacakaranlık ruhu üzerine ağırlık yapmaya başlamıştı.

Bütün gün karanlık ve loş olmuştu. Güneşsiz şafaktan akşama kadar, ağır gölge gittikçe derinleşti; Şehir'deki bütün yürekler daralmıştı. Çok yukarda Kara Ülke'den büyük bir bulut batıya doğru yavaş yavaş yolculuk yapıyor, ışığı yutuyor, savaş rüzgârı üzerinde taşınıyordu; fakat aşağıda hava hareketsiz ve boğucuydu, sanki bütün Anduin Vadisi, her şeyi mahvedecek bir fırtınanın başlamasını bekliyormuş gibi.

Aşağı yukarı on birinci saatte, sonunda kendisine biraz izin verilince, Pippin dışarı çıkarak sıkılan yüreğini hafifletmek ve yaptığı hizmeti çekilir kılmak için yiyecek ve içecek aramaya başladı. Yemek yenilen yerde, Pelennor ötesindeki Geçit'teki Nöbetçi Kuleleri'ndeki görevinden yeni gelmiş olan Beregond ile karşılaştı yine. Birlikte gezine gezine surlara doğru ilerlemeye başladılar; çünkü Pippin içeride kendini hapsedilmiş gibi hissediyor, yüksek hisarda bile boğulur gibi oluyordu. Yine, bir gün önce oturup yemek yedikleri yerde, doğuya doğru bakan mazgal şevinde yan yana oturdular.

Günün tam kavuşma vaktiydi fakat o koca tabut örtüsü artık Batı'ya doğru da iyice uzanmıştı ve Güneş, ancak Deniz'e gömüldüğü yerde buluttan kurtulup son bir veda ışını göndermiş, Frodo izlerken ışın Kavşak'ta devrilmiş kralın başına değmişti. Fakat Mindolluin'in gölgesi altındaki Pelennor ovalarına hiç ışıltı gelmiyordu: Onlar kahverengi ve kasvetliydi.

Daha şimdiden Pippin'e oraya, başından geçen tehlikelerden pek etkilenmemiş kaygısız bir gezgin, unutulmuş gitmiş zamanın birinde bir hobbit olarak oturalı yıllar geçmiş gibi geliyordu. Şimdi ise, Kule Muhafızları'nın mağrur ama iç karartan tavırlarını takınmış, büyük bir istilaya hazırlanan bir şehrin askeriydi.

Başka bir zamanda ve mekânda olsaydı belki Pippin yeni kıyafetinden memnuniyet duyardı ama şimdi bir oyunda rol almadığını gayet iyi biliyordu; tehlikelerin en büyüğü içinde bulunan somurtkan efendisinin hizmetkârı olmuştu ciddi ciddi. Zırh yeleği çok ağırdı ve miğferi de başını ezip duruyordu. Pelerinini, oturduğu yere, yanına atmıştı. Yorgun bakışlarını aşağıda kararmakta olan ovadan ayırarak esnedi; sonra da içini geçirdi.

"Bu gün seni yordu mu?" dedi Beregond.

"Evet," dedi Pippin. "Çok: İşsizlikten ve beklemekten yoruldum. Efendimiz, Gandalf, Prens ve diğer büyük adamlarla konuşurken geçmek bilmeyen o saatler boyunca efendimin kapılarında oyalanıp durdum. Ve Efendi Beregond, ben, diğerleri yemek yerken onların başında saatlerce durmaya alışık değilim. Bu bir hobbit için kahredici bir sınav. Kuşkusuz bana verilen şerefi daha çok takdir etmem gerektiğini düşünüyorsundur. Fakat böyle bir şeref ne işe yarar? Aslında sürünüp gelen bu gölge altında yemenin, içmenin ne faydası var? Ne anlama geliyor bu? Havanın kendisi sanki yoğun ve kahverengi! Rüzgâr Doğu'dan estiği zamanlar sık sık böyle kasvetli havalar yaşıyor musunuz?"

"Hayır," dedi Beregond, "bu dünyaya ait bir hava değil bu. Onun garazının bir işareti; gönülleri ve akılları karartsın diye Ateş Dağı'ndan gelen kötülüğün dumanı. İşe de yarıyor gerçekten. Keşke Faramir Bey geri gelse. O hiç yılmaz. Ama şimdi, bakalım Karanlık'tan çıkıp Nehir'i aşarak gelebilecek mi?"

"Evet," dedi Pippin, "Gandalf da endişeli. Faramir'i burada göremeyince hayal kırıklığına uğramıştı zaten sanırım. Peki Gandalf nerelerde şimdi? Öğle yemeğinden önce Hükümdar'ın divanından ayrıldı; üstelik morali de pek iyi değildi, galiba. Belki de kötü bir haber doğmuştur içine."

Konuşurlarken kulakları birdenbire sağırlaşıverdi; taş gibi dondu. Pippin ellerini kulaklarına bastırarak sindi; fakat bir yandan siperden bakarken bir yandan da Faramir hakkında konuşmakta olan Beregond olduğu yerde kaldı, dimdik, şaşkın gözlerle etrafı seyrederek. Pippin duymuş olduğu tüyler ürperten çığlığı tanıyordu: Çok önceleri Shire' daki Batak'ta duyduğu sesin aynıydı, ama artık hem güç hem de nefret yönünden büyümüştü; gönülleri zehirli bir umutsuzlukla delip geçiyordu.

Sonunda Beregond kendini zorlayarak konuşabildi. "Geldiler!" dedi. "Cesaretini topla ve bak! Aşağıda korkunç şeyler var."

Pippin gönülsüzce oturdukları yere tırmanarak, surun üzerinden baktı. Pelennor altında karanlıklar içinde uzanıyor, Ulu Nehir'in hayal meyal seçilebilen çizgisine doğru soluyordu. Fakat şimdi, aşağılarda, havada, zamansız bir gecenin gölgeleri gibi, leş kargaları kadar korkunç ama yine de kartaldan bile daha büyük, ölümün kendisi kadar acımasız, kuşa benzer beş suretin nehri halkalar çize çize geçtiğini gördü. Kâh üstlerine doğru çullanıyorlar, neredeyse surların ok menziline kadar gelmeye cüret ediyorlar, kâh dönüp gidiyorlardı.

"Kara Süvariler!" diye mırıldandı Pippin. "Havada Kara Süvariler! Ama bak Beregond!" diye bağırdı. "Galiba bir şey arıyorlar, ne dersin? Bak nasıl halkalar çizip aşağıya doğru süzülüyorlar, hep oradaki o nokta üzerine! Yerde hareket eden bir şey görebiliyor musun? Kara minik şeyler? Evet, atlı adamlar: Dört ya da beş tane. Ah! Dayanamayacağım! Gandalf! Gandalf koru bizi!"

Bir tiz ve uzun çığlık daha yükselip alçaldı; Pippin yine kendisini surun arkasına attı, avlanan bir hayvan gibi soluk soluğa. O tüyler ürperten çığlığın arasından, belli belirsiz ve görünüşe göre uzaktan, aşağıdan bir borazanın uzun ve yüksek bir tınıyla biten sesi duyuldu.

"Faramir! Faramir Bey! Bu onun çağrı sesi!" diye bağırdı Beregond. "Aslan yürekli! Ama eğer bu kötü cehennem leşçilerinin korkudan başka silahları varsa Cümlekapısı'na nasıl varacak? Ama bak! Dayanıyorlar. Kapı'ya varacaklar. Yo! Atlar çıldırdı. Bak! Adamları yere attılar; adamlar koşuyorlar. Yok, biri hâlâ ayakta ama o da atını diğerlerine doğru sürüyor. Bu Komutan olmalı: O hem insanlara hem hayvanlara hükmedebilir. Ah! İşte o korkunç şeylerden biri ona doğru alçalıyor. İmdat! İmdat! Kimse yardımına gitmeyecek mi? Faramir!"

Bu sözle Beregond fırladı ve karanlığa doğru koşmaya başladı. Muhafızlardan Beregond her şeyden önce çok sevdiği komutanını düşünürken, Pippin kendi korkusundan utanarak ayağa kalktı ve etrafa bakındı. Tam o anda, karanlık topraklar üzerine doğan minik bir yıldız gibi, Kuzey'den gelmekte olan beyaz, gümüşsü bir şimşeğe takıldı gözü. Bir ok hızıyla hareket ediyor, Kapı'ya doğru koşan dört adama hızla yaklaşıyor ve yaklaştıkça büyüyordu. Pippin'e, etrafına soluk bir ışık yayıyormuş gibi geldi; ağır gölgeler ona yol açıyorlardı; sonra o yaklaştıkça, surlarda bir yankı gibi yüksek bir sesin bağırışını duydu. "Gandalf!" diye bağırdı. "Gandalf! Her zaman, işlerin en karanlık zamanında ortaya çıkar. Devam et! Devam et Ak Süvari! Gandalf! Gandalf!" diye bağırdı deliler gibi, büyük bir yarışta artık cesaretlendirilemeyecek bir yerdeki koşucuyu zorlayan biri misali.

Ama şimdi alçalan kara gölgeler yeni geleni fark etmişlerdi. Biri dönerek ona yöneldi; fakat Pippin'e öyle geldi ki sanki Gandalf elini kaldırmış ve elinden beyaz bir ışık yukarı doğru fırlamıştı. Nazgûl feryat figan uzun bir çığlık atarak yolundan dönüp uzaklaştı; bununla birlikte diğer dört Nazgûl de tereddüt ettiler; sonra seri helezonlar halinde yükselerek doğuya doğru geçip yukarıda alçalmakta olan bulutun içine girip kayboldular; bir süre aşağıdaki Pelennor daha az karanlık gibi göründü.

Pippin seyrediyordu; atlı adamla Ak Süvari'nin karşılaşıp, yayan olanları beklemek için durduklarını gördü. Şehir'den insanlar da onlara doğru hızla koşmaya başlamışlardı; kısa bir süre sonra hepsi dış surların altında gözden kayboldu; Pippin onların Cümlekapısı'ndan girmekte olduklarını biliyordu. En kısa zamanda Kule'ye ve Vekilharç'a gideceklerini tahmin ederek hisarın girişine doğru aceleyle seğirtti. Burada, yarışı ve kurtuluşu yüksek surlardan seyretmiş olan diğer insanlara katıldı.

Dış dairelere çıkan caddelerde bir yaygaranın kopması fazla zaman almadı; Faramir ile Mithrandir'in isimleri bol bol haykırılıyor, tezahürat yapılıyordu. Derken Pippin meşaleleri ve arkasında bir sürü insanın itişip kakışarak izlediği iki atlıyı gördü: Biri beyazdı ama artık parlamıyordu, ateşi bitmiş veya örtülmüş gibi, alacakaranlıkta soluk duruyordu; diğeri kara renkliydi ve başı önüne eğikti. Atlarından indiler ve seyisler Gölgeyele ile diğer atı alırken onlar kapıdaki nöbetçiye doğru yürümeye başladılar: Galdalf, pelerini arkaya doğru savrulmuş, gözlerinde hâlâ bir ateş için için yanarak aceleyle; diğeri, yeşillere bürünmüş, yavaş yavaş ve yorgun veya yaralı biri gibi sallanarak.

Onlar kapı kemerindeki lambanın altından geçerken Pippin ileri atılarak kendine yol açtı ve Faramir'in yüzünü görünce nefesi tıkandı. Bu, üzerine büyük bir korku ve kederin saldırmış olduğu ama buna hâkim olmuş ve artık huzur içinde olan bir yüzdü. Bir an için muhafızla konuşurken mağrur ve ciddi durdu ve Pippin –ta başından beri çok sevmiş olduğu, soylu ama insancıl hareketlerini takdir ettiği büyük bir adam olan– ağabeyi Boromir'e ne kadar çok benzediğini fark etti. Yine de aniden Faramir için, yüreği daha önce hiç tatmamış olduğu bir duyguyla etkilenmişti. Onda Aragorn'un arada bir belli ettiği yüce soyluluk havası vardı, belki Aragorn kadar soylu değildi ama daha mesafesiz ve sağlamdı sanki: Daha sonraki çağlara doğmuş insanların Krallarından, ama Kadim Soy'un irfan ve hüznüne sahip biri. Şimdi Beregond'un ondan neden sevgiyle söz ettiğini anlıyordu. O, insanların izleyeceği, kendisinin izleyeceği, hatta kara kanatların gölgesi altında bile rahat rahat izleyecekleri bir komutandı.

"Faramir!" diye bağırdı diğerleriyle birlikte yüksek sesle. "Faramir!" Ve Faramir, Şehir'in kalabalığı arasından onun yabancı sesini duyarak dönüp baktı; şaşırmıştı.

"Nereden geldin?" dedi. "Kule'nin özel üniforması içinde bir buçukluk! Nereden...?"

Fakat bunu söylemesiyle birlikte Gandalf yanına gelerek konuştu. "Benimle birlikte buçuklukların ülkesinden geldi," dedi. "Benimle geldi. Fakat burada oyalanmayalım. Anlatacak ve yapacak çok şey var ve sen çok yorgunsun. O da bizimle gelir. Aslında gelmesi lazım, eğer yeni görevlerini benden daha çabuk unutmamışsa, şu saat içersinde yeniden efendisi ile ilgilenmek zorunda. Haydi Pippin, izle bizi!"

Böylece sonunda Şehir'in Hükümdarı'nın özel odasına geldiler. Burada, içi kömür dolu bir mangalın önüne derin koltuklar konulmuştu; şarap getirildi; ve bu ortamda pek dikkat çekmeyen Pippin Denethor'un sandalyesinin arkasında durdu; söylenenlerin hepsini büyük bir sabırsızlıkla dinledi.

Faramir beyaz ekmekten alıp, bir yudum şarap içtikten sonra babasının sol yanındaki tabureye oturdu. Diğer tarafta, biraz uzakta, Gandalf ahşaptan oyulmuş bir sandalyeye oturdu; ilk başlarda uyukluyordu sanki. Çünkü ilk başlarda Faramir, on gün önce yollandığı görevle ilgili konuşmaya başladı; İthilien, Düşman'ın manevraları ve müttefikleri hakkında haberler anlattı; yolda yaptıkları, Harad'lı adamların ve koca hayvanlarının yenildiği savaşı anlattı: Daha önce olduğu gibi, efendisine olanları anlatan, sınır savaşlarındaki, bir işe yaramaz veya önemsiz gibi görünen küçük şeyleri şanlarına yakışır şekilde kısaltarak rapor veren bir komutan.

Sonra aniden Faramir Pippin'e baktı. "Ama şimdi tuhaf bazı meselelere geliyoruz," dedi. "Çünkü kuzey efsanelerinden çıkıp Güney

Toprakları'nda dolaşırken gördüğüm ilk buçukluk bu değil."

Bu sözle Gandalf dikelerek sandalyesinin kollarını kavradı; ama bir şey söylemedi ve bir bakışla Pippin'in dudaklarındaki nidayı durdurdu. Denethor onların yüzlerine bakarak başını salladı, sanki söylenmeden birçok şeyi oradan okuyabiliyormuş gibi. Diğerleri sessiz ve kıpırdamadan dururken Faramir yavaş yavaş öyküsünü anlattı; gözleri çoğunlukla Gandalf'ın üzerindeydi, gerçi arada bir, sanki görmüş olduklarının anısını tazelemek istercesine bakışları Pippin'e de kayıyordu.

Faramir'in Frodo ve hizmetkârıyla karşılaşması ve Henneth Annûn'daki olaylarla ilgili öyküsü ilerledikçe Pippin Gandalf'ın oyma ahşabı kavrayan ellerinin titremekte olduğunu fark etti. Şimdi çok beyaz ve çok yaşlı duruyorlardı; Pippin onlara bakarken, ani bir korkuyla Gandalf'ın, Gandalf'ın kendisinin de huzursuz, hatta korkmakta olduğunu fark etti. Oda havasız ve boğucuydu. Sonunda Faramir yolcularla ayrılışını ve onların Cirith Ungol'a gitme konusundaki kesin kararlarını söyleyince sesi alçaldı, başını salladı ve içini geçirdi. O zaman Gandalf ayağa fırladı.

"Cirith Ungol mu? Morgul Vadisi mi?" dedi. "Ne zaman Faramir, ne zaman? Onlardan ne zaman ayrıldınız? O lanet olası vadiye ne zaman varmışlardır?"

"Onlarla iki gün önce sabah ayrıldım," dedi Faramir. "Oradan Morgulduin vadisine on beş fersah var eğer doğrudan güneye gittilerse; oradan da o lanetli Kule'ye, batıya doğru daha bir beş fersah var. Ne kadar hızlı giderlerse gitsinler bugünden önce oraya varamazlar; belki daha varmamışlardır bile. Ben neden korktuğunuzu biliyorum. Fakat bu karanlık onların maceralarıyla ilgili değil. Dün başladı; ve dün gece bütün İthilien gölge altındaydı. Düşman'ın üzerimize bu saldırıyı uzun zamandır planladığını artık iyice biliyorum; üstelik saati de yolcular benim gözetimimden çıkmadan çok önce kararlaştırılmıştı."

Gandalf bir ileri, bir geri yürümeye başladı. "İki gün öncenin sabahı, hemen hemen üç günlük yolculuk eder bu! Ayrıldığınız yer ne kadar uzakta?"

"Kuş bakışı yirmi beş fersah kadar uzakta," diye cevap verdi Faramir. "Ama daha hızlı gelemezdim. Dün akşam, kuzeyde denetimimizde bulunan Nehir'deki uzun ada Cair Andros'ta yattım; her iki kıyıda da at bulundurulur. Karanlık indikçe acele etmemiz gerektiğini anladım; o yüzden oradan buraya, at bulabildiğimiz üç kişiyle daha sürdük atlarımızı. Grubun geri kalanını güneye, Osgiliath geçitlerindeki garnizonu güçlendirsinler diye yolladım. Umarım kötü bir şey yapmamışımdır?" Babasına baktı.

"Kötü mü?" dedi Denethor ve gözleri aniden çakmak çakmak çaktı. "Neden soruyorsun? Adamlar senin emrin altındaydı. Yoksa bütün yaptıkların hakkındaki yargımı mı soruyorsun? Benim huzurumdayken tavırların son derece mütevazı fakat sen benim öğütlerimden ayrılalı çok oldu. Bak, her zamanki gibi son derece ustalıkla konuştun; fakat ben, gözlerini Mithrandir'e kenetleyip söylediğinin doğru olup olmadığını, fazla konuşup konuşmadığını anlamaya çalıştığını görmedim mi sanıyorsun? Çok uzun zamandır senin gönlünü kendi himayesine aldı o.

"Oğlum, baban yaşlı olabilir ama henüz bunamadı. Eskisi gibi görebiliyor, işitebiliyorum; senin eksik söylediğin, ya da söylemeden geçtiğin şeylerin çok azı benden kaçtı. Ben birçok bilmecenin cevabını bilirim. Heyhat, yazık oldu Boromir'e!"

"Eğer yaptıklarım sizi memnun etmediyse babacığım," dedi Faramir sessizce, "üzerime bu kadar ağır bir hüküm yüklemeden önce düşüncenizi bildirseydiniz keşke."

"Bu senin muhakemeni değiştirmekte bir fayda sağlayacak mıydı?" dedi Denethor. "Gördüğüm kadarıyla yine aynı şeyi yapardın. Seni iyi tanırım. Hep eski zamanların kerim ve kibar kralları gibi alicenap ve soylu görünmek istemişsindir. Bu yüksek soya sahip birine uygun bir davranış olabilir, eğer güç ve barış içinde yaşıyorsa. Fakat tehlikeli saatlerde kibarlık ölümle ödenebilir."

"Öyle olsun," dedi Faramir.

"Öyle mi olsun!" diye bağırdı Denethor. "Fakat bu sadece senin ölümünle ödenmeyecek Faramir Bey: Artık Boromir gittiğine göre senin koruma yükümlülüğünü üstlendiğin babanın, bütün halkının da ölümüyle sonuçlanacak."

"O halde," dedi Faramir, "onun yerine benim ölmüş olmamı mı diliyorsunuz?"

"Evet, gerçekten de bunu dilerdim," dedi Denethor. "Çünkü Boromir bana sadıktı ve bir büyücü yamağı değildi. O babasının ihtiyacını hatırlar ve talihin sunmuş olduğu şeyi çar çur etmezdi. Bana muhteşem bir hediye getirirdi."

Bir an için Faramir'in kendine olan hâkimiyeti gevşedi. "Sizden, babacığım, İthilien'de olanın neden o değil de ben olduğumu hatırlamanızı rica edeceğim. En azından, çok uzun olmayan bir süre önce verdiğiniz bir öğüt yerine getirildi. Ona görevini veren Şehir'in Hükümdarı idi."

"Kendim için hazırladığım kupadaki acıyı karıştırıp durma," dedi Denethor. "Bunu kaç gecedir dilimin üzerinde tatmıyor muyum sanıyorsun, asıl kötülüğün tortusunda olduğunu bile bile? Tıpkı şimdi bulmuş olduğum gibi. Keşke böyle olmasaydı! Bu şey bana gelmiş olsaydı!"

"Canını sıkma!" dedi Gandalf. "Zaten Boromir'in onu sana getirmesi de imkânsızdı. O öldü ve iyi bir şekilde öldü; huzur içinde yatsın! Yine de sen kendini kandırıyorsun. Boromir elini bu şeye uzatıp alsaydı, bu onun düşmesi anlamına gelirdi. Bunu kendi için alıkoyardı ve geri döndüğünde artık senin oğlun olmazdı."

Denethor'un yüzü asıldı, buz gibiydi. "Boromir'i kendine yatkın bulmamıştın, öyle değil mi?" dedi yavaşça. "Ama ben onun babası olarak, onun o şeyi bana getireceğini söylüyorum. Sen bir arif olabilirsin Mithrandir, ama tüm kurnazlıklarına rağmen irfan denen şeyin hepsine sahip değilsin. Ariflerin ağları veya ahmakların aceleciliği olmayan düşünceler de olabilir. Bu konuda sahip olduğum ilim ve irfan senin zannettiğinden fazla."

"Nedir o halde senin irfanın?" dedi Gandalf.

"İnsanın sakınması gereken iki ahmaklık olduğunu bilecek kadar bir irfana sahibim. Bu şeyi kullanmak tehlikeli. Tam bu saatte onu, akılsız bir buçukluğun elinde Düşman'ın kendi topraklarına göndermek, senin ve şu benim oğlumun yaptığı gibi, o da bir delilik."

"Peki ya Hükümdar Denethor ne yaparlardı?"

"Hiçbirini. Ama kesin olarak, hiç şüphe yok ki bu şeyi, Düşman kaybettiği şeyi tekrar ele geçirirse diye, tamamen yok olmamızı göze alarak, en ahmak olanın bile hayallerinin ötesinde olan bir tehlike içine yollamazdı. Hayır bu şey alıkonulmalıydı, karanlık ve derin bir yerde saklanmalıydı. Kullanılmamalıydı derim ben, tabii nihai bir ihtiyaç anı olup da kullanılırsa o başka; kullanılmamalı ve onun ulaşamayacağı, ya da ancak, ölmüş olacağımız için bizi artık etkilemeyecek bir zaferle ulaşacağı bir yere bırakılmalıydı."

"Siz beyim, her zamanki gibi sadece Gondor'u düşünüyorsunuz," dedi Gandalf. "Ama başka insanlar, başka yaşamlar var; bir de gelecek olan bir zaman. Bana soracak olursanız, ben onun kölelerine bile acıyorum."

"Peki ya diğer insanlar kurtuluş için kimden medet umacaklar Gondor düştükten sonra?" diye cevap verdi Denethor. "Eğer o şeyi şimdi hisarımın derin mahzenlerinde bir yerde tutmuş olsaydım o zaman bu alacakaranlığın altında, başımıza gelecek en kötü şeyden korkup dehşetle titremezdik ve planlarımız da bozulmazdı. Eğer benim bu sınavı geçemeyeceğimi zannediyorduysan, o zaman beni hiç tanımamışsın demektir."

"Her halükârda, sana güvenmiyorum zaten," dedi Gandalf. "Eğer güvenmiş olsaydım bu şeyi saklaman için sana yollar, hem diğerlerini hem de kendimi bu kadar zahmetten kurtarırdım. Ve şimdi senin söylediklerini dinledikçe, sana olan güvenim artmıyor; sana Boromir'e güvendiğimden daha fazla güvenmiyorum. Yo, hiddetine hâkim ol! Bu işte ben kendime de güvenmiyorum; bana bunu kendiliklerinden sundukları halde kabul etmedim. Sen güçlü bir insansın ve hâlâ bazı konularda kendine hâkim olabilirsin Denethor; yine de eğer bu şey eline geçmiş olsaydı, seni alaşağı ederdi. Mindolluin'in köklerinin dibine gömülmüş olsa bile yine de, karanlık arttıkça ve yakında başımıza gelecek olan daha kötü şeyler vuku bulduğunda aklını yakardı."

Bir an için Denethor'un gözleri Gandalf'a bakarken parıldadı ve Pippin ikisinin iradesi arasındaki gerginliği hisseti; fakat sanki artık bakışları gözden göze giden kılıçlar gibiydi, birbirlerine çarptıkça şimşek çakıyordu. Pippin tehlikeli bir darbeden korktu. Fakat aniden Denethor gevşedi ve yeniden buz gibi biri oldu. Omuzlarını silkti.

"Eğer bende olsaydı! Eğer sende olsaydı!" dedi. "Böyle sözler, eğerler boşuna. Artık Gölge'ye gitti; onu ve bizi ne gibi bir sonun beklediğini zaman gösterecek. Zaman da çok uzun olmayacak. Kalan zamanda, kendi usullerince Düşman ile savaşan herkes bir olsun ve hâlâ vakit varken umutlarını korusun; umutları tükenince de hür ölebilmek için yiğitliklerini korusunlar." Faramir'e döndü. "Peki sen Osgiliath'taki garnizon hakkında ne düşünüyorsun?"

"Kuvvetli değil," dedi Faramir. "Daha önce de söylemiş olduğum gibi İthilien bölüğünü güçlendirmesi için oraya yolladım."

"Yetmez kanımca," dedi Denethor. "İlk darbenin ineceği yer orası. Orada yiğit bir komutana ihtiyaçları var."

"Hem orada, hem de birçok başka yerde," dedi Faramir ve içini çekti. "Ne yazık oldu kardeşime, ne çok severdim onu!" Ayağa kalktı. "İzninizi rica edebilir miyim baba?" Sonra sendeleyerek babasının sandalyesine dayandı.

"Görüyorum ki yorgunsun," dedi Denethor. "Uzaklardan geldin ve atını çok hızlı sürdün, üstelik söylendiğine göre kötü havanın gölgesi altında."

"Bırakın, bundan söz etmeyelim!" dedi Faramir.

"O halde konuşmayız," dedi Denethor. "Git artık dinlenebildiğin kadar dinlen. Yarının ihtiyacı daha şiddetli olacaktır."

O zaman, herkes Şehir'in Hükümdarı'ndan izin isteyerek, hâlâ vakitleri varken dinlenmeye gitti. Dışarıda, Gandalf yanında küçük bir meşale taşıyan Pippin ile kendi yerlerine giderken, yıldızsız bir siyahlık vardı. Kapalı kapının ardına girinceye kadar konuşmadılar. O zaman sonunda Pippin Gandalf'ın elini tuttu.

"Söyle bana," dedi, "bir umut var mı? Frodo için demek istiyorum; ya da en çok Frodo için."

Gandalf elini Pippin'in başı üzerine koydu. "Hiçbir zaman daha fazla umut olmamıştı," diye cevap verdi. "Bana söylendiğine göre, bu ancak ahmakların umut edebilecekleri bir şey. Cirith Ungol'u duyduğum zaman..." Aniden susarak pencereye doğru ilerledi, sanki gözleri Doğu'daki geceyi delip geçebilirmiş gibi. "Cirith Ungol!" diye mırıldandı. "Neden o taraftan gidiyor, merak ediyorum." Döndü. "Tam şimdi Pippin, kalbim duracakmış gibi oldu bu ismi duyunca. Ama yine de, aslında, Faramir'in getirmiş olduğu haberde bir umut olduğuna inanıyorum. Çünkü sonunda Düşman'ımızın bize karşı açık bir savaş başlattığı ve ilk hamlesini Frodo hâlâ serbestken yaptığı belli. Demek ki artık birkaç gün boyunca gözleri bu tarafa çevrilmiş olacak, yani kendi topraklarından uzağa. Ama yine de Pippin, uzaktan da olsa onun acelesini ve korkusunu hissedebiliyorum. Başlaması gerektiğinden erken başladı. Onu harekete geçirecek bir şey oldu."

Gandalf bir an için düşünceler içinde kaldı. "Belki," diye mırıldandı. "Belki senin ahmaklığın bile bize yardımcı olmuştur oğlum. Dur bir bakayım: Bundan beş gün kadar önce bizim Saruman'ı alaşağı ettiğimizi ve Taş'ı aldığımızı öğrenmiştir. Yine de bu ne işe yarar? Bununla pek bir şey yapamayız, ya da onun haberi olmadan yapamayız. Ah! Belki de. Aragorn? Onun zamanı yaklaşıyor. Ve o görüntüsünün altında güçlü ve serttir Pippin; cesur, kararlı, kendi kararlarını kendi verebilen, gerektiğinde büyük riskleri göze alabilen biri. Bu olabilir. Belki de Taş'ı kullanmış ve sırf bu amaçla ona meydan okuyarak kendisini Düşman'a göstermiştir. Belki de. Evet, Rohan Süvarileri gelinceye kadar cevabı bilemeyeceğiz, tabii eğer çok geç kalmazlarsa. Önümüzde kötü günler var. Haydi hâlâ imkânımız varken uykuya!"

"Ama..." dedi Pippin.

"Ne aması?" dedi Gandalf. "Bu gece sadece tek bir *ama*'ya izin var."

"Gollum," dedi Pippin. "Nasıl olur da onunla *birlikte*, hatta onu izleyerek gidebilirler? Sonra gördüğüm kadarıyla Faramir onun, onları götürdüğü yerden senden daha çok hoşlanmış değil. Neler oluyor?"

"Bu sorunun cevabını şimdi veremem," dedi Gandalf. "Ama yine de gönlüm bana her şey bitmeden önce Frodo ile Gollum'un karşılaşacağını söylemişti. İyi veya kötü. Ama Cirith Ungol hakkında bu gece konuşmayacağım. İhanet! İhanetten korkuyorum; o sefil yaratığın ihanetinden. Ama böyle olmalı. Sonra unutmayalım ki hain kendisine de ihanet edip, niyeti olmadığı halde iyilik yapabilir. Bazen böyle olabilir. İyi geceler!"

Ertesi gün şafak, kahverengi bir alacakaranlık gibi söktü; Faramir'in dönüşü ile biraz ferahlamış olan adamların gönülleri yeniden karardı. Kanatlı Gölge o gün bir daha görülmemişti ama yine de arada sırada şehrin çok yukarılarından belli belirsiz bir çığlık geliyordu ve bu sesi duyanlardan daha az cesur olanları sinip ağlarken, birçoğu anlık bir korkuyla çakılıp kalıyordu.

Ve şimdi Faramir gitmişti yine. "Onu hiç rahat bırakmıyorlar," diye mırıldanıyordu bir kısmı. "Hükümdar oğlunu çok zora koşuyor; şimdi de iki kişinin, hem kendinin, hem de geri dönmemiş olanın işini birden üstlendi." Ve adamlar durmadan bakıyorlardı kuzeye, şöyle sorarak: "Nerede kaldı Rohan Süvarileri?"

Gerçekten de Faramir kendi isteğiyle gitmemişti. Fakat Şehir'in Hükümdarı, Divan'ın da başıydı ve o gün başkalarına boyun eğecek bir ruh halinde değildi. Sabahın erken vaktinde Divan toplantıya çağırılmıştı. Güney'deki tehlike yüzünden, eğer bu arada şans eseri Rohan Süvarileri de gelmezse, kendilerinin bir saldırıda bulunacak güce sahip olmadıkları hükmünü verdiler komutanlar. Bu arada onlar surlara adam yığıp bekleyeceklerdi.

"Yine de," dedi Denethor, "dış savunmamızı, o kadar büyük bir emekle yapılmış olan Rammas'ı kolay kolay bırakmamalıyız. Ayrıca Düşman'ın Nehir'i geçmesi ona pahalıya patlamalı. Şehir'e saldırmak için bütün gücüyle Cair Andros'un kuzeyinden yüklenemez, çünkü bataklıklar var, güneye, Lebennin'e doğru da olamaz, çünkü nehir çok geniş, bir sürü kayık gerekir. Bütün ağırlığını Osgiliath'a koyacaktır, daha önce Boromir'in onun geçmesine izin vermediği yere."

"O sadece bir denemeydi," dedi Faramir. "Bugün kaybımızı Düşman'dan on misliyle çıkartabiliriz ama sonunda bu değiş tokuştan pişmanlık duyacak olan yine biz olabiliriz. Çünkü onun koca bir orduyu kaybetmesinin bedeli, bizim bir bölük kaybetmemizin bedelinden düşük. Ve eğer geçidi zorla ele geçirirse o kadar uzağa yerleştirdiğimiz birliklerin geri çekilmesi tehlikeli olacaktır."

"Peki ya Cair Andros'a ne demeli?" dedi Prens. "Orasının da elde tutulması gerekir, eğer Osgiliath savunulacaksa. Sol yanımızdaki tehlikeyi unutmayalım. Rohirrim ya gelecek, ya gelmeyecek. Fakat Faramir bize, Kara Kapı'dan durmadan bu tarafa doğru yaklaşan büyük güçten söz etti. Bu güçten, birden fazla ordu çıkabilir ve birden fazla geçide saldırabilir."

"Savaşta birçok şey riske atılır," dedi Denethor. "Cair Andros'ta adam var ve o kadar uzağa başka kimse yollanamaz. Fakat Nehir'in ve Pelennor'un savaşmadan teslim edilmesini kabul edemem – eğer burada hâlâ hükümdarının iradesini yerine getirecek kadar yürekli bir komutan varsa."

O zaman hepsi sustu ama kısa bir sessizlikten sonra Faramir şöyle dedi: "Ben sizin iradenize karşı çıkmıyorum atam. Artık Boromir'den yoksun olduğunuza göre, onun yerine ben gidip elimden geleni yapacağım – eğer emriniz buysa."

"Emrim bu," dedi Denethor.

"O halde hoşça kalın!" dedi Faramir. "Ama eğer geri dönersem, hakkımda daha iyi şeyler düşünün artık!"

"Bu senin geri dönüş biçimine bağlı," dedi Denethor.

Faramir atını doğuya sürmeden önce onunla son konuşan Gandalf oldu. "Hayatını düşüncesizce ve kızgınlıkla boşa harcama," dedi. "Burada sana ihtiyaçları olacaktır, savaştan başka şeyler için de. Baban seni seviyor Faramir ve bunu her şey bitmeden önce hatırlayacak. Hoşça kal!"

Böylece Faramir Bey atını sürdü yine; yanına onunla gitmeye gönüllü olan veya alabildiği kadar adam almıştı. Surlarda kimileri alacakaranlık içinden virane şehre baktı ve burada nelerin olduğunu merak etti, çünkü hiçbir şey görünmüyordu. Diğerleri, her zamanki gibi, kuzeye bakarak Rohan'daki Théoden'e uzanan fersahları saydılar. "Gelecek mi? Eski ittifakımızı hatırlayacak mı?" dediler.

"Evet, gelecek," dedi Gandalf, "geç kalsa bile. Ama düşünün! En iyi şartlarda Kızıl Ok ona varalı iki gün olmuştur; Edoras'tan buraya da yol uzundur."

Haberler gelmeden önce gece olmuştu yine. Adamın biri geçitlerden aceleyle atını sürerek geldi, Minas Morgul'dan bir ordunun çıktığını, daha şimdiden Osgiliath'a yaklaşmış olduğunu bildirdi. Bu orduya Güney'den, Haradrim'den zalim ve uzun boyluların alayları katılmıştı. "Ve öğrendiğimize göre," dedi haberci, "onları bir kez daha Kara Komutan yönetiyormuş ve onun korkusu kendinden önce Nehir'i geçmiş."

Bu uğursuzluğa delalet sözlerle Pippin'in Minas Tirith'e geldiği üçüncü gün de bitmişti. Çok az kişi dinlenmeye çekildi çünkü artık Faramir'in dahi geçitleri uzun süre tutabileceğine dair pek bir umut kalmamıştı.

Ertesi gün, kararacağı kadar karardığı için daha fazla koyulaşmadığı halde, karanlık insanların içlerine daha da ağır çökmüştü; üzerlerinde büyük bir korku vardı. Kötü haber çok geçmeden geldi yine. Anduin geçidi Düşman tarafından ele geçmişti. Faramir Pelennor suruna doğru geri çekiliyor, adamlarını Geçit'te toplamaya çalışıyordu; fakat düşman ondan sayıca on kere fazlaydı.

"Eğer Pelennor'a ulaşabilse bile düşmanları ensesinde olacaktır," dedi haberci. "Geçidi geçmeleri onlara pahalıya mal oldu ama tahmin ettiğimiz kadar değil. Plan iyi kurulmuştu. Uzun zamandır, Doğu Osgiliath'ta gizli gizli bir sürü sal ve mavna yaptıkları anlaşıldı. Karşıya oğul halindeki böcekler gibi geçtiler. Fakat bizi asıl bozguna uğratan Kara Komutan oldu. Onun gelmekte olduğuna dair söylentilere bile dayanabilip yerinde kalan çok az kimse var. Kendi askerleri bile ondan ürküyorlar ve o emredince kendilerini dahi öldürürler."

"O halde bana buradan çok orada ihtiyaçları var," dedi Gandalf ve hemen ayrıldı; etrafa yaydığı pırıltı kısa bir süre sonra gözden kayboldu. O gece boyunca Pippin tek başına, uykusuz, surlarda durup doğuyu gözledi.

Günün çanları, aydınlanmamış karanlıkla alay eder gibi yeni çalmıştı ki uzakta, Pelennor surlarının yükseldiği loş yerde alevlerin yükseldiğini gördü Pippin. Nöbetçi bağırınca Şehir'deki bütün erkekler silah başına koştu. Artık arada sırada kızıl bir şimşek çakıyor ve ağır havadan yavaş yavaş gelen kasvetli gümbürtüler duyuluyordu.

"Surları ele geçirmişler!" diye bağırıştı adamlar. "Surda gedikler açıyorlar. Geliyorlar!"

"Faramir nerede?" diye bağırdı Beregond yılgınlıkla. "Öldü demeyin bana!"

İlk haberleri getiren Gandalf oldu. Sabahın ilerleyen vaktinde, bir dizi yük arabasına refakat ederek bir avuç adamla geldi. Arabalar, Geçit enkazından kurtarılabilmiş yaralı adamlarla doluydu. Hemen Denethor'a gitti. Şehir'in Hükümdarı, yanında Pippin ile Ak Kule Binası'nın üzerindeki yüksek bir odaya çekilmişti; loş pencerelerden kuzeye, güneye ve doğuya yöneltmişti kara gözlerini, sanki etrafında halka olan alacakaranlığın gölgelerini delebilirmiş gibi. En çok kuzeye bakıyor ve arada bir duruyordu sanki kadim bir sanat sayesinde kulakları çok uzaklardaki ovalarda koşan atların nal seslerinin gümbürtüsünü duyabilecekmiş gibi.

"Faramir geldi mi?" diye sordu.

"Hayır," dedi Gandalf. "Fakat ben ayrıldığımda hâlâ hayattaydı. Yine de, Pelennor üzerinden geri çekilirken bozguna uğramazlarsa artçılarla kalmaya kararlı. Belki de adamlarını yeterince bir arada tutabilir ama bu konuda kuşkularım var. O kadar büyük bir düşmanla karşı karşıya kaldı ki. Çünkü geleceğinden korktuğum da gelmiş."

"Karanlıklar Efendisi değil, değil mi?" diye bağırdı Pippin, dehşet içinde bulunduğu yeri unutarak.

Denethor acı acı güldü. "Hayır, henüz değil, Efendi Peregrin! O, ancak her şey kazanıldıktan sonra, bana karşı zaferini kutlamak için gelir. O, diğerlerini silah olarak kullanır. Ve bütün büyük hükümdarlar böyle yaparlar, eğer akıllıysalar Efendi Buçukluk. Yoksa neden burada kulemde oturup düşüneyim, gözleyeyim, bekleyeyim ve hatta kendi oğullarımı bile harcayayım? Çünkü ellerim hâlâ iş görüyor."

Ayağa kalkıp uzun siyah pelerinini savurarak açtı ve o da ne! pelerinin altında zırhı ve siyahlı, gümüşlü bir kın içinde, kocaman kabzalı uzun bir kılıcın asılmış olduğu kemeri vardı. "Böyle yürüdüm ve böyle uyudum geceleri kaç yıldır," dedi, "yaşla bedenim yumuşayıp ürkekleşmesin diye."

"Yine de artık, Barad-dûr Hükümdarı'nın en kötü komutanları şimdiden dış surlarınıza dayandı," dedi Gandalf. "Eskilerin Angmar Kralı, Büyücü, Yüzüktayfı, Nazgûl Efendisi, Sauron'un elinde bir dehşet mızrağı, ümitsizliğin gölgesi."

"O halde Mithrandir, kendine denk bir düşman bulmuşsun," dedi Denethor. "Bana gelince, ben çoktandır Kara Kule'nin ordularının baş komutanının kim olduğunu biliyordum. Sadece bunu söylemek için mi döndün? Yoksa, kendini aşan biriyle karşılaşmış olabilir misin?"

Pippin, Gandalf'ın ani bir öfkeyle tahrik olacağından korkarak titredi ama korkuları yersizdi. "Olabilir," diye cevap verdi Gandalf yavaşça. "Fakat gücümüzü sınama vaktimiz henüz gelmedi. Ve eğer eskiden söylenmiş sözler doğru ise, o bir adamın eliyle düşmeyecek; üstelik onu bekleyen yazgı Arifler'den gizlenmiştir. Her nasılsa, Ümitsizlik Komutanı henüz ilerleyip sıkıştırmıyor bizi. O, daha çok senin biraz önce sözünü etmiş olduğun düşünceye göre yönetiyor, arkadan, köleleri çılgınca ileri doğru sürerek.

"Hayır, ben daha ziyade, yaralanmış ve iyileşebilecek adamları koruyabilmek için geldim; çünkü Rammas'da boylu boyunca gedikler açıldı; kısa bir süre sonra Morgul ordusu birçok noktadan girebilecek. Ve daha çok da şunu söylemeye geldim: Kısa bir süre sonra tarlalarda savaş olacak. Bir yarma harekatı için hazırlıklı olun. Bu harekatta atlı adamlar bulunsun. Bizim biricik umudumuz onlarda, çünkü bir konuda düşman hâlâ zayıf: Çok az atlısı var."

"Bizim de az var. Rohan'ın gelişi an meselesi olmalı artık," dedi Denethor.

"Önce başkalarının gelişlerine tanık olacağız galiba," dedi Gandalf. "Cair Andros'tan kaçanlar bize ulaştı. Ada düşmüş. Kara Kapı' dan da bir ordu gelmiş, kuzey doğudan geçerek."

"Kimileri, Mithrandir, senin kötü haber getirmekten zevk aldığın konusunda suçlar seni," dedi Denethor, "fakat bu benim için bir haber olmaktan çıktı artık: Dün gece çökmeden bu bana bildirilmişti. Yarma harekatına gelince, bunu düşündüm zaten. Haydi, aşağıya inelim."

Zaman geçti. Zamanla surun üzerindeki gözcüler, artçıların geri çekilişlerini görmeye başladı. Önceleri küçük gruplar halinde yorgun ve genellikle de yaralı adamlar düzensiz olarak gelmeye başladı; kimisi sanki peşinde biri varmış gibi deliler gibi koşuyordu. Doğu tarafında, uzaktaki ateşler oynaşıyordu; artık sanki orada burada ovanın üzerinde de yürüyorlardı. Evler ve ambarlar yanıyordu. Sonra birçok noktadan, kırmızı alevden minik dereler aceleyle akmaya başladı, karanlığın içinde kıvrıla kıvrıla, Cümlekapısı'ndan Osgiliath'a doğru uzanan geniş yolun çizgisine doğru yaklaşarak.

"Düşman," diye mırıldandı adamlar. "Set yıkıldı. İşte gediklerden içeri akıyorlar! Ve meşale taşıyorlar görünüşe göre. Bizim kendi halkımız nerede?"

Saate göre akşam yaklaşıyordu ve ışık o kadar azdı ki, Hisar'ın üzerindeki gözleri keskin adamlar bile tarlalar üzerinde olanları, gittikçe sayıları çoğalan yangınlar ve uzunluğu ve hızı artan ateş çizgileri hariç, pek az seçebiliyordu. Sonunda Şehir'den bir milden daha yakın bir mesafede, daha düzenli, koşmayıp yürüyen ve hâlâ omuz omuza çarpışan bir insan kütlesi göründü.

Gözcüler nefeslerini tuttular. "Faramir orada olmalı," dediler. "O hem insanlara, hem hayvanlara hâkim olabilir. Daha dayanacaktır."

Artık geri çekilen ana kuvvet ancak dört yüz metre kadar uzaktaydı. Karanlığın içinden küçük bir grup atlı çıktı dört nala, artçılardan geri kalanı buydu. Bir kez daha kapana kısılarak, gelen alev sırasıyla yüzleştiler. Sonra aniden hiddetli bir bağırtıdır koptu. Düşmanın atlıları önlerine geleni süpürerek ilerlediler. Ateşten çizgiler, alev taşıyan ork dizileri, kırmızı sancaklar taşıyan, kaba dilleriyle bağrışan vahşi Güneyli İnsanlar kabarıp sel gibi akmaya ve çekilenlere yetişmeye başladı. Ve kanatlı gölgeler, avları üzerine alçalan Nazgûl, çığlıklar atarak karanlık gökyüzünden indi.

Çekilenler bozguna uğramıştı. Daha şimdiden kopmalar oluyordu, adamlar deliler gibi, akıllarını kaçırmış gibi oraya buraya kaçıyorlar, silahlarını atıyorlar, korkudan bas bas bağırıyorlar, yere kapaklanıyorlardı.

Sonra Hisar'dan bir borazan öttü ve en sonunda Denethor yarma harekatını başlattı. Cümlekapısı'nın gölgesi altına ve yükselen surların dibine sıralanan askerler ondan gelecek işareti beklemişlerdi: Şehir'de kalmış olan bütün atlılar. İleri doğru atıldılar, bir araya geldiler, atlarını dört nala sürmeye başladılar ve büyük bir bağırtıyla saldırdılar. Ve surlardan karşılık olarak başka bağırtılar yükseldi; çünkü cephede, en önde başlarında mavi sancaklı prensleriyle Dol Amroth'un kuğu şövalyeleri bulunuyordu.

"Gondor adına Amroth!" diye bağırdılar. "Amroth'tan Faramir'e!"

Şimşek gibi indiler düşmanın üzerine, geri çekilenlerin her iki kanadından da; fakat içlerinde bir binici hepsini geçiyordu, çimenlerin üzerinde yel gibi eserek: Gölgeyele taşıyordu onu, bir kez daha maskesi düşmüş, pırıl pırıl parlıyordu; havaya kalkmış elinden bir ışık çıkıyordu.

Nazgûl acı acı çığlık atarak dönüp gitti çünkü henüz komutanları, düşmanı olan ak ışığa meydan okumak için ortaya çıkmamıştı. Bütün dikkatlerini avlarına vermiş olan ve vahşi koşuları içinde gafil avlanan Morgul orduları dağıldı, tıpkı aniden esen bir yelde uçuşan kıvılcımlar gibi. Dışta kalan bölükler büyük bir tezahüratla geri dönerek takipçilerine bir darbe indirdiler. Ava giden avlanmıştı. Geriye çekilenler saldırıya geçtiler. Cephe bozguna uğramış orklar ve insanlarla dolmuştu, atılan meşalele kıvrılan dumanlar çıkararak sönüyor, ortalığa pis bir koku yayıyordu. Süvariler ilerlemeye devam ettiler.

Fakat Denethor onların fazla uzaklaşmalarına izin vermedi. Düşman denetim altına alınmış ve bir an için geri püskürtülmüş olsa bile Doğu'dan büyük güçler akıp duruyordu. Borazan bir kez daha öterek geri çekilineceğini haber verdi. Gondor süvari alayı durdu. Siper vazifesi gören süvari alayı gerisinde dış bölükler yeniden oluşturuldu. Artık hızlı bir şekilde çekiliyorlardı. Cümlekapısı'na vararak içeri girdiler, adımlarını gururla atarak; Şehir halkı da gururla baktı onlara ve övgülerini haykırdı; ama yine de yüreklerinde huzursuzluk vardı. Çünkü bölükler fena halde azalmıştı. Faramir adamlarının üçte birini kaybetmişti. İyi de o neredeydi?

En son o geldi. Adamları içeri girdi. Şövalyeler geri geldi, onların ardından da Dol Amroth'un sancağı ile Prens. Atının üzerinde kollarında, bozguna uğramış cephede yerde bulmuş olduğu akrabası, Denethor oğlu Faramir'i taşıyordu.

"Faramir! Faramir!" diye bağırdı adamlar sokaklarda ağlaşarak. Ama o cevap vermedi; Hisar'a ve babasına giden dolambaçlı yoldan yukarıya taşıdılar bedenini. Tam Nazgûl Ak Süvari'nin saldırısından kaçarken, öldürücü bir ok gelmiş ve Faramir Harad'lı bir atlının önünü kesmişken, yere düşmüştü. Ancak Dol Amroth'un saldırısı, onu yattığı yerde güneyli al kılıçların kıyımından kurtarabilmişti.

Prens İmrahil Faramir'i Ak Kule'ye getirdi ve şöyle dedi: "Oğlunuz döndü beyim, büyük işler başardıktan sonra," ve gördüğü her şeyi anlattı. Fakat Denethor ayağa kalkarak oğlunun yüzüne baktı; sessizdi. Sonra odaya bir yatak kurmalarını, Faramir'i üzerine uzatıp gitmelerini söyledi. Ancak kendisi de tek başına Kule'nin tepesindeki gizli odasına gitti ve o tarafa bakan birçok insan bir süre için dar pencerelerden çıkan, pırıldayarak titreşen soluk bir ışık gördü; derken ışık bir şimşek gibi çakarak geçti. Sonra Denethor tekrar aşağıya inerek Faramir'in yanına gitti ve hiç konuşmadan yanına oturdu; ama Hükümdar'ın yüzü kül gibiydi, oğlununkinden daha ölü.

Böylece Şehir sonunda kuşatılmış, düşmandan bir halkayla çevrelenmişti. Rammas yıkılmış, Pelennor Düşman'a bırakılmıştı. Surların dışından gelen son sözler Cümlekapısı kapanmadan önce kuzey yolundan kaçıp gelen adamlar tarafından getirilmişti. Bunlar, Anórien ve Rohan'dan gelen yolun kasaba topraklarına vardığı noktayı koruyan muhafızlardan kalanlardı. Beş gün önce, daha güneşin hâlâ doğduğu ve sabahın insanların içine umut kattığı zamanlarda Gandalf ile Pippin'i içeri alan İngold çekiyordu başlarını.

"Rohhirrim'den hiç haber yok," dedi. "Rohan şimdi gelmeyecek. Ya da gelseler bile bu bize bir yarar sağlamayacak. Haberini almış olduğumuz yeni ordu daha önce geldi diyorlar, Andros tarafından Nehir'i geçerek geldi. Çok güçlüler: Göz'ün ork taburları ve daha önce hiç görmediğimiz insanların sayısız bölüğü. Uzun boylu değiller ama tıknaz ve gaddarlar, cüceler gibi sakalları var ve koca baltalar kullanıyorlar. Kanaatimizce engin Doğu topraklarının vahşi bir ülkesinden gelmişler. Kuzey yolunu tutuyorlar; birçoğu da Anórien'e girdi. Rohirrim gelemez."

Cümlekapısı kapatılmıştı. Bütün gece boyunca surlardaki gözcüler dışarıda dolanıp duran, tarlaları ve ağaçları yakan, ister canlı olsun ister ölü, buldukları her adamı kesen düşmanın söylentisini duydular. Nehiri geçmiş olanların sayısı gecenin karanlığında tahmin edilemiyordu fakat sabah, ya da diğer bir değişle sabahın soluk gölgesi ovaya süzülünce gece duyulan korkuyla bile sayılarının yeterince tahmin edilememiş olduğu çıktı ortaya. Ova geçit halindeki bölüklerle kararmıştı; üstelik karanlığın elverdiğince görüldüğü üzere, zehirli mantarlar misali kara veya koyu kırmızı koca kamp çadırları bitmişti kuşatılmış şehrin etrafında.

Orklar koca bir halka halinde derin siperleri tam surların ok menzilinin hemen dışında karıncalar gibi harıl harıl kazıyor, kazıyorlardı; siperler kazıldıkça hepsi ateşle dolduruluyordu ama bunların nasıl tu-

tuşturulduklarını ve beslendiklerini, bunun bir şeytanlıkla mı, bir sanatla mı yapıldığını kimse göremiyordu. Bütün gün boyunca bu çaba devam etti, Minas Tirith'in adamları elleri kolları bağlı bakarken. Ve her siper sırası bitiminde kocaman yük arabalarının geldiğini görüyorlardı; kısa bir süre sonra düşmanın bölükleri her siperin köşesine hızla mızrak ve taş atmak için kocaman tertibatlar kuruyorlardı. Şehir surlarında o kadar uzağa ulaşabilecek veya yapılan işi durdurabilecek büyüklükte bir tertibat yoktu.

İlk başta bu icatlara gülüp geçiyorlardı, çünkü Şehir'in ana suru çok yüksekti ve muazzam kalınlıktaydı, Númenor'un gücü ve sanatı sürgünde azalmadan önce yapılmıştı; dış yüzeyi de Orthanc Kulesi gibiydi, sert, kara ve pürüzsüz, ne çelik ne de ateş tarafından zaptolunmaz cinstendi, üzerinde durduğu toprağın kendisini yaracak bir sarsıntı olmadıktan sonra.

"Hayır," dediler, "İsimsiz'in kendisi gelmeden düşmez burası, hatta o kendi bile gelecek olsa, biz hayattayken kimse buraya giremez." Fakat kimisi şöyle cevap veriyordu: "Biz hayatta olduğumuz sürece mi? Ne kadar yani? Dünya dönmeye başladığından beri, bir sürü yüksek yeri yerle bir eden bir silahları var. Açlık. Yollar kesildi. Rohan gelmeyecek."

Fakat kurulan tertibatlardan inatçı surlara hiçbir atış yapılmadı boşu boşuna. Mordor Hükümdarı'nın en büyük düşmanına karşı yapılan bu saldırıyı ne eşkiyalar ne de bir ork komutanı emretmişti. Bunu garazın gücü ve aklı yönlendiriyordu. Koca mancınıklar kurulur kurulmaz, çığlıklarla, iplerin gıcırtısı ve bocurgat yardımıyla çok yukarlara fırlatıyorlardı attıkları şeyi, öyle ki bunlar burçların tam üzerinden geçiyor ve Şehir'in ilk dairesinin içine düşüyordu gümbürtüyle; ve birçoğu gizli bir ilim sayesinde alev alıyordu yuvarlana yuvarlana gelirken.

Kısa bir süre sonra surun gerisinde büyük bir yangın tehlikesi baş gösterdi ve bu iş için ayrılabilen herkes birçok yerde birden peydahlanan alevleri bastırmakla uğraşmaya başladı. Sonra atılan büyük parçaların arasında başka bir şeyler yağmaya başladı; daha az zarara ziyana neden oluyordu ama daha dehşetli şeylerdi. Cümlekapısı'nın gerisindeki bütün caddelere ve sokaklara yuvarlanarak düştü küçük, yuvarlak ve yanmayan şeyler. Fakat adamlar bunların ne olduğuna bakmaya koştuklarında bağırıp çağırarak ağlamaya başladılar. Çünkü düşman Şehir'e, Osgiliath, Rammas ve diğer cephelerde ölenlerin başlarını fırlatıyordu. Bakılamayacak kadar korkunçtular; çünkü kimisi ezilmiş, şekilsizleşmiş, kimi zalimce kesilip biçilmişti ama yine de çoğu kendini belli eden özelliklerini taşıyordu ve sanki acı çekerek ölmüşlerdi; her biri Kapaksız Göz işaretiyle dövmelenmişti. Fakat istedikleri kadar şekilleri bozulmuş ve aşağılanmış olsunlar, böylelikle, insanlar bu yolla bir kez daha bir zamanlar baştan aşağı silahlarla mağrurca yürüyen, tarlaları süren veya tepelerdeki yeşil vadilerinden bayram günleri için aşağılara inen tanıdıkları birini görmüş oluyorlardı.

Boşu boşuna sallıyorlardı yumruklarını Cümlekapısı'nın önünde kaynaşan acımasız düşmanlarına. Lanetlere kulak astıkları, Batılı insanların dillerinden anladıkları yoktu; kaba sesleriyle hayvanlar veya leş kargaları gibi çığlıklar atıyorlardı. Fakat kısa bir süre sonra ayağa kalkıp Mordor ordularına karşı koyabilecek yüreğe sahip çok az kişi kalmıştı. Çünkü açlıktan daha tez bir silahı vardı Karanlık Kule'nin Efendisi'nin: Korku ve ümitsizlik.

Nazgûl bir kez daha geldi; artık Karanlıklar Efendisi büyüdüğü ve bütün gücünü ortaya döktüğü için, sadece onun iradesini ve garazını söyleyen sesleri kötülük ve dehşet doluydu. Ölü insanlarla karınlarını doyurmayı uman akbabalar gibi durmadan döndüler durdular Şehir'in üzerinde. Hem görüş, hem de atış menzili dışında uçuyorlardı ama varlıkları hep oradaydı, ölümcül sesleri havayı yırtıyordu. Gitgide daha da dayanılmaz bir hal aldılar her yeni çığlıkla. Sonunda, en yiğit adamlar bile gizli tehlike üzerlerinden geçerken kendilerini yere atmaya başladılar; veya zihinlerine bir karanlık basar, artık savaş hakkında düşünemez olup da sadece gizlenmeyi, emekleyip bir yere sinmeyi ve ölümü düşünür hale gelirken silahları sinirleri boşalmış ellerinden düşüyor, öylece dikilip kalıyorlardı.

Bütün o kara gün boyunca Faramir, çaresiz bir ateş içinde çırpınarak Ak Kule'deki odada yatağı üzerinde yattı; ölüyor, dedi biri, kısa süre sonra surlardaki ve sokaklardaki adamların hepsi "ölüyor" diyorlardı. Babası yanında oturuyor, hiçbir şey söylemiyor ama seyrediyor ve artık savunma konusuna hiç aldırış etmiyordu.

Böylesine karanlık saatlerin varlığını hiç bilmemişti Pippin, Urukhai'nin pençelerindeyken bile. Hükümdar'ın hizmetinde beklemekti onun görevi ve bekliyordu da, ama görünüşe göre onu, kendi korkularını elinden geldiğince bastırırken, aydınlatılmamış odanın kapısının yanında ayakta unutmuşlardı. Ve bakarken ona öyle geldi ki Denethor sanki gözleri önünde gitgide yaşlanıyordu; sanki o mağrur iradesini bir şey kapatıvermiş, katı aklı yenilmişti. Elem yapmıştı bunu, belki bir de vicdan azabı. O acımasız yüzde gözyaşları görüyordu; bu hiddetten daha dayanılmazdı.

"Ağlamayın beyim," diye kekeledi. "Belki de iyileşir. Gandalf'a sordunuz mu?"

"Beni büyücülerle avutma!" dedi Denethor. "Ahmağın umudu suya düştü. Düşman onu buldu, artık gücü artıyor; düşüncelerimizi teker teker biliyor; ne yaparsak yapalım boşuna.

"Oğlumu nankörce, kutsamadan gereksiz bir tehlikeye yolladım; ve işte burada damarlarında zehirle yatıyor artık. Yo, yo, artık savaşta ne olursa olsun benim soyum tükeniyor; Vekilharçlar Sülalesi dahi başaramadı. Tepelerde hırsız gibi saklanan insanların krallarından kalanları da kötü insanlar yönetecek ta ki birer birer avlanıncaya kadar."

Kapıya, Şehir'in Hükümdarı'nı çağıran adamlar dayandı. "Hayır, aşağıya inmeyeceğim," dedi. "Oğlumun yanında kalmalıyım. Her şey bitmeden önce hâlâ konuşma ihtimali var. Fakat buna da bir vakit kalmadı. Kimi isterseniz onu izleyin, hatta umutları suya düşmüş olsa da Gri Aptal'ı bile izleyebilirsiniz. Ben burada kalacağım."

Böylece Gondor Şehri'nin son savunmasının kumandasını Gandalf almıştı. Nereye gitse adamların yürekleri hafifliyor, kanatlı gölgelerin hatırası siliniyordu. Yorulmak nedir bilmeden gitti geldi Hisar'dan Cümlekapısı'na, surlar boyunca kuzeyden güneye; onunla birlikte Dol Amroth Prens'i de gidiyordu, pırıl pırıl zırhları içinde. Çünkü Númenor soyunu bozulmadan devam ettiren prens ve silahşörleri, beyliklerini muhafaza ediyorlardı. Onları gören adamlar şöyle fısıldaşıyordu: "Aynı eski hikâyelerin anlatmış olduğu gibi; o halkın damarlarında elf kanı var, çünkü Nimrodel halkı bir zamanlar oralarda uzun süre yaşamışlar." Sonra karanlık içinde biri Nimrodel'in şarkısından veya Anduin Vadisi'ne ait, yitip gitmiş yıllardan gelen diğer şarkılardan birkaç beyit okuyordu.

Yine de onlar uzaklaştıklarında gölgeler yeniden adamların üzerine abanıyor, yürekleri soğuyor ve Gondor'un bahadırlığı kül oluyordu. Ve böyle böyle, korkularla dolu loş günden, çaresiz gecenin karanlığına geçtiler. Yangın artık Şehir'in ilk dairesinde denetimsiz bir şekilde yükseliyordu; dış surlardaki garnizonun daha şimdiden geri çekilme yolları kesilmişti. Fakat orada, görev yerlerinde kalmış olan sadık kişilerin sayısı çok azdı; çoğu ikinci kapının gerisine kaçmıştı.

Çarpışmanın çok gerisinde Nehir üzerine aceleyle bir köprü kurulmuş, bütün gün boyunca büyük bir savaş gücü ve malzemesi akmıştı bu köprü üzerinden. Sonunda, gecenin yarısında saldırı başladı. Öncü kollar, ateş dolu siperler arasında bırakılmış birçok dolambaçlı yoldan geçti. Yaklaştıkça uğradıkları kaybı hiçe sayarak durmadan ilerlediler, hâlâ bir arada, sürü gibi okçuların menziline girdiler. Fakat artık gerçekten de onlara büyük bir zarar verebilecek çok az kişi kalmıştı surlarda; gerçi yangınların ışığı Gondor'un bir zamanlar övündüğü cinsten okçular için birçok hedefi gözler önüne seriyordu. Sonra Şehir'in yiğitliğinin çoktan kırılmış olduğunu fark eden gizli Komutan gücünü ortaya koydu. Yavaş yavaş, Osgiliath'ta inşa edilmiş olan kocaman kuşatma kuleleri karanlığın içinden ilerledi.

Ak Kule'deki odaya haberciler geldi yine; Pippin onları içeri aldı, çünkü çok aceleleri vardı. Denethor yüzünü yavaş yavaş Faramir'in yüzünden çevirdi ve onlara sessizce baktı.

"Şehir'in ilk dairesi yanıyor beyim," dediler. "Emirleriniz nedir? Hâlâ Hükümdar ve Vekilharçsınız. Herkes Mithrandir'i izlemiyor. Adamlar surlardan kaçıp, surları korumasız bırakıyor."

"Neden? Neden kaçıyor ahmaklar?" dedi Denethor. "Madem eninde sonunda yanacağız bir an önce yanmakta yarar var. Şenlik ateşinize geri dönün! Ben mi? Ben şimdi cenazemi yakmak için hazırlanan odun yığınının üzerine gideceğim. Kendi yığınımın üzerine! Denethor ile Faramir'in mezarı olmayacak! Mezar yok! Mumyalanmış ölümün uzun ve yavaş uykusu yok artık. Batı'dan buraya gemiler gelmeden önceki barbar krallar gibi yanacağız. Batı kaybetti. Gidin geri, yanın!"

Haberciler selam ve cevap vermeden dönüp kaçtılar.

Artık Denethor ayağa kalkmış ve biraz önce elinde tuttuğu Faramir'in ateşli elini bırakmıştı. "Yanıyor, daha şimdiden yanıyor," dedi hüzünle. "Ruhunun evi ufalanıyor." Sonra yavaşça Pippin'e doğru giderek, ona baktı.

"Elveda!" dedi. "Elveda Paladin oğlu Peregrin! Hizmet süren kısa oldu ve artık sonuna yaklaşıyor. Kalan o az süreden de azat ediyorum seni. Git artık ve sence en uygun şekil nasılsa öyle öl. Ve kiminle istersen onunla öl, hatta ahmaklığı seni bu ölüme getirmiş olanla bile. Hizmetkârlarımı yolla bana ve git. Elveda!"

"Ben elveda, demeyeceğim beyim," dedi Pippin diz çökerek. Sonra aniden yine hobbitvari bir şekilde ayağa kalktı ve yaşlı adamın gözlerinin içine baktı. "İzninle ayrılacağım beyim," dedi; "çünkü gerçekten de Galdalf'ı görmeyi çok arzu ediyorum. Ama o bir ahmak değildir; onun yaşamdan umudu kesilmedikçe benim ölmeye hiç niyetim yok. Fakat ne kendi sözümden, ne de senin hizmetinden azat edilmek istemiyorum, sen yaşadıkça. Ve en sonunda Hisar'a gelirlerse burada senin yanında bulunmayı ve belki de bana verilen silahları da hak etmeyi düşünüyorum."

"Nasıl istersen öyle yap Efendi Buçukluk," dedi Denethor. "Ama benim hayatım parçalandı artık. Hizmetkârlarımı yolla bana!" Tekrar Faramir'e döndü.

Pippin onu bırakarak hizmetkârları çağırdı; hizmetkârlar geldi: Ev halkından altı adam, güçlü ve zarif; yine de çağrı karşısında titriyorlardı. Fakat Denethor sakin bir sesle Faramir'in yatağının üzerine sıcak örtüler örtmelerini ve yatağı yukarı taşımalarını buyurdu. Onlar da öyle yaptılar, yatağı kaldırarak odadan çıkarttılar. Yavaş yavaş attılar adımlarını, ateşli adamı mümkün olduğu kadar az rahatsız etmek için. Artık iki büklüm halde bir bastona dayanan Denethor onları izledi; en son Pippin gidiyordu.

Ak Kule'den çıkıp yürüdüler; sanki bir cenaze taşırmış gibi, üzerlerinde asılı duran bulutun aşağıdan gelen donuk kırmızı ateş kıpırtılarıyla aydınlatılmış olduğu karanlığa doğru. Yavaş yavaş geçtiler büyük avluyu ve Denethor'un tek bir sözüyle Kuru Ağaç'ın yanında durdular.

Herkes sessizdi, aşağıdaki Şehir'deki savaş gürültüleri hariç; suyun ölü dallardan karanlık havuza hüzünlü hüzünlü damlayışını duyabiliyorlardı. Sonra, nöbetçinin hayret ve keder dolu bakışları altında Hisar kapısından geçip gittiler. Batıya dönünce sonunda altıncı dairenin geri surlarındaki bir kapıya vardılar. Fen Hollen deniyordu buraya, çünkü cenaze dışında hep kapalı tutulurdu ve sadece Şehir'in Hükümdarı veya ölülerin evlerine bakanlar ve mezarlara yadigârları getirenler bu yolu kullanabilirdi. Kapının gerisinde birçok kavisle dolanarak aşağıda, Mindolluin'in sarp kayalarının gölgesi altında Kralların ve Vekilharçlarının kaşanelerinin bulunduğu dar bir araziye inen bir yol uzanıyordu.

Yolun kenarında, küçük bir evde bir kapıcı oturuyordu; gözlerinde korku, elinde bir lambayla ilerledi. Hükümdarın buyruğuyla kapıyı açtı ve sessizce geriye dayadı; onlar da kapıcının elinden lambayı alarak kapıdan geçtiler. Lamba ışığıyla bir sağa bir sola sallanan kadim surlar ve yol kenarından yükselen çok sütunlu korkulukların arasından yukarı doğru tırmanan yol karanlıktı. Rath Dinen'e yani Sessiz Cadde'ye gelinceye kadar aşağı, aşağı doğru indikçe ağır ayak sesleri solgun kubbeler, boş salonlar, çoktan ölmüş adamların suretleri arasında yankılanıp durdu; sonra Vekilharçların Evi'ne girerek yüklerini bıraktılar.

Burada Pippin etrafına huzursuz huzursuz baktıkça, minik lambanın kefenli duvarlarına düşürdüğü koca gölgelerle örtülmüş gibi duran tonozlu geniş bir odada olduğunu gördü. Mermerden oyulmuş bir sürü masa dizisi zorlukla seçilebiliyordu; her masa üzerinde, elleri kavuşturulmuş, başı taşa yaslanmış uyuyan şekiller vardı. Fakat yakında duran bir masa bomboştu. Denethor'un bir işaretiyle Faramir ile babasını yan yana yatırdılar ve ikisini de tek bir örtüyle örttüler; sonra da ölü yatağının yanında yas tutan insanlar gibi boyunları bükük durdular. Sonra Denethor alçak sesle konuştu.

"Biz burada bekleyeceğiz," dedi. "Fakat mumyacılara haber yollamayın. Bize çabuk tutuşan odun yollayın, etrafımıza ve altımıza yığın. Ve emir verdiğimde bir meşale atın. Böyle yapın ve bir daha benimle konuşmayın. Elveda!"

"İzninizle beyim!" dedi Pippin ve dönerek bu ölüm dolu evden dehşet içinde kaçtı. "Zavallı Faramir!" diye düşündü. "Gandalf'ı bulmalıyım. Zavallı Faramir! Gözyaşından çok ilaca ihtiyacı olduğu kesin. Ah, Gandalf'ı nerede bulacağım? İşlerin sarpa sardığı yerde herhalde; onun da ölen ya da çıldıran birine ayıracak zamanı olmayacaktır."

Kapıda, orada nöbet beklemek için kalan hizmetkârlardan birine döndü. "Efendiniz kendinde değil," dedi. "Yavaş olun! Faramir hayattayken buraya odun getirmeyin! Gandalf gelinceye kadar bir şey yapmayın!"

"Minas Tirith'in efendisi kim?" diye cevap verdi adam. "Hükümdar Denethor mu, Gri Gezgin mi?"

"Ya Gri Gezgin, ya da hiç kimse, görünüşe göre," dedi Pippin; ayaklarının onu taşıyabildiği hızla geriye, yukarı doğru döne döne tırmanan yola koştu, şaşkın kapıcıyı geçerek kapıdan çıktı ve Hisar'ın kapısına yaklaşıncaya kadar yoluna devam etti. Kapıdan geçip giderken nöbetçi onu selamladı; o zaman Beregond'un sesini tanıdı.

"Ne yana koşuyorsun Efendi Peregrin?" diye seslendi.

"Mithrandir'i bulmaya," diye cevap verdi Pippin.

"Hükümdar'ın işi acildir ve benim seni oyalamamam gerekir," dedi Beregond; "ama eğer mümkünse çabuk çabuk anlat: Neler oluyor? Hükümdarımız nereye gitti? Nöbeti şimdi devraldım ama onun Kapalı Kapı'ya doğru gittiğini duydum; adamlar önünde Faramir'i taşıyorlarmış."

"Evet," dedi Pippin, "Sessiz Cadde'ye."

Beregond göz yaşlarını gizlemek için başını eğdi. "Ölüyor olduğunu söylemişlerdi," diye iç geçirdi, "öldü demek."

"Hayır," dedi Pippin, " daha değil. Ve hâlâ ölümünün engellenebileceğini zannediyorum. Fakat Şehir'in Hükümdarı, Beregond, şehri ele geçmeden düştü. Aklını kaçırdı, artık tehikeli biri." Çabuk çabuk Denethor'un garip sözlerini ve işlerini anlattı. "Hemen Gandalf'ı bulmam gerek."

"O halde çatışmaya inmen lazım."

"Biliyorum. Hükümdar bana izin verdi. Fakat Beregond eğer elinden gelirse, olacak olan korkunç şeyleri engelle."

"Hükümdar, siyah ve gümüş giyenlerin kendi emri olmadan görev yerlerinden ayrılmalarına izin vermez."

"Eh o halde Faramir'in yaşamı ile emirler arasında bir seçim yapman gerekecek," dedi Pippin. "Emirlere gelince, bence muhatabınız bir deli, bir bey değil. Gitmem gerek. Eğer gelebilirsem geri döneceğim."

Koşmaya devam etti aşağıya, aşağıya dış şehire doğru. Yangından kaçan adamlar onu geçtiler; onun üniformasını gören bir kısım adam dönüp ona seslendi ama o hiç kulak asmadı. Sonunda gerisinde surlar arasında koca alevlerin yükseldiği İkinci Kapı'dan geçmişti. Yine de ona garip bir biçimde sessiz geldi her şey. Ne çatışmanın gürültüsü ve haykırışları, ne de silahların şakırtısı duyuluyordu. Sonra aniden korkunç bir çığlık ve büyük bir sarsıntı ve derin, yankılı bir gümbürtü duyuldu. Neredeyse onu dizlerine kadar sarsan bir korku ve dehşet rüzgârına karşı koymak için kendini zorlayarak, Cümlekapısı'nın arkasındaki geniş bir yere açılan köşeyi döndü Pippin. Orada olduğu yere çakıldı kaldı. Gandalf'ı bulmuştu; ama geri çekilip bir gölgeye sindi.

Gece yarısından beri büyük taarruz devam ediyordu. Davullar gümbürdüyordu. Kuzeyden ve güneyden, düşman bölüğü üzerine düşman bölüğü surlara yüklenip duruyordu. Düzensiz al ışıkta tıpkı hareket eden evler gibi görünen kocaman hayvanlar gelmişti; yani Harad'ın ateşler arasındaki yollardan koskoca kuleler ve makinalar çeken *mûmak*'ları. Yine de komutanları bu hayvanların yaptıklarına da telef olabileceklerine de pek aldırış etmiyordu: Onların bütün amacı savunmanın gücünü sınamak ve Gondor'un adamlarını birçok yerde meşgul etmekti. En çok Cümlekapısı'na yüklenilecekti. Kapı çelik ve demirden yapılmış, inatçı taş kuleler ve burçlarla korunuyor olabilirdi ama bütün o yüksek ve aşılmaz surun en zayıf noktası, kilidiydi.

Davullar daha da yüksek sesle vurdu. Alevler yükseldi. Kocaman makinalar alanlardan ilerledi; tam ortada kocaman bir şahmerdan vardı; muazzam zincirlerin ucunda sallanan, uzunluğu yüzlerce ayağa varan, ormandan kesilmiş bir ağaç. Uzun zamandır Mordor'un demirhanelerinde dökülüp duruyordu bu şahmerdan ve kara çelikten dökülmüş olan iğrenç kafasına kudurmuş bir kurt biçimi verilmişti; üzerinde de yıkım büyüleri vardı. Grond koymuşlardı ismini, eskinin Yeraltı Tokmağı'nın bir hatırası olarak. Kocaman hayvanlar çekiyorlardı şahmerdanı, etrafını orklar sarmıştı; geriden de şahmerdanı kullanacak olan dağ devleri yürüyordu.

Fakat Cümlekapısı civarında mukavemet hâlâ kuvvetli idi; burada Dol Amroth silahşörleri ile garnizonun en çetin adamları saldırmak için hazır bekliyorlardı. Her yandan ok yağıyordu; kuşatma kuleleri birer meşale misali aniden çatırdıyarak alev alıveriyordu. Cümlekapısı'nın her iki yanında surların önünde yer döküntüler ve cesetlerle dolup taşmıştı; yine de sanki zıvanadan çıkmış gibi daha da çok sayıda düşman geliyordu.

Grond yoluna devam eti. Grond'un iskeleti ateş almıyordu; arada bir şahmerdanı çekmekte olan kocaman hayvanlardan biri delirip, şahmerdanı koruyan sayısız ork arasında tepinip onları yere serse bile, bunların cesetleri yoldan çekiliyor ve diğerleri onların yerine geçiveriyordu.

Grond yoluna devam etti. Davullar deliler gibi gümbürdüyordu. Cesetlerin oluşturduğu tepeciklerin üzerinden korkunç bir suret belirdi: Bir atlı, uzun boylu, kukuletalı, kara bir pelerine bürünmüş. Yavaş yavaş, ölenlerin üzerine basarak, okları umursamadan ileri doğru sürdü atını. Durdu ve uzun, soluk kılıcını kaldırdı. Ve o tam bunu yaparken herkesin içine, hem şehri savunanların, hem de düşmanın içine büyük bir korku düştü; adamların kolları iki yanlarına düştü, artık yayların telleri şakımıyordu. Bir an için her şey durdu.

Davullar gümbürdeyerek takırdadı. Grond büyük bir hamleyle, kocaman eller tarafından ileriye savruldu. Kapıya ulaştı. Sallandı. Bulutlar içinde gezen gökgürültüsü gibi derinden bir bum sesi bütün Şehir'de gümbürdedi. Fakat demirden kapılar ve çelikten destekler bu darbeye dayandı.

Kara Kumandan üzengisi üzerinde doğrularak, unutulup gitmiş bir dilde, hem yüreği hem de taşı parçalayacak, güç ve dehşet kelimeleri söylerek korkunç bir sesle bağırdı.

Üç kere bağırdı. Üç kere bumladı koca şahmerdan. Ve aniden son darbede Gondor'un Cümlekapısı kırıldı. Sanki çok tesirli bir büyüye kapılmış gibi infilak ederek parçalandı: Gözleri kör eden bir şimşek çaktı ve kapılar yarılmış parçacıklar halinde yere yıkıldı.

Nazgûl Efendisi atını içeri sürdü. Gerideki alevlerin önünde, muazzam bir ümitsizlik tehdidi halinde büyüyen, kocaman kara bir suret olarak yükseldi. Sürdü atını içeri Nazgûl Efendisi, daha önce hiçbir düşmanın geçememiş olduğu kemer altından; yüzünü gören herkes kaçtı.

Biri hariç herkes. Orada, Cümlekapısı'nın önündeki alanda sessiz ve hareketsiz bekleyen Gandalf, Gölgeyele'nin üzerinde oturuyordu: Dünyanın bütün hür atları içinde bu dehşete kıpırdamadan, Rath Dinen'deki oyulmuş bir heykel gibi sabit bir şekilde katlanabilecek tek at olan Gölgeyele'nin üzerinde.

"Buraya giremezsin," dedi Gandalf; koca gölge durdu. "Sen kendin için hazırlanmış olan cehenneme geri dön! Geri dön! Seni ve Efendini bekleyen hiçliğe düş. Git!"

Kara Süvari kukuletasını geriye itti; o da ne! Başında krallara ait bir taç vardı; yine de taç görünen hiçbir baş üzerine oturtulmamıştı. Tacın ve örtülü geniş, kara omuzlarının arasından al al alevler parlıyordu. Görünmeyen ağzından ölümcül bir kahkaha duyuldu.

"Yaşlı ahmak!" dedi. "Yaşlı ahmak! Bu benim saatim. Gördüğünde Ölüm'ü tanımaz mısın sen? Geber; lanetlerin boşuna artık!" Bunu der demez kılıcını yukarılara kaldırdı; kılıçtan aşağıya alevler indi.

Gandalf kıpırdamadı. Ve tam o anda, Şehir'in avlularından birinde bir horoz öttü. Tiz sesiyle net bir biçimde öttü; ne büyücülüğe ne de savaşa kulak asıyor, sadece ölümün gölgelerinin çok yukarısında, gökyüzünde, şafakla gelen sabahı karşılıyordu.

Ve ona karşılık verircesine uzaktan başka bir ses duyuldu. Borular, borular, borular. Karanlıkta Mindolluin'in yanlarında donuk donuk yankılandılar. Kuzey'in koca boruları deliler gibi üfleniyordu. Rohan gelmişti sonunda.

BÖLÜM V

ROHİRRİM'İN GELİŞİ

Hava karanlıktı ve Merry battaniyeye sarılmış bir halde yerde yatarken hiçbir şey görmüyordu; yine de gece havasız ve rüzgârsız olsa bile, etrafındaki bütün ağaçlar yavaş yavaş ah etmekteydi. Başını kaldırdı. Sonra yine o sesi duydu: Ormanlarla kaplı tepelerdeki ve dağ basamaklarındaki davulların belli belirsiz gelen sesiydi sanki. Titreşim aniden kesiliyor ve sonra belki de başka bir noktada yeniden başlıyordu; bazen daha yakın, bazen daha uzak. Nöbetçilerin bunu duyup duymadıklarını merak etti.

Merry onları göremiyordu ama etrafında Rohirrim bölüklerinin olduğunu biliyordu. Karanlıkta atların kokusunu alabiliyor, nöbet değişimlerini ve çam iğneleriyle kaplı yerdeki yumuşak ayak seslerini duyabiliyordu. Ordu, büyük Doğu Anórien yolunun yanında uzanan Druadan Ormanı'nın uzun sırtlarından ayrı ve yüksek bir tepe olarak yükselen Eilenach İşaretkulesi etrafında kümelenmiş çam ormanları içine geçici bir ordugâh kurmuştu.

Çok yorgun olmasına rağmen Merry uyuyamıyordu. Dört gündür kesintisiz at binmişti; durmadan koyulaşan karanlık da yavaş yavaş içini karartıyordu. Geride kalmak için kendisine gayet iyi bir gerekçe verildiği ve hatta beyinin emri olduğu halde, gelmek için neden bu kadar can atmış olduğunu merak etmeye başlamıştı. Aynı zamanda yaşlı Kral'ın emrine karşı gelindiğini bilip bilmediğini ve kızgın olup olmadığını merak etti. Belki de öyle olmamıştı. Saklımiğfer ile birlikte at sürdükleri atçanlara kumanda eden Elfmiğferi'nin arasında bir anlaşma var gibiydi. Hem o, hem de bütün adamları Merry'yi görmezlikten, konuştuğunda da duymazlıktan geliyorlardı. Sanki Saklımiğfer'in taşıdığı torbalardan biriydi o. Saklımiğfer de içini rahatlatmıyordu: Kimseyle konuşmuyordu hiç. Merry kendini küçücük, istenmeyen, yalnız biri gibi hissediyordu. Endişe zamanıydı ve ordu tehlike içindeydi. Minas Tirith'in kasaba topraklarını kuşatan dış surlarına bir günlük yolculuktan biraz az kalmıştı. Öncüler yollanmıştı. Kimi geri dönmedi. Diğerleri, yolun onlara karşı tutulmuş olduğu haberiyle geri geldi. Bir düşman ordusu, Amon Dîn'in üç mil batısında yolun üzerinde konaklamıştı ve insanlardan oluşan bir kuvvet yol boyunca ilerliyordu; uzaklıkları da üç fersahtan fazla değildi. Orklar yol kenarındaki tepelerde ve ormanlarda dolanıp duruyorlardı. Kral ile Éomer gece nöbeti sırasında bir toplantı yaptılar.

Merry konuşacak birini arıyordu; Pippin'i düşündü. Ama bu huzursuzluğunu arttırmaktan başka bir işe yaramadı. Zavallı Pippin, taştan koca şehir içine hapsolmuştu, yalnız ve korku içinde. Merry Éomer gibi uzun boylu bir Süvari olmuş olmayı diledi; boru falan üfleyebilmeyi ve Pippin'i kurtarmak için dört nala at sürebilmiş olmayı geçirdi içinden. Artık daha yakından gelen, tekrar çalmaya başlayan davulları dinleyerek doğrulup oturdu. Derken fısıldaşan sesler duydu ve ağaçlar arasından yarı örtülmüş, yarı aydınlık lambaların geçtiğini gördü. Yakındaki adamlar, karanlık içinde ne yapacaklarını bilemeden kıpırdanmaya başladılar.

O sırada tepesinde beliren uzun boylu bir şekil, ağaç köklerine küfretti. Merry, Komutan Elfmiğferi'nin sesini tanıdı.

"Ben ağaç kökü değilim Beyim," dedi Merry, "torba da değilim; incinmiş bir hobbitim sadece. Bir şey yapmak istiyorsanız en azından bana nelerin dönmekte olduğunu anlatabilirsiniz."

"Bu şeytani karanlıkta ne olabilirse o," diye cevap verdi Elfmiğferi. "Fakat beyim herkesin tetikte olmasını buyurdu: Ani bir hareket için bir buyruk gelebilir."

"O halde düşman geliyor mu?" diye sordu Merry endişeyle. "Bunlar onların davulları mı? Bunları kendi kendime hayal ediyorum diye düşünmeye başlamştım, kimse kulak asmadığı için."

"Yo, yo," dedi Elfmiğferi, "düşman yolda, tepelerde değil. Sen Wosları duyuyorsun, Ormanların Vahşi İnsanları'nı: Onlar böyle konuşurlar uzaktan uzağa kendi a.alarında. Hâlâ Druadan Ormanı'nda dolaştıkları söylenir. Az sayıdadırlar ve gizlenerek yaşarlar; hayvanlar gibi yabani ve ürkek, geçmiş bir zamanın kalıntılarıdırlar. Ne Gondor'la, ne de Yurt'la savaşa gitmezler; fakat şimdi karanlığın ve orkların gelişiyle tedirgin olmuşlar: Karanlık Yıllar'ın geri gelmesinden korkuyorlar, görünüşe göre de bu hiç uzak bir olasılık değil. Bizi avlamadıklarına şükredelim: Çünkü zehirli oklar kullandıkları söylenir ve eşi benzeri bulunmayan birer tahta ustasıdırlar. Théoden'e hizmet etmeyi önermişler. Şimdi, şu anda başlarından biri krala götürüldü. Öteden gidiyor ışıkları. Bu kadarını duydum, daha fazlasını değil. Şimdi beyimin buyruklarını yerine getirmem gerek. Kendini toparla Efendi Torba!" Gölgeler içinde kayboldu Elfmiğferi.

Merry vahşi insanlar ve zehirli oklar muhabbetini sevmedi ama bundan ayrı olarak üzerinde korkunun büyük bir yükü vardı. Beklemek dayanılmaz bir şeydi. Nelerin olacağını bilmeyi çok istiyordu. Ayağa kalktı, kısa bir süre sonra ağaçlar arasında kaybolmadan önce son lambanın peşinden gitmeye başladı.

Derken, büyük bir ağacın altına kral için kurulmuş küçük bir çadırın bulunduğu açık bir alana geldi. Üzeri örtülü, kocaman bir lamba bir dala asılmıştı ve altına soluk bir halka halinde ışık saçıyordu. Orada oturuyordu Théoden ile Éomer, önlerinde garip, tıknaz görünüşlü bir adam yere oturmuştu; tıpkı yaşlı bir taş gibi yamru yumruydu ve seyrek sakalı topak çenesinden kurumuş yosunlar gibi sarkıyordu. Kısa bacaklı, kalın kollu, tıknaz biriydi ve üzerinde sadece beline dolanmış otlar vardı. Merry'ye sanki onu daha önce bir yerlerde görmüş gibi geldi ve aniden Dunharrow'daki Koncoloslar geldi aklına. İşte o kadim suretlerden biri canlanmıştı; belki de çok öncelerin unutulmuş ustaları tarafından kullanılmış modellerin sonsuz yıllar arasından gelen gerçek soydaşlarından bir yaratıktı.

Merry yaklaşırken sessizlik vardı; sonra Vahşi İnsan konuşmaya başladı, bir soruya cevap veriyordu herhalde. Sesi derin ve gırtlaktan bir sesti; yine de Merry'yi hayretler içinde bırakarak Ortak Lisan'da konuştu; gerçi duraksaya duraksaya konuşuyordu ve konuşmasına bazı kaba sözcükler karışmıştı.

"Hayır At Adamlar'ın babası," dedi, "biz dövüşmezik. Avlarık sırf. Ormanda *gorgûn* öldürürük, ork halkından nefret ederik. Siz de *gorgûn*'dan nefret edersiz. Elden geldikçe yardım yaparık. Vahşi İnsanlar'ın uzun kulakları, uzun gözleri var; bütün patikaları bilir. Vahşi İnsanlar Taş Evler'den önce burda yaşardı, Uzun Boylu İnsanlar Su'dan çıkmadan önce."

"Ama bize, cenkte yardım gerek," dedi Éomer. "Siz ve halkınız bize nasıl yardım edeceksiniz?"

"Haber getiririk," dedi Vahşi İnsan. "Tepelerden bakarık. Büyük dağa tırmanır, aşağı bakarık. Taş Şehir kapalı. Orda dışarda ateşler yanıyor; içerde de. Oraya gitmek istiyor musunuz? O zaman çabuk olun. Ama *gorgûn* ve adamlar ta uzakta," kısa boğum boğum kolunu doğuya doğru salladı, "at yolu üzerinde oturur. Çok adam, At Adamlar'dan çok."

"Bunu nereden biliyorsun?" dedi Éomer.

Yaşlı adamın ablak yüzü ve kara gözleri bir şey belli etmedi ama sesi memnuniyetsizlikle huysuzlaşmıştı. "Vahşi İnsanlar vahşi, hür ama çocuk değil," diye cevap verdi. "Ben büyük başkan Ghân-buri-Ghân. Çok şey sayarım: Gökteki yıldızlar, ağaçlardaki yapraklar, karanlıkta insanlar. Yirmi kere yirmiyi on beş kere sayacak adamınız var. Onların daha çok var. Büyük dövüş; kim kazanacak? Sonra çok daha fazlası da Taş Evler'in surları etrafında yürüyor."

"Heyhat! Çok akıllıca konuşuyor," dedi Théoden. "Sonra bizim izcilerimiz de yol üzerine hendekler kazıp kazıklar koyduklarını söyledi. Onları ani bir saldırı ile süpürüp atamayız."

"Ama yine de çok acele etmemiz gerekiyor," dedi Éomer. "Mundburg yanıyor!"

"Bırak Ghân-buri-Ghân sözünü bitirsin!" dedi Vahşi İnsan. "Birden fazla yol biliyor. Sizi hiç çukur olmayan yollardan götürecek; hiç *gorgûn* yürümez orda, sırf Vahşi İnsanlar ve hayvanlar. Yolların çoğu Taş Ev Halkı daha güçlüyken yapılmış. Avcıların hayvan eti kestikleri gibi keserlerdi dağları. Vahşi İnsanlar onların taş yediklerini düşünür. Koca yük arabalarıyla Druadan'dan Rimmon'a giderlerdi. Artık gitmiyorlar. Unutuldu Yol, ama Vahşi İnsanlar unutmadı. Tepenin üzerinden ve gerisinden gider hâlâ, otların ve ağaçların altından; orada Rimmon gerisinde ve aşağıya Dîn'e sonra yeniden At Adamlar'ın yoluna döner. Vahşi İnsanlar size o yolu gösterecek. Sonra siz *gorgûn*'u öldürüp parlak demirle kötü karanlığı süreceksiniz ve Vahşi İnsanlar yine vahşi ormanlarda uyuyacak."

Éomer ile kral kendi dillerinde konuştular. Sonunda Théoden Vahşi İnsan'a döndü. "Önerinizi kabul edeceğiz," dedi. "Çünkü bir ordu düşmanı geride bıraksak da ne fark eder? Eğer Taş Şehir düşecek olursa, bizim de dönüşümüz olmaz. Eğer şehir kurtulursa o zaman ork ordularının kendiliğinden yolu kesilmiş olacak. Eğer sadık biriysen Ghân-buri-Ghân, o zaman sana zengin armağanlar veririz ve sonsuza kadar Yurt'un dostluğunu kazanırsın."

"Ölü adamlar yaşayanların dostu olamaz ve onlara armağan veremez," dedi Vahşi İnsan. "Ama eğer Karanlık'tan sonra yaşarsan Vahşi

İnsanlar'ı ormanlarda rahat bırak ve bir daha onları hayvan gibi avlama. Ghân-buri-Ghân seni tuzağa çekmeyecek. O kendi de At Adamlar'ın babasıyla birlikte gidecek; eğer sizi yanlış yere götürürse, onu öldürün."

"Öyle olsun!" dedi Théoden.

"Düşmanı aşıp yola dönmemiz ne kadar zaman alır?" diye sordu Éomer. "Yayan gitmemiz gerekecek eğer bize siz öncülük edecekseniz; sonra yolun dar olduğundan da kuşkum yok."

"Vahşi İnsanlar hızlı gider yayan," dedi Ghân. "Yol, oradaki Taşaraba Vadisi'nde dört atın gideceği kadar geniş. Vahşi İnsanlar buradan Dîn'e şafaktan akşama kadar yürür."

"O halde öncülere en az yedi saat vermeliyiz," dedi Éomer; "fakat herkes için bir on saati hesaba katmak gerekir. Gözden kaçan şeyler bizi oyalayabilir; ordumuzun hepsi yola dizilirse, tepelerden çıktığımızda onları yeniden düzene sokmak çok vakit alabilir. Şimdi saat kaç?"

"Kim bilir?" dedi Théoden. "Her yer gece şimdi."

"Her yan karanlık ama her yer gece değil daha," dedi Ghân. "Güneş çıktığında onu hissederiz, gizli olduğunda bile. Daha şimdiden Doğu dağlarından tırmanıyor. Gök tarlalarında günün açılış vakti."

"O zaman en kısa zamanda yola çıkmalıyız," dedi Éomer. "Öyle olsa bile Gondor'un yardımına bugün yetişmeyi ümit edemeyiz."

Merry daha fazla dinlemeyi gereksiz bulup, harekât için hazırlanmaya gitti. Bu çatışmadan önceki son safhaydı. Ona, çatışmadan pek fazla insan kurtulabilecek gibi gelmiyordu. Fakat Pippin'i ve Minas Tirith'teki alevleri düşününce kendi korkusunu bastırdı.

O gün her şey yolunda gitti; onları pusuya düşürecek düşmanın ne sesini, ne soluğunu duydular. Vahşi İnsanlar'ın dikkatli avcılarından bir bölük düşmana karşı siper vazifesi görmüştü, böylece ne orklar ne de dolaşan düşmanlar tepelerdeki hareketten haberdar olacaklardı. Onlar kuşatılmış şehre yaklaştıkça ışık gitgide daha da loşlaştı; Süvariler uzun sıralar halinde, insanların ve atların kara gölgeleri misali geçip gittiler. Her bölük bir vahşi orman adamı tarafından yönlendiriliyordu; fakat yaşlı Ghân kralın yanında yürüyordu. Harekete geçişleri umduklarından daha yavaş olmuştu çünkü bir yandan yürüyüp bir yandan atlarını çeken Süvariler'in, konakladıkları yerin gerisinde ve gizli Taşaraba Vadisi'ne inerken sık ağaçlı sırtlarda yollarını bulması zaman aldı. Öncüler, Amon Dîn'in doğu yakasının ardında uzanan ve dizi dizi tepeler arasında Nardol'dan Dîn'e, doğudan batıya uzanan büyük bir boşluğu örten geniş gri çalılıklara vardıklarında gün akşama kavuşuyordu. Çok önceleri bu boşluktan çoktan unutulmuş olan araba yolu geçiyordu ve tekrar, Şehir'den çıkıp Anórien'den geçen ana at yoluna bağlanıyordu; fakat artık, birçok insan nesli boyunca ağaçlar burada diledikleri gibi büyümüşler ve yol sayısız yılların yaprakları altında ufalanmış, gömülüp yok olmuştu. Yine de çalılıklar Süvariler'e, açık çatışmaya girmeden önce son bir gizlenme ümidi veriyorlardı; çünkü bunların doğusunda ve güneyinde kıvrım kıvrım tepelerin bir araya gelip, kale burçları gibi üst üste tırmanarak Mindolluin sırtlarının koca kütlelerini oluşturdukları çıplak ve kayalık tepeler vardı; ötelerinde ise Anduin yolu ve ovaları uzanıyordu.

Ön bölük durmuştu; diğerleri de Taşaraba Vadisi uçurumundan dizi dizi çıkarak etrafa yayıldılar ve gri ağaçlar altındaki kamp yerlerine geçtiler. Kral komutanları toplantıya çağırdı. Éomer, yolu kolaçan etsinler diye izciler yolladı; ama yaşlı Ghân başını salladı.

"At Adam yollamanın faydası yok," dedi. "Vahşi İnsanlar, kötü havada görülebilecek her şeyi gördü zaten. Biraz sonra gelip, bana burada anlatacaklar."

Komutanlar geldi; sonra ağaçlar arasından yaşlı Ghân'a, Merry'nin onları birbirinden ayıramayacağı kadar çok benzeyen, koncolos biçimli adamlar dikkatle çıktı. Garip, gırtlaktan gelen bir lisanla Ghân'a bir şeyler söylediler.

Ghân hemen krala döndü. "Vahşi İnsanlar çok şey söylüyor," dedi. "Önce, dikkatli olun! Hâlâ Dîn'in gerisinde kampta çok adam var, buradan bir saatlik yolda," kolunu batıya, kara işaret kulesine doğru salladı. "Fakat Taş Halk'ın yeni surları ile burası arasında görünürde bir şey yok. Surlarda çok faaliyet var. Surlar ayakta değil artık: Surları *gorgûn* yergürültüsüyle ve kara demirden sopalarla yıkmış. Dikkatli değillermiş, etraflarına bakmıyorlarmış. Arkadaşları bütün yolları koruyor sanıyorlarmış!" Sonra Ghân garip, gargara yapar gibi bir ses çıkardı; sanki gülüyor gibiydi.

"Güzel haberler!" diye haykırdı Éomer. "Bu karanlıkta bile ümit yeniden pırıldıyor. Düşmanımızın tertipleri onun elinde olmadan bizim işimize yarıyor. Bu lanet olası karanlık bile bizim için bir örtü oldu. Ve şimdi de, Gondor'u harap etme ve taş taş üstünde bırakmama arzusu içindeki orklar, benim en büyük korkumu da ortadan kaldırmış oldular. Dış surlar uzun süre bize karşı dayanabilirdi. Şimdi esip geçebileceğiz – eğer o kadar ileriye gidebilirsek."

"Bir kez daha sana teşekkür ederim ormanın Ghân-buri-Ghân'ı," dedi Théoden. "Hem getirdiğin haberler, hem de ettiğin kılavuzluk için bahtın hep açık olsun!"

"Öldürün *gorgûn*'u! Öldürün ork halkını! Başka hiçbir söz Vahşi İnsanlar'ı mutlu edemez," diye cevap verdi Ghân. "Kötü havayı ve karanlığı parlak demirle kovun gitsin!"

"Bunları yapabilmek için sürdük atlarımızı bunca ırak yola," dedi kral, "kalkıştığımız şey bu. Fakat neler başarabileceğimizi sadece yarın gösterecek bize."

Ghân-buri-Ghân yere çömelip, diken diken kaşlarını toprağa değdirdi, veda ettiğinin bir göstergesi olarak. Sonra, ayrılmak istercesine ayağa kalktı. Fakat aniden, değişik bir havayı koklayan bir orman hayvanıymış gibi şaşaladı. Gözlerine bir ışık geldi.

"Rüzgâr değişiyor!" diye bağırdı; ve bununla birlikte sanki göz açıp kapayıncaya kadar hem o, hem de arkadaşları, bir daha Rohan Süvarileri tarafından görülmemek üzere karanlıklar içinde kayboldular. Çok geçmeden uzakta doğu tarafında davullar yeniden uzaktan uzağa gümbürdedi. Yine de ordunun içinde kimsenin gönlüne, garip ve sevimsiz görünüşlü olsalar da Vahşi İnsanlar'ın onlara ihanet edecekleri korkusu düşmedi.

"Artık kılavuza ihtiyacımız yok," dedi Elfmiğferi; "çünkü ordunun içinde barış günlerinde Mundburg'a at sürmüş olanlar var. Ben bunlardan biriyim. Yola vardığımızda, yol güneye doğru yön değiştirip kasaba topraklarının surlarına varmadan yedi fersah daha önümüzde uzanacak. O yolun büyük bir bölümünde, yolun her iki yanında da bol bol çimenlik vardır. Gondor'un ulakları, en büyük hızlarını bu uzantıda yapmayı hesaplarlar. Bu mesafeyi büyük bir gürültü koparmadan çabucak aşabiliriz."

"O halde, madem kötü olaylar bekliyoruz ve bütün gücümüze ihtiyacımız var," dedi Éomer, "şimdi dinlenip buradan gece ayrılmamızı, böylece gidişimizi yarın hava aydınlanacağı kadar aydınlandığında ya da beyimiz bize işaret ettiğinde varacak şekilde ayarlamamızı öneririm."

Kral buna rıza gösterdi ve komutanlar ayrıldı. Fakat kısa bir süre sonra Elfmiğferi geri döndü. "İzciler gri ormanın gerisinde rapor edecek bir şey bulamamışlar beyim," dedi, "iki adamdan gayri: İki ölü adam ve iki ölü at."

"Ee?" dedi Éomer. "Ne olmuş?"

"Şu beyim: Bunlar Gondor'un ulaklarıymış; biri Hirgon olabilir. En azından elinde hâlâ Kızıl Ok varmış ama kafası kesilmiş. Ve bir şey daha var: İşaretlere göre öldürüldüklerinde batı yönüne doğru kaçıyorlarmış. Okuyabildiğim kadarıyla düşmanı daha o zaman dış surda bulmuşlar, ya da geri döndüklerinde surlara saldırırken – bu da iki gece önce anlamına gelir, eğer âdetleri olduğu üzere askeri menzillerdeki atları kullanmışlarsa. Şehir'e varıp geri dönmüş olamazlar."

"Eyvah!" dedi Théoden. "O halde Denethor bizim gelişimizi haber almamış; gelmemizden ümidi kesmiş olabilir."

"*Sıkışanın gecikmeye tahammülü olmaz ama hiç yoktansa geç olması yeğdir,*" dedi Éomer. "Sonra belki de bu dar zamanda, insanlar ağızlarıyla konuşmaya başlayalı beri kullandıkları bu eski atasözünün doğruluğu ilk defa tam anlamıyla ortaya çıkacaktır."

Geceydi. Rohan ordusu yolun iki yanında da yavaş yavaş ilerliyordu. Mindolluin'in eteklerinden geçen yol artık güneye doğru dönüyordu. Uzakta, neredeyse tam önlerinde kara gökyüzünün altında al al bir ışıltı vardı ve koca dağın yamaçları bunun önünde kapkara yükseliyordu. Pelennor'un Rammas'larına yaklaşıyorlardı; ama gün henüz gelmemişti.

Kral önden giden bölüğün ortasında sürüyordu atını, etrafında hanedanından adamlarla. Elfmiğferi'nin atçanları onları izliyordu; Merry Saklımiğfer'in artık yerini terk ettiğini ve sonunda tam kralın muhafızlarının arkasına varıncaya kadar karanlıkta durmadan ileri gittiğini fark etti. Aniden durdular. Merry önünde, insanların fısıltıyla konuştuklarını duydu. Neredeyse surlara kadar gitmiş olan öncüler geri dönmüştü. Krala gittiler.

"Çok büyük yangınlar var beyim," dedi bir tanesi. "Şehir olduğu gibi alevler içinde ve tarlalar düşmanlarla dolu. Fakat hepsi saldırıya gitmiş. Tahmin edebildiğimiz kadarıyla dış surlarda çok az düşman bırakılmış; onlar da hiçbir şeyi umursamıyor, etrafı yakıp yıkmakla meşgul."

"Vahşi İnsan'ın sözlerini hatırlıyor musun beyim?" dedi bir başkası. "Barış günlerinde ben açık bozkırlarda yaşardım; adım Widfara' dır; hava bana da haberler taşır. Daha şimdiden dönmeye başladı rüzgâr. Güney'den taze bir nefes geliyor; içinde denizin yosun kokusu var, belli belirsiz de olsa. Sabah yeni şeyler getirecek. Siz surları geçtiğinizde bu fena kokunun üzerinde şafak sökecek."

"Eğer doğruyu söylüyorsan Widfara, bugünlerin gerisindeki yıllarda huzur içinde yaşayasın!" dedi Théoden. Yakınında olan hanedan mensuplarına dönerek, ilk atçanlar arasından da birçok kişinin duyabileceği şekilde net bir sesle konuştu:

"Artık zamanı geldi Yurt'un Süvarileri, Eorloğulları! Önünüzde düşman ve ateş var; yurtlarınız ise ırak, geride. Yine de, ellerin cephesinde cenk etseniz de, orada semeresini göreceğiniz zafer sonsuza kadar sizin olacaktır. And içtiniz: Şimdi yerine getirin bunları beyiniz, toprağınız ve dostluğun birliği adına!"

Adamlar mızraklarını kalkanlarına vurdular.

"Éomer, oğlum! Sen ilk atçanları yönet," dedi Théoden; "onlar kralın sancağı arkasından, tam ortadan gidecek. Elfmiğferi sen, surları geçtikten sonra bölüğünü sağa yönelt. Grimbold kendi bölüğünü sola götürsün. Geriden gelen bölükler de bu üç bölüğü izlesinler ellerinden geldiğince. Düşman nerede toplaşırsa orayı vurun. Başka planlar yapamayız, çünkü henüz cephede neler olduğunu bilmiyoruz. Şimdi ileri; karanlıktan korkayım demeyin!"

Önü çeken bölüktekiler ellerinden geldiğince hızla sürdüler atlarını çünkü Widfara önceden ne hissederse hissetsin ortalık hâlâ zifiri karanlıktı. Merry atta, Saklımiğfer'in arkasındaydı, sol eliyle tutunmaya çalışırken sağ eliyle de kını içindeki kılıcını kurtarmaya çalışıyordu. Şimdi yaşlı kralın sözlerinin doğruluğunu acı acı hissediyordu: *Öyle bir savaşta sen ne yapacaksın Meriadoc?* "Sadece bunu," diye düşündü: "Bir atlıya yük olacağım ve en iyi şartlarda, dörtnala giden atların ayakları altında ezilmeden oturduğum yerde oturmayı ümit edeceğim!"

Dış surların olduğu yere bir fersah kadar kalmıştı. Kısa bir süre sonra surlara vardılar; Merry için çok kısa bir süre olmuştu bu. Vahşi çığlıklar koptu, silahların şangırtısı duyuldu ama çok kısa sürdü. Surlarda eyleşen orklar hem azdı, hem de şaşırmışlardı; çabucak öldürüldüler veya savuşturuldular. Rammas'ın kuzey kapısının yıkıntılarının önünde kral bir kez daha durdu. İlk atçan grubu kralın arkasına ve her iki yanına yaklaştı. Elfmiğferi'nin bölüğü sağ tarafta olduğu halde Saklımiğfer krala yakın bir yerde durdu. Grimbold'un adamları yana dönerek, surların doğu tarafında biraz uzaktaki bir yarıktan dolanıp girdi.

Merry Saklımiğfer'in arkasından bakıyordu. Çok uzakta, belki on mil, belki daha uzak bir mesafede büyük bir yangın vardı fakat bu yangın ile Süvariler arasında, en yakın noktası bir fersahtan daha uzak olan bir mesafede geniş bir yarım ay şeklinde alevler yükseliyordu. Karanlık cephede bir şeyler daha seçebiliyordu ama yine de ne sabahın umudunu görebilmiş, ne de, ister değişmiş olsun ister değişmemiş, bir rüzgâr hissedebilmişti.

Artık Rohan ordusu sessizce Gondor cephesinde ilerliyor, aynı insanların güvenli zannettikleri bir bentin gediklerinden geçip kabaran bir sel gibi yavaş yavaş ama muntazaman akıyordu. Fakat Kara Komutan'ın bütün aklı ve iradesi tamamen düşmekte olan şehre eğilmişti ve henüz ona planlarında bir çatlak olduğuna dair ikazda bulunan bir haber ulaşmamıştı.

Bir süre sonra kral adamlarını biraz doğuya doğru yönlendirdi, kuşatmanın ateşleri arasına ve dış cephesine gidebilmek için. Hâlâ onlara meydan okuyan olmamıştı ve hâlâ Théoden bir işaret vermemişti. Sonunda bir kez daha durdu. Şehir artık daha da yakındaydı. Havada bir yanık kokusu ve ölümün ağır gölgesi vardı. Atlar huzursuzlandı. Fakat kral Karyele üzerine oturmuş, hareketsiz, Minas Tirith'in can çekişmesini seyrediyordu; aniden büyük bir kedere veya korkuya kapılmış gibi. Sanki büzülmüş, yaşlanıp küçülmüştü. Merry de üzerine dehşet ve kuşkunun büyük ağırlığının çöktüğünü hissetti. Kalp atışları yavaşlamıştı. Zaman sanki tereddütle asılı kalmıştı. Çok geç kalmışlardı! Çok geç kalmış olmak, hiç olmamasından da kötüydü! Belki de Théoden yılacak, yaşlı başını eğecek ve tepelerde saklanmak için sıvışacaktı.

Sonra aniden Merry de, nihayet, kuşku duymayacak biçimde hissetti: Bir değişim. Rüzgâr yüzünü okşuyordu! Işık pırıldıyordu. Çok, çok uzakta, Güney'de yuvarlanan, sürüklenen bulutlar, ırak gri suretler şeklinde belli belirsiz görülüyorlardı: Sabah bunların gerisinde uzanıyordu.

Fakat aynı anda bir şimşek çaktı, sanki Şehir'in altındaki topraktan bir yıldırım yükselmiş gibi. Kör edici bir an için, uzakta siyah ve beyaz, göz kamaştırarak durdu, en uç noktası pırıldayan bir iğne gibi yükseldi; sonra karanlık yeniden kapanırken, tarlaların üzerinden koca bir bum sesi koptu.

Bu sesle kralın bükülmüş sureti aniden doğruldu. Yeniden uzun boylu ve mağrur görünüyordu; üzengileri üzerinde doğrularak yüksek bir sesle bağırdı, orada bulunanların ölümlü bir adamdan daha önce duymadıkları bir berraklıkla:

Uyanın, uyanın, Théoden'in Süvarileri!
Kötülükler kapımızda: Ateş ve katliam!
Mızrak savrulacak, kalkan parçalanacak,
kılıç günü geldi, kızıl gün geldi daha güneş doğmadan!
Sürün atlarınızı, sürün! Haydi Gondor'a!

Bu sözlerle birlikte sancaktarı Guthláf'tan büyük bir boru aldı ve ona öyle büyük bir güçle üfledi ki boru parçalara ayrıldı. Ve derhal, ordudaki bütün borular birlikte kaldırılıp şakıdılar; o anda Rohan'ın borularının üflenmesi ovada bir fırtına, dağlarda bir gök gürültüsü gibiydi.

Sürün atlarınızı, sürün! Haydi Gondor'a!

Kral aniden Karyele'ye seslendi ve at ok gibi ileri fırladı. Arkasından sancağı, yani yeşil ovadaki beyaz atlı bayrak havada dalgalandı fakat kral onu geride bıraktı. Arkasından hanedanının süvarileri şimşek gibi çaktı ama kral hep onlardan çok ilerdeydi. Éomer önden gidiyordu, miğferindeki beyaz atkuyruğu hızından uçuyordu; atçanların öndeki ilk bölümü sahilde patlayan köpük köpük dalga gibi kükredi ama Théoden'e yetişemiyordu. Delirmiş gibiydi adeta; ya da babalarının cenk çılgınlığı damarlarında akmaya başlamıştı; Karyele'nin üzerinde eskilerin tanrıları gibi duruyordu, tıpkı dünya daha gençken olan Valar savaşındaki Muhteşem Orome gibi. Altın kalkanı ortaya çıkmıştı ve o da nesi! Güneş'in sureti gibi parlıyor, çimenler küheylanının ak ayaklarında yeşil alevler oluşturuyorlardı. Çünkü sabah ermişti, denizden gelen yel ve sabah erişmişti; karanlık geri çekilmişti; Mordor'un orduları ağlaşıyordu, dehşet sarmıştı her yanlarını; kaçtılar ve öldüler, hiddetin nalları üzerlerinden geçti. Sonra bütün Rohan ordusu bir şarkıya başladı, bir yandan biçtiler, bir yandan şarkı söylediler çünkü cengin keyfini çıkartıyorlardı; zarif ve korkunç olan şarkılarının sesi Şehir'e bile varmıştı.

BÖLÜM VI

PELENNOR ÇAYIRLARI SAVAŞI

Fakat Gondor'a yapılan saldırıyı yöneten ne bir ork komutanıydı ne de bir eşkiya. Karanlık çok erken bölünmeye başlamıştı, Efendisi'nin tayin ettiği tarihten daha önce: O an için talih ihanet etmiş, dünya karşı gelmişti; tam elini uzatmış tutacaktı ki zafer elleri arasından kayıp gidivermişti. Ama onun kolu uzundu. Hâlâ komuta ondaydı, büyük güçleri kullanıyordu. Kral, Yüzüktayfı, Nazgûl Efendisi olarak bir sürü silahı vardı. Cümlekapısı'nı bırakarak gözden yok oldu.

Yurt'un Kralı Théoden, Cümlekapısı'ndan Nehir'e uzanan yola varmış, Şehir'e doğru dönmüştü ve artık şehirden bir mil kadar uzaktaydı. Hızını biraz azaltmış yeni düşmanlar arıyordu; silahşörleri etrafına toplandı; Saklımiğfer bunların arasındaydı. İlerde, surlara daha yakın yerlerde Elfmiğferi'nin adamları muhasara aletlerinin arasında düşmanlarını ateş çukurlarının içine doğru biçiyor, kesiyor, sürüyordu. Hemen hemen Pelennor'un bütün kuzey yarısı istila edilmiş, kamplar ateşe verilmişti, orklar avcıların önündeki sürüler gibi Nehir'e doğru kaçıyorlardı; Rohirrim ise, gönüllerinin dilediğince bir o yana, bir bu yana gidiyordu. Fakat henüz kuşatmayı alaşağı edememiş, Cümlekapısı'na ulaşamamışlardı. Kapının önünde çok düşman vardı; üstelik ovanın diğer yarısında henüz dövüşülmemiş ordular bulunuyordu. Güneyde, yolun gerisinde Haradrim'in ana gücü bulunuyordu ve burada onların atlıları kendi başkanlarının sancağı altında toplanmıştı. Başkanları baktı ve artmakta olan ışıkta kralın sancağını gördü; sancak az ilerideydi ve etrafında az sayıda adam vardı. Bunun üzerine kızıl bir öfkeyle yüksek sesle haykırdı, al üzerine kara yılan olan sancağını göstererek bir yığın adamıyla yeşil üzerindeki ak atın üzerine geldi; Güneyliler'in palalarını çekişi yıldızların pırıltılarını andırmıştı.

Sonra Théoden onun farkına vardı; saldırısını beklemeden Karyele'ye seslenerek dosdoğru onu karşılamak için hücum etti. Karşılaşmalarının gürültüsü muazzam oldu. Fakat Kuzeyliler'in ak şiddeti daha bir yanıyordu; üstelik uzun mızraklarıyla gösterdikleri hüner daha fazla ve daha acımasızdı. Daha azdılar ama Güneyliler arasından ormandaki ateş topu gibi yarıp geçtiler. Kuşatmanın ortasından dalıp geçti Thengel oğlu Théoden; başkanlarını yere sererken mızrağı titremişti. Savruluverdi kılıcı ve sancağa doğru mahmuzladı atını, gönderi ve sancaktarı biçti; kara yılan düştü. O zaman öldürülmeden bırakılmış olan süvarilerin hepsi dönerek uzaklara kaçtı.

Fakat o da ne! Aniden haşmetinin tam ortasında kralın altın kalkanı karardı. Yeni doğan sabaha gökyüzünden bir leke düştü. Etrafına karanlık çöktü. Atlar gerileyerek kişnedi. Eyerlerinden yere düşen adamlar yerde süründüler.

"Buraya! Buraya!" diye bağırdı Théoden. "Kalkın Eorloğulları! Korkmayın karanlıktan!" Fakat dehşetle çıldıran Karyele şaha kalktı, boşluğa tekmeler savurup büyük bir çığlıkla yana düştü: Kara bir ok delip geçmişti onu. Kral atın altında kaldı.

Koca gölge, düşen bir bulut gibi alçaldı. Ve bakın hele! bu kanatlı bir yaratıktı: Eğer bir kuş idiyse, o zaman bütün diğer kuşlardan daha büyük ve çıplaktı, ne tüyü ne dikeni vardı ve geniş kanatları da boynuzlu parmaklar arasına gerilmiş deriden ağlara benziyordu; çok pis kokuyordu. Belki de daha eski bir dünyanın yaratığıydı; cinsi Ay'ın altında unutulmuş soğuk dağlarda eyleşmiş, bu günlere kadar gelebilmiş ve iğrenç yuvasında, şerre meyilli bu zamansız son yavrusunu yetiştirmişti. Karanlıklar Efendisi onu almış, sonunda uçan bütün diğer şeylerin çok ötesinde büyüyünceye kadar kötü etlerle beslemişti; sonra da onu hizmetkârlarına binek olarak vermişti. Alçaldı, alçaldı, sonra parmaklı ağını katlayarak çatlak bir çığlık attı, Karyele'nin bedeni üzerine kondu, pençelerini batırıp uzun ve çıplak boynunu uzattı.

Üzerinde bir şekil oturuyordu, siyah pelerinli, kocaman ve tehditkâr. Çelikten bir taç taşıyordu fakat cübbesiyle, tacın kenarı arasında, gözlerinin ölümcül pırıltısından başka hiçbir şey görünmüyordu: Nazgûl Efendisi. Havaya dönmüş, karanlık bozulmadan önce bineğini çağırmış ve sonra tekrar geri dönmüştü, etrafa felaket saçarak, ümidi ümitsizliğe, zaferi ölüme çevirerek. Kocaman kara bir topuz kullanıyordu.

Fakat Théoden tamamen yüzüstü bırakılmamıştı. Hanedanından

olan silahşörler ya etrafında katledilmiş olarak yatıyordu ya da çıldıran küheylanları gemi azıya alıp onları uzaklara taşımışlardı. Yine de hâlâ orada duran biri vardı: Genç Saklımiğfer, sadakati korkusuna baskın çıkmış, ağlıyordu çünkü beyini babası gibi severdi. Bütün saldırı boyunca Merry onun arkasında hiç yaralanmadan taşınmıştı, ta ki Gölge gelinceye kadar; o zaman Yeltay içine düştüğü dehşetle onları atmış şimdi de ovada deliler gibi koşturuyordu. Merry afallamış bir hayvan gibi emeklemeye başladı; üzerinde öyle büyük bir dehşet vardı ki etrafı göremiyor, midesi bulanıyordu.

"Kralın adamı! Kralın adamı!" diye haykırıyordu içerden kalbi. "Onun yanında kalmalısın. Sizi babam sayıyorum, demiştin ona." Fakat iradesi hiç cevap vermedi, bedeni titredi. Gözlerini açıp, yukarı bakmaya cesaret edemedi.

Sonra aklına düşmüş karanlığın arasından Saklımiğfer'in sesini duyduğunu sandı; ama o anda ses bir tuhaf gelmişti, tanıdığı başka bir sesi çağrıştırıyordu.

"Yıkıl karşımdan leş kargalarının başı, iğrenç yaratık! Ölüleri rahat bırak!"

Soğuk bir ses cevap verdi: "Nazgûl ile avının arasına girme! Yoksa seni sıran geldiğinde öldürmem. Alır, bütün karanlıkların gerisinde etlerinin yenip bitirileceği, kuruyarak büzüşen aklının Kapaksız Göz önünde çıplak bırakılacağı feryat evlerine taşırım."

Bir kılıç şakırdadı kınından çekilirken. "Ne istersen onu yap; ama buna engel olacağım eğer elimden gelirse."

"Engel olmak mı? Seni ahmak seni. Hiçbir ölümlü adam bana engel olamaz!"

Sonra Merry, o saatte duyduğu seslerin en garibini duydu. Sanki Saklımiğfer gülüyordu; berrak sesi çeliğin şakırtısı gibiydi. "Ama adam değilim ki ben! Karşında bir kadın var! Éomund'un kızı Éowyn' im ben. Sen benim ile beyim, hısmım arasında duruyorsun. Yıkıl, eğer ölümsüz değilsen! Yoksa canlı da olsan, kara bir ölmemiş de olsan biçerim seni, eğer ona dokunursan."

Kanatlı yaratık kıza doğru bir çığlık attı ama Yüzüktayfı hiç cevap vermedi; sessizdi, sanki ani bir kuşku duyarmış gibi. Bir an için hayretin ta kendisi baskın çıktı Merry'nin korkusuna. Gözlerini açtı ve birden karanlık kalkıverdi gözleri üzerinden. Orada, ondan birkaç adım ileride koca hayvan oturuyordu ve etrafındaki her şey karanlık gibiydi; üzerinde Nazgûl Efendisi ümitsizliğin gölgesi gibi yükseliyordu. Biraz sol tarafta, yüzü onlara dönük Merry'nin Saklımiğfer dediği kişi duruyordu. Fakat kendini gizlediği miğfer düşmüştü başından; bağından kurtulmuş parlak saçları soluk altın ışıltısıyla omuzlarında pırıldıyordu. Deniz gibi gri olan gözleri sert ve insafsızdı; yine de yanaklarında gözyaşları vardı. Elinde bir kılıç vardı; kalkanını düşmanının gözlerinin dehşetine karşı kaldırmıştı.

Éowyn idi bu; hem de Saklımiğfer. Çünkü Merry'nin aklında, Dunharrow'dan ayrılırken gördüğü yüzün anısı şimşek gibi çaktı: Hiç umudu olmadan, ölümü aramaya giden birinin yüzü. Gönlünü acıma duygusu ve büyük bir merak aldı ve aniden soyunun o yavaş tutuşan cesareti uyandı. Ellerini sıktı. Bu kadar zarif, bu kadar umutsuz olan bu kız ölmemeliydi! En azından tek başına, yardım görmeden ölmeyecekti.

Düşmanın yüzü ona dönük değildi ama o hâlâ, ya o ölümcül gözler üzerine düşerse korkusuyla hareket etmeye pek cesaret edemiyordu. Yavaş yavaş yan tarafa doğru emeklemeye başladı; fakat kuşku ve garazla tüm dikkatini önünde duran kadına vermiş olan Kara Komutan, ona çamur içinde debelenen bir solucandan fazla bir önem vermedi.

Aniden koca hayvan iğrenç kanatlarını çırptı; yarattıkları rüzgâr pis kokuluydu. Tekrar havaya sıçradı ve sonra hızla, çığlık atarak gagası ve pençeleriyle saldırarak Éowyn'in üzerine inmeye başladı.

Yine de ürkmedi Rohirrim'in kızı, kralların çocuğu, ince ama çelik bir bıçak gibi, zarif ama korkunç Éowyn. Hızla bir darbe indirdi, ustaca ve ölümcül. Uzanmış boynu ikiye ayırdı ve kesilen kelle bir taş gibi düştü. Koskoca şekil çarpıp yıkılırken geriye doğru sıçradı, geniş kanatlar gerildi; toprağa çöktü; onun düşüşüyle gölge geçip gitti. Kızın etrafına ışıklar döküldü ve saçı güneş ışığında parladı.

Yıkıntı içinden Kara Süvari uzun boyuyla doğruldu, tehdit edercesine, kızın üzerinde yükseldi. Kulakları zehirin kendisiymişçesine ısıran bir nefret haykırışıyla topuzunu indirdi. Kızın kalkanı bin parçaya bölündü, kolu da kırılmıştı; tökezlenip dizleri üzerine düştü. Kara Süvari üzerine bir bulut gibi eğildi, gözleri pırıldıyordu; topuzunu öldürmek için kaldırdı.

Fakat aniden o da can acısından bağırarak ileriye doğru tökezledi; darbesi boşa gitti ve yere savruldu. Merry'nin kılıcı onu arkadan vurmuştu, kara pelerinini yırtıp zırhlı yeleğinin altına girerek o koca dizinin arkasındaki kirişi parçalamıştı.

"Éowyn! Éowyn!" diye bağırdı Merry. Kız sendeleyerek, bütün

çabasıyla ve son gücüyle kılıcını taç ile pelerin arasına indirdi, o koca omuzlar önünde eğilmişken. Kılıç kıvılcımlar saçarak paramparça oldu. Taç, bir takırtıyla yuvarlandı gitti. Éowyn öne, düşmanının üzerine devrildi. Ama o da ne! Pelerin ve zırhlı yelek boştu. Artık biçimsizce yırtılmış ve atılmış bir halde uzanıyordu yerde; derken tüyler ürpertici bir çığlık yükseldi, tiz bir uluma sesi halinde azalarak rüzgârla birlikte geçip gitti; ölüp giden bedensiz, ince ses yutulup yok oldu ve bu dünyanın o çağında bir daha da hiç duyulmadı...

Oracıkta, ölenlerin ortasında duruyordu hobbit Meriadoc, gün ışığındaki bir baykuş gibi gözlerini kırpıştıra kırpıştıra, çünkü gözyaşları kör etmişti onu; buğular arasından, orada uzanmış hiç kıpırdamadan yatmakta olan Éowyn'in zarif saçlarına baktı; sonra zaferinin tam ortasında düşmüş olan kralın yüzüne de baktı. Çünkü Karyele can çekişirken yuvarlanarak kralın üzerinden kalkmıştı; ama yine de sahibinin felaketine neden olmuştu.

Bunun üzerine Merry eğilerek öpmek için kralın elini kaldırdı ve o da ne! Théoden gözlerini açtı; gözleri berraktı ve zorlanarak da olsa sakin bir sesle konuştu.

"Elveda Efendi Holbitla!" dedi. "Bedenim kırıldı. Atalarıma gidiyorum. Ve artık, onların o kudretli topluluklarında bile utanmayacağım. Kara yılanı düşürdüm. Ümitsiz bir sabah, mutlu bir gün ve altın bir gün batımı!"

Merry konuşamadı, yine gözyaşlarına boğulmuştu. "Affet beni beyim," dedi sonunda, "emirlerine uymadıysam ve seninle ayrılırken ağlamaktan başka bir hizmet sunamadıysam sana..."

Yaşlı kral gülümsedi. "Üzülme! Affedildin. Yürekli kişilere dizgin vurulamaz. Artık kutlu bir yaşamın olsun; ağzında piponla huzur içinde otururken beni hatırla! Artık seninle Tekev'de oturamayacağım söz vermiş olduğum gibi, veya senin ot bilimini dinleyemeyeceğim." Gözlerini kapattı, Merry onun yanında boynunu eğerek selama durdu. Sonra kral yeniden konuştu. "Éomer nerede? Çünkü gözlerim kararıyor, gitmeden önce onu görmek isterim. Benden sonra kral o olmalı. Sonra Éowyn'e de haber yollamak istiyorum. O, benim ondan ayrılmamı istememişti, artık onu göremeyeceğim, benim için kızımdan da üstündü."

"Beyim, beyim," diye başladı Merry kekeleyerek, "o..." fakat tam o anda büyük bir gürültü koptu; etraflarında borular, borazanlar ötüp duruyordu. Merry etrafına bakındı: Savaşı ve yanındaki bütün dünyayı unutmuştu; aslında kısacık bir süre önce olduğu halde kralın düştüğü yere atını süreli saatler geçmiş gibi geliyordu ona. Fakat şimdi, çok yakında başlayacak büyük bir çarpışmanın tam ortasında yakalanma tehlikesi içinde olduklarını gördü.

Düşmanın yeni güçleri Nehir'deki yoldan büyük bir hızla ilerliyor, surların altından da Morgul alayları geliyordu; güney yönünden önde atlılar, arkada piyadeler Harad'lılar geliyor, bunların arkasında da üzerlerinde savaş kuleleriyle *mûmak*'ların koca sırtları yükseliyordu. Fakat kuzeyden Éomer'ın ak sorgucu, tekrar bir araya getirip kumanda ettiği koca Rohirrim cephesinin başını çekiyordu; Şehir'deki bütün insan gücü dışarı çıkmıştı, Dol Amroth'un gümüş kuğusu öncüler tarafından taşınıyor ve düşmanı Cümlekapısı'ndan sürüyordu.

Bir an için şu düşünce Merry'nin aklından süzülüp geçti: "Gandalf nerede? Burada değil mi? Kralı ve Éowyn'i kurtaramaz mıydı?" Fakat tam o sırada Éomer aceleyle sürdü atını; yanında hanedandan hayatta kalan silahşörler de vardı ve artık atlarına hâkim olabiliyorlardı. Kötü hayvanın orada yatan leşine hayretle bakakaldılar; küheylanları yakınına gitmiyordu. Fakat Éomer eyerinden atladı; kralın yanına gelip sessizce durduğunda üzerine bir keder ve yeis çökmüştü.

Sonra silahşörlerden biri kralın sancağını orada ölmüş yatan bayraktar Guthláf'ın elinden alarak havaya kaldırdı. Théoden gözlerini yavaş yavaş açtı. Sancağı görerek onun Éomer'e verilmesi gerektiğini anlattı işaretle.

"Selam sana Yurt'un Kralı!" dedi. "Şimdi zafere sür atını! Éowyn'e benim için veda et!" Ve böylece öldü, Éowyn'in yanında yatmakta olduğunu bilmeden. Yakında olanlar ağlamaya başladılar şöyle haykırarak: "Théoden Kral! Théoden Kral!"

Fakat Éomer onlara şöyle dedi:

Yas tutmayın çok! Kudretliydi ölen,
şanına yakışır oldu sonu. Höyüğü yükseldiğinde
ağlayacak kadınlar ardından. Şimdi cenk çağırıyor bizi!

Yine de kendisi de ağlıyordu konuşurken. "Silahşörleri burada kalsın," dedi, "ve çatışma üzerinden geçmesin diye bedenini şan ile alandan taşısınlar! Evet, burada yatan kralın diğer adamlarını da." Katledilmiş olanlara baktı isimlerini bir bir sayarak. Sonra aniden kızkardeşi Éowyn'i gördü yattığı yerde, onu tanıdı. Bir an için, tam haykıracakken bir ok ile kalbi parçalanan bir adam gibi durdu; sonra yüzü ölü gibi bembeyaz kesildi; içinde soğuk bir hiddet yükseldi, öyle ki bir süre istese de konuşamadı. Üzerine cin çarpmış gibi bir hal geldi.

"Éowyn, Éowyn!" diye bağırdı en sonunda. "Éowyn nasıl vardın buraya? Bu ne biçim bir delilik, ne biçim bir şeytanlık? Ölüm, ölüm, ölüm! Ölüm alsın hepimizi!"

Sonra kimseye danışmadan, Şehir'den gelen adamların yaklaşmasını beklemeden düşmanlarının koca ordusunun ön cephesine dosdoğru mahmuzladı atını ve saldırının başlaması için yüksek sesle haykırdı. Savaş alanının üzerinde berrak sesi gümbürdetti çağrısını: "Ölüm! Sürün, sürün atlarınızı yıkıma ve dünyanın sonuna!"

Bununla birlikte ordu harekete geçti. Fakat Rohirrim artık şarkı söylemiyordu. Tek bir sesle, olanca güçleriyle, korkunç bir biçimde *Ölüm!* diye haykırıyorlardı; savaş büyük bir akıntı gibi hız kazanarak göçmüş krallarının etrafından toparlanıp geçti ve güneye doğru gürledi.

Ve hobbit Meriadoc hâlâ orada durmuş, gözyaşları arasında gözlerini kırpıştırıyordu; kimse onunla konuşmamıştı; aslında ona kulak asan yok gibiydi. Gözyaşlarını aceleyle silerek Éowyn'in ona vermiş olduğu yeşil kalkanı almak için eğildi; kalkanı arkasına astı. Sonra elinden düşen kılıcına bakındı; çünkü darbesini indirirken kolu uyuşmuştu ve artık sadece sol elini kullanabiliyordu. Ama o da ne! Silahı orada duruyordu da keskin kısmı ateşe sürülmüş kuru bir dal gibi tütüyordu; o bakarken kılıç büzüştü, büzüştü ve yok oldu.

Böyle yok olup gitti Höyük Yaylaları'nın kılıcı, Batıelli'lerin eseri. Ama kılıcın kaderini, Dúnedain henüz gençken ve düşmanlarının en belli başlı korkuları Angmar diyarı ile bu diyarın büyücü kralı olduğu zamanlarda, Kuzey Krallığı'nda uzun süre önce yavaş yavaş yapmış olan kişi bileydi, mutlu olurdu. Başka hiçbir kılıç, isterse çok daha kudretli eller tarafından kullanılmış olsun, o düşmanda öyle acı bir yara açamaz, ölümsüz etini yaramaz, onun iradesinin görünmeyen gücünü dokuyan büyüyü bozamazdı.

Adamlar kralı kaldırmışlardı artık; mızrak sopalarının arasına pelerinlerini sererek onu Şehir'e doğru taşıyacak bir sedye yaptılar idareten; diğerleri de Éowyn'i kibarca kaldırdı ve onu da kralın ardından taşıdı. Fakat kralın hanedanına mensup adamları henüz savaş alanından getiremiyorlardı; çünkü kralın silahşörlerinin yedisi düşmüştü orada, başları Déorwine de aralarındaydı. Böylece onları düşmanlarından ve o kötü hayvandan ayrı bir yere uzatıp etraflarına mızraklar yerleştirdiler. Daha sonra, her şey olup bittikten sonra geri dönerek orada bir ateş yakıp hayvanın leşini yaktılar; fakat Karyele için bir mezar kazarak, mezara üzerinde Gondor ve Yurt dillerinde şu yazıların kazınmış olduğu bir taş diktiler:

Sadık bir hizmetkârdı ama efendisinin felaketi oldu yine de,
Tezayağın tayı, hızlı Karyele.

Uzun ve yeşil bitti Karyele'nin mezarı üzerindeki otlar, ama o hayvanın yakıldığı yerdeki toprak hep kara ve çıplak kaldı.

Artık yavaş yavaş ve hüzünle yürüyordu Merry taşıyıcıların yanında; çatışmaya kulak asmıyordu. Yorgundu, acı içindeydi ve elleri, kolları, bacakları sanki üşüyormuş gibi tir tir titriyordu. Denizden büyük bir yağmur geldi; sanki her şey Théoden ve Éowyn için ağlıyor, Şehir' deki yangını gri gözyaşlarıyla söndürüyordu. Derken puslar arasından Gondor'luların öncülerinin gelmekte olduğunu gördü. Dol Amroth Prensi İmrahil sürdü atını ve onların önünde dizginlerini çekti.

"Yükünüz nedir Rohan'ın İnsanları?" diye bağırdı.

"Théoden Kral," diye cevap verdiler. "Öldü. Fakat Éomer Kral yönetiyor artık cengi: Ak sorgucu rüzgârda dalgalanan o."

Bunun üzerine prens atından inerek krala ve kralın büyük saldırısına hürmeten tabutunun yanında diz çöküp ağladı. Sonra ayağa kalkarak Éowyn'e baktı ve şaşkınlıklar içinde kaldı. "Burada bir kadın var galiba?" dedi. "İhtiyacımız karşısında Rohirrim kadınları da mı savaşa geldi?"

"Hayır! Bir teki sadece," diye cevap verdiler. "Hanım Éowyn'dir o, Éomer'ın kızkardeşi; bu saate kadar onun geldiğinden haberimiz yoktu, şimdi kahroluyoruz bu yüzden."

Sonra prens, yüzü solgun ve soğuk da olsa onun güzelliğini görerek, daha yakından bakmak için eğilirken kızın eline değdi. "Rohan' lılar!" diye bağırdı. "Aranızda hiç hekim yok mu? Ölümcül bir yara ile yaralanmış olabilir ama kanımca hâlâ yaşıyor." Kolundaki parlatılmış kol zırhını kızın soğuk dudaklarına götürdü: zırhın üzerinde ancak görülebilen minik bir buğu oluşmuştu.

"Artık aceleye ihtiyaç var," dedi ve birini hemen Şehir'e geri yolladı yardım getirmesi için. Kendisi ise ölmüş olana eğilerek veda etti ve atına atlayarak savaşa gitti.

Artık çatışma Pelennor tarlalarında bütün şiddetiyle artmaya başlamıştı; silahların gürültüsü arşa varıyordu adamların haykırışları ve atların kişnemeleriyle. Borular öttürülüyor, borazanlardan kulakları tırmalayan sesler çıkıyor, *mûmak*'lar savaşa sürülürken böğürüyorlardı. Şehir'in güney surları altında Gondor'un piyadeleri, hâlâ burada büyük bir güç halinde toplanmış bulunan Morgul alaylarıyla karşılaşmışlardı. Fakat süvariler doğuya Éomer'ın imdadına gittiler: Anahtarlar Muhafızı, Lossarnach Beyi Uzun Hurin, Yeşil Tepeler'den Hirluin ve etrafında silahşörleriyle zarif Prens İmrahil.

Rohirrim onların yardımına çok çabuk gelemedi; çünkü şans Éomer'e karşı dönmüş, hiddeti kendisine zarar vermişti. Saldırısındaki o büyük hiddet düşmanlarının ön safını hemen hemen tamamen alaşağı etmiş ve Süvariler'in üçgen şeklinde ilerleyen büyük kümesi Güneyliler'in saflarından geçerek atlılarını mağlup etmiş, piyadelerini mahvetmişti. Fakat *mûmak*'ların gittiği yere atlar gitmiyor, ürküyor, yoldan sapıyorlardı; büyük canavarlarla dövüşülmemişti, onlar savunma kuleleri gibi duruyorlar, Haradrim onların etrafında toplanıyordu. Ve eğer Rohirrim saldırırken Haradrim'den üç kere daha az sayıda idiyse bile, kısa bir süre sonra durumları daha da kötü oldu; çünkü artık Osgiliath'tan savaş alanına yeni güçler akmaya başlamıştı. Bunlar buraya Şehir'i ve Gondor'u yağmalamak için toplanmış ve komutanlarının emrini bekliyorlardı. Komutanları artık yok edilmişti; fakat Morgul'un vekili Gothmog onları bu karışıklığın içine atmıştı; baltalarıyla Doğulular, Khand'ın Variag'ları, allar içinde Güneyliler, Uzak Harad'dan beyaz gözlü, kırmızı dilli yarı deve benzeyen kara renkli adamlar. Kimisi şimdi Rohirrim'in ardından aceleyle gidiyor, diğerleri Gondor'un güçlerini durdurmak ve Rohan'a katılmalarına mani olmak için batı tarafını tutuyorlardı.

Gün böyle başlayıp Gondor'un aleyhine dönmüş, ümitleri azalırken ve öğlen zamanlarında artık büyük bir rüzgâr eser, yağmur kuzeye koşar ve güneş parlarken Şehir'den yeni bir haykırış işitildi. O berrak havada surlardaki gözcüler dehşet veren yeni bir görüntüye tanık oldular ve son umutları da kendilerini terk etti.

Çünkü Anduin, Harlond'daki kıvrımından öyle akıyordu ki Şehir'den bakan adamlar birkaç fersah boyunca nehiri uzunlamasına görebiliyorlardı; gözleri keskin olan biri, gelen herhangi bir gemiyi yaklaşırken görebilirdi. Ve o yöne bakarak dehşetle bağırıyorlardı; pırıl pırıl akarsu üzerinde kapkara bir filonun rüzgârla geldiğini görmüşlerdi: Kadırgalar ve bir sürü kürekli ağır gemi ve meltemde bel büken kara yelkenler.

"Umbar Korsanları!" diye bağrıştı adamlar. "Umbar Korsanları! Bakın! Umbar Korsanları geliyor! Demek ki Belfalas düşmüş, Ethir de; Lebennin de gitti. Korsanlar üzerimize geldi! Bu kör talihin son darbesi!"

Şehir'de kumanda edecek kimse kalmadığı için, kimisi gelişigüzel çanlara koşarak alarm verdi; kimisi askerlerin geri çekilmesi için borazanları üfledi. "Surlara geri gelin!" diye bağırdılar. "Surlara geri gelin! Her yer basılmadan geri gelin!" Fakat gemilere hız kazandıran rüzgâr onların bütün feryatlarını uzağa taşıdı.

Gerçi Rohirrim'in ne haberlere, ne de alarma ihtiyacı vardı. Hepsi kendiliklerinden kara yelkenleri gayet iyi görebiliyorlardı. Çünkü Éomer artık Harlond'dan ancak bir mil kadar uzaktaydı ve arkasından yeni düşmanlar kaynaşarak gelip onların Prens'le bağlantısını keserken, karşılaştığı ilk düşmanın büyük baskısı onunla liman arasında kalmıştı. Şimdi Nehir'e bakıyordu; içindeki bütün ümit öldü ve biraz önce kutsadığı rüzgâra şimdi lanet etmeye başladı. Fakat Mordor'un orduları yüreklenmişlerdi; yeni bir heves ve taşkınlıkla dolarak bağıra çağıra saldırıya geçtiler.

Éomer'in ruhu sertleşmiş ve aklı bir kez daha açılmıştı. O tarafa gelebilecek bütün adamları sancağı altında toplayabilmek için boruları çaldırdı; çünkü en azından büyük bir duvar oluşturmayı düşünüyordu; dayanabildiği kadar burada kalıp, düşünceye kadar yerde savaşmayı, Batı'da son Yurt Kralı'nı hatırlayacak hiçbir adam kalmayacağı halde, Pelennor kırlarında şarkılara geçecek işler başarmayı düşünüyordu. Böylece yeşil tepeciğe sürerek atını buraya sancağını dikti ve Ak Atlı sancak rüzgârda çırpınmaya başladı.

Kuşkudan, karanlıktan çıkıp günün doğuşuna
kılıcımı çekip geldim güneşte şarkı söyleyerek.
Umudun bittiği kalplerin kırıldığı yere sürdüm atımı:
Gazaba, yıkıma ve kızıl bir guruba vardım şimdi!

Bu mısraları okudu ama yine de bunları söylerken güldü. Çünkü bir kez daha savaşın arzusunu duyuyordu içinde; henüz yaralanmamıştı, gençti ve kraldı: Düşmüş bir halkın kralı. Ama daha ümitsizliğine gülmesi sona ermeden bir kez daha kara gemilere baktı ve onlara meydan okuyarak kılıcını kaldırdı.

Sonra bir hayrettir aldı Éomer'i; büyük de bir coşku; kılıcını güneşe doğru fırlattı ve tekrar yakalarken şarkılar söyledi. Bütün gözler onun bakışını izledi ve o da ne! En öndeki gemide büyük bir bayrak açıldı, gemi Harlond'a doğru dönerken rüzgâr bu bayrağı gözler önüne serdi. Ak Ağaç çiçek açmıştı bayrakta, Gondor için; fakat etrafında Yedi Yıldız vardı ve üzerinde bir taç, yani Elendil'in sayısız yıldır hiçbir hükümdarın kullanmadığı nişanı. Ve yıldızlar güneş ışığında alev alevdi çünkü Elrond'un kızı Arwen tarafından değerli taşlarla işlenmişti; taç da sabah ışığında parlak görünüyordu çünkü mithril ve altından yapılmıştı.

Böyle varmıştı İsildur'un varisi Arathorn oğlu Aragorn Ölülerin Yolu'ndan Gondor krallığına, Deniz'den gelen yelle taşınarak; Rohirrim'in cümbüşü bir kahkaha seli ve kılıçların şimşeği; Şehir'in neşesi ve şaşkınlığı ise borazanların müziği ve çanların sesi olmuştu. Fakat Mordor'un ordularını bir delilik sarmıştı ve kendi gemilerinin düşmanlarıyla dolu olması onlara bir çeşit büyü gibi gelmişti; kaderin gelgitlerinin kendi aleyhlerine döndüğünü ve sonlarının yakın olduğunu anlayınca üzerlerine kara bir korku düştü.

Doğuya sürdüler atlarını Dol Amroth'un silahşörleri, önlerinde düşmanı sürerek: Dev adamları, Variag'ları ve güneş ışığından nefret eden orkları. Güneye ilerledi Éomer; adamlar onun gözü önünde kaçıştılar ve örs ile çekiç arasına kısıldılar. Çünkü artık adamlar gemilerden Harlond iskelelerine atlıyorlar ve kuzeye doğru bir yıldırım gibi esiyorlardı. Legolas ve elinde baltası ile Gimli de geldi; ve Lebennin, Lamedon ve Güney tımarlarından bahadır halkını yöneten sancağıyla Halbarad ve Elladan, alnında yıldızlarıyla Elrohir ve Kuzeyin Kolcuları, ağır elli Dúnedain. Fakat hepsinin önünden yeni tutuşturulmuş bir ateş gibi parlayan Batının Alevi Andúril, yani en az eskisi kadar ölümcül dövülmüş Narsil ile Aragorn gidiyordu ve alnında Elendil'in Yıldızı vardı.

Ve böylece sonunda Éomer ile Aragorn savaşın ortasında buluştular; kılıçlarına yaslanarak birbirlerine baktılar; memnundular.

"Aramızda Mordor'un bütün orduları olduğu halde böyle buluştuk işte yine," dedi Aragorn. "Borukent'te böyle söylememiş miydim?"

"Öyle konuşmuştun," dedi Éomer, "fakat umut insanları genellikle kandırır ve o zamanlar ben senin uzağı gören bir kişi olduğunu bilmiyordum. Yine de beklenmedik anda gelen bir yardım iki kere kutlu olsun; dostların karşılaşması daha önce hiç böyle neşe dolu olmamıştır." Ve birbirlerinin ellerini kavradılar. "Daha iyi bir zamanda da olamazdı," dedi Éomer. "Çok da erken gelmedin arkadaşım. Çok kayıp ve üzüntüler geldi başımıza."

"O halde, haydi bunların öcünü alalım bu konuda konuşmadan önce!" dedi Aragorn, ve birlikte savaşa sürdüler atlarını.

Hâlâ önlerinde zorlu bir dövüş ve uzun bir uğraş vardı; çünkü Güneyliler hem cesur hem de sağlam insanlardı ve çaresizlikleri içinde hiddetliydiler de; Doğulular da güçlü, savaşta pişmiş, aman dilemeyen insanlardı. O yüzden, kâh burada, kâh orada, yanmış bir müştemilat veya ambarın yanında, bir tepecikte veya toprak yığını üzerinde, surların altında veya alanda hâlâ bir araya toplanmaya devam ettiler, saldırdılar ve gün geçip gidinceye kadar dövüştüler.

Sonra, sonunda Güneş Mindolluin'in ardından battı ve bütün gökyüzünü büyük bir yangınla doldurdu, böylece tepeler ve dağlar kanla boyanmış gibi oldu; Nehir'den ateş akıyordu ve gece çökerken Pelennor otları al al uzanıyordu. Ve tam o saatte Gondor Meydan Savaşı bitmişti; Rammas'ın çemberi içinde canlı tek bir düşman kalmamıştı. Ölümüne veya Nehir'in kızıl köpüğünde boğulmak için kaçanlar hariç hepsi kılıçtan geçmişti. Çok azı doğuya doğru Morgul veya Mordor'a gidebilmişti; Haradrim ülkesine ise uzaktan bir masal ulaşmıştı sadece: Gondor'un hiddetinin ve dehşetinin bir söylentisi.

Aragorn, Éomer ve İmrahil Şehir Cümlekapısı'na doğru geri sürdüler atlarını; artık yorgunluktan ne sevinecek, ne üzülecek durumdaydılar. Bu üçü hiç yara almamıştı; çünkü böyleydi onların yazgıları ve bileklerinin gücü ile hüneri; gerçekten de çok az kişi onlara dayanabilmiş veya hiddetleri sırasında yüzlerine bakabilmişti. Fakat diğerlerinin çoğu yaralanmış, sakatlanmış veya savaş alanında ölmüştü. Baltalar atından inmiş tek başına dövüşen Forlong'u biçmişti; okçularını canavarların gözlerini vurmaları için yönetirken *mûmak*'lara saldırınca hem Morthond'lu Duilin, hem de kardeşi çiğnenerek ölmüşlerdi. Ne zarif Hirluin dönebilmişti Pinnath Gelin'e, ne Grimbold Grimslade'e, ne de bükülmez bilekli Halbarad Kuzey topraklarına. Ünü olmayan, isimsiz az insan göçmedi, ister komutan olsun, ister er; çünkü bu çok büyük bir savaştı ve bu savaşta bütün olup bitenleri anlatan hiçbir öykü yazılmamıştır daha. Sonradan, çok zaman sonra Rohan'da bir destancı Mundburg Höyükleri'nden söz etti türküsünde:

Tepelerde çınlayan boruları duyduk,
Güney krallığında parlıyordu kılıçlar.
Küheylanlar sabah rüzgârı gibi
Daldı Stoningland'a. Cenk oldu.
Orada düştü Başkomutan Théoden,
kudretli Thengeloğlu, dönmedi bir daha
altın saraylarına ve Kuzey kırlarındaki
yeşil otlaklara. Harding ve Guthláf,
Dúnhere ve Déorwine, yiğit Grimbold
Herefara ve Herubrand, Horn ve Fastred
dövüşüp düştüler orada, o uzak ülkede:
Mundburg Höyükleri altında, küfler içinde
yatıyorlar şimdi yoldaşları Gondor beyleriyle.
Ne zarif Hirluin dönebildi deniz kıyısındaki tepelere,
ne de yaşlı Forlong döndü zaferle Arnach'a,
ülkesinin çiçekli vadilerine; Derufin ve Duilin,
uzun boylu okçular, dönemediler kara sulara,
dağların gölgesindeki Morthond göllerine.
Beyler ve erler kabul ettiler sabah vakti
ve gün sonunda ölümü. Uzun zamandır uyurlar şimdi
Ulu Nehir kıyısında, Gondor'un çimenleri altında.
Şimdi gözyaşları gibi, parlayan gümüş gibi akan su,
O gün kıpkızıl gürlüyordu:
Günbatımıyla alevlenmişti kana boyalı köpükler;
İşaret kuleleri gibi yanıyordu dağlar akşam vakti;
Rammas Echor'a al al düşüyordu çiğ.

BÖLÜM VII

DENETHOR'U YAKMAK İÇİN ÇATILAN ODUNLAR

Cümlekapısı'ndaki kara gölge çekildikten sonra bile Gandalf kıpırdamadan durdu. Fakat Pippin, sanki üzerinden büyük bir yük kalkmış gibi ayağa kalktı; boruları dinleyerek ayakta durdu ve kalbinin mutluluktan infilak edebileceğini hissetti. Bir daha hiçbir zaman, uzaktan gelen bir boru sesini gözleri yaşarmadan dinleyemedi. Fakat o anda birden görevi geldi aklına ve ileri doğru koşturdu. Aynı anda Gandalf kıpırdadı ve Gölgeyele'yle konuştu; tam Cümlekapısı'ndan geçip gitmek üzereydi.

"Gandalf, Gandalf!" diye bağırdı Pippin; Gölgeyele durdu.

"Burada ne arıyorsun?" dedi Gandalf. "Siyah ve gümüş giyenlerin, efendileri izin vermedikçe Hisar'dan ayrılmamaları Şehir'in bir kuralı değil mi?"

"İzin verdi," dedi Pippin. "Beni salıverdi. Ama ben korkuyorum. Orada çok korkunç bir şey olabilir. Hükümdar aklını kaybetti, diye düşünüyorum. Korkarım hem kendini, hem de Faramir'i öldürecek. Bir şeyler yapamaz mısın?"

Gandalf açılan kapıdan baktı; daha şimdiden savaş alanında artmaya başlayan çatışma seslerini duyabiliyordu. Yumruklarını sıktı. "Gitmem lazım," dedi. "Kara Süvari ortalarda; hâlâ bize zarar verebilir. Hiç vaktim yok."

"Ama Faramir!" diye bağırdı Pippin. "O ölmedi, onu canlı canlı yakacaklar eğer biri onları durdurmazsa."

"Canlı canlı mı yakacaklar?" dedi Gandalf. "Neymiş bu hikâye böyle? Çabuk çabuk anlat!"

"Denethor Mezarlar'a gitti," dedi Pippin, "Faramir'i de götürdü ve hepimizin yanacağını söylüyor; beklemeyecekmiş, odunları çatıp kendini yaktıracak, Faramir'i de. Adamları odun ve yağ getirmeleri için gönderdi. Bunu Beregond'a söyledim ama korkarım o bulunduğu yerden ayrılmaya cesaret edemeyecek: Nöbetteydi. Sonra zaten o ne yapabilir ki?" Böyle çıktı Pippin'in öyküsü ağzından, bir yandan uzanıp titreyen ellerle Gandalf'ın dizine dokunurken. "Faramir'i kurtaramaz mısın?"

"Belki kurtarabilirim," dedi Gandalf; "ama eğer onu kurtarırsam diğerleri ölecek korkarım. Evet, gelmem lazım geliyor, başka hiçbir yardım ona ulaşamaz. Fakat bu iş, kötülük ve hüzne neden olacak. Kalemizin içinden bile vurabiliyor Düşman bizi: Çünkü şu anda işbaşında olan onun iradesi."

Sonra kararını verdikten sonra hızla harekete geçti; Pippin'i yakalayıp önüne yerleştirerek tek bir sözle Gölgeyele'yi döndürdü. Minas Tirith'in tırmanan caddelerinden takırdayıp geçtiler arkalarındaki savaş sesleri yükselirken. Her yerde adamlar yeislerinden ve korkularından kurtularak silahlarını kapıyorlar, birbirlerine şöyle sesleniyorlardı: "Rohan geldi!" Komutanlar haykırıyor, bölükler toplanıyordu; çoğu Cümlekapısı'ndan çıkmaya başlamıştı bile.

Prens İmrahil ile karşılaştılar, Prens onlara seslendi: "Ne yana şimdi Mithrandir? Rohirrim Gondor kırlarında dövüşüyor! Bulduğumuz bütün gücü bir araya getirmeliyiz."

"Daha da fazlasına ihtiyacınız var," dedi Gandalf. "Elinden geldiğince tez git. İlk fırsatta geleceğim. Fakat Hükümdar Denethor için yapmam gereken acil bir iş var. Hükümdar'ın yokluğunda kumandayı sen al!"

Yollarına devam ettiler; tırmanıp Hisar'a yaklaştıkça yüzlerine çarpan rüzgârı ve güney göğünde artmakta olan bir ışığı hissettiler; uzaktaki sabahın pırıltısını yakaladılar. Fakat önlerinde ne gibi bir kötülüğün olduğunu bilmediklerinden ve çok geç kalmış olmaktan korktuklarından bu onlara çok az bir ümit getirdi.

"Karanlık geçiyor," dedi Gandalf, "ama Şehir'in üzerine hâlâ tüm ağırlığıyla çökmüş duruyor."

Hisar'ın kapısında nöbetçiye rastlamadılar. "Demek ki Beregond gitmiş," dedi Pippin biraz daha fazla ümitle. Dönerek, Kapalı Kapı'ya giden yol boyunca hızla ilerlediler. Kapı ağzına kadar açık duruyordu; kapıcı yere serilmişti. Kapıcı öldürülerek anahtarı alınmıştı.

"Düşman'ın işi!" dedi Gandalf. "Böyle işlere bayılır: Dostu dosta düşürmek; gönüllerdeki kargaşa yüzünden bölünen sadakat." Attan inerek Gölgeyele'ye ahırına dönmesini söyledi. "Çünkü dostum," dedi, "sen ve ben çok önceleri kırlarda koşmalıydık; fakat başka işler beni alıkoydu. Yine de eğer çağırırsam çabucak gel!"

Kapı'yı geçip dolambaçlı dik yoldan inmeye başladılar. Işık artmaya başlamıştı; yolun yanındaki uzun sütunlar ve yontular gri hayaletler gibi yavaş yavaş geçiyorlardı.

Aniden sessizlik bozuldu, altlarından bağırış sesleri, şakırdıyan kılıçlar duydular: Böyle sesler Şehir'in inşa edildiği zamanlardan beri kutsal yerlerde hiç duyulmamıştı. Sonunda Rath Dínen'e vardılar ve koca kubbesi altında alacakaranlıkta yükselen Vekilharçlar Evi'ne doğru seyirttiler.

"Durun! Durun!" diye bağırdı Gandalf kapıların önünde bulunan taş merdivene doğru sıçrayarak. "Durdurun bu deliliği!"

Çünkü orada, ellerinde kılıçları ve meşalelerle Denethor'un hizmetkârları vardı; fakat sundurmanın en üst basamağında Beregond tek başına durmuştu. Nöbetçilerin siyah ve gümüş renkleri içinde; kapıyı onlara karşı savunuyordu. Daha şimdiden ikisi, kutsal yerleri kanlarıyla kirleterek onun kılıcıyla düşmüştü; diğerleri de onu lanetliyorlar, yasalara karşı gelmekle ve efendisine hainlik etmekle suçluyorlardı.

Tam Gandalf ile Pippin ileri koşarken ölüler evinin içinden Denethor'un şöyle bağırdığını duydular: "Çabuk, çabuk! Size emrettiğimi yapın! Bu haini öldürün benim için! Yoksa bunu kendim mi yapmam gerekiyor?" Bunun üzerine Beregond'un sol eliyle kapalı tuttuğu kapı zorla çevrilerek açıldı; tam arkasında uzun boyu ve tüm kötülüğüyle Şehir'in Hükümdarı duruyordu; gözlerinde alev gibi bir ışık vardı ve elinde kınından çekilmiş bir kılıç tutuyordu.

Fakat Gandalf basamaklardan sıçradı; adamlar onun önünden kaçışarak gözlerini kapadılar; çünkü onun gelişi, karanlık bir yere giren beyaz bir ışık gibiydi; üstelik büyük bir öfkeyle geliyordu. Elini kaldırdı ve bu darbesiyle Denethor'un kılıcı havaya uçup elinden kurtularak arkasına, evin gölgeleri içine düştü; Denethor, Gandalf'ın önünde hayretlere düşmüş biri gibi geriledi.

"Nedir bu beyim?" dedi büyücü. "Ölülerin evleri yaşayanlar için değildir. Ve neden adamlar burada, Kutsal Yerlerde dövüşüyorlar, Cümlekapısı'nın önünde yeterince çatışma varken? Yoksa düşmanımız Rath Dínen'e kadar bile geldi mi?"

"Ne zamandan beri Gondor Hükümdarı sana karşı sorumlu oldu?" dedi Denethor. "Yoksa kendi hizmetkârlarıma emir veremeyecek miyim?"

"Verebilirsin," dedi Gandalf. "Fakat delilik veya kötülüğe dönerse iraden, başkaları sana karşı çıkabilirler. Oğlun Faramir nerede?"

"İçeride yatıyor," dedi Denethor, "yanıyor, daha şimdiden yanıyor. Etlerini tutuşturmuşlar. Fakat kısa bir süre sonra her şey yanacak. Batı kaybetti. Her şey büyük bir yangına dönüşecek ve her şey bitecek. Kül! Rüzgârda savrulan kül ile duman!"

O zaman, ondaki deliliği gören Gandalf, kötü bir şey yapmış olmasından korktu ve Denethor içerdeki masanın yanında duruncaya kadar gerilerken o da ileriye doğru bir hamle yaptı, arkasında Beregond ve Pippin ile. Fakat burada Faramir'i yatakta, hâlâ ateşler içinde hayaller görürken buldular. Masanın altına ve etrafına yukarılara kadar odun istiflenmiş ve her şey yağ ile ıslatılmıştı, hatta Faramir'in giysileri ile örtüleri bile; fakat henüz hiçbiri tutuşturulmamıştı. Sonra Gandalf tıpkı gücünün ışığı gri pelerininin içinde nasıl gizliyse içinde öyle gizli kalmış kuvveti ortaya çıkartıverdi. İnce odunların üzerine zıpladı, hasta adamı kaldırarak yine kolaycacık yere sıçradı ve onu kapıya doğru taşıdı. Fakat o bunu yaparken Faramir homurdanarak rüyasında babasına seslendi.

Denethor trans halinden kurtulan biri gibi irkildi; gözündeki alev söndü ve ağlamaya başladı; şöyle dedi: "Oğlumu benden ayırmayın! Bana sesleniyor."

"Sesleniyor," dedi Gandalf, "fakat sen henüz onun yanına varamazsın. Çünkü ölümün eşiğindeyken onun şifa araması gerek, bulamasa da. Senin görevine gelince, senin Şehir'inin savaşına çıkman lazım, orada ölüm seni bekliyor olabilir. Bunun böyle olduğunu sen de gönülden biliyorsun."

"Bir daha uyanmayacak," dedi Denethor. "Savaş boşuna. Neden daha fazla yaşamayı isteyelim? Neden ölüme yan yana gitmeyelim?"

"Hüküm sana verilmemiş Gondor'un Vekilharcı, kendi ölümünün saatini tesbit etmen için," diye cevap verdi Gandalf. "Ve sadece Karanlık Güç'ün etkisi altındaki kâfir krallar böyle yaparlar, kibir ve yeisle kendilerini yok edip kendi ölümlerini kolaylaştırmak için akrabalarını öldürürler." Sonra kapıdan geçerek Faramir'i bu ölümcül evden çıkardı; Faramir'i buraya taşımış olan ve o anda sundurmada duran sedyeye yatırdı. Denethor onu izleyip, yüzünde oğluna duyduğu hasret, titreyerek durdu. Ve bir an için herkes elem içindeki Hükümdarı sessiz ve hareketsiz seyrederken o duraksadı.

"Haydi!" dedi Gandalf. "Bize ihtiyaçları var. Senin yapabileceğin çok şey var daha."

Sonra aniden güldü Denethor. Yeniden uzun boyuyla mağrur bir biçimde dikildi ve çarçabuk geriye, masanın yanına sıçrayarak, başının altına yastık etmiş olduğu şeyi aldı. Sonra kapıya gelerek örtüyü çekti ve o da ne! Elleri arasında bir *palantír* tutuyordu. Bunu yukarı kaldırdıkça, seyredenlere kürenin içi içten gelen bir alevle parlıyor gibi geldi, öyle ki Hükümdar'ın ince yüzü sanki kızıl bir ateşle aydınlatılıyordu; siyah gölgelerle kesin hatlara sahip yüzü sert bir taştan kesilmiş gibi soylu, mağrur ve korkunç duruyordu. Gözleri parladı.

"Kibir ve yeis!" diye haykırdı. "Ak Kule'nin gözlerinin kör olduğunu mu zannetmiştin? Hayır, senin bildiğinden daha çoğunu gördüm Gri Ahmak. Çünkü senin umudun cahillikten başka bir şey değil. Git o halde, şifa bulmaya çalış! Git de dövüş! Kibir. Çünkü bir günlüğüne, savaş alanında azıcık bir yerde bir zafer kazanabilirsin. Fakat şu anda uyanmakta olan Güç'e karşı zafer kazanılamaz. Bu Şehir'e sadece elinin ilk parmağı ulaşmıştır. Bütün Doğu hareket halinde. Şu anda sizi umutlandıran rüzgâr bile sizi arkadan vuruyor, Anduin'den kara yelkenli bir filoyu sürüklüyor. Batı kaybetti. Esir olmak istemeyenlerin ayrılma vakti geldi."

"Bu tür nasihatlerin Düşman'ın zaferini kesinleştireceğine kuşku yok," dedi Gandalf.

"Umutlanmaya devam et o halde!" diye güldü Denethor. "Seni tanımaz mıyım ben Mithrandir? Sen, benim yerime hüküm sürmeyi; kuzeyde, güneyde veya batıda bulunan bütün tahtların arkasında olmayı umuyorsun. Senin aklını ve aklının takip ettiği yolu okudum. Buradaki bu buçukluğa sessiz kalması için emirler verdiğini bilmiyor muyum? Onu buraya, benim odamda casusluk etsin diye getirdiğini? Yine de birlikte konuşurken yol arkadaşlarınızın hepsinin isimlerini ve amaçlarını öğrendim. Böyle işte! Sol elinle beni bir süre için Mordor'a karşı kalkan gibi kullanırken sağ elinle Kuzeyli bu Kolcuyu beni yerimden etmek için getireceksin.

"Fakat sana söylüyorum Gandalf Mithrandir, ben sana alet olmayacağım! Ben Anárion Hanedanı'nın Vekilharcı'yım. Bir zıpçıktının bunak teşrifatçısı olmak için aşağıya adım atmam. İddiası bana kanıtlanmış olsaydı bile, yine de sadece İsildur'un soyundan geliyor, o kadar. Ben öyle birine, hükümranlık ve asaletten çok önce yoksun kalmış düzensiz bir hanedanın son üyesine boyun eğmem."

"Ne yaparsın o zaman," dedi Gandalf, "eğer isteğine karışılmayacak olsaydı?"

"Her şeyin, yaşamım boyunca olduğu gibi olmasını isterdim," diye cevap verdi Denethor, "ve benden önceki atalarımın zamanında, barış içindeki bu Şehir'in Hükümdarı olmak ve tahtımı kendi kendinin efendisi olan, bir büyücünün çırağı olmayan oğluma bırakmak isterdim. Fakat eğer kader bunu bana vermiyorsa o halde *hiçbir şey* istemiyorum: ne sönük bir yaşam, ne bölünmüş bir sevgi, ne de eksilmiş bir onur."

"Bana, sadakatle görevini teslim eden bir Vekilharç ne sevgi, ne de onurda alçalmaz gibi geliyor," dedi Gandalf. "Ayrıca en azından, ölümü hâlâ kesin değilken oğlunun elinden seçeneğini çalmış olmazsın."

Bu sözlerle Denethor'un gözleri yeniden alevlendi; Taş'ı kolunun altına kıstırarak bir bıçak çekti ve tabuta doğru yürüdü. Fakat Beregond ileri doğru atılarak kendini Faramir'in önüne sürdü.

"Demek öyle!" diye haykırdı Denethor. "Daha şimdiden oğlumun sevgisinin yarısını kazanmıştın. Şimdi de silahşörlerimin kalplerini çalıyorsun ki sonunda onlar beni oğlumdan tamamiyle mahrum bıraksınlar. Fakat en azından şu konuda benim isteğime karşı koyamayacaksın: Kendi sonuma hükmetme isteğime."

"Buraya gelin!" diye bağırdı hizmetkârlarına. "Gelin, hepiniz de alçak değilsiniz ya, gelin!" Bunun üzerine ikisi, merdivenlerden onun yanına koştu. Çabucak birisinin elindeki meşaleyi kaparak eve geri sıçradı Denethor. Gandalf ona engel olamadan sopayı yakacakların arasına soktu ve odunlar hemen çıtırdayarak alevle gürledi.

Sonra Denethor masaya sıçrayarak orada durdu ve ateş ile duman etrafında çelenk olurken o, ayaklarının dibinde duran vekilharçlık asasını alıp dizinde kırdı. Parçaları alevlere atarak eğilip masanın üzerine uzandı ve *palantír*'i her iki eliyle iyice kavrayarak göğsünün üzerine koydu. Ve derler ki, ondan sonra Taş'a kim bakarsa baksın, eğer başka bir amaca çevirmek için büyük bir iradesi yoksa, sadece alevler içinde buruşup yok olan iki yaşlı el görürmüş.

Gandalf acı ve dehşetle yüzünü çevirdi ve kapıyı kapattı. Bir süre için düşünceler içinde durdu sessizce eşikte, diğerleri içeriden gelen ateşin açgözlü gürleyişini dinlerken. Sonra Denethor'dan büyük bir haykırış duyuldu; daha sonra bir daha ne konuştu, ne de ölümlü insanlar arasında görüldü.

"İşte böylece gelip geçti Ecthelion oğlu Denethor," dedi Gandalf. Sonra Beregond'a ve Hükümdar'ın donakalmış hizmetkârlarına döndü. "Ve böylece bitiyor Gondor'un sizin bildiğiniz haliyle günleri; ister iyi, ister kötü olsun o günler geride kaldı. Burada kötü şeyler yapıldı; fakat gelin artık aranızdaki bütün husumeti bir kenara bırakın, çünkü bu husumet Düşman tarafından tertip edilmişti ve onun isteklerine hizmet ediyordu. Kendi dokumadığınız savaş görevlerinin ağında sıkışmış buldunuz kendinizi. Ama düşünün, siz, Hükümdar'ın körü körüne itaat eden hizmetkârları; eğer Beregond hainlik etmemiş olsaydı, Ak Kule'nin komutanı Faramir de yanmış olacaktı.

"Ölen yoldaşlarınızı bu uğursuz yerden taşıyın. Biz de Gondor Vekilharcı Faramir'i huzur içinde uyuyabileceği ya da yazgısı o ise ölebileceği bir yere taşıyalım."

Bunun üzerine sedyeyi kaldıran Gandalf ile Beregond, arkalarında başını önüne eğmiş Pippin ile Şifa Evleri'ne doğru taşımaya başladılar Faramir'i. Fakat Hükümdar'ın hizmetkârları çarpılmış gibi ölü evinde duruyorlardı; tam Gandalf Rath Dínen'in sonuna varmıştı ki büyük bir gürültü koptu. Arkalarına baktıklarında evin kubbesinin çatırdadığını ve içinden duman püskürdüğünü gördüler; sonra bina, hızla ve taşların büyük gürültüsüyle, telaşla yanan ateşin içine çöktü; fakat azalmayan alevler hâlâ yıkıntının etrafında dans etmeye, oynaşmaya devam ediyordu. Böylece hizmetkârlar korku içinde kaçarak Gandalf'ı izlediler.

Zamanla Vekilharç'ın Kapısı'na vardılar ve Beregond hüzünle kapıcıya baktı. "Bu işten hep pişmanlık duyacağım," dedi; "fakat üzerime acele etmek için bir delilik gelmişti; o ise beni dinlemiyordu ve bana kılıç çekmişti." Sonra ölen adamdan dövüşerek aldığı anahtarı çıkartarak kapıyı kapattı ve kilitledi. "Bu artık Hükümdar Faramir'e verilmeli," dedi.

"Hükümdarın yokluğunda Dol Amroth Prensi komutayı aldı," dedi Gandalf; "fakat o da burada olmadığına göre, onu ben kendim almalıyım. Anahtarı alıp korumanı emrediyorum, Şehir yeniden bir düzene girinceye kadar."

Artık sonunda Şehir'in yüksek dairelerine geçmişlerdi ve sabah ışığında Şifa Evleri'ne doğru yollarına devam ettiler; bunlar, fena surette hasta olanlar için ayrılmış zarif evlerdi fakat şimdi çatışmalarda yaralanan ve ölmekte olanları tedavi etmek için hazırlanıyordu. Altıncı dairede, Hisar Kapısı'ndan çok uzakta olmayan bir yerde, tam güney surunda bulunuyorlardı ve evlerin etrafında, Şehir'de başka hiçbir yerde bulunmayan bir bahçe, ağaçlarla dolu bir çimenlik vardı. Burada, şifa verecek ya da tedavi edenlerin hizmetinde bulunabilecek yetenekte oldukları için Minas Tirith'te kalmasına izin verilmiş olan kadınlar oturuyordu.

Fakat tam Gandalf ile arkadaşları sedyeyi Evler'in ana kapısına taşıyıp getirdikleri sırada Cümlekapısı'nın önündeki alandan büyük bir haykırışın tiz bir şekilde yükselerek kulakları yırtarcasına göğe vardığını, geçtiğini ve rüzgârda yitip gittiğini duydular. Haykırış o kadar korkunçtu ki bir an için hepsi kıpırdamadan durdu; ama ses geçip gittikten sonra Doğu'dan karanlık geleli beri tatmadıkları bir umutla gönülleri ferahladı; onlara öyle geldi ki, sanki ışık daha bir belirginleşmiş ve güneş bulutlar arasından görünmüştü.

Fakat Gandalf'ın yüzü sert ve üzgündü; Beregond ile Pippin'e Faramir'i Şifa Evleri'ne götürmelerini emrederek yakındaki surların tepesine gitti; orada, yeni doğan güneş altında ak bir heykel gibi durarak etrafa bakındı. Ve kendisine bahşedilmiş olan görüş kuvveti ile olup biteni gördü; Éomer cenginin ön saflarından gelip savaş alanında yatanların yanında durduğu zaman iç geçirerek yeniden pelerinine sarındı ve surlardan aşağıya indi. Beregond ile Pippin dışarı çıktıklarında onu Evler'in önünde düşüncelere dalmış buldular.

Ona baktılar; bir süre sessiz kaldı. Sonunda konuştu. "Dostlarım," dedi, "ve bu şehrin ve bütün Batı ülkelerinin bütün ahalisi! Büyük üzüntüye ve şana yol açacak şeyler meydana geldi. Sevinecek miyiz, üzülecek miyiz? Hiç umulmadık bir biçimde düşmanlarımızın komutanı yok edildi; sizler de onun yeisinin son yankısını duydunuz. Fakat giderken eleme ve büyük kayıplara neden oldu. Ve eğer Denethor'un deliliği olmasaydı ben bunu engelleyebilirdim. Düşmanımızın eli çok uzadı! Heyhat! Fakat artık onun iradesinin Şehir'in kalbine kadar nasıl girebilmiş olduğunu biliyorum.

"Vekilharçlar bunun sadece kendileri tarafından bilinen bir sır olduğuna hükmetmiş oldukları halde çok önce, Yedi Gören Taş'ın en önemsizlerinden birinin burada Ak Kule'de saklandığını tahmin etmiştim. Dirayetli günlerinde, kendi gücünün sınırlarını bildiği için Denethor taşı kullanmaya veya Sauron'a meydan okumaya cesaret etmemişti. Fakat irfanı tükendi; ve korkarım ülkesinin içinde bulunduğu tehlike arttıkça o da Taş'a baktı ve kandırıldı: Herhalde Boromir ayrıldığından beri oldukça sık baktı. Karanlık Güç'ün iradesine boyun eğmeyecek kadar büyük biriydi; bununla beraber sadece Güç'ün görmesine izin verdiği şeyleri görebildi. Elde ettiği bilgiler, kuşkusuz, genellikle işine yarıyordu; yine de ona gösterilmiş olan Mordor'un büyük kudretinin görüntüsü onun gönlünü ümitsizlikle doldurmuştu, ta ki sonunda aklını alaşağı edinceye kadar."

"Şimdi bana bu kadar garip gelen şeyin ne olduğunu anladım!" dedi Pippin konuşurken aklına gelenlerle ürpererek. "Hükümdar Faramir'in yattığı odadan ayrılmıştı; onun değiştiğini, yaşlandığını, kırıldığını ilk o zaman, geri döndüğünde düşünmüştüm."

"Tam Faramir'in Kule'ye getirildiği saat, birçoğumuz en üst odada garip bir ışık gördük," dedi Beregond. "Fakat bu ışığı daha önce de görmüştük; uzun zamandır Şehir'de, Hükümdar'ın zihninde Düşman ile görüşebildiği söylentileri dolanıyordu."

"Heyhat! O halde doğru tahmin etmişim," dedi Gandalf. "Böylece girmiş Sauron'un iradesi Minas Tirith'e; ben de böylece alıkonuldum burada. Ve burada kalmaya zorlanmaya da devam edeceğim çünkü çok yakında başka işlerim de olacak, sadece Faramir değil.

"Şimdi gidip, gelenleri karşılamam lazım. Savaş meydanında kalbime çok dokunan bir şey gördüm; daha büyük üzüntüler de meydana gelebilir. Benimle gel Pippin! Fakat sen Beregond, Hisar'a geri dönüp Muhafız başına olanları anlatmalısın. Seni muhafızlıktan almak, onun görevi olacak korkarım; fakat ona, eğer benim fikrimi dinleyecek olursa, seni, komutanının muhafızı ve hizmetkârı olman ve uyandığında – tabii bu mümkün olursa– başucunda bulunman için Şifa Evleri'ne yollamasını söyle. Çünkü onu ateşten kurtaran sen oldun. Git şimdi! Kısa bir süre sonra döneceğim."

Bunları söyledikten sonra ayrılarak Pippin ile birlikte alt şehre doğru inmeye başladı. Onlar aceleyle yol alırlarken rüzgâr gri bir yağmur getirdi ve önlerinden büyük bir duman yükseldi.

BÖLÜM VIII

ŞİFA EVLERİ

Merry'nin gözlerinde yaşlardan ve yorgunluktan bir buğu vardı, Minas Tirith'in yıkılmış Cümlekapısı'na yaklaştıklarında. Yıkıntılara ve etraftaki katliama pek kulak asmadı. Havada ateş, duman ve leş gibi bir koku vardı; çünkü orada burada büyük Güneyli canavarların yarı yanmış, mancınıklarla oraları buraları kırılmış veya Morthond'un cesur okçuları tarafından gözlerinden vurulmuş leşleri yatarken, savaş aletlerinin ve katledilenlerin de çoğunluğu yanmış ya da ateş çukurlarına atılmıştı. Uçuşan yağmur bir ara durmuş ve güneş her şeyin üzerinde pırıldamıştı; fakat bütün aşağı şehir hâlâ tütmekte olan pis bir kokuyla sarılmıştı.

Daha şimdiden adamlar muharebenin yıkıntılarından bir yol açmaya çalışıyorlardı; o anda da Cümlekapısı'ndan sedyeler taşıyan birileri girmişti. Kibarca yatırdılar Éowyn'i yumuşak minderler üzerine; fakat kralın bedenini altından büyük bir örtüyle örttüler ve etrafına meşaleler getirdiler; güneş ışığında soluk meşale alevleri rüzgârla dalgalandı.

Böylelikle Théoden ile Éowyn Gondor Şehri'ne gelmiş oldu; onları gören herkes başlarını açarak boyunlarını büktü; onlar ise yanmış dairenin kül ve dumanından geçerek taş caddelerden yukarı doğru götürüldüler. Merry'ye tırmanış asırlar sürmüş gibi geldi, sanki sevilmeyen bir rüyadaki, hatıraların kavrayamadığı karanlık bir sona doğru durmadan giden anlamsız bir yolculuk gibi.

Yavaş yavaş önündeki meşalelerin ışıkları titreşerek söndü, o bir karanlıkta yürüyordu; şöyle düşündü: "Bu mezara uzanan bir tünel; sonsuza kadar orada kalacağız." Fakat aniden rüyasının içine canlı bir ses düştü.

"Olur şey değil Merry! Şükürler olsun seni buldum!"

Başını kaldırıp baktı ve gözlerinin önündeki bulanıklık biraz açıldı. Pippin oradaydı işte! Dar bir yolda yüz yüze gelmişlerdi fakat onların dışında her yer bomboştu. Gözlerini ovuşturdu.

"Kral nerede?" dedi. "Ya Éowyn?" Sonra sendeledi, eşiğe oturarak yeniden ağlamaya başladı.

"Onlar Hisar'a çıktılar," dedi Pippin. "Galiba sen ayakta uyuyakalmışsın ve yanlış bir yola sapmışsın. Onlarla olmadığını görünce Gandalf seni bulmak için beni yolladı. Zavallı Merry'cik! Seni bir kez daha gördüğüme öyle memnunum ki! Fakat çok yorulmuşsun, seni konuşarak rahatsız etmeyeceğim. Ama söyle bana bir yerin acıyor mu, yaralı mısın?"

"Hayır," dedi Merry. "Yo hayır, zannetmiyorum. Ama sağ kolumu kullanamıyorum Pippin, onu bıçakladığımdan beri kullanamıyorum. Sonra kılıcım da bir odun parçası gibi yandı bitti kül oldu."

Pippin'in yüzü endişeliydi. "Bir an önce benimle gelsen fena olmayacak," dedi. "Keşke seni taşıyabilseydim. Daha fazla yürüyecek halde değilsin. Seni hiç yürütmemeliydiler; ama onları mazur görmen lazım. Şehir'de o kadar korkunç şeyler olup bitti ki Merry, savaştan gelen zavallı bir hobbit rahatlıkla gözden kaçabilirdi."

"Gözden kaçmak her zaman talihsizlik olmuyor," dedi Merry. "Biraz önce o da beni gözünden kaçırdı... Yo yo, onun hakkında konuşamayacağım. Yardım et bana Pippin! Yine her yer kararmaya başladı ve kolum da çok soğuk."

"Yaslan bana Merry oğlum!" dedi Pippin. "Haydi! Adım adım. Uzak değil."

"Beni gömecek misin?" dedi Merry.

"Elbette ki hayır!" dedi Pippin, içi korku ve acıma duygusuyla burulduğu halde neşeli görünmeye çalışarak. "Şimdi Şifa Evleri'ne gidiyoruz."

Yüksek evler ile dördüncü dairenin dış surları arasında giden yoldan ayrılıp çıkarak Hisar'a doğru tırmanan ana yola döndüler. Merry uykuda gibi sallanıp mırıldanırken adım adım ilerliyorlardı.

"Onu oraya götüremeyeceğim," diye düşündü Pippin. "Bana yardım edecek kimse yok mu? Onu burada bırakamam." Tam o anda, hayretle bir çocuğun arkasından geldiğini gördü; tam yanlarından geçerken Beregond'un oğlu Bergil'i tanıdı.

"Hop Bergil!" diye seslendi. "Nereye gidiyorsun? Seni tekrar ve canlı olarak gördüğüm için çok memnun oldum!"

"Şifacılar için haber taşıyorum," dedi Bergil. "Oyalanamam."

"Oyalanma," dedi Pippin. "Fakat onlara de ki yanımda hasta bir hobbit var, savaş alanından gelmiş bir *perian*, unutma. Oraya kadar yürüyebileceğini zannetmiyorum. Eğer Mithrandir orada ise bu haberi duyduğuna memnun olacaktır." Bergil koşmaya devam etti.

"En iyisi burada bekleyeyim," diye düşündü Pippin. Böylece Merry'yi güneş alan bir yere, yolun üzerindeki döşemenin üzerine yavaşça bıraktı, başını kucağına yatırarak. Yavaş yavaş Merry'nin bedenine ve kollarına dokundu ve arkadaşının ellerini kendi ellerine aldı. Sağ eli, dokununca buz gibi gelmişti ona.

Gandalf'ın bizzat onları aramaya gelmesi çok sürmedi. Merry'nin üzerine eğilerek alnını okşadı; sonra dikkatle kaldırdı onu. "Bu şehre şerefle taşınmalıydı," dedi. "Benim güvenimi fazlasıyla haklı çıkardı; çünkü eğer Elrond benim dediklerimi hürmeten kabul etmiş olmasaydı ikiniz de yola çıkamayacaktınız; o zaman bu günün kötülükleri çok daha hüzün verici olacaktı." İçini çekti. "Yine de bana bir iş daha çıktı işte, bir yandan savaş da hep dengede dururken."

Böylece sonunda Faramir, Éowyn ve Meriadoc Şifa Evleri'ne yatırılmışlardı; orada güzel güzel bakılıyordu onlara. O son günlerde bütün irfanlarda eski zamanların yetkinliğinden bir düşüş olduğu halde Gondor'un hekimlik zanaatı hâlâ ferasetliydi, yaralanmışları berelenmişleri ve Deniz'in doğusunda ölümlülerin maruz kaldıkları bütün hastalıkları iyi etme konusunda hünerliydiler. Yaşlılık hariç. Bunun için hiç çareleri yoktu; gerçekten de ömürleri artık diğer insanların ömürlerinden biraz fazla da olsa, azalmıştı ve elden ayaktan kesilmeden elli yaşı geçenlerin hikâyeleri de azalmaya başlamıştı artık – saf bir kana sahip birkaç sülale hariç. Fakat şimdi sanatları ve bilgileri aciz kalmıştı; çünkü iyileştirilemez bir illetten hastalanmış birçok hasta vardı; onlar buna Kara Gölge diyorlardı çünkü Nazgûl'den kaynaklanıyordu. Buna tutulan herkes yavaş yavaş, durmadan derinleşen bir rüyaya dalıyor ve sonra sessizliğe gömülüp ölümcül bir şekilde soğumaya başlayarak ölüyordu. Bu hastalara bakanlara Buçukluk ile Rohan'ın Hanımı'nda da aynı illet var gibi gelmişti. Yine de sabah vakti ilerlerken zaman zaman konuşuyorlar, rüyalarında mırıldanıyorlardı; onlara bakanlar, belki hastalıklarına bir faydası olacak bir şey duyarız umuduyla bütün söylediklerini dinliyordu. Fakat kısa bir süre sonra karanlığa batmaya başladılar, gri gölgeler yüzlerinden geçerken güneş batıya doğru dönüyordu. Yine de Faramir hafiflemeyen bir ateşle cayır cayır yanıyordu.

Gandalf endişe içinde bir birine, bir diğerine gidip duruyor, hastaların başındaki nöbetçilerin bütün duydukları kendisine anlatılıyordu. Dışarıdaki büyük savaş değişen umutlarla ve garip haberlerle devam ederken, böylece geçti gün; Gandalf, kavuşan kızıl güneş bütün göğü doldurup, pencerelerden geçen ışık hastaların kül rengi yüzlerine düşünceye kadar orada bekleyip gözlemeye devam ederek bir yere ayrılmadı. Yakınlarda duranlara bu parlak ışık içinde hastaların yüzleri, sanki sağlıkları geri geliyormuşçasına hafifçe pembeleşmiş gibi geldi bir ara, ama bu umudun oynadığı bir oyundu sadece.

Sonra ebe İoreth, o evde hizmet eden en yaşlı kadın, Faramir'in zarif yüzüne bakarak ağladı çünkü herkes onu çok severdi. Ve şöyle dedi: "Eyvah! Ya ölürse. Ah, Gondor'da krallar olaydı, bir zamanlar olduğu söylendiği gibi! Çünkü eski bir tekerlemede şöyle denir: Kralın elleri, bir şifacının elleridir. Böylece ne zaman olursa olsun hak sahibi kralın kim olduğu anlaşılabilirmiş."

Bunun üzerine yakında duran Gandalf şöyle dedi: "İnsanlar uzun süre senin sözlerini hatırlayabilirler İoreth! Çünkü sözlerinde umut var. Belki de bir kral gerçekten de Gondor'a dönmüştür; yoksa sen Şehir'e gelen garip haberleri duymadın mı?"

"Bütün o bağrışa çağrışa kulak veremeyecek kadar meşguldüm," diye cevap verdi kadın. "Bütün ümit ettiğim o katil şeytanların bu Ev'e gelip hastaları rahatsız etmemeleri."

Sonra Gandalf aceleyle ayrıldı; daha şimdiden kül rengi akşam kırlardan emekleyip gelirken, gökyüzündeki ateş sönmeye başlamış, tütmekte olan tepeler soluyordu.

Güneş aşağılara indiğinde Aragorn, Éomer ve İmrahil, komutanları ve silahşörleriyle Şehir'e iyice yaklaşmışlardı; Cümlekapısı'na vardıklarında Aragorn şöyle dedi:

"Büyük bir yangının içine batan Güneş'e bakın! Bu birçok şeyin sonu ve düşüşü, dünya akıntılarında değişiklik anlamına geliyor. Fakat bu Şehir, Vekilharçların yönetiminde uzun yıllar dinlendi ve korkarım davet edilmeden buraya girersem, savaş sırasında yaşanmaması gereken kuşkular ve tartışmalar çıkabilir. Galip olanın biz mi Mordor mu olduğu kesinleşmeden içeri girmeyeceğim, bir talepte de bulunmayacağım. Adamlar çadırlarımı savaş alanına kurarlar; burada

Şehir'in Hükümdarı'nın beni karşılamasını bekleyeceğim."

Fakat Éomer şöyle dedi: "Kralların sancağını açtınız ve Elendil hanedanlarının nişanlarını gösterdiniz bile. Bunlara itiraz edilmesine izin mi vereceksiniz?"

"Hayır," dedi Aragorn. "Fakat zamanın daha ermediğini düşünüyorum; ayrıca Düşman ve onun hizmetkârlarından başka kimseyle didişmeye niyetim yok."

Prens İmrahil de şöyle dedi: "Sözleriniz akıllıca efendim, eğer Hükümdar Denethor'un bir akrabasının bu konuda fikir yürütmesine izin verecek olursanız. Denethor güçlü bir iradeye sahip, mağrur biridir ama yaşlıdır; oğlu yaralandığından beri hareketleri de bir gariplesti. Yine de ben olsaydım, kapıdaki bir dilenci gibi burada kalmazdım."

"Bir dilenci değil," dedi Aragorn. "Şehirlere ve taştan evlere alışık olmayan Kolcuların bir komutanı diyelim." Ve sancağını toparlamaları için emir verdi; Kuzey Krallığının Yıldızı'nı saklayarak bunu Elrond'un oğullarına emanet etti.

Sonra Prens İmrahil ile Rohan'lı Éomer onu bıraktılar, Şehir'i ve insanların yaygarasını geçerek Hisar'a tırmandılar ve Vekilharç'ı bulmak için Kule Binası'na geldiler. Fakat tahtı boş buldular ve kürsünün önünde Yurt Kralı Théoden'in naaşının katafalka konmuş olduğunu gördüler; etrafında on iki meşale vardı; hem Rohan, hem de Gondor silahşörlerinden on iki de muhafız. Katafalkın örtüleri yeşil beyazdı ama göğsüne kadar altından büyük bir örtü örtülmüştü, bunun üzerinde kınından çıkmış kılıcı ve ayak ucunda kalkanı duruyordu. Meşalelerin ışığı ak saçlarında, fıskiyenin püsküren sularında oynaşan güneş gibi pırıldıyordu, ama yüzü, gençliğin ulaşamayacağı bir huzurun varlığı bir yana bırakılacak olursa, genç ve zarifti; uyuyordu sanki.

Kralın yanında bir süre sessizce durduktan sonra İmrahil dedi ki: "Velikharç nerede? Ya Mithrandir nerede?"

Muhafızlardan biri cevapladı: "Gondor Vekilharcı Şifa Evleri'nde."

Fakat Éomer şöyle dedi: "Éowyn Hanım, kız kardeşim nerede; çünkü onun da kralın yanında uzanıyor olması, en az onun kadar saygı görmesi gerekmiyor mu? Ne yana koydular onu?"

Ve İmrahil şöyle dedi: "Ama onu buraya taşıdıklarında Éowyn Hanım daha yaşıyordu. Bilmiyor muydunuz?"

Ümit öyle beklenmedik bir şekilde geldi ki Éomer'in gönlüne ve ümitle birlikte endişe ve korkusu içini kemirmeye öyle bir başladı ki, daha başka bir şey söylemedi ama dönerek hızla binadan çıktı; Prens de onu izledi. Dışarı çıktıklarında akşam çökmüş, bir sürü yıldız gökyüzünü sarmıştı. Gandalf yayan olarak çıkageldi, yanında da grilere bürünmüş biri vardı; Şifa Evleri'nin önünde karşılaştılar. Gandalf'ı selamlayarak dediler ki: "Vekilharç'ı arıyoruz, onun Ev'de olduğunu söylediler. Yaralandı mı acaba? Sonra Éowyn Hanım, o nerede?"

Gandalf cevap verdi: "Hanım içerde yatıyor, ölmedi ama ölüme çok yakın. Fakat Faramir Bey kötü bir okla yaralanmış sizin de duymuş olduğunuz gibi; artık Vekilharç da o; çünkü Denethor yok artık, evi küller içinde." Bunun üzerine onlar Gandalf'ın anlatmış olduğu hikâyeyle keder ve merak içinde kaldılar.

Fakat İmrahil şöyle dedi: "Öyleyse bu zafer mutluluğu eksik ve pahalıya mal olmuş bir zafer, eğer aynı günde hem Gondor'u, hem de Rohan'ı hükümdarlarından mahrum ettiyse. Éomer Rohirrim'i yönetiyor. Bu arada Şehir'i kim yönetecek? Hâlâ Hükümdar Aragorn'u çağırmayacak mıyız?"

Pelerinli adam konuştu ve dedi ki: "Geldi." Kapının yanındaki lambanın ışığına bir adım atınca adamın, zırhlarının üzerine Lórien'in gri pelerinini giymiş olan ve üstünde Galadriel'in yeşil taşından başka hiçbir nişan taşımayan Aragorn olduğunu gördüler. "Geldim çünkü Gandalf gelmem için yalvardı," dedi. "Fakat şimdilik Arnor'lu Dúnedain'in Komutanı'yım; Faramir uyanıncaya kadar Şehir'i Dol Amroth Hükümdarı yönetecek. Fakat önümüzdeki günlerde ve Düşman ile yapacağımız bütün işlerimizde hepimizi Gandalf'ın yönetmesini öneririm." Bu konuda hepsi hemfikir oldular.

Sonra Gandalf dedi ki: "Gelin kapıda eğlenmeyelim, zamanımız çok sıkışık. Gelin girelim! Çünkü Ev'de yatan hastalar için tek ümit Aragorn'un gelmesindedir. Böyle söyledi İoreth, Gondor'un arif kadını: *Kralın elleri, bir şifacının elleridir ve böylece hak sahibi kralın kim olduğu anlaşılabilecektir*."

Önce Aragorn girdi içeri, diğerleri de onu izledi. Kapıda Hisar'ın özel üniforması içinde iki muhafız duruyordu: Biri uzun boyluydu fakat diğeri ancak bir oğlan çocuğu boyundaydı; onları gördüğünde hayret ve sevinçle yüksek sesle bağırdı.

"Yolgezer! Ne harika! Biliyor musun, o kara gemilerle gelenin sen olduğunu tahmin etmiştim. Fakat herkes korsanlar diye bağırıp duruyordu, beni dinleyen yoktu. Nasıl başardın bunu?"

Aragorn gülerek hobbitin elini tuttu. "Gerçekten de hoş bir karşılaşma!" dedi. "Fakat henüz seyyahların hikâyelerine ayıracak zaman yok."

Fakat İmrahil Éomer'e şöyle dedi: "Krallarla böyle mi konuşulur? Ama belki de o tacını başka bir isimde giyecektir!"

Onu duyan Aragorn döndü ve dedi ki: "Çok doğru, çünkü eskinin yüce lisanında ben *Elessar*'ım yani Elftaşı; aynı zamanda da *Envinyatar*'ım yani Yenileyici": göğsünde duran yeşil taşı kaldırdı. "Fakat hanedanımın ismi Yolgezer olacak eğer kurulabilecek olursa. Yüce lisanda bu o kadar kötü durmuyor, *Telcontar* olacağım ben ve bedenimin varisleri."

Bu sözle birlikte Ev'e geçtiler; onlar hastaların tedavi edildiği odalara doğru giderken Gandalf Éowyn ile Meriadoc'un yaptıklarını anlattı. "Çünkü," dedi, "uzun zamandır onların yanında duruyorum; ilk başlarda ölümcül karanlığa çökmeden önce rüyalarında çok konuştular. Ayrıca bana uzaktaki şeyleri görmek de bahşedilmiştir."

Aragorn önce Faramir'e gitti, sonra Éowyn Hanım'a ve en son olarak da Merry'ye. Hastaların yüzüne bakıp da hastalıklarını görünce iç geçirdi. "Burada bana bahşedilmiş olan bütün gücü ve beceriyi ortaya koymam gerekecek," dedi. "Keşke Elrond burada olsaydı çünkü o bizim soyumuzun en yaşlısıdır ve en büyük güce sahiptir."

Onun çok üzgün ve yorgun olduğunu gören Éomer dedi ki: "Önce dinlenmen, en azından biraz bir şeyler yemen gerekmez mi?"

Fakat Aragorn şöyle cevap verdi: "Hayır, çünkü bu üçü ve en çok da Faramir için zaman sona ermek üzere. Elimizden geldiğince acele etmeliyiz."

Sonra İoreth'e seslendi ve dedi ki: "Bu Ev'de şifalı otlar stoku var mı?"

"Evet beyim," diye cevap verdi kadın; "ama yeterince yok tahminimce, ihtiyacı olan herkese yetecek kadar yok. Fakat dahasını nerede bulabileceğimizi bilmediğimizden eminim; çünkü bu korkunç günlerde ateşlerle yangınlarla, bu kadar az haber getirip götüren delikanlılarla, tıkanan yollarla her şey karman çorman oldu. Baksanıza Lossarnach'tan pazara bir taşıyıcı gelmeyeli kaç sene oldu! Fakat biz Ev'de elimizdekilerle, elimizden geleni yapıyoruz beyefendi hazretleri, sizin de bildiğiniz gibi mutlaka."

"Ancak gördükten sonra varabilirim bu hükme," dedi Aragorn.

"Az bulunan bir şey daha var; o da konuşacak zaman. *Athelas* var mı?"

"Bilmiyorum beyefendi emin olun," diye cevap verdi kadın, "en azından o isimle bilmiyorum. Gidip şifalı otlar ustasına sorayım; o bütün eski adları bilir."

"Kralfoyası da denir," dedi Aragorn; "belki bitkiyi bu isimle tanırsınız; çünkü köylüler son günlerde bu ismi kullanıyor."

"Hı o mu!" dedi İoreth. "Eh beyefendi hazretleri baştan öyle söyleseydiniz size cevap verebilirdim. Hayır, ondan hiç olmadığından eminim. Tuhaf, bu bitkinin büyük bir tesiri olduğunu hiç duymamıştım; hemşirelerle yetiştiği ormanlarda ona rast geldiğimizde sık sık şöyle derdim: 'kralfoyası,' derdim, 'garip bir isim, acaba neden böyle bir isim takılmış; çünkü eğer ben bir kral olsaydım bahçemde çok daha parlak bitkiler yetiştirirdim.' Yine de ezildiğinde hoş bir koku çıkartır, öyle değil mi? Tatlı, yerinde bir deyim olabilir mi: Tekin, belki de daha yaklaşık bir sözcük."

"Tekin, gerçekten," dedi Aragorn. "Ve şimdi hatun kişi, eğer Hükümdar Faramir'i seviyorsan, dilin gibi seri koş da bana kralfoyası getir, eğer Şehir'de bir yaprakçık bile varsa."

"Eğer yoksa," dedi Gandalf, "İoreth'i arkama alıp Lossarnach'a sürerim atımı; beni ormana götürür, kız kardeşlerine değil. Gölgeyele de ona acele etmenin ne demek olduğunu gösterir."

İoreth gittiğinde Aragorn diğer kadınlara suyu iyice ısıtmalarını söyledi. Sonra Faramir'in elini eline aldı, diğer elini de hasta adamın alnına koydu. Alnı terden sırılsıklamdı; fakat Faramir ne kıpırdadı, ne de bir harekette bulundu; zorlukla nefes alıp veriyor gibiydi.

"Hemen hemen tükenmiş," dedi Aragorn Gandalf'a dönerek. "Fakat bu yaradan kaynaklanmıyor. Bakın! Yara iyileşiyor. Sizin zannettiğiniz gibi Nazgûl'ün bir okuyla vurulmuş olsaydı, o gece ölürdü. Bu yara Güneyli bir okla açılmış tahminim. Kim çıkarttı oku? Ok saklandı mı?"

"Ben çıkardım oku," dedi İmrahil, "ve kanını durdurdum. Fakat oku alıkoymadım, çünkü yapacak çok işimiz vardı. Ok, hatırladığım kadarıyla, aynı Güneyliler'in kullandıkları cinstendi. Yine de ben onun yukardaki Gölgeler'den gelmiş olduğunu zannettim, çünkü ateşi ve hastalığı başka türlü açıklanmıyordu; yani yara fazla derin ve önemli olmadığı için. O halde bu meseleyi nasıl açıklıyorsun?"

"Yorgunluk, babasının durumuna duyduğu üzüntü, yara ve hepsinin üzerine Kara Nefes," dedi Aragorn. "Hâlâ kuvvetli bir iradeye sahip, çünkü dış surlarda savaşmaya gitmeden önce Gölge'nin çok altına yaklaşmıştı. O mevkiini korumaya çalışıp savaşırken yavaş yavaş karanlık üzerine çökmüş olmalı. Keşke daha önce buraya varabilseydim!"

Bu sırada şifalı otlar ustası geldi. "Beyefendi hazretleri kralfoyası istemiş, köylülerin deyimiyle," dedi; "ya da soylu dilde veya iyi kötü biraz Volinarca bilenler için *athelas*..."

"Ben biliyorum," dedi Aragorn, "ve şu anda buna *asëa aranion* mu dersin kralfoyası mı umurumda değil, yeter ki sende biraz bulunsun."

"Affedersiniz beyim!" dedi adam. "Görüyorum ki siz bir irfan ustasısınız, sadece savaşta bir komutan değil. Fakat heyhat! Beyim, biz bu şeyi sadece çok ağır yaralıların veya hastaların bakıldığı Şifa Evleri'nde bulundurmuyoruz. Çünkü bizim bildiğimiz kadarıyla, kötü havayı yumuşatmak ya da gelip geçici bir ağırlığı uzaklaştırmaktan başka bir tesiri yok. Tabii eğer, bizim iyi yürekli İoreth'imiz gibi kadınların hâlâ anlamadan tekrarladıkları, eski günlerden kalma tekerlemelere kulak asıyorsanız o başka.

Tüm ışıklar sönünce
ölüm gölgesi büyüyünce
üfleyince kara nefes
gel athelas, gel athelas!
Şifa kralın ellerinden
Hayata döner ölen!

Bu sadece, korkarım, eski ebelerin hafızalarında zamanla bozulmuş, pek önemi olmayan ufak bir şiir. Anlamını, takdir etmeniz için size bırakıyorum, tabii eğer bir anlamı var ise. Fakat eskiler hâlâ otun çayını baş ağrısına karşı içerler."

"O halde kral adına gidin de daha az irfan sahibi ama aklı daha başında olan, evinde hâlâ biraz bu ottan bulunduran yaşlı bir adam bulun!" diye bağırdı Gandalf.

Aragorn Faramir'in yanına diz çökmüş, bir elini alnına koymuştu. Onu izleyenler büyük bir mücadelenin yaşanmakta olduğunu hissettiler. Çünkü Aragorn'un yüzü yorgunluktan kül gibi olmuştu; arada sırada Faramir'in ismini sesleniyordu fakat sanki Aragorn da onlardan uzaklaşmıştı, sesi ırak karanlık vadinin birinde, kaybolmuş birine sesleniyormuş gibi her seferinde kulaklarına biraz daha belirsiz geliyordu.

Sonunda Bergil koşarak içeri girdi, bir bezin içinde altı tane yaprak taşıyordu. "Kralfoyası Beyim," dedi; "ama taze değil korkarım. En azından iki hafta önce toplanmış. Umarım bir işe yarar Beyim!" Sonra Faramir'e bakarak gözyaşlarına boğuldu.

Fakat Aragorn gülümsedi. "İşe yarayacak," dedi. "En kötüsü geçti. Kal burada, için rahatlasın!" Sonra iki yaprak alarak bunları elleri üzerine koydu ve üzerine nefes verdi, sonra yaprakları ufaladı; bunun üzerine hemen bütün odayı bir canlılık kapladı, sanki havanın kendisi uyanmış da kıpırdaşıyormuş, neşeyle parıldıyormuş gibi. Sonra yaprakları, kendisine getirilen dumanı tüten suyla dolu kaselere koydu ve koyar koymaz bütün yürekler ferahladı. Çünkü herkesin burnuna gelen rayiha, ilkbahardaki zarif dünyanın kendisinin de gelip geçici bir hatıra olduğu bir ülkedeki gölgesiz bir güneşin doğurduğu şebnemli sabahların hatırasına benziyordu. Fakat Aragorn canlanmış olarak ayağa kalktı; kâseyi Faramir'in hülyalar içindeki yüzüne doğru tutarken gözlerinin içi gülüyordu.

"Olur şey değil! Kim inanırdı?" dedi İoreth yanında duran bir kadına. "Ot benim tahmin ettiğimden de iyi. Genç kızlığımdaki İmloth Melui'nin güllerini hatırlattı; hiçbir kral da bundan fazlasını isteyemez."

Aniden Faramir kıpırdadı, gözlerini açtı ve üzerine eğilmiş olan Aragorn'a baktı; gözlerinde bir bilgi ve sevgi ışığı tutuştu ve yavaş yavaş konuştu. "Efendim beni siz çağırdınız. Geldim. Kralımız ne buyuruyorlar?"

"Artık gölgelerde dolanma, uyan!" dedi Aragorn. "Çok yorgunsun. Biraz dinlen, bir şeyler ye ve geri döndüğümde hazır ol."

"Olacağım efendim," dedi Faramir. "Kral döndüğünde kim aylak aylak yatmak ister!"

"O halde bir süre için hoşça kal!" dedi Aragorn. "Bana ihtiyacı olan diğerlerine gitmem gerek." Sonra Gandalf ve İmrahil ile bölmeyi terk etti; fakat Beregond ile oğlu mutluluklarına hâkim olamadan arkada kaldılar. Gandalf'ı takip eden Pippin kapıyı kapatırken İoreth'in şöyle bağırdığını duydu:

"Kral! Duydunuz mu? Dememiş miydim? Bir şifacının elleri demiştim." Ve kısa bir süre içinde kralın gerçekten de aralarına gelmiş olduğu ve savaştan sonra şifa dağıttığı haberi Ev'den her yana yayıldı, bütün Şehir'i dolandı.

Fakat Aragorn Éowyn'in yanına giderek şöyle dedi: "Burada keder verici bir yara ve ağır bir darbe var. Kırılmış olan kol büyük bir hünerle tedavi edilmiş ve zamanla iyileşecek, eğer yaşayacak kadar gücü olursa. Sakatlanmış olan kalkanı tutan kolu, ama asıl kötülük kılıcı tutan kolundan kaynaklanıyor. Şu anda kırık olmadığı halde hiç hayat yok gibi görülüyor.

"Heyhat! Çünkü kendi zihin ve beden gücünün çok ötesinde bir düşmanla karşı karşıya gelmişti. Ve öyle bir düşmana karşı kılıç çekenlerin çelikten daha sert olmaları gerekir, tabii yaşadıkları şaşkınlığın kendisi onları mahvetmez de kılıcı çekebilirlerse. Onu bu yola sokan kötü bir yazgıymış. Çünkü o çok zarif bir kız, kraliçelerin çıktığı bir hanedana mensup güzel bir hanım. Yine de onunla nasıl konuşmam gerektiğini bilmiyorum. Ona ilk baktığımda mutsuzluğunu hissettim; dimdik duran, bir zambak kadar biçimli, mağrur ak bir çiçek görmüştüm sanki, ama yine de elf zanaatçılar tarafından çelikten yapılmış gibi sert olduğunu biliyordum. Belki de özünü buza çevirmiş olan bir kırağıydı; öyle duruyordu, tatlı-sert, yine de görünüşü çok zarifti ama kısa bir süre sonra düşecek veya ölecek şekilde yaralanmış gibi miydi desem? Onun derdi bugünden çok önce başlamıştı, öyle değil mi Éomer?"

"Bana sormanıza hayret ettim beyim," diye cevap verdi Éomer. "Çünkü ben sizi, diğer bütün konularda olduğu gibi suçsuz buluyorum; yine de kızkardeşim Éowyn'in size ilk baktığı ana kadar buz kesmiş olduğunu fark etmemiştim. Endişesi ve korkusu vardı ve bunu benimle paylaşıyordu Solucandil'li günlerde ve kralın büyülenmiş olduğu zamanlarda, krala artan bir korkuyla hizmet ediyordu. Ama bu sonucu doğuran o değildi!"

"Dostum," dedi Gandalf, "senin atların vardı, silahlarla yaptığın işler ve açık kırların; fakat bir kızın bedeniyle dünyaya gelen Éowyn, en az seninkine denk bir ruha ve cesarete sahipti. Yine de babası gibi sevdiği yaşlı bir adama hizmet etmeye ve onun kötü, şerefsiz bir bunaklık içine düşmesini seyretmeye mecbur kalmıştı; ve ona, kendi oynadığı rol, yaşlı adamın dayandığı asadan bile daha şerefsiz geliyordu.

"Solucandil'in zehrinin sadece Théoden'in kulakları için olduğunu mu sanıyordun? *Bunak! Eorl'un konağı, eşkiyaların pis kokular içinde içtiği, veletlerinin itlerle yerde yuvarlandığı bir yer değil de ne?* Bu sözleri daha önce duymamış mıydın? Saruman, Solucandil'in hocası söylemişti bunları. Gerçi evde Solucandil'in bunların manalarını daha zekice terimlerle sarıp sarmaladığına hiç kuşkum yok. Beyim, eğer kızkardeşinizin size olan sevgisi ve hâlâ görevine yönelmiş bulunan iradesi dudaklarını mühürlemiş olmasaydı, bu tür sözlerin o dudaklar arasından da kaçtığını duymuş olurdunuz. Fakat Éowyn tek başınayken, gece boyunca süren o acı nöbetlerde, bütün yaşamı eriyip gidiyormuş gibi gelirken, kulübesinin duvarları, vahşi şeyleri tuzağa düşürmek için kullanılan kafesler gibi üstüne üstüne gelirken karanlıklara neler söylediğini kim bilebilir?"

Bunun üzerine Éomer sessizleşerek, sanki birlikte geçmiş olan yaşamlarına ait günler hakkında yeniden düşünürmüş gibi kızkardeşine bakmaya başladı. Fakat Aragorn şöyle dedi: "Ben senin görmüş olduğunu da gördüm Éomer. Şu dünyanın kör acıları arasında bu kadar zarif ve cesur bir hanımın karşılık veremeyeceğin aşkını görmek kadar acı ve utanç veren başka çok az keder vardır bir erkek için. Onu Dunharrow'da çaresizlikten deliye dönmüş bir halde bırakıp Ölülerin Yolu'na gittiğimden beri hüzün ve acıma duygusu yakamı bırakmadı; ve o yol üzerinde hiçbir korku, onun başına gelebileceklerin korkusu kadar baskın değildi. Ama yine de Éomer, sana şunu söyleyeyim ki seni benden daha büyük bir samimiyetle seviyor; çünkü seni hem seviyor, hem biliyor; ama bende sadece bir gölgeyi ve bir düşünceyi seviyor: Bir şanın ve büyük eylemlerin, Rohan'dan uzaktaki ülkelerin ümidini.

"Belki benim onun bedenini iyileştirme, onu karanlık vadiden geri çağırma gücüm vardır. Ama uyanınca ne halde olacak: Ümitli mi, unutmuş mu, ümitsiz mi bilemem. Eğer ümitsizlik içinde uyanırsa, benim veremediğim başka bir şifa bulmazsa o zaman ölür. Heyhat! Yaptıkları onu büyük şan sahibi kraliçelerin yanına kattı."

Sonra Aragorn eğilerek kızın yüzüne baktı; gerçekten de yüzü bir zambak gibi beyaz, kırağılar gibi soğuk ve yontulmuş bir taş gibi sertti. Fakat eğilerek kızı alnından öptü ve ona hafifçe seslenerek şöyle dedi:

"Éomund kızı Éowyn, uyan! Çünkü düşmanın göçüp gitti!"

Kız kıpırdamadı ama artık derin derin nefes almaya başlamıştı, göğsü beyaz ketenden örtüsü altında inip kalkıyordu. Aragorn bir kez daha iki *athelas* yaprağını ezerek kaynar suya attı; kızın alnını ve örtülerin üzerinde soğuk ve hissiz yatan sağ kolunu bununla yıkadı.

Sonra, Aragorn gerçekten Batılılar'ın unutulmuş bazı güçlerine sahip olduğundan mı, yoksa onun Hanım Éowyn için söylediği sözlerin üzerlerindeki etkisinden miydi bilinmez, şifalı otun tatlı etkisi oda içine yayılırken, etrafta duranlara pencereden sert bir yel esmiş ve bu yel hiç koku taşımadığı halde daha önce canlı hiçbir şey tarafından solunmamış tamamen taze, temiz ve diri bir havaymış, yıldızlardan bir gökkubbe altında yükselen karlı dağlardan veya köpükten denizler tarafından yıkanan uzakların gümüş kıyılarından yeni oluşmuş da gelmiş gibi geldi.

"Uyan Éowyn, Rohan'ın Hanımı!" dedi Aragorn bir kez daha; kızın sağ elini eline aldığında can gelerek ısındığını fark etti. "Uyan! Gölge gitti ve bütün karanlık yıkanıp temizlendi!" Sonra kızın elini Éomer'in eline vererek kızın yanından uzaklaştı. "Seslen ona!" dedi ve sessizce odadan çıktı.

"Éowyn, Éowyn!" diye seslendi Éomer gözyaşları arasında. Fakat kız gözlerini açarak dedi ki: "Éomer! Bu ne büyük mutluluk böyle? Çünkü senin öldürülmüş olduğunu söylemişlerdi. Yo, bu sadece rüyamdaki karanlık seslerdi. Ne zamandır rüya görüyorum?"

"Çok uzun süre değil kızkardeşim," dedi Éomer. "Ama daha fazla düşünme bu konuda!"

"Garip bir şekilde yorgunum," dedi Éowyn. "Biraz dinlenmem gerek. Fakat söyle bana Yurt'un Hükümdarı'na ne oldu? Heyhat! Bana onun da bir rüya olduğunu söyleme; çünkü öyle olmadığını biliyorum. Tıpkı önceden sezmiş olduğu gibi öldü."

"Öldü," dedi Éomer, "ama bana, onun için kızından da kıymetli olan Éowyn'e veda etmemi söyledi. Artık Gondor'un Hisar'ında büyük bir gururla yatıyor."

"Bu keder verici," dedi kız. "Yine de, Eorl Hanedanı'nın herhangi bir çoban sülalesinden daha az bir şerefle çöküp gidecekmiş gibi göründüğü o karanlık günlerde umut etmeye bile cüret edemediğim kadar güzel. Peki ya kralın silahtarı Buçukluk'a ne oldu? Éomer onu Atçanyurt silahşörü yap, bunu hak ediyor!"

"O da bu Ev'de, yakınlarda bir yerde yatıyor, şimdi ona gideceğim," dedi Gandalf. "Éomer bir süre burada kalacak. Fakat henüz tamamen iyileşmeden savaştan ve düşmanlardan konuşmayın. Yeniden sıhhat ve ümit içinde uyanmış olman ne büyük bir mutluluk yiğit hanım!"

"Sıhhat içinde mi?" dedi Éowyn. "Olabilir. Benim yerini doldurabileceğim, düşmüş olan bir Süvari'nin boş eyeri olduğu sürece yapılacak işler var demektir. Ama ümit? Onu bilemiyorum."

Gandalf ile Pippin Merry'nin odasına gittiler ve Aragorn'u yatağın yanında dururken buldular. "Zavallı Merry'cik!" diye haykırdı Pippin ve yatağın yanına koştu çünkü ona arkadaşı daha da kötüymüş gibi gelmişti; yüzü kül rengiydi, üzüntü dolu yılların ağırlığı üzerine çökmüştü adeta; aniden Pippin'i bir korku aldı, sanki Merry ölecekmiş gibi.

"Korkma," dedi Aragorn. "Tam zamanında geldim ve onu geri çağırdım. Şimdi çok yorgun ve kederli; Éowyn Hanım gibi bir yara almış o korkunç şeye vurmaya cesaret etmekle. Fakat bu kötülükler iyileştirilebilir; içinde öyle güçlü ve neşeli bir ruh var ki. Kederini hiç unutmayacak; ama bu onun gönlünü karartmayacak, tersine ona bir bilgelik verecek."

Sonra Aragorn elini Merry'nin başına koyarak hafifçe kahverengi bukleler arasında gezdirdi, gözkapaklarına dokundu ve ismini seslendi. Ve *athelas*'ın kokusu, bir meyva bahçesinin veya üzeri arılarla dolu güneş altındaki bir fundalığın kokusu gibi odaya yayılınca, Merry aniden uyanarak şöyle dedi:

"Karnım acıktı. Saat kaç?"

"Yemek vaktini geçti artık," dedi Pippin; "gerçi sanırım sana bir şeyler getirebilirim, eğer bana izin verirlerse."

"Elbette verirler," dedi Gandalf. "Sırf yiyecek değil, adının şeref listesinde olduğu Minas Tirith'te bulunan Rohan'lı bu Süvari'nin istediği her şeyi getirebilirsin hem de."

"Âlâ!" dedi Merry. "O halde önce yemek istiyorum, ondan sonra da pipo." Birden yüzü bulutlandı. "Hayır, pipo istemiyorum. Bir daha pipo içebileceğimi hiç zannetmiyorum."

"Nedenmiş?" dedi Pippin.

"Şey," diye cevap verdi Merry yavaş yavaş. "O öldü. Bana onu hatırlattı. Benimle pipoluk otlar konusunda konuşamadığı için çok üzgün olduğunu söyledi. Hemen hemen söylediği son sözler bunlardı. Bir daha onu, atını İsengard'a sürdüğü o günü ve ne kadar kibar biri olduğunu düşünmeden pipo içemem Pippin."

"O halde hem piponu iç, hem onu düşün!" dedi Aragorn. "Çünkü o çok iyi yürekliydi, büyük bir kraldı ve sözünü tutuyordu; son güzel sabahını görmek için gölgelerden çıkmıştı. Ona hizmetin kısa sürmüş olsa bile ömrünün sonuna kadar memnuniyetle ve şerefle hatırlayacağın bir anı olacak."

Merry gülümsedi. "Eh o halde," dedi, "eğer Yolgezer ihtiyacımız olan şeyleri tedarik eder ise ben de pipomu içer düşünürüm. Saruman'ın en iyi otları dengimdeydi ama savaş sırasında başına neler geldiğini bilmediğim kesin."

"Efendi Meriadoc," dedi Aragorn, "eğer dağlardan, Gondor ülkesinden ve elimde kılıçla ateşler içinden eşyasını oraya buraya atan dikkatsiz bir askere otlar getirmek için geldiğimi zannediyorsan yanılıyorsun. Eğer dengin bulunmadıysa bu Ev'in şifalı otlar ustasını çağırt. O da sana senin istediğin otun bir faydası olduğunu bilmediğini ama o ota halk arasında batılıadamotu, soylular arasında *galenas* dendiğini, daha büyük irfana sahip başka dillerde başka isimler verildiğini söyleyecek, anlamını anlayamadığı yarı yarıya unutulmuş birkaç tekerlemeden sonra üzülerek sana Ev'de bundan kalmadığını haber verecek ve senin dillerin tarihi hakkında düşüncelere dalmana neden olacaktır. Ve artık benim de bunu yapmam gerek. Çünkü Dunharrow'dan ayrıldığımdan beri böyle bir yatakta yatmadım ve şafaktan önceki karanlıktan beri de yemedim."

Merry onun elini tutarak öptü. "Çok çok üzgünüm," dedi. "Hemen git! Edoras'taki o geceden beri hep sana yük olduk. Fakat bu tür zamanlarda hafif sözcükler kullanıp, söylediklerinden daha azını kastetmek benim halkımın bir özelliği. Çok söz söylemeye korkuyoruz. Şaka yerinde olmayınca bizi kelimelerden yoksun bırakıyor."

"Bunu çok iyi bilirim, yoksa size aynı şekilde davranmazdım," dedi Aragorn. "Shire solmadan sonsuza kadar yaşasın!" Ve Merry'yi öperek dışarı çıktı; Gandalf da onunla birlikte gitti.

Pippin geride kaldı. "Onun gibi biri daha gelmiş midir dünyaya acaba?" dedi. "Gandalf hariç, tabii ki. Herhalde onların arasında bir bağ vardır. Eşek kafalı, dengin yatağının üzerinde ya; üstelik seninle karşılaştığımda da sırtındaydı. Dengi başından beri görüyordu mutlaka. Sonra benim de kendime ait biraz bir şeylerim var. Haydi! Uzundip Yaprakları bunlar. Ben gidip azıcık yiyecek bir şeyler bakarken sen de doldur pipoları. Sonra biraz kendimize zaman ayıralım. Aman canım! Biz, Took'lar ve Brandybuck'lar uzun süre yükseklerde yaşayamayız zaten."

"Yok," dedi Merry. "Ben yaşayamam. Şimdilik en azından. Fakat hiç olmazsa onları görebiliyoruz şimdi Pippin, ve takdir ediyoruz. Sanırım, ilk başta en iyisi kişinin sevmesi uygun olan birini sevmesi: Bir yerlerden başlayıp bazı köklerinin olması gerek; Shire'ın toprağı da derindir. Yine de daha derin ve daha yüksek şeyler var; onlar olmayaydı babalıklardan hiçbiri bahçesini huzur dediği şey içinde ekip biçemezdi, onları tanısa da, tanımasa da. Ben onları, biraz da olsa tanıdığım için çok memnunum. Ama neden böyle konuştuğumu bilmiyorum. Yapraklar nerede? Sonra, kırılmadıysa pipomu da çıkar dengimden."

Aragorn ile Gandalf Şifa Evleri'nin Şifacıbaşısı'na gidip Faramir ve Éowyn'in orada kalması ve daha uzun bir süre ihtimamla bakılmaları gerektiği hakkında talimat verdiler.

"Éowyn Hanım," dedi Aragorn, "kısa bir süre sonra ayağa kalkarak ayrılmak isteyecek; lâkin buna izin verilmemesi gerekir, eğer elinizden gelirse en az on gün geçinceye kadar onu bırakmamız gerekir."

"Faramir'e gelince," dedi Gandalf, "en kısa zamanda babasının ölmüş olduğunu öğrenmesi lazım. Fakat Denethor'un deliliğinin bütün ayrıntıları anlatılmamalı ona iyice iyileşip, yapacak işlerinin başına geçinceye kadar. Dikkat edin de Beregond ile orada bulunan *perian* ona bu konuda bir şeyler söylemesinler daha!"

"Ya benim gözetimimde olan diğer *perian* Meriadoc, ona ne olacak?" diye sordu Şifacıbaşı.

"Yarın ayağa kalkması muhtemeldir ama kısa bir süre için," dedi Aragorn. "Eğer isterse bırakın kalksın. Arkadaşlarının gözetiminde biraz yürüyebilir."

"Olağanüstü bir soy onlarınki," dedi Şifacıbaşı başını sallayarak. "Çok dayanıklı dokuları var tahminimce."

Evler'in kapılarında daha şimdiden birçok kişi Aragorn'u görmek için toplanmıştı, onun peşinden gittiler; sonunda yemeğini yedikten sonra yanına giderek yaralandıkları veya Kara Gölge'nin altında bulundukları için hayatları tehlike içinde olan akrabalarını ve arkadaşlarını iyileştirmesi için ona yalvardılar. Aragorn ayağa kalkarak dışarı çıktı, Elrond'un oğullarına haber yolladı ve hep birlikte gece geç saatlere kadar çalıştılar. Ve bütün Şehir'i bir söylentidir aldı: "Gerçekten de Kral geri dönmüş." Ve taşıdığı yeşil taştan dolayı ona Elftaşı adını taktılar; böylece doğumunda ilerde taşıyacağı kehanetinde bulunulan ismi, ona kendi halkı tarafından verilmiş oldu.

Artık daha fazla çalışamayacak hale gelince pelerinine sarınarak Şehir'den dışarı süzüldü ve şafaktan hemen önce çadırına giderek biraz uyudu. Sabah, mavi sular üzerindeki kuğu gibi beyaz bir gemi olan Dol Amroth sancağı Kule'de dalgalanıyordu; adamlar yukarı bakarak Kral'ın gelişinin bir rüya olup olmadığını merak etmeye başladılar.

BÖLÜM IX

SON MÜZAKERE

Savaş gününün ertesinde sabah olmuştu, üstelik hafif bulutlar ve batıya dönen rüzgârla hoş bir sabahtı bu. Legolas ile Gimli erkenden ortalıkta dolanıp Şehir'e çıkmak için yalvardılar; çünkü Merry ile Pippin'i görmeyi çok arzu ediyorlardı.

"Onların hâlâ hayatta olduklarını öğrenmek çok hoş," dedi Gimli; "çünkü Rohan'dan geçişimizde bize çok zahmet vermişlerdi; o çabaların hepten boşa gitmesini istemezdim doğrusu."

Elf ile cüce birlikte Minas Tirith'e girdiler; onları gören halk böyle iki arkadaşın geçmekte olmasına çok hayret ettiler; çünkü Legos insanların ölçülerini çok aşan bir yüz zarafetine sahipti ve sabah vakti berrak sesiyle bir elf şarkısı söylerken Gimli yanında sakalını sıvazlayıp etrafına bakınarak azametle yürüyordu.

"Burada bazı yerlerde güzel taş işçiliği var," dedi surlara bakarken; "ama bazı yerlerde o kadar iyi değil, sonra caddeler daha güzel tertip edilebilirdi. Aragorn layık olduğu mevkie erişince ona Dağlar'ın taşustalarının hizmetinden yararlanmasını teklif edeceğim ve bu şehri övünülecek bir yer haline sokacağız."

"Daha çok bahçeye ihtiyaçları var," dedi Legolas. "Evler ölü ve burada yeşerip de halinden memnun olan çok az şey var. Eğer Aragorn layık olduğu mevkie erişirse Orman halkı ona şarkı söyleyen kuşlar ve ölmeyen ağaçlar getirecek."

Sonunda Prens İmrahil'in yanına vardılar; Legolas prense bakarak yerlere kadar eğildi; çünkü karşısında damarlarında gerçekten de elf kanı taşıyan biri olduğunu görmüştü. "Selam sana beyim!" dedi. "Nimrodel halkı Lórien ormanlarından ayrılalı çok oldu ama anlaşılan hepsi Amroth'un limanından denizi aşarak batıya gitmemiş."

"Böyle deniyor benim ülkemin irfan kitaplarında da," dedi Prens;

"yine de unutulmuş yıllardan beri oralarda zarif halktan kimse görülmüş değil. Ve şimdi burada, üzüntüler ve savaşın ortasında onlardan birini gördüğüm için hayretler içindeyim. Ne arıyorsunuz burada?"

"Ben, Mithrandir ile birlikte İmladris'ten yola çıkan Dokuz Yolarkadaşı'ndan biriyim," dedi Legolas; "ve dostum olan bu cüce ile birlikte Hükümdar Aragorn'la geldik. Ama şimdi bize söylendiğine göre sizin gözetiminiz altında olan arkadaşlarımız Meriadoc ile Peregrin'i görmeyi arzuluyoruz."

"Onları Şifa Evleri'nde bulabilirsiniz; sizi oraya ben götürürüm," dedi İmrahil.

"Bizi oraya götürecek birini bulmanız yeterlidir beyim," dedi Legolas. "Çünkü Aragorn size şu mesajı yolladı. Bu vakitte tekrar Şehir'e girmek istemiyor. Yine de komutanların bir an önce toplantı yapması gerekiyor; sizin ve Rohan'lı Éomer'in ilk fırsatta onun çadırına gitmenizi rica ediyor. Mithrandir oraya gitti bile."

"Geleceğiz," dedi İmrahil; saygılı sözlerle birbirlerinden ayrıldılar.

"O insanların adil bir hükümdarı ve büyük bir komutan," dedi Legolas. "Eğer söndüğü bu günlerde böyle adamlara sahipse, Gondor'un yükselme günlerinde ihtişamı çok büyük olmalı."

"Ve belli ki iyi taş işçiliği eskiye ait ve Şehir ilk inşa edilirken yapılmış," dedi Gimli. "İnsanların başladıkları bütün işler böyledir: Ya baharda don olur, ya da yazın samyeli eser ve onlar da sözlerinde duramaz."

"Yine de tohumları pek yabana gitmez," dedi Legolas. "Ve hiç umulmadık bir zamanda ve zeminde yeşermek için tozun, küfün içinde gizlenirler. İnsanların yaptıkları bizden daha çok yaşayacak Gimli."

"Yine de sonunda 'keşke'lerden başka bir şey olmayacak tahminimce," dedi cüce.

"Bu sorunun cevabını elfler bilmiyor," dedi Legolas.

Bu sözle birlikte prensin hizmetkârı gelerek onları Şifa Evleri'ne götürdü; orada arkadaşlarını bahçede buldular; kavuşmaları çok neşeli oldu. Bir süre için Şehir'in yüksek ve rüzgârlı dairelerinde, sabahın altında huzur ve sükûn dolu kısa bir zaman boyu konuştular, yürüdüler. Sonra Merry yorulunca, arkasında Şifa Evleri bulunan çimenlerin kenarındaki surlara giderek orada oturdular; önlerinde, güneyde uzağa, Legolas'ın bile görüş alanının dışına, Lebennin'in ve Güney İthilien'in engin kumsallarına ve yeşil pusuna doğru aktıkça güneşte pırıldayan Anduin vardı.

Diğerleri konuşurken Legolas sessizleşmiş, güneşe doğru bakıyordu; baktıkça Nehir'den yukarı kanat çırpan beyaz deniz kuşlarını gördü.

"Bakın!" diye bağırdı. "Martılar! Karanın çok içlerine kadar uçmuşlar. Benim için hayret verici bir şey; gönlümü huzursuz ediyorlar. Bütün hayatım boyunca, Pelargir'e varıncaya kadar onlarla hiç karşılaşmamıştım; orada da gemilerin savaşına doğru giderken onların çığlıklarını havada duymuştum. Sonra kıpırdamadan durmuştum Orta Dünya'daki savaşı unutarak; çünkü onların o sızlanan sesleri bana Deniz'i anlatmıştı. Deniz! Heyhat! Henüz denizi görmedim. Fakat benim soyumdan gelen herkesin gönlünde, derinlerde bir yerde deniz hasreti vardır ve bunu harekete geçirmek de çok tehlikelidir. Eyvah ki eyvah martılara! Artık ne kayın, ne karaağaç altında huzur bulamam."

"Böyle deme!" dedi Gimli. "Daha Orta Dünya'da görecek sayısız şey, yapacak büyük işler var. Ama bütün zarif halk Limanlar'a giderse, burada kalmaya mecbur olanlar için çok sıkıcı bir dünya olur bu."

"Hem sıkıcı, hem kasvetli olur gerçekten de!" dedi Merry. "Limanlar'a gitmemelisin Legolas. Her zaman için sana ihtiyacı olan halklar bulunacaktır büyüklü küçüklü, hatta Gimli gibi birkaç bilge cüce bile... En azından öyle olacağını umuyorum. Yine de bu savaşın en kötü kısmının daha başlamadığını hissediyorum. Sonuçlanmış olmasını, iyi sonuçlanmış olmasını o kadar çok isterdim ki!"

"Bu kadar karamsar olma!" dedi Pippin. "Güneş parlıyor ve burada en az bir iki gün birlikteyiz. Ben sizin hakkınızda daha çok şeyler duymak istiyorum. Haydi Gimli! Legolas'la sen, Yolgezer'le yaptığınız o garip yolculuğa en azından on kere değinmişsinizdir sabahtan beri. Ama bu konuda bana hiçbir şey anlatmadınız."

"Güneş burada parlıyor olabilir," dedi Gimli, "ama o yolla ilgili öyle anılarım var ki karanlıklardan çıkartıp hatırlamak istemiyorum. Eğer önümde ne olduğunu bilseydim, hiçbir dostluk uğruna Ölülerin Yolu'nu tutmazdım."

"Ölülerin Yolu mu?" dedi Pippin. "Aragorn'un da bunu söylediğini duydum ve ne demek istiyor diye merak ettim. Bize biraz daha bir şeyler anlatamaz mısınız?"

"İsteyerek değil ama," dedi Gimli. "Çünkü o yol üzerinde çok utanç duydum: Ben, kendini insanlardan daha sert ve yer altında bütün elflerden daha dayanıklı sanan Glóin'in oğlu Gimli. Fakat her ikisinin de doğruluğunu kanıtlayamadım; ancak Aragorn'un iradesiyle kalabildim yolda."

"Ve ona duyduğun sevgiyle aynı zamanda," dedi Legolas. "Çünkü onu tanıyan herkes onu kendine göre seviyor; hatta o soğuk Rohirrim kız bile. Biz Dunharrow'dan ayrılmadan, sen oraya gelmeden önceki sabahın erken vaktiydi Merry ve halkın üzerinde öyle bir korku vardı ki kimse bizim ayrılışımızı seyredemedi, şimdi aşağıdaki Ev'de yaralı yatan Éowyn Hanım'dan başka. Ayrılırken büyük keder yaşandı, seyrederken çok müteessir oldum."

"Heyhat! Ben sadece kendim için hisleniyordum," dedi Gimli. "Yo! O yolculuk hakkında konuşmayacağım."

Sessizleşti; fakat Pippin ile Merry bir şeyler öğrenmek için o kadar hevesliydiler ki sonunda Legolas: "Huzur bulmanız için yeterince şey anlatacağım; çünkü ben dehşeti hissetmedim, onları güçsüz ve zayıf addettiğim için insanların gölgelerinden korkmadım," dedi.

Sonra çabuk çabuk dağların altındaki hayaletli yolu, Erech'teki randevuyu, oradan Anduin üzerinde Pelargir'e yaptıkları doksan ve üç fersahlık büyük yolculuğu anlattı. "Dört gün ve geceyi aşan bir süre boyunca yolculuk yaptık Kara Taş'tan," dedi. "Ve o da ne! Mordor'un karanlığı içinde ümidim arttı; çünkü o karanlık içinde Gölge Ordu gitgide güçleniyor, bakılmayacak kadar korkunçlaşıyor gibiydi. Kimisinin ata bindiğini, kimisinin yürüdüğünü ama yine de hepsinin aynı hızda ilerlediklerini gördüm. Sessizdiler ama gözlerinde bir pırıltı vardı. Lamedon tepelerinde bizim atlarımıza yetiştiler, etrafımızı çevirdiler ve eğer Aragorn men etmeseydi bizi geçip gideceklerdi de.

"Onun emriyle geri kaldılar. 'İnsanların gölgeleri bile onun iradesine boyun eğiyor,' diye düşündüm kendi kendime. 'Ona yardımcı olabilirler!'

"Işıklı bir gün devam ettik yolumuza, sonra şafaksız gün geldi, biz yine yolumuza devam ettik ve Ciril ile Ringló'yu geçtik; sonra üçüncü gün Gilrain'in ağzının biraz üzerindeki Linhir'e vardık. Ve burada Lamedon'lular, nehir yukarı gelmiş olan Umbar ve Harad'ın zalim halkı ile çekişiyorlardı nehir geçitlerini korumak için. Fakat hem düşmanlar hem de geçitleri koruyanlar biz gelince, Ölülerin Kralı üzerimize geliyor diye kaçtılar. Sadece Lamedon Hükümdarı Angbor tahammül edebildi bize; ve Aragorn kendisine, eğer cesaret edebilirlerse, Gri Ordu geçip gittikten sonra halkını toplayıp arkasından gelmesini emretti.

"'Pelagir'de İsildur'un Varisi'nin size ihtiyacı olacak,' dedi.

"Böylece, Mordor'un müttefiklerini bozguna uğratarak, önümüzden sürerek Gilrain'i geçtik; sonra biraz dinlendik. Fakat kısa bir süre sonra Aragorn ayağa kalkarak şöyle dedi: 'İşte! Minas Tirith'e saldırıldı bile. Yardımına koşamadan düşmesinden korkuyorum.' Böylece gece geçip gitmeden yeniden atlarımıza binerek, atlarımızın tahammül edebildiği en büyük hızla Lebennin ovalarından geçtik."

Legolas durarak içini geçirdi ve gözlerini güneye doğru çevirerek hafifçe şarkı söyledi:

Celos'tan Erui'ye gümüş akar ırmaklar
Lebennin'in yeşil kırlarında!
Uzun olur otlar. Denizden esen rüzgârda
Salınır ak zambaklar,
Mallos ve alfirin'den dökülmüş altın çıngıraklar çalar
Lebinnin'in yeşil kırlarında!
Denizden esen rüzgârda!

"Yeşildir o kırlar halkımın şarkılarında; fakat biz geçerken karanlıktılar, önümüzdeki siyahlıkta gri, çorak topraklar vardı. Ve o engin arazi üzerinde, otları ve çiçekleri, hiç dikkat etmeden ezerek, sonunda Ulu Nehir'in acı nihayetine varıncaya kadar düşmanlarımızı bir gün ve bir gece boyu avladık.

"O zaman Deniz'e yaklaştığımızı gönülden hissettim; çünkü karanlıkta su engin duruyordu ve sayılamayacak kadar çok deniz kuşu kıyılarında çığlık atıyordu. Ah o martıların sızlanışı! Hanım bana onlara dikkat etmem gerektiğini söylememiş miydi? Ve artık onları unutamıyorum."

"Bana soracak olursanız, ben onlara hiç kulak asmadım bile," dedi Gimli; "çünkü o zaman, sonunda ciddi olarak savaşa varmıştık. Orada Pelargir'de Umbar'ın ana filosu duruyordu: Elli büyük gemi ve sayısız küçük tekne. Peşine düştüğümüz düşmanın çoğu limanlara bizden önce vardı ve korkularını da yanlarında götürdü; gemilerin bazıları Nehir'den aşağı doğru kaçıp uzak sahile varmak için yola koyuldu; küçük teknelerin çoğu tutuşturuldu. Fakat artık kıyıya kadar kovalanmış olan Haradrim sıkışıp kalmış ve çaresizlik içinde deliye dönmüştü; bize baktıklarında güldüler çünkü hâlâ çok büyük bir orduydular.

"Fakat Aragorn durarak yüksek sesle haykırdı: 'Şimdi gelin! Kara Taş'ın adına çağırıyorum sizi!' Ve aniden, en arkada kalmış olan Gölge Ordu gri bir sel gibi geldi ve önündeki her şeyi süpürdü. Uzaktan çığlıklar, belli belirsiz öten borular ve bir mırıltı, sanki uzaktaki sayısız sesten geliyormuş gibi bir mırıltı duydum: Çok eskiden kalma unutulmuş bir muharebenin yankısı gibi. Soluk kılıçlar çekildi; ama bu kılıçların hâlâ işe yarayıp yaramadıklarını bilmiyorum, çünkü Ölüler'in artık korkudan başka bir silaha ihtiyaçları yoktu. Kimse onlara karşı koyamazdı.

"Kıyıdaki bütün gemilere çıktılar; sonra suyun üzerinden açıkta demirli olan gemilere gittiler; gemiciler, küreklere zincirlenmiş köleler hariç, korkudan delirmiş gibi güvertelerden aşağı atlıyorlardı. Kaçan düşmanlarımız arasından umursamazca yürüdük, onları yapraklar gibi sürükledik kıyıya varıncaya kadar. Sonra kalan her büyük gemi için Aragorn bir Dúnedain yolladı, onlar gemide bulunan tutsakları avuttular; korkularını bir yana atmalarını, artık özgür olduklarını söylediler.

"O karanlık gün bitmeden bize karşı koyacak hiç düşman kalmamıştı; hepsi ya boğulmuş ya da kendi ülkelerini yayan bulabilecekleri umuduyla güneye kaçmışlardı. Mordor'un planlarının böyle korkuların ve karanlıkların hayaletleri tarafından bozulması bana hem çok tuhaf, hem de harika geldi. Kendi silahıyla vurulmuştu!"

"Tuhaf gerçekten de," dedi Legolas. "Tam o saatte Aragorn'a bakarak, eğer Yüzük'ü kendisine alıkoysaydı ne kadar ulu ve ne kadar korkunç bir Hükümdar olurdu diye düşündüm. Mordor boşu boşuna korkmuyor ondan. Fakat onun ruhu, Sauron'un anlayabileceğinden çok daha soylu; çünkü o Lúthien'in çocuğu değil mi? O soy hiç yok olmayacak, yıllar sayılmayacak kadar uzasa da."

"Böyle kehanetler cücelerin görüş menzillerinin dışında kalıyor," dedi Gimli. "Fakat gerçekten çok kudretliydi Aragorn o gün. Bir görseydiniz! Bütün kara filo avucunun içindeydi; kendisi için en büyük gemiyi seçti ve gemiye çıktı. Sonra düşmandan ele geçen bütün borazanları öttürttü ve Gölge Ordu kıyıya çekildi. Orada sessizce, yanan gemilerin ışıltısını yakalayan gözlerindeki kızıl ışık hariç belli belirsiz durdular. Aragorn yüksek sesle Ölü İnsanlar'la konuştu ve şöyle seslendi:

"'Şimdi İsildur'un Varisi'nin sözlerini dinleyin! Sözünüzü yerine getirdiniz. Dönün artık ve vadiyi bir daha hiç rahatsız etmeyin! Ayrılın ve huzur bulun!'

"Bunun üzerine Ölülerin Kralı ordunun önüne çıktı, mızrağını kırarak yere attı. Sonra eğilerek selam verdi ve arkasını döndü; bütün gri ordu hızla hareket ederek ani bir rüzgârla dağılan gri bir sis gibi yok oldu. Bana bir uykudan uyanıyormuşum gibi geldi.

"O gece, diğerleri çalışırken biz dinlendik. Çünkü serbest bırakılan bir sürü tutsak ve Gondor'a yapılan saldırılar sırasında yakalanıp esir edilmiş bir sürü adam vardı; sonra kısa sürede Lebennin ve Ethir' den bir sürü adam çıkagelip toplandı; Lamedon'lu Angbor da bir araya toplayabildiği kadar atlıyla geldi. Artık Ölüler'in korkusunu üstlerinden atmış olduklarından bize yardım etmek ve İsildur'un Varisi'ni görmek için geldiler; çünkü o ismin söylentisi karanlıkta yangın gibi yayılmıştı.

"Bu da hemen hemen bizim öykümüzün sonu oluyor. Çünkü bütün o akşam ve gece boyunca birçok gemi hazırlanarak mürettabatı bindirildi; filo sabah yola çıktı. Şimdi çok geçmiş gibi geliyor ama dünden önceki günün sabahıydı, Dunharrow'dan çıkışımızın altıncı sabahı. Ama yine de Aragorn hâlâ çok geç olmasından korkuyordu.

"'Palargir'den Harlond'daki iskelelere kırk ve iki fersah var,' dedi. 'Yine de yarına kadar Harlond'a varmamız gerek yoksa tamamen kaybederiz.'

"Kürekler artık özgür insanlar tarafından çekiliyordu ve insanca çabalıyorlardı; yine de Ulu Nehir'i yavaş yavaş geçtik çünkü akıntıya karşı gitmeye çabalıyorduk, Güney'de akıntı çok hızlı olmadığı halde rüzgâr bize yardımcı değildi. Eğer Legolas aniden gülmeseydi limanlarda kazandığımız zafere rağmen gönlüm çok ağır olacaktı.

"'Sakalınla çok yaşa Durin'in oğlu!' dedi. 'Çünkü şöyle denmişti: *Ümit doğar genellikle, her şey ümitsizleştiğinde.*' Fakat uzaktan ne gibi bir ümit gördüğünü söylemiyordu. Gece geldiğinde karanlığı derinleştirmekten başka bir işe yaramadı; gönüllerimiz kor gibiydi çünkü Kuzey'de bulutların altında kızıl bir parlaklık görüyorduk ve Aragorn şöyle demişti: 'Minas Tirith yanıyor.'

"Fakat geceyarısı gerçekten de ümidimiz yeniden belirdi. Ethir'in deniz ustası adamları, güneye doğru bakarak Deniz'den esen serin bir rüzgârla gelen bir değişiklikten söz ettiler. Gün ermeden çok önce direkli gemiler yelkenlerini açtı ve hızımız arttı, ta ki şafak vakti pruvalardaki köpükleri aklaştırıncaya kadar. Ve böylece, sizin de bildiğiniz gibi sabahın üçüncü saatinde mutedil bir rüzgârla, örtüsü açılmış Güneş altında geldik ve savaşta büyük sancağımızı açtık. Bu çok büyük bir gün, çok büyük bir saatti, bundan sonra ne olursa olsun."

"Arkasından ne gelirse gelsin büyük olayların ehemmiyetini azaltmaz," dedi Legolas. "Bu konuda, gelecek günlerde şarkılar yakıp söyleyecek kimse kalmasa bile Gondor'da, Ölülerin Yolu'ndan geçmek büyük bir olaydı."

"Ve kalmayabilir de," dedi Gimli. "Çünkü Aragorn ile Gandalf'ın yüzleri asık. Orada, aşağıdaki o çadırlarda ne gibi bir fikir alışverişinde bulunuyorlar çok merak ediyorum. Bana soracak olursanız, Merry gibi ben de, zaferimizle savaşın bitmiş olmasını dilerdim. Yine de bundan sonra her ne yapılacaksa, Yalnız Dağ'ın halkının şerefi için, onda bir rolüm olmasını isterim."

"Ve ben de Büyük Orman'ın halkı adına," dedi Legolas, "ve Ak Ağaç'ın Hükümdarı'na olan sevgimden dolayı."

Bunun üzerine arkadaşlar sessizleşti ama bir süre orada, o yüksek yerde, Komutanlar aşağıda tartışırken her biri kendi düşüncelerine dalmış halde oturdu.

Prens İmrahil Legolas ile Gimli'den ayrıldıktan sonra hemen Éomer'i çağırttı; Éomer de onunla birlikte Şehir'den aşağıya indi ve Aragorn'un savaş alanına, Kral Théoden'in düşmüş olduğu yere yakın bir yere kurulmuş çadırlarına gittiler. Ve burada Gandalf, Aragorn ve Elrond'un oğullarıyla fikir alışverişinde bulundular.

"Efendiler," dedi Gandalf, "Gondor'un Vekilharcı'nın ölmeden önceki son sözlerini dinleyin: *Pelennor ovalarında bir gün için zafer kazanabilirsiniz ama artık uyanmış olan Güç'e karşı bir zafer kazanmak mümkün değildir*. Ben, onun yapmış olduğu gibi ümitsizliğe kapılmanızı söylemiyorum size, ama bu sözlerdeki gerçekler hakkında düşünmenizi istiyorum.

"Gören Taşlar yalan söylemez; Barad-dûr Hükümdarı bile bunu yaptıramaz. Belki, kendi iradesiyle daha zayıf akıllarca görülmesi gerekenleri seçebilir veya onların gördüklerini yanlış anlamalarına neden olabilir. Her şeye rağmen Denethor, Mordor'da kendisine karşı hazırlanan ve hazırlanmaya devam eden büyük güçleri görünce gerçekleri görmüş oldu.

"İlk büyük saldırıyı karşılamaya ancak yetti gücümüz. İkincisi daha büyük olacaktır. Bu savaş için, Denethor'un da sezmiş olduğu gibi, kesin bir ümit yok o halde. Zaferi silahla kazanamayız, burada oturup bütün kuşatmalara dayanabilsek veya Nehir'in gerisine baskın yapmak için yürüsek bile. Kötüler arasında bir seçim yapmanız lazım; ve akl-ı selim daha önce yapmış olduğunuz gibi sağlam yerleri daha da kuvvetlendirmenizi ve burada hücumu beklemenizi emreder; çünkü ancak böylelikle sonumuzun biraz gecikmesi sağlanabilir."

"O halde bizim Minas Tirith'e, Dol Amroth'a veya Dunharrow'a çekilip orada, dalgaların gelip kumdan kalelerini yıkmasını bekleyen çocuklar gibi beklememizi mi öneriyorsunuz?" dedi İmrahil.

"Bu yeni bir nasihat olmazdı," dedi Gandalf. "Denethor zamanında bu ve bunun gibi şeyler yapmadınız mı hep? Lâkin hayır! Ben bunun akl-ı selim olduğunu söyledim. Ben akl-ı selim önermiyorum. Size zaferin silahlarla kazanılamayacağını söyledim. Ben hâlâ bir zafer olacağını ümit ediyorum ama silahlarla değil. Çünkü tam bu tedbirlerin ortasında ortaya Barad-dûr'un temelini oluşturan ve Sauron'un bütün ümidi olan Güç Yüzüğü çıkıyor.

"Bu şey hakkında efendiler, hem bizim hem de Sauron'un içinde bulunduğumuz kötü durumu kavrayacak kadar bilgisi var hepinizin. Eğer onu yeniden ele geçirirse sizin bütün yiğitlikleriniz boşa gider ve onun zaferi hem hızlanır hem de mükemmel olur: O kadar mükemmel olur ki, bu dünya ayaktayken kimse bu zaferin nihayetini göremez. Eğer bu şey yok edilirse, o zaman o düşecektir; o kadar aşağıya düşecektir ki kimse bir daha onun yeniden doğruluşunu göremeyecektir. Çünkü başlangıcında kendisi için tabii olan gücün en mükemmel kısmını kaybetmiş olacak ve o güçle yapılmış veya başlamış olan her şey ufalanacak, o sonsuza kadar sakat kalıp kendi kendini gölgelerde kemiren önemsiz bir ruh halini alacak, ama bir daha ne büyüyebilecek ne de bir biçimi olacaktır. Ve böylece bu dünyanın büyük bir kötülüğü ortadan kaldırılmış olacak.

"Gelebilecek başka kötülükler de var; çünkü Sauron kendisi de bir hizmetkâr veya gizli bir casustan başka bir şey değildi. Yine de dünyanın bütün gelgitlerine hâkim olmak değil bizim rolümüz; bizim rolümüz içine bırakılmış olduğumuz yılları sıkıntıdan kurtarmak için elimizden geleni yapmak, bizden sonra yaşayanlar işlemek için temiz bir toprak bulabilsinler diye bildiğimiz tarlalardaki kötülüğü kökünden söküp atmak. Ama onların ne bulacakları bizim hükmümüze bağlı değil.

"Şimdi, Sauron bütün bunları ve kaybetmiş olduğu bu kıymetli şeyin yeniden bulunmuş olduğunu biliyor; ama henüz nerede olduğunu bilmiyor, ya da umarım öyledir. O yüzden şu anda büyük bir kuşku içinde. Çünkü eğer bu şeyi biz bulmuş olsaydık, aramızda onu kullanabilecek güce sahip bazılarımız var. Bunu da biliyor o. Çünkü Aragorn, senin kendini Orthanc Taşı ile ona gösterdiğini tahmin etmekte haklıyım değil mi?"

"Borukent'ten atımı sürmeden önce öyle yapmıştım," diye cevap verdi Aragorn. "Zamanın geldiğine ve Taş'ın da sadece bu maksatla bana ulaşmış olduğuna kanaat getirmiştim. O zamanlar Yüzük Taşıyıcısı, Rauros'tan doğuya gideli on gün olmuştu ve Sauron'un Gözü, diye düşünmüştüm, kendi ülkesinden uzaklara çevrilmeli. Kule'sine döndüğünden beri çok nadiren ona meydan okuyan olmuştu. Gerçi cevap vermek için bu kadar çabuk bir saldırıda bulunacağını önceden tahmin edebilmiş olsaydım, belki kendimi göstermeye cüret etmezdim. Sizin yardımınıza gelebilmem için ucu ucuna zamanım oldu."

"Fakat bu nasıl olur?" diye sordu Éomer. "Her şey boşuna, diyorsunuz eğer Yüzük'ü ele geçirirse. Eğer yüzük bizdeyse neden bize saldırmanın boşuna olduğunu düşünmesin?"

"Henüz emin değil," dedi Gandalf, "ve sonra bizim yaptığımız gibi, düşmanları kendilerini emniyete alıncaya kadar bekleyerek oluşturmadı gücünü. Ayrıca biz de onu tüm gücüyle kullanmasını bir günde öğrenemezdik. Gerçekten de o sadece tek bir kişi tarafından kullanılabilir, birkaç kişi tarafından değil; o da aramızdaki büyüklerden birinin kendisini hâkim kılıp diğerlerini susturacağı bir didişme zamanını kollayacak. Öyle bir zamanda Yüzük ona yardımcı olabilir, eğer derhal hareket edebilirse.

"Kolluyor. Çok şey görüyor ve çok şey duyuyor. Nazgûlleri hâlâ ortalıkta. Güneş doğmadan önce bu alanın üzerinden geçtiler, gerçi yorgun ve uykuda kişilerin çok azı onları fark etti. İşaretleri okuyor: Onu yeniden yaptığı hazineden mahrum eden Kılıç; bizim lehimize dönen kaderin çarkları ve ilk saldırısında beklenmedik bir yenilgi; büyük komutanının ölümü.

"Biz burda konuşurken bile onun kuşkusu artıyor. Gözü şu anda, hareket eden bütün diğer şeylere karşı kör, bütün gücüyle bize doğru dönüyor. Yani gözünü bizden ayırmamasını sağlamamız lazım. Bütün ümidimiz orada. Benim öğüdüm şudur bu durumda: Yüzük bizde değil. Ya büyük bir ariflik ya da büyük bir ahmaklık sonucu yok edilmesi için yollandı, o bizi yok etmesin diye. Yüzük olmazsa onun gücünü, sadece güç ile yenemeyiz. Fakat her ne pahasına olursa olsun

Göz'ü kendisine yönelen gerçek tehditten uzak tutmalıyız. Zaferi silahlarla kazanamayız ama silahlarla Yüzük Taşıyıcısı'na tek bir şans tanıyabiliriz, az bir ihtimal de olsa.

"Aragorn'un başlatmış olduğu gibi devam etmeliyiz. Sauron'u son atışı için zorlamalıyız. Gizli kuvvetini ortaya çıkartmalıyız ki böylece o da topraklarını boşaltsın. Onu karşılamak için bir an önce yürüyüşe geçmeliyiz. Onun dişleri üzerimize kapansa bile kendimizi yem yapmalıyız. Ümitle ve açgözlülükle o yemi yutacak, çünkü böylesi bir cürette yeni Yüzük Efendisi'nin gururunu görecek: Ve şöyle diyecek: 'Demek öyle! Boynunu çok çabuk ve çok ileriye uzattı. Bırakayım gelsin de onu kaçamayacağı bir tuzağa düşüreyim. Orada onu ezerim; onun küstahlıkla ele geçirmiş olduğu şey yeniden, sonsuza kadar benim olacak.'

"O tuzağa gözlerimizi dört açıp girmeliyiz, cesaretle ama kendimiz için pek bir şey ummadan. Çünkü efendiler, biz kendimiz, yaşayan topraklardan çok uzakta bir yerde, kara bir savaşın içinde tamamen yok olabiliriz; böylece Barad-dûr yıkılsa bile, yeni bir çağı görecek kadar yaşamayabiliriz. Ama bu, kanaatimce, bizim görevimiz. Yine de, boşu boşuna yok olmaktan ve ölürken yeni bir çağın hiçbir zaman başlamayacağını bilmekten daha iyidir bu; eğer burada oturursak başımıza gelecek olan da budur."

Bir süre için sessiz durdular. Sonunda Aragorn konuştu. "Başladığım gibi devam edeceğim. İşin tam kıyısına, ümit ile ümitsizliğin kardeş oldukları yere geldik. Sendelemek düşmek anlamına gelir. Gelin hiçbirimiz, sonunda Sauron'a karşı olan uzun gayretlerinin sınanma vakti gelen Gandalf'ın nasihatlarına karşı çıkmayalım. Eğer o olmasaydı her şey çoktan yitip gitmişti. En azından ben şimdilik insanları yönetmek için bir talepte bulunmuyorum. Diğerleri diledikleri seçimi yapsınlar."

Bunun üzerine şöyle dedi Elrohir: "Kuzey'den bu gaye ile geldik ve pederimiz Elrond'dan da aynı öğütleri getirdik. Geri dönmeyeceğiz."

"Bana gelince," dedi Éomer, "bu derin konular hakkında benim çok az bilgim var; ama bilgiye ihtiyacım da yok. Dostum Aragorn benim ve halkımın imdadına yetişti, ne zaman isterse ben de onun yardımına giderim; bunu biliyorum ve bu bana yetiyor. Gideceğim."

"Bense," dedi İmrahil, "ben Hükümdar Aragorn'u, tabi olduğum hükümdarım olarak addediyorum, kendisi bunu talep etse de etmese de. Onun ricası benim için emirdir. Ben de gideceğim. Yine de bir süre için Gondor Vekilharcı'nın yerine bakıyorum, o yüzden öncelikle onun halkını düşünmek benim ilk görevimdir. Akl-ı selime de biraz hak tanınmalı. İster iyi, ister kötü her türlü ihtimale karşı hazırlanmamız icap eder. Bakarsınız zaferi biz kazanırız ve bu konuda hâlâ bir ümit varken Gondor korunmalı. Arkamızdan harabe haline sokulmuş bir Şehir'e ve tahrip edilmiş topraklara zafer kazanmış olarak dönmek istemem. Rohirrim'den kuzey cenahta hâlâ savaşmamış bir ordu olduğunu öğreniyoruz."

"Bu doğru," dedi Gandalf. "Size bütün Şehir'i savunmasız bırakmanızı öğütlemiyorum. Aslında doğuya yönlendireceğimiz gücün, bir savaşı başlatacak kadar büyük olması yeterli, Mordor'a ciddi bir saldırıda bulunacak güçte olmasına gerek yok. En kısa zamanda harekete geçmesi gerek. O yüzden komutanlara şunu soruyorum: En kötü ihtimalle iki gün içinde ne büyüklükte bir güç toplayıp yola çıkartabiliriz? Ve bunların, içinde bulundukları tehlikeyi bilen, gitmeye kendiliklerinden gönüllü, dayanıklı adamlar olmaları gerek."

"Hepsi yorgun ve çoğunun hafif olsun acılı olsun, yaraları var," dedi Éomer. "Atlarımızın çoğunu kaybetmiş olmanın acısını da çekiyoruz ve bu katlanması zor bir durum. Eğer kısa bir süre sonra hareket edeceksek, iki bin adam toplamayı bile ümit edemem ama en az bir o kadarını şehri savunmak için bırakabilirim."

"Sadece bu cephede savaşanları hesaba katmak zorunda değiliz," dedi Aragorn. "Kıyılar temizlendiği için Güney topraklarından yeni kuvvetler yoldadır. İki gün önce dört bin kişiyi Pelargir'den, Lossarnach üzerinden yola çıkarttım; Korkusuz Angbor da onlarla birlikte geliyor. Eğer iki gün sonra yola çıkacaksak biz ayrılmadan onlar buraya gelmiş olur. Üstelik çok daha fazlası, bulabildikleri teknelerle beni izleme emri aldılar; bu rüzgârla kısa bir süre sonra burada olurlar, aslında daha şimdiden birkaç gemi Harlond'a vardı bile. Kanaatimce yedi bin atlı ve yaya çıkartabiliriz yola ve buna rağmen Şehir'i saldırı başladığı zamandan daha iyi bir müdafaa ile bırakmış oluruz."

"Cümlekapısı yıkıldı," dedi İmrahil, "onu yeniden yapacak ve yerine yerleştirecek hüner kimde?"

"Dáin Krallığı'nda, Erebor'da böyle bir hüner mevcut," dedi Aragorn; "ve eğer bütün ümitlerimiz boşa çıkmazsa zamanla Glóin oğlu Gimli'yi Dağ'ın ustalarını çağırması için yollarım. Fakat insanlar kapılardan daha önemli ve eğer onlar terk ederse Düşman'a hiçbir kapı dayanmaz."

Bu beylerin müzakeresinin sonu olmuştu: O günden sonraki ikinci günün sabahında, eğer bir araya getirebilirlerse yedi bin kişilik bir güçle yola çıkacaklardı; gitmeleri gereken toprakların kötülüğü yüzünden bu gücün büyük bir bölümü piyade olacaktı. Aragorn Güney'den iki bin kişi toplamaya çalışacaktı; ama İmrahil üç bin beş yüz; Éomer atsız kalmış ama kendileri son derece kıymetli savaşçı olan beş yüz Rohirrim'i bir araya getirecek, beş yüz atlıya da kendi kumanda edecekti; ayrıca aralarında Dúnedain ile birlikte Elrond'un oğullarının ve Dol Amroth'un süvarilerinin bulunduğu atlı beş yüz kişilik bir bölük daha oluşturulacaktı: Hepsi toplam altı bin piyade ve bin atlı demek oluyordu. Fakat Rohirrim'in atlı kalan ve savaşabilen ana gücü, Elfmiğferi'nin kumandası altındaki üç bin kişilik bir güç Anórien' de bulunan düşmana karşı Batı Yolu'nu bekleyeceklerdi. Hızlı sürücüler hemen kuzey taraflarından, Osgiliath'ın doğusundan ve Minas Morgul'a giden yoldan haber toplamak için yola koyuldular.

Bütün güçlerini hesaplayıp, yapacakları yolculuklar ve seçecekleri yollar hakkında düşündükten sonra İmrahil aniden bir kahkaha attı.

"Muhakkak," diye haykırdı, "bu bütün Gondor tarihindeki en büyük latifedir: Dağlara ve Kara Ülke'nin devrilmez kapısına saldırmak için yedi bin kişiyle, yani ancak onun yükseliş devirlerinde kullandığı öncü kolu kadar bir kalabalıkla yola koyulalım! Bir çocuk da zırhlara bürünmüş bir silahşöre yeşil söğüt ağacından yayı ve okuyla ancak böyle kafa tutabilirdi! Eğer Karanlıklar Efendisi, senin dediğin kadar çok şey biliyorsa Mithrandir, korkacağına tebessüm edip de kendisini sokmak isteyen bir sineğe yapacağı gibi serçe parmağıyla ezmez mi bizi?"

"Hayır, sineği tuzağa düşürüp iğnesini almaya çalışacaktır," dedi Gandalf. "Ve aramızda her biri bin zırhlı silahşöre bedel bir sürü isim var. Hayır, gülümsemeyecek."

"Biz de öyle," dedi Aragorn. "Eğer bu bir latifeyse bile gülünmeyecek kadar acı bir latife. Yo, çok zor bir durumda yapılan son hamle bu; ya o taraf ya da bu taraf için oyunun sonunu getirecek." Sonra Andúril'i çekip pırıl pırıl parlarken güneşe doğru tuttu. "Son savaş olup bitinceye kadar sen tekrar kınına girmeyeceksin," dedi.

BÖLÜM X

KARA KAPI AÇILIYOR

İki gün sonra Batı ordusu Pelennor üzerinde toplanmıştı. Orkların ve Doğulular'ın ordusu Anórien'den geri döndürülmüş ama Rohirrim'in saldırısıyla dağıtılınca çok az dövüşerek Cair Andros'a doğru kaçmaya başlamıştı; bu tehdidin yok edilmesiyle ve Güney'den gelen yeni gücün Şehir'e varmasıyla, Şehir elden geldiğince tahkim edildi. İzciler, Devrik Kral Kavşağı'na kadar yolların hiçbirinde düşman kalmadığını bildirmişti. Artık son hamle için her şey hazırdı.

Legolas ile Gimli yine, Dúnedain ve Elrond'un oğullarının öncü koluyla giden Aragorn ve Gandalf ile birlikte süreceklerdi atlarını. Fakat Merry bu durumdan utanç duysa da onlarla gidemedi.

"Sen öyle bir yolculuğa çıkmak için uygun durumda değilsin," dedi Aragorn. "Fakat hiç utanma. Bu savaşta olmasan bile daha şimdiden büyük bir şeref kazandın zaten. Peregrin gelerek Shire Halkını temsil edecek; ama tehlikeye atılabildiği için ona imrenme, şimdiye dek kaderi elverdiğince uğraşmış olsa bile, senin yaptıklarına erişebilmesine daha çok var. Ama işin aslı, artık herkes eşit derecede tehlike içinde. Mordor Kapısı önünde hazin bir sona ulaşmak bizim bahtımıza düşse bile, bu gerçekleşirse son direnecek siz olursunuz, ya burada, ya da kara akıntının sizi yakaladığı yerde. Hoşça kal!"

Ve böylece Merry kederli kederli durarak ordunun bir araya gelişini izledi. Yanında Bergil vardı, o da çok kederlenmişti; çünkü babası Şehir'lilerden bir bölüğe kumanda edecekti giderken: Davası görülmeden yeniden Muhafızlara katılamazdı. Aynı bölükte Pippin de gidecekti, Gondor'un bir askeri olarak. Merry onu, pek uzakta olmayan bir yerde Minas Tirith'in uzun boylu adamları arasında, minik ama dik bir şekil olarak görebiliyordu.

Sonunda borazanlar öttü ve ordu harekete geçti. Tabur tabur, bölük bölük çark ederek doğuya doğru gittiler. Onlar Geçit'e doğru uzanan büyük yolda gözden kaybolduktan çok sonra bile Merry aynı yerde duruyordu. Sabah güneşinin mızrak ve miğfer üzerindeki son pırıltısı göz kırparak kaybolmuştu, ama o yine de bükük bir boyun ve kabarmış bir yürekle, kendini dostsuz ve yalnız hissederek orada kalakalmıştı. Sevdiği herkes uzaktaki, doğu göğünde asılı duran karanlığa gitmişti; onlardan herhangi birini bir daha görebileceğine dair çok az bir ümit kalmıştı içinde.

Sanki ümitsiz ruh halinin çağrısıyla kolundaki ağrı geri döndü, kendini zayıf ve yaşlı hissetti, gün ışığı da soluk geliyordu. Bergil'in elinin temasıyla kendine geldi.

"Haydi Efendi Perian!" dedi delikanlı. "Hâlâ acılar içindesiniz gördüğüm kadarıyla. Şifacılar'ın oraya kadar gitmenize yardım edeyim. Ama korkmayın! Geri gelecekler. Minas Tirith'liler hiçbir zaman yenilmez. Üstelik şimdi Hükümdar Elftaşı ile Muhafızlardan Beregond da var yanlarında."

Öğleden önce ordu Osgiliath'a vardı. Kısa bir süre sonra bu iş için ayrılabilen bütün işçiler ve ustalar çalışmaya başlamıştı. Düşmanın yapmış ve giderken bir kısmını tahrip etmiş olduğu salları, kayıktan köprüleri güçlendiriyorlardı; kimisi erzağı ve ganimeti topladı; Nehir'in doğu kıyısına geçen diğerleri savunma için alelacele bir şeyler inşa ediyordu.

İleri kollar Kadim Gondor'un harabeleri arasından ve geniş Nehir'den geçtiler ve yükseliş günlerinde zarif Güneş Kulesi'nden, artık lanetli vadisi içinde adına Minas Morgul denen yüksek Ay Kulesi'ne uzansın diye açılmış olan dümdüz yoldan yukarı ilerlediler. Osgiliath'tan beş mil sonra, ilk günkü yürüyüşlerini bitirerek durdular.

Fakat atlılar ilerlemeye devam ederek akşamdan önce Kavşak'a ve ağaçtan büyük halkaya vardılar; her şey sessizdi. Düşmandan hiçbir ize rastlamamışlardı, hiçbir çığlık veya çağrı duymamışlardı, yolun kenarındaki kayaların veya çalılıkların arasından hiçbir ok fırlamamıştı ama yine de ilerledikçe gözlendiklerini hissediyorlardı. Ağacı olsun taşı olsun, iğnesi olsun, yaprağı olsun hepsi onları dinliyordu. Karanlık dağılmıştı ve çok uzaklarda, batı yönünde kavuşan güneş, Anduin Vadisi üzerindeydi, dağların ak zirveleri masmavi göğe karşı kızarmışlardı; fakat Ephel Dúath üzerine bir gölge, bir kasvet çökmüştü.

Sonra Aragorn, ağaçtan halkaya giren dört yola da birer borazancı yerleştirdi; onlar da hep birlikte coşkulu coşkulu çaldılar, tellallar yüksek sesle bağırdı: "Gondor Hükümdarları geri döndüler; kendilerine ait olan bütün bu toprakları geri aldılar." Yontulmuş cisme oturtulmuş olan o çirkin ork kafası yere atılarak bin parçaya bölündü; hâlâ beyaz ve altın rengi çiçeklerle taçlanmış duran eski kralın başı kaldırılarak bir kez daha yerine oturtuldu: Ve adamlar orkların taş üzerine yapmış oldukları murdar karalamaları yıkayıp temizlemeye çalıştılar.

Kendi aralarında müzakere ederken kimi önce Minas Morgul'a saldırılması gerektiğini söylemişti; eğer kuleyi ele geçirebilirlerse tamamen yıkılmalıydı. "Ve belki de," dedi İmrahil, "belki de yukarıdan dolanan geçit Karanlıklar Efendisi'ne saldırmak için kuzey kapısından daha iyi olabilir."

Fakat Gandalf hemen cevap verdi buna; yaşayan insanların akıllarını alıp çıldırtan ve dehşete düşüren vadide yaşayan kötülüğü ve aynı zamanda Faramir'in getirmiş olduğu haberi hatırlattı. Çünkü Yüzük Taşıyıcısı gerçekten o yolu seçtiyse, her şeyden önce bu nedenle Mordor'un Gözü'nü o yana çevirmemeliydiler. Böylece ertesi gün ana ordu geldiğinde, bir müdafaa hattı oluşturmak için Kavşak'a güçlü muhafızlar yerleştirdiler; eğer Mordor Morgul Geçidi'ne bir kuvvet yollarsa veya Güney'den adam getirirse diye. Bu iş için daha çok İthilien yollarını bilen ve ormanlarda veya yolların birleştiği yerde yamaçlarda saklanabilecek okçuları seçtiler. Fakat Gandalf ile Aragorn, öncü kollarla birlikte Morgul Vadisi'nin ağzına kadar sürdü atını ve o kötü şehre bir göz attı.

Şehir karanlık ve ölüydü; çünkü burada yaşayan orklar ile Mordor'un daha önemsiz yaratıkları savaşta yok edilmişti ve Nazgûl de dışarıdaydı. Yine de vadinin havası korku ve husumet ile ağırlaşmıştı. Sonra o kötü köprüyü yıkarak pis kokulu tarlaları tutuşturup ayrıldılar.

Ertesi gün, Minas Tirith'ten ayrılışlarının üçüncü günü, ordu yol boyunca kuzeye doğru ilerlemeye başladı. Bu yolla, Kavşak'tan Morannon'a yüz mil kadar vardı ve o kadar uzağa gitmeden başlarına neler gelebileceğini kimse tahmin bile edemiyordu. Önlerinde, yolda atlı izcilerle ve yolun her iki yanında, özellikle de doğu cenahında piyadelerle açıkça ama dikkatle ilerliyorlardı; çünkü doğu tarafında kara çalılıklar, ardında Ephel Dúath'ın uzun ve asık yüzlü yamaçlarının tırmandığı, yarmalar ve sarp uçurumlarla dolu engebeli bir arazi uzanıyordu. Dünyanın iklimi hâlâ iyiydi ve rüzgâr batıdan esmeye devam ediyordu, ama hiçbir şey Gölge Dağları üzerinde asılı duran kasveti ve mahzun pusu sürükleyemezdi; bunların gerisinde zaman zaman koca dumanlar yükseliyor ve yukardaki rüzgârlarda salınıp duruyordu.

Arada sırada Gandalf borazanları öttürtüyordu ve tellallar şöyle bağırıyordu: "Gondor Hükümdarları geldi!" Fakat İmrahil şöyle dedi: "*Gondor Hükümdarları* demeyin, *Kral Elessar* deyin. Daha tahtına oturmamış olsa bile bu doğru; eğer tellallar bu ismi kullanırsa Düşman'ı daha çok düşündürür." Ve bundan sonra tellallar günde üç kere Kral Elessar'ın yaklaşmakta olduğunu bağırdılar. Fakat kimse bu meydan okumaya cevap vermedi.

Bununla beraber, görünüşte bir huzur içinde yürüdükleri halde bütün ordunun gönlü, en yüksek rütbelisinden en düşüğüne kadar, sıkıntılıydı ve kuzeye doğru ilerledikleri her milde kötülüğün hissi üzerlerinde artıyordu. Kavşak'tan yaptıkları yürüyüşün ikinci gününün sonuna doğruydu ki, ilk savaş belirtileri görülmeye başladı. Çünkü orklardan ve Doğulular'dan oluşan kuvvetli bir güç, öncü bölüklerini pusuya düşürmeye çalışmıştı; burası da tam Faramir'in Harad'lı adamların yolunu kestiği yerdi; yol burada doğudaki tepelerin dışarı fırlamış bir ucundan derin bir yarmanın içinden geçiyordu. Fakat Batılılar'ın komutanları, Mablung tarafından yönetilen Henneth Annûn'lu hünerli adamlar olan izcileri tarafından iyice uyarılmışlardı; böylece pusunun kendisi kuranlara tuzak olmuştu. Çünkü atlılar iyice açılarak batıdan gitmişler ve düşmana, hem de arkadan yaklaşmışlardı; düşman bozguna uğratılmış ve doğuya dağlara doğru sürülmüştü.

Fakat zafer komutanları pek az yüreklendirmişti. "Bu ufak bir harp hilesinden başka bir şey değil," dedi Aragorn; "ve bence asıl amaçları, henüz bize bir zarar vermekten çok Düşman'ın gücünün az olduğunu zannetmemizi sağlamaktı." Ve o akşamdan itibaren Nazgûl gelerek ordunun bütün hamlelerini izledi. Hâlâ çok yukardan, Legolas hariç herkesin görüş sahasının dışından uçuyorlardı ama yine de varlıkları, derinleşen bir gölge ve güneşin gölgelenmesinden hissedilebiliyordu; Yüzüktayfları'nın henüz düşmanları üzerine alçalmamalarına ve sessiz kalmalarına rağmen yarattıkları korku bir türlü silkilip atılamıyordu.

Böylece zaman ve bu umutsuz yolculuk sürdü gitti. Kavşak'tan ayrıldıktan dört, Minas Tirith'ten ayrıldıktan altı gün sonra, sonunda canlı toprakların nihayetine vardılar ve Cirith Gorgor Geçidi kapılarının önünde uzanan viraneliğe geçmeye başladılar; Emyn Muil'in kuzeyinde ve batısında uzanan bataklıkları ve çölü seçebiliyorlardı. Bu yerler o kadar viraneydi ve üzerlerindeki dehşet o kadar derindi ki ordunun bir kısmının gücünü kuvvetini kuruttu; daha ileriye, kuzeye doğru ne gidebiliyor, ne de at sürebiliyorlardı.

Aragorn onlara baktı, gözlerinde hiddetten çok acıma duygusu vardı; çünkü bunlar Rohan'dan, uzaktaki Batıağıl'dan gelen genç adamlar veya Lossarnach'tan gelen çiftçilerdi ve onlar için Mordor, çocukluklarından beri korkunç bir yerin ismiydi ama yine de gerçek değildi, onların basit yaşamlarında hiçbir yeri olmayan bir efsaneydi; şimdi ise gerçek çıkmış korkunç bir rüyanın içinde yürüyen adamlar gibi, ne bu savaşı anlayabiliyorlardı, ne de kaderlerinin onları neden böyle bir döneme getirdiğini.

"Gidin!" dedi Aragorn. "Ama elinizde kalan gururu koruyun ve koşmayın! Ayrıca utanmamak için yapmayı deneyebileceğiniz bir görev daha var. Cair Andros'a varıncaya kadar güney batı yolunu tutun ve bu yol tahmin ettiğim gibi hâlâ düşman tarafından tutuluyorsa, o zaman yolu yeniden ele geçirin eğer yapabilirseniz; yolu Gondor ve Rohan adına sonuna kadar savunun!"

Bunun üzerine onun merhameti karşısında utanan bazıları korkularını yenerek yollarına devam ettiler; kendi hudutları içinde yapabilecekleri başka erkekçe işler olduğunu duyan diğerleri, ümitlendiler ve ayrıldılar. Ve böylece, zaten Kavşak'ta oldukça fazla adam bırakmış oldukları için, sonunda Kara Kapı'ya, Mordor'un kuvvetine meydan okumak için altı bin kişiden daha az bir orduyla varmışlardı Batı'nın Komutanları.

Meydan okumalarına karşı her saat bir cevap beklentisi içinde yavaş yavaş ilerlemeye devam ettiler; ana ordudan izciler veya küçük bölükler yollamak savurganlık olacağı için birbirlerine yaklaştılar. Morgul Vadisi'nden ayrıldıklarının beşinci günü akşam çökünce son kamplarını kurdular ve bulabildikleri kuru dallar ve çalı çırpı ile ateş yaktılar. Gece saatlerini uyanık geçirdiler; etraflarında yürüyen ve sürünen yarı görünen şeylerin farkındaydılar ve kurtların ulumalarını duyuyorlardı. Rüzgâr durmuştu, hava kıpırtısız gibiydi. Çok az görebiliyorlardı, hava bulutsuz ve büyümekte olan ay dört gecelik olduğu halde topraktan yükselen dumanlar ve tütsüler vardı ve ak hilal Mordor'un puslarıyla örtülmüştü.

Hava soğudu. Sabah olurken rüzgâr yeniden kıpırdanmaya başladı ama Kuzey'den geliyordu ve kısa bir süre sonra artmakta olan bir esintiye dönüştü. Gece yürüyenlerin hepsi gitmişti, topraklar boş gibi duruyordu. Kuzeyde, pis kokulu çukurlarının ortasında ilk büyük cüruf, taş kırığı ve tahrip olmuş toprak yığınları ve tepecikleri, yani Mordor'un solucan halkının kusmukları bulunuyordu; fakat güneyde ve artık daha yakında, Cirith Gorgor'un kale duvarı, en ortasında da Kara Kapı ve her iki yanında yüksek ve karanlık iki Diş Kulesi yükseliyordu. Çünkü son yürüyüşlerinde Komutanlar doğuya döndükçe eski yoldan ayrılmış, pusuya yatmış tepelerin tehlikesinden sakınmışlar, böylece Morannon'a tıpkı Frodo'nun yapmış olduğu gibi kuzey batıdan yaklaşmışlardı.

Kara Kapı'nın suratsız kemeri altındaki iki koca demir kanadı sıkı sıkıya kapalıydı. Kale burcundaki mazgallı siperlerde hiçbir şey görülmüyordu. Her şey sessiz ama tetikteydi. Ahmaklıklarının son durağına gelmişlerdi; sabahın erken saatlerinin kül rengi ışığı altında, yanlarında çok güçlü savaş makinaları getirmiş olsalar ve Düşman'ın sadece kapıyı ve surları koruyabileceği kadar adamı olsaydı bile ordularının bir umutla saldıramayacağı kulelerin ve surların önünde, meyus bir halde, ürpererek durdular. Yine de Morannon'un etrafındaki bütün tepelerin ve kayaların gizli düşmanlarla dolu olduğunu ve arkalarındaki gölgeli geçitte bekleşen çok sayıdaki belalı şey tarafından oyulmuş ve tüneller açılmış olduğunu biliyorlardı. Orada dururlarken bütün Nazgûl'ün bir araya toplanıp Diş Kuleleri'nin üzerinde akbabalar gibi döndüklerini gördüler ve izlenmekte olduklarını anladılar. Ama yine de Düşman'dan hiçbir işaret gelmiyordu.

Kendi rollerini sonuna kadar oynamaktan başka bir seçenekleri kalmamıştı. Bu yüzden Aragorn orduyu olabilecek en iyi şekilde dizdi; orkların seneler süren uğraşları sonunda yığdıkları kırık taşlardan ve topraktan iki büyük tepe arasına yaklaşıp durdular. Önlerinde Mordor'a doğru büyük bir bataklık, fena kokulu çamurlar ve pis kokulu su birikintileri ile bir kale hendeği gibi uzanıyordu. Her şey düzene girdikten sonra Komutanlar, atlılardan büyük bir muhafız alayı, sancaklar, teşrifatçılar ve borazancılarla birlikte Kara Kapı'ya doğru ilerlediler. Baş teşrifatçı olarak Gandalf vardı; yanında da Elrond'un oğullarıyla Aragorn, Rohan'lı Éomer ve İmrahil; Legolas, Gimli ve Peregrin'in de gitmeleri emredilmişti, böylece Mordor'un düşmanlarının hepsinin birer tanığı olacaktı.

Morannon'un ses menzili içine girdiler, sancağı açtılar ve borazanlarını öttürdüler; teşrifatçılar öne çıkarak Mordor'un mazgallı surlarının üzerine seslerini yükselttiler.

"Çıkın haydi!" diye bağırdılar. "Haydi Kara Ülke'nin Efendisi ortaya çıksın! Cezasını çekecektir. Çünkü Gondor üzerine haksız bir savaş açmış ve topraklarında dövüşmüştür. O yüzden Gondor Kralı yaptığı kötülükleri telafi etmesini ve sonsuza kadar buradan ayrılmasını talep ediyor. Çık ortaya!"

Uzun bir sessizlik oldu; surdan ve kapıdan cevap olarak ne bir haykırış, ne bir ses duyuldu. Fakat Sauron planlarını yapmıştı bile; öldürmek için vurmadan önce bu sıçanlarla oynamaya niyetliydi. Böylece, tam Komutanlar gitmek için geri dönmüşlerdi ki sessizlik aniden bozuldu. Dağlardaki gök gürültüleri gibi uzun uzun davul gümbürtüleri geldi, sonra boruların kulakları tırmalayan sesleri bütün taşları sarsarak adamların kulaklarını sağır etti. Ve bütün bunların üzerine Kara Kapı'nın orta kanadı büyük bir takırtıyla sonuna kadar açıldı, içeriden Karanlık Kule'nin bir temsilci heyeti çıktı.

Heyetin başında uzun boylu, kem bir suret kara bir ata binmiş geliyordu, eğer bindiği bir at idiyse tabii; çünkü çok iri ve korkunçtu, yüzü korkunç bir maske, daha çok canlı bir kellenin kafatası gibi bir şeydi; gözlerinin çukurlarında ve burun deliklerinde alevler yanıyordu. Binici tamamen siyah giysilere bürünmüştü ve yüksek miğferi de siyahtı; yine de bu bir Yüzüktayfı değil, canlı bir adamdı. Barad-dûr Kulesi'nin Naibiydi; onun ismi hiçbir hikâyede hatırlanmaz; çünkü o kendi de ismini unutmuştur. Şöyle dedi: "Ben Sauron'un Ağzıyım." Fakat onun Kara Númenor'lular denilen soydan gelen bir hain olduğu söylenir; bunlar evlerini Sauron'un hâkimiyeti zamanlarında Orta Dünya'da kurmuşlar, şeytani bilginin sevdalısı olduklarından ona tapmışlardı. Naip'de Karanlık Kule'nin hizmetine Sauron yeniden yükseldiği zaman girmiş ve şeytanlığı yüzünden Hükümdarı'nın gözünde gitgide yükselmişti; bütün orklardan daha zalimdi.

Şimdi dışarı çıkan oydu işte; onunla birlikte kara koşum takımlı askerlerden küçük bir bölük, üzerinde kapkara ama al bir Kem Göz bulunan tek bir sancak çıktı. Batı'nın Komutanları'nın birkaç adım önünde durarak onları bir aşağı bir yukarı süzüp güldü.

"Bu ayaktakımı arasında benimle muhatap olabilecek biri var mı?" diye sordu. "Daha doğrusu beni anlayabilecek zekâya sahip biri var mı? En azından sen olamazsın!" diye alay etti Aragorn'u hakir görerek. "İnsanın kral olması için bir parça elf camından, ya da böyle bir kalabalıktan daha çok şeye gerek vardır. Baksana, tepelerden gelen herhangi bir eşkiya da bu kadar adam toplayabilir!"

Aragorn cevap olarak bir şey söylemedi ama diğerinin bakışını yakaladı, bir an için böyle çekiştiler; fakat kısa bir süre sonra Aragorn kıpırdanmadığı, elini silahına götürmediği halde diğeri sinerek sanki bir saldırıyla tehdit edilmiş gibi geriledi. "Ben bir haberci ve elçiyim, bana saldıramazsınız!" diye bağırdı.

"Bu tür kanunların geçtiği yerlerde," dedi Gandalf, "elçilerin daha az küstahlık etmesi de âdettendir. Ama kimse seni tehdit etmedi. Görevin bitinceye kadar bizden korkmana hiç gerek yok. Ama efendiniz yeni bir irfana ulaşmadıysa, o zaman bütün hizmetkârlarıyla birlikte sen de büyük bir tehlike içinde olacaksın."

"Demek öyle!" dedi Elçi. "O halde sözcü sensin öyle mi yaşlı aksakal? Zaman zaman senden ve hep güvenli bir mesafeden karıştırdığın haltlardan ve planlarından, gezintilerinden haber alıyorduk, değil mi? Ama bu kez burnunu çok uzattın Efendi Gandalf; ağlarını Ulu Sauron'un ayaklarına kuran bir aptalın başına neler geleceğini göreceksin. Sana göstermem emredilen nişanlarım var – özellikle sana, eğer gelmeye cesaret edebilirsen." Nöbetçilerinden birine işaret etti ve nöbetçi siyah bir kumaşa sarılmış bir bohça getirdi.

Elçi bunları bir kenara koydu ve orada Komutanlar'ın şaşkın ve dehşet içindeki bakışları önünde ilk önce Sam'in taşıdığı kısa kılıcı, sonra elf broşlu gri pelerini ve son olarak da Frodo'nun giymiş olduğu, lime lime olmuş giysilerine sarılmış mithril zırhından yeleği çıkarttı. Gözleri karardı; onlara bir anlık sessizlik içinde dünya da kıpırdamadan durdu gibi geldi; ama kalpleri ölmüş ve son ümitleri de sönmüştü. Prens İmrahil'in arkasında duran Pippin elem dolu bir çığlıkla öne doğru atıldı.

"Sükût!" dedi Gandalf sertçe onu geriye ittirerek; fakat Elçi kahkahalar attı.

"Demek ki yanınızda bu minik şeytancıklardan bir tane daha var!" diye bağırdı. "Bunlar ne işinize yarıyor aklım almıyor; fakat onları

Mordor'a casus olarak göndermek her zamanki ahmaklığınızı da aşıyor. Yine de ona teşekkür borçluyum çünkü en azından bu veletin bu alametleri daha önce görmüş olduğu kesin ve artık bunları tanıdığınızı inkâr etmek bir işinize yaramaz."

"Benim bunu inkâr etmek gibi bir niyetim yok," dedi Gandalf. "Gerçekten de bunları ve bunların tarihçelerini gayet iyi bilirim; tahkirini bir yana bırakırsak, Sauron'un menfur Ağzı, bize söyleyebileceğin pek bir şeyin yok. Ama onları buraya neden getirdin ki?"

"Cüce zırhı, elf pelerini, yıkılmış Batı'nın kılıcı ve minik sıçanlar ülkesi Shire'dan casus – yo, başlama yine! Bunu çok iyi biliyoruz – işte fesat tertibinizin izleri. Şimdi, belki bunları taşıyan yaratık kaybetmekten pek esef duymayacağınız biriydi, belki de değildi: Belki de sizin için kıymetli biriydi. Eğer öyle ise, başınızda kalan aklınızla oturun bir görüşün. Çünkü Sauron'un casusları pek sevdiği söylenemez; ona ne olacağı sizin seçiminize bağlı."

Kimse ona cevap vermedi; ama yüzlerinin korkudan kül gibi olduğunu ve gözlerindeki dehşeti görünce yine güldü çünkü pek eğlendiğini düşünüyordu. "İyi, iyi!" dedi. "Gördüğüm kadarıyla sizin için kıymetli biriymiş. Yoksa görevinin başarısızlığa uğramasını istemiyor muydunuz? Ama başarısız oldu. Artık yılların yavaş, Büyük Kule'de bizim sanatlarımızla uzatılabildiği ve yavaşlatılabildiği kadar yavaş geçen eziyetine katlanmak zorunda kalacak, tabii eğer bir tarafını kırıp parçalayarak size yollar da ne yaptığınızı görmenizi sağlarsak o başka. Bunlar olacaktır – eğer Efendimin şartlarını kabul etmezseniz."

"Şartlarınızı söyle," dedi Gandalf hemen; fakat yanında duranlar yüzündeki kederi gördüler; artık ezilmiş ve yenilmiş yaşlı ve bilge bir adama benziyordu. Onun her şeyi kabul edeceğinden kuşku duymadılar.

"Şartlar şunlar," dedi Elçi ve onları tek tek gözden geçirirken gülümsedi. "Gondor'un kuru kalabalığı ve aldanmış müttefikleri önce Ulu Sauron'a bir daha ister alenen ister gizli gizli olsun silahla saldırmayacaklarına dair yemin ettikten sonra hemen Anduin'in gerisine çekilecek. Anduin'in doğusundaki topraklar ilelebet sadece Sauron'un olacak. Anduin'in batısı, Dumanlı Dağlar ve Rohan Geçidi'ne kadar Mordor'a haraç verecek ve orada bulunan insanlar silah taşıyamayacak, ama iç yönetimlerinde serbest bırakılacaklar. Fakat ahlaksızca yıkılmış olan İsengard'ın yeniden inşa edilmesine yardım edecekler ve burası da Sauron'un olacak ve vekilharcı burada oturacak: Saruman değil, ondan daha güvenilir biri."

Elçi'nin gözlerine bakarak aklından geçenleri okudular. Vekilharç olacak olan oydu; Batı'dan kalanların hepsini kendi emri altına toplayacaktı; o, onların tiranı, onlar da onun köleleri olacaktı.

Fakat Gandalf şöyle dedi: "Bu tek bir esirin iadesi için çok fazla istek: Karşılığında Efendin, alabilmek için bir sürü savaş yapması gereken bir şey alacak! Yoksa Gondor ovası onun savaş konusundaki ümitlerini suya düşürdü de ondan mı böyle sıkı bir pazarlığa oturuyor? Ve gerçekten de biz bu rehineyi bu kadar kıymetli tutuyor olsa idik, Hainliğin Baş Ustası Sauron'un sözünü tutacağı konusunda ne gibi bir garantimiz var ki? Bu tutsak nerede? Getirilsin bize teslim edilsin, o zaman bu şartları düşünürüz."

O zaman bir kılıç oyununda çok tehlikeli bir rakibi gözlercesine dikkatle bakan Gandalf'a bir an için Elçi şaşırdı gibi geldi; yine de hemen yeniden güldü Elçi.

"Küstahlığınla Sauron'un Ağzı'na cevap yetiştirmeye çalışma!" diye bağırdı. "Garanti için yalvarıyorsun! Sauron garanti maranti vermiyor. Eğer onun merhametini talep ediyorsanız önce dediklerini yapın. Onun şartları bunlar. İster kabul edersiniz, ister etmezsiniz!"

"Bunları alacağız!" dedi Gandalf aniden. Pelerinini yana savurdu ve beyaz ışık, karanlık bir yerdeki bir kılıç gibi ileri doğru parladı. Onun kalkmış eli karşısında kötü yürekli Elçi irkildi ve ileri çıkan Gandalf ondan eşyaları aldı: zırh, pelerin ve kılıç. "Bunları arkadaşımızın anısı olarak alıyoruz," diye bağırdı. "Lâkin sizin şartlarınıza gelince, bunları tamamen reddediyoruz. Şimdi çek git, çünkü elçilik görevin sona erdi ve ölümün yaklaşıyor. Buraya sadakatsiz ve lanetli Sauron'la anlaşmak için laf alışverişine gelmedik; hele hele kölelerinden biriyle hiç. Çek git!"

Bunun üzerine Mordor'un Elçisi gülmedi bir daha. Yüzü, tıpkı avına tam yaklaşmışken burnunun üzerine canını yakan bir sopa yiyen vahşi bir hayvan gibi hayret ve hiddetle çarpılmıştı. İçi şiddetli bir öfkeyle doldu, ağzı köpürdü; boğazından biçimsiz sesler boğularak çıktı. Fakat Komutanlar'ın asık yüzlerine ve korkunç gözlerine baktı ve korkusu öfkesini bastırdı. Bir çığlık attı, döndü, küheylanına atladı ve bölüğüyle birlikte deliler gibi Cirith Gorgor'a geri sürdü atını dört nala. Fakat daha onlar giderken askerleri çok önceden ayarlanmış bir sinyal verdiler borularıyla; daha onlar kapıya varmadan Sauron tuzağını ortaya çıkartıverdi.

Davullar gümbürdedi, alevler yükseldi. Kara Kapı'nın koca kanatları savrularak sonuna kadar açıldı. Kapıdan, önündeki set çekilince döne döne akan sular gibi hızla bir ordu aktı.

Komutanlar yeniden atlarına binerek geriye sürdüler; Mordor ordusunda alaycı bir bağırıştır koptu. Yakından, ilerdeki Kule'nin gerisindeki Ered Lithui'nin gölgelerinde bulunan Doğulular'dan bir ordu, gelen işaretle harekete geçince, havayı boğan bir toz bulutu kalktı. Morannon'un her iki yanındaki tepelerden sayısız ork akıyordu. Batılı adamlar tuzağa düşmüştü ve kısa bir süre sonra üzerinde durdukları gri tepecikler, onlarınkinden on misli, hatta on mislinden de fazla güçte olan düşmandan bir halka içinde kalacaktı. Sauron sunulan yemi çelikten dişlerle kapmıştı.

Aragorn'a savaşın başlama emrini vermek için çok az bir zaman kalmıştı. Tepelerden birinde Gandalf ile yan yana durdu; Ağaç ile Yıldızların sancağı bütün zarafetiyle, ümitsizce yükseldi. Hemen yanlarındaki diğer tepede Rohan ile Dol Amroth'un sancakları, Ak At ile Gümüş Kuğu duruyordu. Ve her tepenin etrafında her yana bakan, mızrak ve kılıçların diken diken çıktığı bir halka oluşturulmuştu. Fakat önde, Mordor'a doğru, ilk sert saldırının gelebileceği yerde, solda etraflarında Dúnedain ile Elrond'un oğulları, sağda uzun boylu ve zarif Dol Amroth'lu adamlar ve Muhafız Kulesi'nden seçilmiş adamlarla Prens İmrahil duruyordu.

Rüzgâr esti, borazanlar öttü, oklar ıslık çaldı; fakat Güney'e doğru tırmanan güneş Mordor'un kötü kokulu buğuları tarafından örtülmüş, tehditkâr bir pus içinden pırıldıyordu; uzakta, kasvetli bir kızıllık, sanki günün sonuymuş veya belki de ışık dünyasının sonuymuş gibi. Ve toplaşan bütün bu karanlığın içinden çıkageldi Nazgûl, soğuk sesleri ölüm sözleri haykırarak; bunun üzerine bütün ümitler söndü.

Pippin, Gandalf'ın şartları reddettiğini ve Frodo'yu Kule'nin işkencesine mahkûm ettiğini duyduğunda dehşetle sinerek ezilmişti; ama kendine hâkim oldu; Gondor'un ön saflarında, İmrahil'in adamlarıyla Beregond'un yanında duruyordu. Çünkü her şey mahvolduğuna göre bir an önce ölüp, yaşamının bu acı hikâyesinden ayrılmak ona en iyisi gibi görünüyordu.

"Keşke Merry de burada olsaydı," dediğini duydu kendi kendine; saldırıya geçmiş düşmanın gelişini seyrederken aklından aceleyle bir sürü düşünce geçti. "Vah vah şimdi zavallı Denethor'u biraz daha iyi anlıyorum en azından. Birlikte ölebilirdik, Merry ile ben; madem ki zaten ölecektik neden olmasındı? Eh, şimdi o burada değil, umarım o daha rahat bir sona kavuşur. Ama şimdilik ben elimden geleni yapmalıyım."

Kılıcını çekerek üzerindeki al ile altından birbirine karışmış şekillere baktı; Númenor'un birbirini izleyen harfleri kılıcın üzerinde ateş gibi parladı. "Bu kılıç tam böyle bir saat için yapılmış," diye düşündü. "O menfur Elçi'yi bununla bir deşebilseydim, o zaman Merry ile hemen hemen eşit olurduk. Neyse, her şey bitmeden o hayvan gibi damızlıklardan birini deşerim. Keşke yeniden serin gün ışığını ve yeşil çimenleri görebilseydim!"

Sonra, daha o bunları düşünürken ilk saldırı üzerlerine geldi. Tepelerin önündeki çamurlar tarafından engellenen orklar durarak oklarını savunma saflarına yağdırdılar. Fakat onların arasından iri adımlarla, hayvanlar gibi böğüren Gorgoroth'un büyük bir dağ devleri bölüğü geldi. İnsandan daha uzun boylu ve daha enliydiler, üzerlerine sıkı sıkı oturan dikenli pullardan bir ağ giymişlerdi veya belki de bu onların kendi iğrenç derileriydi; fakat kocaman bir daire şeklinde kara kalkanlar taşıyorlar ve yamru yumru elleriyle ağır çekiçler kullanıyorlardı. Umursamazca sıçradılar su birikintilerine; bir yandan geçerken bir yandan da böğürüyorlardı. Bir fırtına gibi Gondor'lu adamların saflarına indiler, miğferlere, başlara, kollara ve kalkanlara, kor halindeki demiri döven demirciler gibi indirmeye başladılar çekiçlerini. Pippin'in yanında Beregond afallayarak çökmüş ve düşmüştü; ona vurmuş olan koca dev şefi üzerine eğilmiş, kıskaç gibi pençesini uzatıyordu; çünkü bu menfur yaratıklar devirdiklerinin boğazlarını ısırırlardı.

O zaman Pippin kılıcını yukarı doğru sapladı ve Batılılar'ın yazılı kılıcı devin derisini deşerek iç organlarına girdi; kara kanı dışarı taştı. Dev, ileri doğru tökezleyip altındakileri ezerek devrilen bir kaya gibi büyük bir gürültüyle düştü. Pippin'in üzerine bir karartı, leş gibi bir koku, onu ezen bir acı çöktü; aklı büyük bir karanlığa gömüldü.

"Evet, tahmin ettiğim gibi bitti," dedi düşüncesi çırpınıp giderken; aklı kaçıp gitmeden önce içinde biraz güldü, neredeyse neşeli gibiydi; tüm kuşkuları, endişeleri ve korkuyu artık en sonunda üzerinden attığı için. Sonra, tam bir unutkanlığa doğru kanat açıp giderken bazı sesler duydu; yukarlarda bir yerdeki unutulmuş dünyanın birinden gelen bağırtılara benziyordu:

"Kartallar geliyor! Kartallar geliyor!"

Pippin'in düşüncesi bir an için daha oyalandı. "Bilbo!" dedi. "Ama yo! Bu, onun hikâyesindeydi, çok önceleri. Bu ise benim hikâyem ve artık bitti. Hoşça kalın!" Ve düşüncesi çok uzaklara kaçıp gitti ve gözleri bir daha görmedi.

ALTINCI KİTAP

BÖLÜM I

CIRITH UNGOL KULESİ

Sam ıstırapla yerden kalktı. Bir an için nerede olduğunu anlayamadı, derken bütün derdi ve kederi geri geldi. Orkların kalelerinin alt kapısının dışında, derin karanlığın içindeydi; kapının pirinç kanatları ise kapalıydı. Kapılara vurduğunda sersemleyip düşmüş olmalıydı; fakat ne kadardır orada öylece yatıyordu, bilmiyordu. Sonra keder ve öfkeyle tutuştu; artık titriyor ve üşüyordu. Kapılara doğru emekledi ve kulağını yapıştırdı.

İçeride, uzaklarda bir yerde, yaygara eden orkların sesini belli belirsiz duyabiliyordu fakat kısa bir süre sonra sesler kesilerek onun duyma sınırının dışına çıktı; hiç hareket yoktu. Başı ağrıyor, gözleri karanlık içinde hayalet ışıklar görüyordu; yine de titremesine hâkim olmaya ve düşünmeye çalıştı. En azından ork kalesine o kapıdan girme ümidinin hiç olmadığı ortadaydı; kapı açılıncaya kadar orada günlerce beklemesi gerekebilirdi ama o bekleyemezdi: Zaman son derece kıymetliydi. Artık görevi konusunda hiç kuşkusu yoktu: Ya beyini kurtaracak, ya da kurtarmaya çalışırken telef olacaktı.

"Telef olma ihtimali daha fazla; üstelik öylesi daha da kolay olurdu," dedi kendi kendine acımasızca, Sting'i kınına koyup pirinç kapılara sırtını dönerken. Yavaş yavaş tünel boyunca, karanlıkta el yordamıyla ilerledi, elf ışığını kullanmaya cesaret edemiyordu; bir yandan giderken bir yandan da Frodo ile birlikte Kavşak'tan ayrıldıklarından beri yaşanan olayları birbirine bağlamaya çalışıyordu. Zamanı merak etti. Bir gün ile bir sonraki arasında bir zaman, diye tahmin etti; ama günlerin bile ucunu kaçırmıştı. Adeta dünya günlerinin unutulmuş olduğu, hatta oraya girenlerin de unutulduğu bir karanlıklar ülkesindeydi.

"Acaba hiç akıllarına geliyor muyuz," dedi, "sonra acaba onlara, orada uzaklarda neler oluyor?" Önüne, havaya doğru belli belirsiz salladı elini; fakat aslında o anda, Shelob'un tüneline doğru geri giderken güneye doğru dönmüş durumdaydı, batıya değil. Dışarıdaki dünyada, batıda Shire hesabına göre Mart'ın on dördüydü, öğle vakti yaklaşıyordu; tam o anda Aragorn kara filoyu Pelargir'e doğru götürüyor, Merry, Rohirrim ile birlikte Taşaraba Vadisi'nden geçiyordu; Minas Tirith'in alevleri yükseliyordu, Pippin Denethor'un gözlerinde artmakta olan deliliği seyrederken. Yine de bütün endişeleri ve korkuları arasında bütün dostlarının düşünceleri aniden Frodo ile Sam'e dönüvermişti. Unutulmamışlardı. Fakat yardım edilemeyecek bir noktadaydılar ve henüz hiçbir düşünce Hamfast oğlu Samwise'a bir yardım getiremezdi; tamamen yalnızdı.

Sonunda ork geçidinin taş kapısına vardı ve hâlâ kapıyı kapalı tutan bir kilit dili veya kol demiri bulamadığından daha önce yapmış olduğu gibi üzerinden tırmanarak yavaşça yere atladı. Sonra gizli gizli, Shelob'un koca ağının parçalarının soğuk hava akımında sallandığı, dalgalandığı tünelin ağzına doğru ilerledi. Arkasındaki pis kokulu karanlıktan sonra hava akımları soğuk gibi gelmişti Sam'e; ama nefesleri onu canlandırmıştı. Dikkatle dışarı çıktı emekleyerek.

Her yan meşum bir sessizlik içindeydi. Etraf, karanlık bir günün sonundaki alacakaranlıktan daha aydınlık sayılmazdı. Mordor'dan yükselerek batıya doğru akan o engin buharlar, yuvarlana yuvarlana gidiyor ve o sırada yine alttan gelen donuk bir allıkla aydınlanmış olan koca bulut ve duman kütlesi halinde üzerinden, alçaktan geçiyordu.

Sam yukarı, ork kulesine baktı ve aniden kulenin dar pencerelerinden, minik kırmızı gözler gibi ışıklar belirdi. Bunun bir çeşit işaret olup olmadığını merak etti. Bir süre hiddet ve kederle unutmuş olduğu ork korkusu yine geri gelmişti. Görebildiği kadarıyla seçebileceği tek bir yol vardı: Yoluna devam edip o korkunç kulenin ana kapısını bulmaya çalışmalıydı; fakat dizlerinde derman kalmamıştı, titrediğini fark etti. Gözlerini önünde duran kuleden ve Yarma'nın boynuzlarından ayırarak, isteksiz ayaklarını kendisine uymaya zorladı ve yavaş yavaş, kulaklarını dört açarak, yolun kenarındaki taşların koyu gölgelerine dikkatle bakarak, gelmiş olduğu yerden geri dönmeye başladı; Frodo'nun düşmüş olduğu yeri geçti, hâlâ Shelob'un leş kokusu ortalıklardaydı; sonra yukarı doğru, tam Yüzük'ü takmış olduğu ve Shagrat'ın bölüğünün geçip gidişini gördüğü yarmaya varıncaya kadar yoluna devam etti.

Burada durarak oturdu. O an için daha ileriye gitmek için kendini zorlayamıyordu. Bir kez geçidin tepesinden geçerse, Mordor ülkesine doğru gerçekten bir adım atarsa, bu adımın geri alınamaz bir adım olacağını hissediyordu. Bir daha hiç geri gelemeyecekti. Belirli hiçbir nedeni olmaksızın Yüzük'ü çıkartıp, bir kez daha taktı. Derhal yüzüğün o büyük ağırlığını ve Mordor'un Göz'ünün artık her zamankinden daha güçlü ve daha kaçınılmaz bir şekilde araştıran, kendi savunması için yapmış olduğu ama artık huzursuzluğu ve kuşkusu içinde kendini engelleyen gölgeleri parçalamaya çalışan garazını yeniden hissetti.

Daha önce de olduğu gibi Sam, işitme duyusunun daha keskinleşmiş olduğunu fark etti, fakat gözüne bu dünyaya ait şeyler ince ve müphem görünüyordu. Yolun kayalık duvarları soluktu, sanki pus arasından görünüyorlarmış gibi, ama buna rağmen Shelob'un belli bir uzaklıkta, ıstırabı içinde fokurdamakta olduğunu duyabiliyordu; sonra çok yakından gelirmiş gibi bağırışlar ve birbirine çarpan metal sesleri duydu sert ve net bir biçimde. Ayağa fırlayarak kendini yolun kenarındaki duvara yapıştırdı. Yüzük'ten oldukça memnundu çünkü işte bir bölük ork daha yürüyüşe geçmişti. Ya da ilk başta öyle olduğunu düşünmüştü. Sonra aniden bunun böyle olmadığını fark etti, işitme duyusu onu kandırmıştı: Ork bağırtıları, o anda en yüksek boynuzu tam onun üzerinden yükselen Yarma'nın sol tarafındaki kuleden geliyordu.

Sam ürpererek hareket etmek için kendisini zorladı. Belli ki kötü bir şeyler dönüyordu. Belki de bütün emirlere rağmen orkların zalimlikleri galip gelmiş ve Frodo'ya işkence yapmaya veya belki de onu vahşice parçalara ayırmaya başlamışlardı. Dinledi; dinlerken içinde bir ümit ışıkçığı belirdi. Pek kuşku yok gibiydi: Kulede hır-gür vardı, orklar birbirlerine girmişlerdi, Shagrat ile Gorbag yumruk yumruğa gelmişti. Tahminin ona verdiği ümit az da olsa, onu harekete geçirmeye yeterliydi. Tek bir şansı olabilirdi. Frodo'ya duyduğu sevgi bütün düşüncelerini bastırıyordu; içinde bulunduğu tehlikeyi unutarak yüksek sesle bağırdı: "Geliyorum Bay Frodo!"

Tırmanmakta olan patikaya doğru koştu; artık patikanın üzerindeydi. Yol hemen sola döndü ve dik bir biçimde aşağıya doğru daldı. Sam Mordor'a girmişti artık.

Yüzük'ü çıkarttı, belki de derinden gelen bir tehlike önsezisiyle yapmıştı bunu, gerçi kendi kendine sadece daha rahat görmek istediğini söylüyordu. "En kötü şartlarda bile etrafına bakmakta yarar var," diye mırıldandı. "Sis içinde budalaca hareket etmenin yararı yok!"

Gözlerine takılan toprak sertti, kabaydı, acıydı. Ayaklarının dibinde Ephel Dúath'ın en yüksek sırtı, karşı tarafında çok daha alçak, gerisindeki al ışık önünde kenarı çentik çentik, sivri uçlu, yılanların sivri dişleri gibi yükselen sarp kayaları ile simsiyah duran başka bir sırtın yükseldiği karanlık bir uçuruma doğru koca sarp kayalıklar halinde dimdik alçalıyordu: Burası korkunç Morgai idi, ülkeyi çevreleyen duvarların en içindeki halka. Uzakta, bunun gerisinde ama neredeyse dosdoğru Sam'in önünde, minik alevlerle noktalanmış geniş bir karanlık gölünün ardında alev alev kocaman bir kızartı vardı; bu kızartıdan, köklerinde tozlu al renkte olan, ama bütün bu lanetli topraklara çatı oluşturan dalgalı bir kubbe halini almadan önce üst kısmında kapkara hale gelen koca sütunlar halinde döne döne dumanlar yükseliyordu.

Sam Orodruin'e, Ateş Dağı'na bakıyordu. Ara sıra külden konisinin çok altındaki ocaklar ısınıyor, yan tarafındaki boşluklardan büyük bir dalga ve zonklamayla erimiş taş dereleri boşaltıyordu. Bazıları koca kanalları içinde Barad-dûr'a doğru ateşler saçarak akıyordu; bazısı ise soğuyup azap çeken topraktan kusulmuş bükülmüş ejderha şekilleri gibi kalıncaya kadar kıvrıla kıvrıla taşlı ovaya doğru ilerliyordu. Sam, tam öyle bir anda görmüştü Hüküm Dağı'nı; Batı'daki patikadan tırmananlar için Ephel Dúath'ın yüksek perdesi ile kesilmiş olan dağın ışığı artık çıplak kaya yüzlerinde al al yanıyordu, sanki kana bulanmışlar gibi.

O korkunç ışıkta Sam korkudan donakalmıştı çünkü artık soluna baktığında Cirith Ungol Kulesi'ni tüm ihtişamıyla görebiliyordu. Diğer taraftan görmüş olduğu boynuz en üstteki minik kuleden başka bir şey değildi. Doğu yüzü, dağın duvarında, çok aşağılarda bulunan bir kaya çıkıntısından üç koca kat halinde yükseliyordu; sırtı, birbiri üzerinde yükselen, yükseldikçe küçülen, kuzey doğu ve güney doğuya bakan, dimdik yanları şeytani bir taş ustalığıyla oyulmuş sivri tabyalar halinde fırlayan, gerideki büyük uçuruma denk geliyordu. En alt katta, yani o anda Sam'in durduğu yerden iki yüz ayak aşağıda, dar avluyu çevreleyen mazgallı bir sur vardı. Güney doğu tarafının beri yanında bulunan kapısı, dış siperi bir uçurum kenarı boyunca ilerleyen ve Morgul Geçidi'nden gelen yola kavuşmak için dolana dolana karanlığa inen geniş bir yola açılıyordu. Oradan da Morgai'deki çentik çentik bir yarmadan geçip Gorgoroth vadisine giriyor, sonra Barad-dûr'a doğru uzaklaşıyordu. O anda üzerinde Sam'in bulunduğu yukardaki dar ucu basamaklarla hızla aşağıya iniyor ve Kule kapısı yakınındaki asık yüzlü surlar altındaki ana yolu karşılayan dik bir patika oluşturuyordu.

Sam aniden, bu kalenin düşmanları Mordor'a sokmamak için değil, onları içerde tutabilmek için yapılmış olduğunu, neredeyse bir şok geçirerek anlayıverdi. Bu gerçekten de çok eskilerin Gondor işçiliğiydi; Son İttifak'tan sonra Batıelli İnsanlar, içinde hâlâ Sauron'un yaratıklarının gizli gizli dolaştığı kötü ülkenin başında nöbet tutarken yapılmış, İthilien savunmasına ait doğudaki ileri karakol mevkii idi. Fakat Diş Kuleleri Narchost ve Carchost'ta olduğu gibi burada da ihtiyatı elden kaçırmışlardı; ihanet sonucu Kule, Yüzüktayfları Efendisi' ne teslim edilmişti ve artık uzun yıllardır kötü şeylerin elindeydi. Mordor'a döndükten sonra Sauron burayı işe yarar bulmuştu; çünkü az sayıda hizmetkârı ama korkuyla alıkoyduğu bir sürü kölesi vardı ve hâlâ ana amacı, tıpkı eskiden olduğu gibi, Mordor'dan kaçışı engellemekti. Gerçi eğer düşmanı o topraklara gizlice girebilecek kadar cüretkâr olur ise, o zaman burası Morgul ve Shelob'un gözünden kaçarak geçebilen biri için tetikteki son nöbetçi oluyordu.

Sam, o çok gözlü surların altından ve tetikte bekleyen kapıdan gizlene gizlene geçmenin ne kadar zor olduğunu bütün açıklığıyla gördü. Bunu başaracak olsa bile, gerisindeki nöbetçilerle dolu yolda pek ilerleyemezdi zaten: Kızıl parlaklığın ulaşamadığı derinlerde yatan kara gölgeler bile, onu orkların gece gören gözlerinden koruyamazdı. Fakat yol ne kadar dehşetli olursa olsun, onun görevi çok daha zordu: Kapıdan uzak durarak kaçmak değildi onun görevi; aksine tek başına kapıdan girmekti.

Aklı Yüzük'e gitti, ama Yüzük'ten de bir teselli değil, korku ve tehlike hisleri geliyordu. Uzakta yanmakta olan Hüküm Dağı'nın göz erimine yeni girmişti ki yükündeki değişimi fark etti. Kendisine biçim verilmiş, dövülmüş olduğu koca ocaklara yaklaşırken Yüzük'ün gücü artıyordu; daha bir kötü, çok kudretli iradeler dışında zaptedilemez bir şey oluyordu. Sam orada durmuşken, Yüzük parmağında olmadığı, sadece zinciri ucunda boynundan sallanıyor olduğu halde büyümüş hissetti kendisini, sanki Mordor'un duvarlarında engin ve meşum bir tehdit gibi duraksamış olan, biçimi bozulmuş koca gölgesini üzerine bir hırka gibi geçirmişti. O andan itibaren iki seçeneği olduğunu hissetti: Kendisine azap çektireceği halde Yüzük'ten kaçınmak; ya da Yüzük'e sahip çıkıp gölgeler vadisinin gerisindeki karanlık kalesinde oturan Güç'e meydan okumak. Daha şimdiden Yüzük onun iradesini ve aklını kemiriyordu. Kafasında çılgın fantaziler peydahlandı; Güçlü Samwise'ı görebiliyordu, elinde alevlenmiş kılıcıyla kararmış toprakları koca adımlarıyla geçen Çağın Kahramanı Güçlü Samwise! O Barad-dûr'un yıkımı için yürürken ordular onun bir çağrısıyla sürü sürü geliyorlardı peşisıra. Sonra bütün bulutlar açılmıştı, beyaz güneş parlıyordu; onun bir emriyle Gorgoroth vadisi çiçekler ve ağaçlarla dolu bir bahçeye dönmüş ve meyvalar vermişti. Bütün yapması gereken Yüzük'ü takmak ve Yüzük'te hak iddia etmekti; o zaman bütün bunlar olabilirdi.

O yargı saatinde onun metin kalabilmesine en çok yardımı olan şey beyine olan sevgisiydi; ama yine de içinde, derinlerde bir yerde, hâlâ fethedilememiş sade hobbit dirayeti vardı: Kalbinin ta özünde, o görüntülerin onu baştan çıkarmak için katıksız bir hile olduğundan emin olmasa bile, kendisinin bu kadar ağır bir yükü kaldıracak kadar büyük olmadığının farkındaydı. Bütün ihtiyaç duyduğu ve hak ettiği şey hür bir bahçıvanın minik bahçesi idi, büyüyüp de bir ülke olmuş bir bahçe değil; kullanacağı kendi elleriydi, hükmedeceği diğer kişilerin elleri değildi.

"Hem sonra bütün bu hayaller sadece bir hile," dedi kendi kendine. "Daha ben sesimi bile çıkaramadan beni bulup, yıldıracak. Beni bulur, hem de hemencecik, eğer Mordor içindeyken Yüzük'ü takarsam. Evet, bütün söyleyebileceğim şu: Her şey, bahardaki don kadar ümitsiz görünüyor. Tam görünmez olmak işe yarayacaktı ki Yüzük'ü kullanamıyorum! Eğer azıcık ilerlemem mümkün olsa bile bu bir engelden, bir yükten başka bir şey olmayacak. Öyleyse ne yapmalıyım?"

Aslında bir kuşku yaşamıyordu. Aşağıya, kapıya gitmesi ve artık daha fazla oyalanmaması gerektiğini biliyordu. Omuzlarını silkerek, sanki gölgeyi üzerinden silkip atmak, hayaletleri defetmek istercesine, yavaş yavaş inmeye başladı. Her adımda küçülüyordu sanki. Daha pek ilerlememişti ki yeniden mini minnacık, ürkek bir hobbitçik oluvermişti. O anda Kule'nin duvarlarının altından geçiyordu ve kavganın haykırışları ve sesleri kulaklarına yardımsız da geliyordu. Tam o anda sesler sanki dış surların dışındaki avludan geliyor gibiydi.

Sam hemen hemen patikanın yarısına gelmişti ki iki ork karanlık kapıdan kızıl aydınlığa koşarak çıktı. Ona doğru dönmediler. Ana yola ulaşmak için koşuyorlardı; fakat daha koşarlarken tökezlediler, yere kapaklandılar ve kıpırdamadan yattılar. Sam ok mok görmemişti ama orkların kale burcundaki mazgallı siperlerde duran veya kapının gölgesinde gizlenmiş olan diğerleri tarafından vurulmuş olduğunu tahmin etti. Sol yanındaki duvara yapışarak yoluna devam etti. Yukarı doğru tek bir bakış, tırmanmak için hiçbir ümit olmadığını göstermişti ona. Taş işçiliği ters yüz olmuş basamaklar gibi sarkan yollara doğru otuz ayak boyunda yükseliyordu, ne bir çatlağı, ne bir çıkıntısı vardı. Tek yol kapıydı.

Sürünmeye devam etti; bir yandan giderken bir yandan da Kule'de Shagrat ve Gorbag'ın emirlerinde kaçar ork bulunduğunu, ne hakkında kavga ettiklerini –tabii yaptıkları şey bu idiyse– merak ediyordu. Shagrat'ın bölüğü kırk kadardı sanki ve Gorbag'ınki de bunun iki mislinden daha fazlaydı; ama tabii ki Shagrat'ın devriyesi garnizonunun sadece bir bölümüydü. Frodo ve ganimetler hakkında kavga ettikleri kesin gibiydi. Bir saniyeliğine durdu Sam, çünkü aniden her şey, neredeyse kendi gözleriyle görmüş gibi, açık seçik görünmüştü. Mithril zırh! Elbette, zırh Frodo'nun üzerindeydi ve onu bulacaklardı. Ve Sam'in duyduğu kadarıyla Gorbag zırhı kıskanacaktı. Fakat şimdilik Karanlık Kule'den gelen emirler Frodo'nun tek güvencesiydi ve eğer emirlere kulak asılmayacak olursa iş çığrından çıkabilir ve Frodo her an öldürülebilirdi.

"Hadi hadi seni sefil mıymıntı!" diye bağırdı Sam kendi kendine. "Davran artık!" Sting'i çekerek açık kapıya doğru koştu. Fakat tam koca kemerinin altından geçecekti ki bir şok yaşadı: Sanki Shelob'unki gibi, ama görünmez bir ağa dalmıştı. Hiçbir engel göremiyordu fakat kendi iradesinin yenemeyeceği kadar kuvvetli bir şey önünü tıkıyordu. Etrafına bakındı, sonra kapının gölgeleri içinde duran İki Gözcüler'i gördü.

Tahta oturmuş koca suretler gibiydiler. Her birinin üç birleşik bedeni, biri dışa, biri içe ve biri kapıya bakan üç başı vardı. Yüzleri akbaba yüzüydü ve koca dizlerinde pençeye benzer elleri duruyordu. Sanki koca taş bloklardan oyulmuşlardı hareket edemeyecek şekilde, ama yine de her şeyin farkındaydılar: Bir çeşit şeytani uyanıklık ruhu ikamet ediyordu içlerinde. Düşmanı biliyorlardı. İster görünür olsun, ister görünmez kimse fark edilmeden geçemezdi. Onlar kimsenin girişine veya kaçışına izin vermiyorlardı.

Sam bütün iradesini toplayarak bir kez daha ileri atıldı ve sanki göğsüne ve başına gelen bir darbeyle sendeleyerek, şiddetli bir sarsıntıyla durdu. Sonra çok büyük bir cüretle, aklına gelen ani bir düşünceye cevaben, yavaş yavaş Galadriel'in şişeciğini çıkartarak havaya kaldırdı; çünkü yapabilecek başka bir şey gelmiyordu aklına. Beyaz ışık hemen yayıldı ve karanlık kemerin altındaki gölgeler kaçıştı. Canavarımsı Gözcüler bütün iğrenç biçimleriyle gözler önüne serilmiş, orada soğuk soğuk ve kıpırdamadan oturuyorlardı. Bir an için Sam, garazlarından bile yıldığı o gözlerindeki kara taşların parıltısını yakaladı; fakat yavaş yavaş gözlerindeki iradenin dalgalandığını ve ufalanıp korkuya dönüştüğünü hissetti.

Sıçrayıp yanlarından geçti; fakat tam o bir yandan şişeciği koynuna sokup bir yandan da içeri sıçrarken, sanki çelikten bir mania tam arkasından şrak diye kapanmış gibi gözlerin uyanıklığı yenileniverdi. Ve o şeytani kafalardan, önündeki kule duvarlarında yankılanan tiz ve yüksek bir çığlık duyuldu. Yukarıda, çok uzaklarda, ona karşılık olarak gelen bir sinyalmiş gibi tek bir çan sesi duyuldu acı acı.

"Yapacağını yaptı işte!" dedi Sam. "Artık ön kapının zilini de çalmış oldum! Pekâlâ, her kim gelecekse gelsin!" diye bağırdı. "Gidin Komutan Shagrat'a koca elf savaşçısının onu çağırdığını, elinde de elf kılıcı olduğunu söyleyin!"

Hiç cevap yoktu. Sam iri adımlarla ilerledi. Sting elinde mavi mavi parlıyordu. Avlu koyu bir gölge içersindeydi fakat taşla kaplı yolun üzerine cesetlerin saçılmış olduğunu görebiliyordu. Tam ayaklarının dibinde, sırtlarında bıçaklar, iki okçu ork vardı. Gerisinde daha bir sürü şekiller uzanmıştı; kimi vurulurken veya biçilirken tek başına düşmüş; kimi çift çift, hâlâ birbirini tutar bir biçimde, bıçaklama, boğazlama ve ısırma çabası içindeyken ölmüştü. Taşlar kara kanlarla kayganlaşmıştı.

Sam iki üniforma fark etti: biri Kızıl Göz ile, diğeri ölümün dehşetli yüzüyle biçimsizleştirilmiş bir Ay ile işaretlenmişti; fakat daha yakından incelemek için durmadı. Avlunun diğer yanında Kule'nin dibindeki kocaman bir kapı yarı açık duruyordu ve içinden al bir ışık geliyordu; koca bir ork tam eşikte ölmüş yatıyordu. Sam cesetin üzerinden sıçrayarak içeri girdi; sonra ne yapacağını bilemez bir halde etrafına bakındı.

Geniş ve yankılarla dolu bir koridor kapıdan dağ tarafına doğru ilerliyordu. Koridor, duvarlardaki kenetler içinde alevlenen meşaleler tarafından loş bir biçimde aydınlatılmış, ama uzaktaki ucu karanlık içinde kaybolmuştu. Bir o tarafta, bir bu tarafta birçok kapı ve açıklık görünüyordu ama yerlerde yayılıp yatmış olan iki üç ceset hariç burası boştu. Komutanların konuştuklarından duyduğu kadarıyla Sam, ister canlı ister ölü olsun Frodo'nun büyük bir ihtimalle ta yukardaki ufak kuledeki odada bulunacağını biliyordu; ama yolu bulabilmek için koca bir gün aramak zorunda kalabilirdi.

"Arkaya doğru bir yerde olsa gerek," diye mırıldandı Sam. "Bütün kule sanki geriye doğru tırmanıyor zaten. Ve zaten bu ışıkları takip etmek en iyisi."

Koridordan ilerlemeye başladı ama artık yavaş yavaş gidiyordu, her adımı bir öncekinden daha gönülsüzdü. Dehşet bir kez daha onu kavramaya başlamıştı. Kendi ayak sesinin, sanki taşları tokatlayan koca eller gibi, sonunda yankılanan bir gürültü halinde büyüyen rap raplarından başka ses yoktu. Cesetler; boşluk; meşaleler altında, kan sızıyormuş gibi görünen yaş ve karanlık duvarlar; kapı diplerinde veya gölgelerde eyleşen ani ölümün korkusu; ve aklının hep bir köşesinde, kapının bekleyen, tetikteki garazı: Bu neredeyse yüzleşmek için kendini zorlayabileceğinden de fazlaydı. Bu kuluçkaya yatmış, korkunç belirsizliktense bir dövüşü tercih ederdi – tabii bir kerede çok sayıda düşman olmaması kaydıyla. Kendini, Frodo'yu bağlanmış, acılar içinde veya bu korkunç yerde, bir yerlerde ölü bir halde yatarken düşünmek için zorladı. Yoluna devam etti.

Koridorun sonundaki büyük kemerli kapıyı geçmiş, meşale ışıklarını geride bırakmıştı, yani onun da tahmin etmiş olduğu gibi alt kapının içeriye bakan tarafına geçmişti ki yukardan korkunç bir gırtlaklama feryadı geldi. Sam olduğu yerde kalakaldı. Sonra yaklaşmakta olan ayak sesleri duydu. Birisi, tam tepesindeki yankılı merdivenlerden büyük bir aceleyle iniyordu.

İradesi ellerine hâkim olamayacak kadar zayıf ve yavaş kalmıştı. Zincire uzanarak, Yüzük'ü kavradı. Fakat Yüzük'ü takmadı; daha onu koynu üzerinde elinin içinde tutuyordu ki, bir ork patırtıyla merdivenlerden iniverdi. Sağdaki karanlık açıklıktan sıçrayarak ona doğru koşmaya başladı. Başını kaldırıp onu gördüğünde Sam'e ancak altı adım uzaklıktaydı; Sam onun tıkanmış nefesini ve kan çanağına dönmüş gözlerindeki ışıltıyı görebiliyordu. Ork şaşkınlıktan dona kaldı. Çünkü onun gördüğü kılıcını titretmeden tutmaya çalışan minik bir hobbit değildi: Gri bir gölgeyle kuşanmış, gerisinde dalgalanan ışık önünde büyüyen koca sessiz bir suretti; bir elinde bir kılıç tutuyordu, kılıcın ışığı bile derin bir acı veriyordu, diğer eli ise bağrında yumruk olmuştu ama isimsiz bir güç ve bir felaket tehdidini gizliyordu içinde.

Bir an için ork yere çömeldi, sonra korkuyla iğrenç bir biçimde kesik kesik havlayarak döndü ve geldiği yöne doğru kaçmaya başladı. O güne kadar, kuyruğunu apış arasına kıstırıp kaçan rakibini gören hiçbir köpek, bu beklenmedik kaçış karşısındaki Sam kadar yüreklenmemiştir. Sam bir narayla kovalamaya başladı.

"Evet! Elf savaşçı serbest!" diye bağırdı. "Geliyorum. Bana yukarı çıkan yolu göster, yoksa derini yüzerim senin!"

Fakat ork kendi çöplüğündeydi, çevikti ve iyi beslenmişti. Sam bir yabancıydı, açtı ve yorgundu. Merdivenler yüksekti, dikti ve dönüyorlardı. Sam'in nefesi kesilmeye başladı. Ork kısa bir süre sonra gözden kaybolmuştu ve artık yukarı çıkmaya devam eden ayak seslerini belli belirsiz duyabiliyordu sadece. Arada bir bağırıyordu ve sesinin yankısı duvarlar boyunca ilerliyordu. Fakat yavaş yavaş bütün sesler sustu.

Sam zorla yürümeye devam etti. Doğru yol üzerinde olduğunu hissediyordu ve morali oldukça yerine gelmişti. Yüzük'ü kaldırdı ve kemerini sıktı. "Âlâ, âlâ!" dedi. "Eğer hepsi benden ve Sting'den böyle nefret edeceklerse, bu iş benim tahmin ettiğimden daha iyi çıkacağa benziyor. Üstelik görünüşe göre Shagrat, Gorbak ve adamları, benim yerime işlerin çoğunu halletmişler zaten. Tek bir ödlek sıçan hariç, sanırım bu yerde canlı kimse kalmamış!"

Ve bununla, sanki başı taştan bir duvara çarpmış gibi aniden duruverdi. Söylemiş olduğu şeyin tüm anlamı yüzünde bir tokat gibi patlamıştı. Canlı kimse kalmamıştı! Ölürken çıkan o korkunç ciyaklama kime aitti? "Frodo, Frodo! Beyim!" dedi yarı haykırıp yarı hıçkırarak. "Eğer seni öldürdülerse ben ne yaparım? Eh, sonunda geliyorum işte, en tepeye kadar; bakalım ne yapabileceğim görelim."

Yukarı, yukarı çıktı. Arada bir dönemeçlerde veya Kule'nin daha üst katlarına açılan bazı aralıkların yanında yanan bir iki meşale hariç, ortalık karanlıktı. Sam adımlarını saymaya çalıştı fakat iki yüzden sonra hesabını şaşırdı. Artık sessizce hareket ediyordu; çünkü hâlâ yukarlarda bir yerlerden, konuşma sesleri geliyor gibiydi. Görünüşe göre bir sıçandan daha fazlası kalmıştı hayatta.

Sonra birdenbire, artık nefes alacak, dizlerini kıracak hali kalmadığını düşündüğü anda merdivenler bitiverdi. Kıpırdamadan durdu. Sesler artık yüksekti ve yakından geliyordu. Sam etrafına bakındı. Kule'nin üçüncü ve en yüksek katının tepesindeki düz dama kadar tırmanmıştı: Aşağı yukarı yirmi metre eninde, alçak korkulukları olan açık bir sahaydı burası. Burada, damın tam ortasında merdivenler, doğuya ve batıya bakan alçak birer kapısı olan minik kubbeli bir oda ile örtülmüştü. Doğu tarafında, aşağıda, tüm enginliği ve karanlığıyla Mordor Ovası'nı ve uzakta yanan dağı görebiliyordu Sam. Derin kuyularında yeni bir kargaşa kabarıyordu ve ateş nehirleri o kadar hiddetle alevleniyordu ki, bu kadar uzaktayken bile bunların ışığı kulenin tepesini al bir parlaklıkla aydınlatıyordu. Batıda görüntü, bu üst avlunun gerisinde bulunan ve etrafı saran tepelerin üzerine uzanan ufak kulenin kaidesi ile engelleniyordu. Dar ve uzun bir pencere yarığından ışık sızıyordu. Kapısı, Sam'in durmakta olduğu yerden on metre bile uzakta değildi. Kapı açık ama karanlıktı ve tam gölgesinden sesler geliyordu.

İlk başta Sam sesleri dinlemiyordu; doğu tarafındaki kapıdan dışarı bir adım atarak etrafına bakındı. Kavganın en şiddetli burada yaşanmış olduğunu hemen anladı. Bütün avlu ölü orklar veya onların şiddetle kesilip etrafa yayılmış başları, kolları ve bacaklarıyla dolup taşıyordu. Her yan ölüm kokuyordu. Bir darbe ve haykırışın izlediği bir hırlama onun ok gibi saklanmasına neden oldu yeniden. Bir ork sesi hiddetle yükseldi; sert, kaba ve soğuk sesi hemen tanıdı yine. Konuşan Kule'nin Komutanı Shagrat'tı.

"Bir daha gitmem mi diyorsun? Lanet olasıca Snaga, seni küçük solucan seni! Yaram çok diye bana karşı koymanın sana bir zararı olmayacağını düşünüyorsan, yanılıyorsun. Buraya gel, şimdi Radbug'un gözlerini çıkarttığım gibi seninkileri de çıkartayım. Bir iki kişi gelince o zaman görüşürüm ben seninle; seni Shelob'a yollayacağım."

"Gelemeyecekler, en azından sen ölmeden önce gelmeyecekler," diye cevap verdi Snaga terslenerek. "Sana ikidir Gorbag'ın domuzlarının kapıya ilk önce vardığını ve bizimkilerden hiçbirinin çıkmadığını söyledim. Lagduf ile Muzgash koşup geçtiler ama onlar da vuruldu. Pencereden gördüm diyorum sana. Onlar da sonuncuydular."

"O halde sen git. Ben zaten burada kalmalıyım. Ama yaralandım. Kara Çukurlar alsın o pis asi Gorbag'ı!" Shagrat'ın sesi bir dizi küfür halinde uzadı gitti. "Ona elimdekinden de fazlasını verdim, ama o pislik beni bıçakladı daha ben onu gırtlaklayamadan. Git yoksa yiyeceğim seni. Haber Lugburz'a varmalı yoksa ikimiz de Kara Çukurlar'ı boylarız. Evet, sen de. Burda saklanarak kurtulamazsın."

"Bir daha o merdivenlerden inmeye niyetim yok," diye homurdandı Snaga, "sen komutanmışsın değilmişsin umurumda değil. Hey! Elini bıçağından çek yoksa bağırsaklarına bir ok yollarım. Bütün o olup bitenleri Onlar duyunca komutanlığın falan kalmaz zaten. Kule için o leş kokulu Morgul sıçanlarıyla dövüştüm ben, ama siz iki komutan her şeyi yüzünüze gözünüze bulaştırdınız, avanta için dövüşürken."

"Yeter senden duyduklarım," diye hırladı Shagrat. "Bana verilen emirler vardı. Her şeyi, o güzelim yeleği aşırmaya çalışarak başlatan Gorbag oldu."

"İyi ama bu kadar tepeden bakıp kibirlendiğin için onun tepesinin tasını attıran da sen oldun. Zaten onun sağduyusu seninkinden fazlaydı. Sana kaç kere bu casusların daha tehlikeli olanının ortalıkta başı boş gezdiğini söyledi ama sen dinlemedin. Şimdi de dinlemiyorsun. Gorbag haklıydı, söyleyeyim sana. Etrafta büyük bir savaşçı var, o eli kanlı elflerden biri, o pis *tark*'lardan* biri de olabilir. Buraya geliyor, söylemedi deme. Çanı duydun. Gözcüler'i geçti; bu da bir *tark* işi. Merdivenlerde. O, merdivenlerden ayrılmadığı sürece benim de oraya gitmeye niyetim yok. Bir Nazgûl olaydın bile inmezdim."

"Ya, öyle mi?" diye bağırdı Shagrat. "Ne yapacağına kendin karar vereceksin, ha? Ve o geldiğinde de beni bırakıp kaçacaksın, öyle mi? Hayır, bunu yapamayacaksın! Önce ben senin karnında al al solucan delikleri açacağım."

Küçük kulenin kapısından küçük ork uçarcasına çıktı. Arkasından uzun kollu, kolları iki büklüm koşarken yerlere değen iri bir ork olan Shagrat geliyordu. Fakat kollarından biri boşta sallanıyor ve kanıyor gibiydi; diğeri koca siyah bir bohçayı kavramıştı. Kızıl parlaklıkta Sam, merdiven kapısının arkasına sinerek geçip gitmekte olan o kötü yüzü şöyle bir yakaladı: Sanki sivri tırnaklarla tırmalanmış, kanla sıvanmıştı; fırlak dişlerinden salyalar akıyordu; ağzından köpek gibi hırıltılar çıkıyordu.

Sam'in görebildiği kadarıyla sonunda küçük ork eğilip sakınarak ve kesik kesik havlama sesleri çıkartarak yeniden küçük kulenin içine

* Ork dilinde "Gondor'lu".

kaçıp gözden kayboluncaya kadar, Shagrat, damın etrafında Snaga'yı kovaladı. Sonunda Shagrat durdu. Doğudaki kapıdan Sam şimdi, onu korkuluğun yanında durmuş, sol pençesini hafifçe açıp kapatırken, nefes nefese haliyle görebiliyordu. Bohçayı yere koymuştu; sağ eliyle uzun kırmızı bir bıçak çekti ve bıçağa tükürdü. Parmaklığa giderek, aşağıdaki avluya bakmak için eğildi. İki kere bağırdı ama hiç cevap gelmedi.

Aniden, tam Shagrat korkuluğun üzerinden eğilmiş, sırtını dama dönmüştü ki Sam şaşkınlık içinde yerde serili cesetlerden birinin kıpırdadığını gördü. Emekliyordu. Bir pençesini uzatarak bohçaya yapıştı. Sendeleyerek kalktı. Diğer elinde geniş başlı, kısa saplı kırık bir kılıç tutuyordu. Kılıcı tam saplamak üzere kaldırmıştı ki, dişlerinin arasından bir tıslama kaçtı, acı veya nefretle çıkan bir nefes. Bir yılan çevikliğiyle yana çekildi Shagrat, olduğu yerde döndü ve bıçağını düşmanının gırtlağına indirdi.

"Vurdum seni Gorbag!" diye bağırdı. "Daha tam ölmedin ha? Eh, ben de yarım bıraktığım işi şimdi tamamlarım." Düşmüş olan bedenin üzerine sıçradı ve hiddet içinde ayakları altında çiğnedi ezdi; ara sıra eğilerek bıçağı ile şişleyip kesti, biçti. Sonunda tatmin olarak başını arkaya doğru attı ve korkunç, gurultulu bir zafer çığlığı attı. Sonra bıçağını yalayarak dişleri arasına koydu ve bohçayı yakalayarak merdivenlerin yakındaki kapısına doğru iri adımlarla koşmaya başladı.

Sam'in düşünecek vakti yoktu. Diğer kapıdan sıvışabilirdi ama görünmeden çıkması çok zordu; ayrıca bu iğrenç orkla daha uzun süre saklambaç oynayamazdı. Belki de yapabileceği en iyi şeyi yaptı. Shagrat'ı karşılamak için bir narayla ileri atıldı. Artık Yüzük'ü elinde tutmuyordu fakat yüzük gizli bir güç, Mordor'un kölelerinin gözünü yıldıran bir tehdit olarak oradaydı; sonra elinde Sting vardı, kılıcın ışığı orkun gözlerine, düşüncesi bile bütün cinsine korkular salan o korkunç elf ülkelerindeki zalim yıldızların pırıltıları gibi çarptı. Shagrat bir yandan dövüşüp bir yandan hazinesine sahip çıkamazdı. Durdu, hırlayarak dişlerini gösterdi. Sonra bir kez daha, ork usulü yana sıçradı ve tam Sam ona doğru sıçrarken elindeki bohçayı hem bir silah, hem de kalkan olarak kullanarak sert bir biçimde düşmanının yüzüne indirdi. Sam sendeledi ve daha kendini toparlayamadan Shagrat fırlayarak yanından geçip merdivenlerden aşağıya inmeye başladı.

Sam, küfrederek onun peşinden koştu ama fazla ileriye gitmedi. Aklına Frodo geldi hemen ve diğer orkun küçük kuleye geri gitmiş olduğunu hatırladı. İşte önünde başka bir korkunç seçim vardı ve bu konuda düşünecek fazla zamanı da yoktu. Eğer Shagrat kaçabilirse çok geçmeden yardım bulacak ve geri gelecekti. Fakat eğer Sam onu takip ederse, diğer ork orada, yukarıda korkunç bir şeyler yapabilirdi. Sonra Sam Shagrat'ı elinden kaçırabilir veya onun tarafından öldürülebilirdi de. Hemen geri dönerek merdivenlere doğru koşmaya başladı. "Yine yanlış yapıyorumdur herhalde," diye iç geçirdi. "Fakat benim asıl görevim önce yukarı çıkmak; sonra ne olursa olsun."

Aşağıda, uzaklarda Shagrat değerli yükünü taşıyarak merdivenlerden sıçrayarak inmiş, avluya çıkmış, kapıdan geçmişti. Eğer Sam onu görebilseydi ve kaçışının ne büyük bir bela getireceğini bilseydi herhalde cesaretini yitirirdi. Ama o anda bütün aklı fikri araştırmasının son bölümündeydi. Büyük bir dikkatle küçük kulenin kapısına geldi, içeri bir adım attı. Kapı karanlığa açılıyordu. Fakat kısa bir süre sonra etrafı dikkatle kolaçan eden gözleri, sağ tarafından gelen soluk ışığı fark etti. Işık, karanlık ve dar bir merdivene açılan başka bir açıklıktan geliyordu: Merdiven sanki küçük kuleye, dış duvarının iç bölümünden döne döne tırmanıyordu. Yukarılardan bir yerlerden bir meşale ışıldıyordu.

Sam yavaş yavaş tırmanmaya başladı. Tünelin ağzında Frodo ile birlikte görmüş oldukları kırmızı gözlerden birine; batıya, ince, uzun pencere yarığına bakan, solunda kalan bir kapının üzerine yerleştirilmiş, erimekte olan meşaleye vardı. Sam alelacele kapıdan geçerek, her an üzerine saldırılmasından veya arkasından gelip boğazını sıkan parmakları hissetmekten korkarak ikinci kata doğru seğirtti. Sonra, doğuya bakan ve üzerinde başka bir meşalenin yandığı, küçük kulenin ortasına açılan başka bir kapıya geldi. Kapı açıktı, koridor pırıldıyan meşalenin ışığı ve dışarıdan, ince uzun pencere yarığından gelen al parlaklık hariç karanlıktı. Fakat merdivenler burada bitiyor ve daha yukarı çıkmıyordu. Sam koridora doğru sokuldu. Her iki yanda da alçak birer kapı vardı; her ikisi de kapalı ve kilitliydi. Hiç ses seda çıkmıyordu.

"Bir çıkmaz," diye mırıldandı Sam; "üstelik o kadar tırmandıktan sonra! Burası kulenin tepesi olamaz. Ama şimdi ne yapacağım?"

Bir alttaki kata inerek kapıları zorladı. Kapı kıpırdamıyordu. Tekrar yukarı koştu; yüzünden terler süzülmeye başlamıştı. Ona dakikalar bile kıymetliymiş gibi geliyordu ama birer birer ellerinden kaçıyordu dakikalar; onun da elinden bir şey gelmiyordu. Artık ne Shagrat, ne Snaga, ne de o güne kadar yumurtadan çıkmış herhangi bir ork umurundaydı. O beyinin özlemi içindeydi; onun yüzünün, elinin temasınının özlemi içinde.

Sonunda yorgun argın, kendini yenilmiş hissederek koridor seviyesinin altındaki basamağa oturdu ve başını ellerinin arasına aldı. Her yer sessizdi, korkunç bir biçimde sessiz. Geldiği zaman ışığı zaten azalmış olan meşale titreyerek sönmüştü; karanlık onu bir akıntı misali sarıyordu sanki. Sonra yavaş yavaş, kendi de kendini hayrette bırakarak, bu uzun yolculuğunun ve kederinin beyhude sonunda, içinden gelen ve kendisinin de anlayamadığı bir nedenden dolayı şarkı söylemeye başladı.

Soğuk ve karanlık kulede sesi ince ve titrek geliyordu kulağa: Kulak kabartan hiçbir orkun bir elf hükümdarının berrak şarkısıyla karıştıramayacağı yorgun ve yalnız bir hobbitin sesi. Shire'dan eski çocuk ezgileri ve yurdunun kırlarının gelip geçen görüntüleri misali, Bay Bilbo'nun şiirlerinden aklına gelen bölümleri mırıldandı. Sonra aniden içinde yeni bir güç kabardı, kendi sözleri basit ezgiye uyacak şekilde kendiliğinden dökülürken, sesi çınlamaya başladı.

Güneşin altında, batıdaki topraklarda
çiçekler açar belki baharda
Ağaçlar tomurcuklanır, akar sular
Neşeyle şakır belki ispinozlar
Ya da bulutsuzdur gece belki
beyaz birer mücevher gibi
Elf yıldızlarını taşırlar
dallanmış saçlarında salınan kayınlar

Burada yolumun sonunda
karanlıklara gömülmüş yatsam da,
bütün yüksek ve güçlü kulelerin
ve sarp dağların ötesinde,
Güneş tüm gölgelerin üstünden aşar
ve yıldızlar yaşar sonsuza kadar:
Gün bitti demeyeceğim asla,
asla veda etmeyeceğim Yıldızlara.

"Bütün yüksek ve güçlü kulelerin," diye yine başlamıştı ki, birdenbire sustu. Sanki kendisine cevap veren belli belirsiz bir ses duymuştu. Ama şimdi hiçbir şey işitmiyordu. Evet, bir şeyler duyabiliyordu ama bu birinin sesi değildi. Ayak sesleri yaklaşıyordu. Yukarıdaki koridorda sessizce bir kapı açılmıştı; kapının menteşeleri gıcırdadı. Sam dinlemek için olduğu yere sindi. Kapı kasvetli bir gümbürtü ile kapandı; sonra hırıldayan bir ork sesi haykırdı.

"Hey! Sen oradaki, bok faresi! Viyaklamayı kes yoksa gelir seninle ilgileniveririm. Duyuyor musun?"

Hiç cevap gelmedi.

"Tamam," diye hırladı Snaga. "Ama ben yine de gelip ne haltlar karıştırdığına bir bakacağım."

Menteşeler bir kez daha gıcırdadı ve koridorun eşiğinin kenarından bakmakta olan Sam açık bir kapıdan gelen ışık kıpırtısını ve dışarı çıkmakta olan bir orkun belli belirsiz suretini gördü. Sanki elinde bir merdiven taşıyordu. Aniden cevap doğuverdi Sam'in içine; en üstteki odaya koridorun tavanındaki kapaktan çıkılıyordu. Snaga merdiveni yukarı dayadı, dengeledi, sonra gözden kayboldu. Sam çekilen bir sürgü sesi işitti. Sonra o iğrenç sesin yeniden konuştuğunu duydu.

"Sessiz sessiz yat, yoksa fena ödetirim sana! Huzur içinde yaşayacak fazla vaktin kalmadı zaten herhalde; ama eğlencenin hemen başlamasını istemiyorsan çeneni kapat, anladın mı? Bu sana son ikazım!" Şaklayan bir kırbaç gibi bir ses duyuldu.

Bununla birlikte Sam'in gönlündeki hiddet ani bir çılgınlıkla alevlendi. Ayağa fırladı, koştu ve merdivenden bir kedi gibi tırmandı. Başı, geniş ve yuvarlak bir odanın ortasından çıktı. Odanın tavanından kırmızı bir lamba sallanıyordu; batıya doğru bakan ince ve uzun bir yarık şeklindeki penceresi hem yüksek hem de karanlıktı. Pencerenin altında duvar kenarında bir şey vardı yerde, ama üzerinde kara bir ork sureti bacaklarını açmış duruyordu. Kamçısını ikinci kez kaldırdı ama hiç indiremedi.

Bir narayla Sam aradaki mesafeyi sıçrayarak aştı, elinde Sting ile. Ork geriye döndü ama daha bir harekette bulunamadan Sam kırbacı tutan elini kolundan ayırdı. Acı ve korkuyla uluyan çaresiz ork kafa üstü Sam'e saldırdı. Sam'in bir sonraki darbesi boşa gitti ve dengesini kaybederek arka üstü düştü; düşerken de üzerine tökezlenen orku kavradı. Daha toparlanıp kalkamadan bir çığlık ve gümbürtü sesi duydu. O çılgınca acelesi içinde ork merdivenin başına takılarak açık duran kapaktan aşağıya düşmüştü. Sam bir daha onu hiç düşünmedi. Yerde bağlı yatan cisme doğru koştu. Frodo'ydu.

Çıplaktı ve sanki baygınmış gibi pis paçavralardan oluşan bir yığın üzerinde yatıyordu: Kolunu yukarı kaldırmış başına siper etmişti; vücudunun bir yanında boylu boyunca çirkin bir kırbaç izi uzanıyordu.

"Frodo! Bay Frodo, canım benim!" diye ağlamaya başladı Sam, gözyaşları neredeyse gözünü kör ediyordu. "Bak benim Sam, geldim işte!" Beyini kaldırarak bağrına bastı. Frodo gözlerini açtı.

"Hâlâ rüya mı görüyorum?" diye mırıldandı. "Ama öbür rüyalar korkunçtu."

"Rüya falan gördüğün yok, beyim," dedi Sam. "Bu gerçek. Benim ben. Geldim işte."

"İnanamıyorum," dedi Frodo ona sarılarak. "Elinde kırbaç olan bir ork vardı, sonra birdenbire Sam oluverdi! O zaman o şarkıları duyduğumda ve cevap vermeye çalıştığımda da rüya görmüyordum, öyle mi? O da sen miydin?"

"Bendim ya Bay Frodo. Ümidimi tamamen kaybetmiştim neredeyse. Seni bulamıyordum."

"Eh, şimdi buldun işte Sam, sevgili Sam," dedi Frodo ve Sam'in şefkatli kolları arasına bıraktı kendini gözlerini kapatarak; tıpkı gece üzerine çöken korkular sevdiği bir ses veya bir el tarafından kovulmuş, huzura ermiş bir çocuk gibi.

Sam'e o sonsuz mutluluk içinde durmadan oturabilirmiş gibi geldi; ama buna izin yoktu. Beyini bulması yetmiyordu, daha uğraşıp onu kurtarması gerekiyordu. Frodo'yu alnından öptü. "Haydi! Uyan Bay Frodo!" dedi, elinden geldiğince yaz sabahları Çıkın Çıkmazı'nda perdeleri açarken seslendiği gibi seslenmeye çalışarak.

Frodo içini çekerek oturdu. "Neredeyiz? Buraya nasıl geldim?" diye sordu.

"Başka bir yere gidinceye kadar hikâye anlatacak vakit yok Bay Frodo," dedi Sam. "Ama yine de söyleyeyim, orklar seni yakalamadan önce, tünelin oradan birlikte gördüğümüz kulenin tepesindeyiz. Bu ne kadar zaman önceydi bilmiyorum. Bir günden fazla olmuştur herhalde."

"O kadarcık mı?" dedi Frodo. "Haftalar gibi geliyor bana. İlk fırsatta her şeyi anlatmalısın. Bir şey çarptı bana, değil mi? Karanlığa ve kötü düşlerin içine düştüm ve uyandığımda, uyanmanın daha da kötü olduğunu gördüm. Her yanım orklarla doluydu. Sanırım gırtlağımdan aşağıya korkunç, yakıcı bir içecek döküyorlardı. Zihnim berraklaştı ama her yanım ağrıyordu, yorgundum. Üstümdeki her şeyi çıkarttılar; sonra iki koca hayvan gelerek beni sorguya çekti; üzerimde durup şeytanca bir zevkle, bıçaklarını elleye elleye, aklımı kaçıracağımı zannedinceye kadar beni sorguya çektiler. Pençelerini ve gözlerini hiç unutmayacağım."

"Onlar hakkında konuşmaya devam edersen unutamazsın da Bay Frodo," dedi Sam. "Eğer onlarla bir daha karşılaşmak istemiyorsan ne kadar çabuk gitsek o kadar iyi olacak. Yürüyebilir misin?"

"Evet, yürüyebilirim," dedi Frodo, yavaş yavaş ayağa kalkarak. "Yaralı değilim Sam. Sadece kendimi çok yorgun hissediyorum ve burada bir ağrı var." Elini ensesine, sol omuzunun üzerine koydu. Ayağa kalktı, Sam'e sanki Frodo alevden bir giysiye bürünmüş gibi geldi: Çıplak teni yukardaki lambadan gelen ışıkla kıpkırmızı görünüyordu. İki kere bir aşağı, bir yukarı gitti geldi.

"Şimdi daha iyiyim!" dedi, morali biraz yerine gelerek. "Beni yalnız bıraktıklarında veya yanıma bir muhafız geldiğinde kıpırdamaya bile cesaret edemiyordum. Ta ki bağırış, çağırış başlayıncaya kadar. O iki hayvan: Onlar kapıştılar galiba. Benim ve eşyalarımın yüzünden. Burada yattım, dehşet içinde. Sonra her şey sessizleşti; öylesi daha da kötüydü."

"Evet, kavga ettikleri belli," dedi Sam. "Burada birkaç yüz tane o pis yaratıklardan vardı herhalde. Sam Gamgee için biraz mübalağalı bir miktar da denilebilir. Fakat bütün öldürme işini kendi kendilerine halletmişler. Bu çok büyük bir şans ama burdan çıkmadan bu konuda bir şarkı yazacak kadar vakit yok. Şimdi, ne yapsak? Kara Ülke'de çırılçıplak dolaşamazsın Bay Frodo."

"Her şeyi aldılar Sam," dedi Frodo. "Üstümdeki her şeyi. Anlıyor musun? Her şeyi!" Yeniden başını eğerek yere çömeldi; kendi sözleri içinde bulundukları felaketi tüm hatlarıyla aklına getirmişti ve üzerine bir ümitsizlik çöktü. "Vazifemizde başarılı olamadık Sam. Buradan çıkabilsek bile kaçamayacağız. Sadece elfler kaçabilirler. Uzağa, Orta Dünya'dan uzaklara, Deniz'i aşarak uzaklara. Tabii eğer Deniz, Gölge'yi engelleyebilecek kadar genişse."

"Hayır, her şeyi değil Bay Frodo. Üstelik başarısız olmadık, henüz olmadık. Onu ben almıştım Bay Frodo, affına sığınarak. Ve sıkı sıkı korudum. Şu anda benim boynumda; çok da büyük bir yük üstelik." Sam Yüzük'ü ve zinciri aramaya başladı. "Ama sanırım onu geri alman lazım." Şimdi sırası gelmişken Sam Yüzük'ü ve yükünü tekrar beyine vermekte biraz gönülsüz hissetti kendini.

"Sende mi?" diye nefesi tıkandı Frodo'nun. "Burada mı? Sam sen mükemmel birisin!" Sonra çarçabuk ve garip bir biçimde sesinin tonu değişiverdi. "Ver onu bana!" diye bağırdı ayağa kalkıp titreyen elini uzatarak. "Hemen bana ver! Onu sen taşıyamazsın!"

"Tamam Bay Frodo," dedi Sam, oldukça şaşırarak. "İşte burada!" Yavaş yavaş Yüzük'ü çıkartarak zinciri başından geçirdi. "Ama artık Mordor diyarındasın beyim; dışarı çıkınca Ateşli Dağ'ı falan görebilirsin. Göreceksin ki artık yüzük çok tehlikeli ve onu taşıması çok zor olacak. Eğer bu çok zor bir görev olacaksa, bunu seninle paylaşabilirim belki de?"

"Yo, yo!" diye bağırdı Frodo Yüzük'ü ve zinciri Sam'in elinden kaparak. "Hayır paylaşmayacaksın, seni hırsız seni!" Sam'e korku ve husumet ile açılmış gözlerle bakarken soluk soluğaydı. Sonra aniden Yüzük'ü yumruk yaptığı elinde tutarken donakaldı. Sanki gözlerinden bir pus silinmişti, eliyle ağrıyan alnını sıvazladı. Hem yarası, hem de korku nedeniyle aklı yarıyarıya karışmışken o iğrenç görüntü ona gerçek gibi görünmüştü. Sam gözleri önünde, yine hazinesine yan yan bakan, hazinesini elleyen bir orka; açgözlü, salyalı ağızlı küçük, kötü bir yaratığa dönüşmüştü. Ama artık o görüntü gitmişti. İşte Sam sanki kalbinden bıçaklanmış gibi yüzü acıyla burulmuş, önünde diz çökmüştü; gözlerinden yaşlar akıyordu.

"Ah Sam!" diye bağırdı Frodo. "Ben neler dedim? Ben neler yaptım? Affet beni! Senin bütün yaptıklarından sonra üstelik. Bu Yüzük' ün korkunç güçlerinden biri işte. Keşke hiç, hiç bulunmamış olsaydı. Ama sen bana kulak asma Sam. Yükü sonuna kadar benim taşımam lazım. Bu değiştirilemez. Benimle bu yazgının arasına giremezsin."

"Ziyanı yok Bay Frodo," dedi Sam, elbisesinin koluyla gözlerini silerek. "Anlıyorum. Ama ben hâlâ sana yardım edebilirim, değil mi? Seni buradan çıkarmam lazım. Hem de hemen, anlıyor musun! Ama önce senin biraz giyeceğe, birkaç eşyaya, sonra da biraz yiyeceğe ihtiyacın var. Giysiler en kolay kısmı. Madem ki Mordor'dayız, Mordor usulü giyinmek gerek; zaten başka çaremiz de yok. Sana ork şeyleri bulmak zorundayız korkarım Bay Frodo. Bana da tabii. Beraber gideceksek, uyum içinde olmamız lazım gelir. Şimdi şuna bir sarın!"

Sam gri pelerinini çözerek Frodo'nun omuzlarına sardı. Sonra bohçasını indirerek yere bıraktı. Sting'i kınından çekti. Kılıçta hemen

hemen hiç ışıltı yoktu. "Bunu unutuyordum neredeyse Bay Frodo," dedi. "Yo, her şeyi alamadılar! Sting'i bana sen ödünç vermiştin eğer hatırlarsan ve Hanım'ın camını. İkisi de hâlâ bende. Ama bunları bende bir süre daha bırak Bay Frodo. Gidip bir bakayım, neler bulabileceğim. Sen burada kal. Biraz yürüyüp ayaklarını rahatlat. İşim uzun sürmez. Pek uzağa gitmeme gerek yok."

"Dikkatli ol Sam!" dedi Frodo. "Ve çabuk ol! Hâlâ canlı olan orklar olabilir, pusuya yatmış orklar."

"Bunu göze almam lazım," dedi Sam. Yerdeki kapaktan adım atarak, merdivenden aşağıya kaydı. Bir dakika sonra başı yeniden belirdi. Yere uzun bir bıçak attı.

"İşe yarayabilecek bir şey," dedi. "Ölmüş: Seni kırbaçlayan. Aceleyle boynunu kırmış gibi görünüyor. Şimdi, eğer becerebilirsen merdiveni yukarı çek Bay Frodo; ben parolayı söyleyinceye kadar da sakın aşağıya sarkıtma. *Elbereth* diye sesleneceğim. Elflerin dediği gibi. Hiçbir ork bunu söyleyemez."

Frodo bir süre oturdu, titriyordu; aklında müthiş korkular birbirini kovalıyordu. Sonra ayağa kalktı, elf pelerinine iyice sarındı ve aklını başka şeylere vermeye çalışarak bir ileri bir geri yürümeye başladı, hapishanesinin her bir köşesini araştırıp, iyice bakarak.

Çok geçmeden –gerçi içindeki korku yüzünden sanki bir saat geçmiş gibi geliyordu ona ama– Sam'in aşağıdan yavaşça seslenen sesi duyuldu: *Elbereth, Elbereth*. Frodo hafif merdiveni aşağı sarkıttı. Sam, oflaya puflaya, başında koca bir bohçayla çıktı geldi. Bohçayı bir gümbürtüyle yere bıraktı.

"Çabuk ol şimdi Bay Frodo!" dedi. "Bize uyabilecek ufak bir şeyler bulabilmek için etrafı biraz kolaçan ettim. Bunlarla idare etmemiz lazım. Ama acele etmeliyiz. Canlı hiçbir şeyle karşılaşmadım, hiçbir şey görmedim ama içim huzurlu değil. Bence burası gözleniyor. Bunu açıklayamam ama öyle işte: Bana sanki o kötü uçan süvarilerden biri etrafta gibi geldi, ta yukardaki karanlıkta, görünemeyecek bir yerlerde."

Bohçayı açtı. Frodo tiksintiyle içindekilere baktı ama elden bir şey gelmiyordu: Ya içindekileri giyecekti, ya da çıplak dolaşacaktı. Pis bir hayvan postundan uzun kıllı pantolonlar ile pis bir deri tünik vardı. Bunları üzerine geçirdi. Tüniğin üzerine, yetişkin bir ork için kısa ama Frodo için çok uzun ve ağır, kalın zincirli bir zırh giydi. Bunun üzerine, içinde geniş bir hançer olan kısa bir kının asılı olduğu bir kemer bağladı. Sam birkaç ork miğferi getirmişti. İçlerinden biri, demir kenarlı ve üzeri gagaya benzeyen burun muhafazasının üzerine kırmızıyla kem Göz'ün boyanmış olduğu deri kaplı demir kasnaklı kara bir başlık, Frodo'ya uydu.

"Morgul malları, Gorbag'ın eşyaları daha iyi uyuyordu, daha iyi yapılmıştı," dedi Sam; "ama sanırım onun hatırasını Mordor'da taşımanın âlemi yok, özellikle buradaki bu işlerden sonra. Evet Bay Frodo, işte oldu. Mükemmel minik bir ork –müsaadenle– en azından eğer yüzüne bir maske takıp, kollarını uzatıp bacaklarını da çarpıtabilseydik öyle olacaktı. Bu gammazları biraz engeller." Frodo'nun omuzuna büyük kara bir pelerin koydu. "Evet, artık hazırsın! Giderken kendine bir kalkan alırsın."

"Ya sen Sam?" dedi Frodo. "Sen bana uymayacak mısın?"

"Şey Bay Frodo, düşünüyordum da," dedi Sam. "Eşyalarımı geride bırakmasam iyi olacak, hiçbir şeyi yok edemeyiz çünkü. Sonra giysilerimin üzerine ork zırhı giyemem, öyle değil mi? Ben bir tek örtüneceğim."

Diz çökerek elf pelerinini dikkatle katladı. İnanılmayacak kadar küçük bir paket oldu. Bunu yerde duran bohçasının içine koydu. Ayağa kalkarak bunu arkasına taktı, başına bir ork miğferi giyerek omuzlarına kara bir pelerin attı. "İşte!" dedi. "Şimdi birbirimize yeterince uyduk. Ve artık buradan ayrılmamız lazım!"

"Ben bütün yol boyunca koşamam Sam," dedi Frodo iğneleyici bir tebessümle. "Umarım yol üzerindeki hanlar hakkında bilgi toplamışsındır. Yoksa yiyecek ve içecek işini tamamen unuttun mu?"

"Ay, affedersin ama unuttum!" dedi Sam. Yılgınlıkla bir ıslık çaldı. "Aman Bay Frodo sen gidince beni öyle bir aç susuz bıraktın ki! Son olarak ne zaman bir lokma bir şey yeyip içtiğimi bile hatırlamıyorum. Ama dur bir bakayım! Son baktığımda yanımda yeterince o yolluktan vardı, Komutan Faramir'in vermiş olduğu yolluktan; lokma lokma yendiğinde beni haftalarca ayakta tutabilecek kadar. Ama matarамda bir yudum su kaldıysa kaldı, başka yok. Artık iki kişiye yetecek bu. Acaba orklar bir şeyler yeyip içmezler mi? Yoksa sadece pis hava ve zehirle mi yaşarlar?"

"Hayır onlar da yerler içerler Sam. Onları üreten Gölge sadece taklit edebilir, yaratamaz: Kendine ait gerçek şeyler yaratamaz. Orklara onun can verdiğini zannetmiyorum, o sadece onlara zarar vererek onları çarpıttı; eğer yaşayabileceklerse, diğer yaratıklar gibi yaşamak zorundalar. Eğer daha iyisini bulamazlarsa bozuk su ve bozuk ete razı olurlar ama zehire değil. Beni beslediler, o yüzden senden daha iyi durumdayım. Burada yiyecek ve içecek olmalı."

"Ama onları arayacak vakit yok," dedi Sam.

"Eh aslında durum senin tahmin ettiğinden biraz daha iyi," dedi Frodo. "Sen uzaktayken şansım biraz yaver gitti. Her şeyi de almamışlar gerçekten. Yerdeki paçavraların arasında yemek çıkınımı buldum. Didik didik etmişler çıkını elbette. Fakat sanırım *lembas*'ın görüntüsü ve kokusundan Gollum kadar bile hoşlanmamışlar. Etrafa dağılmış ve bir kısmının üzerine basarak kırmışlar ama ben onları bir araya topladım. Sendekinden daha az sayılmaz. Ama Faramir'in yiyeceklerini almışlar ve su mataramı delmişler."

"Eh söylenecek başka bir şey yok," dedi Sam. "Başlangıç için yeterince yiyecek var. Fakat su sorun olacak. Ama haydi Bay Frodo! Hemen gidelim yoksa bir göl dolusu su da olsa işimize yaramayacak!"

"Sen bir yudum almadan olmaz Sam," dedi Frodo. "Şurdan şuraya kımıldamam. Al bu elf çöreğini ve matarandaki o son damlayı iç! Her şey o kadar ümitsiz ki, yarın için endişe etmeye gerek yok. Büyük bir ihtimalle yarın hiç olmayacak."

Sonunda yola koyuldular. Merdivenden aşağıya indiler; sonra Sam merdiveni alarak koridora, ölmüş olan orkun yanına uzattı. Aşağıya inen merdivenler karanlıktı ama çatıda Dağ'ın parıltısı, artık donuk bir kırmızıya doğru solsa da hâlâ görünebiliyordu. Kıyafetlerini tamamlamak için iki tane de kalkan aldılar ve yollarına devam ettiler.

Koca merdivenlerden aşağıya doğru ağır ağır yürümeye başladılar. Geride kalan kulenin, birbirlerine kavuştukları odası, gözlerine sıcak bir yuva gibi görünüyordu neredeyse: Yeniden açıklığa çıkmışlardı ve duvar boyunca bir dehşet uzanıyordu. Cirith Ungol Kulesi'ndeki herkes ölmüş olabilirdi fakat hâlâ korku ve kötülüğe gömülüydü kule.

Sonunda dış avludaki kapıya vardılar ve durdular. Durdukları yerden bile Gözcülerin, arasından Mordor'un parlaklığının loş bir şekilde görüldüğü kapının her iki yanındaki kara, sessiz suretlerin garazlarının üzerlerine kamçı gibi indiğini hissedebiliyorlardı. Yollarını orkların iğrenç cesetleri arasından bulurken, her adım bir öncekinden daha zor geliyordu. Daha kemere varmadan durmuşlardı. Bir milim ileri gitmek, iradeleri ve bacakları için ızdırap ve zahmet haline gelmişti.

Frodo'nun bu tür bir dövüşe gücü yoktu. Yere çöktü. "Devam edemeyeceğim Sam," diye mırıldandı. "Bayılacağım. Bana neler oluyor bilemiyorum."

"Ben biliyorum Bay Frodo. Kendini topla şimdi! Bunu yapan kapı. Kapıda bir kötülük var. Ama ben içeri girebildim ve dışarı da çıkacağım. Daha öncekinden tehlikeli olamaz ya! Evet, haydi şimdi!"

Sam yine Galadriel'in elf camını çıkarttı. Sanki onun bu cesaretini onurlandırmak ve bu kadar iyi işler yapmış olan o sadık kahverengi hobbit eline ihtişam ile lütuf göstermek istercesine, şişecik aniden parlayıverdi, öyle ki gölgeli avlu şimşek gibi göz kamaştıran bir ışık ile aydınlandı; ama bu ışık hep kaldı, sönmedi.

"*Gilthoniel, A Elbereth!*" diye bağırdı Sam. Neden böyle bir şey yaptığını bilmiyordu; aklı aniden Shire'daki elflere ve Kara Süvariler'i kaçıran şarkıya kayıvermişti.

"*Aiya elenion ancalima!*" diye bağırdı Frodo bir kez daha arkasından.

Gözcüler'in iradesi, gerilmiş yay kirişinin kopması gibi kırılıverdi; Frodo ile Sam ileri doğru tökezlediler. Sonra koşmaya başladılar. Önce kapıdan, sonra da pırıltılı gözlerle oturan koca suretlerin arasından geçtiler. Bir çatırtı duyuldu. Kemerin temel taşı neredeyse topuklarına değecek şekilde yere yuvarlandı, üzerindeki duvar paramparça oldu ve yıkıldı. Bir kıl payıyla kaçabilmişlerdi ancak. Bir çan çaldı; ve Gözcüler'den yüksek, korkunç bir uluma duyuldu. Karanlıkta, çok yukarılarda bir yerden cevap geldi. Kara gökyüzünden top gibi indi kanatlı bir suret, bulutları dehşetli bir çığlıkla yırtarak.

BÖLÜM II

GÖLGE DİYARI

Sam'in şişeciği koynuna sokacak kadar aklı kalmıştı ancak. "Koş Bay Frodo!" diye haykırdı. "Hayır, o taraftan değil! Duvarın ötesinde dik bir uçurum var. Beni izle!"

Kapıdan yola doğru kaçmaya başladılar. Elli adımda, sarp kayalığın dışarı fırlayan burcundan hızla dönen yol onları Kule'nin görüş açısından çıkarmıştı. O an için kaçmayı başarmışlardı. Kayaya yapışıp çömelerek bir nefes aldılar, ellerini kalplerine bastırdılar. Artık kapının yıkıntıları yanına tünemiş olan Nazgûl insanın kanını donduran çığlıklar atıyordu. Bütün uçurumlar yankı verdi.

Dehşet içinde sendeleyerek yürümeye başladılar. Kısa bir süre sonra yol yeniden doğuya doğru keskin bir biçimde döndü ve korku dolu bir an için Kule'nin görüş açısına girdi. Bir yandan çırpınarak yolu geçerken bir yandan da arkalarına bir göz atarak mazgallı siper üzerindeki koca siyah cismi gördüler; sonra Morgul yoluyla birleşecek şekilde dimdik alçalan, kayadan yüksek duvarlar arasındaki bir yarmadan aşağıya daldılar. Yol kavşağına vardılar. Hâlâ orklardan bir iz yoktu, Nazgûl'ün çığlığına bir cevap da gelmiyordu; fakat bu sessizliğin uzun sürmeyeceğini biliyorlardı. Her an başlayabilirdi av.

"Bu böyle olmayacak Sam," dedi Frodo. "Eğer biz gerçek orklar olaydık, Kule'ye doğru koşmamız gerekirdi, Kule'den uzağa değil. Karşılaşacağımız ilk düşman bizi hemen tanır. Bir yolunu bulup bu yoldan ayrılmalıyız."

"Ama ayrılamayız," dedi Sam, "kanatlarımız olmadan."

Ephel Dúath'ın doğu yüzleri dimdikti, hobbitlerle sırtın iç kısmı arasında kalan kara boşluğa doğru uçurumlar halinde iniyordu. Kavşağın biraz gerisinde, başka dik bir inişten sonra havada taştan bir köprü yolu uçurumun üzerinden aşırıyor, Morgai'nin kademe kademe yamaçlarına ve dar vadilere taşıyordu. Frodo ile Sam can havliyle köprüye koşturdular; fakat feryat figanın başladığını duyduklarında köprünün ucuna ancak varmışlardı. Arkalarında uzakta, dağ yamacının yukarılarındaki tepede Cirith Ungol Kulesi yükseliyor, taşları donuk donuk parlıyordu. Aniden kulenin keskin çanı bir kez daha çaldı, sonra da bir sürü çan sesi duyuldu. Borular üflendi. Artık köprü başının gerisinden cevap mahiyetinde çığlıklar geliyordu. Aşağıda, Orodruin' in ölmekte olan parlaklığının ulaşamadığı karanlık uçurumda, Frodo ile Sam önlerini göremiyorlar ama demir pabuçlu ayakların sesini duyabiliyorlardı; üstelik yol üzerinde hızla gelen atların ayak sesleri de duyuluyordu.

"Çabuk Sam! Haydi atlıyoruz!" diye bağırdı Frodo. Köprünün alçak duvarına tırmandılar. Şanslarına artık uçuruma doğru korkunç bir iniş yoktu çünkü Morgai'nin yamaçları daha şimdiden yolla hemen hemen bir seviyeye gelmişti; fakat yine de ne kadar aşağı düşeceklerini tahmin edemeyecekleri kadar karanlıktı ortalık.

"Evet, işte atlıyorum Bay Frodo," dedi Sam. "Hoşça kal!"

Kendini bıraktı. Onu Frodo izledi. Tam onlar düşerken köprüden rüzgâr gibi geçen atlıları ve peşlerinden koşturan orkların ayak seslerini duydular. Fakat Sam eğer cesaret edebilseydi gülecekti. Görünmeyen kayaların üzerine düşüp bir yerlerini kırmaktan korkan hobbitler, beş altı metreden daha fazla olmayan bir düşüşten sonra bir gümbürtü ve çatırtıyla akıllarına gelebilecek en son şeyin üzerine konuverdiler: Bir öbek dikenli çalı üzerine. Orada Sam kıpırdamadan yattı, çizilmiş elini tatlı tatlı emerek.

Atların ve orkların ayak sesleri geçince fısıltıyla konuşmaya cesaret edebildi. "İnan olsun Bay Frodo Mordor'da bir şey yetiştiğini bilmezdim! Ama daha önceden bileydim, dikkat edeceğim tek şey de bu olurdu. Yokladığım kadarıyla bu dikenler yarım metre falan olsa gerek; üstümdeki her şeyi delip geçtiler. Keşke üzerimde zırh olsaydı!"

"Ork zırhı dikenleri engelleyemiyor," dedi Frodo. "Deri yelek bile fayda etmiyor."

Dikenli çalıdan kurtulabilmek için uğraşmaları gerekti. Dikenler ve fundalar tel kadar sertti ve hayvan pençesi gibi yapışıyorlardı. Sonunda kurtulduklarında pelerinleri lime lime olmuştu.

"Şimdi aşağıya gidiyoruz Sam," diye fısıldadı Frodo. "Hızla aşağıdaki vadiye inip sonra en kısa zamanda kuzeye doğru dönmeliyiz."

Dışarıdaki dünyaya yine gün doğuyordu; Mordor'un karanlıklarının çok ötesinde Güneş Orta Dünya'nın kenarından tırmanmaya başlamıştı; fakat burada her yer hâlâ gece gibi karanlıktı. Dağ için için yanıyordu, alevleri geçmişti. Uçurumlardaki parlaklığı sönmüştü. İthilien'den çıktıklarından beri esmekte olan doğu rüzgârı şimdi durmuş gibiydi. Yavaş yavaş ve zahmetle indiler aşağıya, tutuna tutuna, tökezleye tökezleye, kayalar, fundalar ve ölü ağaçlar arasından tırmanarak, artık daha fazla ilerleyecek yer kalmayıncaya kadar aşağıya, daha aşağıya indiler.

Sonunda durup sırtlarını devrilmiş bir kayaya dayayarak yan yana oturdular. Her ikisi de kan ter içindeydi. "Eğer Shagrat'ın kendisi bana bir bardak su ikram edecek olsa, onun bile elini sıkardım," dedi Sam.

"Böyle şeyler söyleme!" dedi Frodo. "Bu her şeyi daha da kötüleştiriyor." Sonra yorgun argın serildi ve bir süre hiç konuşmadı. En sonunda, büyük bir gayretle yeniden oturdu. Hayret içinde Sam'in uyumakta olduğunu gördü. "Uyan Sam!" dedi. "Haydi! Bir daha deneme zamanı geldi."

Sam zorla ayağa kalktı. "Hiç olur mu ya!" dedi. "Dalmış olmalıyım. Doğru dürüst uyumayalı o kadar çok oldu ki Bay Frodo; gözlerim kendiliğinden kapanıvermiş."

Başı artık Frodo çekiyordu, tahmin ettiğince kuzeyden; koca koyağın dibinde taşların, yuvarlanmış kayaların sık sık bulunduğu yerden. Fakat çok geçmeden yine durdu.

"Bir faydası yok Sam," dedi. "Başa çıkamayacağım. Zırhla demek istiyorum. Şu halimle mümkün değil. Yorulduğumda mithril zırhım bile ağır geliyordu. Bu çok daha ağır. Sonra ne faydası var? Dövüşerek bir şey kazanacak değiliz."

"Ama biraz dövüşmek zorunda kalabiliriz," dedi Sam. "Sonra bıçaklar ve kaza okları da var. O Gollum da ölmedi ayrıca. Karanlıktan bir bıçak darbesi geldiğinde arkanda sadece bir deri parçasından başka bir şey olmadığını düşünmek istemiyorum."

"Bak Sam'ciğim, evladım," dedi Frodo; "Yoruldum, bittim, içimde hiç ümit kalmadı. Ama hareket edebildiğim sürece Dağ'a varmaya çalışmaya devam etmek zorundayım. Yüzük yetiyor zaten. Bu fazla yük öldürüyor beni. Bırakmam lazım. Ama nankör olduğumu zannetme. O cesetler arasında benim için bu zırhı bulmak için verdiğin uğraşı düşünmek beni kahrediyor."

"Lafı mı olur Bay Frodo. Çok yaşayasın! Elimden gelse seni sırtımda taşırdım. İyi, bırak o halde!"

Frodo pelerinini kenara koyarak ork zırhını çıkartıp fırlattı. Biraz titredi. "Azıcık sıcak bir şeylere ihtiyacım var benim aslında," dedi. "Ya hava soğudu, ya da ben hastalandım."

"Benim pelerinimi alabilirsin Bay Frodo," dedi Sam. Bohçasını omuzundan indirerek elf pelerinini çıkarttı. "Buna ne dersin Bay Frodo?" dedi. "O ork paçavrasına sıkı sıkı sarınıp kemerini üzerinden bağla. Sonra bunu hepsinin üzerine örtebilirsin. Bu pek ork işi olmayacak ama seni daha sıcak tutar; bence bu seni bütün diğer alet edevattan da daha çok koruyacaktır. Hanım tarafından yapılmıştı."

Frodo pelerini alarak broşu tutturdu. "Böylesi daha iyi!" dedi. "Kendimi çok daha hafif hissediyorum. Artık yola devam edebilirim. Fakat bu kör edici karanlık gönlüme işliyor sanki. Tutsak olduğum yerde yatarken Sam, Brendibadesi'ni, Ormanlık Uç'u, Hobbitköy'deki değirmenden akan Su'yu hatırlamaya çalıştım. Ama artık onları gözümün önüne getiremiyorum."

"Bak şimdi Bay Frodo, bu kez de sudan konuşan sensin!" dedi Sam. "Eğer Hanım bizi görebilseydi veya işitebilseydi, ona şöyle derdim: 'Hanımefendi hazretleri bütün istediğimiz biraz ışık ile su: Sadece berrak sular ile gün ışığı, izninizle bunlar mücevherlerden daha iyidir.' Ama Lórien çok uzaklarda." Sam içini çekerek elini, artık kara göğün önünde daha koyu bir karanlık olarak seçilen Ephel Dúath'ın zirvelerine doğru salladı.

Yeniden yola koyuldular. Daha pek ilerlememişlerdi ki Frodo durdu. "Üzerimizde bir Kara Süvari var," dedi. "Bunu hissedebiliyorum. Bir süre hiç kıpırdamasak iyi olacak."

Yuvarlanmış koca bir kayanın altına süzülüp, geriye, batıya doğru bakacak şekilde oturdular ve bir süre hiç konuşmadılar. Sonra Frodo derin bir nefes alarak rahatladı. "Geçti," dedi. Ayağa kalktılar, sonra her ikisi de hayret içinde bakındı. Uzakta, sollarında, güney tarafında, griye dönmeye başlamış göğün önünde büyük bir dağ sırasının zirveleri ve yüksek sırtları, belirgin suretler halinde, simsiyah belirmeye başlamıştı. Gerilerinde ışık artıyordu. Işık, yavaş yavaş Kuzey'e doğru ilerledi. Havanın yüksek boşluklarında bir dövüş vardı. Mordor'un dalga dalga bulutları geriye sürükleniyor, yaşayan dünyadan bir yel estikçe uçları parçalanıyor, yuvalarının karanlık topraklarına doğru dumanlar halinde süpürülüyordu. Kasvetli kubbenin kalkan etekleri altında, soluk bir ışık, kararmış hapishane penceresinden giren solgun bir sabah gibi Mordor'a sızıyordu.

"Şuna bak Bay Frodo!" dedi Sam. "Şuna bak! Hava döndü. Bir şeyler oluyor. Her şey O'nun istediği gibi gitmiyor. Orada, dışarıdaki dünyada karanlığı parçalanmaya başladı. Neler olduğunu görebilmeyi çok isterdim!"

Mart'ın on beşinin sabahıydı; Anduin Vadisi'nde güneş doğudaki gölgenin üzerinde yükseliyor, güneybatıdan gelen yel esiyordu. Théoden, Pelennor Meydanı'na uzanmış ölüyordu.

Frodo ile Sam durmuş bakarken ışığın kenarı, bütün Ephel Dúath hattı boyunca yayıldı; sonra bir cisim gördüler, büyük bir hızla Batı'ya gidiyordu, önce dağ tepelerinin pırıldayan şeridi üzerinde sadece kara bir noktaydı ama yıldırım gibi karanlık gökkubbeye dalıncaya ve ta yukarılarda üzerlerinden geçinceye kadar büyüdü. Giderken uzun, tiz bir çığlık attı, Nazgûl'ün sesiydi bu; ama bu çığlık artık onları dehşete düşürmüyordu: Bu bir keder ve ümitsizlik çığlığıydı, Karanlık Kule için kötü haberler taşıyordu. Yüzüktayfları'nın Efendisi belasını bulmuştu.

"Demedim mi sana? Bir şeyler oluyor!" diye bağırdı Sam. "'Savaş iyi gidiyor,' demişti Shagrat; ama Gorbag pek emin değildi. O konuda da haklıymış. İşler düzelmeye başladı Bay Frodo. Hâlâ biraz ümidin yok mu?"

"Şey hayır, pek yok Sam," diye içini çekti Frodo. "Olanlar, uzakta dağların ötesinde. Biz doğuya gidiyoruz, batıya değil. Ve ben çok yoruldum. Sonra Yüzük de çok ağır Sam. Ve sürekli olarak onu zihnimde, ateşten koca bir tekerlek gibi görmeye başladım."

Sam'in düzelen morali hemencecik bozuluverdi. Beyine endişeyle baktı ve elini eline aldı. "Haydi Bay Frodo!" dedi. "Ben istediğim şeye ulaştım: Biraz ışığa. Bize yardımcı olacak kadar ışık var ama galiba tehlikeli de aynı zamanda. Biraz daha gitmeyi deneyelim sonra yatıp biraz dinleniriz. Ama şimdi bir lokma bir şeyler ye, elf yiyeceğinden bir parça; seni biraz yüreklendirir belki."

Bir *lembas* peksimetini paylaşıp kavrulmuş ağızlarıyla ellerinden geldiğince yedikten sonra, Frodo ile Sam ağır ağır yola koyuldular. Kurşuni bir alacakaranlıktan fazla bir şey olmasa da ışık, artık dağlar arasında derin bir vadide olduklarını görmelerine yetecek kadardı. Kuzey tarafından yavaş yavaş yükseliyordu ve dibinde artık kurumuş ve susmuş bir akarsuyun yatağı bulunuyordu. Taşlı yatağının gerisinde, batıdaki uçurumların eteğinden dolanan bir keçiyolu gördüler. Bilselerdi bu yola daha çabuk girerlerdi, çünkü bu yol, köprünün batı tarafında ana Morgul yolundan ayrılarak vadinin dibindeki kayalara oyulmuş uzun bir merdivenle aşağıya inen karanlık bir keçiyoluydu. Burası Cirith Ungol ile İsenağzı dargeçitleri arasındaki Carach Angren'in çelik çenesinden geçiyor ve kuzey uçtaki daha önemsiz ordugâhlara ve kalelere aceleyle gidip gelen devriyeler veya ulaklar tarafından kullanılıyordu.

Hobbitlerin böyle bir yolu kullanıyor olmaları tehlikeliydi fakat hızlı olmaları gerekiyordu ve Frodo devrilmiş kayalar veya Morgai'nin yolsuz izsiz vadileri arasında dolanacak hali olmadığını hissediyordu. Ayrıca, kuzey yönünün peşlerine takılanların, onların seçmelerini bekleyecekleri son yön olacağı kararına varmıştı. Ovaya geri dönen doğudaki yol, ya da batıya giden geçit didik didik aranacak ilk yerler olacaktı. Ancak Kule'nin iyice kuzeyine geldikten sonra dönüp kendisini biraz doğuya, yolculuğunun doğudaki son çaresiz bölümüne götürecek bir yol aramaya niyetliydi. Böylece artık derenin taşlı yatağını geçip ork yolunu tutmuşlardı; bir süre bu yol boyunca ilerlediler. Sol yanlarında kalan sarp kayalar üzerlerini örtüyordu, böylece yukardan bakıldığında görülmüyorlardı; fakat patika üzerinde bir sürü dönemeç vardı ve her dönemeçte kılıçlarının kabzalarını kavrayarak ihtiyatla ilerliyorlardı.

Işık artmamıştı çünkü Orodruin hâlâ, zıt hava akımları tarafından rüzgârların üstünde bir bölgeye varıncaya kadar yukarı doğru itilip, orta direği onların görüş açısının dışında kalan gölgelerden yükselen ölçülemeyecek kadar büyük bir kubbeye yayılan koca bir duman sütunu püskürtüyordu. Durmalarına neden olan bir ses duyuncaya kadar bir saatten fazla zahmetle ilerlemişlerdi. İnanılmaz ama karıştırmalarına imkân olmayan bir sesti bu. Şıpırdayan bir su. Sollarındaki bir derecikten sular damlaya damlaya aşağıya akıyordu; dere o kadar dar ve dikti ki, sanki kara kaya kütlesi koca bir baltayla kesilmiş gibi duruyordu: Bu belki de güneşle aydınlanmış denizlerden toplanıp gelmiş tatlı bir yağmurun son kalıntılarıydı; ama sonunda Karanlık Ülke'nin duvarlarına gelip, faydasız bir şekilde tozlar arasında dolanması ne büyük kadersizlikti. İşte burada dökülen küçük bir derecik halinde kayadan çıkıyor, yolun üzerinden akarak, ölü taşlar arasında aceleyle kaybolmak üzere, güneye doğru uzaklaşıyordu.

Sam suya doğru atıldı. "Eğer Hanım'ı bir daha görecek olursam, bunu anlatacağım!" diye haykırdı. "Önce ışık, şimdi de su!" Sonra durdu. "Önce ben içeyim Bay Frodo," dedi.

"Tamam, ama ikimize yetecek kadar yer var."

"Ben onu kastetmedim," dedi Sam. "Ben şöyle düşündüm: Eğer zehirliyse veya kötü etkisini hemen gösterecek bir şey varsa, işte o zaman bana olması sana olmasından iyidir beyim, bilmem anlatabildim mi."

"Anladım. Ama bence şansımızı ya da nimetimizi birlikte denemeliyiz Sam. Yine de dikkatli ol, soğuk olabilir!"

Su soğuktu ama buz gibi değildi ve tadı da pek hoş sayılmazdı; acı ve yağlı bir tat bırakıyordu ağızda hemen, ya da memleketlerinde olsa öyle derlerdi. Burada ise eşsiz bir şey gibi geliyordu onlara; ne korku ne de temkin azaltıyordu bu duyguyu. Kana kana içtiler, Sam matarasını yeniden doldurdu. Ondan sonra Frodo kendini daha rahat hissetti ve yol genişleyinceye, yol kenarındaki kaba bir duvarın başlangıcı onları başka bir ork karakoluna yaklaşmakta oldukları konusunda uyarıncaya kadar birkaç mil daha ilerlediler.

"Burada yoldan ayrılacağız işte Sam," dedi Frodo. "Ve doğuya dönmemiz lazım." Vadinin öte yanındaki kasvetli sırtlara bakarken içini çekti. "Orada, yukarıda bir kovuk bulacak kadar gücüm kaldı ancak. Ondan sonra biraz dinlenmem gerekecek."

Nehir yatağı artık yolun biraz altında kalıyordu. Zar zor yatağa indiler ve geçmeye başladılar. Vadinin yukarılarında bir yerlerden damlaya damlaya gelen iplik gibi suların oluşturduğu karanlık su birikintilerine geldiklerinde hayret içinde kaldılar. Dış sınırlarında, batıya bakan dağların altında Mordor ölmekte olan bir ülke görünümündeydi ama henüz ölmemişti. Burada kaba da olsa, eğri büğrü de olsa hâlâ bir şeyler yetişiyor, yaşam savaşı veriyordu. Vadinin öte yakasında, Morgai'deki dere yataklarında bodur, çelimsiz ağaçlar gizli gizli oldukları yere tutunmuştu; kaba, kurşuni renkli çalı öbekleri kayalarla savaşıyor, üzerlerine büzüşmüş yosunlar tırmanıyordu; her yana birbirine girmiş koca kıvırcık böğürtlen çalıları yayılmıştı. Kimisinin uzun, insana batan dikenleri, kimisinin de insanı bıçak gibi kesen kanca şeklinde çengelleri vardı. Hüzünlü havalarda ufalanan ve hışırdayan, geçmiş bir yılın kasvetli, buruşuk yaprakları asılı duruyordu üzerlerinde, fakat kurtçuk dolu tomurcukları ancak açabiliyordu. Orklar gibi kırmızı göz biçimli bir lekeleri olan boz, gri, siyah renkli sinekler etrafta vızıldıyarak sokuyorlardı; fundaların üzerinde de aç titrersinek bulutları oynaşıyor, dönüp duruyordu.

"Ork eşyaları bir işe yaramıyor," dedi Sam, kolunu sallayarak. "Keşke orklar gibi postum olaydı."

Sonunda Frodo daha fazla ilerleyemedi. Basamak basamak, dar bir koyağa tırmanmışlardı ama son sarp sırtın görüş alanına girmeleri için bile daha çok tırmanmaları gerekiyordu. "Artık dinlenmem lazım Sam," dedi Frodo, "ve uyuyabilirsem uyumalıyım." Etrafına bakındı ama bu neşesiz topraklarda bir hayvanın bile kıvrılıp yatabileceği bir yer yok gibiydi. Zamanla, yorgun argın, alçak bir kayanın yüzünden bir örtü gibi aşağıya sallanan böğürtlen çalısından bir perde altına süzüldüler.

Burada oturarak yiyebildikleri kadar bir şeyler yediler. Kıymetli *lembas*'larını önlerindeki daha kötü günler için saklayarak, Faramir'in tedarik ettiği şeylerden Sam'in torbasında ne kaldıysa onu paylaştılar: Biraz kuru meyva ve küçük bir dilim tuzlu et; birkaç yudum da su içtiler. Vadideki su birikintilerinden yine biraz içmiş olmalarına rağmen çok susamışlardı. Mordor'un havasında insanın ağzını kurutan acı bir koku vardı. Sam'in aklına su gelince cesareti kırılıyordu. Morgai'nin gerisinde geçmeleri gereken o korkunç Gorgoroth ovası vardı.

"Önce sen uyu Bay Frodo," dedi. "Hava yeniden kararmaya başladı. Herhalde gün bitmek üzeredir."

Frodo içini çekti; daha sözler bitmeden uykuya dalmıştı bile. Sam kendi yorgunluğuyla boğuşuyordu, Frodo'nun elini eline aldı; derin gece çökünceye kadar orada sessizce oturdu. Sonra, sonunda, kendini uyanık tutabilmek için saklandıkları yerden emekleyerek dışarıya bakındı. Etraf gıcırtı, çıtırtı ve şeytani seslerle doluydu ama bir canlı veya bir ayak sesi duyulmuyordu. Ephel Dúath'ın çok yukarılarında, Batı'da, akşam göğü hâlâ loş ve donuktu. Dağların en üstündeki karanlık kayalık tepenin üzerinde, parçalanmış bir bulutun arasından bakan beyaz bir yıldızın bir süre pırıldadığını gördü Sam. Terk edilmiş topraklardan yukarı bakarken yıldızın güzelliği içini yaktı ama ümidi de geri geldi. Çünkü sonuç olarak Gölge'nin sadece küçük ve geçici bir şey olduğu düşüncesi berrak ve soğuk bir ışık huzmesi gibi içini delmişti: Onun erişemediği yerde ışık ve yüce bir güzellik vardı sonsuza kadar. Kule'deki şarkısı ümitten çok bir meydan okumaydı; çünkü o sırada kendisini düşünüyordu. Şimdi, bu an için kendi yazgısı, hatta beyinin yazgısı bile onu rahatsız etmiyordu artık. Yeniden böğürtlen çalılarına emekledi ve Frodo'nun yanına uzandı, bütün korkularını bir yana bırakarak uzun ve huzurlu bir uykuya daldı.

Birlikte uyandılar, el ele. Sam hemen hemen dinçleşmişti, yeni bir güne hazırdı; fakat Frodo içini çekti. Onun uykusu huzursuz olmuştu, yangınlarla doluydu; uyanmak da rahatlatmamıştı. Yine de uykusu onu iyileştirmemiş değildi: Daha güçlüydü artık, yükünü bir sonraki menzile daha rahat taşıyabilecek durumdaydı. Ne zamanı, ne de ne kadar uyuduklarını biliyorlardı; fakat bir lokma bir şeyler yiyip, bir yudum su içtikten sonra, koyak, dibinde taş yığınları ve kaygan kayalar bulunan dik bir yamaçla sona erinceye kadar tırmanmaya devam ettiler. Burada son canlı da savaşından vazgeçiyordu; Morgai'nin tepeleri otsuzdu, boştu, çentik çentikti, bir kayağan taş kadar çıplaktı.

Uzun süre dolanıp arandıktan sonra tırmanabilecekleri bir yol buldular ve otuz beş metre kadar elleriyle kendilerini çeke çeke tırmanarak yukarıya vardılar. İki karanlık sarp uçurum arasındaki bir yarmaya vardılar ve buradan geçerek kendilerini Mordor'un son duvarının tam kenarında buldular. Aşağıda, beş yüz metre kadar bir uçurumun altında iç ova, görüş açısının dışına kadar biçimsiz bir loşluk halinde uzanıyordu. Dünya rüzgârı artık Batı'dan esiyor, koca bulutlar yükseliyor, doğuya doğru kayıyorlardı; ama yine de Gorgoroth'un korkunç tarlalarına sadece gri bir ışık süzülüyordu. Burada dumanlar yerde izler bırakıyor, deliklerde gizleniyor; yerdeki çatlaklardan da pis kokulu dumanlar yükseliyordu.

Hâlâ uzakta, en az kırk mil ötede, etekleri külden bir enkaz içinde, tüten başı bulutlarla sarılmış koca konisi tepelere yükselen Hüküm Dağı'nı gördüler. İçindeki yangınlar azalmıştı artık; için için yanan bir uykuya dalmıştı, en az uyuyan bir hayvan kadar tehditkâr ve tehlikeli. Gerisinde engin bir gölge, Barad-dûr'un uzakta Kuzey'den inip gelen Küllenmiş Dağlar'ın uzun mahmuzuna kadar yükselmiş peçesi asılı duruyordu, bir fırtına bulutu kadar uğursuz. Karanlık Güç derin düşüncelerdeydi ve Göz içeri dönmüş, kuşku ve tehlike haberleri üzerinde düşünüyordu: Parlak bir kılıç ile sert ve azametli bir yüz görmüştü ve bir süredir başka şeylerle pek ilgilenmiyordu; kapı kapı, kule kule bütün o koca kalesi düşünceli bir kasvete bürünmüştü.

Frodo ile Sam iğrenme ve hayret duyguları birbirine karışarak, bu nefret dolu topraklara baktılar. Tütmekte olan dağ ile aralarında ve dağın kuzey ile güney taraflarında her şey mahvolmuş ve ölü görünüyordu; yanmış ve boğulmuş bir çöl. Bu diyarın Efendisi'nin kölelerine ve ordularına nasıl bakıp beslediğini merak ettiler. Ama işte orduları vardı. Morgai'nin etekleri boyunca ve güneye doğru göz alabildiğine kamp yerleri, kimisi küçük kasabalar gibi dizilmiş çadırlar vardı. Bunlardan büyük olanlarından biri tam altlarında bulunuyordu. Ovaya doğru, ancak bir mil kadar ötede, kulübeleri ve alçak ölü renkli binaları arasındaki dümdüz kasvetli yollarıyla koca bir böcek yuvası gibi duruyordu. Etrafı gidip gelenlerle doluydu; güneydoğu tarafından Morgul yoluyla birleşen bir yol çıkıyordu ve yol boyunca bir sürü minik kara cisim aceleyle hareket edip duruyordu.

"Görünüş hiç hoşuma gitmedi," dedi Sam. "Çok ümitsiz, bence – tabii iyi yanı, bu kadar kalabalığın olduğu yerde hem yiyecek, hem de kuyular ve su vardır mutlaka. Sonra bunlar insan, ork değil, ya da gözlerim artık hiç görmüyor."

Sam'in de, Frodo'nun da, ne kölelerin çalıştığı bu engin diyarın güney bölgesinde, Dağ'ın pis kokulu dumanları gerisindeki Núrnen Gölü'nün hüzünlü suları yanındaki büyük tarlalardan, ne de üzerinden Kule'nin yük arabalarının kafileleriyle eşya, ganimet ve yeni köle getirdikleri doğuya ve güneye, haraç veren topraklara uzanan büyük yollardan haberi vardı. Burada, kuzey bölgelerinde madenler ile demirhaneler ve uzun zamandır hazırlanılan savaş için toplanmış askerler bulunuyordu; burada Karanlık Güç, ordularını satranç tahtasındaki taşlar gibi oynatıyor, bir araya topluyordu. İlk hareketleri, gücünün ilk göstergeleri batı hattının güney ve kuzey taraflarında denenirdi. O an için güçlerini geri çekiyor, yeni güçler getiriyor ve bunları öcünü almak amacıyla indireceği darbe için Cirith Gorgor civarına yığıyordu. Ayrıca Dağ'ı yaklaşacak olanlara karşı korumak için de en iyi yol buydu zaten.

"Pekâlâ!" diye devam etti Sam. "Onlar her ne yiyor, içiyorsa biz bunları tedarik edemeyeceğiz. Görebildiğim kadarıyla aşağıya inen bir yol yok. Zaten olsaydı da bütün bu açık araziyi düşmanın arasından emekleyerek geçemezdik."

"Yine de denemek zorundayız," dedi Frodo. "Beklediğimden daha kötü çıkmadı. Zaten geçebilmeyi hiç düşünmemiştim. Artık hiçbir umut göremiyorum. Ama hâlâ elimden gelenin en iyisini yapmaya çalışmalıyım. Şu anda ise bu, mümkün olduğunca yakalanmamaya çalışmak. O yüzden kuzeye gitmeye devam etmeli ve açık arazinin en dar yerinde neler var, neler yok bakmalıyız sanırım."

"Ben tahmin edebiliyorum," dedi Sam. "Daha dar olduğu yerde orklar ile insanlar biraz daha sıkışıktır. Göreceksin Bay Frodo."

"Herhalde görürüm, oraya gidebilirsem tabii," dedi Frodo ve arkasını döndü.

Kısa bir süre sonra Morgai'nin doruğu boyunca veya yüksek kısımlarının herhangi bir seviyesinde yürümenin mümkün olmadığını gördüler çünkü buralarda hem bir yol, iz yoktu hem de derin ve dar vadilerle yarılmıştı. En sonunda tırmanmış oldukları koyağa geri dönerek vadi boyunca bir yer aramaya mecbur kaldılar. İlerlemek zordu, çünkü yolun batı tarafına geçmeye cesaret edememişlerdi. Bir mil kadar sonra, yakında olduğunu tahmin ettikleri, uçurumun eteğinde bir çukurluğa yerleşmiş olan ork sığınağını gördüler: Bir mağaranın karanlık ağzı etrafında taştan kulübelerden bir yığın ve bir sur. Hiç hareket yoktu görünürde ama hobbitler tam bu noktada eski su yolunun her iki yanında da sık yetişmiş dikenli eğrelti otlarına yakın durarak ellerinden geldiğince dikkatle yaklaştılar.

İki üç mil daha ilerlediler, ork sığınağı arkalarında gözden kaybolmuştu; ama daha rahat rahat nefes almaya yeni başlamışlardı ki bütün kabalığı ve şiddetiyle ork sesleri duydular. Çabucak kurumuş bodur çalılıkların arkasına sıvışarak gözden kayboldular. Sesler yaklaştı. Derken iki ork göründü. Biri yırtık pırtık kahverengi giysiler içinde boynuzdan yapılma bir yay taşıyordu; bu küçük bir orktu, kara deriliydi, geniş, havayı koklayan burun delikleri vardı: Belli ki bir çeşit izciydi. Diğeri iri, savaşçı bir orktu, Shagrat'ın bölüğündekiler gibi, Göz'ün nişanını taşıyordu üzerinde. Onun da sırtında bir yay vardı ve elinde kısa başlı geniş bir mızrak taşıyordu. Her zamanki gibi ağız dalaşındaydılar ve ayrı ayrı cinslere mensup olduklarından kendi usullerince Ortak Lisan'ı kullanıyorlardı.

Hobbitlerin saklandıkları yerden yirmi adım kadar ilerde küçük ork durdu. "Hır!" diye hırladı. "Ben eve dönüyorum." Vadinin öte yanındaki ork karakolunu gösterdi. "Burnumu kayalar üzerinde yıpratmanın bir faydası yok artık. Hiç iz kalmamış diyorum. Senin önden gitmene müsaade etmekle kokuyu kaybettim. O tepelere çıkmış, vadiye gelmemiş, söyleyeyim sana."

"Pek bir işe yaramazsınız siz bıdık kokucular, öyle değil mi?" dedi büyük ork. "Bence gözler sizin o sümüklü burunlarınızdan daha iyidir."

"Madem öyle, sen neler gördün onlarla?" diye hırladı diğeri. "Hırr! Ne aradığını bile bilmiyorsun."

"Bu kimin suçu?" dedi asker. "Benim değil. Bu Yukardaki'nden geliyor. Önce parlak zırhlar içinde koca bir elf dediler, sonra bir çeşit ufak cüce adam oldu, sonra da isyan eden bir Uruk-hai sürüsü oldu; belki de hepsi birdendir."

"Hır!" dedi izci. "Keçileri kaçırmışlar, söyleyeyim ben sana. Patronlardan bir kısmı da postlarını kaybedecek bence, eğer duyduklarım doğruysa: Kule yağmalanmış, bizim çocukların yüzlercesi temizlenmiş ve tutsak kaçmış. Eğer siz savaşçılar böyle devam ederseniz, cepheden kötü haberler aldığımıza şaşmayalım."

"Kim kötü haber var diyor?" diye bağırdı asker.

"Hır! Kim yok diyor?"

"Bu isyankârların lafları; eğer çeneni kapatmazsan sana bir sopa çekerim, bak!"

"Tamam, tamam!" dedi izci. "Başka bir şey demeyeceğim, düşüneceğim sadece. Ama o kara sinsinin bunlarla alakası ne? O sarkık elli gulugulunun?"

"Bilmiyorum. Belki de bir alakası yoktur. Ama bahse girerim burada her şeye burnunu sokması iyiye alamet değil. Lanet olasıca! Tam elimizden kaçıp kurtuldu ki onun sağ olarak yakalanması emri geldi, hem de acilen."

"Eh umarım onu yakalarlar da bir güzel benzetirler," diye homurdandı izci. "Orada bulduğu o zırhı araklayarak ve daha ben varmadan ortalıkta badi badi dolanarak kokuları birbirine karıştırmış."

"Kaçmakla kurtuldu ama," dedi asker. "Daha onun aranıyor olduğunu bilmeden vurduydum onu, hem de olabilecek en iyi şekilde, elli adım öteden, tam sırtından; ama o koşmaya devam etti."

"Hır! Iskaladın," dedi izci. "Önce boşa atıyorsun, sonra çok yavaş koşuyorsun; sonra da tutup zavallı izcileri çağırtıyorsun. Yeterince uğraştım seninle." Sıçrayarak uzaklaştı.

"Geri gel," diye bağırdı asker, "yoksa seni rapor ederim!"

"Kime? O kıymetli Shagrat'ına değil herhalde. Artık o komutan falan olamaz."

"İsmini ve numaranı Nazgûl'e vereceğim," dedi asker, sesi bir tıslamaya dönüşecek kadar alçalmıştı. "İçlerinden *biri* şu anda Kule'de kumandayı ele aldı."

Diğeri durdu, sesi korku ve öfke doluydu. "Seni lanet olasıca gammaz sinsi hırsız!" diye bağırdı. "Sen işini bile yapamıyorsun, kendi halkına bile mukayyet olamıyorsun. Git o pis yaygaracılarının yanına; etini dondursunlar da gör! Tabii eğer önce düşmanın eline geçmez erse. Bir Numara'yı temizlemişler diye duydum, umarım doğrudur!"

Büyük ork, elinde mızrağıyla onun peşinden gitti. Fakat izci, bir kayanın gerisine sıçrayarak koşarken diğerinin gözüne bir ok attı; ork büyük bir gürültüyle düştü. Öbürü vadinin diğer yanına koşarak gözden kayboldu.

Hobbitler bir süre sessizlik içinde oturdular. Sonunda Sam kıpırdadı. "Eh ben temizlik diye buna derim," dedi. "Eğer bu dostluk bütün Mordor'a yayılacak olsa, sorunumuzun yarısı kendiliğinden hallolmuş olacak."

"Öyle Sam," diye fısıldadı Frodo. "Etrafta başkaları da olabilir. Gerçekten kıl payı kurtulduk; izimiz tahmin ettiğimizden de sıkı sürülüyormuş. Fakat bu Mordor'un ruhu Sam; dört bir köşesine sinmiş. Orklar kendi başlarına kaldıklarında hep böyle davranmışlar, ya da öykülerde hep öyle olduğu anlatılır. Fakat bu böyle diye kendine pay çıkartıp ümitlenme. Bize olan nefretleri hep daha fazla olmuş. Eğer o ikisi bizi ele geçirmiş olsaydı, biz ölünceye kadar kavgalarını bir kenara bırakırlardı."

Yine uzun bir sessizlik oldu. Yine Sam bozdu sessizliği, fakat bu kez bir fısıltıyla.

"*Gulugulu* hakkında söylediklerini duydun mu Bay Frodo? Sana Gollum'un daha ölmemiş olduğunu söylemiştim, değil mi?"

"Evet hatırlıyorum. Bunu nasıl anladığını merak etmiştim," dedi Frodo. "Evet, haydi! Ortalık iyice kararıncaya kadar buradan çıkmasak iyi olacak. O yüzden anlat bakalım bana nasıl anladığını ve bütün olup bitenleri. Tabii bunu sessiz sakin başarabileceksen."

"Deneyeyim," dedi Sam, "ama aklıma ne zaman o Leş gelse, o kadar hararet basıyor ki bağırabilirim."

Mordor'un kasvetli ışığı koyu ve yıldızsız bir geceye doğru solarken orada, dikenli çalılığın örtüsü altında oturdu hobbitler; Sam Frodo'nun kulağına Gollum'un o haince saldırısını, Shelob'un dehşetini ve orklarla olan maceralarını dili döndüğünce anlattı. Bitirdiğinde

Frodo bir şey söylemedi ama Sam'in elini tutarak sıktı. Zamanla da olduğu yerden kıpırdandı.

"Evet, sanırım artık gitme zamanı geldi," dedi. "Acaba ne zaman yakalanacağız da beyhude yere çektiğimiz tüm bu zahmet ve tüm bu gizlenip saklanmalar son bulacak?" Ayağa kalktı. "Karanlık; Hanım' ın camını da kullanamayız. Onu benim için sakla Sam. Artık onu koyabilecek bir yerim kalmadı, elimde tutmak dışında; bu kör karanlıkta her iki elime de ihtiyacım olacak. Fakat Sting'i sana vereceğim. Bende bir ork kılıcı var ama kılıç kullanma görevinin bir daha benim üzerime düşeceğini sanmam."

Yolu, izi olmayan topraklarda ilerlemek hem zor, hem de tehlikeliydi; ama kayalık vadinin doğu kıyısından yavaş yavaş ve düşe kalka kuzeye doğru ilerledi iki hobbit saat be saat. Gri ışık, gerideki topraklarda gün açıldıktan çok sonra batıdaki tepelere tırmanmaya başlayınca tekrar saklandılar ve nöbetleşe biraz uyudular. Uyanık olduğu saatlerde Sam'in aklını hep yiyecekler kurcalıyordu. Sonunda Frodo doğrulup bir şeyler yemekten ve bir kez daha denemek için hazırlanmaktan söz edince, aklını en çok kurcalayan soruyu sordu.

"Affına sığınırım Bay Frodo," dedi, "ama daha ne kadar gitmek zorunda olduğumuz hakkında bir fikrin var mı?"

"Hayır, belirgin bir fikrim yok Sam," diye cevap verdi Frodo. "Yarmavadi'den ayrılmadan önce Düşman dönmeden önceki haliyle Mordor'un bir haritası gösterilmişti bana; ama hayal meyal hatırlıyorum. En belirgin şekilde hatırladığım, batıdaki sıradağlar ile kuzeydeki sıradağların uzantılarının kuzeylerde bir yerlerde neredeyse birleşecek kadar birbirlerine yaklaştıklarıydı. Bu Kule'nin oradaki köprüden en aşağı yirmi fersah uzakta olmalı. Karşıya geçmek için uygun bir yer olabilir. Fakat tabii ki oraya varırsak Dağ'dan daha da uzaklaşmış olacağız, altmış mil kadar sanırım. Herhalde şimdi köprüden on iki fersah kadar uzaklaşmışızdır. Eğer her şey yolunda giderse, Dağ'a ancak bir hafta içinde varabilirim. Korkarım yük çok ağırlaşacak Sam ve yaklaştıkça daha da yavaş gitmek zorunda kalacağız."

Sam içini çekti. "Ben de bundan korkuyordum," dedi. "Eh, suyun lafını bile etmeyeceğim ama daha az yemek zorundayız Bay Frodo, ya da biraz daha hızlı gitmek zorundayız, en azından hâlâ bu vadideyken. Bir lokma daha alınca bütün yemek tükenecek, elflerin yollukları hariç."

"Biraz daha hızlı olmaya çalışırım Sam," dedi Frodo, derin bir nefes alarak. "Haydi o halde! Yeniden yollara koyulalım!"

Hava henüz tamamen kararmamıştı. Yollarına, gecenin içine doğru devam ettiler. Saatler birkaç kısa molanın verildiği yorucu ve düşe kalka ilerlenen zahmetli bir yürüyüş içinde geçti. Gölgenin kubbesi altındaki gri ışığın ilk belirtisiyle yine ileri doğru sarkmış bir kayanın altındaki karanlık bir boşluğa gizlendiler.

Işık yavaş yavaş artarak daha önce olmadığı kadar belirginleşti. Batı'dan esen kuvvetli bir rüzgâr Mordor'un pis kokulu dumanlarını havanın yukarı katmanlarından süpürüp götürüyordu. Çok geçmeden hobbitler etraflarındaki araziyi millerce ilersine kadar seçebilmeye başladılar. Dağlar ile Morgai arasında kalan yarma, tırmandıkça daralıyordu; iç tarafta kalan sırtlar da artık Ephel Dúath'ın dik yüzündeki bir çıkıntıdan başka bir şey değildi, ama batıya doğru, Gorgoroth'a bütün dikliğiyle iniveriyordu. İleride su yolu kırık kaya basamaklarıyla son buluyordu; çünkü ana dağ sırasından yüksek, çıplak bir dağ burnu çıkıyor, doğuya doğru bir duvar gibi uzanıyordu. Onu karşılamak istercesine Ered Lithui'nin kurşuni renkli puslu kuzey sırasından uzun çıkıntılı başka bir kol uzanıyordu; iki uç arasında da dar bir geçit vardı: Gerisinde Udûn'un kara vadisinin uzandığı Carach Angren, İsenağzı. Morannon'un gerisindeki o vadide Mordor'un uşaklarının, Kara Kapı'yı korumak için yapmış olduğu tüneller ve derin cephanelikler bulunuyordu; şimdi de Efendileri, Batılı Komutanlar'ın hücumunu karşılamak için aceleyle büyük güçler topluyordu. İleri doğru fırlamış dağlık burunlarda kaleler ve kuleler inşa edilmiş, nöbetçi ateşleri yakılıyordu; geçit boyunca topraktan bir sur yapılmış, sadece tek bir köprüyle geçilebilecek derin bir hendek kazılmıştı.

Birkaç mil kuzeyde, batıdaki burnun ana dağ sırasından ayrıldığı yerdeki yüksek bir köşede, Udûn vadisi etrafında toplanmış bir sürü ork karargâhından biri olan kadim Durthang kalesi bulunuyordu. Artan ışık altında daha şimdiden görülebilen bir yol kaleden döne döne aşağıya iniyor, hobbitlerin yatmakta oldukları yere bir iki mil kala doğuya dönerek kayalık burnun kenarından bir kaya çıkıntısı boyunca ilerliyor ve böylece ovaya ve oradan da İsenağzı'na gidiyordu.

Baktıkça, kuzeye yaptıkları yolculuk boşunaymış gibi geldi hobbitlere. Sağlarına düşen ova karanlık ve dumanlıydı; orada ne kamp yerleri görüyorlardı ne de hareket halinde birlikler, ama bütün o bölge

Carach Angren kalelerinin denetimi altındaydı.

"Bir çıkmaza geldik Sam," dedi Frodo. "Eğer devam edersek varacağımız yer sadece o ork kulesi olacaktır fakat tutabileceğimiz yegane yol da oradan inen yol – tabii geriye dönersek o başka. Batıya doğru tırmanamayız, doğuya doğru da inemeyiz."

"O halde yola gideceğiz Bay Frodo," dedi Sam. "O yolu tutup şansımızı denemeliyiz, tabii eğer Mordor'da şans diye bir şey varsa. Etrafta dolanacağımıza veya geri dönmeye çalışacağımıza gidip teslim olsak da bir. Yiyeceğimiz de yetmeyecek. Koşup geçmemiz lazım!"

"Tamam Sam," dedi Frodo. "Başı sen çek! İçinde birazcık bile ümidin olduğuna göre. Benim kalmadı artık. Ama koşamam Sam. Senin arkandan ayaklarımı sürürüm o kadar."

"Ayaklarını sürümeye başlamadan önce uyumaya ve yemek yemeye ihtiyacın var Bay Frodo. Gel de ne kadar uyuyabilirsen uyu, ne yiyebilirsen ye!"

Frodo'ya biraz su ve bir parça da peksimet verdi ve pelerinini beyinin başının altına yastık yaptı. Frodo tartışamayacak kadar yorgundu; Sam de ona, suyun son yudumunu da içmiş olduğunu ve kendisininkiyle birlikte Sam'in hakkını da yediğini söylemedi. Frodo uyuduğunda Sam onun üzerine eğilerek nefesini dinledi ve yüzünü inceledi. Yüzü kırışmış, incelmişti ama yine de uykudayken memnun ve korkusuz görünüyordu. "Eh işte başlıyorum, Beyim!" diye mırıldandı Sam kendi kendine. "Senden biraz ayrılıp işi şansa bırakmam gerekecek. Su bulmamız şart, ben de çok uzaklaşmayacağım zaten."

Sam emekleyerek çıktı; hobbit dikkatinden bile daha büyük bir dikkatle, bir kayadan bir kayaya geçerek su yoluna indi ve kuzeye doğru tırmanan su yolunu, bir zamanlar kaynağının gürüldeye gürüldeye aktığından kuşku olmayan kayadan basamaklara gelinceye kadar biraz takip etti. Her şey kuru ve sessiz görünüyordu; fakat umutsuzluğa düşmeyi kabullenmeyen Sam eğilerek dinledi ve büyük bir keyifle şırıltı sesini duydu. Birkaç adım tırmandıktan sonra tepenin kenarından çıkıp, sonra tekrar içinden dökülen, sonra da çıplak taşlar arasında kaybolan küçük çıplak bir havuzcuğu dolduran karanlık sulu minik bir akarsu gördü.

Sam suyun tadına baktı, yeterince güzeldi. Sonra kana kana içti, matarasını doldurdu ve geriye gitmek için arkasını döndü. Tam o anda Frodo'nun saklandığı yerin yakınlarındaki kayaların arasına kaçan siyah bir cisim veya gölge takıldı gözüne. Çığlık atmamak için kendine zor hâkim olarak pınardan aşağıya sıçrayıp taştan taşa atlayarak koşmaya başladı. Çok dikkatli bir yaratıktı, görülmesi zordu ama Sam'in bu konuda pek kuşkusu yoktu: Ellerini boynuna geçirmek için can atıyordu. Fakat o Sam'in yaklaşmakta olduğunu duymuştu ve çabucak sıvışıverdi. Sam, o dalıp gözden kaybolmadan önce onu doğu tarafındaki uçurumun kenarında durmuş bakarken şöyle bir gözünün ucuyla gördüğünü düşündü.

"Eh şansım yaver gitti," diye mırıldandı Sam, "ama kıl payı kalmıştı! Binlerce orkun arasında bir o yıvışık şey eksikti! Keşke onu vurmuş olsalardı!" Frodo'nun yanına oturdu ve Frodo'yu uyandırmadı; fakat kendisi uyumaya cesaret edemedi. Sonunda gözlerinin kapanmaya başladığını fark edince, uyanık kalmak için vereceği savaşta galip çıkamayacağını bildiğinden kibarca Frodo'yu uyandırdı.

"O Gollum yine etraflarda galiba Bay Frodo," dedi. "En azından, eğer o değildiyse o zaman ikiziydi demektir. Su bulmak için biraz uzaklaşmıştım, tam geri döndüğümde onun etrafı kolaçan ederken yakaladım. Sanırım ikimizin birlikte uyuması emniyetli olmayacak; çok özür dilerim ama artık göz kapaklarımı açık tutamıyorum."

"Çok yaşayasın Sam!" dedi Frodo. "Yat da sıran gelmişken uyu! Ama ben orklardansa Gollum'u tercih ederim. En azından bizi onlara teslim etmez – kendi yakalanmadıktan sonra."

"Ama kendi adına biraz hırsızlık ve katillik yapabilir," diye homurdandı Sam. "Gözlerini dört aç Bay Frodo! Su dolu bir matara var. İç. Yola devam edeceğimiz zaman yeniden doldururuz." Bu sözle Sam uykuya daldı.

Uyandığında ışık zayıflıyordu. Frodo gerideki kayaya dayanmış oturuyordu ama neredeyse uyuyor gibiydi. Matara boştu. Gollum'dan iz miz yoktu.

Hobbitler yolculuklarının en tehlikeli kısmı için yeniden yola koyulduklarında, Mordor karanlığı geri gelmiş, tepelerdeki gözcü ateşleri bütün hiddetleriyle al al yanmaya başlamıştı. İlk önce minik pınara gittiler, sonra dikkatle tırmanarak tam doğuya, yirmi mil uzaktaki İsenağzı'na doğru döndüğü noktada yola vardılar. Yol pek geniş değildi ve kenarında bir duvarı veya parmaklığı yoktu; ilerledikçe yanındaki uçurum da gittikçe derinleşiyordu. Hobbitler hiçbir hareket duymadılar ve bir süre dinledikten sonra doğuya doğru sabit bir hızla yola koyuldular.

On iki mil kadar gittikten sonra durdular. Biraz gerilerinde yol hafifçe kuzeye doğru dönmüştü ve geçmiş oldukları geçit artık görünmüyordu. Bu onlar için bir felaket oldu. Birkaç dakika dinlendikten sonra yollarına devam ettiler; fakat daha birkaç adım gitmişlerdi ki gecenin sakinliğinde gizli gizli duymaktan çekindikleri sesi duydular aniden: Uygun adım gelen ayak sesleri. Hâlâ arkalarında, epey gerideydi ama geriye baktıklarında bir milden daha yakın olan dirsekten dönmekte olan meşalelerin kıpırtılarını görebiliyorlardı; meşaleler hızla ilerliyordu: Frodo'nun önlerindeki yol üzerinde koşarak kaçamayacağı kadar hızlı.

"Bundan korkuyordum Sam," dedi Frodo. "İşimizi şansa bıraktık ama şansımız yaver gitmedi. Kapana kısıldık." Eski zamanların yol ustalarının başlarının birkaç kulaç üzerindeki dik kayadan kesmiş oldukları asık yüzlü duvara çaresizce baktı. Diğer tarafa koşarak yolun kenarından karanlık kasvet çukuruna baktı. "Sonunda kapana kısıldık!" dedi. Kayadan duvarın dibinde yere çökerek başını eğdi.

"Öyle görünüyor," dedi Sam. "Eh bekleyip görmekten başka çaremiz yok." Ve bu sözle birlikte o da uçurumun gölgesi altına, Frodo'nun yanına oturdu.

Çok beklemeleri gerekmedi. Orklar büyük bir süratle geliyorlardı. En ön sıralarda bulunanlar meşale taşıyordu. Karanlıktaki alevler hızla büyüdü; yaklaştılar. Artık Sam de başını eğmişti, meşaleler onlara vardığında yüzünü onlardan gizler ümidiyle; kalkanlarını da ayaklarını gizlemek için dizlerine dayamıştı.

"Keşke çok aceleleri olsa da iki yorgun askeri kendi hallerinde bırakıp geçseler!" diye düşündü.

Nitekim görünüşe göre öyle olacaktı. Baştaki orklar uzun ve rahat adımlarla koşuyorlardı, nefes nefese, başları önlerinde. Bunlar Karanlıklar Efendisi'nin savaşına gönülsüzce götürülen küçük cins orklardan bir bölüktü; bütün düşünceleri yürüyüşlerini bir an evvel bitirip, kırbaçtan kurtulmaktı. Yanlarında, sıraların bir başından bir başına koşturan, kırbaçlarını şaklatan, bağırıp çağıran iki iri, hiddetli *uruk* vardı. Dizi dizi geçtiler; gammaz meşale ışığı daha şimdiden bir miktar ilerlemişti. Sam nefesini tuttu. Artık sıranın yarısı geçmişti bile. Derken aniden köleleri götürenlerden biri yol kenarındaki iki cismi fark etti. Onlara doğru kırbacını şaklatarak bağırdı: "Hop sizler! Ayağa!" Cevap vermediler; o da bağırarak bölüğü durdurdu.

"Hadi sizi sümüklü böcekler sizi!" diye bağırdı. "Yayılmanın sırası değil." Onlara doğru bir adım attı ve karanlıkta bile kalkanlarının üzerindeki nişanları fark etti. "Firar ha?" diye hırladı. "Aklınızdan böyle bir şeyler mi geçiyordu yoksa? Dün akşamdan önce hepinizin Udûn'da olmanız gerekiyordu. Bunu biliyorsunuz. Hemen ayağa, sıraya girin yoksa numaralarınızı alır sizi rapor ederim."

Zorla ayağa kalktılar, iki büklüm durarak, ayakları ağrıyan askerler gibi sıranın arkasına doğru sürünmeye başladılar. "Yo, arkaya değil!" diye bağırdı köle başı. "Üç sıra öne. Ve orada da kalın, yoksa yanınıza geldiğimde görürsünüz gününüzü!" Uzun kırbacını başlarının üzerinde şaklattı; sonra bir kez daha şaklatıp bağırarak bölüğün koşar adım yola koyulmasını sağladı.

Bu zavallı yorgun Sam için bile katlanılması zor bir durumdu; ama Frodo için gerçek bir eziyet, bir süre sonra da kâbus olmuştu. Dişlerini sıkarak bir şey düşünmemeye çalıştı ve boğuşmaya devam etti. Etrafındaki ter içindeki orkların leş gibi kokuları boğuyordu onu; susuzluktan nefesi kesilmeye başladı. Durmadan, durmadan ilerlediler; bütün iradesini nefes almaya ve bacaklarını hareket ettirmeye yöneltti; yine de hangi korkunç sona doğru koştuğunu ve dayanmaya çalıştığını düşünmeye bile cesaret edemiyordu. Dikkat çekmeden sıvışmanın imkânı yoktu. Arada sırada ork başı sıranın gerisine kalarak onlara laf atıyordu.

"Hah şöyle!" diye güldü, bacaklarına hafifçe vurarak. "Kırbacın olduğu yerde istek de vardır sümüklü böceciklerim. Dayanın! Ben sizi canlandıracak bir şeyler yapardım ama kampınıza geç gittiğinizde derinizin kaldıracağı kadar kırbaç yiyeceksiniz nasıl olsa. Bu size iyi gelir. Savaşta olduğumuzu bilmiyor musunuz?"

Frodo'nun gücü artık tükenmeye ve iradesi duraksamaya başladığında birkaç mil gitmişlerdi ve yol artık sonunda uzun bir yokuştan ovaya iniyordu. Sendeleyerek tökezledi. Sam, kendisinin de ancak birkaç adım atacak hali kaldığını hissettiği halde, çaresizlik içinde ona yardım etmeye, onu ayakta tutmaya çalıştı. Artık her an sonlarının geleceğini biliyordu: Beyi ya düşecek, ya bayılacak, her şey anlaşılacak ve bunca çabaları boşa çıkacaktı. "En azından o iblis köle başını haklarım," diye düşündü.

Tam elini kılıcının kabzasına koymuştu ki beklenmedik bir imdat geldi. Artık ovaya varmışlardı ve Udûn'un girişine yaklaşıyorlardı. Girişin biraz önünde, köprü sonundaki kapının önünde yol güneyden ve Barad-dûr'dan gelen diğer yollarla birleşiyordu. Bütün yollarda birlikler ilerliyordu; çünkü Batı'nın Komutanları yaklaşıyorlardı ve Karanlıklar Efendisi güçlerini hızla kuzeye doğru sevkediyordu. Öyle olmuştu ki tam yol kavşağında, surlardaki nöbetçi ateşlerinin gerisindeki karanlıkta birkaç bölük çakışmıştı. Bütün birlikler kapıya önce varmaya ve yürüyüşlerini önce bitirmeye çalıştığı için büyük bir itişip kakışma ve küfürleşme yaşandı. Köle başları bağırıp çağırdığı, kırbaçlarını kullandığı halde çekişmeler çıktı ve bıçaklar çekildi. Barad-dûr'dan bir tabur ağır silahlı *uruk*, Durthang sırasına dalarak ortalığı karıştırdı.

Acı ve yorgunluk içinde sersemlemiş olsa da Sam birden uyanarak hemen elindeki şansa dört elle sarıldı ve Frodo'yu da çekerek kendini yere attı. Orklar homurdanarak, küfrederek onların üzerlerine düştü. Yavaş yavaş, yolun öte yanında, görünmeyecekleri bir yerde kendilerini yere bırakıncaya kadar elleri ve dizleri üzerinde emekleyerek kargaşadan dışarı çıktı hobbitler. Bölük başlarının gecenin karanlığında veya siste bölüklerini rahatça yönlendirebilmeleri için yolun kenarında yüksek kaldırım taşları vardı ve bunlar da açık arazinin seviyesinden birkaç metre yukarda duruyordu.

Bir süre kıpırdamadan yattılar. Eğer varsa bile gizlenebilecekleri bir yer arayamayacakları kadar karanlıktı etraf; fakat Sam en azından yoldan ve meşalelerin ışığının menzilinden ayrılmaları gerektiğini hissediyordu.

"Haydi Bay Frodo!" diye fısıldadı. "Biraz daha emekleyeceğiz, ondan sonra kıpırdamadan yatabilirsin."

Son bir ümitsiz gayretle Frodo kendini elleri üzerine kaldırdı, belki bir yirmi metre kadar zorla gidebildi. Sonra hiç beklenmedik bir şekilde önlerinde beliren alçak bir çukurun içine düştü ve orada ölü gibi yatıp kaldı.

BÖLÜM III

HÜKÜM DAĞI

Sam lime lime olmuş ork pelerinini beyinin başının altına koydu ve üzerlerini Lórien'in gri cüppesi ile örttü; tam örterken de aklı o zarif ülkeye, elflere kayıverdi, onların elleri tarafından dokunmuş kumaşın bu çılgınca korku içindeki tüm ümitsizliğe karşın onları gizlemesini umdu. Bölükler İsenağzı'nı geçtikçe itişip kakışmanın, bağırış çığırışların azaldığını duydu. Sanki değişik cinslere ait birçok bölüğün karışmasından doğan bu kargaşa içinde onları fark eden olmamıştı, en azından henüz fark eden olmamıştı.

Sam bir yudum su içti ama Frodo'nun daha çok içmesi için ısrar etti; beyi biraz kendine geldikten sonra da kıymetli peksimetlerinden birini vererek yemesini sağladı. Sonra, pek korku duyamayacak kadar bitkin olduğundan oldukları yere uzandılar. Huzursuz nöbetler halinde biraz uyudular; çünkü ter üzerlerinde kurumuştu, sert taşlar da etlerini ısırıyordu; titremeye başladılar. Kuzey'den Kara Kapı'dan, Cirith Gorgor üzerinden yer boyunca fısıldaşan ince soğuk bir hava yayılıyordu.

Sabah gri ışık yine geldi, çünkü yukarılarda Batı Rüzgârı esmeye devam ediyordu ama Kara Ülke'nin sınırlarının gerisinde kayalar üzerinde hava sanki ölü gibiydi; serin de olsa boğucuydu. Sam çukurdan dışarı baktı. Etraflarındaki bütün topraklar korkunçtu, dümdüz ve ölü renkliydi. Yakınlardaki yollar üzerinde hiçbir şey kımıldamıyordu artık; fakat Sam, kuzeye doğru en fazla iki yüz metre uzakta olan İsenağzı surları üzerindeki dikkatli gözlerden korkuyordu. Güneydoğuya doğru, uzakta ayağa kalkmış bir gölge gibi yükseliyordu Dağ. İçinden dumanlar fışkırıyor, göğün yukarı katmanlarına çıkanları doğuya doğru ilerlerken yanlarından çıkanları koca bulutlar halinde yuvarlanarak bütün topraklar üzerine yayılıyordu. Kuzeydoğuya doğru birkaç mil ötede, gerisinde puslu kuzey tepelerinin kararmış gökten ancak biraz daha kara göründüğü, uzakta bir bulut sırası gibi yükselen Kül Dağları'nın eteklerinde ise tepeler, gri, kasvetli hayaletler gibi duruyordu.

Sam mesafeyi kestirmeye ve ne tarafa doğru gitmeleri gerektiğini çıkarmaya çalıştı. "Nereden bakarsan bak elli mil kadar görünüyor," diye mırıldandı tehditkâr dağa bakıp içi kararak. "Bir gün bile çekecek olsaydı, Bay Frodo'nun bu haliyle bir hafta sürerdi." Başını salladı, kafasında yavaş yavaş yeni, karanlık bir düşünce belirdi. O sadık gönlünde ümit hiçbir zaman uzun süreli solmamıştı ve o ana kadar hep geri dönüşleri hakkında bir şeyler düşünmüştü. Fakat acı gerçek sonunda kafasına dank etmişti: Yanlarındaki yiyecek en iyi ihtimalle onları amaçlarına ulaştırabilirdi; görev yerine getirilince o zaman, o korkunç çöl ortasında tek başlarına, evsiz, yurtsuz, yemeksiz sona varmış olacaklardı. Geriye dönüş olmayacaktı.

"Başladığımda yapmam gerektiğini hissettiğim iş buydu demek," diye düşündü Sam: "Bay Frodo'ya son adımına kadar yardım edip onunla ölmek ha? Eh, görevim buysa, bunu yapacağım. Ama Subaşı'nı, Gül Pamuk ile ağabeylerini, Babalık'ı, Marigol'u, hepsini hepsini bir daha görmeyi çok isterdim. Nedense, eğer geriye dönüş için bir ümit olmasaydı Gandalf'ın Bay Frodo'yu bu göreve yollamış olabileceğine inanamıyorum bir türlü. Moria'da düştüğünde her şey ters gitmeye başladı. Keşke düşmeseydi. O olsaydı bir şeyler yapardı."

Fakat içindeki ümit sönerken, ya da söner gibi olurken, ümitsizlik yeni bir güce dönüştü. Sam'in o sade hobbit yüzü sertleşti, neredeyse aksileşti niyeti kesinleştikçe; sanki ne üzüntünün, ne yorgunluğun, ne de sonu gelmeyen o çıplak millerin boyun eğdiremeyeceği taştan ve demirden bir yaratığa dönüşüyormuş gibi kol ve bacaklarında bir titreşim hissetti.

Yeni bir sorumluluk duygusuyla gözlerini yakınlardaki topraklara çevirdi tekrar, bir sonraki hareketlerini tasarlayarak. Işık biraz biraz arttıkça, uzaktan engin ve şekilsiz görünen düzlüklerin aslında kırık kırık yüzeyler olduğunu hayret içinde gördü. Gerçekten de Gorgoroth'un bütün düzlüklerinin yüzü koca koca deliklerle çiçek bozuğu gibiydi sanki buraları hâlâ yumuşak çamurdan bir araziyken yıldırımların ve muazzam sapan taşlarının sağnağına maruz kalmış gibi. Bu deliklerin en büyüklerinin kırık kayalardan kenarları vardı ve bunların içinden her yöne doğru geniş yarıklar yayılıyordu. En dikkatli gözler hariç kimse tarafından görünmeden, bir saklanma yerinden diğerine sürünülebilecek bir araziydi: Bu en azından güçlü ve acelesi olmayan biri için geçerliydi. Aç ve yorgun olanlar için, yaşam onları bırakmadan gidecek çok yolları olanlar için korkunç bir görüntüsü vardı.

Aklında bütün bunlarla, Sam beyinin yanına döndü. Onu kaldırmasına gerek kalmamıştı. Frodo gözleri açık sırtüstü yatmış, bulutlu gökyüzüne bakıyordu. "Evet Bay Frodo," dedi Sam, "biraz etrafa bakıp düşündüm de... Yollarda hiçbir şey yok, hâlâ şansımız varken kaçmaya çalışsak iyi olacak. Yapabilecek misin?"

"Yapabilirim," dedi Frodo. "Yapmam şart."

Bir kez daha, çukurdan çukura sürünerek, bulabildikleri bütün örtülerin ardına gizlenerek ama hep kuzeydeki sıradağların eteklerindeki tepelere doğru ilerleyecek şekilde hareket ederek yola koyuldular. Fakat onlar ilerledikçe yolların en doğuda olanı sonunda dağların eteklerini kucaklayarak uzakta, önlerindeki kara gölgeden duvarın içine doğru uzaklaşıp gitti. Artık kurşun rengi düzlüklerinde ne bir insan, ne de bir ork hareket ediyordu; çünkü Karanlıklar Efendisi güçlerinin manevrasını hemen hemen tamamlamış; kendi diyarının istihkamında bile, aleyhine dönen dünya rüzgârlarından korkarak ve sınırlarından geçen korkusuz casuslar hakkındaki haberlerden huzursuz olarak gecenin gizliliğini arıyordu.

Hobbitler mola verdiklerinde yorgun argın birkaç mil kadar ilerlemişlerdi topu topu. Frodo tamamen bitmiş görünüyordu. Sam daha fazla bu şekilde sürünerek, eğilerek, kuşkulu bir yolu seçip ağır ağır ilerleyerek ya da tökezleye tökezleye aceleyle koşarak gidemeyeceğini fark etti.

"Işık varken yola döneceğim, Bay Frodo," dedi. "Yine şansa güveneceğim! Geçen sefer neredeyse şansımız yaver gitmeyecekti ama pek de öyle olmadı. Birkaç mil daha belli bir hızla gidip sonra dinleniriz."

Tahmin edebileceğinden çok daha büyük bir riski göze alıyordu; ama Frodo yükü ve aklındaki mücadele ile o kadar meşguldü ki tartışacak hali yoktu; neredeyse umursamayacak kadar da ümitsizdi. Yola tırmandılar ve Karanlık Kule'nin ta kendisine doğru ilerleyen sert ve dayanılmaz yoldan zahmetle yürümeye başladılar. Fakat şansları yaver gitti ve günün geri kalan kısmında ne hareket eden, ne de yaşayan bir şeyle karşılaştılar; gece geldiğinde Mordor karanlığı içinde eridiler. Artık bütün topraklar gelmekte olan büyük fırtınayı bekler gibiydi: Çünkü Batı'nın Kumandanları Kavşak'ı geçmişler İmlad Morgul' un korkunç tarlalarını tutuşturmuşlardı.

Yüzük güneye, kralların sancakları da kuzeye doğru ilerlerken onların yolculuğu böylesine ümitsiz devam ediyordu işte. Güçleri azaldıkça ve arazi kötüleştikçe hobbitlere her gün, her mil bir öncekinden daha acı gelmeye başlamıştı. Gün boyunca hiçbir düşmanla karşılaşmadılar. Gece olup da yolun kenarında bir yerlere huzursuzca sindiklerinde veya orada uyukladıklarında, zaman zaman çığlıklar, bir sürü ayak sesi veya zalimce sürülen bir küheylanın aceleyle geçişinin sesini duyuyorlardı. Fakat bu tür tehlikelerden çok daha kötüsü onlar ilerledikçe onlara durmadan yaklaşan tehditti: Onları bekleyen Güç'ün, derin düşüncelere dalmış, Tahtı etrafındaki kara örtü arkasındaki uykusuz garazının korkunç tehlikesi. Gittikçe yaklaşıyor, dünyanın en sonundaki gecenin yaklaşan duvarı gibi daha da kararanak yükseliyordu.

Sonunda korkunç bir gece çöktü; tam Batı'nın Komutanları yaşayan topraklarının sonuna yaklaşırlarken iki gezgin de manasız bir ümitsizlik saatine ulaşmışlardı. Orklardan kaçalı dört gün oluyordu fakat zaman arkalarında hiç uyanışı olmayan bir rüya gibi uzanıyordu. Bu son gün boyunca Frodo hiç konuşmamış, sanki gözleri ayaklarının önündeki yolu görmüyormuş gibi sık sık tökezleyerek beli bükük yürümüştü. Sam, bütün acıların içinde ona en çok, bedene bir yük, akla bir ıstırap olan Yüzük'ün artmakta olan ağırlığının fazla geldiğini düşündü. Sam endişeyle nasıl beyinin sol elinin sanki bir darbeye karşı kendini korumak ya da kendi kısılan gözlerini, gözlerine bakmak için çabalayan korkunç Göz'den gizlemek istercesine kalktığını fark etti. Ve bazen sağ eli koynuna gidiyor, yumruk oluyor, sonra yavaş yavaş, iradesi yeniden üstünlük sağlayınca geri çekiliyordu.

Gecenin siyahlığı geri dönerken Frodo, başı dizlerinin arasında, hafifçe seğiren elleri yerde, kolları bitap bir şekilde yanlara sarkmış halde oturmuştu. Sam onu, gece her ikisini de örtüp birbirlerinden gizleyinceye kadar seyretti. Artık söyleyecek bir söz bulamıyordu; kendi karanlık düşüncelerine döndü. Yorgun ve kendi korkularının gölgesi altında olsa da, hâlâ içinde biraz kuvvet kalmıştı. *Lembas*'ta öyle bir özellik vardı ki, onlar olmasa şimdiye kadar çoktan uzanıp ölmüş olurlardı. İnsanın arzusunu tatmin etmiyordu; zaman zaman Sam'in aklı yemeklerle ilgili hatıralarla dolup taşıyor, sadece ekmek ve et istiyordu. Yine de elflerin yolluklarında öyle bir kudret vardı ki yolcular sadece ona kaldıkça ve diğer yiyeceklerle karıştırmadıkça, kudreti artıyordu. İsteklerini doyuruyor, kollarına ve bacaklarına, eklem yerlerine ölümlülerin ölçülerinin ötesinde bir hâkimiyet ve dirençlerini arttıracak bir güç veriyordu. Fakat artık yeni bir karar vermek zorundaydılar. Bu yolu daha fazla takip edemezlerdi; çünkü yol doğuya, büyük Gölge'ye doğru gidiyordu, ama Dağ artık neredeyse tam güneyde, sağ yanlarında yükseliyordu ve onlar da o tarafa doğru dönmek zorundaydılar. Yine de Dağ'ın önünde tüten, çıplak, küllerle kaplı geniş bir bölge uzanıyordu.

"Su, su!" diye mırıldandı Sam. Sonra kendine hâkim oldu, kurumuş ağzı ile dili sanki kalınlaşmış şişmişti; fakat o kadar dikkat etmelerine rağmen artık çok az suları kalmıştı, belki de ancak matarasının yarısı kadar vardı. Belli mi olur, günlerce yol almaları da gerekebilirdi. Eğer ork yolunu izlemeyi göze almamış olsalardı su şimdiye kadar çoktan bitmiş olurdu. Çünkü o yol üzerinde, uzun aralıklarla, kurak bölgelerden aceleyle geçen bölüklerin kullanımı için sarnıçlar yapılmıştı. Bir tanesinde Sam biraz su bulmuştu, bayat, orklar tarafından çamurlanmış ama yine de onların bu umutsuz durumları için yeterli. Yine de bu bir gün önceydi. Artık başka su bulma ümitleri kalmamıştı.

Sonunda endişeleriyle yorgun düşüp her şeyi zamana bırakarak uyuklamaya başlamıştı Sam; artık başka bir şey yapamazdı. Rüyalar ve uyanıklık huzursuz bir biçimde birbirine karıştı. Şeytani bir zevkle pırıldayan gözler, sürünen kara şekiller görüyor, vahşi hayvanların seslerini veya işkence gören yaratıkların korkunç çığlıklarını duyuyor ama sıçrayıp uyandığında dünyanın kapkaranlık olduğunu fark ediyor, etrafında boş bir siyahlık buluyordu. Bir keresinde ayağa kalkıp etrafa çılgınca bakınırken, artık uyanık olmasına rağmen, hâlâ soluk ışıklara benzeyen gözler görür gibi olmuştu; ama onlar da kısa sürede titreşerek söndüler.

Nefret yüklü gece yavaş yavaş, gönülsüzce geçti. Onu izleyen gün ışığı da soluktu; çünkü Karanlık Kule'den Sauron'un kendisi için ördüğü Gölge'nin örtüleri süzülürken, burada, Dağ yaklaştıkça hava gitgide daha da kötüleşiyordu. Frodo hiç kıpırdamadan sırtüstü yatıyordu. Sam onun yanında durdu, konuşmaya pek gönlü yoktu ama yine de artık sözün kendinde olduğunu biliyordu: Beyinin iradesini bir kez daha çaba harcaması için harekete geçirmesi gerekiyordu. Sonunda eğilip Frodo'nun alnını okşayarak kulağına fısıldadı.

"Uyan Beyim!" dedi. "Yeni bir başlangıç yapmanın zamanı geldi."

Sanki aniden çalan bir çanla uyanmış gibi hemen doğruluverdi Frodo, ayağa kalktı ve güneye doğru baktı; fakat gözleri Dağ'ı ve çölü gördüğünde yeniden yıldı.

"Yapamayacağım Sam," dedi. "Taşıması o kadar güç bir yük ki, o kadar zor ki."

Sam daha konuşmadan boşuna olduğunu biliyordu, böyle sözlerin yarardan çok zararı olacağını da; ama içindeki şefkat duygusuyla sessiz duramadı. "O zaman senin yerine biraz ben taşıyayım onu Beyim," dedi. "Biliyorsun bunu yapabilirim ve gücüm yettiği sürece bunu memnuniyetle yaparım."

Frodo'nun gözlerine çılgınca bir ışık geldi. "Uzak dur! Bana dokunma!" diye bağırdı. "Bu benim diyorum. Uzaklaş!" Eli kılıcının kabzasına doğru uzandı. Fakat sonra, hemencecik sesi değişiverdi. "Hayır, hayır Sam," dedi üzgün bir sesle. "Ama anlaman lazım. Bu benim yüküm, başka kimse bunu taşıyamaz. Artık çok geç Sam'ciğim. Bir kez daha bana o şekilde yardımcı olamazsın. Artık neredeyse tamamen onun gücü altındayım. Ondan vazgeçemem ve onu almaya kalkışırsan deliririm."

Sam başıyla onayladı. "Anlıyorum," dedi. "Ama düşünüyordum da Bay Frodo, bırakabileceğimiz başka şeyler var. Yükümüzü biraz azaltsak ya! Artık o tarafa doğru gidiyoruz, elimizden geldiğince dosdoğru hem de." Dağı işaret etti. "İlle de ihtiyacımız olmayan şeyleri taşımanın âlemi yok."

Frodo yine Dağ'a doğru baktı. "Evet," dedi, "o yolda çok fazla şeye ihtiyacımız yok. Ve sonunda da hiçbir şeye ihtiyacımız kalmayacak." Ork kalkanını alarak uzağa fırlattı, ardından da başlığını attı. Sonra gri pelerini çekip çıkartarak ağır kemerini açtı ve yere bıraktı, kemer ve kemerle birlikte kınındaki kılıç düştü. Lime lime olmuş kara pelerini de parçalayarak etrafa saçtı.

"Artık ork mork olmayacak," diye bağırdı, "ben de silah taşımayacağım, ister zarif olsun ister kaba. Gelsinler çok istiyorlarsa alsınlar beni!"

Sam de aynısı yaptı, ork eşyalarını bir köşeye koydu; bohçasının içindeki eşyasını çıkardı. Her nedense hepsi ona kıymetli görünür olmuştu, sadece bunca yol boyunca, bunca zahmetle taşımış olması bile kafiydi. En zoru kap kacağından ayrılmak olmuştu. Bunları atacağı düşüncesi bile gözlerini yaşarttı.

"O azıcık tavşan yahnisini hatırlıyor musun Bay Frodo?" dedi.

"Sonra benim fül gördüğüm o günü, Komutan Faramir'in ülkesindeki o ılık bayırın altındaki yerimizi?"

"Hayır, korkarım hatırlamıyorum," dedi Frodo. "En azından öyle şeylerin olmuş olduğunu biliyorum ama bunları gözümde canlandıramıyorum. Artık bende hiçbir yiyeceğin tadı, hiçbir suyun hissi, hiçbir rüzgârın sesi, hiçbir ağacın, otun, çiçeğin hatırası, ayın, yıldızların görüntüsü kalmadı. Karanlıkta çırılçıplak kaldım Sam ve artık ateşten tekerlek ile aramda hiçbir örtü kalmadı. Onu uyku mahmuru gözlerle bile görmeye başladım, geriye kalan her şey soluklaşıyor."

Sam yanına giderek elini öptü. "O zaman ondan ne kadar çabuk kurtulursak, o kadar çabuk huzura erişeceğiz," dedi duraksayarak, söyleyecek daha güzel sözler bulamadığından. "Konuşmanın bişey halledeceği yok," diye mırıldandı kendi kendine, bir yandan da atmak için ayırdıkları şeyleri bir araya toplarken. Onları bu çorak yerde herhangi bir kimsenin görebileceği şekilde bırakmak istemiyordu. "Belli ki Leş o ork zırhını almış, buna bir de kılıç ekleyecek halimiz yok. Elleri boşken bile kötü. Üstelik kap kacaklarımı da kurcalatmam ona!" Böyle diyerek eşyaları, araziyi çentik çentik etmiş açık ağızlı yarıklardan birine götürerek içine attı. Kıymetli kap kacaklarının karanlığa doğru düşerken çıkartığı tangırtı ona ölüm çanı gibi gelmişti.

Frodo'nun yanına geri geldi, sonra elf ipinden beyine kuşak yapmak için küçük bir parça kesti ve gri pelerini beline sıkı sıkı bağladı. Geri kalanını dikkatlice katlayarak yeniden bohçasının içine koydu. Bunun dışında peksimetlerinin kalanları ile matarasını alıkoydu; Sting kemerinden sallanıyordu; ayrıca tüniğinin cebinde, göğsüne yakın bir yere gizlediği Galadriel'in şişeciği ile Galadriel'in bizzat kendisine vemiş olduğu minik kutu duruyordu.

Artık sonunda kendilerini gizlemeyi hiç düşünmeden, bütün yorgunluklarını ve zayıflamakta olan iradelerini bir yana bırakıp kendilerini devam etme görevlerine vererek yüzlerini Dağ'a çevirmişler ve yola koyulmuşlardı. Kasvetli günün loşluğunda, uyumayan o ülkede bile ancak birkaç şey onları fark edebilirdi, o da eğer yakında olurlarsa. Karanlıklar Efendisi'nin bütün köleleri arasında sadece Nazgûl onu her yanı korunan diyarının tam kalbine sokulmuş olan minik ama yılmaz tehlikeye karşı uyarabilirdi. Fakat Nazgûlleri ile onların kara kanatları, dışarıda başka yerlerde görevdeydi: Onlar uzaklarda toplaşmış, Batılı Komutanlar'ın yürüyüşlerini izliyorlardı ve Karanlık Kule'nin bütün düşünceleri de o tarafa dönmüştü.

O gün Sam'e beyi yeni bir güç, taşımak zorunda olduğu yükten kurtulup biraz hafiflemesiyle açıklanamayacak bir güç bulmuş gibi geldi. İlk yürüyüşlerinde ümit ettiklerinden daha da ileri gittiler ve daha hızlı ilerlediler. Arazi sert ve düşmancaydı, yine de epey ilerlediler; hatta Dağ bile daha bir yaklaştı. Fakat gün ilerledikçe ve kısa bir süre sonra soluk ışık azalmaya başlayınca, Frodo yeniden iki büklüm olup ayaklarını sürümeye başladı, sanki yenilenen o gayret kalan gücünü de israf etmiş gibi.

Son molalarında olduğu yere çökerek şöyle dedi: "Susadım Sam", bir daha da konuşmadı. Sam ona koca bir yudum su verdi; sadece tek bir yudum daha kalmıştı. Kendisi içmeden idare etti; Mordor gecesi bir kez daha etraflarını sardı, bütün düşünceleri arasında aklına suyun hatırası geldi; ister yeşil söğütlerin gölgesinde, ister güneş altında pırıl pırıl olsun, görmüş olduğu her çay, her dere, her pınar gözlerinin körlüğünün gerisinde ona azap çektirircesine dans ediyor, dalgalanıyordu. Neşe Pamuk, Tom, Nibs ve kızkardeşleri Gül ile Subaşı'ndaki havuzda ayaklarını çırparken ayak parmaklarındaki serin çamuru hissedebiliyordu. "Ama bu yıllar önceydi," diye içini çekti, "ve çok uzakta. Geriye dönüş yolu, tabii geriye dönüş yolu diye bir şey varsa, Dağ'dan geçiyor."

Bir türlü uyuyamadı ve kendi kendine bir tartışmaya girdi. "Haydi, haydi, umduğundan daha iyisini başardık," dedi azimle. "Her şeyden önce iyi başladı. Daha bir mola vermeden gitmeyi hesapladığımız yolun yarısını katetmiştik. Bir gün sonra bitecek." Sonra duraksadı.

"Ahmak olma Sam Gamgee," diye geldi bir cevap kendi sesiyle. "Bir gün daha böyle devam edemez yola, tabii eğer kıpırdayacak olursa. Üstelik sen de bütün suyu ve yiyeceğin çoğunu ona vererek fazla dayanamazsın."

"Ama epey bir mesafe gidebilirim ve gideceğim."

"Nereye?"

"Dağ'a elbette."

"İyi de ya sonra Sam Gamgee, ya sonra? Oraya vardıktan sonra ne yapacaksın? O kendi kendine bir şey yapacak durumda olmayacak."

Sam büyük bir üzüntüyle bu soruya verecek bir cevabı olmadığını fark etti. Hiçbir fikri yoktu bu konuda. Frodo ona göreviyle ilgili pek bir şey anlatmamıştı ve Sam belli belirsiz bir şekilde Yüzük'ün öyle veya böyle ateşe atılması gerektiğini biliyordu. "Kıyamet Çatlakları," diye mırıldandı, o eski isim aklına gelirken. "Eh, eğer Bey onları nasıl bulacağını biliyorsa biliyordur, ben bilmiyorum."

"Buyur işte!" diye geldi cevap. "Bu tamamen faydasız. Bunu kendi de söyledi. Ahmak olan sensin, hâlâ ümit etmeye ve uğraşmaya devam ettiğin için. Günler önce yatıp uykuya dalabilirdin bu kadar ısrarcı olmayaydın. Ama yine de öleceksin, ya da daha kötüsü olacak. Şimdi de uzanıp her şeyden vazgeçebilirsin aslında. Zaten en tepeye çıkmanız imkânsız."

"Kemiklerim dışında her şeyi geride bırakmak zorunda kalsam da oraya varacağım," dedi Sam. "Üstelik Bay Frodo'yu da bizzat ben taşırım hem belimi, hem de kalbimi kırsa bile. O yüzden tartışmayı kes."

Tam o anda Sam altındaki toprakta bir titreşim hissetti ve toprağın altında sıkışmış kalmış, gökgürültüsü gibi bir gürültünün derin ve ırak gümbürtüsünü duydu veya hissetti. Bulutların altında kısa süreli kırmızı bir alev belirip yok koldu. Dağ da huzursuz bir uyku içindeydi.

Orodriun'a yaptıkları yolculuğun son aşaması gelip çatmıştı, bu Sam'in tahammül edebileceğini tahayyül bile edemeyeceği bir azaptı. Acı içindeydi ve susuzluktan dili damağına öyle bir yapışmıştı ki bir lokma bir şey bile yiyemiyordu. Ortalık karanlık kalmıştı, sadece Dağ'dan çıkan dumanlar yüzünden değil: Sanki bir fırtına yaklaşıyordu ve güneydoğu tarafında, uzakta kara göğün altında şimşekler titreşiyordu. Her şeyden kötüsü hava pis kokulu dumanlarla doluydu, nefes almak acı verici ve zordu, üzerlerine bir sersemlik çöktü, öyle ki sık sık tökezleyerek düşüyorlardı. Yine de iradeleri teslim olmuyordu; çabalamaya devam ettiler.

Sonunda Dağ, ağırlaşan başlarını kaldırıp baktıklarında bütün görüş sahalarını doldurup önlerinde bütün haşmetiyle yükselinceye kadar, durmadan yaklaştı: İçinden dik yamaçlı bir koninin bulutlara doğru yükseldiği koca bir kül, cüruf ve yanmış taş kütlesi. Gün boyu süren alacakaranlık bitmeden ve yeniden gerçek gece gelmeden önce, dağın tam eteğine kıvrılarak yattılar.

Nefesini tutarak attı kendini yere Frodo. Sam yanına oturdu. Hayret içinde kendini yorgun ama daha hafif hissettiğini fark etti, zihni yeniden berraklaşmış gibiydi. Zihnini tartışmalar rahatsız etmiyordu artık. Ümitsizliğin bütün tartışmalarını biliyordu ve bunlara kulak asmıyordu. Niyeti kesinleşmişti ve sadece ölüm bu niyetini bozabilirdi.

Artık ne uyumak istiyordu, ne de buna ihtiyacı vardı; daha çok bir dikkat hissi vardı üzerinde. Artık bütün risklerin ve tehlikelerin bir noktada toplanmaya başladığını biliyordu: Ertesi gün hüküm günü olacaktı, nihai bir gayret veya felaket günü, son hamle.

Ama ne zaman gelecekti gün? Gece sonsuz ve zamansız gibiydi, her dakika birbiri ardına ölüyor ve geçmekte olan saate bir şeyler eklemiyor, bir farklılık getirmiyordu. Sam ikinci bir karanlığın başlayıp başlamadığını, bir daha günün gelip gelmeyeceğini merak etti. Sonunda Frodo'nun eline doğru uzandı. Frodo'nun eli soğuktu ve titriyordu. Beyi donuyordu.

"Pelerinimi bırakmamalıydım," diye mırıldandı Sam; uzanarak Frodo'yu kolları ve bedeniyle rahatlatmaya çalıştı. Sonra uyku bastırdı; maceralarının son gününün soluk ışığı onları yan yana buldu. Batı'dan dönen rüzgâr bir önceki gün durmuştu; artık Kuzey'den esiyordu ve artmaya başlamıştı; görülmeyen Güneş yavaş yavaş hobbitlerin yattıkları gölgeye doğru süzülmeye başladı.

"Haydi davranalım! Son hamleye!" dedi Sam ayağa kalkmaya çalışırken. Frodo'nun üzerine eğilerek onu kibarca kaldırdı. Frodo homurdandı fakat büyük bir iradeyle sendeleyerek ayağa kalktı; sonra yeniden dizleri üzerine düştü. Gözlerini üzerinde yükselen Hüküm Dağı'nın kara yamaçlarına zorlukla kaldırdı, sonra acınacak bir durumda elleri üzerinde ileri doğru emeklemeye başladı.

Sam ona bakarken içi kan ağladı fakat kuru ve iğneler batan gözlerinden gözyaşı akmadı. "Belim kırılsa bile onu taşıyacağım demiştim," diye mırıldandı, "taşıyacağım da!"

"Haydi Bay Frodo!" diye bağırdı. "Onu senin adına taşıyamam ama seni ve seninle birlikte onu taşıyabilirim. Evet haydi bakalım ayağa! Haydi Bay Frodo canım! Sam seni taşıyacak. Sen ona nereye gidileceğini söyle yeter, o seni götürür."

Frodo, kolları gevşek bir halde boynunun etrafında, bacakları kuvvetle kollarının altından kavramış şekilde onun sırtına yerleşince, Sam sendeleyerek ayağa kalktı; sonra hayretle yükün kendisine hafif geldiğini fark etti. Sadece beyini taşıyabileceğinden bile kuşkuluydu, bir de o lanet olasıca Yüzük'ün insanı çeken o korkunç yükünü de paylaşacağını zannediyordu. Ama öyle olmamıştı. Ya Frodo o uzun süreli acılarından, bıçak yarasından, o zehirli örümcek ısırığından, üzüntüden, korkudan, evsiz barksız dolanıp durmaktan çok zayıf düştüğünden, ya da ona son bir güç bahşedilmiş olduğundan, Sam Frodo'yu Shire'ın çimleri üzerinde veya hasat alanında oynanan bir oyunda sırtladığı minik bir hobbit çocuğu gibi kaldırıvermişti. Derin bir nefes alarak yürümeye başladı.

Dağ'ın eteğine biraz batıya doğru kayarak, kuzey tarafından yaklaşmışlardı; o tarafta gri yamaçlar kırık kırık olsa da dimdik değildi. Frodo konuşmuyordu; böylece gücü tükeninceye veya iradesi sarsılıncaya kadar tırmanabildiği kadar yukarıya tırmanma niyetinden başka bir rehberi olmayan Sam elinden geldiğince gayret gösterdi. Didinmeye devam etti, habire yukarı tırmanarak, yokuşu hafifletmek için yolunu döndürerek, sık sık öne doğru tökezleyerek ve en sonunda sırtında ağır bir yükle ilerleyen bir salyangoz gibi emekleyerek. Artık daha fazla gidemeyeceğini anladığı, kol ve bacaklarının iflas ettiği yerde durdu ve beyini kibarca yere bıraktı.

Frodo gözlerini açarak bir nefes aldı. Nefes almak, aşağıda döne döne sürüklenen pis kokulu dumanların olduğu yere nazaran daha kolaydı yukarıda. "Teşekkür ederim Sam," dedi çatlak bir fısıltıyla. "Daha gidecek ne kadar yol kaldı?"

"Bilmiyorum," dedi Sam, "çünkü nereye gittiğimizi bilmiyorum."

Önce geriye sonra yukarıya baktı; bu son gayretiyle ne kadar çok yol katetmiş olduğuna kendi de şaşırdı. Uğursuz uğursuz tek başına yükselen Dağ, olduğundan daha yüksek görünmüştü. Sam, Dağ'ın Frodo ile birlikte tırmandıkları Ephel Dúath'ın yüksek geçitlerinden daha alçak olduğunu gördü. Koca kaidesinin karışık ve devrik sırtları, belki de ovanın bin metre kadar üzerinde duruyordu; bunun da üzerinde muhtemelen yarı yüksekliğinde olan ana konisi, çentik çentik kraterli geniş bir tuğla ocağı veya baca gibi duruyordu. Ama daha şimdiden Sam kaidesinin yarısına kadar çıkmıştı ve pis kokulu dumanlarla gölgeye bürünmüş Gorgorth ovası, altında belli belirsiz uzanıyordu. Yukarı bakarken eğer susuzluktan kurumuş boğazı müsade etseydi bir çığlık atacaktı; çünkü yukardaki bütün o engebeli tümsekler ve sırtlar arasında açık seçik olarak bir patika, ya da bir yol görmüştü. Batıdan yükselen bir kuşak gibi tırmanıyor, Dağ'ı yılan gibi sarıyordu ve dönüp görüş alanından çıkmadan önce doğu yönünde koninin eteğine varıyordu.

Sam, tam üzerindeki yolun en alçak yerini bile göremiyordu çünkü dik yamaç tam durduğu yerden yükseliyordu; fakat biraz daha uğraşırsa, bu patikaya çıkabileceklerdi. Bir ümit pırıltısı hissetmişti yine Sam. Dağ'ı fethetme ihtimalleri vardı daha. "Yani belki de buraya bilhassa yapılmıştır!" dedi kendi kendine. "Eğer burada olmayaydı, sonunda yenildiğimi kabul edecektim."

Yol oraya Sam'in işine yarasın diye konmamıştı. Bilmiyordu ama Sauron'un Barad-dûr'dan Sammath Naur'a yani Ateş Odaları'na giden Yol'una bakmaktaydı o anda. Karanlık Kule'nin muazzam batı cümlekapısından derin bir uçurumu geniş demirden bir köprü ile aşarak geliyor, sonra ovaya geçerek tüten iki kanyon arasından bir fersah kadar gidiyor ve böylece Dağ'ın doğu yanındaki uzun yokuş yola varıyordu. Oradan dağın geniş belini güneyden kuzeye doğru dolana dolana çevreleyerek en sonunda üst konisinin tepelerine ama yine de fena kokular yayan zirvesinden çok aşağılara bir yere, tam Sauron'un gölgelerle örtülü kalesindeki Göz Penceresi'ne, doğuya bakan karanlık bir kapıya kadar tırmanıyordu. Genellikle Dağ'ın ocaklarındaki karışıklıklar yüzünden tıkanan veya tahrip olan yol hep sayısız orkun emekleriyle tamir görüyor, temizleniyordu.

Sam derin bir nefes aldı. Bir yol vardı ama yamacı tırmanıp da ona nasıl varacağını bilemiyordu oraya. Önce ağrıyan belini iyileştirmeliydi. Bir süre Frodo'nun yanına sırtüstü yattı. İkisi de konuşmadı. Yavaş yavaş ışık arttı. Aniden nereden geldiğini anlayamadığı, acele etmesi gerektiğine dair bir his geldi Sam'e. Sanki biri ona şöyle seslenmişti: "Haydi, haydi, yoksa çok geç olacak!" Kendini toparlayarak ayağa kalktı. Frodo da bu çağrıyı duymuşa benziyordu. O da bir gayret dizleri üzerine doğruldu.

"Ben emekleyeceğim Sam," dedi nefes nefese.

Böylece santim santim, iki minik gri böcek gibi yamacı tırmandılar. Yola vardılar; yolun kırık molozlarla ve sıkıştırılmış kül ile kaplanmış, geniş bir yol olduğunu gördüler. Frodo güçlükle yola tırmandı, sonra sanki biri tarafından zorlanıyormuş gibi yavaş yavaş Doğu'ya bakmak için döndü. Uzaklarda Sauron'un gölgeleri asılı duruyordu; ama ortalığı örten bulutlar ya dünyadan esen ani bir rüzgârla paralanarak ya da içeriden gelen büyük bir huzursuzlukla hareket ederek döndüler ve bir an için kenara çekildiler; o zaman kapkara, içinde durduğu o engin gölgelerden de kara ve karanlık bir biçimde yükselen Barad-dûr'un en üst kulesinin merhametsiz zirvelerini ve demir tepesini gördü Frodo. Sadece bir an için dışarı baktı Göz, fakat pırıltısı sanki ölçülemeyecek kadar yüksek, koca bir pencereden dışarı al bir alev gibi kuzeye doğru ortalığı deldi geçti; sonra gölgeler yeniden sarıldı ve o korkunç görüntü kayboldu. Göz onlara çevrili değildi: Kuzeye, Batılı Komutanlar'ın sıkışıp kaldıkları yere doğru bakıyordu ve Güç ölümcül darbesini indirmek için harekete geçtiği için bütün garazını da artık o yöne yöneltmişti; fakat Frodo o korkunç nazar ile ölümüne çarpılmış biri gibi düştü. Eli boynundaki zinciri aradı.

Sam yanına diz çöktü. Belli belirsiz, neredeyse hiç duyulmayacak bir şekilde Frodo'nun fısıldadığını duydu: "Yardım et bana Sam! Elimi tut! Elimi durduramıyorum." Sam beyinin ellerini avuçları birbirine gelecek şekilde birleştirip öptü; sonra da kibarca kendi elleri arasına aldı Frodo'nun ellerini. Aniden aklına şu düşünce geliverdi: "Bizi gördü! Her şey bitti, ya da kısa bir süre sonra bitecek. Evet Sam Gamgee, her şeyin sonuna geldik."

Yine Frodo'yu kaldırarak onun ellerini kendi göğsünde birleştirdi, bacakları iki yanından sallanacak şekilde sırtladı. Sonra başını eğerek tırmanan yolda ilerlemeye çalıştı. İlk baştan göründüğü kadar yürünmesi kolay bir yol değildi. Şans eseri, Sam Cirith Ungol'dayken yaşanan kargaşa sırasında akan ateşler daha çok güney ve batı yamaçlarından dökülmüştü ve bu taraftaki yol kapanmamıştı. Yine de birçok yerde ufalanmış gitmiş veya açılan yarıklarla kesilmişti. Bir süre doğuya doğru tırmandıktan sonra dik bir açıyla geldiği yöne doğru dönüyor ve bir müddet batıya doğru gidiyordu. Tam dirsekte, çok süre önce Dağ'ın ocaklarından kusulmuş olan eski, yıpranmış bir kayalıkla derin bir şekilde kesilmişti. Yükü altında soluk soluğa kalan Sam dirsekten döndü; tam dönerken de gözünün ucuyla kayalıktan düşen bir şeyi fark etti, sanki o geçerken devrilmiş küçük siyah bir kayaymış gibi.

Ani bir yük bindi Sam'in üzerine ve hâlâ beyinin ellerini tutmakta olan ellerinin dış yüzlerini parçalayarak yere kapaklandı. O zaman düşenin ne olduğunu anladı, çünkü yattığı yerden, nefret dolu bir ses işitti üzerinden.

"Hayırsıs bey!" diye tısladı ses. "Hayırsıs bey bisi kandırıyor; bisi kandırıyor Sméagol, *gollum*. O taraftan gitmemeli. Kıymetli'yi incitmemeli. Onu Sméagol'e ver, evett, bise ver! Onu bise ver!"

Çılgın bir güçle doğrularak kalktı Sam. Hemen kılıcını çekti; fakat hiçbir şey yapamazdı. Gollum ile Frodo birbirlerine kenetlenmişlerdi. Gollum efendisinin üstünü başını parçalıyor, zincire ve Yüzük'e ulaşmaya çalışıyordu. Bu belki de Frodo'nun yüreğinde ve iradesinde sönmekte olan korları alevlendirebilecek tek şeydi: Hazinesini ondan zorla almak için yapılan bir saldırı, bir girişim. Sam'i, hatta aynı zamanda Gollum'u hayrette bırakan ani bir hiddetle karşı koymaya başladı. Gene de, eğer Gollum değişmeden kalmış olsaydı olaylar çok daha değişik cereyan edebilirdi; fakat hangi korkunç patikaları, yalnız, aç ve susuz, kendisini yiyip bitiren bir arzu ve korkunç bir korkuyla geçtiyse, bunlar onun üzerinde keder verici izler bırakmıştı. Bir deri bir kemik, açlıktan ölmek üzere olan, yabani görünüşlü bir şey olmuştu. Gözlerinde çılgınca bir ışık alevleniyordu ama kötülüğü artık o eski etkili gücüyle boy ölçüşemezdi. Frodo onu yere devirdi ve titreyerek ayağa kalktı.

"Yere yat!" dedi nefes nefese, elini göğsünde sıkarak, öyle ki deri gömleğinin altından Yüzük'ü tutmuş oluyordu. "Yere, seni sürüngen seni, çekil yolumdan! Artık sonun geldi. Artık ne bana ihanet edebilirsin ne de beni öldürebilirsin."

Sonra aniden, tıpkı Emyn Muil'in eteğinde olduğu gibi, Sam bu iki rakibi başka bir gözle gördü. İki büklüm olmuş bir cisim, olsa olsa bir canlının zavallı gölgesi, tamamen mahvolmuş ve yenilmiş bir yaratık ama yine de korkunç bir şehvet ve öfkeyle dolu; ve onun önünde sert, artık acımayı bırakmış, beyazlara bürünmüş ama göğsünde ateşten bir halka tutan bir cisim. Ateşin içinden emreden bir ses konuşuyordu.

"Git ve beni bir daha rahatsız etme! Eğer bir daha bana dokunacak olursan kendini Kıyamet Ateşi'ne atmış olacaksın."

İki büklüm olan cisim geriledi, kırpışan gözlerinde dehşet vardı, ama aynı zamanda da doymak bilmez bir arzu.

Sonra görüntü geçti ve Sam ayakta duran Frodo'yu gördü, eli göğsünde, nefes nefese, Gollum da ayaklarının dibindeydi, kocaman elleri ve dizleri üzerinde.

"Dikkat et!" diye bağırdı Sam. "Sıçrayacak!" İleri doğru bir adım attı, kılıcını savurarak. "Çabuk Bey!" dedi nefes nefese. "Devam et! Devam et! Kaybedecek zaman yok. Ben onu hallederim. Devam et!"

Frodo ona, sanki çok uzakta biriymiş gibi baktı. "Evet, benim devam etmem lazım," dedi. "Hoşça kal Sam! Sonuna vardık artık. Hüküm Dağı'nda hüküm verilecek. Hoşça kal!" Döndü ve yoluna devam etti yavaş yavaş ama dimdik yürüyerek, tırmanan patikadan yukarı.

"Evet!" dedi Sam. ""Sonunda seninle ilgilenebileceğim!" Dövüş için çekilmiş kılıcıyla ileri fırladı. Fakat Gollum yerinden sıçramadı.

Yüzü koyun yere kapaklanarak zırıldamaya başladı.

"Bisi öldürme," diye ağladı. "Bisi o piss, merhametsis çelikle öldürme! Bırak yaşayalım, evet, birasçık daha yaşayalım. Bitti, bitti! Bittik. Ve Kıymetli gittiğinde de öleceğis, evet, ölüp tos olacağıs." Yolun küllerini uzun etsiz parmaklarıyla avuçladı. "Toss!" diye tısladı.

Sam'in eli duraksadı. Aklı hiddet ve kötülüğün anısıyla kızgınlık doluydu. Bu hain, katil yaratığı öldürmekle adil davranmış olurdu, hem haklıydı hem de Gollum bunu yüzlerce kez hak etmişti; ayrıca yapılması gereken yegâne emniyetli şey gibi görünüyordu bu. Fakat gönlünde, derinlerde bir yerde bir şey onu alıkoydu: Tozlar içinde yatan, meyus, mahvolmuş, tamamen sefil bu yaratığa vuramadı. Kendisi de, kısa bir süre önce Yüzük'ü takmıştı ve artık Gollum'un Yüzük'e esir olmuş, bir daha yaşamı boyunca huzur ve rahat bulamayacak olan kurumuş aklıyla bedeninin ıstırabını az da olsa tahmin edebiliyordu. Fakat Sam'in hissettiklerini açıklayabilecek hiç sözü yoktu.

"Öff lanet olasıca, leş kokulu şey!" dedi. "Git! Defol! Sana tekme atabileceğim sürece güvenmeyeceğim; ama git. Yoksa senin canını *acıtacağım*, evet hem de bu pis, merhametsiz çelikle."

Gollum dört ayağı üzerinde doğruldu, birkaç adım geriledi, sonra döndü ve tam Sam ona tekme atmak için nişan aldığında patikadan aşağıya kaçmaya başladı. Sam bir daha onu aklına getirmedi. Aniden beyini hatırladı. Yukarı, patikaya doğru baktı ama onu göremedi. Elinden geldiğince hızla yoldan yukarı tırmandı. Eğer geriye dönüp baksaydı, Gollum'un dönmüş olduğunu ve gözlerinde vahşi bir delilik ışığı parlayarak kayalar arasında sinsi bir gölge gibi, hızlı hızlı ama temkinle arkasından yaklaştığını görebilirdi.

Patika yukarı çıkmaya devam ediyordu. Kısa bir süre sonra yeniden döndü ve doğuya doğru ilerleyen son bir uzantıdan sonra koninin yüzeyi boyunca uzanan bir kesmeden geçerek Dağ'ın yan tarafındaki karanlık bir kapıya, yani Sammath Naur'a vardı. Çok uzaklarda, artık Güney'e doğru yükselmekte olan güneş, dumanları ve pusu parçalayarak meşum meşum parlıyordu, donuk kızıl, göz karartan bir disk gibi; fakat tüm Mordor, Dağ'ın çevresinde ölü, sessiz, gölgeler içinde korkunç bir darbe bekleyen topraklar gibi uzanıyordu.

Sam açık ağızın yanına gelerek içeri baktı. İçerisi karanlık ve sıcaktı; derinden gelen bir gümbürtü havayı titretiyordu. "Frodo! Beyim!" diye seslendi. Hiç cevap yoktu. Bir an için durdu, kalbi çılgın korkularla atıyordu, sonra içeri daldı. Onu bir gölge takip etti.

İlk başta hiçbir şey göremedi. Bu büyük ihtiyaç anında bir kez daha Galadriel'in şişeciğini çıkarttı fakat şişecik soğuk ve titrek elleri arasında soluktu ve boğucu karanlığa hiç ışık saçamıyordu. Sauron'un diyarının tam kalbine, eski kudretinin Orta Dünya'daki en büyük ocaklarına gelmişti; tüm diğer güçler burada ona boyun eğerdi. Korka korka karanlığa doğru birkaç tereddütlü adım attı, sonra aniden yukarı doğru sıçrayan kızıl bir şimşek yükseldi ve yüksek kara çatıya çarptı. O zaman Sam Dağ'ın tüten konisine doğru giden uzun bir mağara veya tünelde bulunduğunu gördü. Fakat kısa bir mesafe ileride zemini ve her iki yandaki duvarları koca yarıklarla yarılmıştı ve buralardan, bir yükselen bir alçalıp kararan kızıl bir parlaklık geliyordu; bütün bu süre zarfında aşağıda bir mırıltı ve zonklayıp çalışan koca makinaları çağrıştıran bir hareketlilik vardı.

Işık yine yukarı fırladı: orada, uçurumun kıyısında, tam Kıyamet Çatlağı'nda duruyordu Frodo, parlaklığa karşı simsiyah, gergin, dik ama sanki taşa dönmüş gibi.

"Bey!" diye bağırdı Sam.

O zaman Frodo kıpırdayarak net bir sesle konuştu, aslında Sam'in o güne kadar onun kullandığını hiç duymadığı netlikte ve güçte bir sesle; ses Hüküm Dağı'nın zonklamasını ve kargaşasını bastırıyor, tavanda ve duvarlarda çınlıyordu.

"Geldim," dedi. "Ama şimdi buraya yapmak için geldiğim şeyi yapma yolunu seçmiyorum. Bu işi yapmayacağım. Yüzük benimdir!" Ve aniden yüzüğü parmağına takarak Sam'in gözleri önünden kaybolup gitti. Sam'in nefesi kesildi ama çığlık atacak zamanı olmadı çünkü aynı anda birçok şey birden oldu.

Bir şey Sam'e arkadan çılgınca çarptı, ayakları yerden kesilmiş, yana savrulmuş ve kara bir cisim üzerinden atlarken başını taşlı zemine çarpmıştı. Kıpırdamadan olduğu yerde uzanıp kaldı ve bir süre her şey karardı.

Ve uzaklarda, tam Frodo onun diyarının tam kalbinde, Sammath Naur'da Yüzük'ü takıp onun kendisine ait olduğunu iddia ederken Barad-dûr'daki güç sarsılmış ve Kule temelinden o mağrur ve sert tepesine kadar sallanmıştı. Karanlıklar Efendisi aniden onun varlığından haberdar oluverdi ve Göz'ü bütün gölgeleri parçalayarak ova üzerinden kendi yapmış olduğu kapıya baktı; ahmaklığının büyüklüğü, gözleri kör eden bir şimşek gibi gözleri önüne seriliverdi; sonunda düşmanlarının oyunları bütün çıplaklığıyla ortaya çıkmıştı. Bunun üzerine gazabı yakıp yok eden bir alev gibi parladı ama korkusu da engin, kara bir duman gibi onu boğmak için yükseldi. Çünkü kendisi için en büyük tehlikenin ne olduğunu, sonunun nasıl bir pamuk ipliğine bağlı olduğunu anlamıştı.

Aklı tüm tedbirlerinden, korku ve hainlik ağlarından, tüm harp hilelerinden, savaşlardan arınıverdi; bütün diyarı boyunca bir titremedir aldı, esirleri sindi, orduları durdu, idaresiz kalan, amaçları kalmayan komutanları tereddüt ederek ümitsizliğe kapıldılar. Çünkü unutulmuşlardı. Onları kullanan Güç'ün bütün aklı ve amacı artık inanılmaz bir kuvvetle Dağ'a çevrilmişti. Çağrısı üzerine kulakları yırtan bir çığlık ve son, çaresiz bir hızla, rüzgârdan da hızlı uçtu Nazgûl, yani Yüzüktayfları; kanatlarının fırtınasıyla güneye, Hüküm Dağı'na doğru fırladılar.

Sam ayağa kalktı. Başı dönüyor, başından sızan kan gözlerine damlıyordu. El yordamıyla ilerledi ve sonra çok garip ve çok korkunç bir şey gördü. Gollum, tam dipsiz çukurun kenarında görünmeyen bir düşmanla deliler gibi dövüşüyordu. Bir ileri bir geri sallanıp duruyordu ve bazen uçurumun kenarına o kadar yaklaşıyordu ki neredeyse içine düşecek gibi oluyor, bazen kendini geriye çekiyor, yere düşüyor, ayağa kalkıp yeniden düşüyordu. Ve bütün bu zaman zarfında hep tıslıyor ama ağzından hiç söz çıkmıyordu.

Aşağıdaki ateşler hiddetle uyandı, al ışık alevlendi ve bütün mağara büyük bir parlaklık ve sıcaklıkla doldu. Sam aniden Gollum'un uzun ellerinin ağzına doğru gittiğini gördü; beyaz köpek dişleri pırıldadı ve ısırarak çat diye kapandı. Frodo bir çığlık attı; işte oradaydı, tam uçurumun kenarında yere diz çökmüştü. Fakat Gollum çıldırmış gibi dans ederek, içinde hâlâ bir parmağın durduğu yüzüğü havada tutuyordu. Artık Yüzük, sanki canlı ateşte yeni yapılmış gibi parlıyordu.

"Kıymetli, kıymetli, kıymetli!" diye bağırdı Gollum. "Kıymetlim! Ah benim Kıymetlim!" Ve bunları söylerken tam gözlerini kaldırmış ödülünü zevkle seyrediyordu ki adımını çok ileri attı, tökezledi, bir an için uçurumun kenarında bir ileri bir geri sallandı ve bir çığlık atarak düştü. Derinlerden son bir "Kıymetlim!" feryadı yükseldi, Gollum yok olmuştu.

Bir gümbürtü ve muazzam bir kargaşanın sesi duyuldu. Alevler sıçrayarak tavanı yaladı. Zonklama büyük bir gürültü halinde yükseldi ve Dağ sallandı. Sam Frodo'ya koşarak onu kaldırdı ve kapıya taşıdı. Orada, Mordor ovalarının çok yükseğindeki Sammath Naur'un karanlık eşiğinde, üzerine öyle bir hayret ve dehşet çöktü ki her şeyi unutarak kalakaldı ve taşa dönmüş biri gibi etrafı seyretmeye başladı.

Dönen bir bulutun kısa görüntüsü gelip geçti gözlerinden; bulutun tam ortasında, ölçülemeyecek kadar derin çukurlar üzerindeki muazzam bir dağ kaidesine oturmuş dağlar kadar yüksek kuleler, burçlar vardı; koca salonlar, zindanlar, uçurumlar kadar dik gözsüz hapishaneler, çelikten ve sert taşlardan açılmış kapılar: Sonra hepsi geçti gitti. Kuleler yıkıldı, dağlar kaydı; duvarlar ufalandı ve eridi yıkılırken; geniş duman girdapları ve fışkıran buharlar, kabaran bir dalga gibi devrilinceye ve azgın tepesi kıvrılıp toprağa doğru köpürerek dökülünceye kadar dalgalar halinde yükseldi, yükseldi. Ve sonra, son olarak aradaki milleri aşarak, kulakları sağır eden bir çatırtı ve gümbürtü halini alıncaya kadar yükselen bir uğultu sesi geldi; yer sarsıldı, ova kabardı, çatladı ve Orodruin dönmeye başladı. Yarılmış zirvesinden ateşler püskürdü. Gökler gökgürültüsüyle patlayıp, şimşeklerle dağlandı. Şaklayarak inen bir kırbaç gibi kara bir yağmur sağanağı inmeye başladı. Ve fırtınanın tam ortasına, bütün diğer sesleri yırtan bir çığlıkla, bulutları parçalayıp yana atan Nazgûl indi, alevlenmiş bir yıldırım gibi fırlayarak, tepenin ve göğün alevli yıkıntılarına yakalanıp çatırdadılar, soldular ve söndüler.

"Evet, işte her şeyin sonu Sam Gamgee," dedi bir ses yanıbaşında. Frodo karşısındaydı, solgun ve bitkin ama yine kendi olarak; gözlerinde artık ne iradesinin yarattığı gerginlik, ne delilik, ne de bir korku kalmıştı; yalnızca huzur. Yükü alınmıştı. Shire'daki tatlı günlerin biricik beyi vardı işte orada.

"Beyim!" diye bağırdı Sam ve dizleri üzerine çöktü. Dünyanın bütün o harabesi arasında bir an için mutluluk, büyük bir mutluluk duydu. Yük gitmişti. Beyi kurtulmuştu; yine kendine gelmişti, özgürdü. Sonra Sam'in gözüne sakatlanmış, kanayan el takıldı.

"Zavallı elin!" dedi. "Yanımda onu bağlayacak veya ağrısını azaltacak bir şey de yok. Yapabilsem bütün bir elimi feda ederdim ona. Ama gitti artık, sonsuza kadar gitti."

"Evet," dedi Frodo. "Ama Gandalf'ın sözlerini hatırlıyor musun: *Gollum'un bile daha yapacak işi olabilir.* O olmasaydı Sam, Yüzük'ü ben yok edemezdim. Maceramız boşuna olurdu, en acı sonunda bile.

O yüzden gel onu affedelim! Çünkü Macera'mız başarıya ulaştı, artık her şey bitti. Burada yanımda olduğun için çok mutluyum. Burada, her şeyin sonunda Sam."

BÖLÜM IV

CORMALLEN KIRLARI

Tepeler boyunca bütün Mordor orduları gazaba gelmişti. Batı'nın Komutanları kabaran bir deniz tarafından yutuluyordu. Güneş al al parlıyor ve Nazgûl'ün kanatları altında kapkara ölüm gölgeleri toprağa düşüyordu. Aragorn sancağının altında durdu, sessiz ve sert, çok önce veya çok uzaklarda olmuş şeylerin düşüncesine dalıp gitmiş gibi; fakat gözleri gece derinleştikçe daha da parlak yanan yıldızlar gibi parlıyordu. Tepe başında Gandalf duruyordu, beyazdı, soğuktu ve üzerine hiçbir gölge düşmüyordu. Mordor'un hücumu, kabarmış denizin sesi gibi bir gürlemeyle, yıkımın sesi ve silahların şakırtısıyla kuşatılmış tepeler üzerinde bir dalga gibi patladı.

Sanki gözlerine ani bir görüntü bahşedilmiş gibi Gandalf kıpırdadı; göklerin solgun ve berrak olduğu kuzey tarafına bakarak döndü. Sonra ellerini kaldırarak bütün şamatanın üzerinde çınlayan yüksek bir sesle bağırdı: *Kartallar geliyor!* Ona cevap olarak birçok ses birden haykırdı: *Kartallar geliyor! Kartallar geliyor!* Mordor'un orduları yukarı bakarak bu işaretin ne anlama gelebileceğini merak ettiler.

Yelhükümdarı Gwaihir ve Kuzey Kartalları'nın en büyüğü olan, Thorondor'un torunlarının en kudretlisi, yuvasını Orta Dünya gençken Kuşatan Dağlar'ın ulaşılamayan zirvelerine kuran oğlan kardeşi Landroval çıkagelmişti. Gerilerinde, uzun ve hızlı sıralar halinde, kuzey dağlarından geliyordu kulları, toplanmakta olan rüzgârla hızlanarak. Aniden göğün tepesinden alçalarak doğrudan Nazgûl'ün üzerine indiler; geçerlerken o geniş kanatlarının rüzgârı bir bora gibi hissediliyordu.

Fakat Nazgûl dönerek kaçtı ve Mordor'un gölgeleri içinde kayboldu; Karanlık Kule'den gelen ani ve korkunç bir çağrı duymuşlardı; tam o anda Mordor'un orduları titredi, gönüllerine kuşku düştü, kahkahaları kursaklarında kaldı, elleri titredi, kolları, bacakları boşaldı.

Onları yönlendiren ve içlerini nefret ve hiddetle dolduran Güç, tereddüt içinde gidip geliyordu ve iradesi üzerlerinden kalkmıştı; artık düşmanlarının gözlerine bakınca ölümcül bir ışık görüyorlar ve korkuyorlardı.

Bunun üzerine Batı'nın bütün komutanları yüksek sesle haykırdı çünkü karanlığın ortasında kalpleri yeni bir ümitle dolmuştu. Kuşatılmış tepelerden çıkan Gondor'un silahşörleri, Rohan Süvarileri, Kuzeyli Dúnedain, sıkı sıralar halindeki bölükler, tereddüt içindeki düşmanlarına saldırdılar, kalabalığı acı mızraklarıyla parçaladılar. Fakat Gandalf kollarını kaldırarak bir kez daha berrak bir sesle bağırdı:

"Dayanın Batı'nın İnsanları! Hüküm saati geldi."

Ve tam Gandalf konuşurken ayaklarının altındaki toprak sarsılmaya başladı. Sonra Kara Kapının Kuleleri'nin çok yukarısında, artmakta olan engin bir karanlık hızla havaya yükselerek göğe sıçradı, bir yangınla kıpırdaşarak. Toprak homurdanarak titredi. Diş Kuleleri sallandı, yalpaladı ve devrildi; o muazzam kale duvarı ufalandı; Kara Kapı bir enkaz halinde savruldu; uzaktan önce belli belirsiz, sonra yükselen, sonra bulutlara çıkan gümbürtüler geldi, tahripkâr bir sesin yankılanan gümbürtüleri.

"Sauron'un krallığı son buldu!" dedi Gandalf. "Yüzük Taşıyıcısı Görevini başarıyla tamamladı." Komutanlar Mordor Ülkesi'nin güneyine doğru bakarken, onlara öyle geldi ki sanki bulutun kasvetinin üzerine kapkara, koskoca gölgeden bir suret yükseldi; kopkoyu, şimşeklerle taçlanmış, bütün gökyüzünü dolduran bir suret. Dünyanın üzerine bir dev gibi yükseldi ve onlara doğru tehditkâr bir kol uzattı, korkunç ama aciz: Çünkü onların üzerine uzanırken büyük bir rüzgâr onu alarak savurdu ve gölge geçip gitti; sonra bir sessizlik çöktü.

Komutanlar başlarını eğdiler; tekrar başlarını kaldırdıklarında bir de ne görsünler! Düşmanları kaçmaya başlamıştı; Mordor'un gücü rüzgârdaki toz gibi dağılıyordu. Nasıl karıncalar ölüm, tepelerinin içinde şişmiş oturan kraliçelerini gelip aldığında akılsızca, amaçsızca dolanır, sonra zayıf düşüp ölürlerse, ister orklar olsun, ister devler, isterse büyüyle köle edilmiş hayvanlar, Sauron'un yaratıkları da akıllarını yitirmiş halde oraya buraya koşuyorlardı; kimisi kendi kendini bıçakladı, kimi kendini çukurlara attı, kimi ümitsizce ışıksız karanlık yerlere ve deliklere saklanmak için bağırarak kaçtı. Fakat Rhûn'lu ve

Harad'lı adamlar, Doğulular ve Güneyliler, savaşlarının çöküşünü ve Batılı Komutanlar'ın haşmetini ve ihtişamını gördüler. Batıdan nefret ederek en derin biçimde ve en uzun süredir bu kötü hizmette bulunan, ama yine de mağrur ve cesur olan bu adamlar, son bir savunma veya ümitsiz bir savaş için toplanmaya başladılar. Fakat çoğu ellerinden geldiğince doğuya kaçtı; kimisi de silahlarını atarak merhamet dilendi.

Sonra Gandalf savaş ve komutanlık gibi şeyleri Aragorn'a ve diğer komutanlara bırakıp tepede durarak seslendi; büyük bir kartal, Yelhükümdarı Gwaihir ona doğru gelerek önünde durdu.

"İki kez taşıdın beni dostum Gwaihir," dedi Gandalf. "Eğer kabul edersen üçüncüsü hepsine değecek. Beni, eski yaşamımın yanıp bitmiş olduğu Zirak-zigil'den taşıdığın zamankinden daha ağır bulmayacaksın."

"Seni taşırım," diye cevap verdi Gwaihir, "nereye istersen, taştan bile olsaydın taşırdım."

"O halde gel, kardeşin de bizimle gelsin ve halkının en hızlılarından birkaç kişi daha! Çünkü bütün rüzgârlardan daha büyük bir hıza ihtiyacımız var, Nazgûl'ün kanatlarının boy ölçüşemeyeceği bir hıza."

"Kuzey Rüzgârı esiyor ama onu geçeriz," dedi Gwaihir. Gandalf'ı kaldırarak güneye doğru hızlandı; yanı sıra Landroval ile genç ve hızlı Meneldor uçuyordu. Udûn ve Gorgoroth üzerinden geçtiler, altlarındaki toprakların harap ve kargaşa içinde olduğunu gördüler; önlerinde de Hüküm Dağı alev alev, ateşlerini kusuyordu.

"Burada yanımda olduğun için çok mutluyum," dedi Frodo. "Burada, her şeyin sonunda Sam."

"Evet, seninle birlikteyim Bey," dedi Sam, Frodo'nun yaralı elini hafifçe göğsüne koyarak. "Ve sen de benimle birliktesin. Yolculuğumuz da bitti. Fakat bu kadar yolu geldikten sonra henüz pes etmek istemiyorum. Bu bana yakışmaz gibi geliyor, anlıyor musun?"

"Belki yakışmıyordur, Sam," dedi Frodo; "fakat dünya böyle işte. Ümitler boşa çıkıyor. Son geliyor. Artık bekleyecek az bir vaktimiz kaldı. Harabenin ve çöküşün içinde kaybolduk ve hiçbir kaçış yolu yok."

"Evet de beyim, en azından bu tehlikeli yerden, nasıl derler, bu Kıyamet Çatlağı'ndan uzaklarda bir yerlere gidebiliriz. Gidemez miyiz yani? Haydi Bay Frodo, en azından yoldan aşağıya inelim!"

"Pekâlâ Sam. Eğer gitmek istiyorsan gelirim," dedi Frodo; ayağa kalkıp yavaş yavaş, dolana dolana inen yoldan aşağıya inmeye başladılar; tam onlar Dağ'ın sarsılan eteğine doğru inerken, Sammath Naur'dan koca bir duman ve buhar püskürdü; koninin yanı yarılıp açıldı ve koca ateşten bir kusmuk dağın doğu yanından ağır ve gümbürtülü bir şelale halinde inmeye başladı.

Frodo ile Sam daha ileri gidemezlerdi. Akıllarının ve bedenlerinin son gücü de hızla çekiliyordu. Dağ'ın eteğine yığılmış son alçak kül tepesine vardılar; fakat buradan hiç kaçış yoktu. Burası artık, pek uzun süre dayanamayacak bir ada olmuştu, Orodruin felaketinin orta yerinde. Bütün etrafında toprak açılmış, derin yarıklarla çukurlardan duman ve pis kokular tütüyordu. Arkalarında Dağ şiddetle sarsılıyordu. Yanlarında koca koca yarıklar oluşmuştu. Uzun yamaçlardan, onlara doğru yavaş yavaş akan lav nehirleri yaklaşıyordu. Kısa bir süre sonra onları yutacaktı. Sıcak bir kül yağmuru iniyordu gökten.

Durmuşlardı artık; hâlâ beyinin elini tutmakta olan Sam, bu eli okşadı. İç geçirdi. "Ama ne biçim bir öykünün içindeydik değil mi Bay Frodo?" dedi. "Keşke bu öyküyü anlatırlarken ben de duyabilseydim. Sence, *Evet, şimdi sırada Dokuz Parmaklı Frodo ile Hüküm Yüzüğü'nün öyküsü var*, diyecekler mi? O zaman herkes susacak, tıpkıYarmavadi'de bize Tek Elli Beren ile Büyük Taş'tan söz ettiklerinde bizim yaptığımız gibi. Ah keşke ben de dinleyebilseydim! Sonra, bizim bölümümüz bittikten sonra öykü nasıl devam ediyor merak ediyorum."

Fakat son ana kadar korkuyu uzak tutabilmek için konuşurken gözleri kuzeye doğru kaydı; kuzeye, rüzgârın ortasına, bir fırtına gibi hızlanmaya başlayan soğuk esintinin karanlığı ve bulutların yıkıntısını savurduğu, uzakta göklerin berrak olduğu yere.

Sonunda, vahşi rüzgârda gelirken onları keskin gözleriyle gören Gwaihir olmuştu ve göklerdeki büyük tehlikeye karşı havada bir daire çizdi: Altlarındaki dünya sarsılırken, açılırken ve ateş nehirleri yaklaşırken orada duran iki minik kara cisim, tek başlarına, el ele minik bir tepe üzerindeydi. Ve tam onları fark edip de aniden saldırırcasına alçalırken Sam ile Frodo'nun mahvolmuş, yıpranmış, sıcak ve buharla boğulmuş ya da gözlerini ölümden gizleyerek ümitsizlikle yıkılmış olduklarını gördü.

Yan yana yatıyorlardı; alçaldı, gökleri süpürerek indi Gwaihir, Landroval ve hızlı Meneldor; bir rüya içinde, başlarına ne geldiğini anlayamadan, gezginler havaya kaldırılarak karanlıktan ve yangından uzağa taşındılar.

Sam uyandığında yumuşak bir yatakta yatmakta olduğunu gördü, ama üzerinde geniş kayın dalları salınıyor, genç yaprakların arasından güneş ışığı pırıldıyordu, yeşil yeşil ve altın renginde. Bütün hava tatlı kokularla doluydu.

Kokuyu hatırlıyordu: İthilien rayihası. "Hayrolsun!" diye derin düşüncelere daldı. "Ne kadar zamandır uyuyordum acaba?" Çünkü koku onu, o güneşli tepe altında minik ateşi yaktığı güne götürmüştü; ve bir an için arada olanların hepsi uyanık belleğinden silinmişti. Gerinerek derin bir nefes aldı. "Amma rüyalar gördüm!" diye mırıldandı. "Uyandığıma o kadar memnunum ki!" Doğrulup oturunca yanında yatan Frodo'yu gördü, huzur içinde uyuyordu, bir eli başının altında, bir eli de örtünün üzerinde duruyordu. Bu sağ eliydi ve orta parmağı yoktu.

Birden belleği yerine gelen Sam yüksek sesle bağırdı: "Rüya değilmiş! O halde neredeyiz?"

Ve yavaşça arkasından konuştu bir ses: "İthilien topraklarında ve Kral'ın himayesinde; üstelik Kral da sizi bekliyor." Bu sözle birlikte beyazlara bürünmüş, sakalı yaprakların arasından parlayan güneş altında katışıksız kar gibi Gandalf önüne dikildi. "Ee, Efendi Samwise, kendinizi nasıl hissediyorsunuz?" dedi.

Fakat Sam sırtüstü uzanarak, ağzı bir karış açık bakakaldı ve delilik ile büyük bir neşe arasında kalakaldığı bir an için cevap veremedi. Sonunda nefesini tutarak: "Gandalf! Seni öldü sanıyordum!" dedi. "Ama kendimi de öldüm sanıyordum. Bütün hüzünlü şeylerin aslı olmadığı mı çıkacak ortaya? Dünyaya neler oldu?"

"Büyük bir Gölge gitti," dedi Gandalf; sonra da güldü, kahkahası bir müzik parçası gibiydi ya da susuzluktan kurumuş topraklara düşen su gibi; Sam onu dinlerken sayılmayacak kadar uzun bir zamandır bir kahkaha sesi, mutluluğun saf sesini duymadığını fark etti. Kulaklarına o güne kadar tanımış olduğu tüm neşenin toplamının bir yankısı gibi düştü. Fakat kendisi gözyaşlarına boğuldu. Sonra, nasıl tatlı bir yağmur bahar yelini geçirir de güneş daha bir parlak ışıldarsa, onun da gözyaşları azaldı, içinde bir kahkaha birikti ve kahkahalar atarak yatağından fırladı.

"Kendimi nasıl hissediyorum böyle?" diye haykırdı. "Şey, nasıl anlatacağımı bilemiyorum. Öyle bir his, öyle bir his var ki içimde" –elini havada salladı– "kendimi kıştan sonra gelen bahar, yapraklar üzerindeki güneş gibi hissediyorum; sonra borazanlar, harplar ve bugüne kadar duyduğum bütün şarkılar gibi hissediyorum!" Durarak beyine doğru döndü. "Ama Bay Frodo nasıl?" dedi. "Eline olanlar ne kötü değil mi? Başka bir şeyi olmasa bari. Çok zorlu zamanlar geçirdi."

"Evet, başka bir şeyim yok," dedi Frodo doğrulup oturarak ve kendisi de gülerek. "Seni beklerken uyuyakaldım Sam, seni uykucu seni. Sabah erkenden uyandım ama herhalde artık öğlen olmuştur."

"Öğlen mi?" dedi Sam hesap etmeye çalışarak. "Hangi günün öğleni?"

"Yeni Yıl'ın on dördüncü gününün," dedi Gandalf; "ya da Shire hesabına göre Nisan'ın sekizinci gününün.* Fakat Gondor'da Yeni Yıl artık Mart'ın yirmi beşi, Sauron'un yok olduğu ve sizin ateşlerden alınıp Kral'a götürüldüğünüz gün kabul edilecek artık. Kral sizi iyileştirdi ve şimdi de sizi bekliyor. Onunla birlikte yiyip içeceksiniz. Hazır olduğunuzda sizi ona götüreceğim."

"Kral'a mı?" dedi Sam. "Ne kralı, kim o?"

"Gondor Kralı ve Batı Ülkeleri'nin Hükümdarı," dedi Gandalf; "üstelik bütün eski ülkesini de geri aldı. Kısa bir süre sonra taç giymek için sürecek atını, ama sizi bekliyor."

"Biz ne giyeceğiz?" dedi Sam; çünkü bütün gördüğü yolculuk sırasında giydikleri lime lime olmuş, yataklarının yanında katlanmış duran eski giysileriydi.

"Mordor'a giderken giydiğiniz giysileri," dedi Gandalf. "Senin kara ülkede giymiş olduğun ork paçavraları bile korunacak Frodo. Hiçbir ipekli veya pamuklu, hiçbir zırh veya nişan bundan daha gurur verici olmazdı. Ama sonra belki başka giyecekler bulurum."

Sonra ellerini onlara uzattı; ellerinden birinin ışıkla parladığını gördüler. "Ne var elinde?" diye haykırdı Frodo. "Yoksa bu..?"

"Evet, sizin iki hazinenizi de getirdim. Kurtarıldığınızda Sam'in üzerinde bulunmuştu bunlar. Hanım Galadriel'in armağanları: Senin şişeciğin Frodo ve senin kutun Sam. Bunlara yeniden kavuştuğunuza sevinirsiniz herhalde."

Yıkanıp giyindikten sonra hafif bir yemek yediler ve Gandalf'ı izlediler. Yattıkları kayın korusundan dışarı çıkıp, kara yapraklı al çi-

* Shire takvimine göre Mart (ya da Rethe) ayında otuz gün vardır.

çeklerle bezenmiş koca ağaçlarla çevrili, güneş altında parıldayan uzun, yeşil bir çimenliğe geçtiler. Arkalarında dökülen suyun sesini duyabiliyorlardı, önlerinde, çimenliğin sonunda, yeşil bir ormana kadar çiçekli kıyılar arasında bir dere akıyor, sonra da arasında uzaktaki suyun pırıltısını görebildikleri ağaçlardan bir kemerin altından geçiyordu.

Ormanın içindeki açıklığa gelince, onları saygıyla karşılayıp önlerinde eğilen parlak zırhlar içinde silahşörler, burada bulunan siyah ve gümüş rengi giysileriyle uzun boylu muhafızlar görerek hayretler içinde kaldılar. Sonra içlerinden biri uzun bir boru çaldı ve şarkılar söyleyen derenin yanındaki ağaç dizileri arasından ilerlediler. Böylece geniş ve yeşil bir toprağa vardılar; gerisinde gümüş renkli geniş bir nehir akıyordu ve kıyısına birçok gemi demirlemişti. Fakat onların o anda durdukları çayırda güneş altında parlayan saflar ve bölükler halinde büyük bir ordu bekliyordu. Hobbitler yaklaşınca kılıçlar kınlarından çekildi, mızraklar sallandı, borular ve borazanlar çaldı ve adamlar hep bir ağızdan birden birçok dilde bağırdı:

Yaşasın Buçukluklar! Tüm övgüler onlar için!
Cuio i Pheriain anann! Aglar'ni Pheriannath!
Tüm övgüler Frodo ve Samwise'a!
Daur a Berhael, Conin en Annûn! Eglerio!
Çok yaşayın!
Eglerio!
A laita te, laita te! Andave laituvalmet!
Çok yaşayın!
Cormacolindor, a laita tàrienna!
Çok yaşayın Yüzük Taşıyıcıları, tüm övgüler size!

Ve böylece yüzleri kızararak ve gözleri hayretle parlayarak ilerledi Frodo ile Sam; gürültücü ordunun ortasında yeşillikten yapılmış üç taht gördüler. Sağ taraftaki tahtın arkasında yeşil üzerine beyaz renkte özgürce koşan bir at dalgalanıyordu; sol tarafta ise bir sancak vardı, mavi sancağın üzerinde gümüş renkli, kuğu pruvalı bir gemi denize açılıyordu; fakat ortadaki en yüksek tahtın arkasında koca bir bayrak meltemde açılmıştı, parlak bir taç ve yedi pırıltılı yıldız altında samur rengi bir kırlıkta çiçek açmış ak bir ağaç vardı. Tahtta zırhlara bürünmüş bir adam oturuyordu ve dizleri üzerinde büyük bir kılıç duruyordu ama miğfer giymemişti. Onlar yaklaşırken ayağa kalktı. İstediği kadar değişmiş olsun, yüzü istediği kadar yüce ve parlak olsun, isterse bir kral, insanların gri gözlü kara saçlı hükümdarı olsun, onu tanıyıverdiler.

Frodo onu kucaklamak için koşturdu, Sam de hemen peşinden gidiyordu. "Eh bu herkesin hükümdarı değilse ne olayım!" dedi. "Yolgezer, yoksa hâlâ uykuda mıyım!"

"Evet Sam, Yolgezer," dedi Aragorn. "Bree'de gözünüzün beni tutmadığı günden bu yana nice yollardan geçtik, değil mi? Hepimiz için uzun bir yoldu, ama sizinkisi en karanlığıydı."

Ve sonra Sam'i hayretler içinde bırakıp kafasını mutlak bir biçimde karıştırarak önlerinde bir dizini yere koydu; ellerinden tutup Frodo'yu sağ, Sam'i de sol tarafına alarak tahta götürdü ve tahta oturttuktan sonra yakında duran adamlara ve komutanlara dönerek konuştu; sesi bütün orduda yankılanarak şöyle seslendi:

"Tüm övgüler size!"

Bunun üzerine neşeli bir haykırış yükselerek yeniden alçalıp kayboldu ve son olarak Sam'i mest edercesine Gondor'lu bir ozanın ileri çıktığı, diz çöktüğü ve şarkı söylemek için müsaade istediği görüldü. Ve o da ne, ozan şöyle demesin mi:

"Haydi beyler, silahşörler, yılmaz yiğitlikteki erler, krallar ve prensler, Gondor'un zarif halkı, Rohan Süvarileri ve sizler Elrond'un oğulları, Kuzeyli Dúnedain ve elfler ve cüceler ve Shire'ın aslan yüreklileri ve Batı'nın hür halkı, dinleyin artık türkümü. Sizlere Dokuz Parmaklı Frodo ile Hüküm Yüzüğü'nün öyküsünü anlatacağım."

Sam bunu duyduğunda mutluluğundan kahkahalar atarak ayağa fırladı ve bağırdı: "Ah bu saltanat, bu şaşaa! Her dileğim gerçekleşti!" Ve sonra ağlamaya başladı.

Ve bütün ordu hem güldü, hem ağladı, tüm bu neşe ile göz yaşlarının arasında ozanın berrak sesi gümüş ve altın gibi yükseldi ve herkes sustu. Ozan destanını söyledi, bazen elf dilinde, bazen Batı lisanıyla, tatlı sözlerle yaralanan gönülleri taşıncaya kadar; neşeleri kılıçlar gibiydi, acı ile zevkin birlikte aktığı yerlerde düşüncelere daldılar, gözyaşları kutsanmışlığın şarabı olmuştu.

Ve sonunda Güneş öğle vaktini devirip de gölgeler uzarken bitirdi şarkısını. "Tüm övgüler size!" dedi ve diz çöktü. Sonra Aragorn ayağa kalktı ve bütün ordu da onunla ayaklandı; hazırlanmış olan büyük çadırlara geçtiler, yiyip içmek ve gün boyunca eğlenmek için.

Frodo ile Sam ayrı yoldan bir çadıra götürüldüler; eski giysileri çıkartıldı ama katlanarak büyük bir saygıyla kenara kondu; tertemiz pamuklular verildi kendilerine. Sonra Gandalf geldi ve Frodo hayret içinde, kollarında Mordor'da ondan alınan kılıç, elf pelerini ve mithril zırhı olduğunu gördü. Sam için yaldızlı bir zırh, kirlerinden ve berelerinden arındırılmış elf pelerinini getirdi; sonra ikisinin de önüne birer kılıç koydu.

"Ben kılıç istemiyorum," dedi Frodo.

"En azından bu gece taşımalısın," dedi Gandalf.

O zaman Frodo, Sam'e ait olan, Cirith Ungol'da yanına bırakılmış bulunan küçük kılıcı aldı. "Sting'i Sam'e veriyorum," dedi.

"Hayır, beyim! Bay Bilbo onu sana vermişti, üstelik bu gümüş zırhla takım o; artık onu bir başkasının giymesini istemez."

Frodo boyun eğdi; Gandalf sanki silahtarlarıymış gibi diz çökerek onları kılıçlarıyla kuşattı ve sonra ayağa kalkarak başlarına gümüş taççıklar taktı. Giyinip kuşandıktan sonra büyük ziyafete gittiler; ve Gandalf, Rohan Kralı Éomer, Prens İmrahil ve diğer tüm belli başlı komutanlarla birlikte Kral'ın masasına oturdular; burada Gimli ve Legolas da vardı.

Fakat Saygı Duruşu'ndan sonra şarap ikram edilirken krallara hizmet için iki hizmetkâr geldi; ya da öyle görünüyorlardı: Birisi, Minas Tirith Muhafızları'nın gümüş ve samur renklerinde giyinmişti; diğeri de beyaz ve yeşil renkler içindeydi. Fakat Sam bu genç çocukların böylesine kudretli erlerin arasında ne aradığını merak etti. Sonra aniden yaklaştılar, artık onları açık seçik görebiliyordu ve haykırdı:

"Baksana Bay Frodo! Şuraya bak! Eh bu Pippin değilse ne olayım. Bay Peregrin Took demeliyim tabii! Bu da Bay Merry! Ne de çok büyümüşler! Aklımı koruyun! Ama görüyorum ki bizimkinden daha çok anlatacak öyküleri var."

"Elbette," dedi Pippin onlara doğru dönerek. "Ve bu şölen biter bitmez de anlatmaya başlayacağız. Bu arada Gandalf'ı sıkıştırabilirsiniz. Eskisi kadar ağzı sıkı değil, gerçi artık konuşacağına daha çok gülüyor. Şu anda Merry ile ben meşgulüz. Biz Şehir ile Yurt'un silahşörleriyiz, umarım anlamışsınızdır."

Sonunda mutlu gün sona erdi; Güneş kavuştuğunda ve dolunay Anduin'in pusları üzerinden yavaş yavaş geçmeye başlayıp da çırpınan yapraklar arasından pırıldadığında Frodo ile Sam, zarif İthilien'in mis kokusu içinde, fısıldaşan ağaçların altına oturdular ve gecenin derinliklerine doğru Merry, Pippin ve Gandalf ile sohbet ettiler, bir süre sonra Legolas ile Gimli de onlara katıldı. Burada Frodo ile Sam Rauros Şelaleri yakınında, Parth Galen'de yol arkadaşlıkları bozulduktan sonra Grup'a neler olduğunu öğrendiler; yine de soracak ve anlatacak çok şey vardı.

Orklar, konuşan ağaçlar, fersahlarca çayırlar, dörtnala giden süvariler, pırıldayan mağaralar, ak kuleler, altın salonlar, savaşlar, yelken açmış koca gemiler, sonunda çıldırdığını zannedinceye kadar bütün bunlar Sam'in zihninden gelip geçti. Fakat bütün bu harikaların arasında hayreti dönüp dolaşıp Merry ile Pippin'in cüsselerine gelip takılıyordu; kalkıp Frodo ve kendisiyle sırt sırta durdurdu onları. Başını kaşıdı. "Sizin yaşınızda bunu anlayamıyorum!" dedi. "Ama işte ortada: Olmanız gerekenden yedi-sekiz santim uzunsunuz, ya da ben cüceyim."

"Bak kesinlikle o dediğinden değilsin," dedi Gimli. "Ama ben ne dedim? Ölümlüler ent içecekleri içip de bunun bir maşrapa birayla aynı etkiyi yapacağını sanmamalı."

"Ent içeceği mi?" dedi Sam. "İşte yine başladınız entlerden; ama onların ne olduklarını anlamakta zorluk çekiyorum. Baksanıza, bütün bu şeyleri kafamda yerli yerine koyuncaya kadar haftalar geçecek."

"Haftalar geçecek tabii," dedi Pippin. "Sonra da Frodo'yu Minas Tirith kulesine kilitleyip hepsini yazdırmak lazım. Yoksa yarısını unutacak ve zavallı yaşlı Bilbo da çok hayal kırıklığına uğrayacak."

Sonunda Gandalf ayağa kalktı. "Kralın ellerinin iyileştirici hüneri vardır arkadaşlarım," dedi. "Fakat bütün gücünü kullanarak sizi ölümden geri çağırıp uykunun tatlı unutkanlığına yollamadan önce, siz ölümün sınırına kadar gitmiştiniz. Uzun bir süre huzur içinde uyumuş olmanıza rağmen yine de uyku zamanı geldi."

"Ve bu sadece Sam ve Frodo için geçerli değil," dedi Gimli, "sen de Pippin. Sadece senin yüzünden çektiğim ve hiç unutmayacağım bütün o acılar için bile olsa seni çok seviyorum. Son çarpışmada seni tepede buluşumu da hiç unutmayacağım. Ama eğer Cüce Gimli olmasaydı o zaman yok olacaktın. En azından üzerine bir sürü ceset yığıldığında bir hobbit ayağı neye benziyor biliyorum artık. Ve o koca leş yığınını üzerinden kaldırdığımda ölmüş olduğundan emindim. Sakallarımı yolabilirdim. Kalkıp ortalıkta dolanmaya başlayalı daha bir gün oluyor. Sen de doğru yatağa. Ben de yatacağım."

"Ben de," dedi Legolas, "bu zarif ülkenin ormanlarında yürüyeceğim, bu beni dinlendirmeye yeter. Gelecek günlerde eğer Elf Hükümdarım müsaade ederse halkımızın bir kısmı buraya göçebilir; buraya geldiğimizde de bir süre için burası kutsanmış olur. Bir süre: Bir ay, bir ömür, insanların yüz yılı kadar. Fakat Anduin yakında ve Anduin Deniz'e gidiyor. Deniz'e!

Denize, Denize! Çığlık çığlığa ak martılar,
Uçuşuyor ak köpükler, esiyor rüzgâr.
Batıda, uzaklarda batıda, yusyuvarlak güneş batıyor.
Gri gemi, gri gemi, duyuyor musun seslenişlerini
Benden önce oraya giden halkımın sesini!
Terk edeceğim ormanları, onlardı doğuran beni;
Çünkü günlerimiz bitiyor, eriyor yıllarımız sona.
Geçeceğim engin suları yelken açıp tek başıma.
Upuzun dalgalar vuruyor Son Sahil'e
Kayıp Ada çağırıyor beni tatlı seslerle,
Kimsenin bulamayacağı Eressëa'dan, Elfyurdu'ndan
Yaprakların hiç dökülmediği halkımın ebedi diyarından.

Ve böyle söyleyerek şarkısını, tepeden aşağıya indi Legolas.

Sonra diğerleri de ayrıldılar ve Frodo ile Sam yataklarına giderek uyudu. Sabah yeniden umut ve huzur içinde uyandılar; İthilien'de birçok gün geçirdiler. Çünkü ordunun şimdi yerleşmiş olduğu Cormallen Kırları, Henneth Annûn'a yakındı ve şelalelerinden çıkan akarsu, geceleri o kayalık kapıdan geçerek aşağıya akıp Cair Andros adasının yanındaki Anduin'in akıntılarına karışmak için çiçekli çayırlardan geçerken sesi duyulabiliyordu. Hobbitler etrafta gezinerek daha önce geçmiş oldukları yerleri ziyaret ettiler; Sam ormanların bir gölgesinde veya belki de orman içindeki gizli bir açıklıkta o büyük fülleri görebileceğini umdu. Gondor kuşatmasında bu hayvanlardan bol miktarda bulunduğunu fakat bunların yok edilmiş olduklarını duyunca da bunun büyük bir kayıp olduğunu düşündü.

"Eh aynı anda her yerde olunamıyor galiba," dedi. "Ama görünüşe göre çok şey kaçırmışım."

Bu arada ordu Minas Tirith'e dönmek için hazırlanıyordu. Yorgunlar dinlendiler, yaralılar iyileştirildiler. Çünkü bir kısmı Doğu'dan ve Güney'den gelip de savaş meydanında sonuna kadar direnen düşmanla çok uğraşmak ve dövüşmek zorunda kalmıştı. En son olarak da Mordor'a girip ülkenin kuzeyindeki kaleleri yıkanlar gelmişti.

Fakat sonunda, mayıs ayı yaklaşırken, Batı'nın Komutanları yeniden yola koyuldular; bütün adamlarıyla birlikte gemilere binip Anduin üzerinden, Cair Andros'tan çıkıp Osgiliath'a yelken açtılar; orada bir gün kaldılar ve Pelennor'un yeşil çayırlarına geldikleri günün ertesinde yeniden yüce Mindolluin'in altındaki beyaz kuleleri gördüler, karanlık ve yangından geçip yeni günü görebilen Gondor'lu İnsanlar'ın Şehir'ini yani, Batılılar'ın son hatırasını.

Ve burada çayırların ortasında çadırlarını kurarak sabahı beklediler; çünkü Mayıs Arifesi'ydi ve Kral güneşin doğuşuyla kapılarından içeri girecekti.

BÖLÜM V

VEKİLHARÇ İLE KRAL

Gondor şehri üzerine kuşku ve büyük bir korku çökmüştü. Günleri pek az umut taşıyan ve her sabah bir kıyamet haberi bekleyen insanlara havanın güzelleşip güneşin açması anlamsız bir şaka gibi gelmişti. Hükümdarları ölmüş, yakılmıştı; Rohan Kralı hisarda ölü yatıyordu; gece gelen yeni kralları ise hiçbir kudretin veya yiğitliğin zaptedemeyeceği kadar karanlık ve korkunç güçlerle savaşmak için gitmişti. Ve hiç haber gelmemişti. Ordu Morgul Vadisi'ni terk edip de dağların gölgesindeki kuzey yolunu tuttuktan sonra hiçbir haberci gelmemişti geri; beklemekte olan Doğu'da ne olduğuna dair hiçbir söylenti yayılmamıştı.

Komutanlar gideli ancak iki gün olmuştu ki Hanım Éowyn ona bakan kadınlara esvaplarını getirmesini söylemiş, ne dendiyse kendisine dinletilememiş ve ayağa kalkmıştı; giydirildikten ve kolu pamuklu bezden bir askıya alındıktan sonra Éowyn, Şifa Evleri'nin Şifacıbaşı'na gitti.

"Beyim," dedi, "büyük bir rahatsızlık içindeyim, artık daha fazla aylaklık edemem."

"Hanımefendi," diye cevap verdi adam, "henüz iyileşmediniz ve size özel bir ilgi göstermem emredildi bana. Daha yedi gün yataktan çıkmamalıydınız; bana böyle emir verdiler. Size geri dönmeniz için yalvarıyorum."

"Ben iyileştim," dedi kadın, "en azından bedenim iyileşti, sol kolum dışında; o da rahat artık. Ama eğer bir şeyler yapmazsam yeniden hastalanacağım. Cenkten hiç haber yok mu? Kadınlar bana bir şey demiyor."

"Hiç haber yok," dedi Şifacıbaşı, "bir tek Beylerin Morgul Vadisi'ne at sürdüklerini biliyoruz; Kuzey'den gelen yeni komutanın onlara başkanlık ettiği söyleniyor. Büyük bir bey o adam ve bir hekim; bana o kadar hünerli bir hekim elinin öyle kılıç kullanması tuhaf geliyor. Bu Gondor'da böyle değildir, gerçi bir zamanlar öyle imiş, eğer eskiden anlatılan öyküler doğruyu söylüyorsa. Fakat uzun yıllardır biz hekimler kılıç kullanan adamların açtıkları yaralara şifa vermeye bakarık. Gerçi artık bu yaralar yetmeli: Dünya, savaşlar olmadan da yeterince acılara ve talihsizliklere sahip."

"Cengin olması için tek bir düşman yeterlidir, Efendi Şifacıbaşı, çift değil," diye cevap verdi Éowyn. "Ve kılıcı olmayanlar da kılıçla ölebilir. Karanlıklar Efendisi ordularını toplarken, siz Gondor halkının sadece şifalı ot toplamasını mı tercih ederdiniz? Ayrıca her zaman insanın bedeninin iyileşmiş olması o kadar hoş olmuyor. Ya da bir cenk sırasında ölmek de her zaman o kadar kötü değil; acı içinde bile olsa. Bu kara saatte seçme şansım olsaydı ikincisini seçerdim."

Şifacıbaşı ona baktı. Tüm endamıyla duruyordu orada, gözleri ak yüzünde parlıyordu; Doğu'ya açılan pencereden bakmak için dönerken yumruğunu sıktı. Adam içini çekerek başını salladı. Bir süre duraksadıktan sonra kız tekrar adama döndü.

"Yapabilecek bir şey yok mu?" dedi. "Şehir'de şimdi kim hüküm sürer?"

"Tam olarak bilemiyorum," diye cevap verdi adam. "Bu tür şeyler henüz beni pek ilgilendirmiyor. Rohan Süvarileri'nin başında bir komutan varmış; bana söylendiğine göre Hurin Bey de Gondor'lu adamlara kumanda ediyormuş. Fakat Hükümdar Faramir hakkı icabı Şehir'in Vekilharcı oldu."

"Onu nerede bulabilirim?"

"Bu evde hanımefendi. Çok fena yaralanmıştı ama artık iyileşme yolunda. Fakat bilemiyorum..."

"Beni ona götürmeyecek misiniz? O zaman bilirsiniz."

Hükümdar Faramir, Şifa Evleri'nin bahçesinde tek başına yürüyordu; güneş ışığı onu ısıtmıştı, yaşamın yeniden damarlarında akmaya başladığını hissediyordu; fakat gönlü ağırdı ve surlardan doğuya doğru bakıyordu. Şifacıbaşı yaklaşarak ona seslendi; dönünce Rohan' lı Hanım Éowyn'i gördü; içi büyük bir merhametle doldu, çünkü kızın yaralı olduğunu fark etti, ayrıca keskin bakışları kızın hüznünü ve huzursuzluğunu da yakalamıştı.

"Beyim," dedi Şifacıbaşı, "Rohan'lı Hanım Éowyn burada. Kralla birlikte sürmüştü atını ve çok kötü biçimde yaralanmıştı; şu anda da benim nezaretim altında kalıyor. Fakat halinden memnun değil, Şehir'in Vekilharcı'yla konuşmak istiyor."

"Sözlerini yanlış bellemeyin beyim," dedi Éowyn. "Beni üzen bana gösterilen ilginin azlığı değil. İyileşmeyi dileyenler için bu evlerden daha iyisi bulunmaz. Ama ben tembel tembel, işsiz güçsüz, kafese kapatılmış yatamam. Cenk alanında ölümü aradım ben. Ama ölmedim ve cenk devam ediyor."

Faramir'in bir işaretiyle Şifacıbaşı eğilip selam vererek ayrıldı. "Ne yapmamı arzu edersiniz hanımefendi?" diye sordu Faramir. "Ben de hekimlerin bir tutsağıyım." Kıza baktı; acıma duygularıyla derinden etkilendiği için, kızın o hüznün içindeki güzelliğinin kalbini paramparça edeceğini hissetti. Ve kız da ona bakarak gözlerinde ağırbaşlı bir şefkat gördü; yine de cenk eden adamlar arasında yetiştirilmiş olduğundan, karşısında hiçbir Yurtlu Süvari'nin bir savaşta boy ölçüşemeyeceği birinin durduğunu biliyordu.

"Ne diliyorsunuz?" dedi adam yine. "Eğer benim gücüm dahilindeyse yaparım."

"Bu Şifacıbaşı'na emredip beni bırakmalarını söylemenizi," dedi kız; fakat sözleri hâlâ mağrur olsa da gönlü duraksadı; ilk kez olarak kendinden o kadar emin değildi. Bu uzun boylu adamın, hem sert hem de yumuşak olan bu adamın, onun, tıpkı sıkıcı bir işin sonuna kadar gidecek sabrı olmayan bir çocuk gibi, tamamen dikbaşlı biri olduğunu sanabileceğini düşündü.

"Ben de Şifacıbaşı'nın gözetimi altındayım," diye cevap verdi Faramir. "Henüz Şehir'deki yetkilerimi de üstlenmiş değilim. Ama öyle olmuş olsaydı bile, yine de onun öğütlerini dinler ve mesleğiyle ilgili konularda istekleriyle çelişmezdim, çok fazla gerekmedikçe."

"Ama ben iyileşmek istemiyorum," dedi kız. "Ağabeyim Éomer ya da Kral Théoden gibi atımı cenge sürmek istiyorum, çünkü o öldü ve hem şerefe, hem de huzura kavuştu."

"Artık komutanları izlemek için çok geç hanımefendi, gücünüz yerinde olsaydı bile," dedi Faramir. "Fakat savaşta ölmek daha hepimize nasip olabilir, istesek de istemesek de. Hâlâ zaman varken Hekim'in dediklerini yaparsanız, ölümü kendi usulünüzce karşılamak için daha hazırlıklı olursunuz. Siz ve ben, bu bekleyiş saatlerine sabırla birlikte katlanmalıyız."

Kız cevap vermedi, fakat adam ona bakarken içinde bir şeylerin yumuşamış olduğunu hissetti, sert buzların baharın ilk belli belirsiz işaretine boyun eğmesi gibi. Kızın gözünde yaşlar belirip yanağından aşağı süzüldü, pırıltılı bir yağmur damlası gibi. Mağrur başı biraz eğildi. Sonra sessizce, sanki kendi kendine konuşurmuş gibi: "Ama hekimler beni daha yedi gün yatakta yatıracaklarmış," dedi. "Sonra benim pencerem doğuya bakmıyor." Sesi artık genç ve mahzun bir genç kızınki gibiydi.

Yüreği merhametle dolu olsa da Faramir gülümsedi. "Pencereniz doğuya bakmıyor mu?" dedi. "Bunun çaresine bakabiliriz. Bu konuda Şifacıbaşı'na emir verebilirim. Eğer evde, bizim gözetimimizde kalırsanız hanımefendi, o zaman dilerseniz güneş olduğu zamanlar bahçede yürüyebilirsiniz istediğiniz gibi; bütün ümitlerimizin gitmiş olduğu yere, doğuya bakabilirsiniz. Beni de burada bulacaksınız, yürürken, beklerken ve sizin gibi doğuya bakarken. Eğer benimle konuşursanız veya bir süre benimle yürürseniz, içimi rahatlatmış olursunuz."

O zaman kız başını kaldırarak yeniden adamın gözlerinin ta içine baktı; ve solgun yüzüne bir renk geldi. "Sizin içinizi nasıl rahatlatabilirim beyim?" dedi. "Üstelik ben yaşayan insanların muhabbetini istemiyorum."

"Benim samimi cevabımı duymak ister misiniz?" dedi adam.

"İsterim."

"O halde Rohan'lı Éowyn size çok güzel olduğunuzu söyleyeyim. Tepelerde vadilerimizde zarif ve parlak çiçekler ve bu çiçeklerden de zarif genç kızlarımız vardır; fakat bu güne kadar Gondor'da bu kadar güzel ve bu kadar hüzünlü ne bir çiçek, ne bir genç kız gördüm. Belki de dünyamıza karanlık çökmesine sadece birkaç gün kalmıştır; o gün gelip çattığında buna metanetle karşı koymayı ümit ediyorum; fakat Güneş daha parıldarken sizi hâlâ görebileceğimi bilmek içimi rahatlatırdı. Çünkü hem siz, hem ben Gölge'nin kanatları altından geçtik ve aynı el bizi geri çekip aldı."

"Heyhat, beni değil beyim!" dedi kız. "Gölge hâlâ benim üzerimde. Benim iyileşeceğimi zannetmeyin! Ben cengâver bir kızım ve ellerim nazik değildir. Fakat size en azından şu konuda teşekkür edebilirim, artık odamda kalmak zorunda değilim. Şehir'in Vekilharcı'nın alicenaplığı sayesinde dışarıda yürüyebileceğim." Eğilerek ona selam verdi ve eve geri yürüdü. Fakat Faramir uzun bir süre bahçede yalnız başına yürümeye devam etti; bakışları artık doğudaki surlardan ziyade eve doğru kayıyordu.

Faramir odasına geri döndüğünde Şifacıbaşı'nı çağırttı ve Hanım Éowyn hakkında bütün bildiklerini anlattırdı.

"Fakat beyim hiç kuşkum yok ki," dedi Şifacıbaşı, "bizimle burada bulunan Buçukluk'tan çok daha fazlasını öğrenebilirsiniz; çünkü o kralla birlikte gelmişti ve sonuna kadar da Hanım'la olduğu söyleniyor."

Böylece Merry Faramir'e yollandı ve gün boyunca birlikte uzun uzun konuştular; Faramir çok, hatta Merry'nin söze dökmediği kadar çok şey öğrendi; artık Rohan'lı Éowyn'in üzüntüsü ve huzursuzluğu hakkında bazı şeyler anlamaya başladığını düşündü. Latif akşam saatlerinde Faramir ile Merry bahçede yürüdüler ama kız gelmedi.

Sabah tam Faramir Evler'den çıkıyordu ki, surların üzerindeki kızı gördü; tamamen beyazlara bürünmüştü ve güneşte parlıyordu. Adam kıza seslendi, kız indi; birlikte, bazen sessizlik içinde, bazen konuşarak, kâh çimlerin üzerinde yürüdüler, kâh yeşil ağacın altına birlikte oturdular. Sonra her gün aynı şeyi tekrarladılar. Penceresinden seyreden Şifacıbaşı'nın içi mutluluk doluydu, çünkü o bir hekimdi ve endişesi azalıyordu; o günlerin korkusu ve kötü bir şeyler olacağı endişesi insanların gönülleri üzerine ağır bir biçimde çökmüş olduğu halde, bakımı altında olan iki kişi iyileşiyor ve her geçen gün kuvvetleniyordu.

Böylece Hanım Éowyn'in Faramir'e ilk gidişinin üzerinden beş gün geçti; bir kez daha Şehir'in surlarında birlikte durmuş bakınıyorlardı. Henüz bir haber gelmemişti, bütün gönüller kararmıştı. Ve hava da eskisi kadar parlak değildi artık. Soğuktu. Gece çıkmış olan rüzgâr artık Kuzey yönünden şiddetle esiyor ve şiddeti gitgide artıyordu, ama etraftaki topraklar kurşuni renkli ve daha korkunç görünüyordu.

Kalın giysiler giymişler, ağır pelerinlere sarınmışlardı ve hepsinin üzerine Hanım Éowyn derin bir yaz akşamı renginde büyük, mavi, kolsuz bir manto giymişti; mantonun kenarları ve yakası gümüş yıldızlarla bezenmişti. Faramir kendi kaftanını getirtip onunla da kızı güzelce sarıp sarmalamıştı; yanında dururken onun gerçekten de son derece zarif bir kraliçe gibi durduğunu düşünüyordu. Manto zamansız ölen annesi Amroth'lu Finduilas için yapılmıştı ve onun için uzak günlerin tatlı, ilk üzüntüsünün de acı bir anısıydı; kaftanı Éowyn'in güzelliğine ve hüznüne uyan bir giysi gibi görünüyordu.

Fakat şimdi yıldızlı mantonun altında titriyordu kız; kuzeye, beri yandaki gri toprakların üzerine, uzakta gökyüzünün sert ve açık olduğu yerdeki soğuk rüzgârın ta gözbebeğine bakıyordu.

"Neye bakıyorsunuz Éowyn?" dedi Faramir.

"Kara Kapı o tarafta değil midir?" dedi kız. "Ve o artık o tarafa varmış değil midir? Ayrılalı yedi gün oluyor."

"Yedi gün," dedi Faramir. "Lâkin size şöyle dersem benim hakkımda kötü düşüncelere kapılmayın: O günler bana, hiçbir zaman aklımın köşesine gelmeyen bir sevinç ve acı getirdiler. Sizi görme sevinci; acıya gelince, artık bu kötü zamanların korkusu ve kuşkusu gerçekten iyice karardı. Éowyn, bu dünyanın şimdi bitmesini ya da bulduğum şeyi bu kadar çabuk kaybetmek istemezdim."

"Bulduğunuz şeyi kaybetmek mi beyim?" diye cevap verdi kız; fakat ona temkinli bir tavırla bakıyordu ve gözlerinde müşfik bir ifade vardı. "Bu günlerde, kaybedebileceğiniz ne gibi bir şey buldunuz bilemiyorum. Fakat haydi dostum, gelin bundan söz etmeyelim! Gelin hiç konuşmayalım! Ben korkunç bir şeyin kıyısında duruyorum, ayaklarımın önünde tamamen karanlık bir çukur var ama arkamda bir ışık var mıdır, yok mudur bilemem. Çünkü henüz arkama dönemem. Bir hükmün verilmesini bekliyorum."

"Evet bir hükmün verilmesini bekliyoruz," dedi Faramir. Ve başka bir şey söylemediler; onlara öyle geldi ki sanki onlar surun üzerinde beklerken rüzgâr durdu, ışık zayıfladı, Güneş karardı ve hem Şehir' deki hem de civardaki topraklardaki bütün sesler sustu: Ne bir rüzgâr, ne bir insan sesi, ne bir kuş cıvıltısı, ne kıpırdayan bir yaprak, ne de kendi nefes sesleri duyulabiliyordu; kalp atışları dahi susmuştu. Zaman duraksadı.

Ve onlar böylece dururken elleri birleşti ve kenetlendi, onlar farkında olmasalar da. Ve hâlâ neyi beklediklerini bilmeden bekliyorlardı. Sonra hemen, uzaktaki dağların zirvelerinin gerisinde, karanlıktan oluşan başka bir koca dağ yükselmiş, bütün dünyayı kaplayan bir dalga halinde kabarmış gibi geldi onlara; dağın etrafında şimşekler çakıyordu; sonra toprakta bir titreme geldi geçti ve Şehir'in surlarının sarsıldığını hissettiler. Etraflarındaki topraklardan bir iç çekme sesi yükseldi; kalpleri aniden yeniden atmaya başladı.

"Bu bana Númenor'u hatırlattı," dedi Faramir ve konuştuğunu duyunca kendi kendine hayret etti.

"Númenor mu?" dedi Éowyn.

"Evet," dedi Faramir, "Batıilliler'in o çöken ülkesini, yeşil topraklarla üzerlerindeki tepelere tırmanan koca kara dalgayı ve yaklaşan kaçınılmaz karanlığı. Sık sık bunu canlandırırım hayalimde."

"O halde siz Karanlık'ın geldiğini düşünüyorsunuz?" dedi Éowyn. "Kaçınılmaz Karanlık'ın?" Birden adama sokuldu.

"Hayır," dedi Faramir, kızın yüzüne bakarak. "Bu zihnimdeki bir resimdi sadece. Neler olduğunu bilmiyorum. Uyanık zihnim bana büyük bir kötülüğün çöktüğünü ve son günlerimizi yaşadığımızı söylüyor. Fakat gönlüm hayır, diyor; kollarım bacaklarım hafifledi ve üzerime öyle bir ümit ve sevinç geldi ki hiçbir akıl bunu inkâr edemez. Éowyn, Éowyn, Rohan'ın Ak Hanımı, şu saatte hiçbir karanlığın dayanabileceğine inanmıyorum!" Ve eğilerek kızı alnından öptü.

Öylece durdular Gondor Şehri'nin surları üzerinde; sert bir rüzgâr çıkarak esti; birinin kuzguni, diğerinin sarı saçları rüzgârda akarak birbirine karıştı. Ve gölge ayrıldı, Güneş'in peçesi açıldı, ışık dışarı uğradı; Anduin'in suları gümüş gibi parladı ve Şehir'in içindeki evlerden insanlar gönüllerinde biriken, kaynağını bilemedikleri bir neşeyle şarkılar söylediler.

Ve Güneş öğle vaktini çok geçmeden Doğu'dan uçan büyük bir Kartal görüldü; kartal Batılı Komutanlar'dan umulmayan haberler taşıyor, söyle bağırıyordu:

Söyleyin şarkılarınızı, Anor Kulesi'nin insanları,
çünkü Sauron'un Hükmü ebediyen sona erdi,
Karanlık Kule de devrildi.

Şarkı söyleyin, kutlayın, Muhafız Kulesi'nin insanları,
çünkü boşa çıkmadı nöbetiniz,
Kara Kapı yıkıldı,
Kralınız geçti kapıdan
ve zaferi kazandı.

Şarkı söyleyin, mutlu olun Batı'nın çocukları,
çünkü Kralınız yeniden geliyor,
aranızda yaşamaya,
hayatınız boyunca.

Ve kuruyan Ağaç yeniden boy verecek,
Kral ağacı yükseklere dikecek,
ve kutsanacak Şehir.

Şarkı söylesin herkes!

Ve insanlar Şehir'in bütün yollarında şarkılar söylediler.

Bunu izleyen günler altın rengiydi; bahar ile yaz birbirine karıştı ve Gondor kırlarında birlikte cümbüş etti. Artık hızlı süvariler, bütün olup bitenler hakkında Cair Andros'dan haberler getiriyor ve Şehir Kral'ın gelişine hazırlanıyordu. Merry çağırılmıştı ve eşya götüren yük arabalarıyla Osgiliath'a, oradan da gemiyle Cair Andros'a gitmişti; fakat Faramir gitmedi çünkü artık iyileşmiş olduğu için, kısa bir süre için bile olsa yetkilerini ve Vekilharçlık görevini üstlenmişti; görevi de yerine geçecek kişi için hazırlıklar yapmaktı.

Éowyn de gitmemişti, ağabeyi ona haber yollayıp Cormallen alanına gelmesi için rica ettiği halde. Faramir bu işe şaşırdı ama çok işi olduğu için onu çok az görebiliyordu; kız hâlâ Şifa Evleri'nde kalıyor, bahçede tek başına geziniyordu, yüzü yine solmuştu ve görünüşe göre Şehir'de sıkıntılı ve üzgün olan tek kişi oydu. Şifa Evleri'nin Şifacıbaşısı üzülüyordu ve Faramir'le konuştu.

Bunun üzerine Faramir gelerek kızı aradı ve bir kez daha birlikte surlarda durdular; şöyle dedi Faramir: "Éowyn neden buralarda oyalanıyorsunuz da Cair Andros'un gerisindeki, ağabeyinizin sizi beklediği Cormallen'e gidip neşelenmiyorsunuz?"

Kız ise şöyle dedi: "Bilmiyor musunuz?"

Fakat o şöyle cevapladı: "Bunun iki nedeni olabilir ama hangisi doğru bilmiyorum."

Kız ise şöyle söyledi: "Bilmecelerle uğraşmaya hiç niyetim yok. Daha açık konuşun!"

"Madem öyle istiyorsunuz hanımefendi," dedi adam: "gitmiyorsunuz çünkü sizi çağıran yalnızca ağabeyiniz ve artık Elendil'in varisi Hükümdar Aragorn'a bu zafer gününde bakmak sizi mutlu etmeyecek. Ya da ben gitmediğim için ve siz de benim yanımda kalmak istediğiniz için gitmiyorsunuzdur. Ya da belki de her iki neden de geçerlidir ve belki siz kendiniz de bunlar arasında bir seçim yapamıyorsunuzdur. Éowyn, beni sevmiyor musunuz, ya da beni sevmeyecek misiniz?"

"Ben bir başkası tarafından sevilmeyi arzu etmiştim," diye cevap verdi kız. "Fakat hiçbir erkeğin bana acımasını istemem."

"Bunu biliyorum," dedi adam. "Hükümdar Aragorn'un sevgisini istiyordunuz. Çünkü o yüce ve kudretliydi; siz de şan, şeref ve dünyada sürünen kötü şeylerin çok üzerinde olmak istiyordunuz. Ve genç bir askere büyük bir komutan nasıl görünürse, o da öylece kazandı sizin gönlünüzü. Çünkü o öyle biri, insanlar arasında bir hükümdar ve günümüzün en büyük hükümdarı. Fakat o size sadece anlayış gösterip acıyınca o zaman savaşta yiğitçe ölmekten başka hiçbir şey istemediniz. Bana bakın Éowyn!"

Ve Éowyn Faramir'e uzun uzun ve gözlerini kaçırmadan baktı; Faramir şöyle dedi: "Kibar bir yüreğin armağanı olan acıma duygusuna kızmayın Éowyn! Ama ben size acımıyorum. Çünkü siz hem yüce, hem yiğit bir hanımsınız, hem de kendi başınıza uzun yıllar unutulamayacak bir ün kazandınız; sonra çok güzel bir hanımsınız, bence elf lisanında bile kelimelere sığmayacak bir güzelliğiniz var. Ve ben sizi seviyorum. Bir kez hüznünüz karşısında size acımıştım. Fakat şimdi, hiç mahzun olmamış olsaydınız dahi, Gondor'un hiçbir şeyden korkmayan, hiçbir eksiği olmayan neşeli Kraliçesi olmuş olsaydınız dahi, sizi yine severdim. Éowyn, beni sevmiyor musunuz?"

Bunun üzerine Éowyn'in kalbi değişti ya da en sonunda o da anladı. Ve aniden kışı geçiverdi, içinde güneş parladı.

"Minas Anor'da, Güneş Kulesi'nde duruyorum," dedi; "ve bakın! Gölge gitti! Artık cengâver bir kız olmayacağım, büyük Süvariler'le de yarışmayacağım ve sadece kılıçtan geçirilenlerle ilgili şarkıları dinleyip zevk almayacağım. Bir hekim olacağım ve yetişen, kısır olmayan her şeyi seveceğim." Yine Faramir'e baktı. "Artık kraliçe olmak istemiyorum," dedi.

O zaman Faramir neşeyle güldü. "Bu iyi," dedi; "çünkü ben bir kral değilim. Yine de Rohan'lı Ak Hanım'la evlenirim, eğer onun da isteği bu olursa. Ve eğer isterse, gidip Nehir'i geçelim ve daha mutlu günlerde zarif İthilien'de yaşayıp orada kendimize bir bahçe yapalım. Orada her şey neşeyle büyüyecektir eğer Ak Hanım gelirse."

"Yani ben kendi halkımı bırakmak zorunda mı kalacağım Gondor'lu adam?" dedi kız. "Sonra mağrur halkınızın sizin için, 'Bakın işte Kuzeyli vahşi bir cengâver kızı ehlileştirmiş bir bey! Númenor soyunda kadın mı kalmamıştı?' demelerini mi istersiniz?"

"İsterim," dedi Faramir. Ve kızı kollarına alarak güneşle aydınlanmış göğün altında öptü, üstelik birçok kişinin onları görebileceği şekilde surların tepesinde olmalarını da hiç umursamadı. Ve gerçekten de birçok kişi onları ve surlardan inip de Şifa Evleri'ne el ele giderken etraflarında parlayan ışığı gördü.

Faramir ise Şifa Evleri'nin Şifacıbaşısı'na şöyle dedi: "İşte Rohan' lı Hanım Éowyn, artık tamamen iyileşti."

Şifacıbaşı ise şöyle dedi: "O halde onu gözetimimden çıkartıyorum ve ona hayırlı günler diliyorum, umarım bir daha ne yaralanır, ne de hastalanır. Onu ağabeyi gelinceye kadar Şehir'in Vekilharcı'na emanet ediyorum."

Fakat Éowyn şöyle dedi: "Ancak şimdi ayrılmak için iznim olduğu halde kalmayı diliyorum. Çünkü bu Ev, tüm diğer evler arasında bana en kutlu geleni oldu." Ve Kral Éomer gelinceye kadar da orada kaldı.

Artık Şehir'de her şey hazır edilmişti; büyük bir izdiham yaşanıyordu çünkü Min-Rimmon'dan Pinnath Gelin'e ve denizin uzak kıyılarına kadar Gondor'un dört bir yanına yayılmıştı haberler; Şehir'e gelebilecek olan herkes de oraya varmak için acele ediyordu. Böylece Şehir yeniden çiçeklerle bezenmiş, evlerine dönen kadınlarla, çocuklarla dolmuştu; ayrıca Dol Amroth'tan bütün ülkenin en iyi harpçıları da gelmişti; viyol çalgıcıları, flüt çalgıcıları, gümüş boru çalgıcıları ve Lebennin vadilerinden berrak sesli şarkıcılar da vardı.

Sonunda surlardan bakıldığında kırlarda çadırların görülebildiği bir akşam geldi ve insanlar şafağı beklerken bütün gece ateşler yandı. Ve güneş artık üzerinde gölgeler olmayan Doğu'daki dağlar üzerinden berrak sabah içinde yükseldiğinde bütün çanlar çaldı ve sancaklar açılarak rüzgârda dalgalandı; Ak Kule'nin hisarının üzerinde Vekilharçların bayrağı, güneşteki kar gibi, parlak gümüş gibi, hiçbir alamet veya nişan taşımadan son kez olarak Gondor üzerine çekildi.

Batılı Komutanlar ordularını Şehir'e götürüyorlardı; halk onların saflar halinde, güneş ışığında şimşekler çakarak ve kıvılcımlar saçarak, gümüş dalgacıklar gibi yaklaştığını gördü. Böylece Giriş'e vararak surlardan iki yüz metre kadar beride durdular. Henüz yeni kapılar yapılmamıştı ama Şehir'in girişine bir barikat konmuştu; gümüş rengi ve siyahlar içinde uzun kılıçları çekilmiş adamlar duruyordu burada. Barikatın önünde Vekilharç Faramir, Anahtarların Bekçisi Hurin, Gondor'lu diğer komutanlar, Yurt'tan birçok silahşör ve Başkumandan Elfmiğferi ile birlikte Rohan Hanımı Éowyn duruyordu; Cümlekapısı'nın her iki yanında rengârenk giysileri ve çiçek buketleri içinde zarif bir halk kalabalığı vardı.

Minas Tirith'in surlarının önünde geniş bir alan vardır; bu alan şimdi Gondor ve Rohan'lı askerler, silahşörler ve Şehir ile ülkenin dört bir yanından gelen ahali tarafından çevrelenmişti. Ordunun içinden gümüş ve gri renklere bürünmüş Dúnedain çıkınca bir sessizlik oldu; önlerinde yavaş yavaş yürüyen Hükümdar Aragorn ilerliyordu. Gümüş ile bezenmiş siyah kısa bir zırh ve uzaktan bile parlayan kocaman yeşil bir taş ile boynundan tutturulmuş saf beyaz, kolsuz bir manto giyiyordu; fakat başı, alnındaki yıldızı taşıyan ince gümüş bir bant hariç, çıplaktı. Yanında Rohan'lı Éomer, Prens İmrahil, tamamen beyazlar giymiş olan Gandalf ve birçok insanın hayretle baktığı dört küçük şekil vardı.

"Hayır kuzen, onlar oğlan çocuğu değil," dedi İoreth, İmloth Melui'den gelen yanındaki akrabasına. "Onlar *Periain,* buçuklukların uzaktaki ülkelerinden geliyorlar, söylendiğine göre oralarda ünlü birer prensmişler. Biliyorum tabii, çünkü bir tanesini Evler'de tedavi ettim. Küçükler ama çok yiğitler. Bir tanesi yanında tek bir hizmetkârıyla Karanlık Ülke'ye gitmiş ve tek başına Karanlıklar Efendisi'yle savaşıp Kulesini ateşe vermiş, düşünebiliyor musun kuzen! En azından Şehir'de anlatılan öykü bu. Bu bizim Elftaşı ile birlikte yürüyen olsa gerek. Duyduğuma göre arkadaşmışlar. Hayret verici biri şu Elftaşı Bey: Konuşması pek yumuşak değil, uyarayım seni, ama altından bir kalbi var derler ya, aynen öyle; elleri insanları iyi ediyor. 'Kralın elleri bir şifacının elleridir,' dedim ben; her şey de öyle ortaya çıktı. Mithrandir bana şöyle dedi: 'İoreth, insanlar uzun süre senin sözlerini hatırlayacaklar,' ve..."

Fakat İoreth'in köyden gelen akrabasına daha fazla açıklama yapmasına fırsat kalmadı çünkü tek bir borazan çaldı ve bunu mutlak bir sessizlik izledi. Sonra Cümlekapısı'ndan yanında Anahtarların Hurin'inden ve arkalarında Hisar'ın miğferli ve zırhlı dört adamından başka kimse olmayan Faramir çıktı, adamlar gümüşle bağlanmış kocaman siyah *lebethron*'dan bir kutu taşıyorlardı.

Faramir orada toplananlar arasında duran Aragorn'u karşılayarak önünde diz çöktü ve şöyle dedi: "Gondor'un son Vekilharcı görevini iade etmek için izin istiyor." Ve beyaz bir sopa uzattı; fakat Aragorn sopayı tutup tekrar geri verdi ve şöyle dedi: "Bu görev henüz sona ermedi; bu görev senin ve soyun devam ettikçe torunlarının olacaktır. Şimdi görevini yerine getir!"

Bunun üzerine Faramir ayağa kalkarak net bir sesle konuştu: "Gondor İnsanları bu Ülke'nin Vekilharcı'na kulak verin! Bakın! Sonunda Kral, krallığını almaya geldi. İşte Arathorn oğlu Aragorn, Arnor'lu Dúnedain'in reisi, Batı Ordusu'nun Komutanı, Kuzey Yıldızı'nın taşıyıcısı, Yeniden Dövülen Kılıç'ın kullanıcısı, savaşın galibi, elleri şifalar dağıtan, Elftaşı, Valandil soyundan Elessar, İsildur'un oğlu, Númenor'lu Elendil'in oğlu. Kral olup Şehir'e girsin ve burada yaşasın mı?"

Bütün ordu ve bütün halk tek bir ses olup evet diye bağırdı.

Ve İoreth akrabası kadına dedi ki: "Bu bizim Şehir'de hep yaptığımız bir çeşit tören kuzen; sana demin anlattığım gibi o zaten Şehir'e girmişti; ve bana dedi ki..." Yine susmak zorunda kalmıştı çünkü Faramir yeniden konuştu.

"Gondor İnsanları, irfan sahipleri kralın tacı ölmeden önce babasından almasının âdet olduğunu söylemişlerdir; eğer bu mümkün olmazsa tek başına giderek, tacı babasının mezarından, bırakılmış olduğu yerden almalıdır. Fakat şimdi durum farklı olduğundan, Vekilharçlık yetkilerimi kullanarak bugün Rath Dínen'den eski dedelerimiz zamanında saltanat sürmüş olan son kral Eärnur'un tacını getirdim."

Bunun üzerine muhafızlar öne çıktılar ve Faramir kutuyu açarak kadim tacı havaya kaldırdı. Taç, daha azametli olması bir yana, Hisar'ın muhafızlarının miğferlerinin şeklindeydi, tamamen beyazdı ve her iki yanındaki kanatları inci ve gümüşle deniz kuşları kanatlarına benzetilerek yapılmıştı, çünkü bu Deniz'i aşarak gelen kralların bir alametiydi; tacın içine yedi adamantin taşı oturtulmuştu ve tam tepesinde, ışığı yukarıya bir alev gibi çıkan tek bir taş vardı.

Bunun üzerine Aragorn tacı alarak havaya kaldırdı ve şöyle dedi:

Et Eärello Endorenna utúlien. Sinome maruvan ar Hildinyar tenn' Ambar-metta!

Bunlar Elendil'in rüzgârın kanatları üzerinde Deniz'den geldiğinde söylediği sözlerdi: "Engin Deniz'den Orta Dünya'ya geldim. Bu yerlerde ikâmet edeceğim; hem ben, hem varislerim, dünyanın sonuna kadar."

Sonra çoğu kimseyi hayretler içinde bırakarak tacı başına koymayıp Faramir'e geri verdi ve şöyle dedi: "Birçok kişinin uğraşları ve yiğitlikleri sayesinde mirasıma kavuştum. Bunun bir göstergesi olarak tacı Yüzük Taşıyıcısı'nın bana getirmesini, eğer kabul ederse Mithrandir'in başıma koymasını isterim; çünkü bütün bu olanların başlatıcısı odur ve bu onun zaferidir."

Bunun üzerine Frodo ileri çıkarak tacı Faramir'den alıp Gandalf'a taşıdı; ve Aragorn diz çöktü, Gandalf da Ak Tacı onun başına yerleştirerek şöyle dedi:

"Artık Kral'ın günleri geldi, Valar'ın hâkimiyeti devam ederken o günler kutlu olsun!"

Fakat Aragorn ayağa kalkarken onu gören herkes sessizlik içinde seyretti, çünkü onlara öyle gelmişti ki Aragorn'u ilk kez gerçekten görüyorlardı. Eski zamanların deniz kralları gibi upuzun durdu yakındakilerin yanında; yaşça büyük gibi göründü ama yine de erkekliğinin verimli çağındaydı; alnında bir bilgelik vardı, ellerinde güç ve şifa ve etrafında bir ışık. Ve o zaman Faramir bağırdı:

"İşte Kral!"

Ve tam o anda bütün borazanlar öttü ve Kral Elessar ilerleyerek barikata geldi, Anahtarların Hurin'i barikatı açtı; harpların, viyolaların, flütlerin ve berrak seslerin ezgileri eşliğinde Kral çiçeklerle bezenmiş caddelerden geçerek Hisar'a vardı ve içeri girdi; en üst kulede Ağaç ve Yıldızların bayrağı açıldı ve Kral Elessar'ın hükümranlığı başladı birçok şarkının da anlattığı gibi.

Onun zamanında Şehir o güne kadar, hatta ilk şaşaalı zamanlarında dahi olmadığı kadar güzel olmuştu; ağaçlarla, çeşmelerle dolmuş, kapıları *mithril* ve çelikten yapılmış, caddeleri beyaz mermer döşenmişti; bu işlerde Dağ'ın Ahalisi çalışmıştı ve Orman'ın Ahalisi de buraya geldikleri için çok memnun olmuşlardı; her şey iyileştirilmiş, güzelleştirilmiş, evler, adamlar, kadınlar ve çocukların kahkahalarıyla dolmuştu, hiçbir pencere kör değil, hiçbir avlu boş değildi artık; ve dünyanın Üçüncü Çağı'nın sona erip yeni bir çağa geçmesiyle geçip giden o yılların ihtişamı kaldı akıllarda.

Taç giymesini izleyen günlerde Kral, Krallar Odası'ndaki tahtına oturarak hükümlerini bildirdi. Birçok ülkeden ve halktan elçiler geldi, Doğu'dan, Güney'den, Kuyutorman sınırlarından, batıdaki Dunland'dan. Kral teslim olan Doğulular'ı affedip serbest bıraktı ve Harad halkıyla barış yaptı; Mordor'un kölelerini de serbest bırakarak Núrnen Gölü kıyısındaki toprakları onlara verdi. Ayrıca önüne yaptıkları yiğitliklerden dolayı takdirini ve vereceği armağanları almak için getirilenler oldu; en son olarak da muhafızların komutanı yargılanması için Beregond'u getirdi.

Kral Beregond'a şöyle dedi: "Beregond, senin kılıcın ile kan dökülmesi yasak olan Kutsal Yerler'de kan döküldü. Ayrıca görev yerini de Hükümdar'ın veya Komutan'ın izni olmadan terk etmiştin. Eskiden işlediğin bu suçların cezası ölümdü. O yüzden şimdi senin hakkında bu hükmü vermem lazım gelir.

"Savaşta gösterdiğin yiğitlikten, ayrıca da Hükümdar Faramir'e olan sevginden dolayı yaptıkların yüzü suyu hürmetine cezaların affedilmiştir. Yine de Hisar'ın Muhafız alayından ayrılman ve Minas Tirith Şehri'nden uzaklaşman gerekiyor."

Bunun üzerine Beregond'un yüzünden kan çekildi, kalbinden yaralanmıştı, boynunu eğdi. Fakat Kral şöyle dedi:

"Bunun böyle olması gerekir, çünkü Ak Bölük'e, İthilien Prensi Faramir'in Muhafızı olarak atandın; bölüğün komutanı olup şerefinle huzur içinde Emyn Arnen'de, ölümden kurtarmak için her şeyini riske attığın kişinin hizmetinde yaşayacaksın."

Ve Kral'ın merhametini ve adaletini gören Beregond memnuniyetle diz çöküp elini öptü ve neşe içinde, rahatlayarak yanından ayrıldı. Aragorn Faramir'e İthilien prensliğini verdi ve Şehir'den görünen Emyn Arnen tepelerine yerleşmesini buyurdu.

"Çünkü," dedi, "Morgul Vadisi'ndeki Minas İthil tamamen yok edilecek; zamanla burası temizlense bile uzun yıllar hiçbir insanın yaşamasına izin verilmeyecek."

Sonunda Aragorn Rohan'lı Éomer'i kabul etti, kucaklaştılar ve Aragorn şöyle dedi: "Aramızda almak, vermek veya armağan gibi şeylerin lafı olmaz; çünkü biz kardeşiz. En mutlu saatte sürdü Eorl atını Kuzey'den; insanların kurduğu başka hiçbir ittifak daha kutlu olamaz, çünkü hiçbir taraf diğerine ihanet etmedi ve etmeyecektir de. Şimdi, bildiğiniz gibi Şanlı Théoden'i Kutsal Yerler'deki mezara yatırdık ve orada Gondor Kralları arasında yatmaya devam edecek eğer izin verirseniz. Veya eğer arzu ederseniz, biz Rohan'a gelip, onu kendi halkı arasında son istirahatine getiririz."

Ve Éomer şöyle cevap verdi: "Yaylaların yeşil çimenleri arasından karşıma çıktığınız günden beri sizi seviyorum ve bu sevgi hiçbir zaman azalmayacaktır. Fakat şimdi bir süre için, iyileştirilmesi ve yoluna koyulması gereken birçok şeyin bulunduğu kendi ülkeme çekilmem gerek. Yalnız, Düşen'e gelince, her şey hazırlandığında onu almak için geri döneceğiz; ama bırakın bir süre burada uyusun."

Ve Éowyn de Faramir'e şöyle dedi: "Şimdilik kendi ülkeme dönüp oraya bir kez daha bakmam, ağabeyime işlerinde yardımcı olmam gerek; fakat uzun zamandır öz babam gibi sevdiğim kişi huzura kavuşturulduktan sonra geri geleceğim."

Böylece mutlu günler gelip geçti; Mayıs'ın sekizinci gününde Rohan Süvarileri hazırlanıp Kuzey Yolu'ndan yola çıktılar; yanları sıra Elrond'un oğulları da gitmişti. Şehir'in Cümlekapısı'ndan Pelennor surlarına kadar bütün yol boyunca insanlar dizilerek onlara saygı gösterdi, övgüler yağdırdı. Sonra uzaklarda oturanlar sevinç içinde yuvalarına döndüler; fakat Şehir'de yeniden inşa etmek, yenilemek, savaşın izlerini ve karanlığın hatırasını silmek için yardım etmek isteyenlere bir sürü iş vardı.

Hobbitler Legolas ve Gimli ile birlikte hâlâ Minas Tirith'teydiler; çünkü Aragorn yol arkadaşlığının çözülmesi konusunda pek gönülsüzdü. "Sonunda bütün bu tür şeylerin bir son bulması gerekir," dedi, "lâkin ben sizin biraz daha beklemenizi arzu ediyorum: Çünkü paylaştığınız işlerin sonu henüz gelmedi. Bütün erkeklik çağım boyunca beklediğim gün yaklaşmakta ve o gün gelip çattığında siz dostlarımın yanımda olmanızı istiyorum." Böyle diyordu ama o gün hakkında başka bir şey söylemiyordu.

O günlerde Yüzük Yoldaşları Gandalf ile birlikte zarif bir evde hep birlikte oturuyorlardı ve gönüllerince dolaşıyorlardı. Frodo Gandalf'a şöyle dedi: "Aragorn'un sözünü ettiği bu günün ne olduğunu biliyor musun? Çünkü burada çok mutluyuz, ben de gitmek istemiyorum ama günler akıp geçiyor ve Bilbo bekliyor; üstelik benim yuvam Shire."

"Bilbo'yu soruyorsan," dedi Gandalf, "Bilbo da aynı günü bekliyor ve seni neyin alıkoyduğunu biliyor. Günlerin akıp gitmesine gelince, henüz mayıs ayındayız, daha yazın ortası olmadı; sanki dünyanın bir çağı geçip gitmiş, her şey değişmiş gibi görünse de ağaçlar ve otlar için siz ayrılalı daha bir yıl oldu."

"Pippin," dedi Frodo, "sen, Gandalf artık eskisine nazaran daha az ağzı sıkı demedi miydin? O zamanlar işlerinden yorgun düşmüştü galiba. Şimdi toparlanıyor."

Gandalf ise şöyle dedi: "Çoğunluk oturmadan önce sofrada önlerine neyin konulacağını bilmek ister; ziyafeti hazırlamak için uğraşanlarsa bunu bir sır gibi saklamak dileğindedirler; çünkü merak, yapılacak övgülerin daha yüksek sesle yapılmasını sağlar. Aragorn kendisi de bir işaret bekliyor."

Sonunda bir gün Gandalf ortalıklardan yok oldu ve yol arkadaşları bunun altından neler çıkacağını merak etmeye başladılar. Gandalf,

Aragorn'u gece çıkarmıştı Şehir'den ve onu Mindolluin Dağı'nın güney eteklerine götürmüştü; orada asırlar önce yapılmış, artık kimsenin gitmeye cesaret edemediği bir yol buldular. Çünkü yol, dağdan çıkarak sadece kralların gitmesi âdet olan, yüksekteki kutsal bir yere gidiyordu. Sonunda yüksek zirveleri kaplayan karların aşağısında yüksek bir kırlığa varıncaya kadar dik yollardan geçtiler; burası Şehir'in gerisindeki uçuruma bakıyordu. Burada durarak toprakları gözden geçirdiler çünkü artık sabah olmuştu; çok aşağılarda Şehir'in kulelerini günışığının aydınlattığı kalemler gibi gördüler, Anduin Vadisi de bir bahçe gibiydi, Gölge Dağları altın renkli bir pusla örtülmüştü. Bir tarafta görüşleri Emyn Muil'e kadar uzanıyordu ve Rauros'un parıltısı uzakta göz kırpan yıldızlara benziyordu; diğer yanlarında Nehir'i Pelargir'e uzanan bir kurdela gibi gördüler, bunun gerisinde, gökyüzünün kenarında Deniz'i haber veren ışık vardı.

Gandalf şöyle dedi: "Burası senin ülken ve gelecekteki daha büyük ülkenin kalbi. Dünyanın Üçüncü Çağı sona erdi, yeni bir çağ başladı; çağın başlangıcını bir nizama sokup saklanabilen şeyleri saklamak senin görevin. Birçok şey kurtarılmış olduğu halde, birçok şey de geçip gidiyor; Üç Yüzük'ün gücü de bitti artık. Ve bütün gördüğün bu topraklar ve bu toprakların etrafında uzananlar, insanların yaşayacakları yerler olacak. Çünkü artık İnsanlığın Hâkimiyeti başlıyor ve Kadim Soy ya solacak, ya da ayrılacak."

"Böyle olacağını biliyorum sevgili dostum," dedi Aragorn; "lâkin yine de senin nasihatlarına ihtiyacım var."

"Artık bu pek uzun süremeyecek," dedi Gandalf. "Üçüncü Çağ benim çağım idi. Ben Sauron'un düşmanıydım; artık işim kalmadı. Yakında gideceğim. Yük senin ve akrabalarının omuzlarına yüklenmeli."

"Ama ben öleceğim," dedi Aragorn. "Çünkü ne olursam olayım, kanım hiç karışmadan Batı soyundan da gelmiş olsam, diğer insanlardan daha uzun yaşayacak da olsam ben ölümlü bir insanım. Ömrüm kısa bir süre olacaktır, ne zaman ki şimdi kadınların rahimlerinde olanlar doğup, büyüyüp, yaşlanıp ölecekler, ben de yaşlanacağım. O zaman Gondor'u kim yönetecek, kraliçelerine bakar gibi bu Şehir'e kim bakacak eğer benim arzum yerine getirilmeyecekse? Kaynak Avlusu'ndaki Ağaç hâlâ kuru ve çıplak. Bunun aksinin işaretini ne zaman göreceğim?"

"Yüzünü yeşil dünyadan çevir ve her şeyin çıplak ve soğuk olduğu yere bak!" dedi Gandalf.

Bunun üzerine Aragorn döndü, arkasında karlı eteklerden aşağıya inen taşlı bir yamaç vardı; bakarken, bu boş yerin ortasında tek başına yetişmekte olan bir şey olduğunu fark etti. Oraya tırmandı ve tam karların kenarında üç ayaktan daha uzun olmayan bir ağaç fidanının fışkırmış olduğunu gördü. Fidan daha şimdiden üstü kara, altı gümüş renkli uzun ve biçimli yapraklar sürmüştü ve körpe tepesinin tam üzerinde, üzerine güneş vurmuş kar gibi parlayan beyaz çiçeklerden minik bir öbek vardı.

Bunun üzerine Aragorn şöyle haykırdı: "*Yé! utúvienyes!* Buldum onu! İşte! En Yaşlı Ağaç'ın yavrusu burada! Lâkin buraya nasıl gelmiş? Çünkü kendisi henüz yedi yaşında bile görünmüyor."

Ve yukarı gelip fidana bakan Gandalf şöyle dedi: "Gerçekten de zarif Nimloth'un soyundan gelen bir fidan; o da Galathilion'un bir fidesiydi ve o da birçok ismi olan En Yaşlı Ağaç Telperion'un bir meyvasıydı. Kim onun buraya, tam bu anda nasıl geldiğini söyleyebilir? Fakat burası kadim zamanların kutsal yeri ve krallar daha yenilmeden veya avludaki Ağaç kurumadan buraya bir meyva bırakılmış olmalı. Ağaç'ın meyvası çok nadiren olgunlaşsa bile içindeki yaşamın uzun yıllar uykuya dalabileceği ve kimsenin onun ne zaman uyanacağını önceden bilemeyeceği söylenir. Bunu hep hatırla. Çünkü eğer bir meyvası olgunlaşacak olursa mutlaka dikilmeli, soy dünya üzerinden silinmesin diye. Burada dağın içinde gizlenmiş yatıyordu, tıpkı Elendil'in soyunun Kuzey'deki ıssız topraklarda gizlendiği gibi. Yine de Nimloth soyu, sizin soyunuzdan çok daha eskidir Kral Elessar."

Bunun üzerine Aragorn elini kibarca fidanın üzerine koydu ve o da ne! Fidan sanki toprağa hafifçe tutunuyormuş gibi hiç hasar görmeden sökülüverdi; Aragorn onu Hisar'a geri götürdü. Sonra kurumuş ağaç söküldü ama büyük bir hürmet ile; bu ağacı yakmadılar, Rath Dínen'in sessizliğinde dinlenmesi için bıraktılar. Ve Aragorn yeni ağacı avludaki kaynağın başına dikti; büyük bir hızla ve memnuniyetle büyümeye başladı fidan; haziran ayı geldiğinde gelin gibi çiçek açmıştı.

"İşaret geldi," dedi Aragorn, "artık o gün de pek uzak sayılmaz." Ve surlara gözcüler dikti.

Amon Dîn'den Şehir'e bir haberci geldiğinde Yazortası'na bir gün kalmıştı; Kuzey'den zarif halkın gelmekte olduğunu ve Pelennor surlarına yaklaştıklarını söylediler. Ve Kral şöyle dedi: "Sonunda geldiler. Haydi, Şehir'in hazırlıkları başlasın!"

Tam Yazortası Arifesi'nde, gökyüzü safirler kadar maviyken, Doğu'da beyaz yıldızlar açıyor olsa da Batı altın rengiydeyken ve hava serin ve mis kokuluyken, süvariler Kuzey'den çıkıp Miras Tirith kapılarına vardılar. İlk önce Elrohir ile Elladan geldiler gümüşten bir bayrak ile; sonra Glorfindel, Erestor ve bütün Yarmavadi hanedanı; onların ardından ak küheylanlara binen Galadriel Hanım ile Lothlórien'in Hükümdarı Celeborn geliyordu, yanlarında da ülkelerinin zarif halkından birçok kimse vardı, saçlarında beyaz taşlar, üzerlerinde gri pelerinlerle; en son olarak hem insanlar, hem de elfler arasında kudretli olan, Annúminas'ın asasını taşıyan Efendi Elrond geldi, yanında gri, küçük bir ata binen kızı Arwen, halkının Akşamyıldızı vardı.

Ve Frodo kızı alnında yıldızlar ve etrafında mis kokularla akşam vakti parıldarken görünce büyük bir hayranlıkla Gandalf'a şöyle dedi: "Sonunda neden bu kadar beklediğimizi anladım! Bu son. Artık sadece günler güzel olmakla kalmayacak, geceler de güzel ve kutlu olacak ve bütün korkuları geçecek!"

Derken Kral konuklarını karşıladı, onlar da atlarından indiler; Elrond asayı teslim etti, kızının elini Kral'ın eline bıraktı, hep birlikte Yüksek Şehir'e çıktılar ve gökyüzündeki bütün yıldızlar kemale erdi. Ve Aragorn, yani Kral Elessar, Arwen Undómiel'le, Kralların Şehir'inde, Yazortası günü evlendi ve uzun süren bekleyişleri ve çabaları böylece nihayete erdi.

BÖLÜM VI

NİCE AYRILIKLAR

Şenlik günleri geçtikten sonra, Yolarkadaşları kendi evlerine dönmeyi düşünmeye başladılar en sonunda. Frodo, kaynağın yanında Kraliçe Arwen ile oturmakta olan Kral'ın yanına gitti; Kraliçe, Ağaç büyüyüp çiçekler açarken bir Valinor şarkısı söyledi. Frodo'yu hoşça karşılayıp, ayağa kalktılar; Aragorn şöyle dedi:

"Ne söylemeye geldiğini biliyorum Frodo: Yurduna dönmeyi arzu ediyorsun. Evet sevgili dostum, ağaçlar en iyi atalarının topraklarında yetişip serpilir; lâkin sana bütün Batı toprakları her zaman için kucak açacaktır. Halkının büyük efsanelerde adı pek geçmese de, artık yerinde yeller esen geniş ülkelerden çok daha büyük şanları olacak."

"Shire'a geri dönmeyi istediğim doğru," dedi Frodo. "Fakat ilk önce Yarmavadi'ye gitmem gerek. Çünkü böylesi kutlu bir zamanda bir şey dilenecek olsa, Bilbo'yu çok özlediğimi söylerdim; Elrond'un ev halkı arasında onu görmeyince çok üzülmüştüm."

"Bunun nedenini mi merak ediyorsunuz Yüzük Taşıyıcısı?" dedi Arwen. "Artık yok edilmiş olan şeyin gücünü biliyorsunuz; o güç ile yapılmış her şey de geçip gidiyor. Lâkin akrabanız bu şeyi sizden daha uzun süre alıkoymuştu. Artık yıllar üzerinde çok birikti, kendi cinsi için; o sizi bekliyor çünkü artık uzun yolculuklara çıkamayacak; biri hariç."

"O halde bir an önce ayrılmak için izin istiyorum," dedi Frodo.

"Yedi gün içinde yola çıkacağız," dedi Aragorn. "Çünkü uzun bir süre, hatta Rohan ülkesine kadar aynı yolda ilerleyeceğiz. Üç gün sonra Éomer, Théoden'i, Yurt'ta yatması için alıp götürmeye gelecek buraya; biz de, ölene saygımızı göstermek için onunla birlikte süreceğiz atımızı. Lâkin gitmeden önce Faramir'in sana söylemiş olduğu sözleri teyit etmek istiyorum; Gondor ülkesinde sonsuza kadar serbestsin; bu, bütün arkadaşların için de geçerlidir. Ve yaptığın işlere layık olabilecek, arzu ettiğin herhangi bir armağan var ise bunları vermek isterim; neyi arzu edersen yanına alabilirsin. Şerefle süreceksin atını, ülkenin bir prensi gibi."

Fakat Kraliçe dedi ki: "Ben bir armağan vereceğim size. Çünkü ben Elrond'un kızıyım. Limanlar'a giderken onunla birlikte ayrılmayacağım buradan; çünkü benim seçimim Lúthien'in seçimi gibi, ben de onun yaptığını yaptım, hem tatlı hem acıyı seçtim. Lâkin benim yerime siz gidebilirsiniz Yüzük Taşıyıcısı, eğer dilerseniz, zamanı geldiğinde. Eğer yaralarınız hâlâ size sıkıntı veriyorsa ve yükünüzün hatırası hâlâ ağırsa o zaman Batı'ya geçebilirsiniz, yaralarınız ve yorgunluğunuz iyileştirilinceye kadar. Fakat bunu yaşamlarınızın birlikte örülmüş olduğu Elftaşı ve Akşamyıldızı için takın!"

Ve göğsündeki gümüş bir zincirin ucuna asılmış yıldız şekilli beyaz bir taşı alarak, Frodo'nun boynuna astı. "Korku ve karanlığın hatırası sizi rahatsız ettiğinde," dedi, "bu sizin yardımınıza koşacaktır."

Üç gün sonra, Kral'ın da söylemiş olduğu gibi Rohan'lı Éomer geldi Şehir'e, yanında Yurt'un en cesur silahşörlerinden oluşan bir atçan vardı. Éomer Şehir'de hoş karşılandı; Şölenlerin Büyük Salonu Merethrond'da masaya oturduklarında etrafındaki hanımların güzelliğini görerek hayretler içinde kaldı. Dinlenmeye çekilmeden önce de cüce Gimli'yi çağırttırdı ve ona şöyle dedi: "Glóin oğlu Gimli, baltan hazır mı?"

"Hayır beyim," dedi Gimli, "ama çabucak alıveririm eğer ihtiyaç varsa."

"Kararını sen ver," dedi Éomer. "Çünkü hâlâ aramızda Altın Orman'ın Hanımı hakkında söylenmiş birkaç sert söz var. Artık onu kendi gözlerimle de gördüm."

"O halde beyim," dedi Gimli, "şimdi ne diyorsun?"

"Heyhat!" dedi Éomer. "Onun yaşayan en zarif hanım olduğunu söylemeyeceğim."

"O halde ben gidip baltamı alayım," dedi Gimli.

"Fakat önce şu özürümü söyleyeyim," dedi Éomer. "Eğer onu başkalarının yanında görmüş olsaydım, arzuladığın şeyi derdim. Fakat şimdi Kraliçe Arwen Akşamyıldızı'nı ilk sıraya koyuyorum ve artık kendi adıma bunu inkâr edecek herkesle dövüşmeye hazırım. Kılıcımı getirttireyim mi?"

Bunun üzerine Gimli yerlere kadar eğildi. "Hayır, benim açımdan affedildin beyim," dedi. "Sen Akşam'ı seçtin; ama benim sevgim Sabah'a verildi. Ve gönlüm yakında onun ebediyen geçip gideceğini söylüyor."

Sonunda ayrılma günü gelip çattı ve Şehir'den kuzeye doğru at sürmesi için büyük ve cesur bir bölük hazırlandı. Sonra Gondor ve Rohan Kralları Kutsal Yer'e giderek Rath Dínen'deki mezarlara vardılar ve Kral Théoden'i altından bir tabut ile taşıdılar. Şehir'den sessizlik içinde geçtiler. Sonra tabutu Rohan Süvarileri'nin çevresini sardığı büyük bir arabaya koydular; bayrağı önden gidiyordu ve Merry Théoden'in silahtarı olduğu için arabaya binmiş kralın silahlarını taşıyordu.

Grup'un diğer üyeleri için endamlarına göre küheylanlar ayarlanmıştı; Frodo ile Samwise Aragorn'un yanında gidiyordu, Gandalf da Gölgeyele'ye binmişti, Pippin ise Gondor'lu silahşörlerle birlikteydi; Legolas ile Gimli de her zamanki gibi Tiz'in üzerindeydiler.

Bu yolculuğa Kraliçe Arwen, Geleborn, Galadriel, zarif halkları, Elrond ile oğulları, Dol Amroth ve İthilien prensleri ve birçok komutan ve silahşör de çıkıyordu. Thengel oğlu Théoden dışında hiçbir Yurt kralına toplulukla Yurt topraklarına gitmek nasip olmamıştı.

Hiç acele etmeden, barış içinde geçtiler Anórien'i, Amon Dîn'in altındaki Gri Orman'a vardılar; burada tepelerde çalan davulların seslerini duydular, yaşayan canlı bir şey görünmese de. O zaman Aragorn borazanları öttürttü; ve tellallar bağırdı:

"İşte Kral Elessar geldi! Drúadan Ormanı'nı Ghân-buri-ghân'a ve halkına bahşediyor, sonsuza kadar; bugünden sonra onların izni olmadan kimse buraya girmesin!"

Bunun üzerine davullar daha güçlü vurdular ve sustular.

Nihayet, on beş gün süren bir yolculuktan sonra Kral Théoden'in arabası yeşil Rohan çayırlarını geçerek Edoras'a vardı; burada hepsi dinlendiler. Altın Salon zarif duvar kumaşları ile donatılmış, ışıklarla doldurulmuştu ve inşa edildiği günden beri eşi emsali yaşanmamış bir şölene tanık oluyordu. Çünkü üç gün sonra Yurtlu İnsanlar Théoden'in cenazesi için hazırlık yapmıştı; silahları ve kendisine ait olan birçok başka zarif eşya ile taş bir eve yatırılıp üzerine yeşil çimenler ve ak hephatırlalarla örtülü büyük bir tepecik yükseltilmişti. Artık Höyükkırı'nda yan yana sekiz höyük yükseliyordu.

Sonra Kral Hanendanı'ndan Süvariler ak atlara binerek höyüğün etrafında döndüler ve ozanı Gléowine'in Thengel oğlu Théoden hakkında yaktığı türküyü söylediler; Gléowine bir daha türkü yakmadı. Süvarilerin ağır sesleri, o halkın dilini bilmeyenlerin bile içine dokundu; fakat türkünün sözleri, Kuzey'deki atların gökgürültüsü gibi nal şakırtılarını ve Eorl'un Celebrant Kırları'nda savaşın üzerinden haykıran sesini yeniden duyururken Yurt halkının gözleri ışıldamıştı; kralların öykusü devam etti, Miğfer'in borazanı dağlarda yüksek sesle çınladı. Karanlık gelinceye ve Kral Théoden kalkıp Gölge'den geçerek yangına atını sürünceye ve tıpkı, hiç umulmazken geri dönüp sabah Mindolluin üzerine parlayan Güneş gibi, şan içinde ölünceye kadar.

Kuşkudan, karanlıktan çıkıp günün doğuşuna
kılıcını çekip geldi güneşte şarkı söyleyerek.
Umut ışığını tutuşturdu yeniden, umut içinde bitti
ölümden, kasvetten ve kıyametten geçerek
kayıptan, hayattan çıkıp upuzun bir şana gitti.

Fakat Merry yeşil höyüğün ayakucunda durarak ağladı ve şarkı bittiğinde kalkarak şöyle seslendi:

"Théoden Kral, Théoden Kral! Hoşça kal! Kısa bir süre için de olsa babam gibiydin. Hoşça kal!"

Defin işleri bitip kadınların gözyaşları dinince ve Théoden sonunda höyüğünde tek başına bırakılınca, halk şölen için Altın Salon'da toplandı ve üzüntülerini bir yana bıraktı; çünkü Théoden dolu dolu yaşamıştı ve en ulu atalarından hiç de geri kalmayacak bir şerefle ölmüştü. Sonra Yurt âdetlerine göre kralların anısına içileceği zaman gelip çattı; güneş gibi altın, kar gibi ak renkli Rohan Hanımı Éowyn ileri çıktı ve dolu bir kupayı Éomer'e götürdü.

Sonra irfan sahibi bir ozan kalkarak bütün Yurt Hükümdarları'nı sırasıyla isimlendirdi: Genç Eorl; Sarayın Yapıcısı Brego; Bahtsız Baldor'un kardeşi Aldor; ve Fréa ve Fréawine ve Goldwine ve Déor ve Gram; ve Yurt istila edildiğinde Miğfer Dibi'nde saklanan Miğfer ile batı yakasındaki dokuz höyük bitiyordu çünkü tam bu sırada bu soy bitmişti, bundan sonra doğu tarafındaki höyükler geliyordu: Miğfer'in kızkardeşinin oğlu Fréalaf ve Léofa ve Walda ve Folca ve Folewine ve Fengel ve Thengel ve son olarak Théoden. Théoden'in adı söylenince Éomer bütün kupayı boşalttı. O zaman Éowyn, hizmet edenlere kupaları doldurmalarını söyledi; orada toplananların hepsi kalkarak yeni kral için içti ve şöyle bağırdı: "Selam olsun Éomer, Yurt Kralı!"

Sonunda şölen bitmek üzereyken Éomer kalkarak şöyle dedi: "Bu Théoden Kral'ın cenaze şöleni; fakat ayrılmadan önce müjdeli haberler vermek istiyorum, çünkü o, kızkardeşim Éowyn'in babasi sayılır, bu yüzden böyle yapmam onu kızdırmazdı. Dinleyin konuklarım, daha önce bu salonda hiç toplanmamış olan birçok ülkenin zarif halkı! Gondor Vekilharcı, İthilien Prensi Faramir, Rohan Hanımı Éowyn'in eşi olmasını diliyor ve Éowyn de bunu tüm kalbiyle kabul ediyor. O yüzden hepinizin huzurunda nişanlanacaklar."

Faramir ile Éowyn öne çıktılar, elleri kavuşturuldu; orada bulunan herkes onlar için kadeh kaldırarak mutlu oldu. "Böylece," dedi Éomer, "Yurt ile Gondor yeni bir bağ ile bağlanmış oluyor; buna daha da çok seviniyorum."

"Demek ki hiç pinti biri değilsin Éomer," dedi Aragorn, "ülkendeki en zarif şeyi Gondor'a verdiğine göre."

Bunun üzerine Éowyn Aragorn'un gözlerinin içine bakarak dedi ki: "Bana mutluluk dileyin hükümdarım ve hekimim!"

Ve Aragorn şöyle cevap verdi: "Seni ilk gördüğüm andan beri sana mutluluk diliyorum. Seni şimdi mutluluk içinde görmek gönlümü onarıyor."

Şölen bittikten sonra yola koyulacak olanlar Kral Éomer'den izin istediler. Aragorn ile silahşörleri, Lórien ve Yarmavadi halkı atlarını sürmek için hazırlandılar; fakat Faramir ile İmrahil Edoras'ta kaldı; Arwen Akşamyıldızı da kaldı ve oğlan kardeşleri ile vedalaştı. Onun babası Elrond ile son karşılaşmasını kimse görmedi çünkü tepelere çıkarak orada uzun uzun, tek başlarına konuştular; dünya hallerinin ötesinde bir tahammül gerektiren ayrılışları çok acı olmuştu.

Sonunda konuklar yola koyulmadan önce Éomer ve Éowyn Merry'ye gelerek şöyle dediler: "Hoşça kal Shire'lı Meriadoc ve Yurtlu Holdwine! İyi bir kadere sür atını ve kısa bir süre sonra hoşça karşılanmak üzere geri dön!"

Ve Éomer şöyle dedi: "Eski zamanların kralları seni Mundburg'da yaptıklarından dolayı bir yük arabasının taşıyamayacağı armağanlara boğarlardı; yine de sen, sana verilen silahlardan başkasını almayacağını söylüyorsun. Benim kederim de bu, çünkü gerçekten de sana layık olan bir armağanım yok ama kızkardeşim senden, Saklımiğfer'in ve sabahın gelişinde Yurt'ta çalınan boruların bir anısı olarak bu minik şeyi kabul etmeni rica ediyor."

Bunun üzerine Éowyn Merry'ye, zarif gümüşten büyük bir ustalıkla yapılmış yeşil kayışlı kadim bir boru verdi; sanatçılar boruya, ağızlığından tepesine kadar dolana dolana giden bir dizi atlı kabartması yapmışlar, ayrıca büyük tesirleri olan rünler kazımışlardı.

"Bu bizim evimizin yadigârıdır," dedi Éowyn. "Cüceler tarafından yapılmış; Solucan Scatha'nın hazinesinden alınmıştı. Genç Eorl onu Kuzey'den getirmiş. Bunu ihtiyaç anında çalan biri düşmanlarının gönüllerine korku, dostlarının gönüllerine de neşe salarmış, böylece dostları da onu duyar ve gelirmiş."

Bunun üzerine Merry boruyu aldı çünkü bu reddedilemezdi; Éowyn'in elini öptü; onlar da ona sarıldılar ve bu defalık ayrıldılar.

Artık konuklar hazırdı, ata bindikten sonra veda kadehlerini kaldırdılar, övgülerle ve dostlukla ayrıldılar; sonunda Miğfer Dibi'ne vardılar ve burada iki gün dinlendiler. O zaman Legolas Gimli'ye verdiği sözü tutarak onunla birlikte Pırıltılı Mağaralar'a girdi; geri döndüklerinde sessiz kaldı ve ancak Gimli'nin bu mağaralar hakkında söyleyecek sözler bulabileceğini söyledi. "Şimdiye kadar hiçbir cüce, bir elf karşısında sözcüklerle yapılan bir müsabakada üstünlük kazanamamıştı," dedi. "O yüzden, haydi şimdi de Fangorn'a gidelim de durumu eşitleyelim."

Dip Vadisi'nden İsengard'a sürdüler atlarını ve entlerin boş durmamış olduklarını gördüler. Taştan halka olduğu gibi yıkılarak temizlenmiş, içinde kalan topraklar meyva ağaçları ve fidelerle dolu bir bahçe haline getirilmişti ve bu bahçenin ortasından da bir dere akıyordu; fakat her şeyin tam ortasında berrak suyla dolu bir göl vardı, gölün de tam ortasından tüm haşmetiyle, zaptedilmez Orthanc Kulesi hâlâ yükseliyor ve kara kaya göle yansıyordu.

Yolcular bir süre, bir zamanlar İsengard'ın kapılarının olduğu yerde oturdular; şimdi ise burada iki uzun ağaç nöbetçi gibi Orthanc'a giden yeşille sınırlanmış yolun başında duruyorlardı; hayret içinde yapılmış olan işe bakakaldılar ama ne uzakta, ne yakında hiçbir canlı görünmüyordu. Derken hemen *hum-ham, hum-ham* seslerini duydular; Ağaçsakal, yanında Tezmertek ile birlikte koca adımlarla onları karşılamaya geliyordu.

"Orthanc'ın Ağaçavlu'suna sefalar getirdiniz!" dedi. "Gelişiniz hakkında malumatım var idi lâkin vadide de işim vardı; hâlâ yapacak çok iş var. Lâkin işittiğim kadarıyla sizler de güneyde ve doğuda pek boş durmamışsınız; bütün işittiklerim pek güzel şeyler, pek güzel." Sonra Ağaçsakal, hepsi hakkında tam bilgisi olduğu anlaşılan tüm maceralarını övdü ve son olarak da durup Gandalf'a baktı.

"Eh haydi!" dedi. "En kudretli olduğunu ispat ettin ve bütün emeklerin de iyiye çıktı. Nereye gidiyorsun acaba? Ve ne için buraya vasıl oldun?"

"Sizin işleriniz nasıl gidiyor diye görmek için dostum," dedi Gandalf, "ve bütün başarılan işlerde bize verdiğiniz yardım için size teşekkür etmek için."

"Hum, evet bu ziyadesiyle hoş," dedi Ağaçsakal; "çünkü mutlaka entler kendi üzerlerine düşen vazifeyi ifa ettiler. Ve sadece orada ikâmet eden, *hum*, o lanet olası ağaçkatiliyle değil. Çünkü o, ***burarum***, o kemgözlü-karaelli-eğribacaklı-taşkalpli-pençeparmaklı-piskarınlı-kanasusamışların, *morimaitesincahonda, hum* –madem sizler aceleci kişilersiniz onların isimlerinin tamamını telaffuz etmek sizler için yıllarca süren bir eziyet gibi olacağından kısa kesip o muzır orklar diyeyim– onların hücumu yaşandı; Nehir'i de aşıp geldiler ve Laurelindórenan ormanını kuşattılar; ama burada bulunan Ulu'lara şükürler olsun ki içine giremediler." Lórien Hanımı ile Hükümdarı'na eğilerek selam verdi.

"Ve aynı kötü mahluklar bize Dünya üzerinde tesadüf ettikleri için hayretler içinde kaldılar çünkü bizi daha önce hiç işitmemişler; gerçi aynı şey daha iyi olan ahali için de söylenebilir. Ve pek çoğu da hatırlayamayacak bizi, çünkü elimizden canlı kurtulan pek olmadı, kurtulanların çoğunu da Nehir aldı. Lâkin bu sizler için iyi oldu çünkü eğer bize tesadüf etmemiş olsa idiler, o zaman çayırlık yerlerin kralı fazla ilerleyemeyecekti veyahut geri dönebileceği bir yuvası olmayacaktı."

"Bunu gayet iyi biliyoruz," dedi Aragorn, "ve bu ne Minas Tirith'te, ne Edoras'ta hiç unutulmayacak."

"*Hiç* benim için dahi çok uzun bir süre," dedi Ağaçsakal. "Sizin krallığınız boyunca demek istediniz herhalde; fakat bunun da entlere uzun gelmesi için hakikaten uzun sürmesi lazım gelir."

"Yeni Çağ başlıyor," dedi Gandalf, "ve bu yeni çağda, insanların krallıkları seninkini bile geçebilir dostum Fangorn. Fakat şimdi anlat bana: Sana verdiğim iş ne oldu? Saruman nasıl? Daha Orthanc'tan bıkmadı mı? Çünkü herhalde penceresinden baktığında sizin yaptıklarınızı pek takdir etmiyor olsa gerek."

Ağaçsakal Gandalf'a uzun uzun baktı; kurnazca bir bakış, diye düşündü Merry. "Hı!" dedi. "Lafı buraya getireceğini biliyordum. Orthanc'tan bıkmak mı? Nihayet bıktı; lâkin kuleden, benim sesimden bıktığı kadar bıkmamıştır. *Hum*! Ona biraz, uzun uzun masallar anlattım, daha doğrusu sizin lisanınızda uzun sayılacak masallar anlattım."

"Madem öyle, neden dinlemek için burada kaldı? Orthanc'a girdiniz mi?" diye sordu Gandalf.

"*Hum*, yo, Orthanc'a girmedik!" dedi Ağaçsakal. "Lâkin o penceresine gelerek dinledi zira başka bir vesileyle havadis alamıyordu; havadisler ona hiç hoş gelmediği halde hırsla öğrenmek istiyordu onları; ben de hepsini duymasını sağladım. Lâkin havadislere, onun üzerinde kafa yormasının faydalı olacağını düşündüğüm birçok şey de ilave ettim. Sonunda bıkkınlık geldi. Her zaman çok aceleciydi zaten. Bu da onun yıkımı oldu."

"Görüyorum ki sevgili Fangorn," dedi Gandalf, "büyük bir dikkatle *oturuyordu, idi, geldi,* diyorsun. Şimdiki zamana ne oldu? Öldü mü yoksa?"

"Yo hayır, ölmedi, en azından benim bildiğim kadarıyla," dedi Ağaçsakal. "Lâkin gitti. Evet, yedi gün önce gitti. Onu bıraktım. Sürünerek dışarı çıktığında ondan pek eser kalmamıştı; o solucan mahlukuna gelince, o da soluk bir gölge gibiydi. Şimdi bana onu alıkoymak için sana söz vermiş olduğumu söyleme Gandalf; bunu biliyorum. Lâkin o zamandan bu zamana her şey değişti. Ve onu tehlike geçinceye kadar alıkoydum, onun bir zarar verme tehlikesi geçinceye kadar. Sen benim, canlı şeylerin kafese konmasından her şeyden çok nefret ettiğimi bilirsin; çok büyük bir ihtiyaç olmadıktan sonra bu tür mahlukları bile kafes arkasında tutmam. Zehirli dişi olmadıktan sonra yılan istediği yere gidebilir."

"Haklı olabilirsin," dedi Gandalf; "ama bu yılanın hâlâ bir dişi sağlam kaldı galiba. Sesinin zehiri vardı ve sanırım seni, seni bile etkiledi Ağaçsakal, kalbinin yumuşak noktasını bularak. Eh, gitmiş, söyleyecek başka bir şey de yok. Fakat Orthanc Kulesi artık ait olduğu yere Kral'a geri verilecek. Onun buraya ihtiyacı olmasa bile."

"İhtiyaç olup olmadığı daha sonra anlaşılacaktır," dedi Aragorn. "Fakat ben tüm bu vadiyi entlere veriyorum, dilediklerini yapmaları için, Orthanc'a gözcülük ettikleri ve benim iznim olmadan kimseyi sokmadıkları sürece."

"Kule kilitli," dedi Ağaçsakal. "Saruman'a kuleyi kilitlettim ve anahtarları aldım. Anahtarlar Tezmertek'te."

Tezmertek rüzgârda esneyen bir ağaç gibi eğilerek selam verdi ve çelik bir halkaya tutturulmuş iki kocaman, kara ve girintili çıkıntılı anahtarı Aragorn'a uzattı. "Şimdi sana bir kez daha teşekkür ediyorum," dedi Aragorn, "ve veda ediyorum. Ormanın yeniden huzur içinde büyüsün. Bu vadi dolduğunda dağların batısında, bir zamanlar yürümüş olduğun yerlerde de yeterince yer var."

Ağaçsakal'ın yüzü hüzünlendi. "Ormanlar büyüyebilir," dedi. "Ormanlar yayılabilir. Lâkin entler hariç. Hiç entçik yok."

"Yine de belki artık araştırmalarınızda daha fazla ümit olabilir," dedi Aragorn. "Uzun zamandır size kapalı olan doğu toprakları da önünüzde açılacak."

Fakat Ağaçsakal başını sallayarak şöyle dedi: "Orası gidilemeyecek kadar uzak. Üstelik bu günlerde orada ziyadesiyle fazla miktarda insan var. Lâkin nezaket kurallarını unutuyordum! Burada biraz oyalanıp, biraz istirahat etmek ister misiniz? Sonra belki aranızda Fangorn Ormanı'ndan geçip de evlerine giden yolu kısaltmaktan memnuniyet duyacak olanlar vardır?" Celeborn ile Galadriel'e baktı.

Fakat Legolas hariç herkes müsaade isteyip güneye veya batıya gitmek için ayrıldı. "Haydi Gimli," dedi Legolas. "Artık Fangorn'un müsaadesiyle Entormanı'nın derinliklerini ziyaret edip Orta Dünya' nın hiçbir yerinde olmayan ağaçları göreceğim. Sen de benimle gelip sözünü tut; ve böylece Kuyutorman ve gerisindeki kendi ülkelerimize doğru yolculuk yapmış olacağız." Gimli buna razı oldu, gerçi görünüşe göre çok da gönüllü sayılmazdı.

"Burada, en azından Yüzük Kardeşliği bir son buluyor," dedi Aragorn. "Yine de çok vakit geçmeden topraklarıma, sözünü vermiş olduğunuz yardımla dönmenizi umut ediyorum."

"Geleceğiz, eğer hükümdarlarımız izin verirlerse," dedi Gimli. "Evet, hoşça kalın sevgili hobbitlerim! Artık emniyet içinde kendi evlerinize gitmelisiniz; ben de artık sizin içinde olduğunuz tehlikeleri düşünüp uykusuz kalmayacağım. İlk fırsatta haber yollarız ve bazılarımız zaman zaman toplanabilir de; ama korkarım bir daha hepimiz asla bir araya gelemeyeceğiz."

Sonra Ağaçsakal teker teker hepsine veda etti ve Celeborn ile Galadriel'in karşısında üç kere yavaş yavaş ve büyük bir hürmetle eğildi. "Bir ağaç veya bir kaya başında karşılaşmayalı çok olmuştu, *A vanimar, vanimálion nostari!*" dedi. "Sadece en sonunda böyle karşılaşmamız ne hüzünlü. Zira dünya değişiyor: Bunu suda, toprakta hissedebiliyor, havadan kokusunu alabiliyorum. Bir daha karşılaşabileceğimiz zannında değilim."

Ve Celeborn şöyle dedi: "Bilemiyorum En Yaşlı." Fakat Galadriel dedi ki: "Orta Dünya'da değil, en azından su altındaki topraklar yeniden yükseltilinceye kadar. O zaman Tasarinan'ın söğüt çayırlarında bahar vakti karşılaşabiliriz. Hoşça kal!"

En son olarak Merry ile Pippin vedalaştı yaşlı entle; ent onlara bakarken daha da keyiflendi. "Evet benim neşeli ahalim," dedi, "gitmeden önce benimle bir içki daha içer misiniz?"

"Elbette içeriz," dediler; o da onları ağaçların gölgesinde, yan tarafta bir yere götürdü; burada büyük taştan bir sürahinin bulunduğunu fark ettiler. Ağaçsakal üç kâse doldurdu ve içtiler; ve onun garip gözlerinin kâsesinin kenarından kendilerine baktığını gördüler. "Dikkat edin, dikkat edin!" dedi. "Çünkü sizi son gördüğümden bu yana bile büyümüşsünüz." Ve kahkahalar atarak kâselerini boşalttılar.

"Evet, elveda!" dedi. "Ayrıca topraklarınızda enthanımlarla ilgili herhangi bir havadis işitecek olursanız bana haber yollamayı unutmayınız." Sonra bütün topluluğa o koca ellerini salladı ve ağaçların arasına doğru uzaklaştı.

Artık daha hızlı yolculuk ediyorlardı; Rohan Geçidi'ne doğru yol tutmuşlardı; sonunda Aragorn, Pippin'in Orthanc Taşı'na bakmış olduğu yere çok yakın bir yerde diğerlerinden izin istedi. Hobbitler onun ayrılmasına çok kederlenmişlerdi; çünkü Aragorn onları hiç bırakmamıştı ve birçok tehlikeden geçerken hep rehberlik etmişti.

"Keşke bütün arkadaşlarımızı görebileceğimiz bir Taş'ımız olsaydı," dedi Pippin, "ve keşke onlarla uzaktan da konuşabilseydik!"

"Artık kullanabileceğiniz tek bir Taş kaldı," dedi Aragorn; "çünkü Minas Tirith taşının size göstereceklerini görmek istemezsiniz. Fakat Orthanc Palantír'ini Kral alıkoyacak, ülkesinde neler olup bittiğini, hizmetkârlarının neler yaptığını görmek için. Çünkü unutma ki Peregrin Took sen bir Gondor silahşörüsün ve seni hizmetimden azat etmiş değilim. Şimdi izne gidiyorsun ama her an çağırabilirim seni. Sonra unutmayın Shire'lı sevgili dostlar, benim ülkem Kuzey'de aynı zamanda; bir gün oraya da geleceğim."

Sonra Aragorn Celeborn ve Galadriel'den de izin istedi; Hanım ona şöyle dedi: "Elftaşı, karanlıklardan geçerek ümidine vardın, artık istediğin her şeye sahipsin. Günleri iyi kullan!"

Fakat Celeborn şöyle dedi: "Hoşça kal akrabam! Senin kaderin benimkinden farklı olsun ve hazinen sonuna kadar seninle kalsın!"

Bunları söyleyerek ayrıldılar, artık güneşin kavuşma vakti gelmişti; bir süre sonra durup geri baktıklarında Batı Kralı'nın, etrafında silahşörleri, atının üzerinde oturuyor olduğunu gördüler; devrilen Güneş üzerlerinde parlıyor ve koşum takımlarını altın gibi yakıyordu; Aragorn'un beyaz pelerini bir aleve dönüşmüştü. Sonra Aragorn yeşil taşı alarak havaya kaldırdı ve elinden yeşil bir ateş fışkırdı.

Kısa bir süre sonra eksilen grup, İsen'i izleyerek batıya döndü ve atlarını Geçit'ten sürerek gerideki boş topraklara geçti; sonra da kuzeye dönerek Dunland sınırlarından geçti. Dunlular kaçarak gizlendiler çünkü aslında daha önce ülkelerine çok az elf gelmiş olduğu halde, elflerden korkmuşlardı; fakat yolcular onlara pek kulak asmadı, çünkü hâlâ hatırı sayılır bir gruptular ve yeterince tedarikliydiler; diledikleri gibi devam ettiler yollarına, istedikleri zaman çadırlarını kurarak.

Kral'dan ayrıldıktan sonraki altıncı gün, artık sağ taraflarında uzanan Dumanlı Dağlar'ın eteğindeki tepelerden yukarı doğru tırmanan bir ormanda ilerliyorlardı. Yeniden güneş batarken açık topraklara geldiklerinde, bir asaya yaslanmış olan yaşlı bir adama yetiştiler; adam gri ve kirli beyaz renkte paçavralara bürünmüştü ve ayaklarının dibinde serseri gibi yürüyüp zırlayan bir dilenci daha vardı.

"Ee Saruman!" dedi Gandalf. "Nereye gidiyorsun?"

"Sana ne?" diye cevap verdi Saruman. "Hâlâ benim nereye gidip geleceğimi sen mi tayin edeceksin, benim mahvolmam sana yetmedi mi?"

"Soruların cevaplarını biliyorsun," dedi Gandalf: "hayır ve hayır. Fakat her halükârda, benim çabalarım sona eriyor. Yükü Kral üstlendi. Eğer Orthanc'ta bekleyeydin onu görebilirdin; o da sana irfanını ve merhametini gösterirdi."

"İşte bir an önce ayrılmam için bir neden daha," dedi Saruman; "çünkü ondan hiçbir şey istemiyorum. Gerçekten de ilk soruna bir cevap bekliyorsan söyleyeyim, bu diyardan dışarı çıkmak için bir yol arıyorum."

"O halde bir kez daha yanlış yol üzerindesin," dedi Gandalf, "üstelik ben senin yolculuğunda hiçbir umut da görmüyorum. Ama bizim yardımımızı hâkir mi göreceksin? Çünkü sana yardım elimizi uzatıyoruz."

"Bana mı?" dedi Saruman. "Yo, lütfen bana gülümseyerek bakmayın! Ben sizin çatık kaşlarınızı tercih ederim. Ve oradaki o Hanım'a gelince, ona güvenmiyorum: O her zaman benden nefret etti ve senin adına tertipler kurdu. Benim sefilliğim ile alay etmek zevkini tatmak için sizi bu taraftan getirdiğine hiç şüphem yok. Sizin beni izleyeceğiniz konusunda uyarılmış olsaydım size bu zevki tattırmazdım."

"Saruman," dedi Galadriel, "bizim seni avlamaktan daha acil görünen görevlerimiz ve endişelerimiz var. Şansının yaver gitmiş olduğunu söylesen daha doğru olur; çünkü şimdi son bir şansın daha var."

"Eğer bu gerçekten son şans ise çok sevindim," dedi Saruman; "böylelikle bir kez daha reddetme zahmetine girmem gerekmeyecek. Bütün ümitlerim yıkıldı ama sizinkileri paylaşacak değilim. Tabii ümidiniz var ise."

Bir an için gözlerinde bir ateş tutuştu. "Gidin!" dedi. "Ben bu hususlarda boşu boşuna uzun uzun çalışmalar yapmadım. Kendi sonunuzu kendiniz hazırladınız ve bunu biliyorsunuz. Benim evimi harap ettiğinizde kendinizinkini de yıkmış olduğunuzu bilmek beni biraz rahatlatacak. Şimdi sizi o kadar geniş bir denizden hangi gemi taşıyacak?" diye alay etti. "Gri bir gemi olacak, hayaletlerle dolu." Kahkaha attı ama sesi çatlak ve korkunçtu.

"Kalk ayağa seni aptal seni!" diye bağırdı yere oturmuş olan diğer dilenciye; asası ile vurdu ona. "Dön! Eğer bunlar bizim yönümüzde gidiyorlarsa o zaman başka bir yön tutacağız. Devam et yoksa sana akşam yemeğinde ekmek kabuğu vermem!"

Dilenci dönerek yanlarından geçti zırlayarak: "Zavallı Gríma! Zavallı Gríma! Hep dayak yiyor, hep lanetleniyor. Ne kadar nefret ediyorum ondan! Keşke onu bırakabilseydim!"

"O halde bırak!" dedi Gandalf.

Fakat Solucandil sulu gözlerinden dehşet içinde bir bakış fırlattı Gandalf'a, sonra da hızla Saruman'ın arkasına geçti. O sefil çift gruplarının yanından geçiyorlardı ki hobbitlere vardılar, Saruman durarak onlara baktı; fakat hobbitler ona acıyarak baktılar.

"Demek ki siz de halimle alay etmeye geldiniz afacanlar ha?" dedi. "Bir dilencinin neyi eksikmiş, neyi değilmiş umurunuzda değildir, değil mi? Çünkü sizin bütün istedikleriniz elinizde; yiyecek, güzel giyecekler, pipolarınız için en iyi otlar. A, evet biliyorum! Pipo otlarınızı nereden bulduğunuzu biliyorum. Dilencinin birine bir pipo dolusu ot vermezsiniz değil mi?"

"Eğer bende olsaydı verirdim," dedi Frodo.

"Bende kalanı alabilirsin," dedi Merry, "eğer biraz beklersen." Aşağıya inerek torbasının içini araştırdı. Sonra Saruman'a deri bir kese uzattı. "İçindekileri al," dedi. "İstediğin gibi kullanabilirsin, İsengard'daki su baskınından çıkmıştı."

"Benim, benim, evet, ne pahalara satın alınmıştı!" diye bağırdı Saruman keseye yapışarak. "Bu yapılan geri ödeme bir belirti aslında; çünkü hiç kuşkum yok çok daha fazlasını aldınız. Yine de dilenciler müteşekkir olmalı, bir hırsız kendisine ait şeylerden bir lokma verecek bile olsa. Eh, eve vardığınızda Güney Toprakları'nı beklediğinizden daha kötü bulunca bunun karşılığını görmüş olacaksınız. Ülkeniz pipo yaprağından uzun süre yoksun olsun!"

"Teşekkür ederim!" dedi Merry. "Madem ki öyle, o zaman hiç de senin olmayan ve uzun bir süredir benimle yolculuk yapan kesemi geri rica edeyim. Otları kendi paçavralarından birine sar."

"Hırsız hırsızı hak edermiş," dedi Saruman ve arkasını Merry'ye dönerek Solucandil'i tekmeledi ve ormana doğru uzaklaştı.

"Eh, bu pek hoşuma gitti!" dedi Pippin. "Hırsız ha! Peki ya bizim pusuya düşürülmemiz, yaralanmamız, orkların bizi Rohan boyunca sürüklemesinin hesabı ne olacak?"

"Ah!" dedi Sam. "Bir de 'satın alınmıştı' diyor. Nasıl alınmış merak ediyorum. Sonra Güney Toprakları hakkında söylediklerini de beğenmedim. Geri dönmemizin zamanı geldi."

"Evet bence de," dedi Frodo. "Ama daha çabuk gidemeyiz, eğer Bilbo'yu görmek istiyorsak. Ben önce Yarmavadi'ye gideceğim, ne olursa olsun."

"Evet, bence de öyle yapsanız daha iyi olacak," dedi Gandalf. "Fakat Saruman'a ne yazık! Korkarım onun için başka bir şey yapılamaz. Tamamen kurumuş. Her neyse, ben Ağaçsakal'ın haklı olduğundan pek emin değilim: Hâlâ ufak tefek de olsa kötülükler yapabileceğine inanıyorum."

Ertesi gün, yeşil ve hoş bir ülke olduğu halde artık hiçbir insanın yaşamadığı kuzey Dunland'ın içlerine girdiler. Eylül ayı altından günler ve gümüşten gecelerle geldi; onlar da Kuğufilosu nehrine varıncaya kadar rahat rahat at sürdüler ve nehrin aniden aşağıdaki topraklara dökülüverdiği şelalelerin doğusundaki eski geçit yerini buldular. Batıda, uzakta bir pus içinde nehrin aralarından dolanıp Grisel'e doğru yollandığı göller ve minik adalar uzanıyordu: Bu kamış ülkesini sayısız kuğu kendisine yuva yapmıştı.

Böylece Eregion'u geçtiler ve sonunda güzel bir şafak söktü, pırıldayan sisin üzerinden titreşerek; alçak tepe üzerindeki kamp yerlerinden bakan yolcular, uzakta, doğuda güneşin gökyüzünde yüzen bulutlar arasından çıkmış olan üç zirveyi yakaladığını gördüler: Caradhras, Celebdil ve Fanuidhol. Moria Kapıları'na yaklaşmışlardı.

Burada yedi gün daha oyalandılar çünkü gönülsüzce yapılacak başka bir ayrılık daha gelip çatmıştı. Kısa bir süre sonra Celeborn, Galadriel ve halkı doğuya dönecekler, Kızılboynuz Kapısı'ndan geçip Bulanıkdere Basamakları'ndan inerek Gümüşdamarı'na ve kendi ülkelerine gideceklerdi. Bu batı yollarından gitmişlerdi çünkü Elrond ve Gandalf ile konuşacak çok şeyleri vardı ve burada hâlâ dostlarıyla sohbet ederek oyalanıyorlardı. Genellikle hobbitler çoktan uykuya daldıktan sonra onlar yıldızların altında birlikte oturup geçip gitmiş olan çağları, dünyada yaptıkları hizmetleri, mutluluklarını anıyor veya gelecek günler hakkında fikir alışverişinde bulunuyorlardı. Eğer herhangi bir gezgin geçecek olsa çok az şey görür veya duyardı; ona sadece taş üzerine kazılmış gri suretler, artık insansız kalmış topraklarda kaybolup gitmiş, unutulmuş şeylerin hatıralarını görmüş gibi gelirdi. Çünkü ne kıpırdıyorlar, ne de ağızlarıyla konuşuyorlar, zihinden zihne bakıyorlardı; sadece parlak gözleri kımıldıyor, düşünceleri bir ileri bir geri giderken içten içe tutuşuyordu.

Fakat zamanla her şey söylendi ve yine bir süre için ayrıldılar, Üç Yüzük'ün geçip gideceği zamana kadar. Lórien'in kayalar ve gölgeler arasında hızla solan gri pelerinli halkı dağlara doğru sürdü atını; Yarmavadi'ye gidenler tepede oturarak sonunda toplanmakta olan pustan bir şimşek çakıncaya kadar seyrettiler onları; ondan sonra da başka bir şey göremediler. Frodo Galadriel'in veda işareti olarak yüzüğünü havaya kaldırdığını biliyordu.

Sam dönerek içini çekti: "Keşke ben de Lórien'e geri dönseydim!"

Sonunda bir akşam yüksek avlaklara vardılar, yolculara her zaman olduğu gibi onlara da derin Yarmavadi'nin kıyısına aniden gelivermişler gibi geldi; uzakta, aşağılarında Elrond'un evinin parlayan lambalarını görebiliyorlardı. Aşağı indiler, köprüyü geçtiler ve kapılara vardılar; Elrond'un eve dönmesi şerefine bütün ev ışıkla ve neşeli şarkılarla dolmuştu.

Her şeyden önce, daha bir şeyler yemeden, yıkanmadan, hatta pelerinlerini bile üzerlerinden atmadan, hobbitler Bilbo'yu aramaya başladı. Onu bir başına kendi minik odasında buldular. Oda kâğıtlarla, kalemlerle, kurşunkalemlerle darmadağınıktı; fakat Bilbo küçük parlak bir ateşin önünde oturuyordu. Çok yaşlı ama huzur dolu ve uykulu görünüyordu.

Onlar içeri girerken gözlerini açarak baktı. "Bakın hele, bakın hele!" dedi. "Demek geri döndünüz? Yarın da benim yaşgünüm. Sizi gidi akıllı şeyler sizi! Biliyor musunuz yüz yirmi dokuz yaşında olacağım? Eğer nasip olur da bir yıl daha yaşayabilirsem Yaşlı Took'a yetişeceğim. Onu geçmek isterdim; ama göreceğiz bakalım."

Bilbo'nun doğumgünü kutlamalarından sonra dört hobbit birkaç gün daha Yarmavadi'de kaldı; yemek vakitleri hariç zamanının çoğunu odasında geçiren eski dostlarıyla bol bol oturdular. Âdeti olduğu üzre hâlâ çok dakikti ve zamanında uyanmayıp yemek vakitlerini kaçırdığı çok enderdi. Ateş başında oturarak yolculukları ve maceraları hakkında hatırladıkladıklarını herkes sırasıyla anlattı. Bilbo ilk başlarda not alıyormuş numarası yapıyordu; fakat sık sık uyuyup kaldı; uyandığı zaman da şöyle diyordu: "Ne mükemmel! Ne şahane! Ama nerede kalmıştık?" O zaman onlar da öyküye Bilbo'nun uyuklamaya başladığı noktadan devam ediyorlardı.

Onu gerçekten harekete geçiren ve dikkatini çeken bölüm Aragorn'un taç giymesi ve düğün merasimi olmuştu sanki. "Ben de düğüne davetliydim tabii ki," dedi. "Üstelik bu düğün için de uzun zamandır bekliyordum. Fakat her nedense, iş oraya varınca, burada yapacak çok işim olduğunu fark ettim; sonra toparlanmak da çok büyük dert."

Neredeyse iki hafta geçmişti ki Frodo penceresinden bakınca gece don yapmış olduğunu gördü; örümcek ağları da ak renkli balık ağlarına benziyordu. O zaman aniden gitme ve Bilbo'ya veda etme zamanının geldiğini anladı. Hava insanların hatırladıkları en güzel yazlardan birinden sonra hâlâ sakin ve hoştu; fakat ekim gelmişti ve yakında hava bozacak, yeniden yağmur yağmaya, rüzgâr esmeye başlayacaktı. Üstelik daha gidecekleri uzun bir yolları vardı. Yine de onu asıl harekete geçiren hava olmamıştı aslında. Shire'a geri dönme zamanının geldiğini hissediyordu. Sam de bu fikri paylaşıyordu. Daha bir gece önce şöyle demişti:

"Evet Bay Frodo, uzaklara gittik, çok şeyler gördük, yine de buradan daha iyi bir yere rastladığımızı söyleyemem. Burada her şeyden bir parça var, bilmem anlatabildim mi: Shire'dan, Altın Orman'dan, Gondor'dan, kralların saraylarından, hanlardan, çayırlardan ve dağlardan her şey burada karışmış. Yine de, her nasılsa, zaman geçirmeden gitmemiz gerektiğini hissediyorum. Babalık için endişeleniyorum, doğrusunu söylemek gerekirse."

"Evet, her şeyden bir parça var Sam, Deniz hariç," diye cevap verdi Frodo; şimdi de kendi kendine tekrarlıyordu: "Deniz hariç."

O gün Frodo, Elrond ile konuştu ve ertesi sabah ayrılmaları kararlaştırıldı. Gandalf'ın da şöyle demesi onları çok memnun etti: "Galiba ben de geleceğim. En azından Bree'ye kadar. Kaymakpürüzü'nü görmek istiyorum."

Akşam, veda etmek için Bilbo'nun yanına gittiler. "Eh, gitmeniz gerekiyorsa, gitmeniz gerekiyordur," dedi. "Üzgünüm. Sizi özleyeceğim. Sizin buralarda olduğunuzu bilmek çok hoştu. Ama çok uykucu olmaya başladım." Sonra Frodo'ya mithril zırhı ile Sting'i verdi, zaten vermiş olduğunu unutarak; değişik zamanlarda kendi incecik el yazısı ile yazmış olduğu ve al renkli sırtlarını *Elfçe'den Çeviriler*, B.B. diye etiketlemiş olduğu üç irfan kitabını da verdi.

Sam'e küçük bir kese altın verdi. "Hemen hemen Smaug hasatının son damlası," dedi. "Eğer evlenmeyi düşünüyorsan işine yarayabilir Sam." Sam kızardı.

"Sizlere verebileceğim pek bir şey yok gençler," dedi Merry ile Pippin'e, "nasihatten başka." Ve bu konuda onlara hatırı sayılır bir örnek verdikten sonra son maddeyi de Shire usulü ekledi: "Başlarınızı şapkalarınıza sığmayacak kadar büyütmeyin! Fakat bir an önce büyümeyi kesmezseniz şapka ve giysilerinizin çok pahalıya çıkacağını göreceksiniz."

"Ama madem sen yaşlı Took'u geçmek istiyorsun," dedi Pippin, "biz neden Boğakükreten'i geçmeye çalışmayalım anlayamıyorum."

Bilbo güldü ve cebinden inciden ağızlıkları olan, ince işlenmiş gümüşlerle tutturulmuş iki güzel pipo çıkarttı. "Bunları kullandığınızda beni hatırlayın!" dedi. "Elfler bunu benim için yapmışlardı ama ben artık ot içmiyorum." Sonra aniden başı düşerek kısa bir süre uyukladı, sonra yeniden uyandığında şöyle dedi: "Şimdi, nerede kalmıştık? A, evet, armağan veriyorduk. Dedim de aklıma ne geldi: Alıp götürdüğün yüzüğe ne oldu Frodo?"

"Kaybettim onu Bilbo'cuğum," dedi Frodo. "Ondan kurtuldum, biliyorsun ya."

"Ne fena!" dedi Bilbo. "Bir daha görmek isterdim onu. Ama yo, ne aptalım! Zaten bu yüzden gitmiştin öyle değil mi: Ondan kurtulmak için? Fakat kafamı çok karıştırıyor, bir sürü başka olay da ona karışmış gibi: Aragorn'un işleri, Ak Divan, Gondor, Süvariler, Güneyliler ve füller –gerçekten de fül gördün mü Sam?– sonra mağaralar, kuleler, altın ağaçlar ve daha neler neler.

"Belli ki ben yolculuğumdan biraz fazla düz bir yoldan geri dönmüşüm. Gandalf bana etrafı biraz gösterebilirdi. Ama o zaman ben geri dönmeden açık arttırma bitmiş ve başıma daha da fazla sorun açılmış olurdu. Her neyse, artık çok geç zaten; sonra burada oturup olan biteni dinlemenin daha rahat olduğunu düşünüyorum. Ocak başı burada çok rahat, yemekler *çok* güzel ve ne zaman arasanız etrafta elf buluyorsunuz. Daha ne istenir ki?

Yol hiç bitmez, uzar gider
Başladığı kapıdan
Az gittik, uz gittik, vardık uzağa
Ama artık başkası devam etsin yola!
Başlasın yepyeni bir yolculuk
Ama ben yorgun bacaklarımla
Döneceğim ışıklı hana
Dinlenip akşam uykumu almaya.

Ve Bilbo son sözleri mırıldanırken başı önüne düştü ve derin derin uyumaya başladı.

Akşam, odada koyulaştı, ocak ateşi daha canlı yanmaya başladı; Bilbo'yu uyurken seyrettiklerinde yüzünde bir tebessüm olduğunu gördüler. Bir süre sessizlik içinde oturdular; sonra odada çevresine ve duvarda oynaşan gölgelere bakan Sam yavaşça dedi ki:

"Biz yokken fazla bir şeyler yazmış olduğunu zannetmiyorum Bay Frodo. Artık bizim hikâyemizi yazamaz."

Bu söz üzerine Bilbo gözlerini açtı, sanki duymuş gibi. Sonra doğruldu. "Görüyorsunuz ya çok uykucu oldum," dedi. "Yazacak zaman bulunca sadece şiir yazmaktan hoşlanıyorum. Sevgili Frodo'cuğum, acaba diyordum gitmeden önce biraz ortalığı toplamak ister miydin? Bütün notlarımı ve kâğıtlarımı topla, günlüğümü de, hepsini yanına al eğer istersen. Görüyorsun ya bir seçim yapıp, yazacaklarımı ayarlayacak pek vaktim olmadı. Sam de sana yardım etsin; işleri yoluna sokunca geri gel, ben bir kontrol edeyim. Çok tenkitçi olmam."

"Tabii yaparım bunu!" dedi Frodo. "Kısa süre sonra da geri gelirim mutlaka: Artık tehlike yok. Şimdi gerçek bir kral var; kısa süre sonra yolları da güzelce düzenleyecektir."

"Çok teşekkür ederim dostum!" dedi Bilbo. "Bu üstümden büyük bir yük kaldırdı." Ve bu sözle birlikte yeniden derin bir uykuya daldı.

Ertesi gün Gandalf ile hobbitler dışarsı soğuk olduğundan odasına gidip Bilbo'ya hoşça kal dediler; sonra da Elrond ile ev halkına veda ettiler.

Frodo eşikte dururken Elrond ona iyi yolculuklar diledi ve onu kutsayarak şöyle dedi:

"Frodo, belki de geri dönmek zorunda kalmayabilirsin, eğer çok çabuk geri dönmezsen. Yılın tam yaprakların düşmeden önce altın olduğu bu zamanı, Shire'daki ormanlarda Bilbo'yu ara. Ben de onunla olacağım."

Bu sözleri başka kimse duymadı ve Frodo da kendine sakladı.

BÖLÜM VII

MEMLEKET YOLU

Sonunda hobbitlerin yüzü memleketlerine dönmüştü. Artık yeniden Shire'ı görmek için sabırsızlanıyorlardı; fakat ilk başlarda yavaş gittiler çünkü Frodo'nun içinde bir huzursuzluk vardı. Bruinen Geçitleri'ne geldiklerinde duraksadı, derenin içine girmeye gönülsüz gibiydi; ve bir süre için gözlerinin onları ve etrafındaki şeyleri görmediğini fark ettiler. Bütün o gün boyunca sessiz kaldı. Ekim'in altısıydı.

"Istırabın mı var Frodo?" dedi Gandalf sessizce Frodo'nun yanında at sürerken.

"Evet, var," dedi Frodo. "Omuzum. Yara ağrıyor ve karanlığın hatırası üzerime çok ağır bindi. Bugün tam bir yıl oluyor."

"Heyhat! Her zaman, tam manasıyla iyileştirilemeyen yaralar olmuştur," dedi Gandalf.

"Korkarım benimki öyle olacak," dedi Frodo. "Aslında geriye dönüş diye bir şey yok. Shire'a varsam bile hiçbir şey eskisi gibi olmayacak; çünkü ben aynı olmayacağım. Bir bıçak, zehirli bir iğne, bir diş ve uzun bir yükle yaralandım ben. Huzuru nerede bulacağım?"

Gandalf cevap vermedi.

Ertesi günün sonunda ıstırap ve huzursuzluk geçti; Frodo yeniden neşelendi, bir gün öncesinin siyahlığını hiç hatırlamıyormuşçasına neşeliydi. Bu olaydan sonra yolculukları güzel devam etti; günler çabuk geçiyordu; çünkü hayvanlarını rahat rahat sürüyorlar ve güz güneşiyle sararan ve kızaran yapraklarıyla, o güzel ormanlık alanlarda oyalanıyorlardı. Sonunda Fırtınatepesi'ne vardılar; akşam yaklaşmaya başlamıştı ve tepenin gölgesi yol üzerine kopkoyu düşüyordu. O zaman Frodo onlara acele etmeleri için yalvardı; ne olursa olsun tepeye doğru bakmıyordu; gölgesinin içinden başı önüne eğik, pelerinine sıkı sıkı sarınmış bir halde geçti. O gece hava değişti; Batı'dan yağmur yüklü bir rüzgâr esti; rüzgâr gürültüyle ve serin serin esti; sarı yapraklar havada kuşlar gibi döndüler. Tokay Ormanı'na vardıklarında dalların hemen hemen çıplaklaşmış olduğunu gördüler, kalın bir yağmur perdesi Bree Tepesi'ni gözlerden saklıyordu.

Yani böylece ekim ayının sonlarına doğru, fırtınalı ve ıslak bir akşamın sonuna yaklaşırken beş yolcu yukarı tırmanan yolu çıkarak Bree'nin Güney Kapısı'na vardılar. Kapı sıkı sıkı kapanmış, kilitlenmişti; yağmur yüzlerine gözlerine geliyor, kararan gökyüzünde bulutlar aceleyle geçiyordu; içleri biraz sıkıldı çünkü daha iyi bir karşılama bekliyorlardı.

Birçok kez bağırdıktan sonra sonunda Kapıcı dışarı çıkınca, elinde koca bir sopa tuttuğunu gördüler. Kapıcı onlara korku ve kuşkuyla baktı; fakat Gandalf'ı ve yol arkadaşlarının da hobbitler olduğunu görünce, garip kılık kıyafetlerine rağmen, yüzü aydınlandı ve onları buyur etti.

"Girin içeri!" dedi kapının kilidini açarak. "Burada, bu soğuk ıslak ve acımasız havada havadis duymak için bekleyecek değiliz. Yaşlı Arpa sizi *Midilli*'de içtenlikle karşılayacaktır; orada lazım gelen her şeyi de duyarsınız."

"Ve orada bizim anlatacaklarımızı, hatta fazlasını da duymak mümkün," diye güldü Gandalf. "Harry nasıl?"

Kapıcı kaşlarını çattı. "Gitti," dedi, "Fakat Arpadam'a sorsan daha iyi. İyi akşamlar!"

"Sana da iyi akşamlar!" diyerek içeri geçtiler; sonra yol kenarında çitin yanına uzun ve alçak bir baraka inşa edilmiş olduğunu gördüler; içerden birkaç adam çıkmış, parmaklıkların üzerinden onlara bakıyordu. Bill Eyrelti'nin evine vardıklarında buradaki çitin parçalanmış ve darmadağınık olduğunu, pencerelerinde kalasların çakılmış olduğunu gördüler.

"Onu o elmayla öldürmüş müsündür acaba Sam?" dedi Pippin

"Ben senin kadar ümitli değilim Bay Pippin," dedi Sam. "Ama o zavallı midilliye ne oldu merak ediyorum. Hep aklımdaydı; etrafta kurtlar uluyordu falan, yazık."

Sonunda *Sıçrayan Midilli*'ye vardılar; burası en azından dıştan bakınca değişmiş görünmüyordu; alt pencerelerde, kırmızı perdelerin ardından ışıklar sızıyordu. Zili çaldılar, Nob kapıya gelerek kapıyı azıcık araladı ve aralıktan dışarı baktı; lambanın altında duranları görünce hayretle bir çığlık attı.

"Bay Kaymakpürüzü! Usta!" diye bağırdı. "Geri geldiler!"

"Sahiden mi? Ben onlara sorarım," diye geldi Kaymakpürüzü'nün sesi ve içeriden fırlarcasına geldi; elinde de bir sopa vardı. Fakat onların kim olduğunu görünce hemen durdu, yüzünün asıklığı yerini bir hayrete ve memnuniyete bıraktı.

"Nob, seni su katılmamış ahmak seni!" diye bağırdı. "Eski dostlarımızı adıyla haber veremez miydin? Böyle zamanlarda beni öyle korkutup durma. Âlâ, âlâ! İyi de nereden çıktınız siz? Bir daha içinizden birini göreceğimi hiç tahmin etmiyordum, gerçekten öyle: Etrafınızda o Kara Adamlar, yanınıza Yolgezer'le Yabanellere gittiydiniz. Ama sizi gördüğüme çok sevindim, en az Gandalf'ı gördüğüme sevindiğim kadar. Girin içeri! Girin! Eski odalarınızda mı kalacaksınız? Odalar boş. Aslında bu günlerde odaların çoğu boş olduğunu sizden saklamama gerek yok, zaten siz de göreceksiniz. Bakalım akşam yemeği için en kısa zamanda neler yapabilirim; fakat şu anda elimde pek bir şey yok. Hey Nob, kağnı arabası seni! Bob'a haber ver! Ama bak yine unuttum, Bob gittiydi: artık hava kararınca ailesinin yanına gidiyor. Neyse konukların midillilerini ahırlara götür Nob! Herhalde sen kendi atını ahıra kendin götürmek istersin Gandalf. Nefis bir hayvan, onu ilk gördüğümde de söylemiştim ya. Evet, girin hadi! Rahatınıza bakın!"

Bay Kaymakpürüzü en azından konuşma alışkanlıklarını değiştirmemişti ve hâlâ eski nefes nefese telaşı içindeydi. Gerçi etrafta pek kimse de yoktu, her yan sakindi; büyük salondan ancak iki üç kişinin alçak sesli mırıltısı duyuluyordu. Yakıp taşıdığı iki mumun ışığında daha yakından bakınca, hancının yüzünün oldukça kırışmış ve endişeyle yıpranmış olduğu çıktı ortaya.

Onları koridordan geçirerek bir yıldan uzun bir süre önce o garip gecede oturdukları salona götürdü; onlar da biraz endişe içinde izlediler onu, çünkü belli ki Kaymakpürüzü bazı sorunları örtbas etmek için soğukkanlı davranmaya çalışıyordu. Hiçbir şey eskisi gibi değildi. Yine de hiçbir şey söylemeden beklediler.

Tahmin ettikleri gibi, akşam yemeğinden sonra Bay Kaymakpürüzü salona gelerek yemeği beğenip beğenmediklerini sordu. Gerçekten beğenmişlerdi: En azından *Sıçrayan Midilli*'nin birasında ve yiyeceklerinde bir değişiklik yoktu. "Şimdi, sizi bu gece büyük salona davet edecek kadar cesur değilim," dedi Kaymakpürüzü. "Yorgunsunuzdur;

zaten bu akşam orada pek kimse de yok. Ama yatmadan önce bir yarım saatinizi bana ayırabilirseniz sizinle konuşmayı gerçekten çok arzu ederim, eskisi gibi."

"Biz de bunu yapmak istiyorduk zaten," dedi Gandalf. "Yorgun değiliz. Kendimizi pek yormadan yol aldık. Islanmış, üşümüş ve acıkmıştık ama sen onlara derman oldun zaten. Haydi, gel otur! Bir de pipo otun varsa sana duacı oluruz."

"Şey, başka bir şey istemiş olsaydınız daha memnun olurdum," dedi Kaymakpürüzü. "Ottan elimizde pek kalmadı; öyle olunca kendi yetiştirdiklerimizle idare etmeye başladık ama o da yeterli değil. Bu günlerde Shire'dan hiç gelmiyor. Ama elimden geleni yaparım."

Geri geldiğinde onlara bir iki gün yetecek kadar kesilmemiş bir tutam yaprak getirdi. "Güneydingil," dedi, "elimizdeki en iyi yaprak; ama hep dediğim gibi Güney Topraklar'ınkiyle kabili kıyas değil, gerçi bilirsiniz her konuda Bree'yi tercih ederim ama."

Onu odun ateşinin yakınındaki büyük bir koltuğa oturttular, Gandalf ocak başının diğer tarafına, hobbitler de aralarındaki taburelere oturdu; ve yarım saat boyunca birçok kez konuşarak Bay Kaymakpürüzü'nün duymak veya vermek istediği haberlerin alışverişinde bulundular. Anlattıkları şeylerin çoğu evsahiplerini ya hayran bırakıyor, ya da dehşete düşürüyordu ve tahayyül dahi edemeyeceği şeylerdi; Bay Kaymakpürüzü'nün kendi kulaklarına inanmadığının bir göstergesi olarak söylediği "haydi canım!"lardan başka pek bir eleştiri alamadılar ağzından. "Haydi canım Bay Baggins, yoksa Bay Tepedibi mi desem? Öyle kafam karıştı ki. Haydi canım Efendi Gandalf! Yok canım! Kim bu zamanlarda böyle şeylerin olacağını düşünürdü!"

Fakat kendi öyküsüne gelince epey konuştu. Olanlar hiç iyi değildi, diyordu. İş ise öyle böyle değil, bal gibi kötüydü. "Artık kimse Dışardan Bree'ye gelmiyor," dedi. "Buralı halk da genellikle evinde kalıyor ve kapılarını sürgülüyor. Her şey, sizin de hatırlayacağınız gibi geçen sene Yeşil Yol'dan gelmeye başlayan o yeni gelenlerden, o serserilerden kaynaklanıyor; üstelik sonradan daha çok gelen oldu. Kimisi, beladan kaçan fukara kişilerdi; ama çoğu hırsızlık ve yaramazlıkla dolu adamlardı. Sonra tam burada, Bree'de bir sürü huzursuzluk oldu. Ne diyorsunuz, hakiki bir çarpışma yaşandı, ölenler oldu, öldürülenler! İnanır mısınız bilmem."

"İnanırım," dedi Gandalf. "Kaç kişi?"

"İki, üç tane," dedi Kaymakpürüzü, hem büyük, hem de küçük

halkı kastederek. "Zavallı Hasır Fundayakparmağı ve Küreklik Elmaböce vardı, sonra Tepe'den Tom Sivridiken; sonra yukarı mahalden Willie Bank ve Staddle'daki Tepedipleri'nden biri: Hepsi iyi kişilerdi, yoklukları hissediliyor. Batı kapısında duran Harry Keçiyaprağı ile o Bill Eyrelti yabancılardan yana çıktılar ve onlarla birlikte gittiler; bana soracak olursanız onları içeri alanlar da onlardı. Yani, dövüşün olduğu gece demek istiyorum. Bu da, onlara kapıyı gösterip dışarı attıktan sonra oldu: Yıl bitmeden önce yani; kavga da Yeni Yıl'ın başlarında olmuştu, o yoğun kar yağışından sonra.

"Artık haydut oldular ve dışarıda yaşıyorlar, Baştokay'ın ardındaki ormanlarda, kuzeyde, uzakta ıssız topraklarda gizleniyorlar. O eski zamanlara ait kötü hikâyelere benziyor biraz, bence. Yollar artık güvenli değil, kimse uzaklaşmıyor, millet erkenden kapılarını kilitliyor. Geceleri bütün çalıçit boyunca nöbetçiler ve kapılara da bir sürü adam koymamız lazım."

"Eh bizi kimse rahatsız etmedi," dedi Pippin, "biz hem yavaş yavaş geldik, hem de hiç dikkat etmedik. Bütün belayı arkamızda bıraktığımızı zannediyorduk."

"Ah bırakmadınız Efendi, durum çok daha acı," dedi Kaymakpürüzü. "Ama size bulaşmamış olmalarına şaşırmamak lazım. Onlar, kılıçları, miğferleri, kalkanları falan olan silahlı kimselere saldırmıyor. Bu, onların bir kere daha düşünmesine neden olur. İşin doğrusu ben bile sizi gördüğümde biraz çekindim."

O zaman hobbitler insanların onlara hayretle bakmalarının nedeninin sadece dönmüş olmalarına şaşırmaları değil, daha çok üzerlerindeki kılık olduğunu fark ettiler birdenbire. Onlar savaşa, iyi tertip edilmiş ordularla birlikte at sürmeye o kadar alışmışlardı ki, tüniklerinin altından çıkan parlak zırhların, Gondor ve Yurt miğferlerinin, kalkanlardaki zarif nişanların kendi memleketlerinde çok yabancı duracağı akıllarından çıkmıştı. Sonra Gandalf da artık büyük gri atına biniyor, mavi ve gümüşlü bir pelerinin altında beyazlar giyiyor ve yanında da uzun kılıcı Glamdring'i taşıyordu.

Gandalf güldü. "İyi iyi," dedi, "eğer sadece beşimizden korkuyorlarsa, yolculuklarımız sırasında daha kötü düşmanlarla karşılaştık demektir. Ama en azından biz burada olduğumuz sürece gece sizi rahat bırakırlar."

"Bu ne kadar sürecek?" dedi Kaymakpürüzü. "Sizi biraz buralarda görmekten memnun olacağımızı saklamam. Görüyorsunuz ya öylesi belalara alıştık artık; sonra Kolcular da gitmiş, milletin bana söylediğine göre. Sanırım şimdiye kadar onların bize yaptığı iyiliği tam olarak anlayamamışız. Çünkü etrafta hırsızlardan da kötüleri vardı. Geçen kış kurtlar çitlerin dışında uluyup durdular. Sonra ormanda kara suretler, düşününce insanın kanını donduran korkunç şeyler vardı. Anlayacağınız son derece rahatsız bir yıldı."

"Sanırım öyle imiş," dedi Gandalf. "Bu günlerde hemen hemen bütün ülkeler huzursuz oldu, çok huzursuz. Fakat neşelen Arpadam! Büyük belaların kıyısındaydınız, daha fazla batmamış olmanıza sevindim. Fakat daha iyi günler geliyor. Belki de hatırladığınızdan da iyi. Kolcular geri döndü. Onlarla birlikte geldik. Ve artık yine bir kral var Arpadam. Kısa bir süre sonra bu tarafları da düşünmeye başlayacak.

"O zaman Yeşil Yol yeniden açılacak ve haberciler kuzeye gelecek; gelişler, gidişler olacak ve kötü şeyler ıssız topraklardan sürülecek. Aslında ıssız topraklar zamanla ıssız olmaktan çıkacak ve bir zamanlar vahşi yaşamın hüküm sürdüğü yerde insanlar ve tarlalar olacak."

Bay Kaymakpürüzü başını salladı. "Yollarda birkaç doğru dürüst, saygın kişi olacaksa hiç fena olmaz," dedi. "Ama artık serseriler ya da canavar ruhlu insanlar istemiyoruz. Sonra ne Bree'de ne de Bree çevresinde yabancı istiyoruz. Kendi halimizde olmak istiyoruz. Bir sürü yabancının oraya kamp kurmasını, buraya yerleşmesini, kırlıkları harap etmesini istemem."

"Kendi halinize bırakılacaksınız Arpadam," dedi Gandalf. "İsen ile Grisel arasında veya Brendibadesi'nin kıyısı boyunca, atla Bree'den günlerce mesafe uzakta, yeni ülkeler için yeterince yer var. Sonra eskiden kuzeyde, buradan yüz milden daha uzakta, Yeşil Yol'un diğer ucunda yaşayan çok kişi vardı: Kuzey Yaylalar'da veya Evendim Gölü kıyısında."

"Ta orda, Ölüadamlar Hendeği'nde mi?" dedi Kaymakpürüzü, daha da kuşku duyarak. "Orası için hayaletli topraklar, derler. Haydutlardan başka kimse gitmez oraya."

"Kolcular gidiyor," dedi Gandalf. "Ölüadamlar Hendeği diyorsun. Evet, uzun zamandır öyle deniyor oralara; ama onun esas ismi Arpadam, Fornost Erain, yani Kralların Kuzeykabri'dir. Ve Kral bir gün oraya gelecek; o zaman kibar halkın oraya yolculuk ettiğini göreceksiniz."

"Eh bu daha ümit verici geliyor kulağa, itiraf etmeliyim," dedi Kaymakpürüzü. "Bu işler için de hayırlı olur kuşkusuz. Bree'yi rahat bıraksın da."

"Bırakacak," dedi Gandalf. "Burayı iyi tanıyor ve çok seviyor."

"Haydi canım?" dedi Kaymakpürüzü aklı karışarak. "Neden öyle olsun ki anlamadım; o yüzlerce mil ötedeki koskoca kalesinde tahtına kurulmuş olsun da. Sonra altın kupalardan şarap içiyorsa hiç şaşırmam. *Midilli*'yi ne yapsın, ya da bir maşrapa birayı? Benim biram güzel değil diye demiyorum Gandalf. Geçen güz sen gelip de biraya uğurlu sözler söylediğinden beri inanılmayacak kadar güzel. O da bu kadar sorun içinde insanı biraz rahatlatan bir şeydi, bunu da söyleyeyim."

"Ya!" dedi Sam. "Ama o senin biranın her zaman güzel olduğunu söylüyor."

"Söylüyor mu?"

"Elbette öyle söylüyor. Kral, Yolgezer. Kolcuların reisi. Daha bunu kafan almadı mı?"

Sonunda almıştı ve Kaymakpürüzü'nün yüzü hayret konusunda inceleme yapmaya değecek bir haldeydi. Ablak yüzündeki gözleri yusyuvarlak olmuş, ağzı da bir karış açılmıştı; nefesi tıkandı. "Yolgezer!" diye bağırdı tekrar nefes alabilince. "O, tacıyla, falanıyla filanıyla, altın kupalarla! Daha başımıza neler gelecek?"

"Daha güzel günler, Bree için en azından," dedi Gandalf.

"Öyle olmasını umuyorum; herhalde," dedi Kaymakpürüzü. "Eh bu pazartesi ayları içinde yaptığım en hoş sohbetti. Sonra bu gece daha rahat ve içim daha ferah olarak uyuyacağımı da inkâr edemem. Bana düşünecek bir sürü şey verdiniz ama yarına kadar bunları bir yana bırakacağım. Yatağa gidiyorum ve eminim siz de yataklarınızdan memnun kalacaksınız. Hey Nob!" diye seslendi kapıya giderek. "Nob, kağnı arabası!"

"Bak şimdi!" dedi kendi kendine, alnına vurarak. "Bu bana neyi hatırlattı?"

"Umarım unuttuğun başka bir mektup yoktur Bay Kaymakpürüzü," dedi Merry.

"Aman aman Bay Brandybuck, bana onu hatırlatıp durma! Ama bak, kafamı dağıttınız. Ne diyordum? Nob, ahır, hah, buldum! Size ait bir şey var. Bill Eyrelti ve at hırsızlarını hatırlarsanız: Onun midillisini satın almıştınız hani, işte midilli burada. Kendi kendine geri geldi,

geldi ya. Fakat nerelerdeydi, herhalde benden daha iyi bilirsiniz. Yaşlı bir köpek gibi perişan, elbise askısı kadar sıska olmasına rağmen canlıydı. Nob ona bakıverdi."

"Ne! Benim Bill'im mi?" diye bağırdı Sam. "Eh demek ki anamdan şanslı doğmuşum, babalık ne derse desin. Bak bir dileğim daha gerçekleşti! Nerede?" Sam'i, Bill'i ahırda ziyaret etmeden yatıramadılar.

Ertesi gün, yolcular gün boyunca Bree'de kaldılar; en azından Bay Kaymakpürüzü ertesi akşam yaptığı işten şikâyet edemezdi. Merak bütün korkuları bastırmıştı; evi dolup taştı. Hobbitler akşam, kibarlıklarından bir süre için büyük salonu ziyaret ederek birçok soruya cevap verdiler. Bree'lilerin hafızaları kuvvetli olduğundan Frodo'ya birçok kez kitabını yazıp yazmadığı soruldu.

"Henüz yazmadım," diye cevap verdi Frodo. "Artık, notlarımı bir araya getirmek için eve gidiyorum." "Uzakta güneyde" olan ilgisiz ve pek de önemli olmayan olayları biraz ilginç kılmak için Bree'de olan hayret verici şeyleri de kitaba katacağına söz verdi.

Sonra gençlerden biri şarkı istedi. Fakat bunun üzerine bir sessizlik çöktü; genç, kaşlar çatılarak yerine oturtuldu ve bir daha böyle bir istekte bulunmaması söylendi. Belli ki büyük salonda yeni bir esrarengiz olay istemiyorlardı.

Yolcular orada olduğu sürece ne gündüz boyunca bir sorun, ne gece içinde bir ses Bree'nin huzurunu bozdu; fakat ertesi sabah erkenden kalktılar çünkü hava hâlâ yağmurlu olduğu için Shire'a akşam çökmeden varmak istiyorlardı ve önlerinde uzun bir yol vardı. Bütün Bree halkı onların ayrılışını görmek için yollara döküldü; bir yıl öncekinden daha neşeli görünüyorlardı; yabancıları silahlarıyla görmemiş olanlar hayretler içinde kaldı: Mavi pelerini güneşi örten bir bulut gibi sanki içinden gelen ışığı örtmeye çalışan, beyaz sakallı Gandalf'a ve neredeyse unutulmuş masallardan fırlamış özel bir maceraya atılmaya hazır süvarilere benzeyen hobbitlere bakakaldılar. Kral ile ilgili konuşmalara gülenler bile, belki de anlatılanlarda bir gerçek payı vardır diye düşünmeye başladı.

"Eh, yolunuz açık olsun, memleketinize varışınızda bahtınız açık olsun!" dedi Bay Kaymakpürüzü. "Sizi Shire'da da gidişatın pek iyi olmadığı konusunda uyarmalıyım, eğer duyduklarımız doğru ise. Tuhaf şeyler oluyormuş, diyorlar. Fakat bir şey bir başka şeyi silip atıveriyor insanın kafasından, kendi sorunlarımla o kadar meşguldüm ki. Yine de cesaretimi mazur görün, yolculuklarınızdan o kadar değişmiş geldiniz ki artık önünüze çıkan sorunları alt edebilecek kişiler gibi görünüyorsunuz. Kısa zaman sonra her şeyi yoluna koyacağınıza kuşkum yok. İyi şanslar! Ne kadar sık gelirseniz beni o kadar mutlu edersiniz."

Ona veda ederek ayrıldılar ve Batı kapısından geçerek Shire'a doğru yollandılar. Midilli Bill de yanlarındaydı ve eskisi gibi üzerinde epey yük vardı ama Sam'in yanı sıra seğirtiyor ve halinden memnun görünüyordu.

"Acaba bizim Arpadam ne ima ediyordu?" dedi Frodo.

"Ben birazını tahmin edebiliyorum," dedi Sam karamsarca. "Ayna'da gördüklerim: Kesilen ağaçlar falan; benim babalık da Sıraevler' den çıkarılmış. Daha çabuk dönmeye çalışmalıydım."

"Güney Topraklar'da da bir şeyler ters gidiyor belli ki," dedi Merry. "Genelde bir pipo otu açığı yaşanıyor."

"Her ne ise," dedi Pippin, "her şeyin arkasında Lotho vardır: Bundan emin olabilirsiniz."

"Bulaşmıştır ama başında o yoktur," dedi Gandalf. "Saruman'ı unuttunuz. O Mordor'dan önce Shire ile ilgilenmeye başlamıştı."

"Neyse yanımızda sen varsın," dedi Merry, "yani her şey yakında yola girer."

"Ben şu anda sizinleyim," dedi Gandalf, "ama yakında yanınızda olmayacağım. Shire'a gelmiyorum. Oradaki işleri kendiniz halledeceksiniz; bu iş için eğitildiniz. Hâlâ anlamadınız mı? Benim zamanım sona erdi: Artık işleri yoluna koymak veya koymaya çalışanlara yardım etmek benim işim değil. Ve size gelince benim sevgili dostlarım, sizin yardıma ihtiyacınız yok. Artık büyüdünüz. Gerçekten de boyunuz çok uzadı; artık ulular arasındasınız ve artık hiçbiriniz adına korkmama gerek kalmadı.

"Ama merak ediyorsanız söyleyeyim, kısa bir süre sonra yoldan sapacağım. Bombadil ile uzun uzun konuşacağım: Bütün yaşamım boyunca yapmaya fırsat bulamadağım kadar uzun. O hep yosun tuttu; ben ise kaderi hep yuvarlanmak olan bir taş oldum. Fakat yuvarlanma günlerim sona eriyor, artık birbirimize söyleyecek çok şeyimiz olacak."

Kısa bir süre sonra Doğu Yolu'nda, Bombadil'e giden yol ayrımına vardılar; onlar geçerken Bombadil'in orada kavşakta durmuş bekliyor olmasını ümit ediyorlar, hatta bunu biraz da bekliyorlardı. Ama ortalıkta ondan bir iz yoktu; üstelik güney tarafındaki Höyük Yaylaları'nda bir pus, uzaktaki Yaşlı Orman üzerinde de koyu bir örtü vardı.

Durdular, Frodo güneye doğru dalgın dalgın baktı. "O ihtiyarı bir daha görmeyi çok isterdim," dedi. "Nasıldır acaba?"

"Her zamanki kadar iyidir, emin olabilirsin," dedi Gandalf. "Pek rahatı kaçmamıştır ve tahminimce, belki entlere yaptığımız ziyaret hariç, yaptıklarımız veya gördüklerimizle pek ilgilenmeyecektir. Belki sizin sonra gidip onu ziyaret edeceğiniz bir zaman olur. Ama eğer ben sizin yerinizde olsaydım şimdi bir an önce eve gitmeye çalışırdım yoksa kapılar kapanmadan Brendibadesi Köprüsü'ne varamayacaksınız."

"Ama orada kapı yok ki," dedi Merry, "Yol'da yok; sen de bunu gayet iyi bilirsin. Bir Erdiyarı Kapısı vardır tabii ki; ama oradan benim her saatte geçmeme izin verirler."

"Eskiden yoktu demek istiyorsun," dedi Gandalf. "Sanırım şimdi kapı bulacaksınız. Ve Erdiyarı Kapısı'nda dahi tahmin ettiğinden daha büyük sorunlar yaşayabilirsin. Ama siz halledersiniz. Hoşça kalın sevgili dostlarım! Henüz elveda demiyorum. Hoşça kalın!"

Gölgeyele'yi yoldan çıkarttı ve koca at, yolun kenarındaki hendekten bir sıçrayışta atladı; sonra da Gandalf'ın bir sözüyle gözlerden yok oldu, Höyük Yaylaları'na Kuzey'den gelen bir yel gibi eserek.

"Evet, işte baş başa kaldık; ilk başta yola çıktığımız gibi sadece dördümüz," dedi Merry. "Hepsini geride bıraktık, birbiri ardına. Sanki, yavaş yavaş kaybolan bir rüya gibi."

"Benim için değil," dedi Frodo. "Benim için yeniden uykuya dalmak gibi bir şey."

BÖLÜM VIII

SHIRE TEMİZLİĞİ

Ancak akşam çöktükten sonraydı ki yolcular sırılsıklam ve yorgun argın Brendibadesi'ne vardılar ve yolun kapatılmış olduğunu gördüler. Köprünün her iki ucunda koca çivili kapılar vardı; nehrin öte yanına da yeni bazı evlerin inşa edilmiş olduğunu gördüler: İki katlı, dar, düz kenarlı pencereli olan, çıplak ve loş, hepsi de kasvetli, hiç Shire'vari olmayan evler.

Dış kapıyı yumruklayarak seslendiler fakat ilk başta hiç cevap veren olmadı; sonra onları hayretler içinde bırakan bir boru öttürüldü ve pencerelerdeki ışıklar söndü. Karanlıktan biri seslendi:

"Kim o? Gidin! İçeri giremezsiniz. Levhayı okumadınız mı: *Gün kavuştuktan, şafak atıncaya kadar girmek yasaktır,* diyor."

"Tabii ki karanlıkta levha mevha okuyamıyorum," diye bağırdı Sam. "Üstelik eğer Shire'lı hobbitler böyle bir gecede sırılsıklam dışarıda bırakılacaklarsa, o levhayı bulur bulmaz paramparça edeceğim."

Bunu demesiyle birlikte bir pencere çarpıldı ve bir yığın hobbit, ellerinde lambalarla sol taraftaki evden dışarı boşaldılar. Uzaktaki kapıyı açtılar ve bir kısmı da köprüye çıktı. Yolcuları görünce sanki korkmuşlardı.

"Haydi!" dedi Merry hobbitlerden bir kısmını tanıyarak. "Eğer beni tanımadıysan Hob Samanlı, tanıman lazım. Benim, Merry Brandybuck; buralarda neler olup bittiğini, senin gibi bir Erdiyarlı'nın buralarda ne aradığını bilmek istiyorum. Sen Saman Kapısı'nda dururdun."

"Hayırdır! Bu gerçekten de Efendi Merry, üstelik bir dövüş için giyinmiş kuşanmış!" dedi yaşlı Hob. "Yahu, sizin için öldü dedilerdi! Yaşlı Orman'da kayboldu dediydi herkes. Ne olursa olsun sizi canlı gördüğüme sevindim!"

"O zaman parmaklıkların arkasından ağzın bir karış açık bakacağına kapıyı aç!" dedi Merry.

"Üzgünüm Efendi Merry ama emir var."

"Kimin emri?"

"Çıkın Çıkmazı'ndaki Şef'in."

"Şef mi? Ne şefi? Bay Lotho mu yani?" dedi Frodo.

"Sanırım Bay Baggins; ama bugünlerde sadece Şef dememiz gerekiyor."

"Ya demek öyle!" dedi Frodo. "En azından Baggins adını bıraktığına memnun oldum. Ama galiba ailenin onunla ilgilenip, haddini bildirme zamanı gelmiş de geçiyor."

Kapının ardındaki hobbitler sessizleşti. "Öyle konuşmak doğru değil," dedi biri. "Mutlaka kulağına gider. Ve eğer çok gürültü yaparsanız Şef'in Büyük Adamı'nı uyandırırsınız."

"Onu öyle bir uyandıracağız ki, hayretler içinde kalacak," dedi Merry. "Eğer demek isteğiniz, şu kıymetli Şefinizin yabanellerden alçak adamlar tuttuğu ise, o zaman biraz geç kalmışız demektir." Midillisinden aşağıya atladı, lambaların ışığında levhayı görünce yerinden söküp kapının üzerinden attı. Hobbitler geri çekildiler ama kapıyı açmak için hiç kıpırdamadılar. "Haydi Pippin!" dedi Merry. "İki kişi yeter."

Merry ile Pippin kapıya tırmanınca hobbitler kaçıştı. Bir boru sesi daha duyuldu. Sağ taraftaki daha büyükçe evden, kapıdaki ışığın önünde iri, ağır bir suret belirdi.

"Neler oluyor," diye homurdandı ilerlerken. "Kapıdan zorla geçmek isteyen biri mi var? Çekilin ayaklarımın altından yoksa o minik pis boyunlarınızı kırıveririm!" Sonra durdu, çünkü kılıçların pırıltısını görmüştü.

"Bill Eyrelti," dedi Merry, "eğer o kapıyı on saniye içinde açmazsan, pişman olacaksın. Eğer dediklerimi yapmazsan, sana çelik kakmak zorunda kalacağım. Ve kapıları açar açmaz, çıkıp gideceksin ve bir daha da geri dönmeyeceksin. Sen vicdansız bir alçak, yol kesen bir haydutsun."

Bill Eyrelti çekinerek kapıya doğru sürüdü ayaklarını ve kapıyı açtı. "Anahtarı ver bana!" dedi Merry. Fakat vicdansız adam anahtarları onun kafasına atarak karanlığın içine doğru kaçtı. Tam midillilerin yanından geçerken içlerinden biri bir çifte attı ve kaçan Eyrelti'ye isabet ettirdi. Kesik kesik havlayarak gecenin içine doğru uzaklaştı adam ve bir daha ondan haber alan olmadı.

"İyi iş becerdin Bill," dedi Sam, midilliyi kastederek.

"Alın işte Büyük Adamınızı," dedi Merry. "Şef'le daha sonra ilgileniriz. Bu arada geceyi geçirmek için bir yere ihtiyacımız var, gördüğüm kadarıyla Köprü Hanı'nı yıkıp yerine bu kasvetli yeri yaptığınıza göre bizi misafir etmeniz lazım."

"Kusura bakmayın Bay Merry," dedi Hob, "fakat buna izin verilmiyor."

"Neye izin verilmiyor?"

"Dışardan gelen halkı böyle içeri alıp, fazladan yemek yedirmek falan," dedi Hob.

"Buraya neler oldu?" dedi Merry. "Kötü bir yıl mı geçirdiniz, ne oldu? Hoş bir yaz ve iyi bir hasat oldu zannediyordum."

"Yok hayır, gayet iyi bir yıl oldu," dedi Hob. "Bissürü yiyecek yetiştirdik ama bunlara ne oldu bildiğimiz yok. Hep bu, etrafta dolanıp sayan, ölçen ve saklamak için götüren 'toplayıcılar' ve 'ortakçılar' yüzünden galiba. Onlar ortakçılıktan çok toplayıcılık yapıyor ve malımızın çoğunu bir daha göremiyoruz."

"Aman hadi!" dedi Pippin esneyerek. "Bu gecelik beni çok yordu bunlar. Çıkınlarımızda yemek var. Yatmamız için bir oda verin yeter. Şimdiye kadar gördüğüm bir sürü yerden daha iyidir herhalde."

Kapıdaki hobbitler hâlâ huzursuz gibiydiler, belli ki öyle veya böyle birtakım kurallar çiğnenmişti; fakat hepsi silahlı ve iki tanesi anormal bir biçimde iri ve güçlü görünen, böylesine hâkim tavırlı dört yolcuya itiraz edilemezdi. Frodo kapıların yeniden kapatılmasını emretti. En azından etrafta serseriler dolanırken nöbet tutmakta bir anlam vardı. Sonra dört arkadaş hobbitlerin muhafız evine gittiler ve ellerinden geldiğince rahat etmeye çalıştılar. Burası doğru dürüst ateş yakılamayan küçük, kötü bir ocağı olan, boş ve çirkin bir yerdi. Üst odalarda sert yataklardan kısa kısa sıralar vardı ve her duvarda bir uyarı ve Kurallar listesi bulunuyordu. Gerçi bira yoktu ve yemek çok azdı; fakat yolcuların yanlarında getirip paylaştıklarıyla hepsi güzel bir yemek yemiş oldu; Pippin de ertesi günün odunlarının çoğunu ocağa atarak 4. Kural'ı bozuverdi.

"Evet, şimdi bize Shire'da neler olduğunu anlatırken biraz pipo tüttürmeye ne dersiniz?" dedi.

"Artık hiç pipo otu yok," dedi Hob; "en azından sadece Şef'in adamları için var. Bütün stok da yok oldu sanki. Yük arabaları dolusu otun, Güney Topraklar'dan, Sarn Geçitleri üzerinden eski yoldan gittiğini duyuyoruz. Bu, sizin gittiğiniz geçen yılın sonuydu. Fakat ondan önce de sessiz sessiz gidiyormuş, daha küçük bir yoldan. O Lotho..."

"Sus artık Hob Samanlı!" diye bağırdı diğerlerinden bazıları. "O tür konuşmalara izin verilmediğini biliyorsun. Şef'in kulağına gider mutlaka, o zaman hepimizin başı derde girer."

"Eğer içinizden biri gammaz olmayaydı duymazdı," diye cevap verdi Hob hararetle.

"Tamam, tamam!" dedi Sam. "Bu kadarı yeter. Artık daha fazla bir şey duymak istemiyorum. Karşılayan yok, bira yok, pipo yok; bir sürü kural ile ork muhabbeti var onun yerine. Dinlenirim diyordum ama görüyorum ki önümüzde iş ve dert var. Gelin uyuyup, yarına kadar her şeyi unutalım!"

Belli ki yeni "Şef"in haber kaynakları vardı. Çıkın Çıkmazı'ndan Köprü'ye rahat bir kırk mil vardı ama birisi aceleyle bir yolculuk yapmıştı. Yani Frodo ile arkadaşlarının varlığı kısa bir süre sonra ortaya çıkmıştı.

Her hangi bir plan yapmamışlardı ama ilk önce, hep birlikte Çukurçay'a gidip orada biraz dinlenmek geçmişti akıllarından. Fakat artık olanları görünce, doğruca Hobbitköy'e gitmeye karar verdiler. Böylece ertesi gün Yol'a çıkarak hızla ilerlemeye başladılar. Rüzgâr dinmişti ama gökyüzü kurşuni renkliydi. Topraklar hüzünlü ve yalnız görünüyordu; ama zaten kasım gelmişti, yani güzün son demleri. Yine de normalden fazla ateş yanıyor gibiydi etrafta, birçok noktadan dumanlar yükseliyordu. Büyük bir öbek duman, Ormanlık Uç yönünden uzaklardan yükseliyor gibiydi.

Akşam yaklaşırken onlar da tam Yol'un üzerinde olan, Köprü'den yirmi iki mil ötede bulunan Frogmorton'a yaklaşıyorlardı. Geceyi orada geçirmeyi planlıyorlardı; Frogmorton'daki *Yüzen Kütük* hanı iyi bir handı. Köyün doğu ucuna yaklaşırlarken üzerinde YOL BİTTİ yazan kocaman bir levhanın olduğu bir barikatla karşılaştılar; bunun gerisinde de ellerinde değnekler, keplerinde tüyler, hem önemli hem de daha ziyade korkmuş görünen kalabalık bir Emniyet Şifi takımı vardı.

"Nedir bütün bunlar?" dedi Frodo, içinden gülmek gelerek.

"Neyse o Bay Baggins," dedi Emniyet Şiflerinin başı, iki tüylü bir hobbit: "Kapıyı Kırmak, Kuralları Yırtmak, Kapıcılara Saldırmak, Hudutları İhlal Etmek, İzin Almadan Shire Binalarında Uyumak ve

Muhafızlara Yiyecekleri Rüşvet Olarak Vermek suçlarından tutuklusunuz."

"E, başka?" dedi Frodo.

"Bu yeterli," dedi Emniyet Şifi lideri.

"Eğer isterseniz ben biraz daha ekleyebilirim," dedi Sam. "Şef'inize İsimler Takmak, onun o Çıbanlı Yüzü'ne Yumruk Atmayı Arzulamak, Emniyet Şiflerinin Ahmak Olduğunu Düşünmek."

"Tamam Beyim, bu kadarı yeter. Sizin sessiz sedasız gelmeniz Şefimizin emridir. Sizi Subaşı'na götürüp Şef'in Adamları'na teslim edeceğiz; o sizin davanıza baktığında istediğinizi söyleyebilirsiniz. Ama Kilitlidelikler'de gereğinden fazla kalmak istemiyorsanız, sizin yerinizde olsaydım, kısa keserdim."

Emniyet Şiflerinin şaşkın ve hezimete uğramış bakışları altında Frodo ile arkadaşları kahkahalara boğuldular. "Komik olmayın!" dedi Frodo. "Nereye istersem oraya giderim, canım ne zaman isterse. Şu anda da bir iş için Çıkın Çıkmazı'na gidiyorum ama eğer siz de gelmekte ısrar ederseniz bu sizin bileceğiniz iş."

"Pekâlâ Bay Baggins," dedi lider, barikatı yana iterek. "Ama sizi tutuklamış olduğumu unutmayın."

"Unutmam," dedi Frodo. "Hiç. Ama seni affedebilirim. Şimdi, bugün daha ileriye gitmeyeceğim; o yüzden bana güzel güzel Yüzen Kütük'e kadar refakat ederseniz size çok minnettar olurum."

"Bunu yapamam Bay Baggins. Han kapandı. Köyün öte yanında Emniyet Şifi evi var. Sizi oraya götürürüm."

"Tamam," dedi Frodo. "Sen git, biz izleriz."

Sam Emniyet Şiflerini yukarıdan aşağıya süzüyordu ki içlerinde tanıdığı birini buldu. "Hey, Bülbül Küçüksığınak, buraya gel!" diye bağırdı. "Seninle bir iki kelime konuşmak istiyorum."

Hiddetli görünse de işe karışmaya cesaret edemeyen üstüne sıkılgan bir bakış atan Emniyet Şifi Küçüksığınak geriye kalarak midillisinden inen Sam'in yanından yürümeye başladı.

"Buraya bak Horoz-bülbül!" dedi Sam. "Sen Hobbitköy'de yetişmiş birisin, Bay Frodo'nun yolunu kesmeyecek kadar sağduyun olması gerekirdi. Sonra bu hanın kapatılması falan ne oluyor?"

"Bütün hanlar kapatıldı," dedi Bülbül. "Şef birayı tasvip etmiyor. En azından her şey öyle başladıydı. Fakat artık bütün bira adamlarına gidiyor galiba. Sonra etrafta gezinen halkı da tasvip etmiyor; o yüzden eğer gezeceklerse veya buna mecburlarsa Emniyet Şiflerinin evine giderek işlerini anlatmak zorundalar."

"Böyle bir saçmalığa bulaştığın için kendinden utanmalısın," dedi Sam. "Sen de eskiden hanların içini dışından daha çok severdin. Görev başında olsun olmasın, habire hanlara dalıp dururdun."

"Yine öyle yapardım Sam, elimde olsaydı. Ama bana çok yüklenme. Ben ne yapabilirim ki? Yedi yıl önce nasıl emniyet şifi olduğumu bilirsin, bütün bunlar başlamadan önce. Bu iş bana memleketi dolaşıp halkla tanışmak, havadisleri öğrenmek ve iyi biranın nerede bulunduğunu keşfetmek için fırsat vermişti. Ama şimdi her şey değişti."

"Ama bu işi bırakabilirsin, madem artık saygın bir iş değil, Emniyet Şifliği yapmayı bırak," dedi Sam.

"Bunu yapmamıza izin yok," dedi Bülbül.

"Şu *izin yok* lafını çok duymaya başladım," dedi Sam, "tepem atacak artık."

"Fena olmazdı doğrusu," dedi Bülbül sesini alçaltarak. "Eğer hepimizin birden tepesi atarsa o zaman bir şeyler olabilir. Ama şu İnsanlar Sam, Şefin Adamları işi bozuyor. Onları her tarafa yolluyor ve eğer biz minik halktan biri hakkımızı aramak için karşılarına dikilecek olsak, onu Kilitlidelik'e tıkıyorlar. Bizim Untopağı'nı, sonra eski Belediye başkanı Will Nebzeayak'ı götürdüler ilk önce, sonra daha bir sürü kişiyi götürdüler. Son zamanlarda işler daha da kötüleşti. Artık onları sık sık dövüyorlar da."

"O zaman neden onların işlerini yapıyorsunuz?" dedi Sam hiddetle. "Seni Frogmorton'a kim yolladı?"

"Kimse. Burada büyük Emniyet Şifleri evinde kalıyoruz. Biz İlk Güney Topraklar Bölüğü'yüz artık. Şimdi yüzlerce Emniyet Şifi var; bu yeni kurallarla bir sürü daha istiyorlar. Şiflerin çoğu istemeye istemeye girdi bu işe, ama hepsi değil. Shire'da bile burnunu diğer insanların işlerine sokmaktan ve büyük konuşmaktan hoşlananlar var. Daha da kötüsü: Şef ve Adamları için casusluk edenler de var."

"Ha! Demek bizim hakkımızdaki haberleri böyle duydunuz, öyle mi?"

"Öyle. Bizim artık kullanmamıza izin yok ama onlar eski Acele Posta servisini kullanıyorlar ve değişik noktalarda, özel koşucular bulunduruyorlar. Biri, dün gece Nebzekarık'tan 'gizli bir mesaj' ile geldi ve bir diğeri buradan alıp götürdü. Ve sizin tutuklanıp doğrudan Kilitlidelik'e değil de Subaşına götürülmeniz emri de bu akşamüstü geldi.

Şef sizi bir an önce görmek istiyor anlaşılan."

"Bay Frodo'nun onunla işi bitince pek hevesi kalmayacak," dedi Sam.

Frogmorton'daki Emniyet Şifi evi, en az Köprü evi kadar kötüydü. Bu ev tek katlıydı ama aynı dar pencereleri vardı ve kötü bir şekilde dizilmiş, çirkin, soluk tuğlalarla inşa edilmişti. İçerisi rutubetli ve neşesizdi; akşam yemeği haftalardır fırçalanmamış uzun ve boş bir masanın üzerinde veriliyordu. İkram edilen yemek de daha matah değildi. Yolcular buradan ayrıldıklarında memnun oldular. Subaşı'na daha on sekiz mil vardı ve sabah saat onda yola koyuldular. Daha erken de yola çıkabilirlerdi ama oyalanışları Emniyet Şifi liderini öyle açıkça rahatsız etmişti ki... Batıdan esen rüzgâr kuzeye dönmüştü ve daha da soğuyordu ama yağmur dinmişti.

Köyden ayrılan alay oldukça komikti; gerçi yolcuların "kalkışını" görmek için dışarı çıkan az sayıda kişi de gülmelerine izin olup olmadığından pek emin olamıyordu. Bir düzine Emniyet Şifinin "tutsaklara" refakat etmesi söylenmişti; ama Frodo ve arkadaşları arkada midillilerine binerken Merry onları önden yürütüyordu. Emniyet Şifleri yüzleri asılmış, önemli kişiler gibi görünmeye çalışarak düşe kalka yürürlerken, Merry, Pippin ve Sam rahat rahat oturmuş gülüyorlar, konuşuyorlar, şarkılar söylüyorlardı. Bununla beraber Frodo sessizdi ve daha ziyade hüzünlü ve düşünceli görünüyordu.

Önünden geçtikleri son kişi, çitini budayan yaşlı bir babalıktı. "Bakın hele!" diye taş attı. "Şimdi kim kimi tutuklamış?"

Emniyet Şiflerinin ikisi derhal gruptan ayrılarak ona doğru ilerledi. "Lider efendi!" dedi Merry. "Hemen adamlarını eski yerlerine sok, eğer onlarla benim ilgilenmemi istemiyorsan tabii!"

Liderlerinden gelen sert bir sözle iki hobbit yüzlerini asarak geri döndü. "Şimdi devam edin!" dedi Merry ve yolcular işi hallettikten sonra midillilerini Emniyet Şiflerini önlerinde yürütebilecek hıza ayarladılar. Güneş çıktı; yürüyenler serin esen rüzgâra rağmen kısa bir süre sonra oflayıp puflamaya ve terlemeye başladılar.

Üç Metelik Kayası'nda pes ettiler. Öğlen vakti verdikleri tek bir mola ile neredeyse on dört mil gelmişlerdi. Artık saat üç olmuştu. Acıkmışlardı, ayakları ağrıyordu; bu hıza dayanamayacaklardı.

"Eh siz de kendi vaktinizi kendiniz ayarlayıp gelin!" dedi Merry. "Biz yolumuza devam ediyoruz."

"Hoşça kal Horoz-bülbül!" dedi Sam. "Seni *Yeşil Ejderha*'nın önünde bekleyeceğim, tabii eğer yerini unutmadıysan. Yolda oyalanmayın!"

"Siz tutukluluk halinizi ihlal ediyorsunuz, evet böyle yapıyorsunuz," dedi lider sıkıntıyla, "ve bundan ben mesul olamam."

"Daha ihlal edecek çok şeyimiz var ve bundan da seni sorumlu tutmuyoruz," dedi Pippin. "Sana iyi şanslar!"

Yolcular yollarına devam ettiler; güneş batıda, ufukta görünen Ak Yaylalar'a doğru batarken geniş göletin bulunduğu taraftan Subaşı'na vardılar; burada ilk gerçek ve acı şoklarını yaşadılar. Burası Frodo ile Sam'in kendi memleketleriydi; birden şu anda buraya dünyadaki bütün yerlerden daha çok önem verdiklerini fark ettiler. Bildikleri evlerin birçoğunun yerinde artık yeller esiyordu. Kimisi yakılmış gibi görünüyordu. Gölet'in kuzey kıyısında eskiden bulunan o hoş, dizi dizi hobbit oyukları artık terk edilmiş ve su kıyısına kadar tüm parlaklığıyla inen minik bahçelerinde ayrıkotları bitmişti. Daha da kötüsü, Hobbitköy Yolu'nun su kıyısına yakın geçtiği yerde, Gölet boyunca bir dizi yeni ve çirkin ev vardı. Orada ağaçlarla dolu bir cadde bulunuyordu eskiden. Artık hepsi gitmişti. Ve kederle Çıkın Çıkmazı'na giden yola bakınca uzakta tuğladan yüksek bir baca gördüler. Akşam havasına kara bir duman kusuyordu.

Sam kendini kaybetmişti. "Ben hemen gidiyorum Bay Frodo!" diye bağırdı. "Neler oluyor bakacağım. Babalığı bulmak istiyorum."

"Önce neler dönüyor onu bir anlamamız lazım Sam," dedi Merry. "Herhalde 'Şef' bir grup vicdansız adamını hazır etmiştir. En iyisi, bize burada olanları anlatacak birini bulmak."

Fakat Subaşı köyündeki evlerin ve çukurların hepsi kapalıydı ve onları karşılayan olmamıştı. Buna çok hayret ettiler fakat kısa bir süre sonra bunun nedenini anladılar. Hobbitköy tarafındaki son ev olan, artık cansız, kırık pencereli *Yeşil Ejderha*'ya vardıklarında yarım düzine çirkin insanın han duvarına aylakça dayanmış olduklarını gördüler; bunlar kısık gözlü, soluk yüzlü adamlardı.

"Tıpkı Bree'deki Bill Eyrelti'nin arkadaşı gibi," dedi Sam.

"İsengard'da gördüklerimiz gibi," diye mırıldandı Merry.

Vicdansız serserilerin ellerinde sopaları, bellerinde boruları vardı fakat görüldüğü kadarıyla başka silahları yoktu. Yolcular yaklaşırken onlar da duvardan ayrılarak yolu kestiler.

"Nereye gittiğinizi zannediyorsunuz?" dedi biri, içlerinden en irisi ve en kötü görünüşlüsü. "Sizin için yol burada bitiyor. Üstelik o kıymetli Emniyet Şifleri nerede?"

"Güzel güzel geliyorlar," dedi Merry. "Belki biraz ayakları ağrıyordur. Onları burada beklemeye söz verdik."

"Hah, demedim mi?" dedi vicdansız serseri arkadaşlarına. "Sharkey'ye* o ufak ahmaklara güvenmenin bir yararı olmadığını söylemiştim. Bizimkilerden göndermek lazımdı."

"İyi de bu neyi değiştirecekti, acaba?" dedi Merry. "Biz bu memlekette yol kesen eşkiyaya pek alışık değilizdir ama nasıl başa çıkacağımızı da biliriz."

"Yol kesen eşkiya ha?" dedi adam. "Yani siz bu telden öteceksiniz ha? Çabuk değiştirin yoksa ben değiştiririm. Siz minikler pek bir kibirli olmaya başladınız. Patron'un yufka yüreğine fazla güvenmeyin. Artık Sharkey geldi ve o da Sharkey ne derse onu yapar."

"Peki ne diyecekmiş?" dedi Frodo sessizce.

"Bu ülke uyandırılıp, düzene girmeyi bekliyor," dedi serseri, "ve Sharkey bunu başaracak; bunu da zorla yapabilir, eğer mecbur ederseniz. Sizin daha büyük bir Patron'a ihtiyacınız var. Ve yıl çıkmadan da daha iyi biri gelecek başınıza, eğer biraz daha sorun çıkarsa. O zaman alırsınız dersinizi, sizi minik sıçan halkı sizi."

"Demek öyle! Sizin planlarınızı duyduğuma memnun oldum," dedi Frodo. "Ben de tam Bay Lotho'yu ziyaret edecektim, belki bunları duymak onun da ilgisini çeker."

Vicdansız serseriler güldü. "Lotho'ymuş! O zaten biliyor. Hiç merak etmeyin O, Sharkey ne derse onu yapar. Çünkü eğer patronlardan biri sorun çıkaracak olursa yerine yenisini getiriveririz. Anladınız mı? Ve eğer minik ahali istenmediği yere girmeye çalışırsa, yaptığı yaramazlığın cezasını veriveririz. Anladınız mı?"

"Evet, anladım," dedi Frodo. "Ama tek bir şey var, gördüğüm kadarıyla siz burada zamanın ve havadislerin gerisinde kalmışsınız. Güney'den ayrıldığınızdan beri çok şeyler oldu. Sizin devriniz kapandı artık; diğer vicdansız serserilerin devri de öyle. Karanlık Kule düştü ve artık Gondor'da bir Kral var. Sonra İsengard ortadan kaldırıldı; sizin şu kıymetli efendiniz de artık yabanellerde bir dilenci. Buraya ge-

* Köpekbalığı anlamında bir kelime. (ç.n.)

lirken yolda karşılaştık. Yeşil Yol'dan artık Kral'ın habercileri geçecek, İsengard'ın kabadayıları değil."

Adam ona bakarak sırıttı. "Yabanellerde dilenciymiş!" diye alay etti. "Öyle mi, ha? Atın, atın minik baykuşlarım, atın. Ama bu bizim, sizin uzun zamandır aylaklık ettiğiniz bu minik, şişko ülkede yaşamamıza engel olmaz. Sonra," –parmaklarını Frodo'nun suratının önünde şıklattı– "Kral'ın habercileriymiş! Hava alırlar! Karşıma çıkacak olurlarsa, gereken dikkati gösteririm onlara."

Bu kadarı Pippin için fazlaydı. Aklı Cormallen Kırları'na gitti; şimdi de burada kısık gözlü bir rezil, Yüzük Taşıyıcısı'na "minik baykuş" diyordu. Pelerinini geri savurdu, kılıcını çekip çıkarttı ve midillisini ileri doğru sürerken üzerindeki Gondor'un gümüş ve samur renkleri parladı.

"Ben Kral'ın bir habercisiyim," dedi. "Sizler Kral'ın arkadaşı ve Batı'nın en şanlı adamıyla konuşuyorsunuz. Sen zalim, vicdansız ahmağın tekisin. Yolun üzerine diz çöküp af dile yoksa bu trol katilini sana saplarım!"

Kılıç, batıya dönen güneşte parladı. Merry ile Sam de kılıçlarını çektiler ve Pippin'i desteklemek için midillilerini sürdüler; fakat Frodo kıpırdamadı. Serseriler gerilediler. Bree Ülkesi'nin köylülerini korkutup dehşete düşmüş hobbitlere kabadayılık etmekti onların bütün işi. Parlak kılıçlı ve asık yüzlü korkusuz hobbitler onlar için çok hayret vericiydi. Ve bu yeni gelenlerin sesinde şimdiye kadar duymamış oldukları bir tını vardı. Korkuyla ürpermelerine neden oluyordu.

"Gidin!" dedi Merry. "Eğer bu köyü bir daha rahatsız edecek olursanız pişman olursunuz." Üç hobbit ilerledi; bunun üzerine serseriler dönerek, Hobbitköy Yolu'na doğru kaçtılar; ama kaçarken de borularını öttürdüler.

"Evet, pek de erken gelmiş sayılmayız," dedi Merry.

"Hiç erken gelmiş sayılmayız. Belki de çok geç kalmışızdır, en azından Lotho'yu kurtaramayacak kadar geç," dedi Frodo. "Zavallı ahmak, ama yine de onun için üzüldüm."

"Lotho'yu kurtarmak mı? Ne demek istiyorsun?" dedi Pippin. "İşini bitirmek derdim ben olsaydım."

"Olanları anladığını pek zannetmiyorum Pippin," dedi Frodo. "Lotho hiçbir zaman işin buraya varmasını arzulamamıştır. O ahmağın tekiydi, ama şimdi fena yakalanmış. Bu vicdansız serseriler tepesinde, her şeyi ele geçiriyor, soyuyor, kabadayılık ediyorlar; istedikleri gibi dolanıp istediklerini yıkıyorlar, onun adını kullanarak. Yakında onun adını bile kullanmayı bırakacaklar. O da şimdi Çıkın Çıkmazı'nda tutsaktır ve çok korkuyordur sanırım. Elimizden geleni yapıp onu kurtarmaya çalışmalıyız."

"İyi vallahi, sersem gibi oldum!" dedi Pippin. "Yolculuğumuz için düşündüğüm bütün sonlar arasında bu, aklıma gelenlerin en sonuncusu olurdu: Shire'ın içinde yarı orklarla ve vicdansız serserilerle Lotho Çıban'ı kurtarmak için dövüşmek!"

"Dövüşmek mi?" dedi Frodo. "Evet, sanırım iş oraya da varabilir. Fakat şunu unutma: Hiç hobbit öldürülmeyecek, karşı tarafa geçecek olsalar bile öldürülmeyecek. Gerçekten geçmiş olsalar bile, yani sadece korktukları için vicdansızların sözlerini dinlemekten öte. Şimdiye kadar Shire'da hiçbir hobbit bir başka hobbiti kasten öldürmedi, şimdi de başlayacak değiliz buna. Hiç kimse öldürülmemeli, eğer mümkün olursa. Sinirlerinize ve mümkün olan son ana kadar da ellerinize hâkim olun!"

"Ama eğer bu vicdansız serserilerden çok varsa," dedi Merry, "bu mutlaka dövüşmek anlamına gelecektir. Lotho'yu veya Shire'ı sadece hayrete düşüp üzgün görünerek kurtaramazsın sevgili Frodo'cuğum."

"Hayır," dedi Pippin. "Onları bir daha korkutmak kolay olmayacak. Gafil avlanmışlardı. O boru sesini duydunuz mu, o boru sesini? Belli ki etrafta başka vicdansızlar da var. Bir araya toplandıklarında çok da cesur olacaklardır. Gece başımızı sokacak bir yer bulmalıyız. Sonuç olarak sadece dört kişiyiz, silahlı olsak da."

"Benim bir fikrim var," dedi Sam. "Haydi Güney Sokağı'ndaki bizim Tom Pamuk'a gidelim! O yiğit biridir. Oğulları da benim arkadaşımdı."

"Hayır!" dedi Merry. " Gidip saklanmanın hiç faydası yok. Bu zaten halkın yapmakta olduğu ve o vicdansızların bizim de yapmamızı beklediği şey. Zor kullanarak üzerimize gelecekler veya bizi sıkıştıracaklardır; ya bizi dışarı sürecekler ya da içerde yakacaklardır. Hayır, hemen bir şeyler yapmamız lazım."

"Ne yapacağız?" dedi Pippin.

"Shire'ı ayağa kaldıracağız!" dedi Merry. "Hemen! Bütün insanları uyandıracağız! Hepsi bütün bu olanlardan nefret ediyor, bunu görebilirsiniz: Belki bir iki rezil ve önemli bir kişi olmayı arzu eden birkaç ahmak hariç hepsi; ama neler olup bittiğini anlayan yok. Shire halkı o kadar uzun zamandır o kadar rahat yaşamaya alışmış ki, ne yapabileceğini bilemiyor. Bir tek kıvılcıma ihtiyaçları var gerçi, o zaman ateş alacaklar. Şef'in adamları bunu biliyor olmalı. Onlar da üzerimize basıp, bir an önce bizi söndürmeye çalışacak. Çok az bir zamanımız var.

"Sam, sen Pamuk'ların çiftliğine koşabilirsin istiyorsan. O buraların elebaşıdır ve yiğit biridir. Haydi! Ben Rohan borusunu öttüreceğim ve hiç duymadıkları bir ezgi dinleteceğim onlara."

Köyün ortasına döndüler tekrar. Burada Sam yana ayrılıp, güneye, Pamuk'ların oraya giden dar yoldan dört nala sürdü midillisini. Çok gitmemişti ki, göğe çınlayarak yükselen berrak bir boru sesi duydu. Tepede uzaklarda, tarlalarda yankılandı ses; o kadar davetkâr bir çağrıydı ki neredeyse Sam kendi de geri dönecekti. Midillisi gerileyerek kişnedi.

"Devam oğlum! Devam!" diye bağırdı. "Yakında geri döneceğiz."

Sonra Merry'nin notayı değiştirdiğini duydu ve Erdiyarı'nın çağrısı yükseldi, havayı titreterek.

Uyanın! Uyanın! Dehşet, Yangın, Düşmanlar! Uyanın!
Yangın, Düşmanlar! Uyanın!

Sam ardında kalabalık sesler, koca bir patırtı, çarpan kapı sesleri duydu. Önünde, akşam karanlığında ışıklar peydahlandı; köpekler havladı; koşuşturan ayakların patırtısı duyuldu. Daha yolun sonuna varmadan Çiftçi Pamuk ile üç oğlu Genç Tom, Neşeli ve Nick belirip ona doğru gelmeye başladılar. Ellerinde baltaları vardı ve yolu kapattılar.

"Yok! Vicdansızlardan biri değil," dediğini duydu Sam çiftçinin. "Boyuna posuna bakacak olursanız bir hobbit ama çok garip giyinmiş. Hey!" diye bağırdı. "Kimsin sen, nedir bu olup bitenler?"

"Benim Sam, Sam Gamgee. Geri döndüm."

Çiftçi Pamuk yaklaşarak alacakaranlıkta ona baktı. "Hayret!" diye bağırdı. "Sesin tamam, yüzün de eskisine göre daha kötü sayılmaz Sam. Ama o kılık kıyafette, sokakta yanından geçerdim de tanımazdım. Belli ki yabancı yerlere gitmişsin. Öldün diye korktuyduk."

"Ama ölmedim işte!" dedi Sam. "Bay Frodo da ölmedi. Burada, arkadaşlarıyla birlikte. Olup biten bu işte. Shire'ı uyandırıyorlar. Bütün o vicdansızları temizleyeceğiz, o Şeflerini de tabii. Başlıyoruz."

"Güzel, güzel!" diye bağırdı Çiftçi Pamuk. "Demek ki sonunda başladı! Bütün bu geçen yıl boyunca bir olay yaratmak için kaşınıp durdum ama kimse bana yardımcı olmadı. Düşünmem gereken bir karım ve Gül vardı. Bu vicdansızlar hiçbir şeye sarılmıyor. Fakat haydi çocuklar! Subaşı ayağa kalktı! Biz de dahil olalım!"

"Bayan Pamuk ile Gül'e ne olacak?" dedi Sam. "Henüz onları yalnız bırakacak kadar güvenlikli değil."

"Benim Nibs onların yanında. Ama eğer istersen sen de gidip ona yardım edebilirsin," dedi Çiftçi Pamuk sırıtarak. Sonra oğullarıyla birlikte köye doğru koşmaya başladı.

Sam aceleyle eve gitti. Geniş avludan çıkan merdivenlerin tepesindeki kocaman yuvarlak kapıdan Bayan Pamuk ile Gül bakıyordu; önlerinde Nibs bir yabayı sıkı sıkı tutmuş duruyordu.

"Benim ben!" diye bağırdı Sam o tarafa seğirtirken. "Sam Gamgee! O yüzden beni dürtmeye kalkma Nibs. Zaten üzerimde zırh var."

Midillisinden aşağı atladı ve merdivenlerden çıktı. Sessizce bakıyorlardı ona. "İyi akşamlar Bayan Pamuk!" dedi. "Merhaba, Gül!"

"Merhaba Sam!" dedi Gül. "Nerelerdeydin? Senin için öldü dedilerdi; ama ben bahardan beri seni bekliyordum. Pek acele etmedin değil mi?"

"Belki de etmemişimdir," dedi Sam mahcup olarak. "Ama şimdi acelem var. O vicdansızların defterini dürüyoruz ve benim Bay Frodo'nun yanına geri dönmem gerek. Ama gelip Bayan Pamuk'un bir halini hatırını sorsam iyi olur dedim, bir de senin Gül."

"Gayet iyiyiz, teşekkür ederim," dedi Bayan Pamuk. "Ya da eğer o hırsız, vicdansız serseriler olmasaydı iyi olacaktık."

"Madem öyle git haydi!" dedi Gül. "Madem bütün bu süre boyunca Bay Frodo'ya göz kulak oluyordun, şimdi tam tehlike anında onu niye bıraktın?"

İşte bu kadarı Sam için çok fazlaydı. Buna ya bir haftada cevap verilirdi, ya da hiç verilmezdi. Arkasını dönüp midillisine bindi. Fakat tam hareket ediyordu ki Gül merdivenlerden aşağıya koştu.

"Bence çok iyi görünüyorsun Sam," dedi. "Şimdi git! Ama kendine dikkat et ve o vicdansızların defterini dürer dürmez doğruca buraya gel."

Sam geri döndüğünde bütün köyün ayağa kalkmış olduğunu gördü. Daha şimdiden, genç delikanlılar bir yana, yüzden fazla kuvvetli hobbit baltalarıyla, uzun bıçaklarıyla ve kalın sopalarıyla toplanmışlardı; birkaç tanesinin de av yayları vardı. Dışarıdaki çiftliklerden daha gelenler oluyordu.

Köy halkının bir kısmı büyük bir ateş yakmıştı, sırf işi daha da canlandırmak ve aynı zamanda bu Şef'in yasakladığı şeylerden biri olduğu için. Gece çöktükçe ateş daha parlak yanmaya başladı. Diğerleri, Merry'nin emrinde köyün her iki ucunda, yola barikatlar diziyordu. Emniyet Şifleri aşağı taraftaki barikata gelince dilleri tutulmuştu; fakat işlerin nereye vardığını anlar anlamaz çoğu tüylerini çıkartarak isyana katıldı. Diğerleri sıvıştı.

Sam, Frodo ile arkadaşlarını ateşin yanında yaşlı Tom Pamuk ile konuşurken buldu; Subaşı'ndan hatırı sayılır bir kalabalık etraflarını almış onları seyrediyordu.

"Evet, bir sonraki hareket ne?" dedi Çiftçi Pamuk.

"Bilemem," dedi Frodo, "biraz daha bilgi almam lazım. Bu vicdansızlardan kaç tane var?"

"Tam olarak bilemiyorum," dedi Pamuk. "Etrafta dolanıp, gelip gidip dururlar. Bazen Hobbitköy yolundaki barınaklarında elli tane kadar olur; ama oradan çıkıp dolanırlar, çalarlar ya da 'toplarlar' kendi deyimleriyle. Yine de, onların dediği kadarıyla, Patron'un yanında nadiren yirmiden az vicdansız bulunurmuş. O, Çıkın Çıkmazı'nda, ya da öyle idi; ama artık dışarılara pek çıkmıyor. Aslında iki üç haftadır onu gören de olmadı ya; Adamlar kimseleri yaklaştırmıyor ki."

"Tek mekânları Hobbitköy değil, öyle değil mi?" dedi Pippin.

"Hayır, daha kötü ya," dedi Pamuk. "Güneyde Uzundip'te ve Sarn Geçitleri'nde de epey var diye duydumdu; kimisi de Ormanlık Uç'ta eyleşip durur; sonra Yolkavşağı'nda da barakaları var. Sonra Kilitlidelikler var, onların tabiriyle: Kendilerine karşı koyanları tıkmak için hapishaneye çevirdikleri Uluğ Kazlın'daki eski depo tünelleri yani. Yine de, anlatılanlara göre tüm Shire'da üç yüzden fazla yoktur, belki de daha azdır. Onlarla baş ederiz, eğer birleşirsek."

"Hiç silahları var mı?" diye sordu Merry.

"Kırbaçları, bıçakları, sopaları var, pis işlerine yetecek kadar yani: Şimdiye kadar gösterdikleri bunlardı en azından," dedi Pamuk. "Ama tahminime göre iş dövüşe gelirse, başka silahları vardır. Zaten kimisinin yayı var. Halktan bir ikisini vurdular."

"İşte buyur Frodo!" dedi Merry. "Dövüşmemiz gerekeceğini biliyordum. Eh, öldürmeyi onlar başlatmış."

"Tam olarak değil," dedi Pamuk. "En azından okla atışı onlar başlatmadı. Took'lar başlattı. Yani senin baban Bay Peregrin; onun bu Lotho'ya hiç tahammülü yoktu, ta başından beri: Eğer bu saatten sonra birinin Şeflik edeceği varsa bunun bir zıpçıktının değil Shire Reisi'nin hakkı olduğunu söyledi. Lotho adamlarını yolladı ama fikrini değiştiremediler. Took'lar şanslı; onların Yeşil Tepeler'de, Koca İyinler'de falan derin delikleri var; o vicdansızlar oralara giremiyor; onlar da o vicdansızların topraklarına ayak basmasına izin vermiyor. Eğer ayak basarlarsa Took'lar onları avlıyor. Took'lar üç tanesini gizli gizli dolaşmaktan ve hırsızlıktan vurdu. Bundan sonra vicdansızlar daha da kötüleşti. Ve Took Ülkesi'ni oldukça yakından gözlüyorlar. Artık kimse oraya girip çıkamıyor."

"Aferin Took'lara!" diye bağırdı Pippin. "Ama artık birileri içeri girecek, hem de hemen. Ben İyinler'e gidiyorum. Benimle Tıkışkazası'na gelen var mı?"

Pippin, midillilere binmiş yarım düzine delikanlı ile uzaklaştı. "Yakında görüşürüz!" diye seslendi. "Tarlalardan gidersek sadece on dört mil kadardır. Sabah size Took'lardan bir ordu getireceğim." Merry onlar derinleşen gecenin içine doğru giderken arkalarından borusunu üfledi. Herkes neşelenip tezahürat yaptı.

"Her neyse," dedi Frodo yakınında duranlara, "ben kan dökülmesini istemiyorum; hatta o vicdansızların kanının bile, eğer hobbitlere bir ziyan vermemeleri için başka çare kalmazsa o başka."

"Tamam!" dedi Merry. "Ama Hobbitköy gangsterlerinin bizi ziyaretleri an meselesidir artık herhalde. Olanları konuşmaya gelmeyeceklerdir. Onlarla güzel güzel baş etmeye çalışırız ama en kötüsüne hazırlanmamız lazım. Şimdi, benim bir planım var."

"Çok iyi," dedi Frodo. "Sen işleri ayarla."

Tam o sırada, Hobbitköy'e doğru yollanmış olan bazı hobbitler koşarak geldiler. "Geliyorlar!" dediler. "Yirmi kadar, ya da biraz fazlalar. Fakat iki tanesi batıya, kırlara gitti."

"Yolkavşağı'na herhalde," dedi Pamuk, "çetelerinden başkalarını da toplamak için. Eh, her iki tarafa da on beş mil var. Henüz onlar için endişelenmemize gerek yok."

Merry emirler vermek için aceleyle ayrıldı. Çiftçi Pamuk, ellerinde öyle veya böyle bir silahı olan daha büyük hobbitler hariç herkesi evlerine yollayarak caddeyi boşalttı. Çok uzun beklemelerine gerek kalmadı. Kısa bir süre sonra yüksek seslerini ve sonra da ağır ayak seslerini duymaya başladılar. Derken koca bir müfreze vicdansız yoldan yaklaşmaya başladı. Barikatları görerek güldüler. Bu minik ülkede onların yirmisine birden karşı koyabilecek bir şey olabileceğini hayal bile edemiyorlardı.

Hobbitler barikatı açarak yana çekildiler. "Teşekkür ederiz!" diye alay etti Adamlar. "Şimdi de sizi kırbaçlamadan doğru yataklarınıza koşun bakalım." Sonra cadde boyunca yürüyerek şöyle bağırdılar: "Söndürün o ışıkları! İçeri girip orada kalın! Yoksa elli tanenizi bir yıllığına Kilitlidelikler'e götürürüz. İçeri girin! Patron'un sabrı taşmak üzere."

Kimse onların emirlerine kulak asmadı; fakat vicdansızlar geçtikçe onlar da arkalarından yaklaşıp, sıkıştırıyor ve onları izliyorlardı. Ateşin olduğu yere vardıklarında, Çiftçi Pamuk'u tek başına ellerini ateşte ısıtırken buldular.

"Kimsin sen; ne yaptığını zannediyorsun!" dedi vicdansızların lideri.

Çiftçi Pamuk ona yavaş yavaş baktı. "Ben de tam sana aynı soruyu soracaktım," dedi. "Burası sizin ülkeniz değil ve burada istenmiyorsunuz."

"Eh, en azından sen isteniyorsun," dedi lider. "Biz seni istiyoruz. Yakalayın onu çocuklar! Ona Kilitlidelikler yakışır; sessiz kalması için de bir şeyler yapın!"

Adamlar ileri doğru bir adım atarak donup kaldılar. Etraflarında koca bir gürültü kopmuştu ve aniden Çiftçi Pamuk'un yalnız olmadığını fark ettiler. Etrafları çevrilmişti. Ateş ışığının sınırı dışında, gölgelerden süzülüp gelmiş halka halinde hobbitler duruyordu. Hemen hemen iki yüz kadar vardı ve hepsi de silahlıydı.

Merry ileri bir adım attı. "Daha önce karşılaşmıştık," dedi lidere, "ve sizi geri dönmemeniz konusunda uyarmıştım. Yine uyarıyorum sizi: Tam ışık altında duruyorsunuz ve etrafınız okçularla dolu. Eğer bu çiftçiye parmağınızı değdirecek olsanız hemen vurulacaksınız. Elinizdeki silahları yere bırakın!"

Lider etrafına bakındı. Tuzağa düşmüştü. Ama korkmadı, arkasında yirmi kadar adamıyla korkmazdı. Hobbitleri, içinde bulunduğu tehlikeyi anlayamayacak kadar az tanıyordu. Aptalca savaşmaya karar verdi. Halkayı yarmak kolay olacaktı.

"Yakalayın onları çocuklar!" diye bağırdı. "Haydi onları haklayalım!"

Sol elinde uzun bir bıçak, diğer elinde bir sopayla ileriye koştu, geriye Hobbitköy'e doğru halkayı yarmaya çalışarak. Yolunda duran Merry'ye acımasız bir darbe indirmek için nişan aldı. Saplanan dört okla ölüp yere serildi.

Bu diğerlerine yetti. Pes ettiler. Silahları ellerinden alındı, bir araya bağlanıp kendilerinin inşa etmiş olduğu boş kulübenin yolunu tuttular; burada elleri ve ayakları bağlandı, başlarına nöbetçi bırakılarak içeri kitlendiler. Ölü lider sürüklenerek götürüldü ve gömüldü.

"Her şey olup bittikten sonra çok kolaymış gibi geliyor, değil mi?" dedi Pamuk. "Onlarla başa çıkabileceğimizi söylemiştim. Ama bir çağrıya ihtiyacımız vardı. Tam zamanında geldin Bay Merry."

"Daha yapacak çok şey var," dedi Merry. "Eğer hesapların doğruysa daha onda biriyle bile baş etmedik. Ama artık karanlık. Sanırım bir sonraki darbe yarın sabaha kadar bekleyecek. O zaman Şef'e çağrıda bulunacağız."

"Neden şimdi değil?" dedi Sam. "Daha saat altıyı pek geçmiyordur. Sonra ben babalığı görmek istiyorum. Ona ne olduğunu biliyor musun Bay Pamuk?"

"Ne çok iyi, ne çok kötü Sam," dedi çiftçi. "Çıkınsaçması Sıraevleri'ni kazdılar; bu onun için çok üzücü bir darbe oldu. Yakıp yıkmak ve hırsızlık etmekten başka işler de yaptıkları zamanlarda Şef'in adamlarının yapmış olduğu o yeni evlerden birinde artık: Subaşı'nın bitiminden bir mil kadar uzakta. Fakat fırsat buldukça bana geliyor; gördüğüm kadarıyla diğer zavallılardan biraz daha iyi besleniyor. Tabii Kurallar'a aykırı olarak. Onu yanıma alacaktım ama buna izin verilmedi."

"Yine de teşekkürler Bay Pamuk, bunu hiç unutmayacağım," dedi Sam. "Ama onu görmek istiyorum. Sözünü ettikleri Patron ile o Sharkey sabah olmadan orada bir yaramazlıklar yapabilirler."

"Tamam Sam," dedi Pamuk. "Yanına bir iki delikanlı seç ve gidip onu alarak benim eve bırak. Su'yun öte yanındaki Hobbitköy'e yaklaşmana gerek yok. Bizim Neşeli sana yolu gösterir."

Sam ayrıldı. Merry bütün köyün etrafına gözcüler ve barikatların yanında nöbetçiler yerleştirdi. Sonra o ve Frodo Çiftçi Pamuk'la birlikte ayrıldılar. Pamuk'un ailesiyle birlikte sıcacık mutfakta oturdular; Pamuk'lar onlara kibarlık olsun diye yolculuklarıyla ilgili bazı sorular sordular ama cevapları pek dinlemediler: Shire'da olup bitenlerle çok daha ilgiliydiler.

"Her şey, Çıban'la –biz ona öyle diyoruz– başladı," dedi Çiftçi Pamuk; "ve her şey siz gider gitmez başladı Bay Frodo. Çok komik fikirleri vardı o Çıban'ın. Her şeyi kendi sahiplenmek, diğerlerini de idare etmek istiyordu. Kısa bir süre sonra, aslında gerektiğinden fazla yere sahip olduğu çıktı ortaya; hep daha fazlasına el uzatıyordu, gerçi paranın nereden geldiği bir sırdı: Değirmenler, malthaneler, hanlar, yaprak tarlaları. Belli ki daha Çıkın Çıkmazı'na gelmeden Kumlukişi'nin değirmenini almış.

"Tabii ki daha işin başında Güney Toprakları'nda, babasından kalan çok fazla malı mülkü vardı; görünüşe göre de en iyi yaprakların çoğunu satıyormuş ve bir iki yıldır bunları sessiz sessiz uzaklara yolluyormuş. Fakat geçen yılın sonlarında sadece yaprak değil bir sürü başka şey de yollamaya başladı. Her şeyin sıkıntısı çekiliyordu artık, üstelik kış da geliyordu. Millet kızmaya başladı ama onun cevabı hazırdı. Bir sürü insan, çoğu da vicdansızın teki, koca yük arabalarıyla geldiler; bir kısmı malları güneyden götürdü; geri kalanları burada kaldı. Ve biz daha neye uğradığımızı anlamadan bütün Shire'a yayıldılar; ağaçları kesiyorlar, kazıyorlar, kendilerine canlarının çektiği gibi barakalar ve evler yapıyorlardı. İlk başlarda malların parası ve verilen zarar Çıban tarafından ödeniyordu; fakat kısa bir süre sonra etrafta beylik satıp istediklerini almaya başladılar.

"O zaman biraz huzursuzluk çıktı ama yeterince değil. Bizim Belediye Başkanı Yaşlı Will protesto etmek için Çıkın Çıkmazı'na yollandı ama oraya hiç varamadı. Vicdansız serseriler onu ele geçirdi ve Ulığ Kazlın'daki bir deliğe tıktı; hâlâ da oradadır. Yeni Yılı yeni geçmişti ve artık bir Belediye Başkanımız yoktu; Çıban kendine Emniyet Şifleri'nin Şefi dedi, ya da sadece Şef, sonra da dilediğini yaptı; onların deyimiyle biri 'kibirlenecek' olsa, o da Will'in peşinden deliğe tıkıldı. Böylece her şey gitgide kötüleşti. Adamlar'a verilen hariç, hiç pipoluk kalmamıştı; sonra Şef kendi adamları hariç bira içilmesini de tasvip etmiyordu, bu yüzden bütün hanları kapattı; böylece Kurallar dışında her şey azaldı, azaldı; ancak serseriler 'adil bir dağılım' için elinizdekini toplamaya geldiğinde saklayabildikleriniz olursa o başka: 'Adil bir dağılım'da da her şeyi onlar alıyordu, biz bir şey almıyorduk, Emniyet Şifleri evlerindeki artıklar hariç, tabii onu da midemiz kaldırırsa. Her şey çok kötüydü. Fakat Sharkey geldiğinden beri açık açık bir yıkım başladı."

"Bu Sharkey kimin nesi?" dedi Merry. "O vicdansızlardan birinin ondan söz ettiğini duydum."

"Görünüşe göre çetedeki en büyük vicdansız," diye cevapladı Pamuk. "Son hasat zamanı sıralarıydı, belki eylül ayı falan, o zaman onun adını duymaya başladık. Onu hiç görmedik ama Çıkın Çıkmazı'nda; sanırım artık asıl Şef o. Bütün vicdansızlar o ne dese yapıyor: Kıyıyorlar, yakıyorlar, yıkıyorlar; iş öldürmeye de vardı. Artık işin içinde iyi veya kötü hiçbir anlam, neden kalmadı. Ağaçları kesiyorlar, öylece bırakıyorlar ölsün diye, evleri yakıyorlar ve yenisini de inşa etmiyorlar.

"Kumlukişi'nin değirmeni mesela. Çıban, hemen hemen Çıkın Çıkmazı'na gelir gelmez onu yıktırdı. Sonra bir sürü pis görünüşlü insan getirtip daha büyük bir değirmen inşa ettirdi ve içini bir sürü çarklar ve yabancı işi tertibatlarla doldurdu. O ahmak Ted ise bu işten memnun oldu; orada, bir zamanlar babasının değirmenci ve kendi kendinin patronu olduğu yerde, o insanların çarklarını temizleyerek çalışıyor. Çıban'ın amacı daha çok ve daha hızlı un öğütmekti, ya da öyle dedi. Buna benzeyen başka değirmenler de kurdu. Ama öğütmeden önce öğütülecek bir şeyler olması gerekir; yeni değirmenin eskisinin yaptığından fazla yapacak işi yoktu. Fakat Sharkey geldiğinden beri artık hiç darı öğütmez oldular. Durmadan çekiçler çalışıyor, duman ve kötü kokular salıyor; Hobbitköy'de artık geceleri bile huzur yok. Sonra mahsus pislik akıtıp duruyorlar; bütün aşağı Su'yu kirlettiler ve kirlilik Brendibadesi'ne doğru gidiyor. Eğer Shire'ı bir çöle çevirmeyi arzuluyor iseler, doğru yoldalar. Bunların o salak Çıban'ın başının altından çıktığını zannetmiyorum."

"Doğru!" diye atıldı Genç Tom. "Hatta Çıban'ın yaşlı annesini, o Lobelia'yı bile aldılar; eğer sevdiği biri varsa, o da annesidir. Hobbitköy sakinlerinin bir kısmı bunu görmüş. Kadın eski şemsiyesiyle yoldan iniyormuş. Vicdansızların bir kısmı da büyük bir arabayla yukarı gidiyormuş.

"'Nereye gidiyorsunuz acaba?' demiş.

"'Çıkın Çıkmazı'na,' demişler.

"'Ne için?' demiş.

"'Sharkey için birkaç baraka kurmaya,' demişler.

"'Kim izin verdi size?' demiş.

"'Sharkey,' demişler. 'O yüzden yolumuzdan çekilsen iyi olacak kocakarı!'

"'Ben size Sharkey'yi gösteririm sizi pis hırsız serseriler sizi!' demiş kadın ve şemsiyesini kaldırarak kendisinin iki misli olan vicdansızlar liderine saldırmış. Böylece onu da almışlar. Kilitlidelikler'e sürümüşler, o yaşta. Özlemini daha çok çektiğimiz diğerlerini de aldılar ama onun birçoğundan daha cesur davrandığı inkâr edilemez."

Tam bu konuşmanın ortasında Sam çıkageldi, babalığı ile birlikte içeri daldılar. Yaşlı Gamgee çok yaşlanmış görünmüyordu ama biraz daha sağırlaşmıştı.

"İyi akşamlar Bay Baggins!" dedi. "Sağ salim geri döndüğünü gördüğüme sevindim hakikaten. Ama seninle paylaşacak bir kozum var, öyle derler ya, eğer cesaretim olsaydı. Çıkın Çıkmazı'nı satmamalıydın, hep dediğim gibi. Bütün bu yaramazlıkları başlatan şey o oldu. Siz yabancı yerlerde dolaşıp dururken, Sam'in dediğine göre Kara Adamları dağlarda takip ederken de –gerçi neden öyle ettiğinizi de pek açıklamadı ya– gelip Çıkınsaçması Sıraevleri'ni kazıp benim patatislerimi mahvettiler!"

"Çok üzüldüm Bay Gamgee," dedi Frodo. "Ama geri döndüm işte, her şeyi telafi etmek için elimden geleni yapacağım."

"Eh bundan güzel konuşamazdın," dedi babalık. "Bay Frodo Baggins gerçek bir beyhobbit demişimdir hep, bu ismi taşıyan başkaları hakkında ne düşünürseniz düşünün, affedersiniz ama. Umarım Sam de oralarda terbiyesini takınıp seni memnun etmiştir?"

"Çok memnun etti Bay Gamgee," dedi Frodo. "Aslında, ister inanın ister inanmayın, artık bütün topraklarda en şanlı kişilerden biri oldu; buradan Deniz'e kadar bütün topraklarda ve Ulu Nehir'in ardında adına şarkılar düzüyorlar." Sam kızardı ama minnettar bir edayla Frodo'ya baktı çünkü Gül'ün gözleri parlıyor ve ona gülümsüyordu.

"İnanması azcık zor," dedi babalık, "gerçi garip arkadaşlar edindiğini görebiliyorum. Bunun cepkenine ne oldu? Benim aklım demirden eşyalar giymeyi almaz, ister yakışsın, ister yakışmasın."

Çiftçi Pamuk'un ailesi ve konukları ertesi sabaha kadar oturdular. Gece boyunca hiçbir şey duyulmadı ama gün bitmeden bir şeylerin olacağı kesindi. "Belli ki Çıkın Çıkmazı'nda vicdansızlardan kimse kalmamış," dedi Pamuk; "ama Yolkavşağı'ndan gelecek olan çete neredeyse buraya varır."

Kahvaltıdan sonra Tookdiyarı'ndan bir haberci midillisini sürüp geldi. Morali çok yerindeydi. "Reis bütün ülkeyi ayağa kaldırdı," dedi, "ve haber ateş gibi her yana yayılıyor. Bizim toprakları gözleyen vicdansızlar güneye kaçtı, canlı olarak kaçabilenler yani. Reis onların peşine düştü, büyük çeteyi o taraftan uzak tutmak için; fakat ayırabildiği kadar kişiyle Bay Peregrin'i geri gönderdi."

Bir sonraki haber pek iyi değildi. Bütün gece dışarıda olan Merry saat on sularında geldi. "Dört mil ötede büyük bir grup var," dedi. "Yolkavşağı'ndan gelen yol boyunca ilerliyorlar ama dağılmış vicdansızların birçoğu onlara katıldı. Yüz kadar vardırlar; ilerledikçe yangın çıkartıyorlar. Lanet olasıcalar!"

"Ya! Bu gelenler konuşmak için durmayacaklardır, ellerinden gelirse öldürürler," dedi Çiftçi Pamuk. "Eğer Took'lar daha çabuk gelmezlerse, saklanıp hiç tartışmadan oklamaya başlamamız lazım. Bu iş yola girmeden biraz dövüş olması gerekecek Bay Frodo."

Took'lar daha önce geldiler. Kısa bir süre sonra içeri girdiler, başlarında Pippin vardı, Tıkışkazası ve Yeşil Tepeler'den yüz kişilik bir güçle. Merry'nin artık o vicdansızlarla başa çıkacak kadar yiğit hobbiti vardı. İzciler gelenlerin birbirlerinden ayrılmadıklarını söyledi. Bütün kırlık yerlerin onlara karşı ayaklandıklarını biliyorlardı ve belli ki isyanı merkezinde, yani Subaşı'nda insafsızca bastıracaklardı. Fakat ne kadar zalim olurlarsa olsunlar, içlerinde savaştan anlayan bir liderleri olmadığı kesindi. Hiç tedbir almadan geldiler. Merry çabucak bir plan yapıverdi.

Vicdansızlar Doğu Yolu'ndan ağır adımlarla geldiler ve hiç durmadan, bir süre üzerlerinde kısa çitlerin bulunduğu yüksek tepeler arasından yükselen Subaşı Yolu'na döndüler. Ana yoldan aşağı yukarı iki yüz metre kadar ileride bir dönemeci dönünce, eski çift arabalarının ters çevrilmesiyle yapılmış sağlam bir barikatla karşılaştılar. Bu onları durdurdu. Aynı anda, her iki yanlarında da başlarının üzerindeki çitler boyunca hobbitlerin dizilmiş olduğunu gördüler. Arkalarından başka hobbitler tarlada saklanmış başka arabaları ittiriyorlardı, böylece geriye dönüş yolları da tıkandı. Yukarıdan bir ses onlara şöyle seslendi:

"Evet, tuzağa düştünüz," dedi Merry. "Hobbitköylü dostlarınız da aynı şeyi yaptı; şimdi biri öldü geri kalanları da hapiste. Silahlarınızı bırakın! Sonra yirmi adım geriye giderek yere oturun. Kaçmaya çalışan vurulacaktır."

Fakat serseriler artık kolay kolay korkutulacak gibi değildi. Birkaç tanesi söylenenleri yaptı ama derhal arkadaşları tarafından yeniden kışkırtıldılar. Yirmi kadarı geriye kaçıp yük arabalarına saldırdı. Altı tanesi vuruldu fakat geri kalanları kaçtı ve iki hobbiti öldürerek Ormanlık Uç istikametine dağıldı. Kaçarken iki tanesi daha devrildi. Merry yüksek sesle borusunu çaldı; uzaklardan cevap veren borular oldu.

"Uzaklaşamazlar," dedi Pippin. "Bütün o topraklar bizim avcılarla dolu artık."

Geride, yolda sıkışmış kalmış seksen kadar Adam, hâlâ tepelere ve barikatlara tırmanmaya çalışıyordu; hobbitler birçoğunu vurmaya veya baltayla biçmeye mecbur kaldılar. Fakat en güçlülerin ve en dehşete düşmüşlerin birçoğu batı tarafından çıkmayı başardılar ve artık kaçmaktan çok öldürmeye meylettiklerinden düşmanlarına şiddetle saldırdılar. Birkaç hobbit düştü, geri kalanlar da doğu tarafında bulunan Merry ile Pippin varıp vicdansızlara saldırıncaya kadar duraksadılar. Merry iri bir orka benzeyen koca kısık gözlü bir hayvan olan lideri kendi elleriyle biçti. Sonra Adamların son kalan artıklarını geniş bir okçu halkasıyla çevreleyerek güçlerini geri çekti.

Sonunda her şey bitmişti. Hemen hemen yetmiş serseri alanda ölü yatıyordu, bir düzine kadarı da esir alınmıştı. On dokuz hobbit öldürülmüş, otuzu da yaralanmıştı. Ölü serseriler yük arabalarına koyularak yakınlardaki eski bir kum çukuruna taşındı ve buraya gömüldü: Daha sonraları verilen adla Muharebe Çukuru'na. Ölen hobbitler hep birlikte tepe yanında, daha sonraları etrafına bir bahçe yapılan koca bir kayanın dikildiği bir mezara yatırıldı. Böylece yukarıda, uzakta Kuzey Topraklar'da yapılan 1147 yılındaki Yeşilçayırlar savaşından sonra Shire'da yapılan tek savaş olan 1419 yılındaki Subaşı Muharebesi de böylece bitmiş oldu. Sonuç olarak, seve seve verilen birkaç cana mal olsa da Kırmızı Kitap'ta koca bir bölüm tutar; ayrıca savaşa katılanların isimleri uzun bir Liste yapılarak bütün Shire tarihçileri tarafından ezberlenmiştir. Pamuk'ların ünleri ve şanlarındaki hatırı sayılır yükseliş de bu zamana dayanır; fakat bütün hikâyelerde Liste'nin başında hep Komutanlar Meriadoc ile Peregrin'in ismi geçer.

Frodo da savaşa katılmıştı ama kılıcını hiç çekmedi; onun esas oynadığı rol, kayıpları karşısında hiddetlenen hobbitlerin silahlarını teslim etmiş olan düşmanlarını öldürmelerini önlemek olmuştu. Dövüş sona erip kalan işler de yoluna koyulduktan sonra Merry, Pippin ve Sam ona katıldılar ve Pamuk'larla birlikte geri gittiler. Geç bir öğle yemeği yedikten sonra Frodo içini çekerek şöyle dedi: "Evet, sanırım artık 'Şef' ile ilgilenmenin zamanı geldi."

"Gerçekten de öyle, ne kadar çabuk gitsek o kadar iyi," dedi Merry. "Çok da kibar olma! Bu serserilerin buraya gelmelerinden ve bütün yaptıkları kötülüklerden o mesul."

Çiftçi Pamuk iki düzine kadar güçlü kuvvetli hobbitten oluşan bir refakatçi grubu topladı. "Çünkü Çıkın Çıkmazı'nda hiç serseri kalmamış olduğu sadece bir tahmin," dedi. "Emin değiliz." Sonra da yayan yola koyuldular. Frodo, Sam, Merry ve Pippin başı çekiyorlardı.

Bu hayatlarındaki en hüzünlü saatlerden biriydi. Koca baca önlerinde yükseldi; Su'yu geçip, yolun iki yanındaki yeni çirkin ev sıraları arasından eski köye yaklaştıkça, tüm kasveti ve pis çirkinliği içinde yeni değirmeni gördüler: Dumanları tüten ve leş gibi kokan bir akıntıyla pislettiği akarsuyu apışarasına almış kocaman, tuğladan bir bina. Bütün Subaşı Yolu boyunca, ne kadar ağaç varsa hepsi kesilmişti.

Köprüyü geçip Tepe'den yukarı bakınca hepsinin nefesleri kesildi. Sam'in Ayna'da gördüğü görüntüler bile onu bu gördüklerine hazırlıyamamıştı. Batı tarafındaki Eski Çiftçiler Birliği tamamen yıkılmış ve yerine sıra sıra katranlı barakalar yapılmıştı. Bütün kestane ağaçları gitmişti. Tepeler ve çalıçitler parçalanmıştı. Çiğnenmekten ot bitmez bir tarlada yük arabaları gelişi güzel bırakılmıştı. Çıkınsaçması Sıraevleri artık ağzı açık duran bir kum ve çakıl ocağı olmuştu. Geride kalan Çıkın Çıkmazı, bir yığın iri kulübeden görünmüyordu.

"Kesmişler!" diye bağırdı Sam. "Davet Ağacı'nı kesmişler!" Altında Bilbo'nun veda konuşmasını yapmış olduğu ağacın durduğu yeri işaret etti. Tarlanın ortasında kesilmiş, ölü yatıyordu. Sanki bu bardağı taşıran son damlaymış gibi Sam gözyaşlarına boğuldu.

Bir kahkaha onları durdurdu. Değirmen avlusunun alçak duvarına uzanmış, aksi bir hobbit gördüler. Asık yüzlü ve kara elliydi.

"Beğenmedin mi Sam?" diye dudak büktü. "Ama sen hep yumuşaktın. Ben de hep o atıp tuttuğun gemilerden biriyle yelken açıp gittin sandıydım. Ne halt etmeye geri döndün? Artık Shire'da yapacak çok işimiz var."

"Öyle olduğunu görüyorum," dedi Sam. "Yıkanacak zaman bile yok ama duvarların üzerine sere serpe yatacak zaman var. Ama buraya bak Efendi Kumlukişi, bu köyde hesaplaşmam gereken çok şey var; alay ederek bu işi fazla uzatma yoksa gücünün yetmeyeceği kadar büyük bir bedel ödemek zorunda kalırsın."

Ted Kumlukişi duvarın üzerinden tükürdü. "Hır!" dedi. "Bana dokunamazsın. Ben Patron'un arkadaşıyım. Ama o sana bir güzel dokunur, eğer biraz daha laf edecek olursan."

"O ahmağa daha fazla nefesini tüketme Sam!" dedi Frodo. "Umarım ortalıkta böyle hobbitlerden daha fazla kalmamıştır. Bu, bütün Adamların yapmış oldukları zarardan çok daha kötü bir sorun olurdu."

"Sen pisin, küstahın tekisin Kumlukişi," dedi Merry. "Sonra hesabını da çok şaşmışsın. Biz de tam Tepe'ye, senin şu kıymetli Patron'unu yerinden etmeye gidiyorduk. Adamlarının hakkından geldik."

Ted'in ağzı açık kaldı çünkü tam o anda Merry'nin bir işaretiyle köprüden yürüyüp gelen refakatçileri görmüştü. Değirmene koşarak elinde bir boruyla geri geldi ve yüksek sesle boruyu üfledi.

"Nefesini boşuna tüketme!" diye güldü Merry. "Bende daha iyisi var." Sonra gümüş borusunu kaldırarak üfledi; borudan çıkan berrak ses bütün Tepe'de çınladı; Hobbitköy'deki deliklerden, barakalardan, pejmurde evlerden hobbitler cevap verdi, akın akın dışarı çıktılar ve tezahürat yapıp yüksek sesle bağırarak Çıkın Çıkmazı'na giden yolda grubu izlediler.

Yolun en başında topluluk durdu, Frodo ve arkadaşları yollarına devam ettiler; ve sonunda bir zamanlar çok sevdikleri yere vardılar. Bahçe kulübeler ve barakalarla dolmuştu; bazıları batıdaki pencerelere o kadar yaklaşmıştı ki bütün ışığı kesiyorlardı. Her yanda süprüntü yığınları vardı. Kapı çizik içindeydi; zilin zinciri boş boş sallanıyordu, zil çalmadı. Kapıyı çalsalarda bir cevap alamadılar. En sonunda kapıyı ittiler, açıldı. İçeri girdiler. Ev kokuyordu, pislikle dolmuştu ve karmakarışıktı: Bir süredir hiç kullanılmıyor gibi duruyordu.

"O sefil Lotho nerede saklanıyor?" dedi Merry. Bütün odaları aramışlar ama sıçanlarla farelerden başka canlı bulamamışlardı. "Diğerlerine barakaları arattıralım mı?"

"Burası Mordor'dan daha kötü!" dedi Sam. "Bir anlamda çok daha kötü. Nasıl derler, sanki kendi evimizdi; çünkü burası yuvamızdı ve mahvedilmeden önceki halini hatırlıyoruz."

"Evet, burası Mordor," dedi Frodo. "Onun marifetlerinden biri. Bu işi hep Saruman görüyordu, kendi adına çalıştığını düşündüğü zamanlar bile. Aynı şey Saruman'ın kandırdığı, Lotho gibi kişiler için de geçerli."

Merry keder ve tiksinti ile etrafına bakındı. "Haydi, dışarı çıkalım!" dedi. "Eğer neden olduğu bu kötülükleri bilseydim kesemi Saruman'ın gırtlağına tıkardım."

"Kuşkusuz, kuşkusuz! Ama öyle yapmadın ve ben de eve vardığınızda sizi karşılayabildim." Orada, kapıda Saruman'ın kendisi duruyordu, oldukça bakımlı ve mutlu görünüyordu; gözleri garaz ve zevkle parlıyordu.

Frodo'nun zihninde ani bir şimşek çaktı. "Sharkey!" diye bağırdı.

Saruman güldü. "Demek ki bu ismi duydunuz, öyle mi? Sanırım İsengard'da bütün halkım bana böyle diyordu. Büyük bir ihtimalle bir saygı gösterisi olarak.* Ama belli ki siz beni burada görmeyi ummuyordunuz."

"Ummuyordum," dedi Frodo. "Ama tahmin edebilirdim. Hâlâ kötü yolda, biraz yaramazlık yapacağını yani: Gandalf beni senin hâlâ o kadarına muktedir olduğun konusunda uyarmıştı."

"Oldukça muktedirim," dedi Saruman, "az buz değil. Beni güldürdünüz sizi hobbit efendicikleri sizi; o büyük insanlarla birlikte sürdünüz atlarınızı, emniyet içinde, minik varlıklarınızla gurur duyarak falan. Bütün bu işten çok kârlı çıktığınızı düşünmüştünüz; artık dolana dolana evinize dönüp, ülkenizde hoş, huzurlu günler bulacaktınız. Saruman'ın evi enkaza çevrilecek, Saruman kapının önüne konacaktı ama kimse sizinkini ellemeyecekti. Yo, tabii! Gandalf sizin işlerinizle ilgilenirdi!"

Saruman yeniden güldü. "O bunu yapmaz! Aletleri işlerini bitirince onları bırakıverir. Ama siz onun ardından sürünürsünüz, oyalanarak, konuşarak, gerektiğinin iki misli uzun yol katederek. 'Eh,' diye düşündüm, 'madem o kadar ahmaksınız ben önden gideyim de şunlara bir ders vereyim. Bir kötülük bir başkasını hak edermiş.' Eğer bana biraz daha zaman ve biraz daha Adam bırakmış olsaydınız daha güzel bir ders olacaktı. Yine de yaşamınız boyunca onarmayı veya yeniden yapmayı zor başaracağınız şeyler yaptım. Bunu düşünmek ve gördüğüm zararın bedeli olduğunu kabul etmek bile pek hoş."

"Eh madem böyle şeylerden hoşlanıyorsun," dedi Frodo, "sana acıyorum. Korkarım, bu sadece anılarda kalan bir hoşnutluk olacak. Hemen git ve bir daha hiç geri dönme!"

Köyün hobbitleri Saruman'ın kulübelerden birinden çıktığını gör-

* Büyük bir ihtimalle kelimenin aslı Orkça'ydı: Sharkû, "yaşlı adam".

müşler ve hemen Çıkın Çıkmazı'na doğru yığılmaya başlamışlardı. Frodo'nun emrini duyunca hiddetle mırıldandılar:

"Gitmesine izin verme! Öldür onu! O bir hain, bir katil. Öldür onu!"

Saruman onların düşmanca yüzlerine bakarak gülümsedi. "Öldür ha!" diye alay etti. "Eğer gücünüzün yeteceğine inanıyorsanız öldürün onu benim cesur hobbitlerim!" Kendini toparlayarak onlara siyah gözleriyle kara kara baktı. "Ama sakın mallarımı kaybettiğimde bütün gücümü de kaybettiğimi zannetmeyin! Bana kim vurursa lanetlenecektir. Ve eğer kanım Shire'ı boyayacak olursa Shire kuruyacak ve bir daha da hiç iyileşmeyecektir."

Hobbitler irkildiler. Ama Frodo şöyle dedi: "Ona inanmayın! Bütün gücünü kaybetti, hâlâ eğer izin verirseniz sizi ayartıp aldatabilecek sesi hariç. Ama onun öldürülmesini istemiyorum. Öcü, öç ile karşılamak faydasızdır: Hiçbir şeye iyi gelmez. Git Saruman, en hızlı yoldan!"

"Solucan! Solucan!" diye seslendi Saruman; yakındaki kulübeden Solucandil çıktı, neredeyse bir köpek gibi iki büklüm. "Yeniden yollara düşüyoruz Solucan!" dedi Saruman. "Bu iyi beylerle efendicikler bizi yeniden yollara terk ediyor. Haydi gel!"

Saruman gitmek için döndü ve Solucandil de peşine takıldı. Fakat tam Saruman Frodo'nun yakınından geçerken elinde bir bıçak parladı ve hızla bıçağı sapladı. Bıçağın ucu gizli zırha denk geldi ve kırıldı. Sam'in öncülüğünde bir düzine hobbit nara atarak ileri atıldılar ve hain adamı yere yatırdılar. Sam kılıcını çekti.

"Hayır Sam," dedi Frodo. "Şimdi bile öldürme onu. Çünkü canımı yakmadı. Sonra her şeye rağmen onun bu kötü haleti ruhiye içinde öldürülmesini istemiyorum. Bir zamanlar büyük biriydi, elimizi kaldırmaya cesaret edemeyeceğimiz soylu bir kişi. Artık düştü ve onun iyileştirilmesi bizim gücümüzü aşar; ama ben yine de, olur da günün birinde iyileşir umuduyla ellenmemesi görüşündeyim."

Saruman ayağa kalktı ve Frodo'ya baktı. Gözlerinde hayret, saygı ve nefret karışımı garip bir bakış vardı. "Büyümüşsün Buçukluk," dedi. "Evet, çok büyümüşsün. Hem arif, hem de zalim olmuşsun. Beni alacağım öcün tadından mahrum ettin, artık acı içinde gideceğim, senin merhametine borçlu olarak. Bu durumdan ve senden nefret ediyorum! Evet, gidiyorum ve artık seni hiç rahatsız etmeyeceğim. Ama benden sana sağlık ve uzun bir yaşam dilememi bekleme. Her ikisine de sahip olamayacaksın. Ama bu benim kabahatim değil. Ben sadece geleceği söylüyorum."

Yürüyüp gitti; hobbitler onun geçmesi için bir yol oluşturdular; ama silahlarını kavradıkça parmaklarının boğumları bembeyaz kesiliyordu. Solucandil duraksadı, sonra efendisini takip etti.

"Solucandil!" diye seslendi Frodo. "Onu izlemene gerek yok. Senin hiçbir kötülüğünü görmedim. Burada bir süre dinlenip karnını doyurursun; daha kuvvetlenip kendi yoluna gidinceye kadar."

Solucandil durup arkasını dönerek ona baktı, kalmaya hazır gibiydi. Saruman döndü. "Hiç mi?" dedi çatlak bir sesle. "Yo tabii! Geceleri evin dışına süzülüyorsa bile bunu sırf yıldızlara bakmak için yapıyordur canım. Ama yoksa birilerinin zavallı Lotho'nun nerelerde saklandığını sorduğunu mu duydum? Sen biliyorsun, değil mi Solucan? Onlara anlatacak mısın?"

Solucandil sinerek zırıldamaya başladı: "Yo, yo!"

"O zaman ben anlatayım," dedi Saruman. "Solucan Şef'inizi öldürdü, o zavallı şeyi, sizin cici, minik Patron'unuzu. Öyle değil mi Solucan? Uyurken bıçaklamış sanırım. Gömdü sonra, umarım; gerçi Solucan son zamanlarda pek bir açtı. Yo, Solucan gerçekten de iyi biri değil. Onu bana bıraksanız daha iyi edersiniz."

Solucandil'in kızıl gözlerinde çılgın bir nefret ifadesi belirdi. "Sen yap demiştin; bunu bana sen yaptırdın," diye tısladı.

Saruman güldü. "Sen hep Sharkey'nin dediklerini yaparsın öyle değil mi Solucan? Eh o zaman şimdi de şöyle diyor: İzle!" Yerde sürünen Solucandil'in yüzüne bir tekme attı ve dönerek yola koyuldu. Fakat bunun üzerine sanki bir şey aniden harekete geçti: Solucandil birden doğrulup kalktı, gizli tuttuğu bir bıçağı çekerek ve bir it gibi hırlayarak Saruman'ın sırtına sıçradı, başını geri çekti, gırtlağını kesti ve bir nara atarak yola doğru kaçtı. Daha Frodo kendini toparlayıp bir söz söyleyemeden üç hobbit oku vızıldadı ve Solucandil cansız yere düştü.

Etrafta duranların dehşetli bakışları altında Saruman'ın bedeninin etrafında gri bir pus toplandı ve ateşten çıkan duman gibi yükseldi; soluk ve örtülü bir suret halinde Tepe'nin üzerinde toplandı. Bir an için Batı'ya bakarak dalgalandı; fakat Batı'dan serin bir yel geldi, onu çevirdi ve suret ah ederek yokluk içinde eridi gitti.

Frodo cesede acıma ve dehşet duygularıyla baktı; çünkü o bakarken sanki aniden ölümün uzun yılları bedende kendini açığa çıkarmış, ceset çekmiş ve kuruyan yüzünde o iğrenç kafatasına gerilmiş deri parçalarından başka bir şey kalmamıştı. Yanına serilmiş olan pis pelerinin eteğini kaldırarak cesedi örttü ve döndü.

"Bunun sonu da böyle işte," dedi Sam. "Kötü bir son, keşke hiç görmeseydim; ama kurtulduğumuz iyi oldu."

"Ve umarım bu da Savaş'ın sonudur artık," dedi Merry.

"Umarım," dedi Frodo ve içini çekti. "En son darbe. Ama tam buraya, Çıkın Çıkmazı'nın kapısına denk geldiğini düşünün! En azından bütün ümit ve korkularımda bunu hiç aklıma getirmemiştim."

"Bu dağınıklığı temizlemeden son demeyeceğim ben," dedi Sam karamsar karamsar. "Bu da hem zamanımızı alacak, hem de çok uğraştıracak."

BÖLÜM IX

GRİ LİMANLAR

Temizlik için gerçekten çok uğraşmak gerekti ama Sam'in korktuğundan daha az zaman aldı. Dövüşten sonraki gün Frodo Uluğ Kazlın'a gitti ve tutsakları Kilitlidelikler'den kurtardı. İlk bulduklarından biri artık Tombiş'liği kalmamış Fredegar Bolger oldu. Vicdansızlar onun başkanlığında bir grup isyankârı Korkutan tepelerindeki Belgilidelik'te saklandıkları yerde buldukları zaman içeri atılmıştı.

"Bizimle gelseydin daha iyi olacaktı demek ki zavallı Fredegar!" dedi Pippin, yürüyemeyecek kadar halsiz olduğundan onu dışarı taşırlarken.

Bir gözünü açarak nazikçe gülmeye çalıştı Fredegar. "Gür sesli bu genç dev de kim?" diye fısıldadı. "Bizim minik Pippin olamaz! Şapka numaran kaç oldu senin böyle?"

Sonra sırada Lobelia vardı. Zavallıcık, onu karanlık ve dar hücresinden kurtardıklarında çok yaşlı ve zayıf görünüyordu. Kendi ayakları üzerinde ağır aksak yürümekte ısrar etti; Frodo'nun koluna yaslanmış, ama yine de eski şemsiyesini elinden bırakmadan dışarı çıktığında o kadar büyük bir sevgiyle karşılandı, göründüğünde o kadar çok tezahürat yapılarak alkışlandı ki, çok etkilendi ve gözyaşları içinde uzaklaştı. Daha önce hayatı boyunca hiç gözde birisi olmamıştı. Fakat Lotho'nun öldürülmesiyle ilgili haberi duyunca yıkıldı ve Çıkın Çıkmazı'na geri dönmedi. Burasını Frodo'ya geri verdi ve Kemerlikuşaklar'da Sertşişe'deki akrabalarının yanına gitti.

Ertesi bahar zavallıcık öldüğünde –ne de olsa yüz yaşını geçmişti– Frodo hem hayretler içinde kalmış, hem de çok etkilenmişti: Kalan bütün parasını ve Lotho'nun bütün parasını, yaşanan sorunlar sırasında evsiz kalan hobbitlere yardım etmesi için Frodo'ya bırakmıştı. Yani böylece kan davası bitmiş oluyordu.

Yaşlı Will Nebzeayak Kilitlidelikler'de herkesten çok kalmıştı ve kimisine nazaran daha az şiddet görmüş olsa da yeniden Belediye Başkanı'na birazcık benzeyinceye kadar epey bir beslenmesi gerekti; böylece oy birliğiyle Bay Nebzeayak yeniden toparlanıncaya kadar Frodo'nun Vekil olarak görev yapmasına karar verildi. Belediye Başkanı Vekili olarak Frodo'nun yaptığı tek iş Emniyet Şiflerini eski görevlerine döndürmek ve eski sayılarına indirmek oldu. Son kalan vicdansızları avlama işi Merry ile Pippin'e verilmişti ve bu da kısa bir süre içinde başarıldı. Güneyde bulunan çeteler Subaşı Muharebesi'ni duyunca ülkeden kaçarak Reis'e pek zorluk çıkarmadılar. Yıl Sonu'ndan önce hayatta kalan birkaç kişi de ormanlarda yakalanmış ve teslim olanlar sınır dışı edilmişti.

Bu arada tamirat işleri de süratle devam ediyordu, Sam çok meşguldü. Mecbur kalıp da keyifleri gelince hobbitler arılar gibi çalışabilir. Şimdi de, minik ama atik hobbit oğlanlarından ve kızlarından, yıpranmış ve nasırlı babalıklara ve kocakarılara kadar her yaştan binlerce gönüllü el vardı. Yıl Sonu'ndan önce yeni Emniyet Şifleri evlerinin tek bir tuğlası veya "Sharkey'nin Adamları"nın inşa etmiş olduğu tek bir şey bile kalmamıştı; ama tuğlalar eski delikleri tamir etmek, buraları daha rahat ve daha kuru hale getirmek için kullanılmıştı. Vicdansızlar tarafından barakalarda, ambarlarda, terk edilmiş deliklerde, özellikle de Uluğ Kazlın'daki tünellerde ve Korkutan'daki eski taş ocaklarında saklanmış olan mal, yiyecek ve bira stokları bulunmuştu; o yüzden o yıl Yıl Sonu kimsenin ummadığı kadar neşe içinde geçti.

Hobbitköy'de yapılan ilk şeylerden biri, hatta yeni değirmenin kaldırılmasından da önce yapılan ilk şey Tepe'nin ve Çıkın Çıkmazı'nın temizlenmesi ve Çıkınsaçması Sıraevleri'nin yeniden inşasıydı. Yeni kum ocağının önü bir hizaya getirilerek geniş ve korunaklı bir bahçe haline sokuldu ve güney yüzüne, yine Tepe'ye doğru yeni delikler kazılarak tuğlalarla bir hizaya sokuldu. Babalık yeniden Üç Numara'ya yerleştirildi; o da sık sık şöyle diyordu kimin duyup duymadığını umursamadan:

"Hep demişimdir ya, kem esen yelin kimseye bir faydası yok. Ve Sonu Fena Değilse, İyi Sayılır Her Şey."

Yeni sıraevlere verilmesi gereken isim konusunda biraz tartışma çıkmıştı. *Muharebe Bahçeleri* veya *Güzel İyinler* düşünülmüştü. Fakat bir süre sonra, hobbitvari bir sağduyuyla sadece *Yeni Sıraevleri* denmeye başladı. Fakat buraya Sharkey Çıkmazı demek tam bir Subaşı esprisi olmuştu.

En büyük zarar ve kayıp ağaçlardı çünkü Sharkey'nin emriyle Shire'ın dört bir bucağındaki ağaçlar pervasızca kesilmişti; Sam de her şeyden çok bunlara yanıyordu. Her şeyden önce bu yaranın iyileşmesi uzun zaman alacaktı ve ancak torununun torunu Shire'ı Shire gibi görebilecek diye düşünüyordu.

Sonra aniden bir gün Galadriel'in hediyesini hatırlayıverdi, çünkü haftalardır yaşadığı maceraları düşünemeyecek kadar meşguldü. Kutuyu çıkartarak bunları diğer Yolcular'a (çünkü artık herkes onları bu isimle çağırıyordu) gösterdi ve fikirlerini sordu.

"Onu ne zaman hatırlayacağını merak edip duruyordum," dedi Frodo. "Aç bakalım!"

Kutu, ortasında gümüş kabuklu minik bir cevize benzeyen tek bir tohumun bulunduğu, yumuşak ve ince, gri renkli bir toz ile doluydu.

"Rüzgârlı bir havada, havaya savur ve bırak kendi işini kendi görsün!" dedi Pippin.

"Neyin üzerine?" dedi Sam.

"Bir noktayı fidanlık olarak seç kendine ve oradaki bitkilere neler olduğunu izle," dedi Merry.

"Eminim ki Hanım, bu kadar kişi cefa çekerken, bunun hepsini kendi bahçem için kullanmamı istemezdi," dedi Sam.

"Bütün aklını ve bilgini kullan Sam," dedi Frodo, "sonra da armağanını yaptığın işe yardımcı olması ve iyileştirmesi için kullan. Ve idareli kullan. Burada çok fazla yok ve herhalde her bir zerrenin bile kıymeti vardır."

Böylece Sam, özellikle güzel ve hoş ağaçların tahrip edilmiş olduğu yerlere fidanlar dikti ve her birinin kökündeki toprağa kıymetli tozundan bir zerre bıraktı. Shire'da bir yukarı, bir aşağı dolaşarak bu işi yaptı; ama Hobbitköy ile Subaşı'na biraz iltimas geçtiyse bile kimse bunun için onu suçlamadı. Sonunda hâlâ elinde biraz toz kalmış olduğunu gördü; böylece aşağı yukarı Shire'ın tam ortası olan Üç Metelik Kayası'na giderek kendi hayır duasıyla bunu havaya savurdu. Minik gümüş cevizi Davet Bahçesi'ne, bir zamanlar o ağacın durduğu yere dikti ve buradan ne çıkacağını merakla bekledi. Bütün bir kış boyunca elinden geldiğince sabırla bekleyip, durmadan gidip bir şeyler çıkmış mı çıkmamış mı bakmaktan kendini alıkoymaya çalıştı.

Bahar en çılgın beklentilerini bile geçmişti. Ağaçları fışkırıp büyümeye başladı, sanki zamanın acelesi varmış da yirmi yılda yapacağını bir yılda yapıyormuş gibi. Davet Bahçesi'nde çok güzel bir fidan boy verdi: Gümüşten bir gövdesi, uzun yaprakları vardı ve nisan ayında altın renkli çiçeklerle dolmuştu. Bu gerçekten de bir *mallorn* idi ve bütün civarın ilgi odağıydı. Daha sonraki yıllarda tüm zarafet ve güzelliğiyle büyürken, uzak yakın bütün civara nam saldı ve herkes uzun yolculuklar yaparak onu görmeye geldi: Dağlar'ın batısında ve Deniz'in doğusundaki tek ve dünyadaki en güzel *mallorn*'du.

1420 yılı her şeyiyle Shire'da muhteşem bir yıl olmuştu. Sadece tam zamanında ve tam kararında çıkan harika bir güneş ve yağan nefis bir yağmur değil, sanki başka bir şey daha vardı: Bir zenginlik ve bereket havası, bu Orta Dünya üzerinden oynaşıp geçen bütün ölümlü yazların ötesinde bir güzellik ışığı vardı. O yıl doğan veya rahme düşen bütün çocuklar –ve o yıl da çok çocuk olmuştu– hem seyretmeye doyulmayacak kadar güzel, hem güçlü olmuştu ve çoğunun da daha önce hobbitler arasında ender rastlanan altın rengi saçları vardı. Meyvalar o kadar boldu ki genç hobbitler neredeyse çilek ve kaymak banyosu yapıyorlardı; daha sonraları da erik ağaçlarının altındaki çimlere oturarak, eski fatihlerin fethettikleri kalelerde kestikleri kellelerden yaptıkları yığınlar gibi çekirdeklerden minik piramitler yapıyorlar, sonra da yollarına devam ediyorlardı. Kimse hasta olmamıştı ve çimenleri biçmek zorunda olanlar haricinde herkes çok mutluydu.

Güney Topraklar'da asmalar iyice yüklenmişti, "yaprak" rekoltesi şaşırtıcı boyutlardaydı; her yerde o kadar çok mısır vardı ki o Hasat'ta bütün ambarlar tıka basa dolmuştu. O yıl Kuzey Topraklar arpası o kadar kaliteli olmuştu ki 1420 maltından yapılan biralar uzun yıllar unutulmamış ve dillere destan olmuştu. Gerçekten de bir nesil sonra hanlardan birinde yaşlı bir babalığın, parasını hak etmiş yarım litrelik bir maşrapa biradan sonra maşrapasını masaya koyup içini çekerek şöyle dediği çok duyulmuştur: "Ah! Bu tam bir bin dört yüz yirmi idi vallahi!"

Sam ilk başlarda Frodo ile birlikte Pamuk'larda kalmıştı; ama Yeni Sıraevler biter bitmez Babalık'ın yanına taşındı. Bütün işlerinin yanısıra Çıkın Çıkmazı'nın temizlenmesi ve restorasyon işlerini de idare ediyordu; ama sık sık ağaç dikim işleri için Shire'da yolculuk yapıyordu. Yani martın ilk günlerinde evde değildi ve Frodo'nun hastalandığından haberi olmadı. O ayın on üçünde Çiftçi Pamuk Frodo'yu yatağında yatarken buldu; boynunda asılı duran beyaz bir taşı avuçlamıştı ve sanki bir rüya içindeydi.

"Sonsuza kadar gitti," dedi, "artık her şey karanlık ve boş."

Fakat nöbet geçti; Sam ayın yirmi beşinde geri döndüğünde Frodo iyileşmişti ve kendisi hakkında hiçbir şey söylemedi. Bu arada Çıkın Çıkmazı hale yola girmiş ve Merry ile Pippin Çukurçay'dan bütün mobilyaları ve eşyaları taşımışlar, böylece delik kısa bir süre sonra eski halini almıştı.

Sonunda her şey hazır olunca Frodo şöyle dedi: "Ne zaman yanıma taşınıp bana katılacaksın Sam?"

Sam biraz garip bakıyordu.

"Eğer istemiyorsan hemen gelmene gerek yok," dedi Frodo. "Ama biliyorsun Babalık yakınlarda, sonra Dulhanım Gurultu ona gayet iyi bakar."

"Mesele o değil Bay Frodo," dedi Sam ve kıpkırmızı kesildi.

"Ee, ne öyleyse?"

"Gül, Gül Pamuk," dedi Sam. "Belli ki benim dışarılara gitmemden hiç hoşlanmamış zavallı kızcağız; fakat onunla konuşmamış olduğum için bunu bana söyleyememişti. Ben de onunla konuşmamıştım çünkü önce yapmam gereken bir iş vardı. Ama artık konuştum; diyor ki: 'Zaten bir yılı boşu boşuna geçirdin, niye daha fazla bekleyelim?' 'Boşu boşuna mı?' deyiverdim ben de. 'Ben olsam öyle demezdim.' Yine de ne demek istediğini anladım tabii. Anlayacağınız, ikiye bölündüm."

"Anladım," dedi Frodo: "Evlenmek istiyorsun ama aynı zamanda benimle birlikte Çıkın Çıkmazı'nda oturmak istiyorsun, öyle mi? Ama Sam'ciğim, bu çok kolay! En kısa zamanda evlen, sonra da Gül ile birlikte buraya taşının. Çıkın Çıkmazı koca bir aileyi rahat rahat barındıracak kadar büyük."

Ve böylece her şey yoluna konmuştu. Sam Gamgee Gül Pamuk ile 1420 yılının (bu yıl düğünleriyle de ünlüydü) baharında evlendi ve Çıkın Çıkmazı'nda yaşamaya başladılar. Sam kendisini şanslı hissediyorsa, Frodo daha da şanslı hissediyordu; çünkü koca Shire'da onun kadar ihtimamla bakılan başka bir hobbit yoktu. Tamirat işleri planlanıp yoluna girdikten sonra o da kendine sessiz bir yaşam seçti, bol bol yazdı ve yazdığı bütün notları kontrol etti. Belediye Başkanı Vekili görevini o yaz ortasındaki Parasız Panayır gününde devretti ve sevgili Will Nebzeayak bir yedi yıl daha şölenlere başkanlık etme imkânı buldu.

Merry ile Pippin bir süre Çukurçay'da birlikte yaşadılar; Erdiyarı ile Çıkın Çıkmazı arasında yoğun bir trafik vardı. İki genç Yolcu şarkıları, öyküleri, şıklıkları ve harika davetleriyle Shire'ı birbirine katmıştı. "Bey gibi" diyordu halk onlara, iyi niyetle; çünkü onları parlak zırhlarıyla, nefis kalkanlarıyla şen şakrak, uzak diyarların şarkılarını söyleyerek midillilerini sürerken görmek herkesin içini ısıtıyordu; artık iri ve görkemli görünüyorlarsa bile başka hiçbir değişiklikleri yoktu, eskisine nazaran gerçekten de biraz daha nazik, daha neşeli olmaları hariç.

Öte yandan Frodo ile Sam normal kıyafetlerine geri dönmüşlerdi; sadece gerektiğinde ince dokulu, boğazlarından çok güzel broşlarla tutturdukları uzun gri pelerinler giyiyorlardı; Bay Frodo da sık sık ellediği bir zincire takılı beyaz bir mücevher taşıyordu boynunda.

Artık her şey yolundaydı ve hep daha iyiye gitme ümidi vardı; Sam de bir hobbitin dileyebileceği kadar meşgul ve mutluydu. Bütün o yıl keyfini kaçıran hiçbir şey olmamıştı, efendisi için belli belirsiz hissettiği bir endişe dışında. Frodo, yavaş yavaş bütün Shire işlerinden elini ayağını çekmişti ve Sam onun kendi ülkesinden ne kadar az gurur duyduğunu üzüntü içinde izliyordu. Çok az insan onun yapmış olduklarını ve maceralarını biliyordu veya öğrenmek istiyordu; onlar daha çok Bay Meriadoc ve Bay Peregrin ve (Sam bir bilseydi) kendisine saygı duyuyorlardı. Sonra sonbaharda eski sorunların bir gölgesi belirdi.

Bir akşam Sam çalışma odasına girdiğinde efendisinin çok garip göründüğünü fark etti. Yüzü çok solgundu ve gözleri çok uzaklardaki bir şeyi görür gibiydi.

"Neyin var Bay Frodo?" dedi Sam.

"Yaralıyım," diye cevap verdi Frodo, "yaralı; asla tamamen iyileşmeyeceğim."

Fakat sonra ayağa kalktı; bunaltısı geçmiş gibiydi ve ertesi gün yine eski Frodo oldu. Sam, o günün ekimin altısı olduğunu sonradan hatırlayacaktı. İki yıl önce o gün Fırtınatepesi'nin altındaki çukurda her yer karanlıktı.

Zaman ilerledi ve 1421 yılı gelip çattı. Frodo mart ayında yine hastalandı fakat büyük bir gayretle bunu sakladı çünkü Sam'in düşünecek başka şeyleri vardı. Sam ile Gül'ün ilk çocukları Mart'ın yirmi beşinde dünyaya gelmişti; Sam o günü bir kenara not etti.

"Şey Bay Frodo," dedi Sam. "Biraz sıkıştım. Gül ile birlikte ona Frodo ismini vermeyi kararlaştırmıştık, tabii izninle; ama oğlan olmadı, kız oldu. Gerçi herkesin hayalini süsleyen bir kız çocuğu, neyse ki bana değil de Gül'e benzemiş. Yani şimdi ne yapacağımızı bilemiyoruz."

"Eh Sam," dedi Frodo, "eski âdetlerin nesi var? Gül gibi bir çiçek ismi seçin. Shire'daki kız çocuklarının yarısının ismi böyledir, bundan güzel ne olabilir?"

"Haklı olmasına haklısın Bay Frodo, " dedi Sam. "Yolculuklarım sırasında bazı güzel isimler duydum ama onlar gündelik yaşam için biraz abartılı kaçabilir. Babalık şöyle diyor: 'Kısa seçin de kullanırken kesip kısaltmak zorunda kalmayasınız.' Ama eğer çiçek ismi olacaksa uzunluğu benim için dert olmaz çünkü, bilirsin ya, bence o çok güzel ve büyüdükçe daha da güzelleşecek."

Frodo bir an için düşündü. "Peki Sam, *elanor*'a, güneş yıldızına ne dersin, Lothlórien çimleri üzerindeki minik altın çiçekleri hatırlıyorsundur herhalde?"

"Bu defa da sen haklısın Bay Frodo!" dedi Sam mest olarak. "Benim istediğim de böyle bir şeydi."

Minik Elanor hemen hemen altı aylıktı ve 1421 yılı güze girmişti bir gün Frodo Sam'i çalışma odasına çağırdığında.

"Perşembe günü Bilbo'nun Yaşgünü Sam," dedi. "Ve Yaşlı Took'u geçecek. Yüz otuz bir yaşında olacak!"

"Olacak ya!" dedi Sam. "Harika biri!"

"Şey Sam," dedi Frodo, "senin Gül ile görüşüp bir süre sensiz idare edip edemeyeceğini sormanı istiyorum; tabii ki çok uzaklara veya çok uzun süre için değil," dedi biraz dalgın.

"Şey, bu pek olmaz Bay Frodo."

"Tabii ki öyle. Ama boş ver. Bana yolda biraz refakat edersin. Gül'e pek uzun sürmeyeceğini söyle, en fazla iki hafta; sonra sağ salim dönersin."

"Seninle birlikte Yarmavadi'ye kadar gelip Bay Bilbo'yu görmek isterdim Bay Frodo," dedi Sam. "Ama öte yandan buradan başka bir yerde de olmak istemiyorum. Öylesine ikiye bölündüm işte."

"Zavallı Sam! Korkarım kendini tam bölünmüş gibi hissediyorsundur," dedi Frodo. "Ama geçer. Senin sağlam ve kararlı olman gerekir; olacaksın da."

Sonraki bir-iki gün Frodo evrakını ve yazılarını Sam ile birlikte gözden geçirdi ve anahtarları teslim etti. Düz kırmızı, deri kaplı koca bir kitap vardı; koca sayfaları artık neredeyse tamamen dolmuştu. İlk başlar, Bilbo'nun ince, dolaşık yazısıyla doluydu; fakat çoğu Frodo'nun sıkı, akıcı yazısıydı. Kitap bölümlere ayrılmıştı fakat 80'inci Bölüm bitmemişti ve bu bölümün ardında birkaç boş sayfa daha vardı. Başlığın bulunduğu sayfada birden çok başlık vardı birbirini geçersiz kılan; şöyle ki:

Günlüğüm. Beklenmeyen Yolculuğum. Gittim ve Geldim. Ve Sonra Olanlar.

Beş Hobbit'in Maceraları. Bilbo Baggins'in kendi gözlemlerinden ve arkadaşlarının anlattıklarından derlediği Muhteşem Yüzük'ün Öyküsü. Yüzük Savaşı'nda Neler Yaptık.

Burada Bilbo'nun el yazısı bitiyor ve Frodo'nun yazısı başlıyordu:

YÜZÜKLERİN EFENDİSİ'NİN
DEVRİLİŞİ
VE
KRALIN GERİ DÖNÜŞÜ

(Küçük Halk tarafından görüldüğü şekliyle;
arkadaşlarının anlattıkları ve Ariflerin bilgileriyle
bütünlenmiş Shire'lı Bilbo ve Frodo'nun anılarıdır.)

Bilbo'nun Yarmavadi'de çevirmiş olduğu
İrfan Kitaplarının özetiyle birlikte.

"Vay, hemen hemen bitirmişsin Bay Frodo!" diye hayret etti Sam. "Eh, sebat etmiştin doğrusu."

"Ben bitirdim Sam," dedi Frodo. "Son sayfalar sana ait."

Eylül'ün yirmi birinde birlikte yola koyuldular, Frodo onu ta Minas Tirith'ten taşımış olan ve artık Yolgezer dedikleri midillisinde,

Sam de sevgili Bill'i üzerinde. Hoş, altın renkli bir sabahtı ve Sam nereye gittiklerini sormadı: Tahmin edebildiğini düşünüyordu.

Ormanlık Uç'a doğru Kütük Yolunu tuttular; midillilerini serbest bırakmışlardı. Yeşil Tepeler'de kamp kurdular ve Eylül'ün yirmi ikisinde akşam yaklaşırken yavaş yavaş ağaçların başladığı yere doğru inmeye başladılar.

"Şu Kara Süvari ilk ortaya çıktığında saklandığın ağacın ta kendisi değil mi Bay Frodo!" dedi Sam sol yanını işaret ederek. "Şimdi bir rüya gibi geliyor."

Akşam olmuştu, onlar tahrip olmuş meşeyi geçip dönerek fındık çalılarından aşağıya doğru inerken yıldızlar doğu göğünde pırıldamaya başlamıştı bile. Sam sessiz, anılarına dalmıştı. Derken, Frodo'nun alçak sesle kendi kendine şarkı söylediğini, eski yürüyüş şarkısını söylediğini duydu ama şarkının sözleri aynı değildi.

Şu dönemecin ardındadır belki
Yeni bir yol, gizli bir kapı;
Bilmem kaç kez geçmişimdir önünden,
Ama gün gelir saparım sonunda
Ay'ın Batısına, Güneş'in Doğusuna
Uzanan gizli yollara.

Ve sanki ona cevaben, aşağıdan, vadiden uzanan yoldan çıkıp gelen seslerin şarkısı duyuldu:

A! Elbereth Gilthoniel!
silivren penna míriel
o menel aglar elenath
Gilthoniel, A! Elbereth!
Biz bu uzak ülkede yaşayanlar, ağaçların altında
Batı Denizleri üstündeki yıldız ışığını
Unutmadık hâlâ.

Frodo ile Sam durarak yumuşak gölgelerin içinde oturdular, ta ki onlara doğru gelen yolcuların ışıltılarını görünceye kadar.

Gildor ile zarif elf halkından bir kalabalık vardı; Sam hayretler içinde Elrond ile Galadriel'in de gelmekte olduklarını gördü. Elrond gri renkli bir pelerin giymişti ve alnında bir yıldız, elinde gümüş bir harp vardı; parmağında da kocaman mavi taşlı bir yüzük: Vilya, Üçlerin en büyüğü. Fakat Galadriel küçük ak bir ata binmiş, tıpkı ayın etrafındaki bulutlar gibi pırıl pırıl beyaz giysilere bürünmüştü; kendisi de yumuşak bir ışıkla parlıyordu adeta. Onun parmağında da Nenya, *mithril*'den yapılan yüzük vardı ve bu yüzükte buzlu bir yıldız gibi parlayan tek bir beyaz taş bulunuyordu. Onların ardından küçük gri bir midilliye binmiş ve görünüşe göre de uyuklayıp duran Bilbo geliyordu.

Elrond onları vakarla ve samimiyetle selamladı, Galadriel de onlara gülümsedi. "Evet Efendi Samwise," dedi Galadriel. "İşittiğim ve gördüğüm kadarıyla armağanımı iyi kullanmışsınız. Shire artık her zamankinden daha kutlu, daha güzel olacak." Sam yerlere kadar eğilerek selam verdi ama söyleyecek söz bulamadı. Hanım'ın ne kadar güzel olduğunu unutmuştu.

Derken Bilbo uyanarak gözlerini açtı. "Bakın hele Frodo!" dedi. "E, bugün Yaşlı Took'u geçtim! Böylece o iş de halledilmiş oldu. Ve artık başka bir yolculuğa çıkmak için tamamen hazırım sanırım. Sen de geliyor musun?"

"Evet, geliyorum," dedi Frodo. "Yüzük Taşıyıcıları birlikte gitmeli."

"Nereye gidiyorsunuz Beyim?" diye bağırdı Sam, sonunda neler olduğunu anlamıştı.

"Limanlar'a, Sam," dedi Frodo.

"Ve ben gelemem öyle mi?"

"Evet Sam. Henüz gelemezsin en azından, Limanlar'dan öteye geçemezsin. Gerçi sen de Yüzük Taşıyıcısı olmuştun, kısa bir süre için de olsa. Senin zamanın da gelebilir. Hep ikiye bölünecek değilsin ya. Tek ve bütün olmalısın, uzun yıllar. Zevkini çıkartacağın, olacağın ve yapacağın o kadar çok şey var ki."

"Ama," dedi Sam ve gözleri yaşarmaya başladı, "ben sen de daha uzun uzun yıllar Shire'ın zevkini çıkartacaksın zannetmiştim yaptıklarından sonra."

"Ben de öyle düşünüyordum bir zamanlar. Ama çok derinden yaralandım Sam. Shire'ı kurtarmaya çalıştım ve başardım ama kendim için değil. Bu hep böyle olmalı Sam, işler tehlikeli olunca: Birileri vazgeçmeli, kaybetmeli ki diğerleri kazanabilsin. Ama sen benim varisimsin: Sahip olduğum ve olacağım her şeyi sana bıraktım. Sonra senin Gül'ün ve Elanor'un var; daha minik Frodo, minik Gül ve Merry ve

Altınbukle ve Pippin gelecek; belki benim göremediğim daha çokları da. Ellerine ve aklına her yerde ihtiyaç olacak. Belediye Başkanı olacaksın tabii ki, istediğin sürece; tarihteki en ünlü bahçıvan olacaksın; sonra Kırmızı Kitap'tan birçok şey okuyacak, geçip gitmiş olan çağın hatıralarını canlı tutacaksın ki halk Büyük Tehlike'yi hatırlasın ve sevgili ülkelerini daha da çok sevsin. Ve bunlar da seni, Öykü'nün sana ait bölümü sürdükçe mümkün olduğunca meşgul ve mutlu edecek.

"Haydi, şimdi midillini sür yanımda!"

Bunun üzerine Elrond ile Galadriel yollarına devam ettiler; çünkü Üçüncü Çağ bitmiş, Yüzük'ün Günleri geçmişti; o zamanların öyküleri ve şarkıları sona ermişti. Artık Orta Dünya'da kalmak istemeyen Yüksek Soy Elfleri'nden birçoğu da onlarla birlikte geliyordu; Sam, Frodo ve Bilbo aralarında hem kutlu hem de acı yüklü olmayan bir hüzünle sürüyordu midillilerini ve elfler onlara zevkle hürmet ediyorlardı.

Bütün bir akşam ve bütün bir gece Shire'ın tam ortasından geçmiş olmalarına rağmen yabani hayvanlar hariç kimse onların geçtiklerini görmedi; ya da en fazla, orada burada gezginin biri Ay batıya doğru giderken ağaçların altında hızlı bir pırıltı veya otlar arasından akan bir ışık ile gölge görmüştü. Ve Shire'dan çıktıktan sonra, Ak Yaylalar'ın güney eteklerinden giderek Irak Yaylalar'a ve Kuleler'e vardılar ve uzaktaki Deniz'e baktılar; ve böylece sonunda Mithlond'a indiler, Lune'un uzun halicindeki Gri Limanlar'a vardılar.

Kapılara yaklaştıklarında Gemiustası Círdan onları karşılamak için geldi. Çok uzun boyluydu ve sakalı çok uzundu, gri saçlı, yaşlı biriydi, gözleri hariç: Onlar yıldızlar kadar keskindi; gelenlere bakarak eğildi ve dedi ki: "Artık her şey hazır."

Sonra Círdan onları Limanlar'a götürdü; burada beyaz bir gemi duruyordu; rıhtımda kocaman gri bir atın yanında beyazlara bürünmüş bir şekil onları bekliyordu. Dönüp onlara doğru gelirken Frodo, Gandalf'ın artık Üçüncü Yüzük olan Muhteşem Narya'yı açıkça elinde taşıdığını gördü; yüzüğün üzerindeki taş ateş gibi kıpkırmızıydı. O zaman, gidecek olanlar mutlu oldu çünkü Gandalf'ın da onlarla aynı gemiye bineceğini biliyorlardı.

Fakat Sam artık hüznü gönlünün derinliklerinde hissediyordu; ona öyle geldi ki ayrılış bu kadar acı olunca, eve yapacağı dönüş yolculuğu çok daha kederli olacak. Fakat daha orada öyle durmuş elflerin gemiye binişini seyrederken ve ayrılış için bütün hazırlıklar yapılırken, Merry ile Pippin çıkageldiler. Pippin gözyaşları arasında güldü.

"Daha önce de bizi atlatmaya çalışmış ama becerememiştin Frodo," dedi. "Bu kez neredeyse başaracaktın da, ama yine olmadı. Gerçi bu kez seni ele veren Sam değil de Gandalf'ın ta kendisi oldu!"

"Evet," dedi Gandalf; "çünkü geriye bir kişi dönmektense üç kişi dönmek daha kolay. Evet, işte sevgili dostlar sonunda burada, Deniz'in kıyılarında Orta Dünya'daki yol arkadaşlığımız bitiyor. Barışla gidesiniz! Ağlamayın, demeyeceğim; çünkü bütün gözyaşları kötü değildir."

Sonra Frodo Merry ile Pippin'i ve son olarak da Sam'i öptü ve gemiye bindi; yelkenler açıldı, rüzgâr esti ve gemi yavaş yavaş uzun gri haliçten kaydı; Frodo'nun taşıdığı Galadriel'in şişeciği pırıldayarak gözden kayboldu. Ve gemi Yüksek Deniz'e çıktı ve sonunda yağmurlu bir gecede Frodo havada tatlı bir koku alıp su üzerinden bir şarkı sesi duyuncaya kadar Batı'ya gitti. O zaman ona, tıpkı Bombadil'in evinde görüdüğü rüyadaki gibi gri yağmur perdesi, gümüşten bir cama dönüşüp kalkmış gibi geldi ve o zaman süratle atan bir şafakta ak sahilleri ve gerisindeki yemyeşil toprakları gördü.

Fakat Liman'da duran Sam'e akşam yerini karanlığa bıraktı gibi geldi; gri denize bakarken suların üzerinde hızla Batı'da kaybolan bir gölge gördü sadece. Orada, gecenin ilerleyen vakitlerine kadar durdu kaldı, Orta Dünya'nın kıyılarında sadece dalgaların ah edişlerini ve mırıltılarını duyarak; bu sesler kalbinin derinlerine çöktü. Yanında Merry ile Pippin duruyordu ve hepsi sessizdi.

Sonunda üç arkadaş geri döndüler, eve doğru giderken bir daha hiç geriye bakmadılar; Shire'a dönünceye kadar birbirlerine tek bir kelime bile etmediler ama her biri ayrı ayrı yanındaki arkadaşlarından büyük bir teselli bulmuştu uzun, gri yolları boyunca.

Sonunda yaylalardan inerek Doğu Yolu'nu tuttular, sonra Merry ile Pippin Erdiyarı yoluna devam etti; daha yoldayken bile birlikte şarkı söylemeye başlamışlardı. Fakat Sam Subaşı'na dönüp Tepe'ye vardı, gün yine kavuşurken. Ve yoluna devam etti; içeride sarı bir ışıkla bir ateş vardı; akşam yemeği de hazırdı tahmin ettiği gibi. Gül onu içeri aldı, koltuğuna oturtup minik Elanor'u kucağına verdi

Sam derin bir nefes aldı. "Eh, döndüm işte," dedi.

EKLER

Tolkien, *Hobbit* ile başlayıp *Yüzüklerin Efendisi* ile sürdürdüğü "Orta Dünya" tarihini hiçbir zaman tamamlayamadı. Ölümünden sonra oğlu Christopher Tolkien önce Orta Dünya'nın daha eski dönemlerine ait olan *Silmarillion*'u, ardından da Tolkien'ın yarım kalmış elyazmalarının çoğunu yayımlayarak bize aşağı yukarı tamamlanmış bir "Orta Dünya Tarihi" vermeye çalıştı.

Yüzüklerin Efendisi'nin İngilizce baskılarının sonunda yayınlanan "Ekler", bu tarihçenin tümüne ait bilgileri, yan öyküleri, geri planı, kronoloji ve soyağaçlarını, ve Orta Dünya dilleri üzerine dilbilimsel açıklamaları içerir. Elinizdeki basımda, bu eklerin arasından doğrudan doğruya *Yüzüklerin Efendisi* ile ilgili olan bölümleri bir araya getirmeye çalıştık. (*y.n.*)

EK A

(V)
BURADA ARAGORN İLE ARWEN'İN ÖYKÜSÜNÜN BİR BÖLÜMÜ AKTARILMAKTADIR

"Arador Kral'ın dedesiydi. Oğlu Arathorn evlenmek için Aranarth soyundan gelen Dírhael'in kızı olan Zarif Gilraen'e talip olmuştu. Bu evliliğe karşı çıkmıştı Dírhael; çünkü Gilraen küçüktü ve Dúnedain âdetlerince evlilik yaşına ulaşmamıştı henüz.

"'Dahası,' demişti, 'Arathorn olgun yaşta, sert bir adamdır ve insanların umduklarından daha erken reis olacaktır; ama gönlüm bana onun kısa ömürlü olacağını söylüyor.'

"Fakat ileri görüşlü biri olan karısı şöyle cevap vermişti: 'İşte bu yüzden elimizi daha çabuk tutmamız gerekir ya! Fırtına önünde günler kararmakta, önemli şeyler olacak. Eğer bu ikisi evlenirse halkımız için bir ümit doğabilir; ama eğer oyalanırlarsa, o zaman ümit bu çağda ulaşmaz bize.'

"Ve gerçekten de Arathorn ile Gilraen evleneli ancak bir yıl olmuştu ki dağ trolleri Arador'u Ayrıkvadi'nin kuzeyindeki Soğukkırlar' da ele geçirip canına kıymışlardı; böylece Arathorn Dúnedain'in Reisi olmuştu. Ertesi yıl Gilraen ona bir oğlan doğurmuş; adını Aragorn koymuşlardı. Fakat Arathorn, Elrond'un oğullarıyla birlikte orklara karşı atını sürerken gözünü parçalayıp giren bir ork okuyla öldüğünde, Aragorn iki yaşındaydı; yani kendi ırkına göre kısa ömürlü bir adam olmuştu Arathorn, yine de öldüğünde altmış yaşındaydı.

"Bunun üzerine artık İsildur'un varisi olan Aragorn, annesiyle birlikte yaşamak için Elrond'un evine götürülmüştü; Elrond ona babalık etmiş ve onu kendi oğlu gibi sevmişti. Fakat ona Estel, yani 'Ümit' diyorlardı ve Elrond'un buyruğuyla gerçek ismi ve soyu bir sır olarak saklanıyordu; çünkü Arifler o zamanlardan Düşman'ın dünya üzerinde kalmış olabilecek İsildur Varislerini aradığını biliyordu.

"Fakat Estel henüz yirmi yaşına gelmişti ki Elrond'un oğullarıyla birlikte büyük işler başardıktan sonra Ayrıkvadi'ye döndü; Elrond ona bakınca içine mutluluk dolmuştu, çünkü onun zarif ve soylu biri olduğunu, daha bedenen ve aklen gelişeceği halde erkekliğe erken adım attığını görmüştü. O yüzden o günden itibaren Elrond ona gerçek ismiyle hitap etmiş, kim olduğunu, kimin oğlu olduğunu anlatmış ve ona sülalesinin yadigarlarını sunmuştu.

"'İşte Barahir'in yüzüğü,' demişti, 'uzaktan akrabalığının bir nişanı; ve işte Narsil'in kırık parçaları. Bunlarla daha büyük işler başarabilirsin; çünkü başına bir felaket gelmezse, ya da sınavda başarısız olmazsan, ömrünün insanların ömürlerinden daha fazla olacağını görebiliyorum. Lâkin sınavın uzun ve zorlu olacak. Annúminas Saltanat Asası'nı alıkoyuyorum çünkü onu hak etmen lazım gelir.'

"Ertesi gün tam güneşin kavuştuğu saatlerde Aragorn tek başına ormanda dolaşıyordu, içi neşe doluydu; kendisi umut dolu ve dünya da çok latif olduğundan şarkılar söylüyordu. Aniden, daha şarkısını söylerken, huş ağaçlarının beyaz gövdeleri arasında, yeşil çimenler üzerinde yürüyen bir kız gördü; bir rüyaya daldığını veya okudukları şarkıları dinleyenlerin gözleri önünde canlandıran Elf Ozanların kabiliyetlerini kazandığını düşünerek olduğu yerde hayretler içinde kalakaldı.

"Çünkü Aragorn tam o anda Lúthien ile Beren'in Neldoreth ormanında karşılaşmasını anlatan Lúthien gazelini okuyordu. Ve o da ne! Lúthien gözleri önünde, gümüşlere ve mavilere bürünüp bir elf yuvasındaki alacakaranlığa benzeyen zarafetiyle Ayrıkvadi'de yürümeye başlamaz mı; kara saçları aniden çıkan yelde dağılmış, kirpikleri yıldızlar gibi taşlarla dolu.

"Bir an için Aragon sessizce seyretti fakat onun geçip gitmesinden ve bir daha onu görememekten korkarak ona *Tinúviel, Tinúviel!* diye seslendi, çok zaman önce, Eski Günler'de Beren'in yapmış olduğu gibi tıpkı.

"Bunun üzerine kız dönerek ona gülümsedi ve şöyle dedi: 'Kimsiniz siz? Ve niçin bana o isimle sesleniyorsunuz?'

"Aragorn da şöyle cevap verdi: 'Çünkü sizin gerçekten de biraz önce şarkısını söylediğim Lúthien Tinúviel'e benzediğinize inanıyorum. Ama eğer o değilseniz, gerçekten de onun suretinde dolaşıyorsunuz.'

"'Öyle söyler birçokları,' diye cevap verdi kız ciddiyetle. 'Yine de onun adı değildir benim adım. Gerçi belki de kaderim onunkinden pek farklı olmayacaktır. Ama siz kimsiniz?'

"'Bana Estel derlerdi,' dedi Aragorn: 'ama Dúnedain'in Efendisi, İsildur'un varisi, Arathorn oğlu Aragorn'um ben'; yine de daha bunları söylerken, gönlünü bu kadar eğleyen bu soyun sopun, kızın asaleti ve güzelliğiyle karşılaştırılınca pek bir önem taşımadığını hissetti.

"Ama kız neşeyle gülerek şöyle dedi: 'O halde uzaktan akraba sayılırız. Çünkü ben Elrond'un kızı Arwen'im ve bana da Undómiel derler.'

"'Sık sık,' dedi Aragorn, 'tehlikeli günlerde insanların hazinelerini sakladıkları görülmüştür. Yine de Elrond'a ve ağabeylerinize hayret ediyorum; çünkü bu evde çocukluğumdan beri yaşadığım halde sizden söz edildiğini hiç duymamıştım. Nasıl oldu da hiç karşılaşmadık? Herhalde babanız sizi hazine dairesine kilitlememiştir?'

"'Hayır,' dedi kız ve doğuda yükselen Dağlar'a baktı. 'Bir süre annemin akrabalarının topraklarında, uzaktaki Lothlórien'de yaşamıştım. Babamı ziyaret etmek için yeni döndüm. İmladris'te dolaşmayalı çok oluyor.'

"O zaman Aragorn'un içine bir merak düştü, çünkü kız, Orta Dünya'da ancak yirmi yıldır yaşamış olan kendisinden daha büyük görünmüyordu. Fakat Arwen onun gözlerine bakarak şöyle dedi: 'Hayret etme! Çünkü Elrond'un çocukları Eldar'ın yaşam süresine sahiptir.'

"Bunun üzerine Aragorn mahcup oldu çünkü kızın gözlerindeki elf ışığını ve yılların getirdiği irfanı görmüştü; yine de o andan itibaren Elrond'un kızı Arwen Undómiel'e âşık olmuştu.

"Bunu izleyen günlerde Aragorn sessizleşmiş, annesi üzerinde garip bir haller olduğunu anlamıştı; sonunda Aragorn annesinin sorularına boyun eğdi ve ağaçların loşluğundaki karşılaşmadan bahsetti.

"'Oğlum,' dedi Gilraen, 'meylin çok yüksek, kralların soyundan gelen biri için bile. Çünkü bu hanım şu anda dünya üzerinde yürüyen en soylu ve en zarif hanımdır. Sonra ölümlülerin elf kanı taşıyanlarla evlenmeleri münasip değildir.'

"'Ama yine de o kanda bizim de bir parçamız var,' dedi Aragorn, 'eğer bana öğretilen atalarımın öyküleri doğru ise.'

"'Doğrudur,' dedi Gilraen, 'lâkin bunlar çok önceleri, dünyanın başka bir çağında yaşanmıştı, soyumuz henüz azalmadan önce. O yüzden korkuyorum; çünkü Efendi Elrond'un iyi niyeti olmasa İsildur'un Varisleri kısa bir süre içinde son bulur. Ama bu konuya Elrond'un iyi niyetle bakacağını zannetmem.'

"'O halde günlerim acı içinde geçecek ve yabanellerde bir başıma dolaşacağım,' dedi Aragorn.

"'Senin kaderinde gerçekten de bu var,' dedi Gilraen; kendi halkına göre ileri görüşlü bir insan olmasına rağmen oğluna gelecekle ilgili neler gördüğünü söylemedi, hiç kimseye de oğlunun anlattıklarından söz etmedi.

"Fakat Elrond çok şey görür, birçok gönlü okurdu. O yüzden günün birinde, yıl henüz devrilmeden Aragorn'u odasına çağırıp şöyle dedi: 'Dúnedain Efendisi, Arathorn oğlu Aragon, beni dinleyiniz! Nasibiniz çok yüce; ya Elendil zamanından beri gelip geçmiş atalarınızın çok üzerine yükseleceksiniz ya da soyunuzdan kalanlarla karanlıklar içine düşeceksiniz. Önünüzde yıllar sürecek olan bir sınav var. Zamanınız gelinceye kadar ve buna layık olduğunuz anlaşılıncaya kadar ne evleneceksiniz, ne de bir kadını söz ile kendinize bağlayacaksınız.'

"Bunun üzerine Aragorn'un aklı karıştı ve şöyle dedi: 'Size bundan annem söz etmiş olabilir mi?'

"'Hayır, tabii ki hayır,' dedi Elrond. 'Kendi gözleriniz ele verdi sizi. Ama ben sadece kendi kızımdan söz etmiyorum. Henüz hiç kimsenin kızıyla nişanlanmayacaksınız. Lâkin İmladris ve Lórien'in Hanımı, halkının Akşamyıldızı Zarif Arwen'e gelince; o sizden daha yüce bir soya sahiptir ve bu dünyada o kadar yaşamıştır ki siz onun için birçok yaz geçirmiş genç bir huş ağacının yanındaki bir yıllık filiz gibisiniz. O sizin çok üzerinizde. Ve bence, bu ona da böyle görünüyordur. Lâkin öyle olmasaydı ve gönlü size düşmüş olsaydı bile, yine de üzerimize düşmüş olan bu hükümden üzüntü duyardım.'

"'Nedir bu hüküm?' dedi Aragorn.

"'Ben burada ikamet ettiğim sürece o da Eldar'ın gençleriyle birlikte yaşayacaktır,' diye cevap verdi Elrond, 've ben ayrıldığım zaman, eğer dilerse o da benimle gelecektir.'

"'Anlıyorum,' dedi Aragorn, 'görüyorum ki gözlerimi bir zamanlar Beren'in arzulamış olduğu Thingol hazinesinden hiç de daha küçük olmayan bir hazineye çevirmişim. Benim de nasibimde bu varmış.' Sonra aniden soyuna özgü bir öngörüyle şöyle demişti: 'Lâkin işte! Efendi Elrond, sonunda burada yaşadığınız yıllar azalmaya başladı ve kısa bir süre sonra çocuklarınız bir seçim yapıp ya size, ya da Orta Dünya'ya veda etmek zorunda kalacak.'

"'Doğru,' dedi Elrond. 'Bizim hesaplarımıza göre kısa bir süre sonra; gerçi bu insanlar için oldukça uzun bir süre. Lâkin Arwen'in önünde böyle bir seçim olmayacak Arathorn oğlu Aragorn, eğer siz, ya kendinizin ya da benim dünyanın sonundan önce acı bir ayrılığı tatmamıza neden olacak bir şekilde aramıza girmezseniz. Henüz benden ne istediğinizin farkında bile değilsiniz.' İçini çekti ve bir süre genç adama ciddi ciddi baktıktan sonra yine şöyle dedi: 'Yıllar getireceğini getirecek. Birçok yıl geçmeden bu konuda konuşmayalım. Günler kararıyor ve gelecek çok kötülük var.'

"Bundan sonra Aragorn Elrond'dan sevgiyle izin istedi; ertesi gün de annesine, Elrond'un sülalesine ve Arwen'e veda ederek yabanellere gitti. Otuz yıl kadar Sauron'a karşı çalıştı ve kendisinden çok şeyler öğrendiği Arif Gandalf ile dostluk kurdu. Onunla birlikte birçok tehlikeli yolculuğa atıldı fakat yıllar geçtikçe tek başına yolculuklara daha sık gitmeye başladı. Yolları zorlu ve uzun gibiydi ve gülümsediği zamanlar dışında görüntüsü de biraz suratsız olmaya başlamıştı; yine de gerçek suretini gözlerden gizlemediğinde insanlara sürgünde bulunan saygıdeğer bir kral gibi görünüyordu. Çünkü çeşitli kılıklarda geziyordu ve değişik isimlerde namlar salmıştı. Rohirrim ordusuyla at sürmüş, Gondor Hükümdarı için hem karada, hem denizde savaşmıştı; sonra tam zafer saatinde ortadan kaybolmuş, Doğu'ya, uzaklara ve Güney'in derinliklerine gitmiş, hem iyi hem kötü olan insanların yüreklerini araştırmış, Sauron'un oyunlarını ve hilelerini ortaya çıkartmıştı.

"Böyle böyle yaşayan insanların en serti olmuş, insanların hünerleri ve irfanlarını öğrenip ilerletmiş ve onlardan çok daha ileriye gitmişti; çünkü onda elf bilgeliği ve gözlerinde bir kez tutuştu mu çok az kimsenin dayanabileceği bir ışık vardı. Üzerindeki hükümden dolayı yüzü hüzünlü ve sertti ama kalbinin derinliklerinde hep bir ümit bulunur ve zaman zaman buradan, kayadan kaynayan bir kaynak gibi neşe fışkırırdı.

"Derken, Aragorn kırk dokuz yaşına geldiğinde, Sauron'un yeniden yerleştiği ve kötülüklerle uğraştığı Mordor'un karanlık sınırlarından, tehlikeler içinden geri döndü. Çok yorgundu ve Ayrıkvadi'ye gidip uzak ülkelere yapacağı yolculuktan evvel orada bir süre dinlenmeyi düşünüyordu; dönüş yolu üzerinde Lórien'in sınırlarına vardı ve Galadriel Hanım tarafından gizli ülkeye kabul edildi.

"O bilmiyordu ama Arwen Undómiel de oradaydı ve bir süre için annesinin akrabalarıyla kalıyordu. Pek değişmemişti, çünkü ölümlü yıllar onun yanından gelip geçerdi; yine de yüzü daha ciddiydi ve kahkahası artık nadiren duyulur olmuştu. Fakat Aragorn artık hem vücut hem de zihin açısından tamamen gelişmişti; Galadriel yollarda yıpranmış giysilerini bir kenara bırakmasını söyleyip onu gümüş ve beyaz rengine bürüdü, elf-grisinden bir pelerin giydirdi ve alnına da parlak bir taş yerleştirdi. İşte o zaman Aragorn insan cinsinden daha âliymiş gibi göründü; sanki Batı Adaları'ndan bir Elf Hükümdarı'ydı. Ve işte böyle görmüştü Arwen onu ilk kez, o uzun ayrılıklarından sonra; ve Aragorn altın çiçeklerle dolu Caras Galadhon ağaçlarının altından Arwen'e doğru yürürken kız seçimini yapmış ve kaderi çizilmişti.

"Sonra bir mevsim boyunca, Aragorn'un ayrılık vakti gelinceye kadar, birlikte Lothlórien'de, ağaçlar arasındaki çimenliklerde dolaştılar. Ve Yazortası'nda bir akşam Arathorn oğlu Aragorn ile Elrond kızı Arwen o zarif tepeciğe, ülkenin ortasındaki Cerin Amroth'a gittiler ve ölmeyen çimlerin üzerinde, elanorlarla niphrediller ayaklarını çevrelerken, yalınayak gezindiler. Ve orada, o tepenin üzerinden doğudaki Gölge'ye, batıdaki Alacakaranlığa baktılar ve birbirlerine evlilik sözü verdiler, gönülleri mutlulukla doldu.

"Ve şöyle dedi Arwen: 'Karanlık olmasına karanlık Gölge, lâkin benim gönlüm yine de neşe içinde; çünkü sen Estel, yiğitliklerinle bu karanlığı yok edecek olan büyükler arasında olacaksın.'

"Fakat Aragorn şöyle cevap verdi: 'Heyhat! Ben bunu önceden göremiyorum ve bunun nasıl olacağı benden gizli tutuluyor. Yine de senin ümidinle ümit edeceğim. Ve Gölge'yi kesinlikle reddediyorum. Lâkin hanımım, Alacakaranlık da benim için değil; çünkü ben bir ölümlüyüm ve Akşamyıldızı, eğer sen bana bağlanacak olursan, senin de Alacakaranlık'tan feragat etmen gerekecek.'

"Ve kız Batı'ya bakarak ak bir ağaç gibi kıpırtısız kalakaldı, sonunda şöyle dedi: 'Sana bağlanacağım Dúnadan ve yüzümü Alacakaranlık'tan çevireceğim. Yine de halkımın toprakları orada; halkımın ırak yurdu.' Kız babasını çok seviyordu.

"Elrond kızının seçimini işittiğinde, kalbi paramparça olduğu ve uzun zamandır korktuğu son hükmün katlanılması hiç de kolay olmadığını anladığı halde sessiz kaldı. Fakat Aragorn yeniden Ayrıkvadi'ye geldiğinde onu çağırarak şöyle dedi:

"'Oğlum, ümidin solacağı yıllar erdi, bunların gerisindeki çok az şey aşikârdır bana. Artık aramızda bir gölge var. Belki de böyle olması gerekiyordu, benim kaybımla insanlığın krallığı yeniden kurulacaktır belki de. O yüzden, sizi sevdiğim halde şunu söylemek istiyorum: Arwen Undómiel, hayatının faziletini daha küçük bir amaçla alçaltacak değildir. O, hem Gondor, hem Arnor'un Kralı'ndan başka kimsenin karısı olamaz. Benim için zaferimiz bile sadece hüzün ve ayrılık getirecek – lâkin size bir süre için ümit ve neşe. Heyhat oğlum! Korkarım sonunda Arwen'e İnsanların Yazgısı zor gelecektir.'

"Böylece kaldı bu mesele Elrond ile Aragorn arasında ve bir daha bu konuda hiç konuşmadılar; fakat Aragorn yeniden tehlikeler ve zorluklara daldı. Dünya kararıp Orta Dünya'ya korku düşerken, Sauron' un gücü büyümüş ve Barad-dûr eskisinden de daha fazla yükselirken, Arwen Ayrıkvadi'de kalmış ve Aragorn dışarılardayken onu düşünceleriyle seyretmişti; ve ümit içinde onun için büyük ve krallara layık bir sancak yapmıştı, ancak Númenor'luların hükümdarlığını ve Elendil'in mirasını talep edecek birinin dalgalandırabileceği bir sancak.

"Birkaç yıl sonra Gilraen Elrond'dan izin isteyerek Eriador'daki kendi halkının yanına gitti ve orada tek başına yaşadı; oğlunu artık çok seyrek görüyordu, çünkü Aragorn zamanının çoğunu uzak ülkelerde geçiriyordu. Fakat günün birinde Aragorn Kuzey'e geldiği bir zamanda annesinin yanına gitti ve ayrılmadan önce annesi ona şöyle dedi:

"'Bu bizim son ayrılışımız Estel, oğlum. Üzüntü beni sıradan insanlar gibi yaşlandırdı; Orta Dünya üzerinde toplanan, zamanımızın yaklaşmakta olan bu karanlığıyla yüzleşemeyeceğim. Yakında ayrılacağım.'

"Aragorn, 'Yine de karanlığın gerisinde bir ışık olabilir; eğer öyle ise sizin bunu görüp mutlu olmanızı dilerim,' diyerek onu teselli etmeye çalıştı.

"Fakat o sadece şu *linnod* ile cevap verdi:

Onen i-Estel Edain, û-chebin estel anim.[1]

ve Aragorn da gönlünde bir ağırlıkla ayrıldı. Ertesi bahar ermeden Gilraen ölmüştü.

"Böylece Yüzük Savaşı'nda yıllar ilerledi; bu konuda başka yerlerde ayrıntılı bilgiler verilmiştir: Sauron'u devirmek için nasıl daha önceden görülememiş yolların bulunduğu ve ümidin ötesindeki bir ümi-

1. "Ümidi Dúnedain'e verdim ben, kendime hiç saklamadım."

din gerçekleştirildiği hakkında. Derken, tam yenilgi anında Aragorn denize ulaşmış, Arwen'in kendisi için yaptığı sancağı Pelennor Ovaları muharebesinde açmış ve ilk o gün bir kral olarak selamlanmıştı. Ve sonunda her şey olup bittikten sonra atalarının miras bıraktığı yere ayak basarak Gondor'un tacı ile Arnor'un saltanat asasını kabul etti; Sauron'un Düşüşü yılının Yazortası'nda Arwen Undómiel'le evliliğe hak kazandı ve Kralların Şehri'nde evlendi.

"Üçüncü Çağ böylesine bir zafer ve ümitle bitmişti; yine de o Çağın hüzünleri arasında Elrond ile Arwen'in ayrılışları vardı; çünkü Deniz ve dünyanın ötesinde bir hüküm ile birbirlerinden ayrılmışlardı. Alî Yüzük yok edilip üç yüzük de gücünden mahrum kaldığında Elrond artık yorulmuş ve o zaman Orta Dünya'yı bir daha hiç geri dönmemecesine terk etmişti. Fakat Arwen ölümlü bir kadın gibi olmuştu ama yine de kazanmış olduğu her şeyi yitirinceye kadar ölmeyecekti.

"Elflerin ve İnsanların Kraliçesi olarak Aragorn ile birlikte yüz yirmi yıl ihtişam ve saadet içinde yaşadılar; yine de sonunda Aragorn yaşlılığının yaklaştığını ve uzun da olsa ömrünün sonuna geldiğini hissetti. O zaman Aragorn Arwen'e şöyle dedi:

"'Dünyanın en zarifi, en çok sevdiğim Akşamyıldızı Hanım sonunda dünyam kararıyor. İşte! Devşirdik ve devşirdiklerimizi harcadık; artık benim hesap günüm yaklaştı.'

"Arwen onun niyetini gayet iyi biliyordu ve bunu çok öncelerden görmüştü; yine de kederle doldu. 'Yani efendim, sizin sözünüzle yaşayan halkınızı zamanından önce mi terk edeceksiniz?' diye sordu.

"'Zamanından önce değil,' diye cevap verdi Aragorn. 'Çünkü eğer şimdi gitmezsem, kısa bir süre sonra zorla gitmek durumunda kalacağım. Ayrıca oğlumuz Eldarion artık kral olacak kadar büyüdü.'

"Sonra, Sessiz Cadde'deki Kralların Evi'ne giderek, kendisi için hazırlanmış olan uzun yatağa uzandı. Burada Eldarion'a veda etti, ellerine Gondor'un kanatlı tacını ve Arnor'un saltanat asasını teslim etti; bunun üzerine Arwen hariç hepsi yanından ayrıldılar ve o da tek başına yatağının yanında durdu. Bütün irfanına ve soyluluğuna rağmen, biraz daha kalması için ondan istirhamda bulunmaktan kendini alıkoyamadı. O henüz günlerini eskitmemişti ve böylece üstlenmiş olduğu ölümlülüğün acısını da tadıyordu.

"'Undómiel Hanım,' dedi Aragorn, 'gerçekten çok zor bir saat ama yine de, artık kimsenin yürümediği Elrond'un bahçesindeki ak huş ağaçlarının altında karşılaştığımız gün yaratılmıştı bugün. Ve Cerin Amroth tepesinde hem Gölge, hem de Alacakaranlık'tan vazgeçtiğimiz gün bu hükmü kabul etmiştik. Kendine bir danış sevgili, ve sor bakalım, kuruyup adamlarımı ve aklımı yitirerek mi düşmemi isterdin tahtımdan. Hayır hanımım, ben Númenor'luların sonuncusuyum, Eski Günler'in son kralıyım; bana aynı zamanda Orta Dünya'daki insanların ömürlerinin üç katı verildi ama yanı sıra kendi irademle kullanmam ve sonra bu armağanı iade etmem için bir kerem ihsan edildi. O yüzden artık uyuyacağım.

"'Seni teselli etmek için konuşmuyorum çünkü dünyanın döngüsü içinde böyle bir acı için teselli yoktur. Önünde nihai bir seçim var: Ya pişman olup Limanlar'a giderek ebede kadar yeşil kalacak ama hiçbir zaman bir hatıradan ileriye gidemeyecek olan anımızı Batı'ya taşırsın; ya da İnsanların Yazgısı'na tahammül edersin.'

"'Hayır sevgili beyim,' dedi Arwen, 'o seçimi çok önce yapmıştım. Artık beni oraya taşıyacak hiçbir gemi yok ve gerçekten de İnsanların Yazgısı'na tahammül etmeliyim, ister gönüllü, ister gönülsüz: Kayıp ve sessizlik. Lâkin sana söyleyeyim Númenor Kralı, şu ana kadar halkının öyküsünü ve ölümlerini anlamamışım. Sefil ahmaklar diye kızardım onlara, ama şimdi acıyorum. Eğer bu gerçekten de, Eldar'ın deyimiyle Tek'in insanlara verdiği bir armağansa, gerçekten de kabulü zormuş.'

"'Öyle görünüyor,' dedi Aragorn. 'Lâkin hem Gölge'yi hem Yüzük'ü reddettikten sonra son sınavda yıkılmayalım. Hüzünle gitmeliyiz ama yeisle değil. Bak! Sonsuza kadar dünyanın döngüleriyle bağlı değiliz ve bunların ardında hatıradan fazlası var. Elveda!'

"'Estel, Estel!' diye ağladı Arwen ve bununla birlikte Aragorn daha onun elini tutup öperken uykuya daldı. Sonra içinden çok büyük bir güzellik çıktı ortaya, öyle ki sonradan gelen herkes hayretle baktı; çünkü gençliğinin zarafetinin, olgunluğunun, yiğitliğinin ve yaşlılığının bilgeliği ve haşmetinin hep birbirine karıştığını gördüler. Ve uzun süre yattı orada; İnsanların Kralları'nın nurunun bir sureti olarak dünyanın parçalanmasından önce solmayan bir şan içinde.

"Fakat Arwen Ev'den ayrıldı; gözlerindeki ışık sönmüştü ve halkına, yıldızsız bir gecede çöken bir akşam gibi soğumuş ve grileşmiş görünüyordu. Sonra Eldarion'a, kızlarına ve sevdiği herkese veda ederek, Minas Tirith şehrinden ayrıldı, Lórien ülkesine gitti ve kış gelinceye kadar solan ağaçlar altında tek başına yaşadı. Galadriel göçüp gitmişti, Celeborn da yoktu, ülke sessizdi.

"Orada, sonunda mallorn yaprakları dökülürken ve henüz bahar gelmeden dinlenmek için Cerin Amroth'a uzandı; ve orada durur yeşil kabri, dünya değişinceye ve yaşamının tüm günleri ondan sonra gelen insanlar tarafından tamamen unutuluncaya kadar. Ve Deniz'in doğusunda artık elanor ve niphredil hiç çiçek açmaz.

"Bu öykü Güney'den bize geldiği kadarıyla burada bitmiştir; Akşamyıldızı'nın solmasından sonra artık bu kitapta eski günler hakkında bir şey söylenmez."

EK B

YILLARIN ÖYKÜSÜ

(BATI ÜLKELERİNİN KRONOLOJİSİNDEN BİR BÖLÜM)

BÜYÜK YILLAR

3018

Nisan

12 Gandalf Hobbitköy'e gelir.

Haziran

20 Sauron Osgiliath'a saldırır. Aynı sırada Thranduil'e de saldırılır ve Gollum kaçar.

Temmuz

4 Boromir Minas Tirith'ten yola çıkar.

10 Gandalf Orthanc'da hapsedilir.

Ağustos

Gollum'un izi kaybedilir. Bu sıralarda hem elfler hem de Sauron'un hizmetkârları tarafından aranmakta olduğu için, Moria'da saklandığı tahmin edilir; ama tam Batı kapısına giden yolu keşfettiği sırada, dışarı çıkamaz.

Eylül

18 Sabahın erken saatlerinde Gandalf Orthanc'dan kaçar. Kara Süvariler İsen Sığlıkları'nı geçerler.

19 Gandalf dilenci kılığında Edoras'a gelir, ama içeri alınmaz.

20 Gandalf Edoras'a girmeyi başarır. Théoden ona gitmesini söyler: "İstediğin atı al, ama yarın gün kavuşmadan gitmiş ol."

21 Gandalf Gölgeyele ile karşılaşır, ama at onun yanına sokulmasına izin vermez. Gandalf Gölgeyele'yi kırlıklarda takip eder.

22 Kara Süvariler akşam vakti Sarn Sığlığı'na varırlar ve oradaki kolcuları püskürtürler. Gandalf Gölgeyele'yi yakalar.

23 Dört Süvari şafaktan önce Shire'a girer. Diğerleri kolcuları doğuya doğru takip eder, sonra da Yeşilyol'da nöbet tutmak üzere geri dönerler. Bir kara süvari akşam çökerken Hobbitköy'e girer. Frodo Çıkın Çıkmazı'nı terk eder. Gölgeyele'yi ehlileştiren Gandalf, Rohan'dan yola çıkar.

24 Gandalf İsen'i geçer.

26 Yaşlı Orman. Frodo Bombadil'in evine gelir.

27 Gandalf Grisel'i geçer. Bombadil'in evinde ikinci gece.

28 Hobbitler bir Höyüklü kişi tarafından tutsak edilir. Gandalf Sarn Sığlığı'na varır.

29 Frodo gece vakti Bree'ye varır. Gandalf Babalık'ı ziyaret eder.

30 Sabahın erken saatlerinde Çukurçay'a ve Bree'deki hana baskın yapılır. Frodo Bree'yi terk eder. Gandalf Çukurçay'a gelir ve gece vakti Bree'ye varır.

Ekim

1 Gandalf Bree'den ayrılır.

3 Gandalf Fırtınabaşı'nda saldırıya uğrar.

6 Fırtınabaşı dibindeki kamp yeri saldırıya uğrar. Frodo yaralanır.

9 Glorfindel Yarmavadi'den ayrılır.

11 Glorfindel Mitheithel Köprüsü'ndeki Süvariler'i kovalar.

13 Frodo Köprü'yü geçer.

18 Glorfindel alacakaranlıkta Frodo'yu bulur. Gandalf Yarmavadi'ye varır.

20 Bruinen Sığlığı'ndan kaçış.

24 Frodo iyileşir ve kendine gelir. Boromir gece vakti Yarmavadi'ye varır.

25 Elrond'un Divanı.

Aralık

25 Yüzük Kardeşliği alacakaranlıkta Yarmavadi'den ayrılır.

3019

Ocak

8 Grup Hollin'e varır.
11,12 Caradhras'ta kar.
13 Sabahın erken saatlerinde kurtların saldırısı. Grup akşam üzeri Moria'nın Batı kapısına varır. Gollum Yüzük Taşıyıcısı'nı izlemeye başlar.
14 Yirmibirinci Salon'da gece.
15 Khazad-Dûm Köprüsü ve Gandalf'ın düşüşü. Grup gece geç vakit Nimrodel'e varır.
17 Grup akşam vakti Caras Galadhon'a varır.
23 Gandalf Balrog'u Zirak-zigil'in tepesine kadar izler.
25 Balrog'u devirir ve kendisi de bayılır. Gövdesi tepede kalır.

Şubat

14 Galadriel'in Aynası. Gandalf hayata döner ve trans halinde kalır.
16 Lórien'e veda. Batı kıyısında gizlenen Gollum ayrılışlarını izler.
17 Gwaihir Gandalf'ı Lórien'e getirir.
23 Kayıklar Sarn Gebir yakınlarında gece vakti saldırıya uğrar.
25 Grup Argonath'ı geçer ve Parth Galen yakınında kamp kurar. Birinci İsen Geçitleri Muharebesi; Théoden oğlu Théodred öldürülür.
26 Kardeşlik'in dağılışı. Boromir ölür; borusunun sesi Minas Tirith'ten duyulur. Meriadoc ve Peregrin tutsak düşerler. Frodo ve Samwise doğu Emyn Muil'e girerler. Aragorn akşam vakti orkların peşine düşer. Éomer ork çetesinin Emyn Muil'den inişini duyar.
27 Aragorn güneş doğarken batı yamacına varır. Éomer, Théoden'in emrine rağmen geceyarısı Doğuağıl'dan çıkarak orkların peşine düşer.
28 Éomer orkları Fangorn Ormanı'nın hemen dışında yakalar.
29 Meriadoc ve Pippin kaçarlar ve Ağaçsakal'la karşılaşırlar. Gün doğarken Rohirrim saldırır ve orkları yok eder. Frodo Emyn Muil'den çıkar ve Gollum'la karşılaşır. Faramir, Boromir'in cenaze kayığını görür.
30 Ent Meclisi başlar. Éomer Edoras'a dönerken Aragorn'la karşılaşır.

Mart

1 Frodo şafakta Ölü Bataklıklar'ı geçmeye başlar. Ent Meclisi devam eder. Aragorn Ak Gandalf'la karşılaşır. Edoras'a doğru yola çıkarlar. Faramir Minas Tirith'ten ayrılıp bir görevle İthilien'e gider.

2 Frodo Bataklıklar'ın sonuna varır. Gandalf Edoras'a varır ve Théoden'i iyileştirir. Rohirrim Saruman'a karşı batıya doğru at sürer. İkinci İsen Geçitleri Muharebesi. Erkenbrand yenilir. Öğleden sonra Ent Meclisi sona erer. Entler yola çıkarlar ve gece vakti İsengard'a varırlar.

3 Théoden Miğfer Dibi'ne çekilir. Hornburg Savaşı başlar. Entler İsengard'ı tamamen yıkarlar.

4 Théoden ve Gandalf Miğfer Dibi'nden İsengard'a doğru yola çıkar. Frodo Morannon'un İnsansız Topraklar'ının kıyısındaki kırlık tepelere varır.

5 Théoden öğle vakti İsengard'a varır. Orthanc'daki Saruman'la pazarlık. Kanatlı Nazgûl Dol Baran'daki kampın üzerinden geçer. Gandalf Peregrin ile Minas Tirith'e doğru yola çıkar. Frodo Morannon önünde gizlenir ve alacakaranlıkta yola çıkar.

6 Dúnedain sabahın erken saatlerinde Aragorn'a yetişir. Théoden Hornburg'dan Tapanvadi'ye doğru yola çıkar. Aragorn bir süre sonra yola çıkar.

7 Faramir Frodo'yu Henneth Annûn'a götürür. Aragorn gece vakti Dunharrow'a varır.

8 Aragorn şafak vakti Ölülerin Yolu'na çıkar; gece yarısı Erech'e varır. Frodo, Henneth Annûn'dan ayrılır.

9 Gandalf Minas Tirith'e varır. Faramir, Henneth Annûn'dan ayrılır. Aragorn Erech'ten ayrılır ve Calembel'e varır. Frodo alacakaranlıkta Morgul Yolu'na ulaşır. Théoden Dunharrow'a varır. Karanlık, Mordor'dan taşmaya başlar.

10 Şafağı Olmayan Gün. Rohan'ın Toplanışı: Rohirrim Tapanvadi'den yola çıkar. Gandalf Şehir'in kapısının dışında Faramir'i kurtarır. Aragorn Ringló'yu geçer. Morannon'dan çıkan bir ordu Cair Andros'u ele geçirir ve Anórien'e geçer. Frodo Yol Kavşağı'nı geçer ve yola çıkan Morgul ordusunu görür.

11 Gollum Shelob'u ziyaret eder, ama uyuyan Frodo'yu görünce neredeyse pişman olur. Denethor Faramir'i Osgilliath'a yollar.

Aragorn Linhir'e varır ve Lebennin'e geçer. Doğu Rohan, kuzeyden istilaya uğrar. Lórien'e ilk saldırı.

12 Gollum Frodo'yu Shelob'un inine götürür. Faramir Geçit'e çekilir. Théoden Minrimmon eteklerinde kamp kurar. Aragorn düşmanı Pelargir'e doğru sürer. Entler Rohan'ı istila edenleri yenilgiye uğratırlar.

13 Frodo Cirith Ungol orkları tarafından yakalanır. Pelennor zaptedilir. Faramir yaralanır. Aragorn Pelargir'e varır ve donanmayı ele geçirir. Théoden Drúadan Ormanı'nda.

14 Samwise Frodo'yu Kule'de bulur. Minas Tirith kuşatılır. Vahşi İnsanlar'ın yol gösterdiği Rohirrim Gri Orman'a varır.

15 Sabahın erken saatlarinde Büyücü Kral Şehir'in Cümlekapısı'nı yıkar. Denethor kendini yakar. Horozlar öterken Rohirrim'in boru sesleri duyulur. Pelennor Savaşı. Théoden öldürülür. Aragorn, Arwen'in sancağını yükseltir. Frodo ve Samwise kaçarlar ve Morgai boyunca kuzeye doğru yola çıkarlar. Kuyutorman ağaçları altında savaş. Thranduil, Dol Guldur güçlerini püskürtür. Lórien'e ikinci saldırı.

16 Komutanlar'ın müzakeresi. Frodo Morgai'deki kampın üzerinden Hüküm Dağı'na bakar.

17 Vadi Savaşı. Kral Brand ve Kral Dáin Demirayak ölür. Cüceler ve insanlar Erebor'a sığınır ve orada kuşatılırlar. Shagrat Frodo'nun pelerinini, zırh yeleğini ve kılıcını Barad-dûr'a getirir.

18 Batı Ordusu Minas Tirith'ten yola çıkar. Frodo İsenağzı'na varır; Durthang'dan Udûn'a gitmekte olan orklar onlara yetişir.

19 Batı Ordusu Morgul vadisine varır. Frodo ve Samwise kaçarak Barad-dûr yoluna koyulurlar.

22 Şer gecesi. Frodo ve Samwise yoldan ayrılıp güneye, Hüküm Dağı'na dönerler. Lórien'e üçüncü saldırı.

23 Batı Ordusu İthilien'den çıkar. Aragorn yüreksizleri geri yollar. Frodo ve Samwise silahlarını ve malzemelerini atarlar.

24 Frodo ve Samwise Hüküm Dağı'nın eteklerine son yolculuklarını yaparlar. Ordu Morannon'un İnsansız Topraklar'ında kamp kurar.

25 Ordu kırık tepelerde kuşatılır. Frodo ve Samwise Sammath Naur'a varırlar. Gollum Yüzük'ü kapar ve Kıyamet Çatlağı'na düşer. Barad-dûr'un çöküşü ve Sauron'un sonu.

BARAD-DÛR'UN ÇÖKÜŞÜNDEN ÜÇÜNCÜ ÇAĞ'IN SONUNA KADAR BAŞLICA GÜNLER

3019

Shire Takvimiyle 1419
(Ay ve Günler Shire Takvimiyle Verilmiştir)

Mart	27	Bard II ve Thorin III Taşmiğfer, düşmanı Vadi'den sürerler.
	28	Celeborn Anduin'i geçer. Dol Guldur'un imhasına başlanır.
Nisan	6	Celeborn ile Thranduil'in buluşması.
	8	Yüzük Taşıyıcıları Cormallen Çayırı'nda onurlandırılır.
Mayıs	1	Kral Elessar'ın taç giymesi; Elrond ve Arwen Yarmavadi'den yola çıkarlar.
	8	Éomer ve Éowyn, Elrond'un oğullarıyla birlikte Rohan'dan ayrılırlar.
	20	Elrond ve Arwen, Lórien'e gelirler.
	27	Arwen tören alayıyla birlikte Lórien'den ayrılır.
Haziran	14	Elrond'un oğulları Arwen'in tören alayını karşılayıp Arwen'i Edoras'a getirir.
	16	Gondor'a doğru yola çıkarlar.
	25	Kral Elessar Ak Ağaç'ın bir fidanını bulur.
*1. Esnek**		Arwen, Şehir'e varır.
Yılortası Günü		Elessar ve Arwen'in düğünü.
Temmuz	18	Éomer Minas Tirith'e döner
	19	Kral Théoden'in cenaze alayı yola çıkar.
Ağustos	7	Cenaze alayı Edoras'a varır.
	10	Kral Théoden'in cenazesi.

* Shire hesabında aylar 30 gün olduğu için, artan beş günün üçü haziranla temmuz arasına, ikisi de eski yıl ile yeni yıl arasına yerleştirilir, bu günler hiçbir aya dahil edilmezdi. Haziran ve temmuz arasındaki günlere *Esnekgünler* adı verilirdi. Bu hesapla, *1 Esnek*, 30 Haziran'dan sonraki gün oluyor. (y. n.)

	14	Konuklar Kral Éomer'den izin alıp ayrılır.
	18	Miğfer Dibi'ne varırlar.
	22	İsengard'a varırlar; gün batımında Batı'nın Kralı'ndan ayrılırlar.
	28	Yolda Saruman'a rastlarlar. Saruman yönünü Shire'a çevirir.
Eylül	6	Moria Dağları'nın önünde dururlar.
	13	Celeborn ve Galadriel ayrılırlar; diğerleri Yarmavadi'ye doğru yola çıkar.
	21	Yarmavadi'ye varırlar.
	22	Bilbo'nun yüz yirmi dokuzuncu yaşgünü. Saruman Shire'a gelir.
Ekim	5	Gandalf ve hobbitler Yarmavadi'den ayrılır.
	6	Bruinen Sığlığı'ndan geçerler. Frodo acının geri döndüğünü ilk kez hisseder.
	28	Akşamüstü Bree'ye varırlar.
	30	Bree'den ayrılırlar. "Yolcular" karanlıkta Brendibadesi Köprüsü'ne varır.
Kasım	1	Frogmorton'da tutuklanırlar.
	2	Subaşı'na varıp Shire halkını ayaklandırırlar.
	3	Subaşı Savaşı ve Saruman'ın sonu. Yüzük Savaşı'nın sonu.

3020

Shire Takvimiyle 1420: Büyük Bolluk Yılı

Mart	13	Frodo, Shelob tarafından zehirlenmesinin yıldönümünde hastalanır.
Nisan	6	Parti alanında mallorn çiçekleri.
Mayıs	1	Frodo, Gül ile evlenir.
Yılortası Günü		Frodo Belediye Başkanlığından ayrılır. Yerine Will Nebzeayak gelir.
Eylül	22	Bilbo'nun yüz otuzuncu yaşgünü.
Ekim	6	Frodo yeniden hastalanır.

3021

Shire Takvimiyle 1421: Üçüncü Çağ'ın Son Yılı

Mart	13	Frodo yeniden hastalanır.
	25	Samwise'ın kızı Zarif Elanor'un doğumu.* Bu gün Gondor hesabıyla Dördüncü Çağ başlar.
Eylül	21	Frodo ve Samwise Hobbitköy'den ayrılırlar.
	22	Ormanlık Uç'ta Yüzük Koruyucuları'nın Son Yolculuğu'na katılırlar.
	29	Gri Limanlar'a varırlar. Frodo ve Bilbo, Üç Yüzük Koruyucusu ile birlikte denize açılırlar. Üçüncü Çağ'ın sonu.
Ekim	6	Sam Çıkın Çıkmazı'na döner.

YÜZÜK KARDEŞLİĞİ'Nİ OLUŞTURANLARIN DAHA SONRA BAŞLARINA GELENLER

(Shire Takvimiyle)

1422 Bu yılın başında, Shire hesabıyla Dördüncü Çağ başladı, fakat yılların sayılmasında Shire Hesabı devam etti.

1427 Will Nebzeayak istifa eder. Yerine Samwise Shire Belediye Başkanı seçilir. Peregrin Took, Uzunayrık'lı Elmas ile evlenir. Kral Elessar insanların Shire'a girmesini yasaklayan bir kanun çıkarır ve Shire'ı Kuzey asasının koruması altında bir Özgür Ülke ilan eder.

1430 Peregrin'in oğlu Faramir doğar.

1431 Samwise'ın kızı Altınbukle doğar.

1432 "Muhteşem" Meriadoc, Erdiyarı Hükümdarı olur. Kral Éomer ve İthilien Hanımı Éowyn, Meriadoc'a hediyeler yollarlar.

1434 Peregrin Reis olur. Kral Elessar Reisi, Hükümdarı ve Belediye Başkanını Kuzey Krallığı'nın Danışmanlığına getirir. Efen-

* Elanor güzelliğinden dolayı "Zarif" adıyla anılırdı; çoğu kişi onun bir hobbitten ziyade bir elf kızına benzediğini söylerdi. Altın rengi saçlıydı, ki bu Shire'da pek az görülen bir şeydir; ama Samwise'ın diğer iki kızı da altın saçlıydı, tıpkı o sıralarda doğan birçok çocuk gibi.

di Samwise ikinci kez Belediye Başkanı seçilir.

1436 Kral Elessar kuzeye gider ve bir süre Evendim Gölü kıyısında kalır. Brendibadesi köprüsüne gelerek dostlarıyla buluşur. Dúnedain Yıldızı'nı Efendi Samwise'a verir ve Elanor Kraliçe Arwen'in şeref nedimesi olur.

1441 Efendi Samwise üçüncü kez Belediye Başkanı seçilir.

1442 Efendi Samwise, karısı ve Elanor Gondor'a giderek bir yıl orada kalırlar. Yokluğunda Samwise'a Efendi Tolman Pamuk vekalet eder.

1448 Efendi Samwise dördüncü kez Belediye Başkanı seçilir.

1451 Elanor, Irak Yaylalar'da, Greenholm'lü Fastred ile evlenir.

1452 Irak Yaylalar'dan Kule Tepeleri'ne (*Emyn Beraid*)* kadar olan Batısınırı, Kral tarafından Shire'a hediye edilir. Birçok hobbit bu bölgeye yerleşir.

1454 Elanor ile Fastred'in oğlu Elfstan Fairbairn doğar.

1455 Efendi Samwise beşinci kez Belediye Başkanı seçilir. Onun ricasıyla, Reis, Fastred'i Batısınır Vekilharcı yapar. Fastred ve Elanor, Kule Tepeleri'ndeki Altkuleler'e yerleşirler. Çocukları ve torunları Kulelerin Fairbairn'leri olarak nesiller boyu burada yaşarlar.

1462 Efendi Samwise altıncı kez Belediye Başkanı seçilir.

1463 Faramir Took, Samwise'ın kızı Altınbukle ile evlenir.

1469 Efendi Samwise yedinci ve son kez Belediye Başkanı seçilir. Görev süresi 1476'da, doksan altı yaşındayken sona erer.

1482 Yılortası gününde, Efendi Samwise'ın karısı Gül Hanım ölür. 22 Eylül'de Efendi Samwise Çıkın Çıkmazı'ndan ayrılarak Kule Dağları'na gider. Onu son kez gören Elanor olur. Elanor'a Kırmızı Kitap'ı verir ve kitap bundan sonra Fairbairn'lerin gözetiminde kalır. Elanor'un anlattığına göre Samwise Kuleleri geçerek Gri Limanlar'a gider; son Yüzük Taşıyıcısı da böylece denize açılır.

1484 Baharda Rohan'dan Erdiyarı'na Kral Éomer'in Efendi Holdwine'ı görmek istediği haberi gelir. Meriadoc o sırada yaşlı (102) fakat hâlâ sağlıklıdır. Dostu Reis ile görüştükten sonra, görevlerini ve mallarını oğullarına devreder, Sarn Sığlığı'na doğru uzaklaşırlar; Shire'da onları bir daha gören olmaz. Daha sonra

* Bkz. I. Kısım, s. 22.

Efendi Meriadoc'un Edoras'a gittiği ve o sonbahar Kral Éomer ölürken yanında olduğu duyulur. Sonra o ve Reis Peregrin Gondor'a giderek son yıllarını orada geçirirler; öldüklerinde Gondor'un ulularının yanına, Rath Dínen'e gömülürler.

1541 Bu yılın 1 Mart günü*, Kral Elessar göçüp gider. Denir ki, Meriadoc ve Peregrin'in mezarları büyük kralın mezarının yanına getirilmiş. Sonra Legolas İthilien'de gri bir gemi yapmış Anduin'den aşağı, Deniz'in ötesine yelken açmış; denir ki, cüce Gimli de yanındaymış. Ve o gemi de gittiğinde, Orta Dünya'da Yüzük Kardeşliği'nden kimse kalmamış.

* Dördüncü Çağ, Gondor takvimiyle 120.

EK E

YAZIM VE YAZIM KURALLARI

I
KELİMELERİN VE İSİMLERİN TELAFFUZLARI

Westron ya da başka bir deyişle Ortak Lisan, telaffuz açısından tamamen İngilizce karşılıklarına çevrilmiştir. Bütün hobbit isimleri ve özel isimler buna uygun olarak telaffuz edilmelidir: örneğin, *Bolger*' daki *g* harfi *c* sesi verir ve *mathom, medhım* diye okunur.

Kadim yazmaları kopya ederken, elden geldiğince titizlenerek özgün sesleri aktarmaya (tabii tespit edilebildikleri kadarıyla) ve çağdaş edebiyatta kulağa tuhaf gelmeyen kelimeler ve isimler uydurmaya çalıştım. Yüce Elf Quenya'sı, seslerinin elverdiğince Latin harfleriyle yazılmaya çalışıldı. Bu nedenle her iki Eldarin dilinde de *k* yerine *c* harfi tercih edilmiştir.

Bu tür detaylara ilgi duyanlar, aşağıdaki noktaları inceleyebilirler:

SESSİZ HARFLER

C *e* ve *i* harflerinden önce gelse bile hep *k* sesi verir: "gümüş" anlamındaki *celeb, keleb* diye telaffuz edilmelidir.

CH harfleri İngilizce *church*'de olduğu gibi "*ç*" sesini değil, (Almanca veya Gal dilindeki) *bach*'da olduğu gibi "*kh*" sesini temsil eder. Kelimelerin sonunda ve *t* harfinden önce gelmediği takdirde bu ses Gondor lisanında *h* sesi olarak yumuşamıştır; bu değişim Rohan, Rohirrim gibi birkaç isimde fark edilebilir. (İmrahil bir Númenor ismidir.)

DH İngilizce'deki *these, clothes* kelimelerindeki (yumuşak) *th* sesini temsil eder. Genellikle, Q. *alda*'ya nazaran S. *galadh* (ağaç) kelimesindeki *d* ile eşleştirilir; fakat bazen *caran-rass*'dan türetilen "Kızılboynuz" anlamındaki *Caradhras*'da olduğu gibi *n+r* sesini verir.

F kelimelerin sonunda olmadığı sürece *f*, kelime sonlarında da *v* (*av* kelimesinde olduğu gibi) sesini temsil eder: *Nindalf, Fladrif.*

G gemi kelimesindeki *g* sesini verir: *Gildor, Giraen, Osgiliath* kelimelerindeki *gil* (yıldız) kökü gibi.

H yanında başka sessiz bir harf olmazsa, tek başına hastane kelimesindeki sese sahip olur. Quenya'da *ht* harflerinin birlikte kullanımı Almanca'daki *echt, acht* gibi *cht* sesini verir. Örneğin: *Telumehtar* (Orion) isminde olduğu gibi.[1] Ayrıca bkz. CH, DH, L, R, TH, W, Y.

İ kelime başında başka bir sesliden önce geliyorsa, sadece Sindarin'de yavaş, yarın kelimesindeki *y* sesini verir: *İoreth, İarwain* gibi; bkz. Y.

K diğer elf dillerinden alınmış isimlerde *c* ile aynı değerde kullanılır; aynı şekilde *kh* Orkça *Grishnákh* veya (Númenor dilindeki) Adûnca *Adunakhor*'daki *ch* sesini temsil eder. Cüce dili (*Khuzdul*) için bkz. aşağıdaki not.

L aşağı yukarı, İngilizce *let* kelimesinin başındaki *l* sesini verir. Bununla birlikte *e, i* ve başka bir sessiz arasında veya *e, i* harflerinden sonra kelime sonuna gelince bir dereceye kadar "damaksı" bir sese dönüşür. (Eldar dilinde büyük bir ihtimalle İngilizce *bell, fill* kelimeleri *beol, fiol* diye yazılırdı.) LH sessiz olduğu zamanlarda bu sesi temsil eder (genellikle baştaki *sl-*'den türetilince). (Eski) Quenya'da bu ses *hl* diye yazılırdı ama Üçüncü Çağ'da genellikle *l* gibi telaffuz ediliyordu.

NG İngilizce'deki *finger* kelimesindeki *ng* sesini temsil eder; bir tek istisna İngilizce *sing* kelimesindeki gibi kelime sonuna gelmesidir. Üçüncü Çağ telaffuz kurallarına göre ikinci ses Quenya'da kelime başında da bulunur ama *n* olarak yazılırdı (*Noldo*'da olduğu gibi).

PH *f* ile aynı sese sahiptir. (a) Kelimelerin sonunda *f* sesinin olduğu yerlerde kullanılır; "kuğu" anlamındaki *alph*'ta olduğu gibi; (b) p sesiyle bir bağlantısı olduğunda veya *p* sesinden türetildiğinde kullanılır, "Buçukluklar" anlamındaki *i-Pheriannath*'da (*perian*) olduğu gibi; (c) (*pp*'den) uzun *ff* sesini temsil ederken kelime içinde kullanılır, "dış çit" anlamındaki *Ephel*'de olduğu gibi; (d) Adûnca ve Westron'da, *Ar-Pharazôn*'daki gibi ("altın" anlamındaki *pharaz*), kullanılırdı.

1. Genellikle Sindarin'de *Menelvagor*, Q.'da *Menelmacar* denir.

QU *cw* yerine kullanılırdı, Quenya'da çok sık kullanılan bir bileşim olduğu halde Sindarin'de hiç rastlanmamıştır.

R her yerde titrek *r* sesini temsil eder; ses diğer sessizlerin önüne gelince kaybolmaz (İngilizce'de *part* kelimesinde olduğu gibi). Orkların ve bazı cücelerin *r* sesini küçük dillerini kullanarak gırtlaktan çıkarttıkları söylenir; bu Eldar'ın beğenmediği bir sestir. RH, (genellikle daha eski *sr-* harflerinden türemiş olan) sessiz bir *r*'yi temsil eder. Quenya'da *hr* olarak yazılırdı.

S İngilizce *so, geese* kelimelerinde olduğu gibi her zaman sessizdir; çağdaş Quenya veya Sindarin'de *z* sesi bulunmazdı. Westron, Cüce Lisanı ve Ork Lisanı'ndaki *sh* İngilizce'deki *sh* [*ş*] sesine benzer.

TH İngilizce'deki *thin* ve *cloth* kelimelerinde olduğu gibi sessiz *th* sesini temsil eder. Sözlü Quenya dilinde bu ses *s* sesine dönüşmüştür ama yine de değişik bir harf ile yazılır: Q. *Ísil*, S. *Íthil* (ay) örneğinde olduğu gibi.

TY büyük bir ihtimalle İngilizce *tune* kelimesindeki *t* sesine benzer bir sesi temsil etmektedir. Daha çok *c* veya *t+y*'den türemiştir. Westron dilinde sık sık rastlanan İngilizce'deki *ch* sesi, bu dili konuşanlar tarafından sık sık diğer ses yerine kullanılırmış. Y şıkkı altındaki HY ile kıyaslayınız.

V İngilizce'deki *v* sesine sahiptir ama kelimelerin sonunda kullanılmaz. Bkz. F.

W İngilizce'deki *w* sesine sahiptir. HW, İngilizce *white* (kuzeylilerin telaffuz ettiği şekliyle) kelimesinde olduğu gibi sessiz bir *w* harfidir. Quenya'da kelime başlarında rastlanmıyor değildi ama örneklerine bu kitapta rastlanmaz. Hem *v* hem de *w*, ayrı kökenlerden de gelseler, dilde ayrı ayrı kullanıldıkları için, Latince yazıma uyarlanmış olarak Quenya'nın yazımında kullanılmıştır.

Y Quenya'da, İngilizce *you* kelimesindeki *y* harfi gibi bir sese sahiptir. Sindarin'de *y* harfi sesli bir harftir (aşağıya bkz.). HY ile *y* arasındaki ilişki, HW ile *w* arasındaki ilişki gibidir ve genellikle İngilizce'deki *hew, huge* kelimesindeki sesi temsil eder; Quenya'daki *h* harfi de *eht, iht* kelimelerindeki sese sahiptir. Westron dilinde sık sık kullanılan İngilizce'deki *sh* sesi genellikle bu dili konuşanlar tarafından onun yerine kullanılıyordu. Krş. yukarıdaki TY. HY genellikle *sy-* ve *khy-*'den türetilmiştir; her iki durumda da ilgili Sindarin sözcüklerinde, "güney" anlamına gelen,

Quenya dilindeki *Hyarmen* ve Sindarin dilindeki *Harad* gibi, öndeki *h* harfi gösterilir.

Yan yana yazılmış sessiz harflerin, *tt, ll, ss, nn* gibi, uzun veya "çift" sessiz harfleri temsil ettiklerine dikkat edilmelidir. Birden fazla heceye sahip kelimelerin sonunda genellikle bunlar kısaltılmıştır: (Arkaik *Rochand*) *Rochann*'dan türeyen *Rohan*'da olduğu gibi.

Özellikle daha önceki safhalarda Eldarin dillerinde tercih edilen, Sindarin dilinde bulunan *ng, nd, mb* kaynaşmaları bazı değişimlere maruz kalmış, her koşulda *mb, m* olmuştur, fakat vurguyu belirtmesi amacıyla hâlâ uzun bir sessiz harf olarak kabul edilmektedir (aşağıya bkz.); böylece vurgunun kesin olmadığı yerlerde *mm* olarak yazılır.[2] *Ng*, sadece basit bir genzel ses (İngilizce *sing* kelimesindeki gibi) olarak bulunduğu kelime başları ve sonları hariç, değişmeden kalmıştır. *Nd* genellikle, Quenya dilinde *Endore* olan "Orta Dünya" anlamındaki, *Ennor*'daki gibi *nn* olmuştur; fakat "kök" anlamındaki *thond* gibi tam vurgulu tek heceli kelimelerde ("Karakök" anlamındaki *Morthond* ile karşılaştırın) ve "uzun köpük" anlamındaki *Andros*'ta *r*'den önce *nd* olarak kalmıştır. Bu *nd* sesi, *Nargothrond, Gondolin, Beleriand* gibi eski zamanlardan kalmış bazı kadim isimlerde de görülmektedir. Üçüncü Çağ'da uzun kelimelerin sonunda bulunan *nd*'ler, *İthilien, Rohan, Anórien*'deki gibi *nn*'den değişerek *n* olmuştur.

SESLİ HARFLER

Sesli harfler için *i, e, a, o, u* ve (sadece Sindarin dilinde) *y* kullanılmıştır. Belirlenebildiği kadarıyla bu harfler tarafından (*y* hariç) temsil edilen sesler normal seslerdir; gerçi birçok bölgesel farklılığın gözden kaçtığından da kuşku yoktur. Yani sesler aşağı yukarı İngilizce'deki *machine, were, father, for, brute* kelimelerindeki *i, e, a, o, u* sesleri gibidir; bu kelimelerdeki hece uzunlukları göz önüne alınmamalıdır.

Sindarin dilinde uzun *e, a, o* harfleri, nispeten yakın zamanlarda türetilmiş oldukları (eski *e, a, o* değişmiştir) kısa seslilerle aynı niteliklere sahiptir. Quenya dilinde uzun *e* ile *o*, Eldar'ınki gibi doğru bir

2. "Orta Dünya'nın ağaç örgülü toprakları" anlamındaki *Galadhremmin ennorath*'da olduğu gibi. *Remmirath*'da "ağ gözü" anlamında *rem* bulunmaktadır, Quenya dilindeki *rembe* + *mîr* (ziynet).

biçimde[3] telaffuz edildiğinde, kısa seslilerden daha gergin ve "ağız daha çok kısılarak" söylenirdi.

Çağdaş diller arasında sadece Sindarin dilinde, aşağı yukarı Fransızca'daki *lune* kelimesindeki *u* gibi "değişken", "ü" sesi veren *u* vardı. Aslında bu ses biraz da, kısmen eski *çift sesliler eu* ve *iu*'dan türemiş olan *o* ile *u*'nun bir değişimiydi. Bu ses için *y* harfi kullanılmıştır (eski İngilizce'de olduğu gibi): Quenya dilinde *leuca* olan "yılan" anlamına gelen *lyg*'de veya "tepe" anlamındaki *amon*'un çoğulu *emyn*'de olduğu gibi. Gondor'da bu *y* genellikle *i* gibi telaffuz edilirdi.

Bazı Fëanor elyazmalarında olduğu gibi uzun sesliler genellikle "sert aksan" ile belirtilmiştir. Sindarin dilinde tek heceli vurgulu kelimelerdeki uzun sesliler, özellikle uzatılması gerektiğinde uzatma işaretiyle belirtilmiştir[4]; *Dúnedan* ile karşılaştırılan *dûn*'daki gibi. Adûnca veya Cüce dilindeki uzatma işaretlerinin kullanımının özel bir önemi yoktur; bunlar sadece yabancı dillere ait olduğunu belirtmek için kullanılmıştır (tıpkı *k* harfinin kullanımında olduğu gibi).

Kelime sonunda bulunan *e* harfleri hiçbir zaman İngilizce'deki gibi sağır bir ses veya uzatılması gerektiğine dair bir işaret değildir. Bu kelime sonundaki *e*, belirgin olması açısından sık sık (ama devamlı olarak değil) *ë* olarak yazılmıştır.

(Ya kelime sonunda bulunan ya da sessiz harflerden önce gelen) *er, ir, ur* kümelerinin İngilizce *fern, fir, fur* gibi değil de daha çok İngilizce'deki *air, eer, oor* gibi kullanılmaları düşünülmüştür.

3. Uzun *é* ve *ó*'nun *ei* ve *ou* olarak, az çok İngilizce'deki *no* kelimesinin söylenmesindeki gibi yaygın telaffuzu, hem Westron dilinde, hem de Westron dilini kullananlar tarafından Quenya isimlerinin söylenimlerinde *ei, ou* olarak (veya kullanılan zamanın yazı düzenindeki eşdeğer harfleriyle) gösterilmiştir. Fakat bu tür telaffuzlar yanlış veya kaba addedilirdi. Bunlar genellikle Shire'da doğal karşılanırdı. O yüzden "sayılamayacak kadar uzun yıllar" anlamındaki *yéni únótime*'yi İngilizce okur gibi (aşağı yukarı *yeyni unoatimi*) okuyanlar Bilbo, Meriadoc veya Peregrin'den daha fazla hata yapmış sayılmazlar. Frodo'nun ise "yabancı seslere karşı büyük ustalık" gösterdiği söylenir.

4. İlgili bulundukları "batı" anlamındaki *dûn* ve "doğu" anlamındaki *rhûn*'un etkisiyle "Gündoğumu" anlamındaki *Annûn*, "günbatımı" anlamındaki *Amrûn* da böyledir.

Quenya dilinde *ui, oi, ai* ve *iu, eu, au* çift seslidir (yani tek bir hecede söylenirler). Bütün diğer sesli çiftleri iki hecelidir. Bunlar genellikle *ëa* (Eä), *ëo, oë* şeklinde yazılarak belirtilmiştir.

Sindarin dilindeki çift sesliler *ae, ai, ei, oe, ui* ve *au*'dur. Diğer birleşimler çift sesli değildir. Kelime sonundaki *au*'ların *aw* olarak yazılması İngilizce kurallarına göredir ama Fëanor yazılımlarında da buna rastlanmıyor değildi.

Bütün bu çift sesliler[5] "alçalan" çift seslilerdir, yani vurgusu ilk öğede bulunan, birlikte kullanılan basit seslilerden meydana gelmişlerdir. Böylece *ai, ei, oi, ui*'nin sırasıyla İngilizce'deki *rye* (*ray* değil), *grey, boy, ruin* olarak ve *au* (*aw*)'un *laud* ve *haw*'daki gibi değil de *loud, how*'daki gibi telaffuz edilmeleri amaçlanmıştır.

İngilizce'de *ae, oe, eu*'yu karşılayacak bir ses yoktur; *ae* ile *oe*, *ai* ve *oi* olarak telaffuz edilebilir.

VURGU

Sözü geçen Eldarin dillerinde vurgunun yeri kelimenin biçiminden belirlendiği için "aksan işareti"nin, ya da başka bir deyişle vurgunun yeri belirtilmez. İki heceli kelimelerde vurgu, hemen hemen her durumda ilk heceye düşer. Daha uzun kelimelerde, son heceden önceki hece uzun bir sesli, bir çift sesli veya iki (ya da daha fazla) sessizden oluşuyorsa vurgu bu hecededir. Sondan bir önceki hece bir (veya hiç) sessiz harfin izlediği kısa bir sesli olursa (ki genellikle öyle olur), vurgu ondan önceki heceye, yani sondan üçüncü heceye düşer. Son anlatılan biçimdeki kelimeler Eldarin dillerinde, özellikle de Quenya dilinde çok rağbet görürlerdi.

Aşağıdaki örneklerde vurgulu sesli harf büyük harfle belirtilmiştir: *isİldur, Orome, erEssëa, fËanor, ancAlima, elentÁri, dEnethor, periAnnath, ecthElion, pelArgir, silİvren*. Seslilerin *é, á, ó* olduğu, "Yıldız-Kraliçe" anlamındaki *elentÁri* tipi kelimeler (bu kelimede de olduğu gibi) bileşik kelime olmaları durumu dışında, Quenya dilinde çok nadiren görülür; daha çok "günbatımı", "batı" anlamındaki andÚne'de olduğu gibi *í, ú* seslilerine rastlanır. Sindarin dilinde, birleşik kelimeler dışında hiç görülmezler. *Dh, th, ch* harflerinin Sindarin dilinde tek

5. Aslen. Fakat Quenya dilindeki *iu*, Üçüncü Çağ'da genellikle İngilizce *yule* kelimesindeki *yu* gibi yükselen bir çift sesli olarak telaffuz edilmiştir.

bir sessiz harf olduğuna ve özgün metinlerinde tek harfle temsil edildiklerine dikkat edilmelidir.

NOT

Eldarin dışındaki dillerden alınmış isimlerde harfler için aynı değerler düşünülmüştür; yukarıda özellikle açıklanmamış olan Cüce dili hariç. Cüce dilinde, yukarıda gösterildiği şekilde bir sese sahip olmayan *th* ve *ch* (*kh*) seslerinde *h* sesi telaffuz edilir; yani az çok İngilizce *backhand, outhouse* kelimelerindeki gibi *t* ve *k*'den sonraki *h* sesi seslendirilir.

Z harfinin bulunduğu yerlerde, İngilizce'deki *z* sesi kastedilmiştir. Kara Lisan ve Orkça'daki *gh* "geriden sürtünme sesi çıkartan" bir sesi temsil eder (bu ses *g* ile ilintilidir, *dh*'nin *d* ile ilintili olduğu gibi): *ghâsh* ve *agh* kelimelerinde olduğu gibi.

Cücelerin "dışarlıklı" ya da İnsanca isimlerine Kuzey biçimleri verilmiştir ama harf değerleri tanımlanan şekliyledir. Aynı şekilde Rohan'ın (modernize edilmemiş olan) kişi ve yer isimlerinde de durum aynıdır; sadece burada *éa* ve *éo* çift seslidir, *éa* İngilizce'deki *bear* ve *éo* da *Theobald* gibi söylenebilir; *y* nitelenmiş bir *u* harfidir. Modernize edilmiş biçimler kolaylıkla fark edilebilir ve İngilizce'deki gibi telaffuz edilmeleri amaçlanmıştır. Bunlar genellikle yer isimleridir: Gölgeyele ve Solucandil hariç *Dunharrow* (ya da *Dúnharg*) gibi.

II
YAZIM

Üçüncü Çağ'da kullanılan yazı düzenleri ve harflerin hepsi sonuç olarak Eldarin kökenliydi ve o zamanlarda bile çok eski sayılıyordu. Alfabetik gelişimleri tamamlanmış olsa da sadece sessizlerin tam harflerle belirtildiği tarzda yazımlar da hâlâ kullanılıyordu.

Alfabeler, iki ana ve aslen bağımsız çeşide ayrılıyordu: Burada *Tengwar* veya *Tîw* "harfler" olarak, *Certar* veya *Cirth* ise "rünler" olarak çevrilmiştir. *Tengwar* fırça veya kalemle yazılacak biçimde oluşturulmuştu; yazıların köşeli biçimleri, bu durumda yazılı biçimlerinin türevidir. *Certar* daha çok sadece kitabelere kazınmak veya hakkedilmek için kullanılmış ve oluşturulmuştur.

Tengwar daha eskidir; çünkü sürgünden çok önceleri Eldar'ın bu tür konularda son derece yetenekli olan akrabaları Noldor tarafından geliştirilmiştir. En eski Eldar yazıları Rúmil'in Tengwar'ı Orta Dünya' da kullanılmıyordu. Daha sonraki yazılar, Fëanor'un Tengwar'ı, Rumil harflerine bir şeyler borçlu olsalar da, büyük ölçüde yeniden türetilmişti. Orta Dünya'ya sürgündeki Noldor tarafından getirilmiş ve böylece Edain ve Númenor'lulara takdim edilmişti. Üçüncü Çağ'da kullanımları, aşağı yukarı Ortak Lisan'ın bilindiği aynı alana yayılmıştı.

Cirth, Beleriand'da ilk kez Sindar tarafından oluşturulmuş ve uzun süre sadece isimleri ve kısa anıları ahşap veya taş üzerine hakketmek için kullanılmıştı. Çok benzeseler de ayrıntıları açısından bunlardan ayrılan ve dizilimlerinde tamamen farklı olan zamanımız rünlerine benzeyen bu rünler köşeli biçimlerini bu kökene borçludurlar. Daha eski ve daha basit formuyla Cirth İkinci Çağ'da doğuya doğru yayılmış, kendisini, her biri kendi amaçlarına ve yetenek veya yeteneksizliklerine göre değiştiren birçok halk tarafından yani insanlar, cüceler ve hatta orklar tarafından öğrenilmişti. Bu tarzda basit bir biçim, Vadi İnsanları ve benzer bir tanesi de Rohirrim tarafından hâlâ kullanılmaktaydı.

Fakat Birinci Çağ'ın bitiminden önce Beleriand'da, kısmen Noldor'un Tengwar'ı etkisi altında yeniden düzenlenerek daha da geliştirilmiştir. En zengin ve en düzenli biçimi Daeron Alfabesi olarak bilinir; Elf âdetlerinde alfabenin Doriath Kralı Thingol'un ozanı ve irfan ustası olan Daeron tarafından tasarlandığı söylenmektedir. Elfler yazıda Fëanor harflerini kullandıkları için Eldar arasında Daeron Alfabesi gerçek anlamda el yazısı biçimleri kazanmamıştır. Batı Elfleri gerçekten de çoğunlukla rünleri tamamen bırakmışlardı. Öte yandan Eregion ülkesinde Daeron Alfabesi kullanımı korunmuş, oradan cücelerin en itibar ettikleri alfabe olarak, Moria'ya geçmiştir. Bundan sonra, alfabe cüceler arasında sürekli olarak kullanılmış ve onlarla birlikte Kuzey'e geçmiştir. Daha sonraki zamanlarda burada, *Angerthas Moria,* başka bir deyişle Moria'nın Uzun Rün Dizileri ismini almıştır. Lisanlarında olduğu gibi cüceler güncel yazı düzenlerini uygulamışlar ve birçoğu Fëanor harflerini büyük bir beceriyle kullanmışlardı; fakat kendi dilleri için Cirth'e bağlı kalmışlar ve Cirth için hat biçimleri geliştirmişlerdi.

TENGWAR CETVELİ

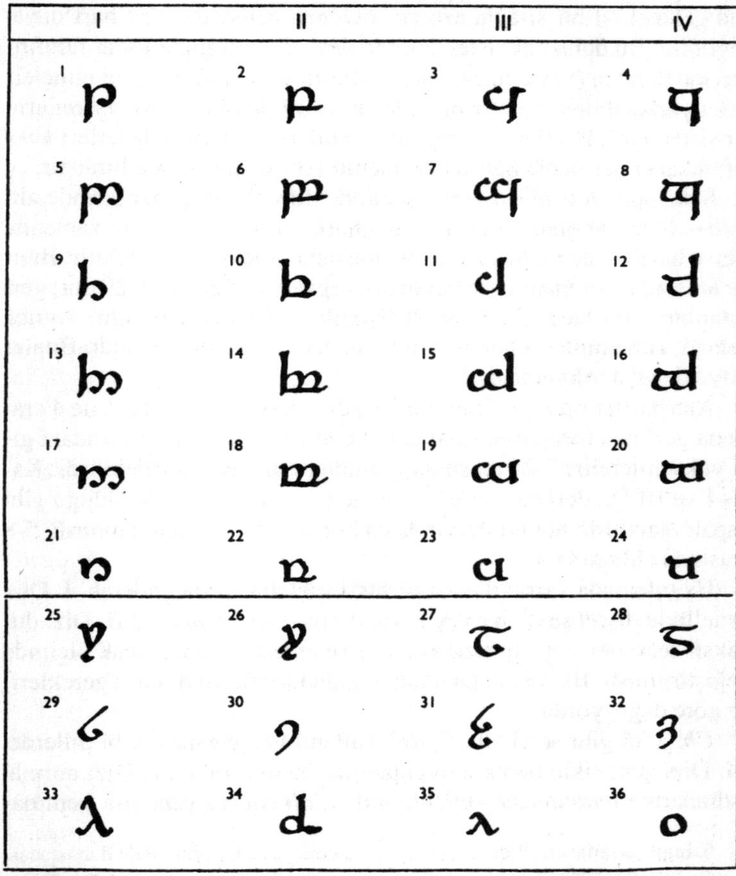

(i)

FËANOR HARFLERİ

Cetvelde, resmi kitap yazısı şekliyle, Üçüncü Çağ'da Batı topraklarında çoklukla kullanılan bütün harfler gösterilmektedir. Düzenleme, o zamanlarda kullanılan en alışılmış ve harflerin genellikle isimleriyle nakledildikleri biçimiyle gösterildiği düzenlemelerden biridir.

Bu yazı düzeni aslen bir "alfabe" değildir, yani, her biri kendine has bağımsız bir değere sahip, ne biçimi ne de işleviyle bir ilgisi olmayan geleneksel bir sırayla ezbere söylenen gelişigüzel bir harf dizisi değildir.[6] Bu daha çok, istendiğinde veya elverdiğinde Eldar tarafından kaydedilen (veya düzenlenen) dillerin sessizlerini temsil etmeleri için uyarlanabilen, benzer biçimlerde ve stilde olan sessiz işaretlerin bir sistemiydi. Harflerin hiçbirinin kendilerine ait sabit değerleri yoktur; fakat aralarındaki belirli bazı bağıntılar zamanla fark edilmiştir.

Sistemde, dört *témar* (seri) şeklinde düzenlenmiş, her birinde altı *tyeller* (derece) olan yirmi dört ana harf vardır: 1-24. Aynı zamanda "ilave harfler" de vardır, 25 ile 36 arasında örnekleri görülebilir. Bunlar arasında tam manasıyla bağımsız yegane harfler 27 ile 29'dur; geri kalanlar diğer harflerin biraz değişiklik göstermiş halleridir. Ayrıca değişik kullanımları olan bir miktar da *tehtar* (işaretler) vardı. Bunlar cetvelde gösterilmemiştir.[7]

Ana harfler bir *telco* (sap) ile *lúva*'dan (kavis) oluşurdu. 1 ile 4 arasında görünen formlar normal kabul edilirdi. Sap, 9-16 arasındaki gibi yükseltilebilir; 7-24 arasında görüldüğü gibi de indirilebilirdi. Kavis I ve III Dizileri'nde olduğu gibi açık veya II ve IV'de olduğu gibi kapalı olabilirdi; her iki durumda da bunlar çifteli kullanılabilirdi, 5-8 arasında olduğu gibi.

Uygulamada varsayılan özgürlük Üçüncü Çağ'da, giderek, I. Dizi genellikle dişsel sessizler veya *t*-dizilerine (*tincotéma*) ve II. Dizi dudaksıl sessizler veya p-dizilerine (*parmatéma*) uygulanacak biçimde değiştirilmişti. III. ve IV. Dizi'nin uygulaması farklı dillerin gereklerine göre değişiyordu.

Ch, j, sh gibi sessiz harflerin[8] kullanıldığı Westron gibi dillerde, III. Dizi genellikle bunlara uygulanırdı; bu durumda IV. Dizi normal *k*-dizilerine (*calmatéma*) uygulanırdı. *Calmatéma* yanı sıra hem da-

6. İngilizce alfabede Eldar'a anlaşılır görülebilecek tek bağıntı P ile B arasındaki olurdu; birbirlerinden ve F, M, V'den ayrılmış olmaları onlara çok saçma gelirdi.

7. Bunların birçoğu başlık sayfasındaki örneklerde ve I. Kısım, 71. sayfadaki yazıtta bulunmaktadır; ayrıca 309. sayfada da Latin alfabesiyle verilmiştir. Bunlar genellikle seslileri belirtmek için kullanılır, Quenya dilinde çoğunlukla beraberindeki sessizlerin tamlayanı olarak kabul edilirdi; ya da en sık kullanılan sessiz kaynaşmasını daha kısa yoldan belirtmek için kullanılırdı.

8. Buradaki seslerin ifadeleri çevriyazımlarıyla ve yukarıda açıklanan şekille aynıdır; sadece burada *ch*, İngilizce *church* kelimesindeki *ch*'yi (ç) temsil eder. *J*, İngilizce'deki *j*'yi, *z* de *azure* ve *occasion* kelimelerinde duyulan sesi verir.

maksı serilere (*tyelpetéma*), hem de dudaksıl serilere (*quessetéma*) sahip olan Quenya dilinde damaksı sesler Fëanor dilinde harfin fonetik değerini bildiren bir işaretle belirtilirdi; bu işaret "*y* harfini izle"diğini gösterirdi (genellikle alta konulan iki noktayla); öte yandan IV. Dizi *kw*-dizisiydi.

Bu genel uygulamalar içinde aşağıdaki ilişkiler de yaygın olarak gözlenirdi. I. Derece'deki normal harfler "sessiz duraklı" seslere uygulanırdı: *t, p, k* vs. Kavisin çifteleşmesi "ses" eklendiğini gösterirdi: Böylece eğer 1, 2, 3, 4 = *t, p, ch, k* (veya t, *p, k, kw*) ise, o zaman 5, 6, 7, 8 = *d, b, j, g* (veya *d, b, g, gw*) idi. Sapın yükselmesi sessiz harfin "sürtme sesi " çıkartacak şekilde açıldığını gösteriyordu: Böylece, I. Derece ve 3. Derece'nin yukarıdaki değerlere sahip olduğunu varsayarsak (9 - 12) = *th, f, sh, ch* (veya *th, f, kh, khw/hw*), 4. Derece de (13 - 16 = *dh, v, zh, gh* (*dh, v, gh, ghw/w*).

Özgün Fëanor sistemi, hem çizginin üzerine hem de altına doğru uzamış saplı bir dereceye de sahipti. Bunlar genellikle *h* sesli sessizleri temsil ederdi (örn. *t + h, p + h, k + h*), fakat gerekli olan diğer sessiz dönüşümleri de temsil edebilirdi. Bunlara, Üçüncü Çağ'da bu yazı düzenini kullanan dillerde ihtiyaç duyulmuyordu; fakat uzantılı formlar 3. ve 4. Derece'nin değişkenleri olarak kullanılıyordu (I. Derece'den daha açık şekilde ayırt edilebiliyordu.)

5. Derece (17-20) daha çok genzel sessizlere uygulanırdı: Böylelikle 17 ile 18 *n* ve *m* için en çok kullanılan işaretlerdi. Yukarıda gözlenen prensiplere göre 6. Derece'nin sessiz genzelleri temsil ediyor olması gerekirdi fakat bu tür sesler (Gal dilindeki *nh* ve kadim İngilizce'deki *hn* ile örneklenebilecek) bu tür sözü geçen dillerde çok nadiren görülürdü; 6. Derece (21-24) daha çok her dizinin en zayıf veya "yarı-sesli" sessizleri için kullanılırdı. Bunlar ana harflerin en küçük ve en basit biçimlerine sahiptiler. Bu suretle 21 genellikle, aslen Quenya dilinde bulunan ve o dilin sisteminde *tincotéma*'nın en zayıf sessizi kabul edilen zayıf (titrek olmayan) *r* için kullanılmıştır; 22 yaygın olarak *w* için kullanılırdı; III. Dizi'nin damaksı sesler için kullanıldığı dizilerde 23 genellikle sessiz *y* gibi kullanılırdı.[9]

9. Moria'nın Batı Kapısı'ndaki yazıt Sindarin dilinin yazımı için kullanılan usule örnek teşkil etmektedir; bu yazımda 6. Derece basit genzel sesleri, 5. Derece Sindarin dilinde sık sık kullanılan çiftli veya uzun genzel sesleri temsil ederdi: 17 = *nn* ama 21 = *n*.

4. Derece sessizlerinin bazıları telaffuz sırasında ve (yukarıda açıklandığı şekliyle) 6. Derece'deki sessizlere yaklaşacak veya onlarla kaynaşacak şekilde biraz zayıfladığı için ikinci sözü edilenlerin Eldarin dillerinde işlevlerindeki belirlilik kaybolmuştur; seslileri belirten harflerin çoğunluğu da bu harflerden türetilmiştir.

NOT

Quenya dilinin standart yazımı yukarıda açıklanan kelimelerin uygulamasından ayrılmıştır. 2. Derece, *b, g, gw* sadece bu bileşimlerde görüldüğü için, hepsi de sık kullanılan *nd, mb, ng, ngw* için kullanılırdı; öte yandan *rd, ld* için özel harfler 26 ve 28 kullanılırdı. (*lw* değil de *lv* için birçok konuşmacı ve özellikle elfler, *lb*'yi kullanırdı: *lmb* olamayacağından bu 27+6 ile yazılırdı. Benzer şekilde, Quenya dilinde *dh, gh, ghw* olmadığı için ve *v* için 22. harf kullanıldığından 4. Derece son derece sık kullanılan *nt, mp, nk, nqu* bileşimleri için kullanılmıştı. Bkz. 386-87. sayfalardaki Quenya harflerinin isimleri.

Ek harfler. 27 numara her yerde *l* için kullanılırdı. Aslen 21'in değiştirilmiş bir şekli olan 25 numara "tam" titrek *r* için kullanılırdı. 26 ve 28 numaralar bunların değişik halleriydi. Sık sık, sırasıyla sessiz *r* (*rh*) ve *l* (*lh*) için kullanılırdı. 29 *s* sesini, (çifte kavisli) 31, gerekli olduğu dillerde *z* sesini temsil ederdi. Ters kullanılan biçimler olan 30 ve 32 ayrı işaretler olarak kullanma olanağı sağlasa da yazının uygunluğuna göre sadece 29 ile 31'in değişkenleri olarak, örneğin, üzerine bir *tehtar* alarak kullanılırdı.

33 numara aslında 11'in (daha zayıf) bir çeşidini temsil ederdi; Üçüncü Çağ'da en çok rastlanan kullanımı *h* idi. 34, (o da kullanılacak olursa) sessiz *w* (*hw*) için kullanılırdı. 35 ile 36 sessiz olarak kullanıldığında genellikle, sırasıyla *y* ve *w* için kullanılırdı.

Sesli harfler, birçok örnekte *tehtar* tarafından temsil edilir ve genellikle sessiz bir harfin üzerine konurdu. Kelimelerin çoğu sesli harf ile biten Quenya gibi dillerde *tehta* önündeki sessiz harfin üzerine konurdu; Sindarin gibi kelimelerin çoğu sessiz harfle biten dillerde arkasındaki sessiz harfin üzerine konurdu. Gerekli konumda bir sessiz harf yoksa *tehta* en yaygın kullanımı "ı" harfine benzeyen bir form olan "kısa taşıyıcı"nın üzerine konurdu. Değişik dillerde sesli işaretleri olarak kullanılan asıl *tehtar* sayılamayacak kadar çoktu. Genellikle *e, i, a, o, u* (çeşitlerine) uygulanan en yaygın olanları, verilen örneklerde gösterilmiştir. En yaygın biçimiyle *a* sesinin yazımında kullanılan üç nokta, daha hızlı stillerde, sık sık kullanılan kısaltma işareti gibi bir formda değişik biçimlerde kullanılmıştır.[10] Tek bir nokta ile "sert aksan işareti" sık sık *i* ve *e* (fakat bazı yazılım çeşitlerinde *e* ve *i*) için kullanılırdı. Kıvrımlı çizgiler *o* ve *u* için kullanılırdı. Yüzük Yazısı'nda sağa doğru açılan kıvrımlı çizgi *u* için kullanılıyordu; fakat başlangıç sayfasında *o* yerine, sola açılan kıvrımlı çizgi ise *u* yerine kullanılır. Sağa açılan kıvrım tercih edilirdi ve kullanım da ilgili dile bağlıydı: Kara Lisan'da *o* çok az kullanılırdı.

Uzun sesliler genellikle *tehta*'yı, yaygın kullanımı noktasız bir *j* harfine benzeyen "uzun taşıyıcı"nın üzerine koymakla belirtilirdi. Fakat aynı amaçla *tehtar* çiftleştirilebilirdi. Ancak bu işlem en sık kıvrımlı çizgiler ve bazen de "aksan işaretleri"nde tekrarlanırdı. Noktalar daha çok *y*'yi izleyen işaretlerde kullanılırdı.

Batı Kapısı'ndaki yazıt, seslilerin ayrı birer harfle temsil edildikleri "tam yazım" adı verilen bir usulü göstermektedir. Sindarin dilinde kullanılan bütün sesli harfler gösterilmiştir. Görüldüğü gibi 30 numara sesli *y* için kullanılmış ve aynı zamanda çift sesliler, sesli harfi izleyen *y* harfinin üzerine *tehta* konulması ile ifade edilmiştir. (*Au* ve *aw*'ın ifadesi için gerekli olan) *w*'yu izleyen işaret bu usulde *u*-kıvrımı ya da bunun değişik bir biçimiydi. Fakat çift sesliler, yazıtta olduğu gibi, genellikle tam olarak yazılırdı. Bu usulde seslilerin uzunlukları genellikle, "uzun işaret" anlamında *andaith* adı verilen "sert aksan işareti" ile belirtilirdi.

Biraz önce açıklanmış olan *tehtar*'dan başka, daha çok yazıyı kısaltmak ve özellikle de sık sık tekrarlanan sessiz kombinasyonlarında uzun uzun yazmaktan kurtulmak için kullanılan daha birçok işaret vardı. Bunların arasında, sessizlerin üzerine konan bir çizgi (ya da İspanyolca'daki *tilde* [~] gibi bir işaret) genellikle bu sessizin aynı seriden bir genzel sesle izleneceğini belirtirdi (*nt, mp, nk* gibi); öte yandan harfin altına konan benzer bir işaret daha çok sessizin uzun veya

10. *A* sesinin çok sık kullanıldığı Quenya dilinde sesli işareti tamamen atlanıyordu. Yani "lamba" anlamındaki *calma, clm* diye yazılırdı. Quenya dilinde kelime başlangıcında *Cl* gibi çift sessiz hiç olmadığından ve *m* hiçbir zaman kelime sonunda kullanılmadığından, *clm* sadece *calma* olarak okunabilirdi. *Clm, calama* olarak da okunabilir, ama böyle bir kelime zaten yoktur.

çift olduğunu belirtmek için kullanılırdı. Kavise tutturulmuş aşağıya doğru bakan bir kanca (başlangıç sayfasındaki son kelime olan *hobbits*'de olduğu gibi) harfi takip eden bir *s* sesini belirtmek için kullanılırdı; özellikle de Quenya dilinde tercih edilen *ts, ps, ks* (*x*) kombinasyonlarında olduğu gibi.

Elbette İngilizce'yi temsil edecek bir "usul" yoktu. Böyle bir usul fonetik olarak Fëanor sisteminden kurulabilir. Başlangıç sayfasındaki kısa örnekte bunu gözler önüne sermeye yeltenilmez. Bu daha çok, kendi "usulü"nün tanıdık harf değerleri ile İngilizce'nin geleneksel yazım biçimi arasında tereddüde düşen bir Gondor'lunun yapabileceği bir şeydir. (Bir kullanımı da zayıf, belirtisiz seslileri belirtmek olan) aşağıya konan noktalar burada vurgusuz ve'yi temsil etmek için kullanılmıştır fakat aynı şey *here* kelimesinin sonundaki sessiz *e* için de kullanılmıştır; *the, of* ve *of the* kısaltmalarla ifade edilmiştir (uzatılmış *dh*, uzatılmış *v* ve sonuncusu alt-çizgi ile ifade edilmiştir).

Harflerin isimleri. Bütün usullerde bütün harflerin ve işaretlerin isimleri vardı fakat bunlar her usuldeki fonetik kullanımlara uyacak biçimde veya onları açıklayacak şekilde tasarlanmıştı. Öte yandan genellikle ve özellikle de diğer usullerdeki harflerin kullanımlarını betimlerken, harflerin biçimsel olarak her birinin ayrı bir ismi olması isteniyordu. Bu amaçla, Quenya dilindeki kullanımlarda tuhaf da kaçsa genellikle Quenya dilindeki "tam isimler"e başvurulurdu. "Tam isim", sözü geçen harfi de içinde barındıran Quenya dilindeki gerçek bir kelime olurdu. Mümkün olduğu yerlerde bu kelimenin ilk sesi olurdu; fakat ses veya kombinasyon kelime başında bulunmuyorsa, hemen ilk sesliyi izlerdi. Cetveldeki harflerin isimleri şöyleydi: (1) metal anlamında *tinco*, kitap anlamında *parma*, lamba anlamında *calma*, tüy anlamında *quesse*; (2) kapı anlamında *ando*, kader anlamında *umbar*, demir anlamında *anga*, örümcek ağı anlamında *ungwe*; (3) ruh anlamında *thúle* (*súle*), kuzey anlamında *formen*, hazine anlamında *harma* (veya hiddet anlamında *aha*), meltem anlamında *hwesta*; (4) ağız anlamında *anto*, kanca anlamında *ampa*, çene anlamında *anca*, boşluk anlamında *unque*; (5) batı anlamında *númen*, altın anlamında *malta*, Noldor soyu anlamında *noldo* (daha eskiden *ngoldo*), eziyet anlamında *nwalme* (daha eskiden *ngwalme*); (6) gönül (iç akıl) anlamında *óre*, meleksi güç anlamında *vala*, armağan anlamında *anna*, hava, gökyüzü anlamında *vilya* (daha eskiden *wilya*); doğu anlamında *rómen*, bölge anlamında *arda*, dil anlamında *lambe*, ağaç anlamında *alda*; yıldız ışığı anlamında *silme*, (ters *s*) *silme nuquerna*, güneş ışığı anlamında *áre* (veya isim anlamında *esse*), *are nuquerna*; güney anlamında *hyarmen*, *hwesta sindarinwa*, köprü anlamında *yanta*, ısı anlamında *úre*. Başka örneklerinin olması, bazı değişiklerin Sürgünler'in konuştukları şekliyle Quenya dilini etkilemeden önce verilmiş olan isimlerden kaynaklanmaktadır. Her pozisyonda sürtme sesli *ch* sesini temsil ettiğinde 11 numaraya *harma* adı veriliyordu fakat kelime başında[11] nefes gibi çıkan *h* sesi olduğunda (kelime içinde de kullanılsa) *aha* ismi kullanıyordu. *áre* aslında *áze* idi fakat bu *z* 21 numara ile kaynaştığında oluşan işaret, Quenya dilinde çok sık geçen *ss* için kullanılırdı ve *esse* ismini alırdı. *Hwesta sindarinwa* ya da diğer adıyla "Gri Elf *hw*'si", Quenya dilinde 12'nin *hw* sesine sahip olmasından kaynaklanıyordu ve *chw* ile *hw* için ayrı işaretlere ihtiyaç duyulmuyordu. En yaygın şekilde bilinen ve kullanılan harf isimleri 17 *n*, 33 *hy*, 25 *r*, 9 *f* idi: *númen, hyarmen, rómen, formen* = batı, güneş, doğu, kuzey (Krş. Sindarin dilindeki *dûn* veya *annûn, harad, rhun* veya *amrûn, forod*). Bu harfler çoğunlukla, tamamen değişik terimlerin kullanıldığı dillerde bile Doğu, Batı, Kuzey, Güney noktalarını belirtmek için kullanılırdı. Bunlar Batı ülkelerinde, bu sırayla ve batıdan başlayarak, batıya doğru söylenirdi; *hyarmen* ve *formen* gerçekten de sol taraftaki bölge ve sağ taraftaki bölge anlamına gelirdi (birçok İnsansı dillerdeki düzenlemenin tam tersi).

CIRTH

Certhas Daeron aslında sadece Sindarin seslerini temsil etmesi için tasarlanmıştı. En eski *cirth* 1, 2, 5, 6; 8, 9, 12; 18, 19, 22; 29, 31; 35, 36; 39, 42, 46, 50; *certh* ise 13 ila 15 arasında değişiyordu. Değerlerin tayini sistematik değildi. 39, 42, 46, 50 sesliydi ve daha sonraki bütün gelişimlerde de öyle kalmıştır. 35'in *s* veya *h* için kullanımına göre

11. Nefes gibi çıkan *h* için Quenya dilinde aslında, "uzun" anlamında *halla* adı verilen yayı olmayan yükseltilmiş basit sap kullanılırdı. Bu bir sessiz harfin önüne bu harfin sessiz olup nefes gibi çıkartıldığını belirtmek için konurdu; sessiz *r* ve *l* de genellikle bu şekilde belirtilir ve *hr, hl* olarak uyarlanırdı. Daha sonraları 33 bağımsız *h* sesi için kullanılmaya başlandı ve *hy*'nin değeri (eski değeri) bunu izleyen *y* harfine bir *tehta* ekleyerek gösterildi.

13, 15 numaralar *h* veya *s* için kullanılırdı. *S* ve *h*'ye bir değer vermek konusundaki bu tereddüt daha sonraki düzenlemelerde de devam etmiştir. Tek bir "sap"tan ve "dal"dan oluşan karakterlerde, yani 1-31 numaralarda, dal tek bir taraftan tutturulacaksa genellikle sağ taraftan tutturuluyordu. Tersi de yok değildi ama bunun hiçbir fonetik önemi olmuyordu.

Kadim *cirth*'e yapılan eklemeler ve yeniden teşekkülü Daeron'a atfedildiğinden bu *certhas*'ın genişletilmesi ve işlenmesinin eski biçimine *Angerthas Daeron* deniliyordu. Bununla beraber Sindarin'de bulunmayan seslerin ifadesi için kullanıldıklarından ana ekler yani iki yeni seri, 13-17 ve 23-28 büyük bir ihtimalle Eregion'lu Nolder'ın icadıydı.

Angerthas'ın yeniden düzenlenmesinde (anlaşıldığı kadarıyla Fëanor sisteminden esinlenerek) aşağıdaki prensipler izlenir: (1) dala bir işaret eklemek "ses" ekler; (2) bir *certh*'i ters-yüz etmek "sürtme sesi çıkartan bir harfe" açıldığını gösterir; (3) sapın her iki yanına da dal eklemek hem ses, hem de genzellik ekler. Bu prensipler, bir nokta hariç düzenli olarak uygulanırdı. (Arkaik) Sindarin'de sürtme sesi ihtiva eden *m* (veya genzel *v*) için bir işarete ihtiyaç vardı ve bunu *m* için kullanılan işareti ters yüz etmekle sağlayabildiklerinden 6 numaranın ters yüzüne de *m* değeri verilmişti, fakat 5 numaraya *hw* değeri verilmişti.

Teorik olarak değeri *z* olan 36 numara, Sindarin veya Quenya yazımında *ss* için kullanılıyordu: Krş. Fëanorca 31. 39 numara ya *i*, ya da *y* (sessiz) için kullanılırdı; 34, 35 bir fark gözetmeden *s* için kullanılırdı; biçim bakımından kesin bir biçimde dişsellerle bir ilgisi olmasa da 38 sık sık ardışık sesler *nd* için kullanılırdı.

Değerler Cetveli'nde soldakiler – ile ayrıldıklarında kadim *Angerthas*'ın değerlerini bildirir. Sağdakiler ise Cüce dili olan *Angerthas Moria*'yı temsil eder.[12] Görüldüğü gibi Moria Cüceleri bazı yeni *cirth*'in yanı sıra değerlerde sistematik olmayan bazı değişimler başlatmışlardır: 37, 40, 41, 53, 55, 56. Değerlerdeki bozulma başlıca iki nedene dayanmaktadır: (1) 34, 35, 54'ün değerlerindeki sırasıyla *h*

12. ( ) içinde olanlar sadece Elfçe kullanımlarda bulunan değerlerdir; * ise sadece cüceler tarafından kullanılan *cirth*'i belirtir.

(*Khuzdul*'da görünen, kelime başında kullanılan bir sesliyle başlayan açık veya gırtlaksı başlangıç) ve *s*'ye göre gösterdiği değişiklik; (2) Cücelerin 29 ve 30 yerine kullandıkları 14 ve 16'nın terk edilmiş olması. Sonuç olarak 12'nin *r* için kullanımı, 53'ün *n* için icadı (ve 22 ile karıştırılması); 17'nin *z* olarak ve *s* değerindeki 54 ile birlikte kullanımı ve yine 36'nın sonuç olarak *n* için kullanımı, *ng* için kullanılan yeni *certh* 37'de görülebilir. Yeni 55 ve 56 aslında 46'nın ikiye bölünmüş biçimleridir ve Cüce dili ile Westron dilinde sık sık rastlanan İngilizce'deki *butter* kelimesindeki sesliler gibi sesler için kullanılmıştı. Zayıf veya kaybolanlarda sadece sapı olmayan bir işaret olarak belirtilirdi. Bu *Angerthas Moria* mezar kitabesinde gösterilmiştir.

Erebor Cüceleri, Erebor usulü diye bilinen ve Mazarbul Kitabı'nda örnekleriyle gösterilen, bu sistemin daha da değiştirilmiş bir biçimini kullanmışlardır. En büyük özellikleri şunlardı: 43 *z* olarak, 17 *ks* (*x*) olarak kullanılıyordu; *ps* ve *ts* için 57 ve 58 olmak üzere iki yeni *cirth* icat edilmişti. Aynı zamanda 14 ile 16'yı *j* ve *zh* değerleri olarak yeniden takdim etmişlerdi; fakat 29 ile 30'u, *g* ve *gh* veya 19 ile 21'in önemsiz değişkeleri olarak kullanıyorlardı. Özel Erebor *cirth*'i 57 ve 58 hariç bu özellikler cetvele dahil edilmemiştir.

ANGERTHAS

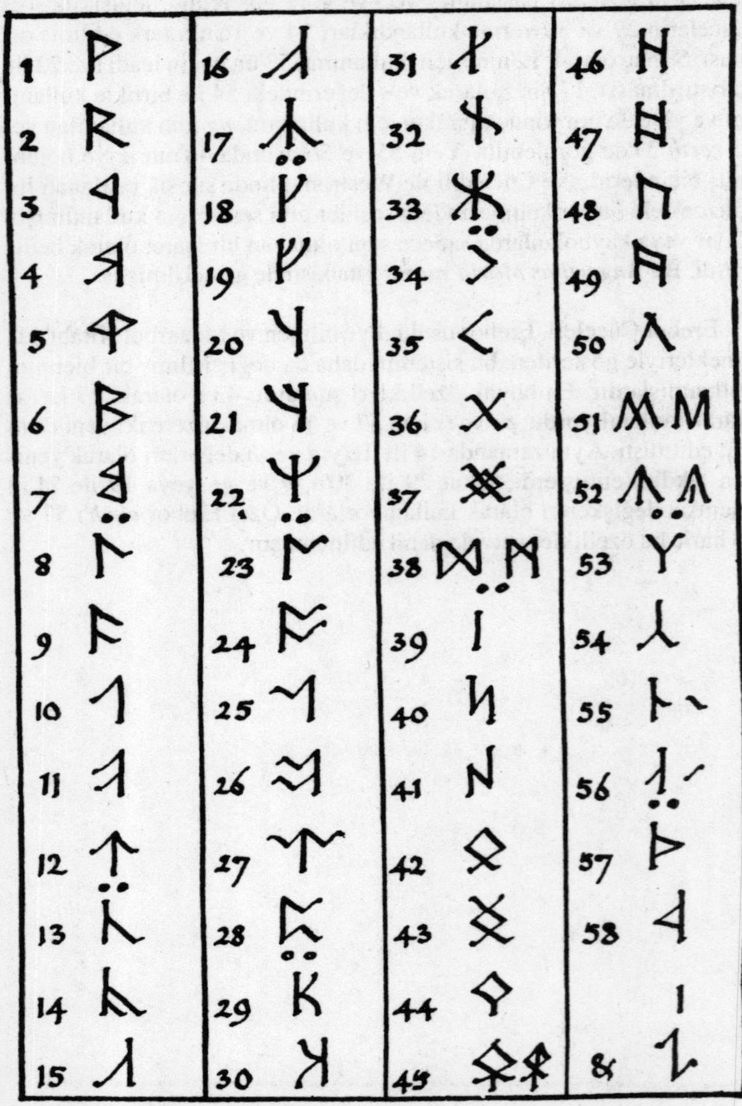
1
2
3
4
5
6
7
8
9
10
11
12
13
14
15
16
17
18
19
20
21
22
23
24
25
26
27
28
29
30
31
32
33
34
35
36
37
38
39
40
41
42
43
44
45
46
47
48
49
50
51
52
53
54
55
56
57
58
&

ANGERTHAS

No.	Value	No.	Value	No.	Value	No.	Value
1	p	16	zh	31	l	46	e
2	b	17	nj—z	32	lh	47	ē
3	f	18	k	33	ng—nd	48	a
4	v	19	g	34	s—h	49	ā
5	hw	20	kh	35	s—'	50	o
6	m	21	gh	36	z—ŋ	51	ō
7	(mh) mb	22	ŋ—n	37	ng*	52	ö
8	t	23	kw	38	nd—nj	53	n*
9	d	24	gw	39	i (y)	54	h—s
10	th	25	khw	40	y*	55	*
11	dh	26	ghw,w	41	hy*	56	*
12	n—r	27	ngw	42	u	57	ps*
13	ch	28	nw	43	ū	58	ts*
14	j	29	r—j	44	w		+h
15	sh	30	rh—zh	45	ü		&

EK F

I
ÜÇÜNCÜ ÇAĞ DİLLERİ VE HALKLARI

Bu tarih kitabında sunulan dil, Üçüncü Çağ'da, Orta Dünya'nın Batı Toprakları'nda kullanılan *Westron* ya da diğer bir deyişle "Ortak Lisan"dır. O çağın gereklerine göre bu dil, kadim Arnor ve Gondor krallıkları sınırları içinde yaşayan, hemen hemen bütün konuşan halkların (elfler hariç) ana dili halini almıştı; bu da kıyı boyunca Umbar'dan kuzeye doğru Forochel Körfezi'ne kadar, iç kısımlarda ise Dumanlı Dağlar ve Ephel Dúath'a kadar olan bir alanı kapsardı. Nehir'in batısında kalan ve Ferah Çayırlar'a kadar uzanan dağların doğusundaki toprakları da kapsayarak Anduin'in kuzeyine de yayılmıştı.

Eriador'un büyük bir bölümü terk edilmiş ve Ferah ile Rauros arasında Anduin kıyısında çok az sayıda insan yaşıyor olsa bile, çağın sonundaki Yüzük Savaşı sırasında Ortak Lisan'ın, ana dil olarak kullanıldığı toprakların sınırları hâlâ buralarıydı.

Anórien'deki Drúadan Ormanı'nda hâlâ gizli gizli dolaşan az sayıda kadim Vahşi İnsan vardı; Dunland tepelerinde de Gondor'un büyük bir bölümünün eski sakinleri olan kadim bir halkın arta kalanları yaşıyordu. Bunlar kendi dillerine sıkı sıkıya bağlıydı; öte yandan Rohan ovalarında Kuzeyli bir halk ve yöreye beş yüzyıl kadar önce gelmiş olan Rohirrim yaşıyordu. Fakat kendi lisanlarını koruyan bütün halklar, hatta elfler tarafından, sadece Arnor ve Gondor'da değil bütün Anduin vadisinde ve Kuyutorman'ın doğu eteklerine kadar uzanan bir alanda Westron dili anlaşmak için ikinci dil olarak kullanılıyordu. Diğer halklardan sakınan Vahşi İnsanlar ve Dunlendingler'de bile, zorlukla da olsa bu dili konuşabilenler bulunuyordu.

ELFLER

Elfler, daha Eski Günler'de iki ana dala ayrılmıştı: Batı Efleri (*Eldar*) ve Doğu Elfleri. İkinci tür Kuyutorman ve Lórien'de yaşayan elflerin çoğunluğunu oluştururdu; fakat onların dilleri, bütün elf isimleri ve kelimelerinin *Eldarin* formunda kullanıldığı bu tarih kitabında yer almaz.[1]

Bu kitapta *Eldarin* dilleri arasından iki tanesi bulunmaktadır: Yüksek Elfçe, ya da diğer adıyla *Quenya*, ve Gri Elfçe ya da diğer adıyla *Sindarin*. Yüksek Elfçe, Deniz'in ötesindeki Eldamar'ın kadim, yazıya dökülen ilk lisanıydı. Artık anadil olarak kullanılmıyordu; daha ziyade Birinci Çağ'ın sonunda Orta Çağ'a sürgüne gelen Yüksek Elfler'ce törenlerde, ilim, irfan ve şarkılarda hâlâ kullanılan bir tür "Elf Latincesi" olmuştu.

Gri Elfçe, kökeninde *Quenya*'nın bir akrabasıydı: Çünkü bu, Orta Dünya'nın sahillerine gelerek Deniz'i geçmeyip Beleriand ülkesinin kıyılarında yerleşen Eldar'ın lisanıydı. Burada Doriath'lı Thingol Gripelerin hüküm sürüyordu ve uzun süren kasvetli yıllarda dilleri, ölümlü toprakların değişkenliğiyle değişmiş ve Deniz'in ötesindeki Eldar'ın dilinden çok farklılaşmıştı.

Daha kalabalık olan Gri Elfler'in yanında yaşayan Sürgünler gündelik yaşamlarında *Sindarin*'i kullanıyorlardı; bu yüzden *Sindarin* bütün o elflerin ve bu tarih kitabında görülen bütün elf beylerinin lisanı olmuştu. Çünkü bunların hepsi Eldarin soyundandı; hatta yönettikleri halk daha alt seviyedeki akrabalarından oluşuyor olsa bile. En soyluları, Finarfin hanedanından gelen, Nargothrond Kralı Finrod Felagund'un kız kardeşi olan Galadriel Hanım'dı. Sürgünlerin gönüllerindeki Deniz özlemi hiç dindirilemeyecek bir huzursuzluktu; bu özlem Gri Elfler'in gönüllerinde uyuyordu ama bir kez uyandırıldığında da bir daha yatışmazdı.

1. Bu devirde sakinlerinin çoğu Silvan kökenli olduğu için Lórien'de, "aksanlı" da olsa Sindarin dili konuşuluyordu. Bu "aksan" ve Sindarin ile kendi sınırlı tanışıklığı (Gondor'lu bir yorumcu aracılığıyla *Thain'in Kitabı*'nda da belirtmiş olduğu gibi) Frodo'yu yanlış yönlendirmiştir. I. Kitap'ta kısım ii, 6., 7. ve 8. bölümlerde geçen bütün kelimeler ve yer ile kişi isimlerinin çoğu, gerçekten de Sindarin dilindedir. Fakat *Lórien, Caras Galadhon, Amroth, Nimrodel* büyük bir ihtimalle Silvan kökenli olup Sindarin diline uyarlanmıştır.

İNSANLAR

Westron, Elfçe etkisiyle zenginleştirilmiş ve yumuşatılmış olsa da bir insan lisanıydı. Aslında, özellikle de İlk Çağ'da batıya, Beleriand'a gelen Elf Dostları'nın Üç Hanedanı olan ve Kuzey'deki Karanlık Güç'e karşı Büyük Taş Savaşı'nda Eldar'a yardım eden, Eldar'ın *Atani* veya *Edain* yani "İnsanların Ataları" dediği kimselerin lisanıydı.

Karanlık Güç devrildikten sonra Beleriand'ın büyük bir bölümünün sular altında kalıp yıkılmış olması nedeniyle Elf Dostları'na da Eldar gibi Deniz'i aşıp Batı'ya gitme imkânı bahşedilmişti. Fakat Ölmeyen Diyar onlara yasak olduğu için, bütün ölümlü toprakların en batısı olan büyük ada onlara ayrılmıştı. Bu adanın adı Númenor (Batıil) idi. O yüzden Elf Dostları'nın çoğu ayrılarak Númenor'da yaşamaya başlamış ve burada namlı denizciler ve gemi ustaları olarak büyüyüp güçlenmişlerdi. Açık kumral ve uzun boylu olan bu insanların ömürleri Orta Dünya'daki insanların ömürlerinin üç katıydı. Bunlar elflerin *Dúnedain* dedikleri, İnsanların Kralları Númenor'lular idi.

İnsan soyları arasında sadece *Dúnedain* elf dilini bilir ve konuşurdu; çünkü ataları Sindarin dilini öğrenmiş ve yıllarla hafifçe değişikliğe uğrasa da bunu çocuklarına bir irfan olarak aktarmıştı. Ve irfanla uğraşanları Yüksek Elfçe Quenya'yı da öğrenmiş ve buna tüm diğer dillerin üzerinde kıymet vermiş; ünlü, saygın yerlerin ve soylu, büyük şöhret sahibi kişilerin birçoğunun isimleri bu dilden verilmişti.[2]

Fakat Númenor'luların ana dilleri büyük ölçüde kendi eski insan dilleri olan Adûnca olarak kalmıştı ve mağrur günlerinde krallar ve beyler bu dile dönmüşler, Eldar ile eski dostluklarını hâlâ sürdüren birkaç tanesi hariç, elf dillerini bırakmışlardı. Güçlü zamanlarında Númenor'lular, gemileri için Orta Dünya'nın batı kıyılarında birçok kale ve liman bulunduruyordu; bunların en önemlilerinden biri de Anduin'in ağzına yakın olan Pelargir idi. Burada Adûnca konuşuluyordu; bu dil, daha alt seviyedeki insanların dillerindeki sözlerle karışa-

2. Örneğin *Númenor* (ya da tam haliyle *Númenore*), *Elendil, İsildur, Anárion, Elessar* yani "Elftaşı" dahil *Gondor*'un bütün kraliyet isimleri hepsi Quenya dilindendir. *Aragorn, Denethor, Gilraen* gibi diğer Dúnedain adamların ve kadınların çoğunun ismi, Sindarin formundaydı; bunların çoğu şarkılardan ve tarih kitaplarından hatırlanan İlk Çağ'daki (*Beren, Húrin* gibi) elflerin ve insanların isimleriydi. Az sayıda isim, *Boromir* gibi, karışık kökenlidir.

rak ve buradan Batıil ile irtibatı olan bütün kıyılar boyunca yayılarak, Ortak Lisanı meydana getirmişti.

Númenor'un düşüşünden sonra Elendil Elf Dostları'nı yeniden Orta Dünya'nın kuzey batı kıyılarına götürmüştü. Burada zaten ya tamamen, ya da yarı yarıya Númenor kanı taşıyan insanlar yaşıyor fakat çok azı elf dilini hatırlıyordu. Dúnedain daha ilk başından beri, birlikte yaşadıkları ve uzun bir yaşam, büyük bir güç ve irfan sahibi oldukları için beyleri oldukları alt seviyedeki insanlardan sayıca çok daha azdı. O yüzden diğer halklarla konuşurken ve engin ülkelerinin hükümet işlerinde Ortak Lisan'ı kullanıyorlardı; elf dillerinden aldıkları birçok kelime ile bu dili genişletmişler ve zenginleştirmişlerdi. Númenor kralları sırasında geliştirilmiş olan bu Westron dili dört bir yana, hatta düşmanları arasına bile yayılmış ve gün geçtikçe Dúnedain'in kendileri tarafından da daha çok kullanılmaya başlamıştı; böylece Yüzük Savaşı sırasında elf dili Gondor halkının çok az bir kısmı tarafından biliniyor, gündelik olarak ise daha da az insan tarafından kullanıyordu. Bunlar daha çok Minas Tirith'te, civarındaki taşrada ve Dol Amroth bağımlı prensliğinin topraklarında yaşıyorlardı. Yine de Gondor ülkesindeki bütün yer ve şahıs isimleri elf formunda ve anlamındaydı. Bazılarının kaynağı unutulmuş ve kuşkusuz Númenor'luların gemilerinin Deniz'den yelken açmasından önceki günlerden kalmıştı. Bunların arasında *Umbar, Arnach* ve *Erech*, dağ isimleri olan *Eilenach* ve *Rimmon* vardır; *Forlong* da aynı tür isimlerden biriydi.

Batı Toprakları'nın kuzey bölgelerinde oturan insanların çoğu İlk Çağ'da yaşamış olan *Edain* veya onların yakın akrabalarının soyundan geliyordu. O yüzden bunların lisanları Adûnca ile ilintiliydi ve kimisi hâlâ Ortak Lisan'la benzerlik taşımaktadır. Bunlar Anduin'in üst vadilerinde yaşayan insanlardı: Batı Kuyutorman'da yaşayan Ormanlı Kocoğlanlar; daha kuzey ve batıda bulunan Uzun Göl ve Vadi İnsanları. Ferah ile Carrock arasındaki topraklardan gelen, Gondor'da, At Ustaları Rohirrim olarak bilinen insanlar. Onlar hâlâ kendi atalarına ait dili kullanıyorlar, yeni ülkelerindeki hemen her yere yeni isimler veriyorlardı; kendilerine Atçanyurt İnsanları, ya da Eorloğulları diyorlardı. Fakat bu halkın beyleri Ortak Lisan'ı rahatlıkla, hatta Gondor'daki müttefikleri kadar soylu bir tarzda konuşabiliyorlardı; çünkü Westron çıkmış olduğu Gondor'da hâlâ büyük bir zarafetle ve eski usulde kullanılıyordu.

Tamamen yabancı olan, Drúadan Ormanı'nda yaşayan Vahşi İnsanlar'ın lisanıydı. Dunlendingler'in dili de yabancı ya da çok uzaktan akrabaydı. Bu insanlar Ak Dağlar'ın vadilerinde asırlar önce yaşayan halklardan arda kalanlardı. Fakat Karanlık Yıllar'da diğerleri Dumanlı Dağlar'ın güney vadilerine çekilmişlerdi; buradan da bazıları Höyük Yaylaları kadar kuzeyde kalan boş topraklara gitmişti. Bunlardan Bree halkı gelmişti; fakat bu, Bree'liler Arnor'un Kuzey Krallığı buyruğuna geçmeden ve Westron dilini kullanmaya başlamadan çok önce olmuştu. Sadece, bu ırktan gelen insanların Dunland'da yaşayanları eski lisanlarını ve örflerini muhafaza etmişti: Bunlar Dúnedain'e düşmanca yaklaşan ve Rohirrim'den nefret eden gizli bir halktı.

Onların diline ait, Rohirrim'e verdikleri bir isim olan *Forgoil* (kelimenin Samankafa anlamına geldiği rivayet edilir) hariç, bu kitapta hiçbir bilgi yoktur. *Dunland* ile *Dunlending*, Rohirrim'in onlara verdikleri isimdir çünkü bu insanlar esmer ve kara saçlı insanlardı; yani bu isimlerdeki *dunn* kelimesi ile "batı" anlamındaki Gri Elfçe kelime *Dûn* arasında bir bağ yoktur.

HOBBİTLER

Shire ve Bree'li Hobbitler'in bu zamanlarda Ortak Lisanı kullanmaya başlamaları belki de bir bin yılı bulmuştu. Dili kendi usullerince, serbestçe ve umursamazca kullanıyorlardı; gerçi aralarında biraz daha eğitim görmüş olanları gerektiğinde daha resmi konuşabilecek kadar bu dile vakıftı.

Hobbitlere özgü bir lisanın kaydına rastlanmamıştır. Eski günlerde, yakınlarında veya birlikte yaşadıkları insanların dillerini kullanıyor oldukları anlaşılmaktadır. Böylece Eriador'a girdikten sonra Ortak Lisan'a çabucak uyum sağlayabilmişlerdir; Bree'ye yerleşmeye başladıkları zaman, eski dillerini unutmaya başlamışlardı bile. Görüldüğü kadarıyla bu yukarı Anduin'e ait, Rohirrim'e akraba olan bir insan diliydi; gerçi güneydeki Ülkenler'in kuzeye, Shire'a gelmeden önce Dunlendce'ye benzer bir dili kullanıyor oldukları ortaya çıkmıştır.[3]

Frodo'nun zamanında, çoğu Vadi'de veya Rohan'da bulunanlarla yakından benzeşen yöresel kelimelerde ve isimlerde hâlâ bunlara ait bazı izler bulunuyordu. En dikkat çekeni günler, aylar ve mevsimler-

3. Yabaneller'e dönen Angle'lı Ülkenler Ortak Lisan'ı çoktan devralmıştı; fakat *Déagol* ile *Sméagol,* Ferah yakınlarındaki bölgedeki insan dilinde isimlerdir.

di; çoğu Bree ve Shire'daki yer isimleri olarak muhafaza edilse de bu cinsten birkaç kelime daha (*mathom* ve *smial* gibi) hâlâ kullanılıyordu. Hobbitlerin özel isimleri de oldukça garipti ve çoğu kadim günlerden kalmaydı.

Hobbit, Shire halkı tarafından kendi cinslerinden herkese söylenen bir sözdü. İnsanlar *buçukluk*, elfler ise *periannath* diyorlardı. *Hobbit* kelimesinin kaynağı çoğu kişi tarafından unutulmuştur. Bununla beraber, ilk başlarda Samanpostlar ve Ülkenler tarafından Kılayaklar'a verilen bir isim ve Rohan dilinde daha iyi korunmuş olan bir kelimenin yıpranmış biçimi olduğu sanılmaktadır: *holbytla*; İngilizcesi "*çukur inşa eden*" anlamında "*hole-builder.*"

DİĞER IRKLAR

Entler. Üçüncü Çağ'a kalmış en kadim halk, *Onodrim* ya da *Enydler* idi. *Ent*, isimlerinin Rohan dilindeki biçimiydi. Entler kadim günlerde Eldarlar tarafından biliniyorlardı; Eldarlar entlere kendi dillerini vermemiş, onun yerine konuşma arzusu aşılamışlardı. Onların yarattıkları lisan başka hiçbir lisana benzemiyordu: Ağır, yankılı, toplu, tekrarlamalı, gerçekten uzun soluklu; Eldar'lı irfan sahiplerinin bile hiç yazıya dökme girişiminde bulunmadıkları, sesliler arasındaki nüans çeşitliliğine, niteliklerinde ve tonlamalardaki yükselme ve alçalmaya dayanan bir forma sahip bir dildi. Bu dili sadece kendi aralarında kullanıyorlardı ama bunu gizli tutmak zorunda değillerdi, zaten başka kimse öğrenemezdi.

Öte yandan entler, diller konusunda çok yetenekliydi; çabuk öğrenirler ve hiç unutmazlardı. Fakat eldar dillerini tercih ederler, en çok da kadim Yüksek Elf dilini severlerdi. Yani Ağaçsakal ve diğer entlerin kullanmış oldukları, hobbitlerin kaydettiği yabancı kelimeler ve isimler Elfçe'dir ya da elf lisanından ent usulünce bir araya getirilmiş kelimelerdir.[4] Bazıları Quenya dilindendir: "Çokgölgeliorman-karaderinvadi Derinvadiormanı Kasvetlitoprak" şeklinde çevrilebilecek olan *Taurelilómeëa-tumbalemorna Tumbaletaurëa Lómëanor* gibi;

4. Bazı yerlerde hobbitler entler tarafından çıkartılan daha kısa süreli mırıltıları ve seslenişleri örneklemek için bazı girişimlerde bulunmuşlardır: *a-lalla-lalla-rumba-kamanda-lindor-burúme* de Elfçe değildir ve gerçek Entçe'den bir parçayı örneklemek için (büyük ihtimalle son derece hatalı biçimde) bugüne kadar gelen tek girişimdir.

bununla da Ağaçsakal'ın aşağı yukarı anlatmak istediği şöyle bir şeydir: "Ormanın derin vadilerinde kara bir gölge var." Bazıları da Sindarin dilindendir: "Ağacın sakalı" anlamındaki *Fangorn* veya "narin kayın" anlamındaki *Fimbrethil* gibi.

Orklar ve Kara Lisan. Orklar, diğer ırkların, Rohan dilinde kötü halklara verdikleri ismin bir biçimidir. Sindarin dilinde *orch* idi. Hiç kuşkusuz Kara Lisan'daki *uruk* kelimesinin de bununla bir ilgisi vardı; gerçi genellikle bu kelime o sıralarda Mordor ve İsengard'dan yayılan büyük asker orklara veriliyordu. Daha alt seviyede olanlara, özellikle de Uruk-hai tarafından, "köle" anlamında *snaga* denirdi.

Orklar Eski Günler'de, Kuzey'in Karanlık Gücü tarafından üretilmişti. Kendilerine ait bir dilleri olmadığı söylenir; onun yerine diğer dillerden alabildiklerini almışlar ve kendi zevklerine göre saptırmışlardır; yine de bunlar, küfür veya sövüp saymak için kullanıldıkları zaman dışında kendi gereksinimleri için bile pek yeterli olmayan, sadece kaba anlaşılmaz sözlerdi. Bu yaratıklar garaz ile dolu, kendi cinslerinden bile nefret eden varlıklar olduklarından kısa sürede kendi ırklarına ait kaç grup veya yerleşim merkezi varsa o kadar barbar lehçe geliştirmişlerdi; böylece değişik kabileler arasında Orkça kullanmak onlara pek bir fayda sağlamıyordu.

Böylece Üçüncü Çağ'da orklar, soyları arasında Westron dilini kullanıyorlardı; hâlâ Kuzey'de ve Dumanlı Dağlar'da dolaşanlar gibi eski kabilelerin birçoğu Westron'u ana dilleri olarak kullanıyorlardı ama bunu öyle bir şekilde kullanıyorlardı ki Orkça'dan daha sevimli sayılmazdı. Bu dilde "Gondor'lu insan" anlamındaki *tark*, Westron'da kullanılan bir Quenya kelimesi olan Númenor'luların soyundan biri olan anlamında kullanılan *tarkil*'den bozulmuştu; bkz. s. 200.

Kara Lisan'ın Karanlık Yıllar'da Sauron tarafından icat edildiği ve bunu kendisine hizmet edenlerin dili haline getirmeyi arzuladığı söylenmektedir ama bu arzusuna hiç ulaşamamıştır. Öte yandan Kara Lisan'dan, "ateş" anlamına gelen *ghash* gibi Üçüncü Çağ'da orklar arasında çok yaygın olan birçok kelime çıkmıştır fakat Sauron'un ilk yenilgisinden sonra, eski formundaki bu dil Nazgûl hariç herkes tarafından unutulmuştu. Sauron bir kez daha ayağa kalktığında, Kara Lisan bir kez daha Barad-dûr'un ve Mordor'un komutanlarının lisanı olmuştu. Yüzük'ün üzerindeki yazı kadim Kara Lisan'dı; İkinci Kısım s. 49'daki Mordor orklarının küfürü ise bu dilin Grishnâkh'ın komutasındaki Karanlık Kule askerleri tarafından kullanılan daha avam bir şekliydi. *Sharku*, o dilde yaşlı adam anlamına geliyordu.

Troller. Troll, Sindarin dilindeki *Torog*'un karşılığı olarak kullanılmıştır. Başlangıçlarında, ta Eski Günler'in alacakaranlığında, kalın kafalı ve aptal yaradılışlı olan bu yaratıkların, hayvanlardan farklı bir dilleri yoktu. Fakat Sauron onları kullanmış, öğrenebilecekleri kadarını öğretmiş, zekâlarını kötülükle bilemişti. O yüzden troller hâkim olabildikleri kadarıyla dillerini orklardan öğrenmişlerdi; Batı Toprakları'nda Taş Trolleri Ortak Lisan'ın bozulmuş bir şeklini kullanıyorlardı.

Fakat Üçüncü Çağ'ın sonunda güney Kuyutorman'da ve Mordor' un dağ sınırlarında daha önce hiç rastlanmamış bir trol ırkı görülmeye başladı. Kara Lisan'da bunlara Olog-hai deniyordu. Bunları, hangi soydan olduğunu bilmeseler de, Sauron'un üretmiş olduğuna kimsenin kuşkusu yoktu. Kimisi bunların trol değil de dev orklar olduğunu kabul ediyordu; fakat Olog-hai hem bedensel açıdan, hem de zihinsel açıdan, irilik ve güç açısından çok daha ileri oldukları en iri ork cinsinden bile çok farklıydı. Troldüler trol olmasına ama efendilerinin kötü niyetiyle doluydular: Güçlü, çevik, hiddetli, zeki olmakla birlikte bir taştan bile daha sert korkunç bir soy. Alacakaranlık'ın eski ırkının aksine, Sauron'un iradesi kendilerine yöneltilmiş olduğu sürece Güneş'e dayanabiliyorlardı. Çok az konuşuyorlardı; bildikleri tek dil Barad-dûr'un Kara Lisanı idi.

Cüceler. Cüceler tamamen ayrı bir ırktır. Garip başlangıçları ve insanlar ile elflere neden hem benzeyip, hem benzemedikleri *Silmarillion*'da anlatılır; fakat bu öyküyü Orta Dünya'nın daha alt seviyedeki elfleri bilmiyorlardı; öte yandan daha sonra yaşayan insanların öyküleri, diğer ırkların hatıralarıyla karışmıştır.

Gizemli, çalışkan, uğradıkları haksızlıkları (ve çıkarlarını) kolay kolay unutmayan, değerli değersiz tüm taşları ve kendi halinde yaşayan şeyleri değil de bir ustanın elleri altında biçim değiştirebilen şeyleri çok seven, genellikle dayanıklı, aksi tabiatlı bir soydu. Fakat kötü yaradılışlı değillerdi; insanların anlattıkları hikâyeler ne derse desin aralarında kendi rızasıyla Düşman'a hizmet eden çok azdı. Çünkü eski insanlar onların zenginliklerini, el ustalıklarını arzularlardı ve iki ırk arasında bir düşmanlık vardı.

Fakat Üçüncü Çağ'da birçok yerde insanlar ile cüceler arasında sıkı bir dostluğa rastlanıyordu; kadim konakları yıkıldıktan sonra yaptıkları gibi, ülkeler arasında yolculuk etmek, çalışmak, alışverişte bulunmak cücelerin yapısına uyduğundan, aralarında yaşadıkları insanların lisanlarını kullanmak zorundaydılar. Yine de gizli gizli (elflerin aksine onlar bunu dostlarına bile gönül rızasıyla açmıyorlardı) yıllarla biraz değişmiş olan, kendi garip dillerini kullanıyorlardı; çünkü bu dil bir masal dili değil, bir irfan lisanı olmuştu; cüceler de bunu geçmişten kalan bir hazine gibi koruyup, bakıyorlardı. Diğer ırklardan çok az kişi bunu öğrenmeyi başarmıştı. Bu tarih kitabında, sadece Gimli'nin arkadaşlarına yer ismi olarak verdiği kelimelerde ve Borukent'teki kuşatma sırasında attığı savaş çığlığında kendini göstermektedir. En azından bu bir sır değildi ve dünyanın ilk günlerinden beri birçok savaş alanında duyulmuştu. *Baruk Khazâd! Khazâd aimênu!* "Cücelerin Baltaları! Cüceler geldi!"

Öte yandan Gimli'nin ismi, diğer akrabalarının isimleri gibi Kuzey (İnsanca) kökenlidir. Kendi gizli ve "iç" isimlerini, gerçek isimlerini yabancı ırktan kimseye açıklamazlardı. Mezarlarına dahi bu ismi kazımazlardı.

II
ÇEVİRİ ÜZERİNE

[Tolkien'ın "Çeviri Üzerine" notlarını buraya almıyoruz, çünkü bu notlar İngilizce'ye "çeviri"nin inceliklerini içerdiğinden, Türkçe okur için pek anlamlı olmayabilir. Bunun yerine, I. Kısım'ın başındaki "Yayıncının Notu"nu burada tekrarlamanın doğru olacağını düşünüyoruz:

YAYINCININ NOTU

Yüzüklerin Efendisi, Tolkien'ın kitaba yazdığı Ek'lerden birinde de belirttiği gibi, *Kırmızı Kitap*'tan yapılmış bir "çeviri". Her ne kadar Orta Dünya'nın Üçüncü Çağ'ında Elfler, Hobbitler, İnsanlar ve Cüceler bir Ortak Lisan konuşuyorlardıysa da, bu lisanın özellikleri ırktan ırka ve bölgeden bölgeye değişiyor. Tüm bu özelliklerin "İngilizce'ye çevrilmesi", Tolkien gibi bir dilbilimcinin onyıllarını almış. Aynı özellikleri bozmadan Türkçe'ye çevirmek daha da zor.

Zorlukların birincisi, isimler konusunda. Birçok isim zaten Ortak Lisan'da değil, kahramanların özgün dillerinde. Dolayısıyla Elfçe bir isim zaten İngilizce'ye çevrilmemiş, Elfçe kalmış. Biz de bu kurala uyduk. Ancak bazı isimler, özellikle de hobbitlerin soyadları İngilizce'ye çevrilmiş; biz de yapabildiğimiz kadarıyla bu soyadları Türkçe'ye çevirdik. Aynı şey yer isimleri için de geçerli. Bu yüzden, örneğin, İngilizce'ye *Brandywine* olarak çevrilen *Baranduin,* Türkçe'de *Brendibadesi* oldu. Aynı şekilde, hancı *Barliman Butterbur*, *Arpadam Kaymakpürüzü; Buckland* ise *Erdiyarı* olarak çevrildi.

Bir de *Yüzüklerin Efendisi*'nin yayınlanmasından sonra İngiliz kültürüne yerleşmiş olan terimler var. Örneğin, Frodo Baggins'in kılıcının adı *"Sting"* ("arı iğnesi"). Ancak bir İngiliz rock yıldızı da kendisine bu adı seçti, bu adla ünlendi (Sting'in eskinden İngilizce öğretmeni olduğu ve *Yüzüklerin Efendisi*'ni çok sevdiği biliniyor); bu yüzden *Sting*'i "İğne" diye çevirmeyi tercih etmedik.

Bunun gibi birkaç örnek dışında metinde İngilizce'ye benzeyen isimler, okuyucuyu aldatmamalı. Örneğin Sam Gamgee, bir İngiliz adı olan "Samuel"den kısaltılan bir ad değil, tersine "Samwise"dan kısaltılıyor; bunu çevirmeye kalksaydık, Samwise Efendi'ye "yarım akıllı" demek zorunda kalacaktık; o yüzden "Sam" olarak kaldı.

Orta Dünya'nın halkları farklı lehçeler konuşuyor. Örneğin elfler oldukça resmi ve ağdalı, büyük ölçüde "Shakespeare dönemi" İngilizcesi ile konuşurken, Rohirrim daha da eski bir İngilizce'ye sahip. Türkçe'de elf lehçesini daha ziyade "Lisan-ı Osmanî" ile karşılarken, göçebe, at sırtında yaşayan Rohirrim'in lehçesini daha bir "Orta Asya" Türkçesi ile karşılamayı seçtik.]

ÜÇ İSİM ÜZERİNE NOTLAR:
Hobbit, Gamgee ve *Brendibadesi.*

Hobbit türetilmiş bir kelimedir. Westorn dilinde, bu halk kastedildiğinde kullanılan kelime "buçukluk" anlamındaki *banakil* idi. Fakat bu dönemlerde Shire ve Bree halkı, başka hiçbir yerde kullanılmayan *kuduk* kelimesini kullanıyordu. Öte yandan Meriadoc, Rohan Kralı'nın "oyuk sakini" anlamındaki *kûd-dûkan* kelimesini kullandığını tespit etmiştir. Daha önce de belirtildiği gibi hobbitler bir zamanlar Rohirrim diline oldukça yakın bir dil kullandıklarından *kuduk* da *kûd-dûkan* kelimesinin aşınmış bir biçimi gibi görünmektedir. *Kûd-dûkan*'ı açıklanan nedenlerle *holbytla* olarak çevirdim; *hobbit* de, eğer bizim kendi kadim lisanımızda olsaydı aşınarak *holbytla*'dan kalan bir kelime yerine geçebilecek bir yapıdadır.

Gamgee. Kırmızı Kitap'ta belirlenmiş olan aile geleneklerine göre *Galbasi*, ya da kısaltılmış haliyle *Galpsi* soyadı, *Galabas* köyünden gelmektedir. *Galabas* kelimesinin, "oyun" anlamındaki *galab-* kökünden geldiğine inanılmaktadır. O yüzden *Gamwich* (*Gammic* olarak telaffuz edilir) bize uygun bir karşılık gibi gelmiştir. Bununla birlikte *Galpsi* ismi yerine *Gammidgy*'yi *Gamgee*'ye çevirirken, Samwise'ın Pamuk ailesi ile bağı olduğuna dair imada bulunmak gibi bir amaç güdülmemiştir; gerçi eğer lisanlarında buna izin verecek bir durum olsaydı, bu tür bir espri oldukça hobbitçe olurdu.

...

Brendibadesi. Bu nehrin hobbit isimleri Elfçe, "altın kahverengi" anlamındaki *baran* ve "(büyük) nehir" anlamındaki *duin* kelimelerinden türemiş *Baranduin*'in (vurgu *and*'dadır) değişime uğramış halleridir. Brendibadesi, günümüz için *Baranduin*'in doğal olarak bozulmuş bir hali gibi görünmektedir. Aslında buranın eski hobbit ismi "hudut suyu" anlamındaki *Branda-nîn* idi ve en iyi Hudutçay olarak çevrilebilirdi ama bu zamanlarda yine rengini ima ederek, nehire "sert bira" anlamındaki *Bralda-hîm* ismi verilmesi yaygın bir espriydi.

—

HARİTALAR

HARİTALAR HAKKINDA NOT

Bu harita ilk kez eserin 1954-1955 tarihli ilk baskısı için, yazarın oğlu Christopher Tolkien tarafından çizildi. Christopher Tolkien, 1980'de yayımlanan *Bitmemiş Öyküler* için haritayı yeniden çizdi ve bu harita *Yüzüklerin Efendisi*'nin sonraki baskılarında da kullanılmaya başlandı. Eserin daha küçük boydaki baskıları için, genel harita dört parçaya bölündü ve ayrıntılı yer isimleri bu dört ayrı haritada yer aldı. Elinizdeki baskıdaki haritalar, Stephen Raw'nun bu çevirinin yapıldığı HarperCollins baskısı için hazırladığı ve Christopher Tolkien haritalarının sadık ve daha temiz kopyalarından alınmıştır.

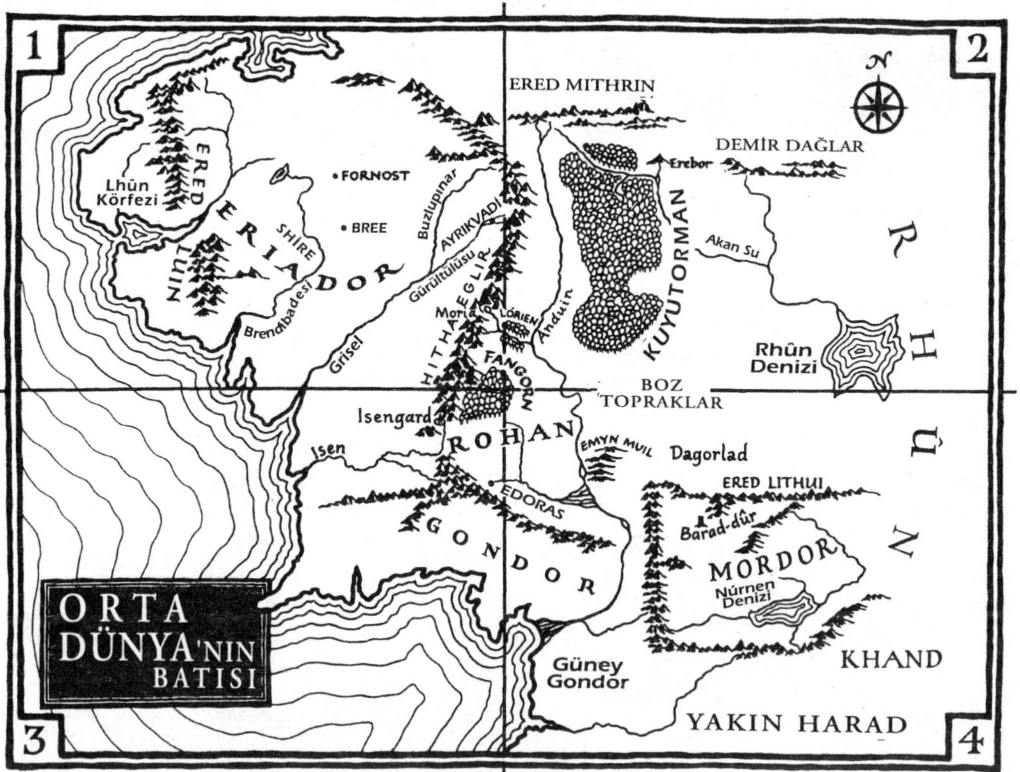
ORTA
DÜNYA'NIN
BATISI
1
2
3
4
N
ERED MITHRIN
DEMİR DAĞLAR
Erebor
RHÛN
ERED LUIN
Lhûn Körfezi
ERIADOR
SHİRE
FORNOST
BREE
Buzlupınar
AYRIKVADİ
Gürültülüsu
Brendibadesi
Grisel
HITHAEGLIR
Moria
LÓRIEN
FANGORN
Anduin
KUYUTORMAN
Akan Su
Rhûn Denizi
BOZ TOPRAKLAR
Isengard
ROHAN
Isen
EMYN MUIL
Dagorlad
EDORAS
ERED LITHUI
Barad-dûr
GONDOR
MORDOR
Núrnen Denizi
KHAND
Güney Gondor
YAKIN HARAD

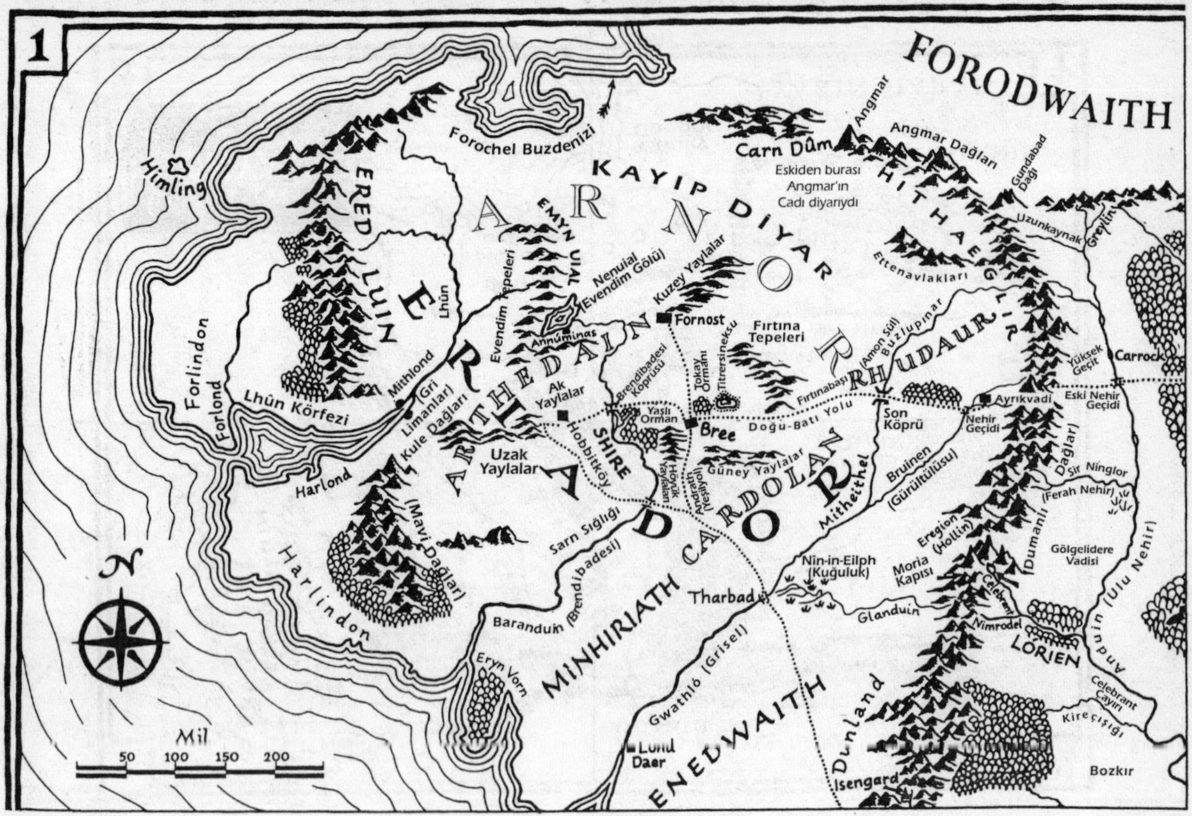
1
FORODWAITH
Forochel Buzdenizi
Himling
ERED LUIN
Forlindon
Forlond
Lhûn Körfezi
Harlond
Harlindon
Mithlond
(Gri Limanları)
Kule Dağları
Lhûn
(Mavi Dağlar)
ERIADOR
ARNOR
ARTHEDAIN
CARDOLAN
RHUDAUR
KAYIP DİYAR
EMYN UIAL
Evendim Tepeleri
Nenuial (Evendim Gölü)
Annúminas
Kuzey Yaylalar
Fornost
Carn Dûm
Angmar
Angmar Dağları
Eskiden burası Angmar'ın Cadı diyarıydı
HITHAEGLIR
Gundabad Dağı
Uzunkaynak
Greylin
Ettenavlakları
Fırtına Tepeleri
(Amon Sûl) Fırtınabaşı
Buzlupınar
Tokay Ormanı
Titrersineksu
Brendibadesi Köprüsü
Yaşlı Orman
Bree
Ak Yaylalar
SHIRE
Hobbitköy
Uzak Yaylalar
Höyük Yaylaları
Andrath (Yeşilyol)
Güney Yaylalar
Doğu-Batı Yolu
Son Köprü
Mitheithel
Bruinen (Gürültülüsu)
Nehir Geçidi
Ayrıkvadi
Yüksek Geçit
Carrock
Eski Nehir Geçidi
(Dumanlı Dağlar)
Şir Ninglor
(Ferah Nehir)
Gölgelidere Vadisi
Anduin (Ulu Nehir)
Eregion (Hollin)
Moria Kapısı
Celebrant
Nimrodel
LÓRIEN
Celebrant Çayırı
Kireçışığı
Bozkır
Sarn Sığlığı
Baranduin (Brendibadesi)
MINHIRIATH
Tharbad
Nîn-in-Eilph (Kuğuluk)
Glanduin
Gwathló (Grisel)
Eryn Vorn
Lond Daer
ENEDWAITH
Dunland
Isengard
N
Mil
50
100
150
200

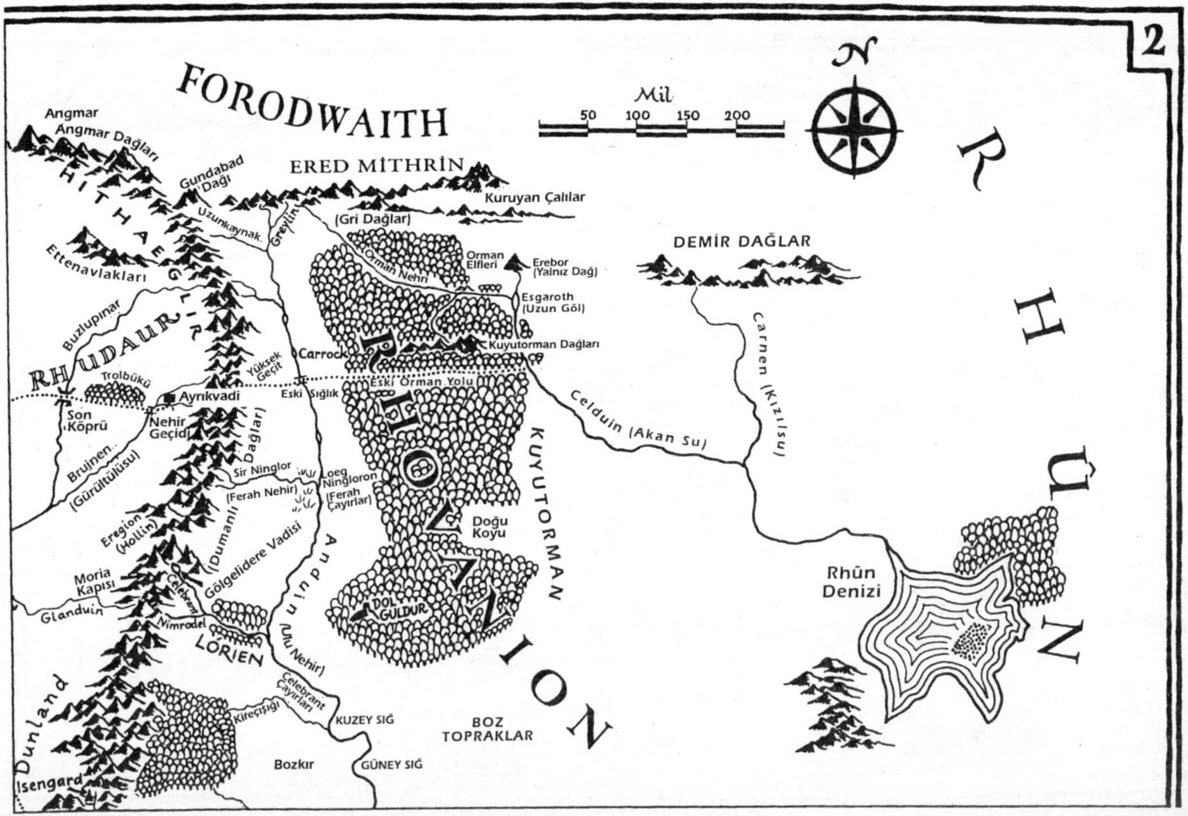
2
FORODWAITH
RHÛN
Mil
50
100
150
200
Angmar
Angmar Dağları
HITHAEGLIR
Gundabad Dağı
ERED MİTHRİN
Kuruyan Çalılar
(Gri Dağlar)
Uzunkaynak
Greylin
Ettenavlakları
Orman Elfleri
Erebor (Yalnız Dağ)
Orman Nehri
Esgaroth (Uzun Göl)
DEMİR DAĞLAR
Buzlupınar
RHUDAUR
Kuyutorman Dağları
Carrock
Carnen (Kızılsu)
Trolbükü
Yüksek Geçit
Eski Orman Yolu
Ayrıkvadi
Eski Sığlık
Celduin (Akan Su)
Son Köprü
Nehir Geçidi
(Dağlar)
RHOVANION
KUYUTORMAN
Bruinen (Gürültülüsu)
Sir Ninglor
Loeg Ningloron
(Ferah Nehir)
(Ferah Çayırlar)
Doğu Koyu
Eregion (Hollin)
(Dumanlı)
Gölgelidere Vadisi
Anduin (Ulu Nehir)
Moria Kapısı
Celebrant
Rhûn Denizi
Glanduin
Nimrodel
DOL GULDUR
LÓRIEN
Dunland
Celebrant Çayırları
Kireçişiği
KUZEY SIĞ
BOZ TOPRAKLAR
Bozkır
GÜNEY SIĞ
Isengard

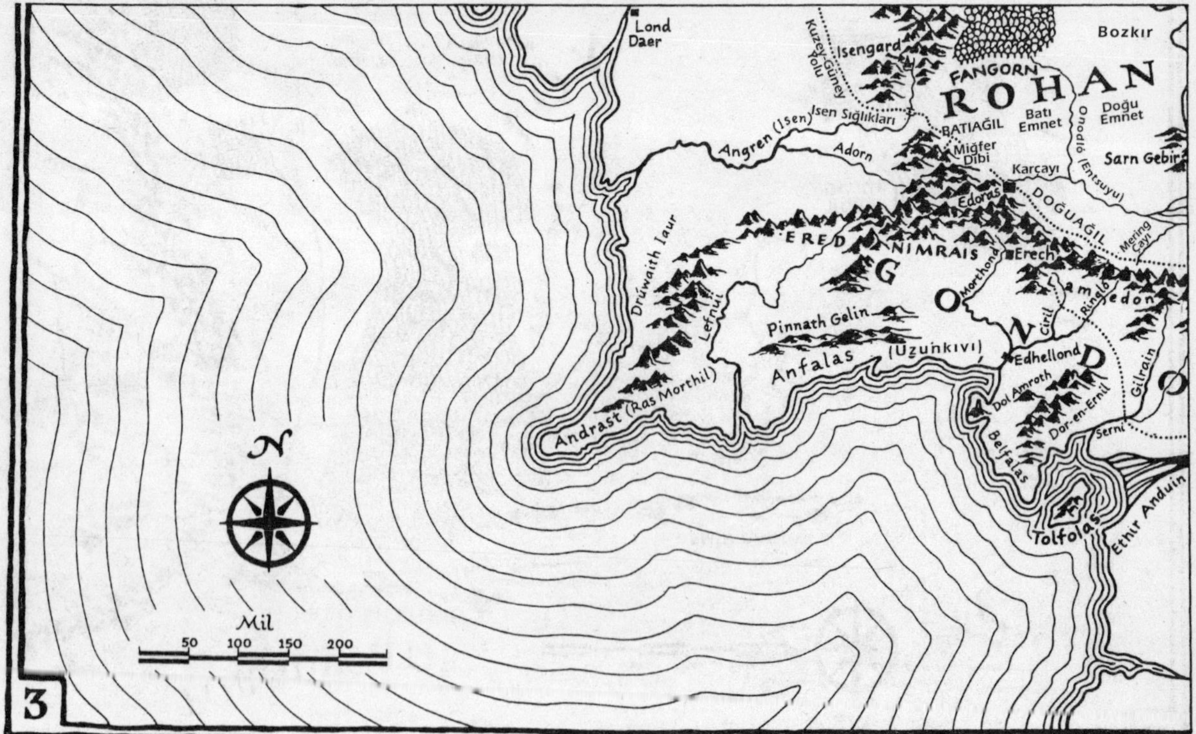
Lond Daer
Kuzey-Güney Yolu
Isengard
FANGORN
Bozkır
ROHAN
Isen Sığlıkları
Angren (Isen)
Adorn
BATIAĞIL
Batı Emnet
Doğu Emnet
Onodló (Entsuyu)
Sarn Gebir
Miğfer Dibi
Karçayı
Edoras
DOĞUAĞIL
Mering Çayı
EREDNIMRAIS
Erech
GONDOR
Morthond
Drúwaith Iaur
Lefnui
Pinnath Gelin
Ciril
Ringló
Edhellond
Anfalas
(Uzunkıvı)
Andrast (Ras Morthil)
Dol Amroth
Dor-en-Ernil
Gilrain
Serni
Belfalas
Tolfolas
Ethir Anduin
Mil
50
100
150
200
3

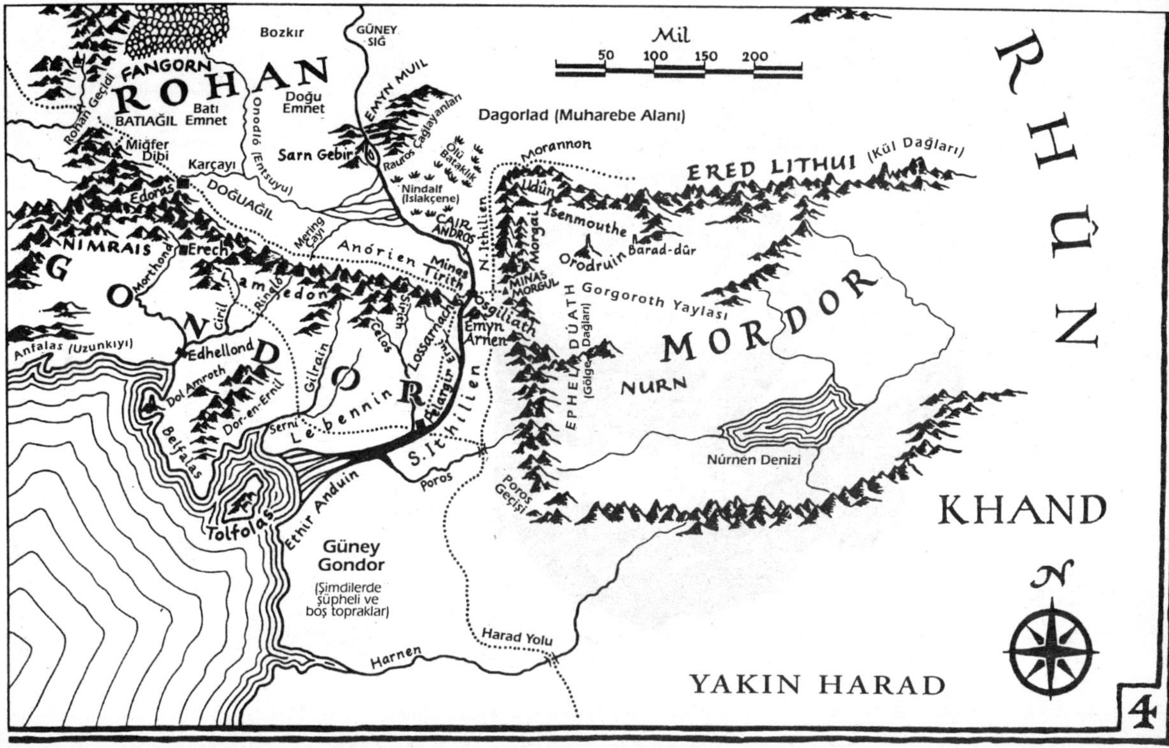
RHÛN
KHAND
YAKIN HARAD
MORDOR
ROHAN
GONDOR
Mil
50 100 150 200
Bozkır
GÜNEY SIĞ
FANGORN
Batı Emnet
BATIAĞIL
Doğu Emnet
Onodló (Entsuyu)
Rohan Geçidi
Miğfer Dibi
Karçayı
Edoras
DOĞUAĞIL
Sarn Gebir
EMYN MUIL
Rauros Çağlayanları
Ölü Bataklık
Nindalf (Islakçene)
CAIR ANDROS
Dagorlad (Muharebe Alanı)
Morannon
ERED LITHUI (Kül Dağları)
Udûn
Isenmouthe
Barad-dûr
Orodruin
Morgai
MINAS MORGUL
N. Ithilien
Gorgoroth Yaylası
EPHEL DÚATH (Gölge Dağları)
NURN
Núrnen Denizi
NIMRAIS
Erech
Morthond
Mering Çayı
Anórien
Minas Tirith
Osgiliath
Emyn Arnen
Lamedon
Ringló
Ciril
Sirith
Celos
Lossarnach
Erui
Pelargir
Gilrain
Lebennin
S. Ithilien
Anfalas (Uzunkıyı)
Edhellond
Dol Amroth
Dor-en-Ernil
Serni
Belfalas
Tolfolas
Ethir Anduin
Poros
Poros Geçişi
Güney Gondor
(Şimdilerde şüpheli ve boş topraklar)
Harad Yolu
Harnen
N
4

METİS'TE FANTAZİ

Orta Dünya'da yaşamak sizi mutlu ettiyse,
Yerdeniz'e doğru bir yolculuğa da
hazırsınız demektir...

Ursula K. Le Guin

YERDENİZ

Dört Cilt

YERDENİZ BÜYÜCÜSÜ
ATUAN MEZARLARI
EN UZAK SAHİL
TEHANU

İngilizce'den Çeviren: Çiğdem İpek Erkal
Resimleyer: Deniz Bilgin

METİS YAYINLARI, İPEK SOKAK NO. 9, 80060 BEYOĞLU, İSTANBUL